AUDREY NIFFENEGGER

LA EDZINO DE L' TEMPVOJAĜANTO

AUDREY NIFFENEGGER

LA EDZINO DE L' TEMPVOJAĜANTO

Esperantigis
István Ertl

ESPERANTO-ASOCIO DE BRITIO

2024

LA EDZINO DE L' TEMPVOJAĜANTO

La horloĝa tempo estas nia bankisto,

nia impostisto, policisto;

la interna tempo estas nia edzino.

J. B. Priestley, *Homo kaj tempo*

AMO POST AMO

Venos la tempo
kiam, kun ĝojego,
vi vin salutos ĉe la alveno
al viaj propraj pordo kaj spegulo,
kaj ambaŭ vi ridetos bonvenige,

kaj diros: Sidu. Manĝu.
Vi amos denove la fremdulon, vian vion intan.
Vinon donu. Panon. Kaj redonu vian koron
al ĝi mem, al la fremdulo kiu vin amis

la tutan vivon, kiun vi ignoris
por aliulo – kiu vin parkeras.
Elprenu la amleterojn el la breto,

la fotojn, kaj la notojn senesperajn,
deigu vian bildon de la spegulo.
Sidu. Vian vivon frandu.

Derek Walcott

CLARE: Malfacilas esti postlasita. Mi atendas Henry, ne scias kie li estas, demandas min ĉu ĉio enordas kun li. Malfacilas esti tiu kiu restas.

Mi trovas por mi okupojn. Tiel la tempo pli rapide pasas.

Mi iras dormi sola, kaj vekiĝas sola. Mi iras promeni. Laboras ĝis laciĝo. Mi rigardas kiel la vento ludas per la rubo kaŝita tutan vintron sub la neĝo. Ĉio ŝajnas simpla ĝis ni komencas pripensi. Kial amo intensiĝas pro foresto?

Antaŭ longe, viroj eliris al la maro, kaj virinoj atendis ilin sur la bordo, esploris la horizonton serĉe al la eta ŝipo. Nun mi atendas Henry. Li malaperas malgraŭvole, senaverte. Mi atendas lin. Ĉiu momento de atendo sentiĝas kiel jaro, kiel eterneco. Ĉiu momento estas malrapida kaj travidebla kiel vitro. Trans ĉiu momento mi vidas senfinan vicon da momentoj atendantaj. Kial li iris tien kien mi ne povas lin sekvi?

HENRY: Kion oni sentas? Kia sento ĝi estas?

Foje sentiĝas kvazaŭ via atento forvagis dum momento. Poste, tute subite, vi rimarkas ke la libro en viaj manoj, la ruĝe kvadratita kotona ĉemizo kun blankaj butonoj, la ŝatata nigra ĝinzo kaj la kaŝtankoloraj ŝtrumpetoj kun preskaŭtruo ĉe la

kalkano, sed ankaŭ la salono, la tuj fajfonta bolkruĉo en la kuir-
ejo: ĉio ĉi malaperis. Vi estas staranta, nuda kiel vermo, kun akvo
ĝis la maleoloj, en fosaĵo ĉe nekonata provinca vojo. Vi atendas
minuton por vidi ĉu vi eble tuj resaltos al via libro, al via loĝejo
kaj tiel plu. Post kvin minutoj da sakrado kaj frostotremo, kun la
damna espero simple malaperi, fine vi ekiras en ajna direkto, kiu
rivelos iun biendomon, kaj tie vi havos elekton inter ŝtelado kaj
klarigado. Ŝteli foje kondukas al enprizonigo, sed klarigi estas pli
tede kaj temporabe, kaj ĉiuokaze same neprigas mensogojn, kaj
foje ankaŭ el tio rezultas malliberejo, do kial ne prifajfi.

Foje vi sentas kvazaŭ vi ekstaris tro rapide, kvankam vi kuŝas
en lito, duondorme. Vi aŭdas la sangon torenti en via kapo, sentas
vertiĝan falemon. Viaj manoj kaj piedoj ekjukas kaj poste entute
malestas. Vi denove mislokis vin. Daŭras nur sekundon, vi havas
tempon sufiĉe nur por provi reteni vin, vi svingas la brakojn (kaj
per tio eble damaĝas vin mem aŭ valorajn posedaĵojn), kaj jam
vi trovas vin glitanta senrege laŭ la arbarverde tapiŝita koridoro
de iu Motelo 6 en Athens, Ohio, je 4:16 matene, lunde, la 6-an
de aŭgusto 1981, kaj vi frapas la kapon kontraŭ ies pordo, tiel ke
la koncernato, iu s-ino Tina Schulman el Filadelfio, malfermas
tiun pordon kaj ekŝrikas, ĉar tapiŝfrote vundita, nuda viro svenas
ĉe ŝiaj piedoj. Vi vekiĝas en la kantona hospitalo kun cerboskuo,
dum policisto sidas ekster via pordo kaj aŭskultas matĉon de
la Filadelfia teamo per krakanta transistora radio. Dankinde, vi
refalas en senkonscion kaj vekiĝas horojn poste en via propra
lito, dum via edzino kliniĝas super vin kun tre zorgoplena mieno.

Foje vi sentas vin eŭforia. Ĉio sublimas kaj havas aŭron, ĝis
subite venas intensa naŭzo, kaj jen vi estas for. Vi vomas sur
geraniojn en antaŭurbo, aŭ sur la tenisŝuojn de via patro, aŭ sur
la plankon de via propra banĉambro antaŭ tri tagoj, aŭ sur lignan

trotuaron en Oak Park, Ilinojso, ĉirkaŭ 1903, aŭ sur tenisejon en bela aŭtuna tago de la 1950-aj jaroj, aŭ sur viajn proprajn nudajn piedojn en plej diversaj tempoj kaj lokoj.

Kion oni sentas?

Vi sentas vin precize kiel en sonĝo en kiu oni subite ek-konscias ke oni devos ekzameniĝi pri temo ne pristudita, dum oni estas tute sen vestaĵoj. Kaj krome forgesis sian monujon hejme.

Kiam mi estas tie for, en la tempo, mi statas renverse, mi iĝas senespera versio de mi mem. Mi fariĝas ŝtelisto, vagulo, besto kuranta kaj sin kaŝanta. Mi timigas maljunulinojn kaj mirigas infanojn. Mi estas truko, iluzio de plej alta speco, tiel nekredebla ke mi fakte estas vera.

Ĉu troviĝas ia logiko, ia regulo de tiuj ĉi iroj kaj venoj, por ĉiuj mislokiĝoj? Ĉu ekzistas maniero resti fiksa, ensorbi la nunon per ĉiu korpoĉelo? Mi ne scias. Ekzistas indicoj: kiel pri ĉiu malsano, estas regulecoj, eblaĵoj. Elĉerpiĝo, laŭtaj bruoj, streso, subita stariĝo, ekflagroj – ĉiu el tiuj povas ekigi atakon. Sed: eblas ankaŭ ke mi legas dimanĉan gazeton kun kafotaso enmane, dum Clare dormetas apude en nia lito, kaj subite mi trovas min en 1976, rigardante mian dektrijaran mion tondi la gazonon ĉe miaj geavoj. Kelkaj el tiuj atakoj daŭras nur momentojn; kvazaŭ oni aŭskultus aŭtoradion kiu malfacile tenas sin ĉe konkreta elsendejo. Mi trovas min en homamasoj, publikoj, svarmoj. Same ofte mi estas sola, en kampo, domo, aŭto, borde de akvo, aŭ en gimnazio meze de nokto. Mi timas ektrovi min en mallibereja ĉelo, en homplena lifto, en la mezo de aŭtovojo. Mi aperadas el nenie, nuda. Kiel klarigi? Neniam eblis kunporti ion ajn kun mi. Nek vestaĵojn, nek monon nek identigilon. Mi pasigas plejparton de miaj restadoj akirante vestojn kaj klopodante min kaŝi. Bonŝance mi ne portas okulvitrojn.

Vere, kia mokaĵo de la sorto. Ĉiuj miaj plezuroj estas endomaj: la majesto de brakseĝo, la senperturbaj ekscitoj de hejmeco. Mi ne aspiras al pli ol ĝojetoj modestaj. Al detektivromano en la lito, al la odoro el la longa or-ruĝa hararo de Claire, malseketa post lavado, al poŝtkarto de amiko ferianta, laktokremo disiĝanta en kafo, la haŭtmolo de Claire sub ŝiaj mamoj, la simetrio de la aĉetsakoj atendantaj malplenigon sur la kuireja stablo. Mi amas zigzagi en la magazeno de la biblioteko kiam la uzantoj foriris kaj leĝere tuŝi la librospinojn. Jen la aferoj kiuj povas ponardi min per nostalgio, kiam la kapricoj de l' Tempo disigas min de ili.

Kaj Clare, ĉiam Clare. Clare en la mateno, dormema kaj taŭzita. Clare kun la brakoj profunde en la paperfara kuvo, dum ŝi tiras supren la muldilon kaj skuas kaj skuas por kunfandi la fibrojn. Clare leganta, kun hararo dispenda sur la seĝodorso, dum ŝi masaĝas antaŭ dormo balzamon en la haŭtfendetojn de siaj ruĝaj manoj. La mallaŭta voĉo de Clare oftas en miaj oreloj.

Mi malamas esti kie ŝi ne estas, kiam ŝi ne estas. Kaj mi tamen ĉiam foriras, kaj ŝi ne povas sekvi.

1. LA VIRO EKSTER TEMPO

Ho, ne ĉar feliĉo ekzistas,
antaŭtempa pluso el proksima perdo.

Sed ĉar enmondi multas, kaj ĉar nin ŝajne
ĉio ĉi-monda bezonas, ĉi pereema, kiu
strange nin koncernas. Nin, plej pereemajn.

… Ha, en la alian rilaton,
ve, kion ni transprenos? Ne la rigardon, lernitan
ĉi tie malrapide, nek eventojn ĉi-jenajn. Neniom.
Dolorojn do. Do pleje ĉion pezantan,
do la longan sperton de amo – do
sole nedireblojn.

El la *Naŭa Duina Elegio*, Rainer Maria Rilke

UNUA RENDEVUO, UNU

Sabaton, la 26-an de oktobro 1991
(Henry aĝas 28, Clare aĝas 20)

CLARE: La biblioteko malvarmas kaj odoras kiel purigaĵo por tapiŝoj, kvankam mi vidas ĉie nur marmoron. Mi enskribas min en la registrolibron: *Clare Abshire, 11:15, 1991/10/26, Specialaj Kolektoj.* Mi ankoraŭ neniam estis en Biblioteko Newberry, kaj nun, trapasinte la malluman, misaŭguran enirejon, mi sentas ekscitiĝon. La biblioteko plenigas min per ia Kristnask-matena sento pri granda skatolo da belaj libroj. La pale lumigita lifto moviĝas preskaŭ senbrue. Mi eliras ĉe la tria etaĝo kaj plenigas mendilon por membrokarto de leganto, poste supreniras al la Specialaj Kolektoj. La kalkanumoj de miaj botoj skrapas la lignan plankon. La silenta salono estas homplena, legantoj sidas ĉe multaj solidaj, pezaj labortabloj kun stakoj da libroj. La altajn fenestrojn trabrilas la aŭtun-matena suno de Ĉikago. Mi prenas ĉe la deĵorejo kelkajn libromendajn slipojn. Mi devas skribi eseon kadre de kurso pri arthistorio. Mia esplortemo estas la verkoj de Chaucer kiel eldonitaj de Kelmscott Press. Mi elserĉas la titolon kaj plenigas mendoslipon. Sed mi volas legi ankaŭ pri tio kiel Kelmscott Press fabrikis sian paperon. La katalogon mi trovas konfuza. Mi reiras al la deĵorejo por peti helpon. Dum mi klarigas

al la virino kion mi ŝatus trovi, ŝi rigardas trans mian ŝultron al
iu kiu pasas malantaŭ mi.

– Eble s-ro DeTamble povos helpi vin – ŝi diras. Mi turnas
min, preta rekomenci la klarigon, kaj mi trovas min rekte fronte
al Henry.

Mi ne povas ekparoli. Jen Henry, trankvila, vestita, pli juna ol
kiam ajn mi vidis lin. Henry laboras en Biblioteko Newberry, estas
staranta fronte al mi, en la nuntempo. Jen kaj nun. Mi plenas je
feliĉo. Henry alrigardas min kun pacienco, malcerte sed afable.

– Ĉu mi povas vin iel helpi? – li demandas.

– Henry! – Mi apenaŭ retenas min de kompleta ĉirkaŭbrako.
Evidentas ke li neniam vidis min en sia vivo.

– Ĉu ni jam renkontiĝis ie? Mi bedaŭras, sed mi ne …

Henry ĵetas rigardon ĉirkaŭen, timante ke legantoj aŭ
kolegoj rimarkos nin, serĉas en sia memoro kaj komprenas ke
iu estonta mio lia renkontis la brile feliĉan junulinon kiu staras
antaŭ li. Kiam mi lin laste vidis, li suĉadis miajn piedfingrojn en
la Herbejo.

Mi provas klarigi:

– Mi estas Clare Abshire. Mi konis vin kiam mi estis eta
knabino …

Mi estas konfuzita, ĉar mi amas la viron kiu staras antaŭ
mi sen ajna memoro pri mi. Por li ĉio situas en la estonteco. Mi
emus ridi pri la bizareco de ĉio ĉi. Min superŝutas jaroj da scio
pri Henry, dum li rigardas min kun perpleksa timo. Henry, kiu,
en la uzita fiŝkapta pantalono de mia patro, pridemandas min pri
la tabelo de multobligoj, pri francaj verboj kaj la ĉefurboj de ĉiuj
usonaj ŝtatoj; Henry, kiu ridas pri iu tre aparta tagmanĝo kiun
mia sepjara mio alportis por li al la Herbejo; Henry en smokingo,
malfermanta la manumbutonojn de sia ĉemizo kun tremantaj

manoj je mia dekoka naskiĝtago. Jen! Nun!

– Venu trinki kafon kun mi, aŭ ni vespermanĝu, aŭ ion ...

Li ja devas diri jes, tiu ĉi Henry kiu amas min estinte kaj estonte, li ja devas ami min ankaŭ estante, almenaŭ per ia sento kiu ultrasone eĥas el alia tempo. Je mia granda senpeziĝo, li konsentas. Ni planas rendevuon vespere en proksima taja restoracio, sub la senĉesa, amuzita rigardo de la virino ĉe la deĵorejo, kaj mi foriras, forgesante pri Kelmscott kaj Chaucer, flosante malsupren laŭ la marmoraj ŝtupoj, tra la enirhalo, en la brilon de la oktobra suno de Ĉikago, kaj trakuras la parkon, sen zorgo pri dissaltantaj hundoj kaj sciuroj, eligante krietojn de ĝojo.

HENRY: Rutina tago en oktobro, suna kaj seke friska. Mi laboras en eta senfenestra ĉambro kun kontrolata humideco en la kvina etaĝo de Newberry, katalogas kolekton de marmoritaj paperoj lastatempe donacitan. La paperoj estas tre belaj, sed katalogi tedas, mi do sentas enuon kaj memkompaton. Mi sentas min maljuna, kiel nur dudekok-jarulo povas sin senti maljuna, maldorminte duonon de la nokto pro drinkado de tro kosta vodko kaj senespera provado reakiri la favorojn de Ingrid Carmichel. Ni pasigis la tutan vesperon en disputo, kaj nun mi eĉ ne kapablas memori pri kio ni disputis. Mia kapo pulsas. Mi bezonas kafon. Lasante la marmoritajn paperojn meze de regata kaoso, mi trairas la oficejon kaj pasas ĉe la deĵortablo en la Legosalono. Haltigas min la voĉo de Isabelle:

– Eble s-ro DeTamble povos helpi vin – per kio ŝi celas diri: «He, Henry, ĉu vi klopodas forŝteliĝi kiel mustelo?» Kaj jen ŝoke belega, alta sveltulino kun sukcenkoloraj haroj sin turnas kaj alrigardas min kvazaŭ mi estus ŝia persona Jesuo. Mia stomako skuiĝas. Evidente ŝi konas min, kaj mi ŝin ne konas. Dio sola scias kion mi iam diris, faris aŭ promesis al tiu ĉi lumplena estaĵo, do mi estas devigata alpreni mian plej perfektan tonon de bibliotekisto:

– Ĉu mi povas vin iel helpi?

La knabino alsuspiras «Henry!» tiel signifoplene ke mi ekcertas: en iu tempopunkto ni du travivas kune ion grandiozan. Tial estas eĉ pli aĉe ke mi scias nenion pri ŝi, eĉ ne konas ŝian nomon. Mi diras:

– Ĉu ni jam renkontiĝis ie?

Kaj Isabelle mesaĝas per rigardo: *vi estas ŝtipkapulo*. La junulino tamen diras:

– Mi estas Clare Abshire. Mi konis vin kiam mi estis eta knabino.

Kaj invitas min manĝi en restoracio. Konsternite mi akceptas. Ŝi alradias min, kvankam mi estas nerazita, postebria kaj ĝenerale ne en mia plej bona stato. Ni renkontos nin por manĝi en la sama vespero, ĉe Beau Thai, kaj Clare, rezervinte min por poste, elŝvebas el la Legosalono.

Starante en la lifto, konfuzita, mi ekkomprenas ke enorma bonŝanco-peco el mia estonteco trovis min en la nuno, kaj mi ekridas. Mi transiras la enirhalon, kaj dum mi laŭkuras la ŝtuparon alstrate, mi vidas kiel Clare kuras tra la placo Washington salte kaj ĝojkrie; mi preskaŭ eklarmas, kaj mi ne scias kial.

HENRY: Je la sesa posttagmeze mi rapidas hejmen el la laborejo kaj klopodas fari min alloga. Hejmo nuntempe mi nomas etan sed freneze kostan loĝejon unuĉambran en strato North Dearborn, kie miaj korpopartoj konstante kolizias kun ĝenaj muroj, stabloj kaj mebloj. Paŝo unu: malŝlosi dek sep serurojn sur la alirpordo, sturmi en la salonon-kiu-estas-ankaŭ-mia-dormoĉambro kaj komenci la senvestiĝon. Paŝo du: duŝado kaj razado. Paŝo tri: senespera gapado en la profundon de mia vestoŝranko, iom post iom konsciiĝante ke nenio tie estas propradire pura. Mi tamen malkovras unu blankan ĉemizon ankoraŭ en sia sekpurigeja sako. Mi decidas surmeti la nigran kostumon, ŝuojn kun ornamita pinto, kaj helbluan kravaton. Paŝo kvar: surprovi ĉion ĉi kaj konstati ke mi aspektas kiel sekreta agento. Paŝo kvin: ĉirkaŭrigardi kaj konstati ke la loĝejo estas porkejo. Mi decidas neniel venigi Clare al la loĝejo, eĉ se tia okazo prezentiĝus. Paŝo ses: enrigardi la hom-altan spegulon de la banĉambro kaj kontempli tie iun angulecan, frenez-rigardan, metron okdek kvin altan, dekjaraĝan sozion de Egon Schiele en pura ĉemizo kaj en kostumo de enterigisto. Mi demandas min en kiaj korpkovraĵoj ĉi tiu virino ĝis nun vidis min – evidente, el mia estonteco mi alvenadas en ŝian estantecon ne en miaj propraj vestaĵoj. Ŝi diris, ĉu ne, ke ŝi estis eta knabino? Aro da nerespondeblaĵoj svarmas en mia kapo. Mi haltas kaj spiras profunde. Bone nun. Mi kaptas miajn monujon kaj ŝlosilojn, kaj jen tuj for: ŝlosi la tridek sep serurojn, veturi malsupren en la mishumora lifteto, aĉeti rozojn por Clare en la enirhala vendejo, piediri du domblokojn en rekorda tempo sed tamen malfruante kvin minutojn. Clare jam sidas en separeo kaj ŝajnas trankviliĝi kiam ŝi ekvidas min. Ŝi mansvingas al mi kvazaŭ en parado.

– Saluton – mi diras. Clare portas vinkoloran robon el veluro kaj perlojn. Ŝi aspektas kiel bildo de Botticelli en la stilo de John Graham: grandaj okuloj grizaj, longa nazo, eta, fajna buŝo kiel de gejŝo. Ŝiaj longaj haroj rufaj kovras la ŝultrojn kaj falas ĝis dorso-mezo. Clare estas tiel pala ke en la kandellumo ŝi aspektas kiel vaksfiguro. Mi ŝovas la rozojn al ŝi:

– Por vi.

– Dankon! – Clare ŝajnas absurde kontentega. Ŝi alrigardas min kaj rimarkas ke ŝia reago konfuzis min. – Vi ankoraŭ neniam donis al mi florojn.

Mi glitas en la separeon fronte al ŝi. Mi sentas fascinon. Ĉi tiu virino ja konas min; ne temas nur pri pasa konateco el iu estonta stacio de mia ekzilo. Aperas la kelnerino por enmanigi al ni menuojn.

– Rakontu do! – mi postulas.

– Kion?

– Ĉion. Mi celas: ĉu vi komprenas kial mi ne konas vin? Mi vere pardonpetas pro tio …

– Ne, tute ne necesas. Mi volas diri: mi scias … mi konas la kialon. – Clare mallaŭtigas sian voĉon. – Jen kial: por vi ankoraŭ nenio okazis, dum mi, nu, mi jam konas vin de longe.

– Kiel longe?

– Ĉirkaŭ dek kvar jarojn. Unuafoje mi vidis vin kiam mi aĝis ses.

– Dio mia! Ĉu vi vidis min tre ofte? Aŭ nur kelkfoje?

– Kiam mi lastfoje vidis vin, vi petis min kunporti ĉi tion al la vespermanĝo ĉe nia re-renkontiĝo. – Clare montras al mi pal-koloran taglibron de infano. – Do jen – ŝi transdonas – havu ĝin.

Mi malfermas tie kie enestas markilo el peco da gazetpapero. La paĝo, kies supran dekstran angulon ornamas du hundetoj spanielaj, konsistas el listo de datoj. Ĝi komenciĝas per la 23-a de septembro 1977, kaj post dek ses etaj, bluaj, hundid-havaj paĝoj finiĝas per la 24-a de majo 1989. Mi nombras. Enestas 152 datoj, skribitaj kun granda zorgo per blua globkrajono, en belskribaj literoj de sesjarulino.

– Ĉu vi skribis la liston? Ĉu ĉiuj datoj estas ĝustaj?

– Fakte vi diktis ilin al mi. Antaŭ kelkaj jaroj vi diris al mi ke vi memoradas la datojn laŭ tiu ĉi listo. Do, mi ne scias kiel fakte ĉi tio povas ekzisti; estas kiel la rubando de Möbius. Sed la datoj ĝustas. Mi uzadis ilin por scii kiam mi iru al la Herbejo por renkonti vin.

La kelnerino reaperas kaj ni mendas: tajan kokossupon por mi, kareon Gang Mussaman por Clare. Kelnero alportas teon, kaj mi verŝas por ni po tasplenon.

– Kio estas la Herbejo?

Mi preskaŭ krevas pro scivolo. Mi ankoraŭ neniam renkontis iun el mia estonteco, des malpli belulinon far Botticelli kiu jam vidis min 152 fojojn.

– La Herbejo apartenas al la bieno de miaj gepatroj en Miĉigano. Ĉe unu ĝia fino troviĝas arbaro, ĉe la alia staras la domo. Pli-malpli en la mezo situas maldensejo, tri metrojn laŭ diametro, kie staras ŝtonego, kaj el la domo neniu vidas onin en tiu maldensejo, ĉar la grundo unue iom ĝibiĝas kaj poste malleviĝas. Mi kutimis ludi tie, ĉar mi ŝatis ludi sola kaj pensis ke neniu scias ke mi estas tie. Iun tagon, en mia unua lerneja jaro, post reveno hejmen mi iris al la maldensejo kaj trovis vin tie.

– Mi estis komplete nuda kaj probable vomis.

– Fakte, vi impresis sufiĉe memcerta. Mi memoras ke vi konis mian nomon, kaj mi memoras ankaŭ ke vi malaperis sufiĉe spektakle. Se konsideri nun, evidentas ke vi jam venis tien ankaŭ pli frue. Mi dirus ke via unua fojo okazis en 1981; tiam mi aĝis dek. Vi diradis: «Dio mia» kaj gapis al mi. Krome vi ŝajnis sufiĉe alarmita pro via nudeco, kvankam mi tiam trovis jam tute natura ke tiu nuda oldulo magie aperadas el la estonteco kaj postulas vestaĵojn. – Clare ridetas. – Kaj manĝon.

– Kio amuzas vin en tio?

– Dum la jaroj mi proponadis al vi sufiĉe frenezajn manĝ-aĵojn. Sandviĉojn kun ternuksbutero kaj anĉovoj. Pasteĉon kun ruĝaj betoj sur krakbiskvitoj. Mi kredas ke parte mi scivolis ĉu ekzistas io ajn kion vi ne manĝus kaj parte mi volis impresi vin per mia kulinara sorĉkapablo.

– Kiom mi aĝis?

– Mi dirus ke plej aĝan vin mi vidis je iom pli ol kvardek jaroj. Pri la plej juna mi ne estas certa; kiom vi aĝas nun?

– Dudek ok.

– Vi aspektas al mi nun tre juna. En la lastaj kelkaj jaroj vi estis plej ofte iom super kvardek, kaj kvazaŭ la vivo vin iom mistraktus ... malfacile diri. Kiam oni estas infano, ĉiuj plen-kreskuloj ŝajnas grandaj kaj maljunaj.

– Kaj kion ni kutimis fari? En la Herbejo? Ni ŝajne pasigis multan tempon tie.

Clare ridetas.

– Nu, multajn aferojn. Depende de mia aĝo kaj de la vetero. Tre ofte vi helpis min pri miaj hejmtaskoj. Ni faris ludojn. Plej ofte ni nur babilis pri ĉio ajn. Kiam mi estis tute eta, mi pensis ke vi estas anĝelo; mi multe demandis vin pri Dio. Kiam dekkelkjara, mi volis atingi ke vi amoru kun mi, sed vi neniam volis, kaj tio kompreneble nur instigis min plu insisti. Supozeble vi pensis ke vi sekse misinfluus min iel. Eblus diri ke vi kondutis kun mi sufiĉe gepatrece.

– Ho! Tio estas verŝajne bona novaĵo, sed ial nun mi ne volas ke oni pensu pri mi kiel iu gepatreca.

Niaj okuloj renkontiĝas. Ni ambaŭ ridetas kaj iĝas konspirantoj.

– Kion pri vintro? La vintroj en Miĉigano estas tre severaj.

– Mi kutimis kaŝvenigi vin en nian kelon; la domo havas grandegan kelon kun pluraj ĉambroj, unu el ili estas tenejo, kun la hejtilo ĉe la alia flanko de la muro. Ni nomas ĝin la Legoĉambro, ĉar tie ni tenas ĉiujn senutilajn malnovajn librojn kaj magazinojn. Unu fojon vi restadis tie dum, pro neĝoŝtormo, neniu iris al lernejo aŭ laboro, kaj mi kredis freneziĝi serĉante manĝon por vi, ĉar ne plu estis multe da manĝaĵoj en la domo. Etta devus ĝuste iri al la vendejo kiam la ŝtormo nin trafis. Do, vi restis blokita tri tagojn, legante malnovajn numerojn de *Reader's Digest*, nutrate per sardinoj kaj ramen-nudeloj.

– Certe gustis tre sale. Mi jam antaŭĝojas tion.

Alvenas niaj pladoj.

– Ĉu vi iam lernis kuiri?

– Ne, mi neniam asertus ke mi scipovas kuiri. Nell kaj Etta ĉiam koleris kiam mi faris ion ajn en ilia kuirejo krom preni kolaon, kaj de kiam mi translokiĝis al Ĉikago, mi ne havas por kiu kuiri, do mankas al mi motivo progresi. Kutime la lernejo tro okupas min, kaj mi simple manĝas tie.

Clare gustumas sian kareon.

– Mm, vere bona.

– Nell kaj Etta ...?

– Nell estas nia kuiristino. – Clare ridetas. – Ŝin imagu kiel la respondon de Detrojto al franca kuirarto; Aretha Franklin krucita kun Julia Child. Etta estas nia domestrino kaj ĉiofaranto. Fakte, preskaŭ eĉ nia patrino, ĉar mia patrino mem, nu ... kiel ajn, Etta simple ĉiam ĉeestas, ŝi estas germana kaj vere strikta, sed ankaŭ tre konsola, dum mia patrino iel troviĝas en la nuboj, ĉu ne.

Mi kapjesas, kun buŝo plena je supo.

– Ha jes, krome Peter – Clare aldonas. – Peter, la ĝardenisto.

– Ho, via familio havas servistojn! Sonas kiel iom super mia nivelo. Ĉu mi iam, nu, renkontis iun el via familio?

– Vi renkontis avinon Meagram iom antaŭ ŝia morto. La solan personon al kiu mi parolis pri vi. Tiam ŝi estis jam preskaŭ tute blinda. Ŝi sciis ke ni geedziĝos kaj volis konatiĝi kun vi.

Mi ĉesas manĝi kaj rigardas al Clare. Ŝi reciprokas mian rigardon, serene, anĝele, sen ajna ĝeno.

– Ĉu ni geedziĝos?

– Mi supozas – ŝi respondas. – De jaroj vi diradas al mi ke, de kie ajn vi venas, tie vi estas mia edzo.

Tio estas tro. Vere tro. Mi fermas la okulojn kaj devigas min pensi pri nenio; mi absolute ne volas perdi mian regon de la jeno kaj nuno.

– Henry? Henry, ĉu ĉio en ordo?

Mi sentas ke Clare glitas sur la sidlokon apud mi. Mi malfermas la okulojn, dum ŝi forte kaptas miajn manojn. Mi rigardas la ŝiajn, kaj vidas ke ili estas tiuj de manlaboristo, manoj nemolaj kaj fendetitaj.

– Henry, pardonu min, mi simple ne kapablas kutimiĝi al ĉi tio. Ja nun estas inverse. Mi volas diri ke dum mia tuta vivo vi estis tiu kiu sciis ĉion, kaj mi forgesis ke ĉi-vespere mi devus eble malrapidi. – Ŝi ridetas. – Fakte, preskaŭ kiel lastan aferon vi diris antaŭ via foriro: «Kompatu min, Clare». Vi diris tion en la tono per kiu vi kutimas citi, kaj nun, pripensante, mi supozas ke vi citis min.

Ŝi plu tenas miajn manojn. Ŝi rigardas min kun fervoro, kun amo. Mi sentas min honorata.

– Clare?

– Jes?

– Ĉu ni povus fari paŝon malantaŭen? Ŝajnigi ke temas pri normala rendevuo de du normalaj homoj?

– En ordo.

Clare stariĝas kaj reiras al sia flanko de la tablo. Ŝi sidas rekte kaj provas ne rideti.

– Nu, bone. Do, jes, Clare, rakontu iom pri vi. Ĉu vi havas hobiojn? Hejmbestojn? Nekutimajn seksajn emojn?

– Eltrovu mem.

– En ordo. Ni vidu … Al kia lernejo vi iras? Kion vi studas?

– Mi estas studento ĉe la Arta Instituto de Ĉikago, mi lernis skulptadon, sed mi ĵus ekis lerni paperfaradon.

– Bele. Kiel aspektas tio kion vi faras?

Clare ŝajne sentas sin malkomforte, la unuan fojon.

– Nu, ĝi estas iel … granda, kaj temas pri … birdoj.

Ŝi rigardas la tablon kaj trinkas gluton da teo.

– Birdoj?

– Nu, verdire temas pri, ni diru, sopirado.

Ŝi daŭre ne rigardas al mi, do mi ŝanĝas la temon.

– Rakontu plu pri via familio!

– Bone. – Clare malstreĉiĝas, ridetas. – Nu, mia familio loĝas en Miĉigano, proksime al urbeto ĉe lago nomata South Haven. Nia domo situas, fakte, ekster la urbolimoj. Ĝi apartenis al la gepatroj de mia patrino, do al mia avo kaj al avino Meagram. Li mortis antaŭ mia naskiĝo, ŝi vivis kun ni ĝis sia morto. Mi aĝis tiam dek sep. Mia avo estis advokato, kaj advokato estas mia patro; Paĉjo renkontis Panjon kiam li venis labori ĉe Avo.

– Do, li edzinigis la filinon de sia ĉefo.

– Ĝuste. Verdire, mi foje pripensas ĉu ne estis tiel ke li edziĝis al la domo de sia ĉefo. Mia patrino estas solinfano, kaj la domo estas vera juvelo; ĝi aperas en multaj libroj pri la movado Artoj kaj Metioj.

– Ĉu ĝi havas nomon? Kiu ĝin konstruis?

– Ĝi nomiĝas Domo Meadowlark, kaj konstruis ĝin, en 1896, Peter Wyns.

– Mirinde! Mi vidis bildojn pri ĝi. Ĝi estis konstruita por iu el la familio Henderson, ĉu ne?

– Jes, ĝi estis nuptodonaco por Mary Henderson kaj Dieter Bascombe. Ili divorcis du jarojn post la enloĝiĝo kaj tiam vendis la domon.

– Altklasa domo.

– Mia familio estas altklasa. Kaj klasas sin alte pro tio.

– Ĉu vi havas gefratojn?

– Mark aĝas dudek du kaj nun finfaras siajn preparstudojn pri juro. Alicia estas dek sep kaj baldaŭ finos gimnazion. Ŝi ludas violonĉelon.

Mi kredas senti ĉe ŝi inklinon al la fratino kaj ian indiferenton pri la frato.

– Vi ne aparte ŝatas vian fraton?

– Mark estas kiel Paĉjo. Ili ambaŭ ŝatas venki kaj parolpafas al vi tiom longe ĝis vi cedas.

– Sciu ke mi ĉiam envias homojn kun gefratoj, eĉ kiam ili ne tre ŝatas tiujn.

– Ĉu vi estas solinfano?

– Jes. Mi kredis ke vi ĉion scias pri mi!

– Verdire mi scias ĉion kaj nenion. Mi scias kiel vi aspektas sen vestoj, sed ĝis hodiaŭ mi ne konis vian familian nomon. Mi sciis ke vi loĝas en Ĉikago, sed mi scias nenion pri via familio, krom ke via patrino mortis en aŭtoakcidento kiam vi aĝis ses. Mi scias ke vi estas granda spertulo pri arto kaj ke vi flue parolas france kaj germane; sed mi ne imagis ke vi estas bibliotekisto. Vi malebligis al mi trovi vin en la nuntempo; vi diris ke tio simple okazos kiam devos okazi, kaj jen ni nun ĉi tie.

– Jen ni nun ĉi tie – mi konsentas. – Nu, mia familio ne estas altklasa; ja muzikista. Mia patro estas Richard DeTamble, kaj mia patrino estis Annette Lyn Robinson.

– Ho, la kantistino!

– Efektive. Dum li estas violonisto. Li ludas en la Ĉikaga Simfonia Orkestro. Sed li neniam atingis tian sukceson kiel ŝi. Domaĝe, ĉar mia patro estas mirinda violonisto. Post la morto de Panjo li ne povis elmarĉiĝi.

Ni ricevas la fakturon. Nek ŝi nek mi multe manĝis, sed almenaŭ min ne tro interesas nutraĵoj nun. Clare kaptas sian mansakon, sed mi skuas la kapon. Mi pagas; ni forlasas la restoracion kaj staras sur strato Clark en la milda aŭtuna nokto. Clare surhavas rafinitan bluan trikaĵon kaj peltan ŝalon; mi forgesis kunporti mantelon, do mi tremetas.

– Kie vi loĝas? – demandas Clare.

Ho ve.

– Ĉirkaŭ du domblokojn for de ĉi tie, sed mia loko estas eta kaj nun vere senorda. Kaj vi?

– Roscoe Village, avenuo Hoyne. Sed mi havas kunloĝant-inon.

– Se vi venas ĉe min, tiam vi devas fermi la okulojn kaj nombri ĝis mil. Ĉu eble tamen vi havas surdan, tre malscivolan kunloĝantinon?

– Tio estus tro bela. Mi neniam invitas iun; Charisse saltus sur vin kaj enpikus bambupecetojn sub viajn ungojn por elscii ĉion.

– Mi sopiras esti torturata de iu kun la nomo Charisse, sed mi vidas ke vi ne havas saman preferon. Bonvolu do viziti mian salonon!

Ni ekiras norden laŭ strato Clark. Mi ensaltas aĉeti botelon da vino ĉe Clark Street Liquors. Re surstrate Clare elmontras surprizon.

– Mi pensis ke vi ne devus drinki?

– Ĉu mi ne devus?

– Doktoro Kendrick tre insistis pri tio.

– Kiu estas li?

Ni paŝas malrapide, ĉar Clare surhavas malpraktikajn ŝuojn.

– Li estas via kuracisto, granda spertulo pri la krono-sindromo.

– Klarigu.

– Mi ne multon scias. D-ro David Kendrick estas molekul-genetikisto, kiu malkovris – nu, malkovros – kial iuj homoj suferas pro krono-sindromo. Estas genetikaĵo; li eltrovos tion en 2006. – Ŝi suspiras. – Simple, ankoraŭ tro fruas nun. Vi iam diris al mi ke, dekon da jaroj ekde nun, estos multe pli da krono-sindromuloj.

– Mi neniam aŭdis pri iu ajn alia kun ĉi tiu … sindromo.

– Eĉ se vi tuj klopodus eltrovi d-ron Kendrick, li ne povus vin helpi. Kaj se li povus, ni du neniam renkontus nin.

– Pri tio ni eĉ ne pensu.

Ni alvenas al mia enirhalo. En la malgrandan lifton Clare eniras la unua. Mi fermas la pordon kaj premas la butonon dek unu. Ŝi odoras je malnova ŝtofo, sapo, ŝvito kaj pelto. Mi profunde enspiras. Kun klaka sono la lifto atingas mian etaĝon, ni elpremas nin el ĝi kaj laŭiras la mallarĝan koridoron. Mi aplikas mian manplenon da ŝlosiloj al ĉiuj 107 seruroj kaj duon-malfermas la pordon.

– Ho ve, iĝis eĉ pli kaose dum ni vespermanĝis! Necesos kovri al vi la okulojn.

Clare glugle ridas dum mi lasas la vinon flanke kaj forprenas mian kravaton. Mi surmetas ĝin al ŝiaj okuloj kaj firme ligas sur la nuko. Mi malfermas la pordon, kondukas ŝin en la apartamenton kaj sidigas ŝin en la brakseĝon.

– Bone, komencu nombri!

Clare nombras. Mi ĉirkaŭŝtormas por kapti ĉiujn subvestojn kaj ŝtrumpetojn de sur la planko, kolekti kulerojn kaj kafotasojn de diversaj horizontalaj surfacoj por ĵeti ilin en la telerlavujon. Kiam ŝi diras «naŭcent sesdek sep», mi deprenas la kravaton de ŝiaj okuloj. Dume mi jam transformis la litsofon al ĝia dumtaga sofeco kaj eksidas sur ĝi.

– Ĉu vinon? Muzikon? Kandellumon?

– Volonte.

Mi stariĝas kaj lumigas kandelojn. Poste mi malŝaltas la plafonan lampon; en la ĉambro nun dancadas etaj lumoj, kaj ĉio ekhavas pli bonan aspekton. Mi metas la rozojn en akvon, senkorkigas la botelon kaj verŝas por ni po glason da vino. Post momento da pripenso mi elektas kompaktdiskon kun la lidoj de Schubert kantataj de mia patrino kaj ekludigas ĝin mallaŭte.

Mia loĝejo konsistas esence el sofo, brakseĝo kaj el ĉirkaŭ kvar mil libroj.

– Belege – diras Clare. Ŝi stariĝas kaj residas sur la sofo. Mi eksidas apud ŝi. Dum agrabla momento ni nur sidas kaj rigardas unu la alian. La kandellumo scintilas sur la haroj de Clare. Ŝi etendas manon kaj tuŝas mian vangon.

– Tiel bone vidi vin! Mi jam eksentis min sola.

Mi tiras ŝin al mi. Ni interkisas. Estas kiso tre … kuntaŭga, kiso kiu naskiĝas el longa rilatado, kaj mi demandas min kion fakte ni kutimis fari en tiu herbejo ĉe Clare – sed mi forpuŝas tiun ideon. Niaj lipoj disiĝas; kutime, ĉe tiu ĉi etapo mi ekpripensus kiel trabati mian vojon tra pluraj gardotavoloj da vestaĵoj, sed anstataŭe mi apogas la dorson, elstreĉas min sur la sofo kaj kuntrenas Clare, kaptante ŝin sub la akseloj kaj tirante; la velura robo igas ŝin glita, tiel ke ŝi pasas glate kiel velura angilo inter mian korpon kaj la dorson de la sofo. Ŝi alviziĝas min, dum min subtenas la brakapogilo de la sofo. Mi sentas tra la maldika ŝtofo kiel ŝia tuta korpo alpremiĝas al la mia. Parte mi brulas pro la deziro impeti, leki kaj plonĝi, sed mi estas elĉerpita, superŝutita.

– Kompatinda Henry!

– Kial «Kompatinda Henry»? Mi estas superplena je feliĉo! Mi diras la veron.

– Nu, ĉar mi faligadis sur vin ĉiujn surprizojn kiel rokopecojn! Clare gambosvinge eksidas sur min, precize sur la kacon. Tio koncentras mian atenton en mirinda maniero.

– Ne moviĝu! – mi diras.

– Bone! Mi trovas ĉi tiun vesperon plena je amuzo. Nu, se pensi pri «Scio estas potenco», kaj similaĵoj ... Krome mi ĉiam absolute scivolis kie vi loĝas, kiel vi vestas vin kaj kie vi laboras.

– *Voilà.*

Mi glitigas la manojn sub ŝian robon kaj supren laŭ la femuroj. Ŝi surhavas ŝtrumpojn kaj ĵartelojn. Tute laŭ mia gusto.

– Clare?

– *Oui.*

– Ĉu ne estas iom domaĝe ĉion tuj konsumi? Mi celas diri ke iom da atendado ne fuŝus la plezuron.

Clare embarasiĝas.

– Pardonu! Sed pensu ke en mia kazo la atendado daŭras jam jarojn. Kaj ne temas pri iaspeca kuko, kiun vi manĝus unufoje kaj jam ĝi elĉerpiĝus.

– Manĝi la kukon kaj gardi ĝin!

– Jen mia devizo.

Ŝi ridetas malice kaj puŝas la koksojn antaŭen-malantaŭen plurajn fojojn. Mia erekto dume iĝis tiom granda ke ĝi probable rajtus rajdi reltoboganon en amuzparko sen gepatra akompano.

– Vi plej ofte atingas kion vi volas, ĉu ne?

– Ĉiam. Mi estas terura. Nur vin mi preskaŭ neniam sukcesis subaĉeti per miaj kaĵoloj. Mi horore suferis pro via trudado de francaj verboj kaj damludo.

– Verŝajne mi trovu konsolon en la fakto ke mia estonta mio disponos almenaŭ kelkajn ilojn de subjugado. Ĉu vi faras same al ĉiuj knaboj?

Clare montras ofendiĝon, mi ne povas juĝi kiom sinceran.

– Neniam venus al mia kapo fari same kun ... knaboj! Vi havas tre malpurajn pensojn.

Ŝi malbutonas mian ĉemizon.

– Dio mia, vi estas tiel ... juna!

Ŝi pinĉas forte miajn cicojn. Al diablo kun ĉiuj virtoj! Mi trovis kiel malfermi ŝian robon.

La postan matenon:

CLARE: Mi vekiĝas kaj ne scias kie mi estas. Fremda plafono. Trafikbruoj el malproksime. Librobretoj. Blua brakseĝo, tra kiu kuŝas mia velura robo kaj, sur ĝi, vira kravato. Fine mi rememoras. Mi turnas la kapon, kaj jen Henry. Tute simple, kvazaŭ same okazadus al mi tra la tuta vivo. Li dormas sinforgese, tordita en iu apenaŭ ebla formo, kvazaŭ ĵetita sur marbordon, kun unu brako tra la okuloj por elfermi la matenon, dum la longaj nigraj haroj diskuŝas sur la kapkuseno. Tute simple. Jen ni kune. Ĉi tie kaj nun, finfine en la nuno.

Mi ellitiĝas singarde. La lito de Henry estas ankaŭ lia sofo.

La risortoj grincas ĉe mia leviĝo. Malvastas inter la lito kaj la librobretoj, do mi flankumas por atingi la antaŭĉambron. Malgrandas ankaŭ la banĉambro. Mi sentas min kiel Alico en Mirlando, kvazaŭ, subite altkreskinta, mi devus elŝovi brakon tra la fenestro eĉ nur por min turni. La artisma hejtileto klak-sone eligadas varmon. Mi pisas, lavas al mi la manojn kaj vizaĝon. Kaj jen mi rimarkas ke staras du dentobrosoj en la eta porcelana dentobrosingo.

Mi malfermas la ŝranketon super la spegulo. Sur la supra breto: raziloj, razokremo, buŝakvo, kapdolor-piloloj, blua rul-globeto, dentopikilo, senodorigilo. Malsupre: kremo por manoj, tamponoj, pesaria skatolo, senodorigilo, liprujo, botelo da mult-vitaminaĵo, tubo da spermicido. La liprujo tre malhele ruĝas.

Mi staras kun la rujo en la manoj, iom misfarte. Mi klopodas imagi kiel ŝi aspektas, kiel ŝi nomiĝas. Kiom longe ili jam estas kune? Sufiĉe longe, mi supozas. Mi remetas la rujon, refermas la ŝranketon. Mi vidas min en la spegulo: vizaĝo pala, haroj taŭzitaj. *Nu bone, kiu ajn vi estas, nun mi estas ĉi tie.* Mi alridetas min. Mia spegulbildo respondas per grimaco. Mi pruntas la blankan felpan banmantelon de Henry de sur la banĉambra pordo. Sur la sama hoko pendas sub ĝi palblua silka ĉambra robo. Kiu scias kial, konsolas min surhavi lian banmantelon.

Mi revenas en la salonon, Henry ankoraŭ dormas. Mi re-prenas mian horloĝon de la fenestrobreto kaj vidas ke estas ankoraŭ nur 6:30. Mi tro maltrankvilas por rekuŝi. Mi iras en la kuirejeton por trovi kafon. Ĉiuj surfacoj kaj eĉ la fornosupro plenas je stakoj da teleroj, je magazinoj kaj aliaj legaĵoj. Eĉ kuŝas ŝtrumpeto en la telerlavujo. Mi komprenas ke hieraŭ vespere Henry simple transhaŭlis ĉion en la kuirejon, sen ajna elekto. Mi ĉiam imagis lin vera ordemulo. Nun klariĝas ke li estas tia homo kiu zorgegas pri sia persona aspekto, sed neglektemas pri ĉio ajn alia. Mi trovas kafon en la fridujo, trafas ankaŭ la kafmaŝinon, kaj startigas ĝin. Dum la atendo mi detale trarigardas la librobretojn de Henry.

Jen tiu Henry kiun mi konas. *Elegioj, kantoj kaj sonetoj* de Donne. *Doktoro Faŭsto* de Christopher Marlowe. *Nuda tagmanĝo*. Anne Bradstreet, Emanuelo Kantio. Barthes, Foucault, Derrida. *Kantoj de senkulpeco kaj sperto* de Blake. *Winnie-la-Pu*. *Alico*, kun notaparato. Heidegger. Rilke. *Tristram Shandy*. *La Viskonsina Mortvojaĝo*. Aristotelo. Episkopo Berkeley. Andrew Marvell. *Hipotermio, frostiĝo kaj aliaj malvarm-rilataj vundiĝoj.*

La lito grincas, mi ektremas. Henry sidleviĝas, strabas al mi en la matenlumo. Li tiel junas, tiel *antaŭas* ... Ankoraŭ li ne konas min. Subite mi ektimas ke li forgesis kiu mi estas.

– Vi ŝajne malvarmas – li diras. – Revenu en la liton, Clare.

– Mi faris kafon – mi proponas.

– Mm, mi flaras tion. Sed unue venu kaj diru bonan matenon!

Mi enlitiĝas, plu en lia banmantelo. Kiam li glitigas sian manon sub ĝin, li haltas por sekundo, kaj mi vidas ke li ek-komprenis, ke li nun mense kontrolas kion mi povis vidi en lia banĉambro.

– Ĉu ĝenas vin? – li demandas.

Mi hezitas.

– Kompreneble ke ĝenas vin.

Henry eksidas, kaj mi same. Li turnas la kapon al mi, al-rigardas min:

– Ĉiuokaze, preskaŭ finiĝis.

– Preskaŭ?

– Mi jam volis fini la rilaton. Temas simple pri misa tempumo. Aŭ male, ĝusta tempumo, mi eĉ ne scias.

Li klopodas legi el mia vizaĝo, sed kiucele? Ĉu por serĉi pardonon? Li ja ne kulpas. Li ne povis scii.

– Eblas diri ke ni jam torturas unu la alian de longa tempo. – Li parolas pli kaj pli rapide, interrompas sin. – Ĉu fakte vi volas scii?

Mi ne volas.

– Dankon.

Henry glatumas sian vizaĝon:

– Pardonu. Mi ja ne sciis ke vi venos, alie mi iomete ordigus. Mi volas diri mian vivon, ne nur la apartamenton.

Sub orelo lia videblas lipruĝa makulo, mi etendas manon kaj forfrotas ĝin. Li prenas kaj tenas mian manon.

– Ĉu mi estas tre malsama? Ol vi atendis? – li demandas angore.

– Jes, vi estas pli … – *memcentra*, mi pensas, sed mi diras: – … juna.

Li pripensas.

– Ĉu tio estas bona aŭ mal-?

– Malsama.

Mi pasigas ambaŭ manojn trans liajn ŝultrojn, laŭlonge de lia dorso, masaĝas muskolojn, esploras kavaĵojn.

– Ĉu vi vidis vin mem en la aĝo de pli ol kvardek?

– Jes. Mi aspektas rompita kaj kripla.

– Prave. Sed vi estas malpli … aŭ kiel diri, vi estas iel pli … nu, mi celas ke tiam vi jam konas min, kaj tial …

– Do, nun vi diras al mi ke mi kondutas iom mallerte.

Mi skuas la kapon, kvankam ĝuste tion mi pensas.

– Temas nur ke mi jam havis ĉiujn tiujn spertojn, dum vi … Mi ne kutimas esti kun vi kiam vi ne memoras ion ajn okazintan.

Henry aspektas morna.

– Mi bedaŭras. Sed la homo kiun vi konas, ankoraŭ ne ekzistas. Restu kun mi, kaj tiam, pli aŭ malpli frue, li aperos. Ion pli bonan mi ne povas nun proponi.

– En ordo – mi diras. – Sed intertempe …

Li turnas sin por rigardi min.

– Intertempe?

– Mi volas …

– Vi volas? …

Mi ruĝiĝas. Henry ridetas kaj tenere repuŝas min sur la kusenojn.

– Vi ja scias.

– Mi ne multon scias, sed ion kaj tion mi povas diveni …

Iom poste ni dormetas en la varmo de la pala, oktobromeza suno, haŭton ĉe haŭto, kaj Henry flustras ion ĉe mia nuko, kion mi ne komprenas.

– Kion?

– Mi estis pensanta: kiel pace ĉi tie, kune kun vi. Estas bele simple kuŝi kaj scii ke la estonteco estas iusence prizorgita.

– Henry?

– Hmm?

– Kiel eblas ke vi neniam rakontis al vi mem pri mi?

– Ho, tiaĵon mi ne kutimas fari.

– Ne kutimas kion?

– Baze, mi ne sciigas min mem antaŭtempe pri io ajn, krom se estas io enorma, vivdanĝera, ĉu vi komprenas? Mi provas vivi kiel normala homo. Mi eĉ ne ŝatas ĉeesti aliajn miojn, do mi klopodas ne viziti min mem, se mi nur havas elekton.

Mi iom pripensas ĉi tion.

– Mi rakontus al mi mem ĉion.

– Vi ne farus. Kaŭzas grandajn problemojn.

– Mi ĉiam provadis igi vin rakonti al mi aferojn.

Mi ruliĝas surdorsen, Henry manapogas sian kapon kaj rigardas malsupren al mi. Niaj vizaĝoj distancas manatinge. Estas tiel strange nun interparoli preskaŭ same kiel ni ĉiam faris, sed la fizika proksimeco malfaciligas mian koncentriĝon.

– Kaj ĉu mi rakontis al vi aferojn? – li demandas.

– Foje jes. Kiam vi emis, aŭ kiam vi nepre devis.

– Ekzemple kion?

– Vidu ke vi ja volas scii! Sed mi ne diros.

Henry ridas.

– Prave punite laŭmerite! He, mi malsatas. Iru ni matenmanĝi.

Ekstere friskas. Aŭtoj kaj bicikloj veturas laŭ Dearborn, dum paroj promenas sur la trotuaroj, kaj ni trovas nin inter ili, man-en-mane, finfine kune, videblaj por ĉiu ajn. Mi sentas piketon de bedaŭro, kvazaŭ mi perdus iun sekreton, sed tuj venas ekzalta sento: nun komenciĝas ĉio.

ĈIO IAM OKAZAS UNUAN FOJON

Dimanĉon, la 16-an de junio 1968

HENRY: La unua fojo estis magia. Kiel mi povus kompreni ĝian signifon? En mia kvina naskiĝtago, ni vizitis la Natursciencan Muzeon Field. Mi pensas ke mi neniam pli frue estis en tiu muzeo. Dum tuta semajno miaj gepatroj rakontadis kiajn mirindaĵojn mi vidos tie: la remburitajn elefantojn en la granda halo, la dinosaŭrajn skeletojn, la dioramojn kun kavernohomoj. Panjo ĵus revenis el Sidnejo, de kie ŝi kunportis por mi enorman, konsterne bluan *Papilio ulysses*, preparitan en kadro plena je kotono. Mi re kaj re tenis ĝin proksime al mia vizaĝo, tiel proksime ke mi vidis nenion krom tiu bluo. Tio plenigis min per certa sento, tiu sento kiun mi poste klopodis revenigi per alkoholo kaj kiun mi fine retrovis kun Clare, senton de unueco, sinforgeso, sensoperdo en la plej bona senco. Miaj gepatroj priskribis kiajn vitroŝrankojn ni vidos kun papilioj, kolibroj kaj skaraboj. Min trafis tia ekscito ke mi vekiĝis jam antaŭ sunleviĝo. Mi surmetis miajn sportŝuojn, prenis mian *Papilio ulysses*, iris en la korton kaj plu laŭ la ŝtupoj al la rivero, en piĵamo. Mi sidis sur la albordiĝejo kaj rigardis la lumon aperi. Preternaĝis familio de anasoj, kaj lavurso sin montris sur la kontraŭflanka albordiĝejo, rigardis min scivole antaŭ ol lavi sian matenmanĝon konsumotan. Verŝajne mi en-

39

dormiĝis. Mi aŭdis vokon de Panjo, mi rekuris supren laŭ la ŝtupoj, nun glitigaj pro roso, zorgante ne lasi fali la papilion. Ŝi koleris ke mi iris sola ĉe la riveron, sed ne montris skandaliĝon, finfine estis mia naskiĝtago.

Miaj gepatroj ne devis labori tiun vesperon, do ili sin vestis kaj preparis tute trankvile. Mi pretiĝis la unua, multe pli frue. Sidante sur ilia lito, mi ŝajnigis legi partituron. Ĝuste tiutempe miaj gepatroj malkovris ke ilia sola ido malhavas muzikan talenton. Ne temis pri manko de klopodo; mi simple ne sukcesis aŭdi tion saman kion ili aŭdis en iu muzikaĵo. Mi ŝatis muzikon, sed apenaŭ kapablis kanti melodion. Mi ja scipovis legi gazeton en la aĝo de kvar, sed muziknotoj estis por mi nur belaj nigraj katogratoj. Miaj gepatroj tamen gardis la esperon ke eble profunde en mi kaŝiĝas ia muzika dispozicio – do, kiam mi prenis tiun partituron, Panjo sidiĝis apud mi kaj provis helpi. Jam baldaŭ ŝi ekkantis, mi aliĝis kun ia horora ululado kaj fingro-klakoj – kaj jen ni jam bobele ridis kaj ŝi tikladis min. Paĉjo aperis el la banĉambro kun bantuko ĉirkaŭ la talio, aliĝis al nia bando, kaj dum kelkaj belegaj minutoj ili kune kantis, Paĉjo levis min, kaj ili ĉirkaŭdancis la dormoĉambron kun mi interpremita. Fine telefono sonis, kaj la sceno dissolviĝis. Panjo iris respondi la vokon, Paĉjo remetis min sur la liton kaj vestis sin.

Fine ili pretiĝis. Mia patrino portis ruĝan, senmanikan robon kaj sandalojn; ŝi farbis siajn ungojn sur la manoj kaj piedoj por laŭi la koloron de la robo. Paĉjo elstaris per malhelblua pantalono kaj blanka ĉemizo kun kurtaj manikoj, donante trankvilan fonon al la spektakla aspekto de Panjo. Ni enŝtopis nin en la aŭton. Kiel ĉiam, mi disponis pri la tuta malantaŭo, do mi ekkuŝis sur la benko kaj rigardis kiel la altegaj konstruaĵoj laŭ Lake Shore Drive preterflugas la fenestron.

– Residiĝu, Henry! – diris Panjo. – Ni alvenis.

Mi relevis min kaj rigardis la muzeon. Mia infanaĝo ĝis tiam pasis karavane tra eŭropaj metropoloj, tiel ke Muzeo Field konvenis al mia ideo pri muzeoj, sed ĝian ŝtonfasadon kun kupolo mi ne trovis io aparta. Ĉar estis dimanĉo, ni malfacile trovis parklokon, sed fine ni sukcesis, kaj povis ekpromeni laŭ la lago, preter boatoj, statuoj kaj aliaj ekscititaj infanoj. Inter la pezaj kolonoj, ni enpaŝis en la muzeon.

Kaj tuj mi estis komplete ensorĉita.

Jen la tuta naturo registrita, etikedita, aranĝita laŭ logiko kiu ŝajnis tiel sentempa kvazaŭ Dio mem ĝin ordonis, eble tia Dio kiu post la Kreado ne kapablis retrovi sian komencan planon kaj tial petis helpon de la oficistoj en Muzeo Field por ĉion prisekvi. Por mia kvinjara mio, kiun komplete ravis eĉ unusola papilio, trairi Muzeon Field egalis al promeno tra la Paradizo, kun ĉiuj ties kreitaĵoj.

Tiom multe ni vidis en tiu tago: nepre papiliojn, ŝrankon post ŝranko da ili, el Brazilo, el Madagaskaro, eĉ fraton de mia blua papilio antipoda. La muzeo estis malhela, malvarma kaj malnova – tio nur emfazis la senton de suspendo, de tempo kaj morto haltigitaj ene de ĉi tiuj muroj. Ni vidis kristalojn kaj kastorojn, pumojn kaj mumiojn, fosiliojn kaj pliajn fosiliojn. Tagmanĝe ni piknikis sur gazono de la muzeo, sed tuj replonĝis por vidi birdojn, aligatorojn kaj neandertalulojn. Ĉe la fino mi apenaŭ kapablis stari pro laceco, sed mi malvolegis foriri. Venis la gardistoj kaj afable pelis nin al la elirejoj. Mi klopodis ne plori, sed pro elĉerpiĝo kaj sopiro mi fine tamen ploris. Paĉjo prenis min sur la brakojn, kaj ni revenis al la aŭto. Mi tuj endormiĝis malantaŭe, kaj ĉe mia vekiĝo ni jam estis hejme, en tempo por la vespermanĝo.

Ni manĝis teretaĝe, ĉe gesinjoroj Kim, niaj domposedantoj. S-ro Kim estis bruska, kompakta viro, kiu ŝajne ŝatis min sed neniam multe parolis, dum s-ino Kim (mi ĉiam karesnomis ŝin Kimy) estis mia amiko, mia freneza, kartludema korea vartistino. Mi kutimis pasigi plejparton de la tago kun Kimy. Dum mia panjo ne brilis per sia kuirarto, Kimy pinte produktis ion ajn, de sufleo ĝis *bibimbapo*. Ĉi-foje, por mia naskiĝtago, ŝi preparis picon kaj ĉokoladan torton.

Ni manĝis. Ĉiuj gratulkantis al mi, kaj mi blovestingis la kandelojn. Mi ne memoras kion mi deziris al mi dume. Mi rajtis ne dormi pli longe ol kutime, ĉar mi ankoraŭ sentis eksciton pro ĉio vidita en la tago, kaj ĉar mia posttagmeza dormo okazis malfrue. Sidante sur la verando kun Paĉjo kaj Panjo kaj ges-roj Kim, mi trinkis limonadon kaj observis la bluon de la vespera ĉielo, aŭskultis la cikadojn kaj la televidajn bruojn el aliaj loĝejoj. Fine Paĉjo anoncis:

– Tempo dormi, Henry.

Mi brosis la dentojn, preĝis miajn preĝojn kaj enlitiĝis. Paĉjo legis por mi kelkan tempon, kaj kiam li vidis ke mi ne endormiĝas, kun Panjo li malŝaltis la lumojn, lasis mian dormo-ĉambran pordon malfermita je fendo kaj iris al la salono. Laŭ interkonsento, ili ludos por mi kiel ajn longe mi volas, kondiĉe ke mi restu en la lito. Panjo eksidis ĉe la piano kaj Paĉjo elprenis sian violonon: ili ludis kaj kantis dum longa tempo. Lulkantojn, lidojn, nokturnojn – sonĝecan muzikon por pacigi la sovaĝan knabon en la dormoĉambro. Fine Panjo envenis por vidi ĉu mi dormas. Mi certe aspektis malgranda kaj zorgoplena en mia liteto, nokta besto en piĵamo.

– Ho, koro mia, ĉu vi ne dormas?

Mi kapneis.

– Pačjo kaj mi enlitiĝos nun. Ĉu en ordo?

Mi jesis kaj ŝi brakumis min.

– La muzeo hodiaŭ estis interesega, ĉu ne?

– Ĉi ni povus iri denove morgaŭ?

– Morgaŭ ne, sed vere baldaŭ ni refaros, ĉu bone?

– Bone.

– Nokton.

Ŝi lasis la pordon malfermita kaj malŝaltis la lumon en la salono.

– Dormu bone. Bele songu, litocimo vin ne rongu.

Mi aŭdis bruetojn, akvon flui, tralavon en la necesejo. Kaj ĉio eksilentis. Mi ellitiĝis kaj genuiĝis antaŭ mia fenestro. Mi povis vidi lumojn en la najbara domo, kaj aŭto preterveturis kun hurlanta radio. Mi restis tie kelkan tempon, provante senti dormemon. Mi ekstaris, kaj tiam ĉio ŝanĝiĝis.

Sabaton, la 2-an de januaro 1988, 4:03 matene
/ Dimanĉon, la 16-an de junio 1968, 10:46 vespere
(Henry aĝas 24 kaj Henry aĝas 5)

HENRY: Estas 4:03 matene en aparte malvarma januara tago, kaj mi survojas hejmen. Post nokta dancado, mi estas nur duone ebria sed terure elĉerpita. Dum mi umas kun la ŝlosiloj en la hela vestiblo, mi falas sur la genuojn pro vertiĝo kaj naŭzo, kaj mi tuj trovas min en malhelo, vomante sur kahelan plankon. Mi levas la kapon kaj vidas ruĝan lumsignon ELIREJO; post alkutimiĝo de la okuloj mi vidas ankaŭ tigrojn, kavernohomojn kun longaj lancoj, kavernhominojn en peltoj kun modesta kovrosurfaco, lupecajn hundojn. Mia koro ekbategas, kaj dum longa momento drinknebula mi pensas: «Diable, mi refalis tute

43

ĝis la ŝtonepoko!», ĝis mi fine konsciiĝas ke lumsignoj ELIREJO emas plioftiĝi en la dudeka jarcento. Mi restariĝas tremante kaj strebas trovi tiun elirejon, kun glaciaj kaheloj sub miaj nudaj piedoj, kun anserhaŭto kaj ĉiuj korpharoj rektiĝintaj. Regas kompleta silento. La aero sentiĝas glueca pro la klimatizo. Mi atingas la enirejon kaj enrigardas la sekvan lokalon. Ĝi plenas je vitroŝrankoj; tra la altaj fenestroj la glimo de blankaj stratlumoj montras al mi milojn da skaraboj. Dank' al la Ĉiopova, mi estas en Muzeo Field! Mi staras senmove, enspiras profunde, provas ordigi mian kapon. Mia obtuza cerbo sentas vekiĝon de svaga memorero, kiun mi provas rekapti. Mi estas faronta ion. Jes. En mia kvina naskiĝtago ... Iu tiam ĉeestis, kaj tiu iu estos ĝuste mi ... Mi bezonas vestaĵojn. Nepre. Nun.

Mi sprintas tra la skarabaro al la longa koridoro kiu duonigas la unuan etaĝon, kaj desupras la okcidentan ŝtuparon al la teretaĝo, kun sento de dankemo ke mi trovas min en epoko sen movdetektiloj. La elefantegoj minace superaltas min en la lunlumo, kaj mi mansvingas al ili dum mi kuras al la eta suvenirbutiko dekstre de la ĉefenirejo. Mi inspektas la varojn kaj eltrovas kelkajn promesajn artiklojn: ornamitan leter-malfermilon, metalan paĝmontrilon kun la insignoj de la muzeo, kaj du T-ĉemizojn kun bildoj de dinosaŭroj. La seruroj de la vitrinoj estas por mi infanludo, mi malfermas ilin per harpinglo trovita apud la kasregistrilo, kaj elprenas kion mi bezonas. Bone. Re supren laŭ la ŝtuparejo, al la dua etaĝo. Ĉi tie, en la «subtegmento» de Field, troviĝas la laboratorioj kaj la oficejoj de la kunlaborantoj. Mi flugrigardas la nomojn sur la pordoj, sed neniu el ili ŝajnas al mi konata. Mi fine elektas pordon hazarde, glitigas la paĝmontrilon laŭ la seruro, ĝis la riglilo resaltas kaj enlasas min.

Ĉi tiun oficejon okupas iu V. M. Williamson, tre malorda ulo. Ĉie en la ĉambro kuŝas paperoj, kafotasoj, kaj cindrujoj tro plenaj; sur lia skribotablo staras parte artikita serpento-skeleto. Mi rapide skoltas por ŝteleblaj vestaĵoj sed eltrovas nenion. La sekva oficejo estas de virino, iu J. F. Bettley. Je la tria pafo jen plena trafo: sur vestarko de D. W. Fitch bele pendas kompleto, pli-malpli laŭ mia grandeco, kvankam iom mallonga por la brakoj kaj gamboj, kaj kun larĝa roverso. La jakon mi surmetas super unu el la dinosaŭraj T-ĉemizoj. Ŝuoj ja mankas, sed mi aspektas dece. En tirkesto D. W. tenas ankaŭ nemalfermitan pakon da Oreo-biskvitoj, estu li benita. Mi alproprigas ilin kaj zorge fermas la pordon malantaŭ mi.

Kie mi estis kiam mi ekvidis min? Mi fermas la okulojn kaj laceco superondas min, karesas per sonĝoportaj fingroj. Mi preskaŭ ekdormas stare, sed kaptas min ĉe la freŝa faro kaj rememoras: vira silueto venis renkonte al mi, lumigate defone, ĉe la muzea ĉefenirejo. Mi devas reveni al la Granda Halo.

Kiam mi alvenas tien, ĉio trankvilas kaj silentas. Mi trairas la halon, klopodas rememori kiel aspektis la porda fono, kaj poste mi sidiĝas apud la vestejo: tiel mi eniros la scenejon de mal-dekstre. Mi aŭdas la sangon flui tra mia kapo, la murmuron de la klimatizo, aŭtojn preterzumi laŭ Lake Shore Drive. Mi formanĝas dek Oreojn, malrapide, milde disprenas ĉiun aparte, elskrapas la farĉon per la tranĉodentoj, kaj longe maĉas la ĉokoladajn duonojn, por ke ili daŭru. Mi ne havas ideon pri la horo, aŭ kiel longe mi devos atendi. Mi pli-malpli elebriiĝis kaj estas sufiĉe atentokapabla. Finfine: aŭdiĝas mallaŭta albatiĝo, subita anhelo. Silento. Mi atendas. Silente mi ekstaras kaj iras softpaŝe en la Halon, malrapide tra la lumfasko transversa laŭ la marmora planko. Mi ekstaras meze de la enirpordoj kaj vokas duonlaŭte:

– Henry!

Nenio. Saĝa knabo, suspektema kaj silenta. Mi reprovas.

– Ne zorgu, Henry. Mi estas via gvidisto, por montri al vi ĉion ĉi tie. Temas pri speciala rondiro. Ne timu, Henry.

Mi aŭdas minimuman, tute feblan brueton.

– Mi alportis por vi T-ĉemizon, Henry. Por ke vi ne malvarmu dum ni rigardos la ekspozicion.

Nun mi ekvidas liajn konturojn, ĉe la rando de la mallumo.

– Jen, kaptu!

Mi ĵetas la ĉemizon al li, ĝi malaperas, kaj poste li paŝas en la lumon. La ĉemizo atingas liajn genuojn. Jen mi kvinjara, kun malhelaj stoploharoj, lune pala kun brunaj okuloj preskaŭ slavaj, kun tendenoj de ĉevalido. En la aĝo de kvin mi estas feliĉa, en la ŝirmo de normaleco kaj de la gepatraj brakoj. Ĉio ŝanĝiĝis – ekde nun.

Mi proksimiĝas malrapide, klinas min al li kaj preskaŭ flustras:

– Saluton. Mi ĝojas vidi vin, Henry. Dankon ke vi venis ĉi-nokte.

– Kie mi estas? Kaj kiu estas vi?

Lia eta, alta voĉo iom eĥiĝas sur la malvarma planko.

– Vi estas en Muzeo Field. Oni sendis min ĉi tien por montri al vi aĵojn kiujn ne eblas vidi dum la tago. Ankaŭ mi nomiĝas Henry. Amuze, ĉu ne?

Li kapjesas.

– Ĉu vi ŝatus biskvitojn? Kiam mi vizitas muzeon, mi ĉiam emas manĝi biskvitojn. Tiel partoprenas eĉ pli da sensoj.

Mi proponas al li la pakon da Oreo. Li hezitas, ne certas ĉu tio decas; li malsatas sed ne scias kiom li rajtus preni por resti afabla.

– Prenu kiom ajn vi volas. Mi jam manĝis dekon, do vi bezonos longe por atingi min.

Li prenas tri.

– Ĉu vi scias kion vi ŝatus vidi unue?

Li skuas la kapon.

– Mi havas ideon. Ni iru supren al la dua etaĝo: tie ili tenas ĉion kio ne estas elmontrata. Ĉu bone?

– Bone.

Ni iras tra la mallumo, kaj supren laŭ la ŝtupoj. Li moviĝas nerapide, mi do bremsas mian ritmon.

– Kie estas Panjo?

– Ŝi hejme dormas. La speciala rondiro estas nur por vi, ĉar estas via naskiĝtago. Krome, plenkreskuloj fakte ne emas fari ĉi tiajn aferojn.

– Ĉu vi ne estas plenkreskulo?

– Mi estas tre nekutima plenkreskulo. Mia tasko estas vivi aventurojn. Do, kompreneble, kiam mi aŭdis ke vi volas reveni tuj al Muzeo Field, mi nepre kaptis la okazon por ĉirkaŭgvidi vin.

– Sed kiel mi venis ĉi tien?

Ĉe la supro de la ŝtupoj li haltas kaj alrigardas min kun sento de plena konfuzo.

– Nu, tio estas sekreto. Se mi diru ĝin al vi, tiam vi devas ĵuri ke vi ne rakontos al iu ajn.

– Kial?

– Ĉar ili ne kredus vin. Nu, vi povas rakonti al Panjo, aŭ eĉ al Kimy se vi volas, sed al neniu alia. Ĉu en ordo?

– En ordo ...

Mi genuiĝas antaŭ li, antaŭ mia senkulpa mio, kaj rigardas al li en la okulojn.

– Ĉu vi ĵuros por promesi?

– Mhm …

– Bone. Jen kio okazis: vi vojaĝis tra la tempo. Vi estis en via dormoĉambro, kaj tute subite, puf!, vi trovis vin ĉi tie, iom pli frue en la vespero, tiel ke restas al ni amaso da tempo por rigardi ĉion antaŭ ol vi devos reiri hejmen.

Li silentas kaj aspektas duba.

– Ĉu tio havas sencon por vi?

– Sed … kial?

– Nu … tion mi ankoraŭ ne eltrovis. Mi nepre diros al vi, kiam mi eltrovos. Sed dume ni devas daŭrigi. Ĉu biskviton?

Li prenas unu, kaj ni malrapide paŝas laŭ la koridoro. Mi decidas eksperimenti.

– Ni provu ĉi tiun!

Mi glitigas la paĝmontrilon laŭ pordo kun la signo 306 kaj malfermas ĝin. Kiam mi ŝaltas la lumon, ni ekvidas rokpecojn de kukurba grando ĉie surplanke, tutajn kaj duonajn, kun elstaraĵoj ekstere kaj strekoj metalvejnaj interne.

– Ho, vidu, Henry! Meteoritoj.

– Kio estas meteoridoj?

– Rokoj kiuj falas el la spaco.

Li alrigardas min kvazaŭ mi mem estus falinta el la spaco.

– Ĉu ni provu alian pordon?

Li kapjesas. Mi fermas la meteoritejon kaj provas la pordon aliflanke de la koridoro. Ĉi tiu ĉambro plenas je birdoj. Birdoj en simulata flugado, birdoj en eterna kaŭro sur branĉoj, birdokapoj, birdohaŭtoj. Mi malfermas unu tirkeston el centoj: ene kuŝas dekduo da vitraj tubetoj, kaj, en ĉiu el ili, eta ore nigra birdo, kun nomŝildo ligita ĉirkaŭ unu piedo. Henry malfermegas la okulojn.

– Ĉu vi volas tuŝi?

– Mhm.

Mi elprenas la vatan ŝtopilon el la buŝo de unu tubo kaj elskuas kardelon sur mian manplaton. La birdeto plu restas tub-forma. Henry ameme karesas ĝian kapeton.

– Ĉu ĝi dormas?

– Pli-malpli.

Lia akra rigardo esprimas malfidon pri mia proksimumaĵo. Milde mi reŝovas la kardelon en la tubon, remetas la tubon, remetas la vaton, refermas la tirkeston. Mi sentas min tiel laca. Eĉ pensi pri la vorto «dormi» per si mem forlogas min. Mi do montras la vojon reen al la halo, kaj subite mi rememoras kion mi amis pri tiu ĉi nokto kiam mi estis infano.

– Hej, Henry, iru ni al la biblioteko!

Li levas la ŝultrojn. Mi ekiras nun rapide, li ekkuras por teni la ritmon. La biblioteko situas en la dua etaĝo, ĉe la orienta fino de la konstruaĵo. Kiam ni atingas ĝin, mi haltas por momento kaj ekzamenas la serurojn. Henry rigardas al mi, kvazaŭ por diri: «Nu ja, jen jam fino». Mi serĉas en la poŝoj kaj trovas la leter-malfermilon. Mi tuŝe-turne deŝovas ĝian lignan manilon, kaj ene trovas belan, longan, mallarĝan metalaĵon kun pika pinto. Mi duone enigas ĝin en la seruron kaj ĉirkaŭpalpas. Mi aŭdas la riglilon cedi, kaj kiam liberiĝas la vojo, mi enpuŝas la alian duonon, uzas mian paĝmontrilon ĉe la alia seruro, kaj jen, dirite farite, «malfermiĝu, sezamo!»

Finfine mia kunulo estas taŭge impresita.

– Kiel vi faris tion?

– Ne malfacilas. Mi instruos al vi alian fojon. Degnu enpaŝi!

Mi tenas la pordon malfermita, kaj li eniras. Mi ŝaltas la lumojn, kaj la Legosalono ekvivas: jen pezaj lignaj tabloj kaj seĝoj, kaŝtankolora tapiŝo, fortimige granda tablo por la deĵorantoj. La biblioteko de Muzeo Field ne havas kiel celon imponi al kvinjaruloj. Ĝi estas nepublika kolekto, nur por sciencistoj kaj kleruloj. Staras ja libroŝrankoj ĉe ĉiuj muroj ĉirkaŭe, sed ili entenas ĉefe lede binditajn jarkolektojn de sciencaj periodaĵoj el la Viktorina epoko. La libro kiun mi celas troviĝas en granda ŝranko vitra kaj kverka, kiu staras sola meze de la salono. Mi solvas la seruran demandon per la harpinglo kaj malfermas la vitran pordon. Vere, la Muzeo devus pli serioze zorgi pri sia sekureco. Mi ne vere sentas kulpon pri miaj agoj: finfine, mi estas efektiva bibliotekisto, regule gvidanta prelegajn prezentojn tra Newberry. Mi iras malantaŭ la deĵortablon, trovas pecon da felto kaj apogiletojn, kaj ĉion mi lokas sur apuda tablo. Poste mi fermas la libron, zorge elprenas ĝin el la ŝranko kaj ripozigas ĝin sur la feltaĵo. Mi eltiras seĝon.

– Jen, staru sur ĝi, tiam vi pli bone vidos!

Li grimpas sur la seĝon, kaj mi malfermas la libron.

Temas pri *Birds of America* fare de Audubon, mirinde luksa folianto sur papero nomata «duoble elefanta», volumo preskaŭ same alta kiel mia juna mio. Ĉi tiu ekzemplero estas la plej bela kiu ekzistas, kaj mi pasigis multajn pluvajn posttagmezojn admirante ĝin. Mi malfermas ĝin ĉe la unua bildego. Henry alrigardas min kun rideto.

– *Gavio* – li legas. – Aspektas kiel anaso.

– Absolute. Ni vetu ke mi divenos kiu birdo estas via plej ŝatata.

Li kapskuas kun rideto.

– Je kio vi vetus?

Li rigardas malsupren al si mem en la tiranosaŭra T-ĉemizo kaj levas la ŝultrojn. Mi konas la senton.

– Mi proponas jene: se mi divenos, vi rajtos manĝi unu biskviton, kaj se mi ne divenos, vi rajtos manĝi unu biskviton.

Li pripensas kaj konkludas ke tio estas sekura veto. Mi malfermas la libron ĉe *Flamingo*.

– Ĉu mi divenis?

– Jes!

Facilas esti ĉioscia kiam oni jam ĉion travivis unufoje.

– Bone, jen biskvito por vi. Kaj ankaŭ mi ricevas unu, tial ke mi pravis. Sed ni devos atendi manĝi ilin ĝis ni finos rigardi la libron, ĉar ni certe ne volas biskviterojn ĉie sur la blubirdoj, ĉu ne?

– Certe ne!

Li metas sian Oreon sur brakapogilon de seĝo. Ni rekomencas ĉe la komenco, malrapide turnante la paĝojn de birdo al birdo, tiom pli vivaj ol la realaj specimenoj en la vitraj tuboj.

– Jen la blucindra ardeo. Ĝi estas vere granda, pli ol flamingo. Ĉu kolibron vi iam vidis?

– Jes, ĝuste hodiaŭ!

– En ĉi tiu muzeo?

– Mhm.

– Atendu vidi kolibron ekstere! Ĝi estas kiel eta helikoptero, la flugiloj moviĝas tiom rapide ke oni vidas nur ian malklarajon ...

Turni ĉiun paĝon estas kiel prepari liton: tuta tuko da papero leviĝas kaj malleviĝas malrapide. Henry staras tre atente, preta por ĉiam nova miraklo, eligas etajn bruojn de plezuro je ĉiu kanada gruo, amerika fuliko, granda aŭko, blankvizaĝa nigropego. Kiam ni atingas la lastan bildon, tiun de neĝemberizo, li klinas sin al ĝi kaj delikate karesas la gravurajon. Mi rigardas lin, rigardas la libron, rememoras tiun ĉi libron, tiun ĉi momenton, la unuan libron kiun mi amis, kaj kiel mi volis rampi en ĝin kaj dormi.

– Ĉu vi estas laca?

– Mhm.

– Ĉu ni iru?

– Bone.

Mi fermas *Birds of America*, reportas ĝin al ĝia vitra hejmo, malfermas ĝin ĉe *Flamingo*, fermas kaj ŝlosas la ŝrankon. Henry desaltas de la seĝo kaj manĝas sian Oreon. Mi remetas la feltaĵon sur la dejortablon kaj puŝe relokas la seĝon. Henry malŝaltas la lumon, kaj ni forlasas la Bibliotekon.

Ni promenas, amike babilante pri flugantaj estaĵoj kaj rampantaj estaĵoj, manĝante niajn Oreojn. Henry rakontas pri Panjo kaj Paĉjo kaj s-ino Kim, kiu instruas al li fari lasanjojn, kaj ankaŭ pri Brenda, kiun mi tute forgesis, mia tiutempa plej bona amiko, ĝis ŝia familio transloĝiĝis al Tampa en Florido, ĉirkaŭ tri monatojn post nun. Ni staras ĝuste antaŭ Bushman, la legenda gorilo kun arĝenta dorso, kies remburita grandiozo minace turas super ni sur sia eta marmora soklo en teretaĝa koridoro, kiam Henry ekkrias, stumblas antaŭen, etendas al mi urĝe la brakojn; mi kaptas lin, kaj li malaperas. La T-ĉemizo restas kiel varma malplenaĵo en miaj manoj. Mi suspiras kaj ŝtuparas supren por iom rigardi la mumiojn sola. Mia juna mio dume estas jam hejme, enrampas en la liton. Mi memoras, memoras. Mi vekiĝis matene, kaj ĉio por mi estis mirinda sonĝo. Panjo ridis kaj diris ke tempvojaĝi ŝajnas amuze, kaj ke ankaŭ ŝi volas ĝin provi.

Jen kia estis la unua fojo.

UNUA RENDEVUO, DU

Vendredon, la 23-an de septembro 1977
(Henry aĝas 36, Clare aĝas 6)

HENRY: Mi atendas en la Herbejo. Mi restas iom ekster la maldensejo, ĉar mankas la vestaĵoj kiujn Clare kutimas teni por mi en skatolo sub ŝtono; mankas ankaŭ la skatolo mem, do mi danku ke estas milda posttagmezo, eble fruseptembra, en nekonata jaro. Mi kaŭras meze de la altaj herboj, pripensas. Tio ke mankas la skatolo da vestaĵoj signifas ke mi alvenis en tempon antaŭ ol Clare kaj mi nin renkontis. Eble Clare eĉ ne naskiĝis ankoraŭ. Tio jam okazis pli frue, kaj dolorigas; tiajn fojojn mi kaŝas min nuda la tutan tempon en la Herbejo, ne kuraĝante min montri proksime al la familio de Clare. Mi pensas sopire pri la pomarboj ĉe la okcidenta herbejrando. Ĉi-sezone ili devus havi pometojn, kiuj ja estas malgrandaj, acidaj kaj ekronĝitaj de cervoj, tamen manĝeblaj. Aŭdiĝas frapbruo de ŝirmpordo, mi ĵetas rigardon super la herbojn. Infano proksimiĝas galope laŭ la pado tra la herba ondaro. Mia koro ekbatas maltrankvile, kiam Clare enkuras la maldensejon.

Ŝi estas tre juna. Sola kaj senzorga pri la mondo ĉirkaŭe. Ŝi ankoraŭ surhavas la lernejan uniformon, kiu estas blanka bluzo sub ĉasist-verda svetero kaj ĝisgenuaj ŝtrumpetoj kun mokasenoj.

Ŝi kunportas grandmagazenan aĉetsakon kaj bantukon. Clare etendas la tukon sur la grundo kaj elŝutas la enhavon de la sako: nome, ĉiajn skribilojn imageblajn. Jen malnovaj globkrajonoj, stumpoj de karbkrajonoj el la biblioteko, vakskoloriloj, fortodoraj feltkrajonoj, fontoplumo. Krome ŝi havas faskon da oficiala leterpapero el la laborĉambro de sia patro. Ŝi aranĝas la bezonaĵojn, spertule sku-egaligas paperstakon, kaj poste sisteme elprovas, per zorgaj linioj kaj kurboj, ĉiun krajonon kaj skribilon, dum ŝi zumas melodion. Per iom da atenta aŭskultado, mi rekonas la zumaĵon kiel la temo-muzikon de la sitkomo Dick Van Dyke.

Mi hezitas. Clare estas kontente okupata. Ŝi aĝas ĉirkaŭ ses jarojn; se nun estas septembro, tiam ŝi ĵus ekfrekventis la unuan klason. Evidente ŝi ne atendas min, mi estas fremdulo, kaj mi certas ke en la unua klaso antaŭ ĉio ajn alia oni instruas neniel rilati al fremdulo kiu aperas nuda en via plej ŝatata sekreta loko, scias vian nomon kaj petas ke vi nenion diru al la gepatroj. Mi pripensas ĉu povus temi pri la tago kiam ni renkontos nin la unuan fojon, aŭ ĉu tamen estas alia tago. Eble mi prefere restu silenta, kaj tiam aŭ Clare foriros kaj mi povos iri maĉi tiujn pomojn kaj ŝteli iujn vestojn, aŭ mi revenos al mia regule planita programo.

Mi elskuas min el la revado kaj vidas ke Clare rigardas rekte al mi. Tro malfrue mi rimarkas ke mi ĵus kune zumis kun ŝi.

– Kiu estas …? – siblas Clare. Ŝi aspektas kiel kolera ansero elŝovanta la kolon kaj la gambojn. Mi pensas fulme.

– Saluton, terano! – mi voĉas afable.

– Mark, idioto!

Clare inspektas ĉirkaŭe por trovi ion ĵeteblan, kaj decidas ke taŭgos ŝiaj ŝuoj, kun tre pezaj, akraj kalkanumoj. Ŝi deskuas ilin kaj efektive alĵetas ambaŭ. Mi pensas ke ŝi ne tre bone vidas min, sed ŝi bonŝancas, kaj unu ŝuo trafas mian buŝon. Mia lipo eksangas.

– Ne faru tion, bonvolu.

Mi havas nenion por haltigi la sangadon, do mi nur alpremas manon al la buŝo, kio dampas mian voĉon. Doloras min la makzelo.

– Kiu tie ...?

Clare nun estas terurita; ankaŭ mi.

– Henry. Mi estas Henry, Clare. Mi faros al vi nenion malbonan, mi nur petas ke vi ne plu ĵetu ion ajn al mi.

– Redonu miajn ŝuojn. Mi ne konas vin. Kial vi kaŝas vin?

Flamas ŝiaj okuloj.

Mi reĵetas ŝiajn ŝuojn en la maldensejon. Ŝi levas ilin kaj tenas kvazaŭ pistolojn en la manoj.

– Mi kaŝas min ĉar mi perdis miajn vestaĵojn kaj estas embarasita. Mi venis de malproksime kaj malsatas kaj konas neniun, kaj nun mi krome sangas.

– De kie vi venas? Kiel vi konas mian nomon?

La plenan veron kaj nenion krom la vero.

– Mi venas el la estonteco. Mi estas tempvojaĝanto. En la estonteco ni du estas amikoj.

– Homoj tempvojaĝas nur en filmoj.

– Ni volas ke vi tion kredu.

– Kial?

– Se ĉiuj tempvojaĝus, fariĝus tro amase. Imagu: kiel lastan Kristnaskon, kiam vi vizitis avinon Abshire kaj devis pasi tra la flughaveno O'Hare: estis tre, tre granda homamaso, ĉu ne? Ni tempvojaĝantoj ne volas kaŭzi problemojn al ni mem, do ni ĉion prisilentas.

Clare digestas ĉi tion dum minuto.

– Venu antaŭen!

– Pruntu al mi la bantukon!

Ŝi levas ĝin, disfaligante ĉiujn skribilojn, krajonojn kaj paperojn. Ŝi ĵetas la tukon al mi per knabineca svingo, mi kaptas ĝin, turnas al ŝi la dorson kaj ligas ĝin ĉirkaŭ la koksojn. La tuko havas hele rozan kaj oranĝan kolorojn, kun okulŝira geometria desegno. Ĝuste tiaĵon oni emus surhavi ĉe unua renkonto kun estonta edzino. Mi turnas min kaj paŝas al la maldensejo, kaj eksidas sur la ŝtonego kun la plej granda digno imagebla. Clare staras tiel malproksime de mi kiel nur ebligas la maldensejo. Ŝi ne delasas la ŝuojn el la manoj.

– Vi sangas.

– Nu ja, vi ĵetis ŝuon al mi.

– Ho …

Silento. Mi klopodas aspekti malminaca, kaj afabla. Afableco tre gravas al Clare dum ŝia infaneco, ĉar tiel multaj homoj mal-afablas.

– Vi ŝercas kun mi.

– Mi neniam ŝercus kun vi. Kial vi pensas ke mi volus ŝerci?

Clare obstinas kiel kapro.

– Neniu tempvojaĝas. Vi mensogas.

– Kion pri Sankta Nikolao?

– Kion pri li?

– Pripensu! Kiel, laŭ vi, li povus alporti ĉiujn donacojn en unusola nokto? Li simple regule returnas la horloĝon je kelkaj horoj, ĝis li sukcesas gliti malsupren laŭ ĉies fumtuboj.

– Sankta Nikolao kapablas sorĉi. Vi ne estas Sankta Nikolao.

– Vi celas ke mi ne kapablas sorĉi? Tre malfacilas konvinki vin, klare.

– Clare, ne Klare.

– Mi scias ke vi nomiĝas Clare. Clare Anne Abshire, naskita la 24-an de majo 1971. Viaj gepatroj estas Philip kaj Lucille

Abshire. Vi loĝas kun ili, kun via avino, via frato Mark kaj via fratino Alicia en tiu granda domo tie.

– Tio ke vi scias iujn aferojn ankoraŭ ne signifas ke vi venas el la estonteco.

– Se vi plu restos kun mi kelkan tempon, vi vidos min malaperi.

Mi sentas ke mi rajtas kalkuli je tio, ĉar Clare iam menciis al mi ke ĝuste tion ŝi trovis plej impresa pri nia unua renkontiĝo.

Silento. Clare balancas sin de unu gambo al la alia kaj forpelas kulon:

– Ĉu vi konas Sanktan Nikolaon?

– Persone? Nu, ne.

Mi ne plu sangas, sed mi certe terure aspektas.

– He, Clare, ĉu vi eble havas pretpansaĵon? Aŭ ion por manĝi? Tempvojaĝado tre malsatigas min.

Ŝi pripensas. Ŝi palpas en la poŝo de sia svetero kaj elfosas tabuleton da ĉokolado Hershey, el kiu mankas unu mordaĵo. Ŝi ĵetas ĝin al mi.

– Dankon, mi ŝategas Hershey!

Mi manĝas ĝin dece sed rapide. Glukozo malaltas en mia sango. La pakpaperon mi metas en ŝian aĉetsakon. Clare amuziĝas.

– Vi manĝas kiel hundo!

– Tute ne! – Mi estas tre ofendita. – Imagu ke mi eĉ povas kontraŭmeti dikfingron.

– Kiel oni kontraŭmetas dikfingron?

– Faru jene.

Mi montras la signon «okej» metante la dikfingron kontraŭ la montrofingron. Clare ripetas la geston.

– Do, tiel oni faras. Kaj pro tiu kapablo ni povas malfermi

bokalojn, laĉi ŝuojn, kaj multon alian kion bestoj ne scipovas.

Clare ne ŝatas ĉi tion.

– Fratino Carmelita diras ke bestoj ne havas animon.

– Certe bestoj havas animon. Kial ŝi pensas alie?

– Laŭ ŝi la papo diras tion.

– La papo estas maljuna grumblulo. Bestoj havas multe pli belan animon ol ni. Ili neniam mensogas kaj neniam koleriĝas.

– Sed ili manĝas unu la alian!

– Nu, ili devas manĝi unu la alian, ili ja ne povas iri al Makdonaldo por mendi glaciaĵon kun vanila gusto kaj ĉokoladaj pingloj, ĉu?

Nenion en la mondo Clare pli ŝatas manĝi ol tion (infanaĝe. Kiel plenkreskulo Clare preferas suŝion, tute specife tiun de la suŝiejo Katsu ĉe avenuo Peterson).

– Ili povus manĝi herbon.

– Ankaŭ ni povus, kaj ni tamen pli volonte manĝas hamburgeron.

Clare sidiĝas rande de la maldensejo.

– Laŭ Etta mi devus ne paroli kun fremduloj.

– Ŝi pravas.

Silento.

– Kiam vi malaperos?

– Ne antaŭ ol mi estos tute preta. Ĉu mi jam tedas vin? – Clare turnas la okulojn ĉielen. – Pri kio vi laboras nun?

– Belskribo.

– Ĉu mi rajtas vidi?

Clare stariĝas singarde kaj kolektas kelkajn pecojn de la skribilaro, ne deturnante de mi sian misaŭguran rigardon. Mi klinas min antaŭen kaj etendas manon kvazaŭ ŝi estus Rotvejla hundo; ŝi rapide ŝovas al mi la paperojn kaj retretas. Mi pristudas

ilin intense, kvazaŭ mi tenus en la manoj la originalajn desegnojn
de la tipografo Bruce Rogers por la tiparo Centaur, aŭ la Libron de
Kells, aŭ ion tian. Ŝi skribis per neligitaj literoj, tra la tuta surfaco,
grande kaj eĉ pli grande: «Clare Anne Abshire». Ĉiu literpendaĵo
kaj malpendaĵo estas ornamita per ondantaj bukloj, kaj la okuloj
en la literoj enhavas ridetajn vizaĝojn. Tute bela, fakte.

– Ĉi tio estas belega.

Clare ĝojas, kiel ĉiufoje kiam ŝi ricevas laŭdon por sia laboro.

– Mi povus fari unu por vi.

– Mi tre ŝatus. Sed mi ne rajtas kunpreni ion ajn kiam mi
tempvojaĝas, do vi eble povus gardi ĝin por mi, kaj mi volonte
rigardos kiam mi estos ĉi tie.

– Kial vi ne rajtas kunpreni ion ajn?

– Nu, pripensu. Se ni tempvojaĝantoj komencus transloki
aĵojn tra la tempo, baldaŭ la tuta mondo estus en kompleta
senordo. Ekzemple, imagu ke mi kunportas iom da mono al la
pasinteco. Mi povus elserĉi ĉiujn gajnantajn loteri-numerojn kaj
futbalrezultojn kaj gajni amason da mono per tio. Ne ŝajnus tre
dece, ĉu? Aŭ se mi estus vere malhonesta, mi povus ion ŝteli kaj
kunporti al la estonteco, kie neniu min trovus.

– Vi povus esti pirato!

Clare tiom ŝatas la ideon pri mi kiel pirato ke ŝi forgesas pri
mia danĝera fremduleco.

– Vi povus enfosi la monon, fari trezormapon kaj elfosi ĝin
en la estonteco.

Fakte pli-malpli tiel Clare kaj mi financas nian rokenrolan
vivstilon. Kiel plenkreskulo Clare trovas tion milde malmorala,
sed necesas agnoski ke tio donas al ni avantaĝon ĉe la borso.

– Genia ideo! Sed pli ol monon, mi fakte bezonas vestaĵojn.

Clare rigardas min duboplene.

– Eble via paĉjo havas iujn vestaĵojn nebezonatajn? Eĉ simpla pantalono estus bonega. Ne miskomprenu, ne estas ke mi malŝatas ĉi tiun bantukon, sed en la loko de kie mi venas, mi ŝatas porti pantalonon.

Philip Abshire estas kelkajn centimetrojn malpli alta ol mi, kaj ĉirkaŭ dek kvin kilogramojn pli peza. Liaj pantalonoj sur mi aspektas amuze sed estas komfortaj.

– Mi ne scias ...

– Ne gravas, ne necesas ke vi tuj trovu ion. Sed se vi povus alporti ion je la sekva fojo kiam mi venos, estus bonege.

– Je la sekva fojo?

Mi trovas pecon da neuzita papero kaj skribilon. Mi skribas en senligaj majuskloj: ĴAŬDON, LA 29-AN DE SEPTEMBRO 1977. POST VESPERMANĜO. Mi transdonas la paperon al Clare, ŝi akceptas ĝin singarde. Mia vido nebuliĝas, mi aŭdas ke Etta vokas al Clare.

– Memoru ke estas sekreto, Clare!

– Kial sekreto?

– Mi ne povas diri nun. Mi devas tuj foriri. Mi ĝojis renkonti vin. Al amiko nova ne fidu sen provo!

Mi etendas manon kaj Clare kuraĝe prenas ĝin. Dum ni manpremas, mi malaperas.

CLARE: Estas frue, ĉirkaŭ la sesa matene, kaj mi dormas la maldensan dormon de frumatenaj horoj, kiam Henry frapvekas min kaj mi komprenas ke li ĵus estis alikiam. Li materiiĝas praktike sur mi; mi ŝrikas, ni horore ektimigas unu la alian, kaj fine li ekridas, ruliĝas flanken, ankaŭ mi ruliĝas flanken, rigardas al li kaj rimarkas ke lia buŝo abunde sangas. Mi elsaltas el la lito por alporti viŝtuketon. Kiam mi revenas kaj komencas dabi lian lipon, Henry daŭre ridetas.

– Kiel tio okazis?

– Vi priĵetis min per ŝuo.

Mi ne memoras iam ajn ĵeti ion ajn al Henry.

– Certe ne!

– Certe jes. Ni ĵus renkontiĝis la tutunuan fojon, kaj tuj kiam via rigardo trafis min, vi diris: «jen mia estonta edzo», kaj ĵetfrapis min. Mi ĉiam diradas ke vi tre kapable prijuĝas la karakteron de homoj.

Ĵaŭdon, la 29-an de septembro 1977
(Clare aĝas 6, Henry aĝas 35)

CLARE: La kalendaro sur la tablo de Paĉjo montris ĝuste tion kion la viro skribis sur la paperon. Nell faris molan ovon por Alicia kaj Etta kriis al Mark ĉar li ne faris sian hejmtaskon kaj ludis flugdiskon kun Steve. Mi diris *Etta ĉu mi rajtas preni vestaĵojn el la valizoj?* tio estas la valizoj en la subtegmento kie ni kutimas ludi alivestiĝon, kaj Etta diris *Por kio?* kaj mi diris *Mi volas ludi alivestiĝon kun Megan* kaj Etta koleriĝis kaj diris *Estas tempo iri al lernejo kaj prefere pensu pri ludado post reveno hejmen.* Do mi iris al la lernejo kaj ni faris adiciojn kaj insektojn kaj gepatran lingvon kaj post tagmanĝo la francan kaj muzikon kaj religion. La tutan tagon mi pensis pri la pantalono por tiu viro ĉar ŝajnis ke li vere tre volas havi pantalonon. Do kiam mi revenis hejmen mi iris demandi al Etta denove sed ŝi estis for en la urbo sed Nell permesis al mi leki ambaŭ batilojn de la kukopasto kion Etta ne permesas ĉar tiel vi ekhavas salmoneron. Kaj Panjo estis skribanta kaj mi jam forirus sen demandi sed ŝi diris *Kio estas, filino mia?* do mi demandis kaj ŝi diris ke mi povas rigardi en la bonfaraj sakoj kaj preni kion ajn mi volas. Do mi iris al la lavoĉambro kaj rigardis en la bonfaraj sakoj kaj trovis tri pantalonojn de Paĉjo sed unu havis grandan truon pro cigaredo. Do mi prenis du kaj mi trovis ankaŭ blankan ĉemizon kian Paĉjo surmetas por labori kaj kravaton kun fiŝoj kaj ruĝan sveteron. Kaj la flavan banmantelon kiun Paĉjo havis kiam mi estis malgranda kaj odoris kiel Paĉjo. Mi metis la vestaĵojn en sakon kaj la sakon en la murŝrankon de la suba antaŭĉambreto. Kiam mi revenis el la antaŭĉambreto Mark vidis min kaj diris *Kion vi faraĉas, fektruo?* kaj mi diris *Nenion, fektruo* kaj li tiris miajn harojn kaj mi tre forte tretis liajn piedojn kaj tiam li komencis plori kaj iris denunci. Do mi iris supren al mia ĉambro kaj ludis Televidon kun s-ro Urso kaj Jean kiam Jean estas filmstelulino kaj s-ro Urso demandas kiel sentiĝas esti filmstelulino kaj ŝi diras ke ŝi fakte volas esti bestkuracisto sed ŝi estas tiom nekredeble bela ke ŝi devas esti filmstelulino kaj s-ro Urso diras ke ŝi eble povus esti bestkuracisto kiam ŝi estos maljuna. Kaj Etta frapetis kaj diris *Kial vi paŝas sur la piedojn de Mark?* kaj mi diris *Ĉar Mark tiras miajn harojn sen kialo* kaj Etta diris *Vi ambaŭ nervozigas min* kaj foriris do estis en ordo. Ni vespermanĝis nur kun Etta ĉar Paĉjo kaj Panjo iris al festo. Estis fritita kokino kun etaj pizoj kaj ĉokolada kuko kaj Mark ricevis la pli grandan pecon sed mi diris nenion ĉar mi lekis la batilojn. Do post la vespermanĝo mi demandis al Etta ĉu mi rajtas iri eksteren kaj ŝi diris ĉu mi havas hejmtaskon kaj mi diris *Skribi vortojn kaj trovi foliojn por la artleciono* kaj ŝi diris *Bone sed revenu antaŭ ol iĝos mallume.* Do mi iris kaj prenis mian bluan sveteron kun la zebroj kaj prenis la sakon kaj eliris kaj iris al la maldensejo. Sed la viro ne estis tie kaj mi iomete sidis sur la granda ŝtono kaj poste pensis ke pli bone mi iru trovi foliojn. Do mi reiris al la ĝardeno kaj trovis kelkajn foliojn de la eta arbo de Panjo kiu estas ginko kiel ŝi poste diris al mi kaj iujn foliojn ankaŭ de la acero kaj la kverko. Do mi reiris al la maldensejo li daŭre ne estis tie kaj mi pensis *Nu, certe li nur inventis tiun aferon ke li revenos kaj fine li ne tiom bezonis tiun pantalonon.* Kaj mi pensis ke eble Ruth pravis ĉar mi diris al ŝi pri la viro kaj ŝi diris ke mi nur inventas ĉar homoj ne malaperas en la vera vivo nur en televido. Aŭ eble estis sonĝo kiel kiam Buster mortis kaj mi sonĝis ke li bone fartas kaj kuŝas en sia kaĝo sed mi vekiĝis kaj Buster ne estis kaj Panjo diris *Sonĝoj estas malsamaj ol la vera vivo sed ankaŭ ili gravas.* Kaj mi komencis malvarmi kaj mi pensis ke mi eble simple lasu la sakon kaj se la viro venas li povas havi sian pantalonon. Do mi ekiris reen laŭ la pado kaj mi aŭdis la bruon kaj iu diris *Aj, bum, tio doloras.* Kaj tiam mi ektimis.

HENRY: Mi alfrapiĝas al tiu ŝtonego ĉe mia alveno kaj frotvundas la genuojn. Mi troviĝas en la maldensejo, kaj mi vidas spektaklan sunsubiron en la eksplodaj oranĝoj kaj ruĝoj de J. W. Turner. La maldensejo estas malplena, krom aĉetsako plena je vestaĵoj, kaj mi rapide deduktas ke Clare lasis tiujn, kaj ke do la tago probable estas mallonge post nia unua renkontiĝo. Clare nenie videblas, mi mallaŭte vokas ŝin pernome. Sen respondo. Mi trafosas la vestaĵ-sakon. Jen la pantalono kun larĝaj krurumoj, kaj jen la bela kotona pantalono bruna, krome la vominda kravato kun aro da trutoj, la svetero el Harvardo, la Oksford-ŝtofa blanka ĉemizo kun ringo da malpuro ĉirkaŭ la kolumo kaj ŝvitmakuloj ĉe la akseloj, kaj jen la delikata silka banmantelo kun la monogramo de Philip kaj granda ŝiraĵo super la poŝo. Ĉiuj ĉi vestaĵoj, krom la kravato, estas miaj delongaj amikoj, kaj mi ĝojas vidi ilin. Mi surmetas la larĝan pantalonon kaj la sveteron, benante la ŝajne hereditajn bonan guston kaj raciemon de Clare. Mi sentas min bonege; se forgesi la senŝuecon, mi estas bone ekipita por mia aktuala lokiĝo en la spactempo.

– Dankon, Clare, vi faris bonege – mi vokas mallaŭte.

Surprizas min ŝia apero ĉe la enirloko al la maldensejo. Rapide vesperiĝas, kaj Clare aspektas eta kaj timplena en la duonlumo.

– Saluton.

– Saluton, Clare! Dankon pro la vestaĵoj. Ili estas perfektaj kaj bone varmigos min ĉi-vespere.

– Mi baldaŭ devos eniri.

– Kompreneble, estas ja preskaŭ mallume jam. Ĉu morgaŭ lernejo?

– Mhm.

– Kiu estas la dato hodiaŭ?

– Ĵaŭdo, la 29-a de septembro 1977.

– Tre utile scii, dankon.

– Kiel eblas ke vi ne scias?

– Nu, mi nur tute ĵus alvenis. Antaŭ kelkaj minutoj estis lunde, la 27-a de marto 2000. Pluva mateno, mi ĝuste preparis por mi rostpanon.

– Sed vi skribis la daton por mi.

Ŝi elprenas folion el notbloko kun la leterkapo de la advokatejo de Philip kaj tenas ĝin antaŭ mi. Mi aliras ŝin, transprenas la paperon kaj vidas kun intereso la daton kun miaj propraj literoj, zorge majuskle skribitaj. Mi faras paŭzon, klopodas elpensi kiel plej trafe klarigi la peripetiojn de tempvojaĝo al la eta infano kiu Clare nun estas.

– Mi klarigu: ĉu vi scias uzi magnetofonon?

– Mhm.

– Bone. Do, vi enmetas bendon kaj aŭdigas ĝin dekomence ĝisfine, ĉu ne?

– Jes …

– Tiel estas ankaŭ pri via vivo. Vi vekiĝas matene, poste matenmanĝas, poste brosas la dentojn kaj iras al lernejo, ĉu ne? Ne okazas ke vi vekiĝas kaj tuj trovas vin en la lernejo tagmanĝante kun Helen kaj Ruth, kaj poste subite vi estas hejme surmetante vestojn, ĉu?

Clare hihias.

– Vere ne.

– Nu, por mi estas malsame. Ĉar mi estas tempvojaĝanto, mi ofte saltas de unu tempo al alia. Do, kvazaŭ oni ekaŭdigus sonbendon kaj aŭskultus ĝin dum kelka tempo sed poste dirus «Ho, mi volas reaŭdi tiun kanton» kaj do aŭskultus ĝin denove kaj poste reirus tien kie oni antaŭe ĉesis, sed nun rebobenus la bendon tro multe antaŭen, do rebobenus ĝin denove, sed ankoraŭfoje trovus sin tro antaŭe. Ĉu vi komprenas?

– Iel-tiel.

– Nu, ne estas la plej perfekta analogio en la mondo. Esence: mi foje perdiĝas en la tempo kaj ne scias kie mi estas.

– Kio estas agonio?

– Analogio estas kiam vi provas klarigi aferon per alia simila afero. Ekzemple, ĝuste nun mi sentas min tiel bone en ĉi tiu eleganta svetero kiel hirundo en brila vetero; vi estas bela kiel bildo, kaj Etta koleros kiel rabia hundo se vi ne reiros tre baldaŭ.

– Ĉu vi dormos ĉi tie? Vi povus veni en la domon, ni havas ĉambron por gastoj.

– Ho, vi estas vere tre afabla. Bedaŭrinde, mi ne rajtas

renkonti vian familion ĝis la jaro 1991.

Clare estas tute konfuzita. Parte pro tio, mi supozas, ke ŝi ne povas imagi datojn post la 70-aj jaroj. Mi memoras ke mi havis saman problemon pri la 60-aj en ŝia aĝo.

– Kial ne?

– Pro la reguloj. Tempvojaĝantoj devas ne babili kun normalaj homoj kiam ili vizitas ilian tempon, alie ni povus ĉion malordigi.

Fakte, tion mi ne vere kredas; ĉio okazas kiel okazas, unufoje kaj nur unufoje. Mi ne estas adepto de la teorio pri disbranĉ-iĝantaj mondoj.

– Sed vi ja babilas kun mi.

– Ĉar vi estas speciala homo. Vi estas kuraĝa kaj saĝa, kaj bone gardas sekretojn.

Clare estas embarasita.

– Mi rakontis al Ruth, sed ŝi ne kredis min.

– Nu, ne tro gravas. Ankaŭ min apenaŭ kredas iu. Kuracistoj aparte ne kredas. Al ili vere oni devas ĉion tute pruvi, por ke ili kredu.

– Mi kredas vin.

Clare nun staras je metro kaj duono de mi. Sur ŝia pala vizaĝeto kaptiĝas la lastaj oranĝaj radioj el okcidento. Ŝiaj haroj estas forte kunligitaj en ĉevalvosto, ŝi surhavas ĝinzon kaj malhelan sveteron kun zebroj kurantaj tra la brustparto. Ŝi kunpremas la pugnojn, ŝi impresas feroca kaj memcerta. Tian aspekton estus havinta nia filino, mi pensas malgaje.

– Dankon, Clare.

– Mi devas nun eniri.

– Bona ideo.

– Ĉu vi revenos?

Mi memorkonsultas la Liston.

– Mi venos denove la 16-an de oktobro. Vendrede. Venu ĉi tien tuj post la lernejo. Alportu la etan bluan taglibron kiun vi ricevis de Megan por via naskiĝtago kaj bluan globkrajonon.

Mi ripetas la daton kaj per rigardo kontrolas ke Clare ĝin enmemorigis.

– *Au revoir*, Clare.

– *Au revoir* …

– Henry.

– *Au revoir, Henri.*

Eĉ nun ŝi jam pli bone prononcas ol mi. Clare turniĝas kaj ekkuras laŭ la pado, en la brakojn de ŝia lumplena kaj bonveniga domo, dum mi turnas min mallumen kaj ekpaŝas tra la Herbejo. Samvespere, pli malfrue, mi senigas min je la kravato, ĵetante ĝin en rubkolektujon malantaŭ la manĝejo Dina's Fish 'n Fry.

LECIONOJ PRI TRANSVIVO

Ĵaŭdon, la 7-an de junio 1973
(Henry aĝas 27 kaj 9)

HENRY: Mi staras sur la strato fronte al la Arta Instituto de Ĉikago dum suna junia tago en 1973, en akompano de mia naŭjara mio. Li vojaĝas el venonta merkredo; mi alvenis el 1990. Ni havas tutan posttagmezon kaj vesperon por pasigi laŭplaĉe, do ni venis al unu el la plej grandaj artmuzeoj de la mondo por ekzerciĝi pri poŝoŝtelado.

– Ĉu ne eblas ke ni nur rigardu la artaĵojn? – pledas Henry. Li estas nervoza. Neniam li faris ĉi tion pli frue.

– Ne eblas. Vi bezonas lerni tion ĉi. Kiel vi transvivus se vi ne kapablus ŝteli ion ajn?

– Mi almozpetus.

– Almozpeti estas stulte. La polico daŭre forkondukas vin. Aŭskultu: post kiam ni eniros, restu je distanco de mi kaj ŝajnigu ke ni ne konas unu la alian. Tamen restu sufiĉe proksime por observi kion mi faras. Kaj se mi transdonas al vi ion, ne lasu ĝin fali, sed kiel eble plej rapide enpoŝigu. Ĉu klare?

– Mi pensas ke jes. Ĉu ni iru vidi Sanktan Georgon?

– Certe.

Ni transiras avenuon Michigan kaj paŝas inter studentoj

kaj dommastrinoj sunumantaj sin sur la muzeaj ŝtupoj. Preter-
pasante, Henry karese frapetas unu el la bronzaj leonoj.

Mi sentas min iom malkomforte pri la afero. Unuflanke, mi
havigas al mi mem urĝe bezonatajn scipovojn por transvivi. En
la sama instru-serio vicas krome la temoj Ŝtelado el Vendejo,
Batado de Homoj, Malfermado de Seruroj, Grimpado sur Arbojn,
Ŝoforado, Enrompado en Domojn, Traserĉado de Rubkolektujoj,
kaj Kiel Uzi la Plej Absurdajn Objektojn, ekzemple Persienojn kaj
Rubujajn Kovrilojn, kiel Armilojn. Aliflanke, mi tiel subfosas la
moralon de mia senkulpa mieto. Mi suspiras. Iu ja devas ĝin fari.

Estas tago de senpaga eniro, do homoj svarmas tra la loko.
Ni vicas, trapasas la enirejon, malrapide grimpas la grandiozan
centran ŝtuparon. Ni eniras la eŭropajn galeriojn kaj retroiras
tempe el deksepajarcenta Nederlando al dekkvinajarcenta
Hispanio. Sankta Georgo staras moviĝpreta, kiel ĉiam, ajna-
momente trapikonta la drakon per sia fajna lanco, dum la roz-
kaj verdkolora princino staras meze inter fono kaj antaŭo. Mia
mio kaj mi elkore amas la flavventran drakon, kaj ni ĉiam sentas
senpeziĝon vidante ke la fatala momento ankoraŭ ne alvenis.

Henry kaj mi staras kvin minutojn antaŭ la pentraĵo de
Bernat Martorell, poste li turnas sin al mi. Neniu krom ni du
troviĝas nun en la galerio.

– Ne estas tro malfacile – mi diras. – Nur atentu bone. Serĉu
iun kiu ne atentas. Eltrovu kie estas la monujo. Plej multaj viroj
metas ĝin aŭ en sian malantaŭan poŝon aŭ en la internan poŝon
de sia jako. Se temas pri virino, atendu ke la mansaketo estu
malantaŭ ŝia dorso. Ekstere, surstrate, vi povas simple forkapti
la tutan saketon, sed tiuokaze estu certa ke vi kuros pli rapide ol
iu ajn kiu decidus postĉasi vin. Multe pli trankvilas se vi povas
forpreni ĝin tiel ke ili ne rimarkas.

– Mi vidis filmon kie ili ekzerciĝis kun serio da vestaĵoj kun sonoriletoj, kaj se la ulo movis vestaĵon dum li ŝtelis la monujon, la sonoriloj eksonis.

– Jes, mi memoras tiun filmon. Vi povas provi tion hejme. Nun sekvu min.

Mi gvidas Henry el la dekkvina jarcento al la deknaŭa: ni subite alvenas mezen de franca impresionismo. La Arta Instituto famas pro sia kolekto de impresionistoj. Eblas elekti ĉi tiun lokon same kiel alian, sed laŭkutime la salono plenplenas de homoj sopirantaj ekvidi peceton de *La Grande Jatte* de Seurat aŭ pajlostakon de Monet. Henry ne povas travidi super la kapoj de plenkreskuloj, do li neniom ĝuas la pentraĵojn, sed li ĉiel tro nervozas por rigardi ilin. Mi traesploras la salonon. Virino kliniĝas super sian etulon, kiu tordas sin kaj ploregas. Certe, tempas por dormeto. Mi kapsignas al Henry kaj proksimiĝas al ŝi. Ŝia mansako havas simplan fermilon kaj pendas traŝultre sur ŝia dorso. Ŝi komplete koncentras sin al la tasko malplorigi la infanon. Ŝi troviĝas antaŭ *Ĉe Moulin Rouge* de Toulouse-Lautrec. Mi ŝajnigas rigardi la bildon dum paŝado, kolizias kun ŝi, antaŭenpuŝas ŝin, kaptas ŝin je brako:

– Ho, pardonu, mi tute malatentis, ne rigardis, ĉu ĉio en ordo? Tiom multaj homoj ĉi tie ...

Mia mano estas en ŝia mansako, ŝi estas konfuzita, havas malhelajn okulojn kaj longajn harojn, grandajn mamojn, ankoraŭ provanta perdi la krompezon kiun ŝi ekhavis dum la gravedo. Mi kaptas ŝian rigardon dum mi trovas ŝian monujon, daŭre pardonpetante, la monujo migras supren en la manikon de mia jako, mi rigardas al ŝi supren-malsupren kaj ridetas, paŝas malantaŭen, turniĝas, iras, rerigardas super ŝultro. Ŝi dume prenis la knabeton en siajn brakojn kaj reciprokas mian rigardon, iom perdite. Mi ridetas kaj ne restas surloke. Henry sekvas min dum mi ŝtuparas malsupren al la Infana Muzeo. Ni rendevuas ĉe la vira necesejo.

– Tio estis bizara – komentas Henry. – Kial ŝi rigardis al vi tiel?

– Ŝi estas sola – mi vortumas eŭfemisme. – Eble ŝia edzo ne estas ofte hejme.

Ni enpuŝiĝas en necesejan ĉelon kaj mi malfermas ŝian monujon. Ŝi nomiĝas Denise Radke. Loĝas en Villa Park, Ilinojso. Ŝi jarkotizas al la muzeo kaj estas eksstudento de Universitato Roosevelt. Ŝi portas kun si dek du dolarojn da kontanta mono, plus kelkajn monerojn. Mi silente montras ĉion ĉi al Henry, re-aranĝas la monujon al la antaŭa stato kaj transdonas ĝin al li. Ni eliras el la ĉelo, ankaŭ el la necesejo, kaj redirektas nin al la enirejo de la muzeo.

– Donu ĝin al gardisto! Diru ke vi trovis ĝin sur la planko.

– Kial?

– Ĉar ni ne bezonas ĝin, mi nur faris demonstradon.

Henry kuras al la gardisto, aĝa nigrulino, kiu ridetas kaj duone brakumas Henry. Li malrapide revenas, ni promenas plu kun tri metroj inter ni, kaj mi gvidas lin laŭ la longa, malluma koridoro kiu iam gastigos dekorajn artojn kaj kondukos al la ankoraŭ ne elpensita alo Rice; nun la koridoro plenas je afiŝoj. Mi serĉas facilajn viktimojn, kaj tuj antaŭ mi staras la perfekta ilustraĵo el la sonĝoj de poŝoŝtelisto. La malalta, korpulenta, sunbruna viro aspektas kvazaŭ li erarvojis el bazpilka stadiono, kun sia basbal-ĉapo, poliestera pantalono kaj helblua, mallongmanika ĉemizo kun butonita kolumo. Li prelegas al sia museca amikino pri Van Gogh.

– Do, li fortranĉas sian orelon kaj donas ĝin al sia ulino –

kiel plaĉus al vi tia donaco, he? Orelo, fi! Do, kompreneble oni enfermis lin en frenezulejon ...

Mi ne havas konsciencriproĉojn pri ĉi tiu. Li promenas plu, blekante, kun beninda senkonscio, kun la monujo en la maldekstra poŝo malantaŭe. Li havas imponan ventron sed apenaŭ postaĵon, kaj lia monujo ridetas al mi invite. Mi amblas malantaŭ ilin. Dum Henry havas bonan vidon al miaj movoj, mi lerte enŝovas dik- kaj montrofingrojn en la poŝon de la celato kaj liberigas la monujon. Mi bremsas la paŝojn, ili pluas, mi transigas la monujon al Henry, kiu ŝovas ĝin en sian pantalonon dum mi antaŭeniras.

Mi montras al Henry kelkajn aliajn teknikojn: kiel preni monujon el interna poŝo de jako, kiel ŝirmi de rigardoj sian manon dum ĝi estas en virina mansako, ses manierojn distri homojn dum oni prenas ties monujon, kiel eligi monujon el dorsosako, kaj kiel igi homojn senintence indiki kie estas ilia mono. Li estas malpli streĉita nun, eĉ komencas iom ĝui la aferon. Fine mi diras:

– Bone, nun provu vi.

Li tuj ŝtoniĝas.

– Mi ne scias fari.

– Vi ja scias. Rigardu ĉirkaŭen. Trovu iun.

Ni staras en la salono de japanaj gravuroj. Plena de maljunulinoj.

– Ne ĉi tie.

– Bone, do kie?

Li pensas dum momento.

– En la restoracio?

Ni trankvile iras al la restoracio. Mi vigle rememoras ĉion ĉi. Mi sentis teruran timon. Mi ĵetas rigardon al mia mio, kaj, jes ja, lia vizaĝo blanke palas pro timo. Mi ridetas, ĉar mi scias kio sekvos. Ni aliĝas al la atendovico de la ĝardena restoracio. Henry ĉirkaŭrigardas, pripensas.

En la vico antaŭas nin tre alta mezaĝa viro en elegante tajlorita, bruna somera jako, kiu ne ebligas vidi kie li tenas la monujon. Henry aliras lin kaj etendas al li sur manplato unu el la monujoj kiujn mi pli frue ŝtelis.

— Sinjoro, ĉu ĝi estas via? — li mallaŭtas. — Mi trovis ĝin sur la planko.

— Kion? Hm, nu, ne — la viro kontrolas sian dekstran malantaŭan pantalonpoŝon, trovas sian monujon en ordo, klinas sin super Henry por aŭdi lin pli bone, prenas de li la monujon kaj enrigardas. — Hm, vere, prefere portu ĝin al la sekurgardistoj, enestas sufiĉe multe da kontanta mono, ĉu ne.

Dum li parolas, la viro rigardas al Henry tra la dikaj lensoj de siaj okulvitroj. Henry ĉirkaŭetendas manon sub la jako de la viro kaj ŝtelas lian monujon. Ĉar Henry surhavas T-ĉemizon kun mallongaj manikoj, mi venas malantaŭ lin, kaj li pasigas al mi la monujon. La maldika altulo en bruna jako montras al la ŝtuparejo kaj klarigas al Henry kie li transdonu la monujon. Henry iras infanpaŝe laŭ la indikita direkto kaj mi lin sekvas, preterpasas, gvidas lin tra la tuta muzeo al la enirejo, preter la gardistoj eksteren, al avenuo Michigan kaj suden, ĝis ni fine trovas nin, ridaĉante kiel amikoj, en la Artista Kafejo, por frandi, dank' al niaj fie akiritaj rimedoj, laktokirlaĵon kaj fritojn. Poste ni enĵetas ĉiujn monujojn, sen la monbiletoj kaj moneroj, en poŝtkeston, kaj mi rezervas por ni ĉambron en la hotelo Palmer House.

— Do? — mi demandas sidante rande de la bankuvo, atendante ke Henry brosu la dentojn.

— O kio? — provas respondi Henry, tra buŝpleno da dentopasto.

— Kion vi pensas?

Li kraĉas.

– Pri kio?

– Pri poŝoŝtelado.

Li rigardas al mi en la spegulo.

– Estas en ordo.

Li turnas sin kaj rigardas nun rekte al mi:

– Mi sukcesis!

Tutvizaĝa rideto.

– Vi estis brila!

– Jesss!

La rideto malaperas.

– Henry, mi ne ŝatas tempvojaĝi sola. Pli bone kun vi. Ĉu vi ne povas ĉiam veni kun mi?

Li denove staras kun la dorso al mi, kaj ni rigardas unu la alian spegule. Kompatinda eta mio: en tiu aĝo mia dorso estas mallarĝa kaj la skapoloj elstaras kiel ekkreskantaj flugiloj. Li turnas sin atende je respondo, kaj mi scias kion mi devas diri al li, diri al mi. Mi etendas la brakojn, milde turnas lin al mi, proksimen: nun ni staras unu apud la alia, kun la kapoj samnivele, frontante la spegulon.

– Rigardu!

Ni esploras niajn spegulbildojn, ĝemelajn en la orumita, splenda brilo de la banĉambro en Palmer House. Niaj haroj same brun-nigras, niaj okuloj estas idente oblikvaj, malhelaj kaj kun ringoj pro laceco, kaj nin ornamas du ekzempleroj de la sama orelparo. Mi estas pli alta kaj muskola, kaj mi razas min. Li estas svelta, plena je kubutoj kaj genuoj, kun movoj malgraciaj. Mi levas manon al mia kapo, fortiras la harojn el la vizaĝo kaj montras al li la proakcidentan cikatron. Li senkonscie imitas mian geston kaj tuŝas la saman cikatron sur sia frunto.

– Tute kiel la mia – diras surprizite mia mio. – Kiel vi ekhavis gin?

– Same kiel vi. Ĝi estas la sama. Ni estas samaj.

Diafana momento. Unue mi ne komprenis, kaj poste mi subite ekkomprenis. Simple tiel. Mi nun rigardas tion okazi. Mi volas esti ni ambaŭ samtempe, senti denove kiel perdiĝas la randoj de mia mio, vidi denove unuafoje la kunmiksiĝon de estonteco kaj nuno. Sed mi tro kutimas al tio, sentas min tro komforte kun ĝi, kaj tial mi trovas min ekstere de la sperto, nur memorante la miraklon ke, kiel naŭjarulo, mi subite vidas, scias ke mia amiko, gvidanto, frato estas mi mem. Mi mem, sole mi mem. Senti tiun solecon.

– Vi estas mi.

– Pli aĝa vi.

– Sed … kion pri la aliaj?

– Pri aliaj tempvojaĝantoj?

Li kapjesas.

– Mi kredas ke ne estas aliaj. Almenaŭ mi neniam renkontis alian.

Larmo ekkreskas ĉe lia maldekstra okulo. Kiam mi estis eta, mi imagis tutan socion da tempvojaĝantoj, kiuj elsendis al mi instruiston, mian Henry, por trejni min al la fina akceptiĝo en tiun ampleksan kamaradaron. Eĉ nuntempe mi sentas min kiel ŝiprompinto, kiel la lasta membro de specio iam multnombra. Kvazaŭ Robinsono trovus la signifoplenan piedsignon sur la marbordo nur por poste kompreni ke ĝi estas de li mem. Mia mio, eta kiel arbfolio, maldika kiel branĉeto, ekploras. Mi tenadas lin, tenadas min, dum longa tempo.

Pli malfrue ni venigas varman kakaon al la ĉambro, kaj ni televidas vesperan babilprogramon. Henry ekdormas malgraŭ lampolumo. Ĉe la fino de la elsendo mi rigardas liadirekte: li jam estas for, li malaperis al mia ĉambro en la loĝejo de mia patro, starante dorm-obtuze apud mia malnova lito, falante en ĝin kun dankemo. Mi malŝaltas la televidilon kaj la litlampeton. Stratbruoj el 1973 enflosas tra la malfermita fenestro. Mi volas iri hejmen. Mi kuŝas sur la malmola hotellito, despera, sola. Mi daŭre ne komprenas.

Dimanĉon, la 10-an de decembro 1978
(Henry aĝas 15 kaj 15)

HENRY: Mi estas en mia dormoĉambro kun mia mio. Li venis el marto venontjara. Ni faras tion kion ni ofte kutimas fari en etaj momentoj de privateco, kiam ekstere malvarmas, kiam ni ambaŭ trapasis puberecon kaj ankoraŭ ne vere trafis realajn knabinojn. Mi supozas ke plej multaj homoj farus same se ili havus tian oportunon kiun mi havas. Ne ke mi estus gejo aŭ io tia.

Estas dimanĉa antaŭtagmezo. Mi aŭdas la sonorilojn de la Jozef-preĝejo. Paĉjo revenis hejmen malfrue en la nokto; mi supozas ke post la koncerto li haltis ĉe Exchequer; li estis tiom ebria ke li falis sur la ŝtupoj kaj mi devis haŭli lin al la loĝejo kaj enlitigi. Li tusas kaj aŭdeble umas en la kuirejo.

Mia alia mio aspektas distrita, li daŭre rigardas al la pordo.

– Kio? – mi demandas.

– Nenio.

Mi stariĝas por kontroli ĉu la pordo estas fermita.

– Ne faru! – li diras. Li prononcas la sonojn kun granda fortostreĉo.

– Kial ne? – mi diras.

Mi aŭdas la pezajn paŝojn de Paĉjo tuj ĉe la pordo.

– Henry?

La pordobutono malrapide turniĝas, kaj mi abrupte komprenas ke mi senvole fakte malŝlosis la pordon. Henry alsaltas, sed jam tro malfrue: Paĉjo enŝovas sian kapon kaj kaptas nin ĉe la freŝa faro.

– Ho!

Liaj larĝaj okuloj spegulas naŭzon.

– Damne, Henry!

Li refermas la pordon, kaj mi aŭdas kiel li reiras al sia ĉambro. Mi fulmas al mi riproĉan rigardon, dum mi surmetas ĝinzon kaj T-ĉemizon. Tra la vestiblo mi iras al la ĉambro de Paĉjo. Lia pordo estas fermita. Mi frapetas. Nenio. Mi atendas.

– Paĉjo?

Silento. Mi malfermas la pordon, staras ĉe la sojlo.

– Paĉjo?

Li sidas sur la lito, dorse al mi. Li sidas plu, dum mi kelktempe staras, sed mi ne sukcesas decidiĝi eniri. Fine mi fermas la pordon kaj revenas al mia propra ĉambro.

– Tio estis tute kaj komplete via kulpo – mi diras severe al mia mio. En ĝinzo, li sidas sur seĝo, tenas la kapon en la manoj.

– Vi sciis, vi ne povis ne scii kio okazos, sed vi eĉ unu vorton ne diris. Kio okazis al via instinkto de memkonservo? Ĉu mankas klapo en via kapo? Por kio utilas koni la estontecon se vi ne povas almenaŭ protekti nin de etaj humiligoj kiel …

– Fermu la faŭkon! – kvakas Henry.

– Mi ne fermos – mi levas la voĉon. – Estintus ja sufiĉe ke vi simple …

– Aŭskultu – li rigardas supren al mi, rezigneme. – Estis same kiel … same kiel tiun tagon ĉe la glitkurejo.

– Ho, fek'.

Antaŭ kelkaj jaroj mi vidis kiel eta knabino estis trafita je la kapo per hoke-disko en Indian Head Park. Estis terure. Poste mi eltrovis ke ŝi mortis en hospitalo. Mi tiam komencis revojaĝadi ĉiam al tiu sama tago, ree kaj ree, por averti ŝian patrinon, sed mi simple ne povis. Sentiĝis kiel spekti filmon. Aŭ kvazaŭ mi estus fantomo. Mi kriadis «*Ne, ne, iru tuj hejmen, ne lasu ŝin al la glacio, forprenu ŝin, ŝi estos trafita, ŝi mortos*», kaj tamen perceptis ke la vortoj restas nur en mia kapo, kaj ĉio plu okazadas kiel antaŭe.

Henry diras:

– Vi parolas pri ŝanĝoj al la estonteco, sed por mi temas pri la estinteco, kaj laŭ mia plej bona scio mi povas fari vere nenion. Certe, mi provis, kaj ĝuste pro la provado ĝi okazas. Se mi ne estus dirinta iujn vortojn, vi ne ekstarus ...

– Do, kial vi diris ion ajn?

– Ĉar mi faris. Ankaŭ vi faros, vi vidos.

Li levas la ŝultrojn.

– Same kiel pri Panjo. Pri la akcidento. *Immer wieder.* Ĉiam denove, ĉiam same.

– Kion pri libera volo?

Li stariĝas, iras al la fenestro, elrigardas al la korto de la najbaroj Tatinger.

– Mi ĵus priparolis tion kun iu mio el 1992. Li diris ion interesan: laŭ li, libera volo ekzistas nur kiam vi estas en la tempo, en la nuno. Laŭ li, en la estinteco ni povas fari nur tion kion ni faris, kaj ni povas ĉeesti nur se ni ĉeestis.

– Sed kiam ajn mi estas, tio estas mia nuno. Ĉu ne devus esti tiel ke mi kapablu decidi ...

– Ŝajne ne estas tiel.

– Kion vi diris pri la estonteco?

– Pripensu. Vi iras al la estonteco, vi faras ion, vi revenas al la nuno. Tiam tio kion vi faris estas parto de via estinteco. Do, verŝajne same neeviteble.

Mi sentas bizaran kombinon de libereco kaj senespero. Mi ŝvitas; li malfermas la fenestron, kaj malvarma aero inundas la ĉambron.

– Sed tiam mi ne respondecas pri io ajn kion mi faras kiam mi ne estas en la nuno.

Li ridetas.

– Dank’ al Dio.

– Kaj ĉio jam estas okazinta.

– Vere ŝajnas ke tiel estas.

Li glatumas sian vizaĝon, kaj mi vidas ke li jam devus razi sin.

– Sed li diris ke oni kondutu kvazaŭ oni havus liberan volon, kvazaŭ oni respondecus pri tio kion oni faras.

– Sed kial? Kial do gravus?

– Ŝajne, se vi faras alie, aferoj aĉas. Deprimas.

– Ĉu li persone tion spertis?

– Jes.

– Kio do estas okazonta nun?

– Paĉjo ignoros vin dum tri semajnoj. Kaj pri tio ... – li gestas al la lito – ... ni devas ĉesigi tiajn renkontojn.

Mi suspiras.

– Senprobleme. Ĉu io alia?

– Vivian Teska.

Vivian estas la knabino el la geometria leciono kiun mi karne sopiras. Mi neniam eĉ alparolis ŝin.

– Morgaŭ, post la instruado, aliru ŝin kaj invitu ŝin ien.

– Sed mi eĉ ne konas ŝin!

– Fidu min!

Lia ĉioscia rideto al mi pripensigas: kial mi damne pretus fidi lin? Sed mi volas lin kredi.

– Bone.

– Mi devus iri. Mi bezonas monon.

Mi porciumas al li dudek dolarojn.

– Pli.

Mi donas al li pluajn dudek.

– Pli mi ne havas.

– Bone.

Li vestas sin, eltiras vestopecojn el la stako da aĵoj kiujn mi ne bezonas revidi.

– Ĉu ankaŭ mantelon?

Mi transdonas al li peruan ski-sveteron kiun mi ĉiam malŝatis. Li grimacas kaj surmetas ĝin. Ni reiras al la malantaŭa pordo de la loĝejo. La preĝej-sonoriloj sonas por tagmezo.

– Ĝis! – diras mia mio.

– Bonŝancon! – mi respondas. Strange kortuŝas min vidi min eliri al la ekstera mondo, dum malvarma dimanĉa tagmezo de Ĉikago, tempo al kiu li ne apartenas. Li peze paŝas malsupren laŭ la lignaj ŝtupoj, kaj mi revenas al la silenta loĝejo.

Merkredon, la 17-an de novembro
/ Mardon, la 28-an de septembro 1982
(Henry aĝas 19)

HENRY: Mi sidas malantaŭe en policaŭto en Zion, Ilinojso. Mi surhavas mankatenojn kaj preskaŭ nenion krome. La interno de la ĉi-foja policaŭto odoras je cigaredoj, ledo, ŝvito, kaj io plia kiun mi ne kapablas identigi sed kio ŝajnas unike karakteriza al policaŭtoj. Eble la odoro de timigiteco. La maldekstran okulon mi ne povas malfermi pro ŝvelaĵo, la antaŭon de mia korpo kovras kontuzoj, trançoj kaj malpuraĵoj, ĉio pro la arestiĝo fare de la pli granda el la du policanoj en vaka tereno plena de vitrorompaĵoj. La policanoj staras ekster la aŭto kaj parolas al la najbaroj, el kiuj almenaŭ unu vidis min provi enrompi en la flava-blankan Viktorinan domon antaŭ kiu ni nun parkas. Mi ne scias kie mi estas en la tempo. La horo pasigita ĉi tie estis kompleta fuŝo. Mi malsategas. Lacegas. Mi devus troviĝi en la Ŝekspir-seminario de d-ro Quarrie, sed mi certas ke mi sukcesis maltrafi ĝin. Domaĝe. Nia temo estas *Somermeznokta songo.*

La avantaĝo de ĉi tiu polica aŭto estas: varmas, kaj mi estas ekster la urbo. La polic-elito de Ĉikago malamas min, ĉar mi konstante malaperas el la arestejoj, kaj ili ne komprenas kiel. Krome, mi rifuzas paroli, do ili daŭre ne scias kiu mi estas kaj kie mi loĝas. Kiam ili tion eltrovos, estos ve al mi, ĉar pendas super mi pluraj arest-ordonoj pro diversaj kialoj: rompŝtelo, vendeja ŝtelo, rezisto al aresto, malrespekto de arestokondiĉoj, entrudiĝo en privatejon, publika maldeco, rabado, kotopo kotopo. El tio oni povus konkludi ke mankas al mi krimulaj kapabloj, sed fakte plej problemas ke malfacilas resti nerimarkata kiam oni estas nuda. Ŝtelado kaj rapideco estas miaj ĉefaj armiloj, do kiam mi provas priŝteli domojn nuda, en plena taglumo, foje mi malsukcesas. Mi estis arestita sep fojojn, kaj ĝis nun mi ĉiam malaperis antaŭ ol oni sukcesus registri miajn fingrospurojn aŭ min foti.

La najbaroj daŭre gapas al mi tra la glacoj de la policaŭto. Ili nur gapu. Ne gravas al mi. Tro longe daŭras tamen. Fek', mi abomenas tion. Mi apogas la dorson kaj fermas la okulojn.

Malfermiĝas aŭtopordo. Malvarma aero – miaj okuloj saltas malfermen – dum momento mi vidas la metalan kradon kiu disigas la antaŭon kaj malantaŭon de la aŭto, la fenditajn sidlokojn plastajn, miajn manojn en la katenoj, la anserhaŭton sur miaj gamboj, la platan ĉielon trans la antaŭa glaco, la nigran vizierĉapon sur la panelo, la paperblokon en la manoj de la policisto, lian ruĝan vizaĝon, liajn griziĝantajn brovojn tufecajn, drapire duoblan mentonon – ĉio flagre, irize brilas laŭ la koloroj de papilia flugilo, kaj la policisto diras: «He, li havas ian atakon» – kaj miaj dentoj kunklakas, kaj antaŭ miaj okuloj la policaŭto malaperas kaj mi kuŝas surdorse en mia propra postkorto. Jes! Jes! Mi plenigas la pulmojn per la dolĉa aero de septembra nokto. Mi sidiĝas kaj frotas la manartikojn, kie plu bone videblas la katenmarkoj.

Mi ridas, ridegas. Mi eskapis refoje! Rigardu min, Houdini kaj Prospero! Ĉar ankaŭ mi estas magiisto.

Naŭzo superfortas min, kaj mi vomas bilon sur la krizantemojn de Kimy.

Sabaton, la 14-an de majo 1983
(Clare aĝas 11, preskaŭ 12)

Hodiaŭ estas la naskiĝtago de Mary Christina Heppworth, kaj ĉiuj knabinoj el la kvina klaso de la lernejo Sankta Bazilo tranoktas en ŝia hejmo. Por vespermanĝo ni ricevas picojn, kolaon kaj fruktosalaton, kaj s-ino Heppworth bakis grandan kukon en la formo de unukornulo, kun *Feliĉan naskiĝtagon, Mary Christina!* en ruĝa glazuro, ni kantas por ŝi, kaj Mary Christina estingas siajn dek du kandelojn per unu blovo. Mi supozas kion ŝi deziris por si: certe tion ke ŝi ne kresku pli alta. Almenaŭ mi certe tion dezirus se mi estus ŝi. Mary Christina estas la plej alta lernanto en nia klaso, unu metron kaj sepdek kvin. Ŝia panjo estas iom pli malalta, sed la patro, vera giganto. Helen foje demandis al Mary Christina, kaj ŝi respondis ke li superas du metrojn. Ŝi estas la sola knabino en la familio, la knaboj estas pli aĝaj, jam razas sin, kaj ankaŭ ili estas vere altaj. Ili afektas ne rimarki nin, manĝas amasojn da kuko, kaj Patty kun Ruth aparte laŭte klukridas kiam ajn ili venas proksimen al ni. Kiel embarase. Mary Christina malfermas siajn donacojn. Mi donas al ŝi verdan sveteron, tian kia estas mia blua, tiu kun la kroĉetita kolumo de Laura Ashley. Post la vespermanĝo ni spektas per vidbendo *Intrigo por gepatroj*, dum la tuta familio Heppworth umas ĉirkaŭe kaj rigardas nin, ĝis ni fine, unu post alia, iras al la banĉambro de la supra etaĝo por surmeti niajn piĵamojn, kaj poste invadas la dormoĉambron de Mary Christina, kie ĉio estas tute rozkolore dekorita, eĉ la planktapiŝo. Oni sentas ke la gepatroj de Mary Christina vere ĝojis pri filino post tiom da ŝiaj fratoj. Ĉiu el ni kunportis dormsakon, sed ni preferas stakigi ilin ĉe unu muro kaj sidi sur la lito de Mary Christina kaj surplanke. Nancy havas botelon da pipromenta ŝnapso, kaj ni ĉiuj trinkas el ĝi iom. Ĝi gustas horore kaj lasas senton kvazaŭ kontraŭtusa pomado en mia brusto. Poste ni ludas je «vero aŭ defio». Ruth defias Wendy al trakuro de la koridoro sen ĉemizo. Wendy demandas al Francie kiu estas la mamzon-grandeco de Lexi, la deksepjara fratino de Francie. (Respondo: 38D.) Francie demandas de Gayle kion ŝi faris kun Michael Plattner en Makdonaldo lastan dimanĉon. (Respondo: manĝis glaciaĵon. Nu, ja kion alian?) Post kelka tempo ni tediĝas pri «vero aŭ defio», parte ĉar malfacilas pensi pri interesa ago kiun iu el ni fakte pretus fari, parte ĉar ni ja scias praktike ĉion scieblan unu pri la aliaj, frekventinte la samajn klasojn jam de infanĝardeno. Fine Mary Christina diras: «Ni ludu je literumita tabulo!» Ĉiu konsentas, ĉar estas ŝia festo, kaj ankaŭ ĉar tiu ludo estas mojosa. Ŝi prenas ĝin el sia ŝranko. La skatolo estas tute dispremita, kaj sur la eta plasta peco kiu montras la literojn mankas la plasta fenestreto. Henry rakontis al mi ke li foje iris al tia seanco, kaj meze de la afero la mediumo suferis rompiĝon de la apendico kaj oni devis voki ambulancon. Ĉe la ludtabulo nur du personoj povas ludi samtempe, do Mary Christina kaj Helen komencas. Laŭ la regulo, oni devas laŭte anonci kion oni volas scii, ĉar alie ne funkcius. Ambaŭ metas fingrojn sur la plastan pecon. Helen rigardas al Mary Christina, kiu hezitas, ĝis Nancy diras:

– Demandu pri Bobby!

Do, Mary Christina demandas:

– Ĉu Bobby Duxler ŝatas min?

Ĉiuj hihias. La respondo estas *ne*, sed la tabulo diras *jes*, kun iom da puŝhelpo de Helena. Mary Christina ridetas tiom larĝe ke mi povas vidi ŝiajn dentokrampojn supre kaj sube. Helen demandas ĉu ajna knabo ŝin ŝatas. La montrilo turniĝas kelkan tempon kaj fine haltas ĉe D, A, V.

– David Hanley? – diras Patty, kaj ĉiuj ridas. Dave estas nia sola nigra samklasano. Li estas tre timema, malalta, kaj kapabla pri matematiko.

– Eble li helpos vin pri longa dividado – diras Laura, kiu estas same tre timema. Helen ridas. Ŝi komprenas nenion pri matematiko.

– Via vico, Clare. Provu kun Ruth.

Ni nun okupas la lokojn de Helen kaj Mary Christina. Ruth rigardas al mi kaj mi levas la ŝultrojn:

– Mi ne scias kion demandi.

Ĉiuj ridaĉas; ja kiom da eblaj demandoj ekzistas? Sed estas ja tiom da aferoj kiujn mi volus scii. *Ĉu Panjo fartos denove bone? Kial Paĉjo kriis al Etta ĉi-matene? Ĉu Henry estas reala homo? Kie kaŝis Mark mian francan hejmtaskon?* Ruth diras:

– Kiuj knaboj ŝatas Clare?

Mi rigardas al ŝi kolere, sed ŝi nur ridetas:

– Ĉu vi ne volas scii?

– Ne – mi diras, sed tamen metas miajn fingrojn sur la blankan plastan umon. Ankaŭ Ruth surmetas siajn fingrojn, kaj nenio moviĝas. Ni ambaŭ tuŝas la aĵeton tre leĝere, ni klopodas fari kiel oni devas, sen premoj kaj puŝoj. Fine ĝi ekmoviĝas, malrapide. Post pluraj rondiroj ĝi haltas ĉe H. Nun plirapidiĝas. E, N, R, Y.

– Henry – kunigas Mary Christina. – Kiu estas Henry?

Helen diras:

– Mi ne scias, sed vi ruĝiĝas, Clare. Kiu estas Henry?

Mi skuas la kapon kvazaŭ ankaŭ por mi estus mistero:

– Nun vi demandu, Ruth.

Ŝi demandas (surpriz', surpriz') kiu ŝatas ŝin. La tabulo literumas R, I, C, K. Mi sentas ke ŝi faras puŝon. Rick estas s-ro Malone, nia instruisto pri naturscienco, kiu sopiras pri f-ino Engle, la instruistino pri la angla. Ĉiu ridas krom Patty; ja ankaŭ Patty sopiras al s-ro Malone. Ruth kaj mi stariĝas, nun sidiĝas Laura kaj Nancy. Nancy sidas dorse al mi, do mi ne vidas ŝian vizaĝon kiam ŝi demandas:

– Kiu estas Henry?

Ĉiu alrigardas min, kaj ekestas silento. Mi observas la tabulon. Nenio. Ĝuste kiam mi ekpensas ke mi saviĝis, la plasta umo ekmoviĝas. H, ĝi diras. Eble ĝi denove indikos nur «Henry»; fine, Nancy kaj Laura scias nenion pri Henry. Eĉ mi ne multe scias pri Henry. La literserio daŭras: A, L, O, E, D, Z. *Ha lo, edz'!* Ĉiuj rigardas al mi.

– Nu, mi ne estas *edzino*. Mi aĝas nur *dek unu*.

– Sed kiu estas Henry? – demandas ree Laura.

– Mi ne scias. Eble iu kiun mi ankoraŭ ne renkontis.

Ŝi kapjesas. Ĉiuj estas konsternitaj, same kiel mi mem. Edz' ...? *Edzo?*

Ĵaŭdon, la 12-an de aprilo 1984
(Henry aĝas 36, Clare aĝas 12)

HENRY: Clare kaj mi ŝakludas ĉe fajroloko en la arbaro. Estas bela printempa tago, kaj la arbaro viglas je amindumado kaj nestado de birdoj. Ni tenas nin for de la familianoj de Clare, kiuj daŭre umas ĉirkaŭe ĉi-posttagmeze. Clare jam kelkan tempon ne scias kiun movon fari; mi forprenis ŝian damon antaŭ tri movoj, do nun ŝi estas kondamnita, sed ne pretas malvenki sen rezisto.

Ŝi alrigardas min:

– Henry, kiun el The Beatles vi ŝatas plej?

– John, kompreneble.

– Kial «kompreneble»?

– Nu, Ringo tute decas, sed li aspektas kiel senŝanculo, ĉu ne? Kaj George estas iom tro Nov-Epoka por mia gusto.

– Nov-Epoka, kio estas tio?

– Strangulaj religioj. Kiĉa, teda muziko. Plorindaj provoj persvadi sin pri la supereco de ĉio ajn rilata al hindoj. Neokcidenta medicino.

– Sed vi ja ne ŝatas la kutiman medicinon.

– Nu, ĉar kuracistoj ĉiam klopodas konvinki min ke mi estas freneza. Se temus pri rompita brako, mi nepre ŝatus okcidentan medicinon.

– Sed kion pri Paul?

– Paul taŭgas por knabinoj.

Clare ridetas timide.

– Mi plej ŝatas Paul.

– Nu, vi ja estas knabino.

– Kial Paul taŭgas por knabinoj?

Mi estu singarda, mi memorigas min.

– Hm, kiel diri. Oni povus diri ke Paul estas la Milda Beatle.

– Kaj ĉu tio ne estas bona?

– Jes ja. Sed al knaboj pli plaĉas mojosuloj, kaj la mojosa Beatle estas John.

– Aha. Sed li jam mortis.

Mi ridas.

– Eblas esti mojosa kiam oni estas mortinta. Fakte, eĉ pli facilas, ĉar oni ne plu maljuniĝas, ne dikiĝas kaj ne perdas harojn.

Clare komencas zumi la komencajn notojn de «Kiam mi aĝos 64». Ŝi ŝovas antaŭen sian turon je kvin ĉeloj. Mi povus nun matigi ŝin – mi montras tion al ŝi, kaj ŝi haste malfaras la movon.

– Do, kion vi ŝatas pri Paul? – mi demandas. Mia rigardo trafas ŝin ĝustatempe por vidi ruĝiĝon de admirantino.

– Li estas tiel…*bela*! – diras Clare. Io malantaŭ ŝiaj vortoj vekas en mi strangan senton. Mi pristudas la ŝaktabulon kaj rimarkas ke nun Clare povus matigi min, se ŝi kaptus mian kurieron per sia ĉevalo. Ĉu mi diru tion al ŝi? Se ŝi estus iom pli juna, mi farus. Sed en la aĝo de dek du jaroj oni jam povu defendi sin. Clare reveme kontemplas la tabulon. Mi komencas kompreni ke mi ĵaluzas. Diable. Estus nekredeble se mi sentus ĵaluzon pro multmilionulo, veterana rokstelulo, kiu povus esti la patro de Clare.

– Hm – mi reagas.

Clare alrigardas min kun petola rideto.

– Kiun ŝatas vi?

Vin, mi pensas sed ne diras.

– Ĉu vi celas: kiam mi havis vian aĝon?

– Jes, ekzemple. Kiam vi havis mian aĝon.

Mi zorge pesas la latentan valoron de ĉi tiu informa trezoro antaŭ ol ĝin aljuĝi.

– Mi havis vian aĝon en 1975. Mi estas ok jarojn pli aĝa ol vi.

– Do, vi aĝas dudek?

– Nu, ne, mi aĝas tridek ses.

Mi povus esti via patro.

Clare kuntiras la brovojn. Pri matematiko ŝi ne elstaras.

– Sed se vi aĝis dek du en 1975 …

– Ho, pardonu, vi pravas. Mi volas diri ke mi mem aĝas tridek ses jarojn, sed ie nun, aliloke – mi mangestas al suda direkto – mi aĝas dudek. En la reala tempo.

Clare klopodas digesti ĉi tion.

– Do, vi ekzistas duoble?

– Ne precize. Ĉiam estas da mi nur unu, sed kiam mi temp-vojaĝas, mi foje iras ien kie mi jam troviĝas, kaj tiam, nu jes, oni povus diri ke tiam estas du mioj. Aŭ pli ol du.

– Kial do mi neniam vidas pli ol unu?

– Vi vidos. Kiam vi kaj mi renkontiĝos en mia estanteco, tio sufiĉe ofte okazos.

Pli ofte ol mi volus, Clare.

– Do, kiun vi ŝatis en 1975?

– Neniun, verdire. Kiam mi aĝis dek du, mi pensadis pri aliaj aferoj. Sed kiam mi fariĝis dek tri, mi tute frenezis pri Patty Hearst.

Clare trovas tion iel ĝena.

– Ĉu knabino el via lernejo?

Mi ridas.

– Ne. Ŝi estis riĉa kalifornia studentino, kiun kidnapis teruraj maldekstrulaj teroristoj, kiuj igis ŝin prirabi bankojn. Oni vidis ŝin en la novaĵoj ĉiuvespere.

– Kio okazis al ŝi? Kial vi ŝatis ŝin?

– Fine ili lasis ŝin libera, kaj ŝi edziniĝis, ekhavis infanojn, kaj nun ŝi estas riĉa sinjorino en Kalifornio. Kial mi ŝatis ŝin? Hm, mi ne scias. Estas iel malracia afero. Verŝajne mi sciis kion ŝi sentis kiam oni forkaptis ŝin kaj devigis ŝin fari aferojn kiujn ŝi ne ŝatis, kaj poste ekŝajnis ke ŝi iel eĉ ĝuis tion.

– Ĉu vi faras aferojn kiujn vi ne ŝatas?

– Jes, konstante.

Mia gambo sensentiĝis. Mi ekstaras kaj skuas ĝin ĝis mi eksentas pikojn.

– Mi ne ĉiam trovas min ĉi tie, sana kaj sekura kun vi, Clare. Tute ofte mi trafas en lokojn kie mi devas ŝteli por vesti min kaj manĝi.

– Ho!

Ŝian vizaĝon trapasas nebulo; poste ŝi ekvidas kiun movon fari, movas la pecon kaj rigardas min triumfe.

– Ŝak mat!

– He, gratulon!

Mi klinas min profunde:

– Vi estas la ŝakreĝino de la tago!

– Jes, mi estas!

Clare mienas fiere, kun rozaj vangoj. Ŝi komencas remeti la pecojn en la ekiran pozicion:

– Ĉu denove?

Mi ŝajnigas konsulti mian neekzistantan horloĝon.

– Certe!

Mi residiĝas.

– Ĉu vi malsatas?

Jam horojn ni estas ĉi tie ekstere, kaj la rezervoj malpliiĝis: restas nur manpleno da maizaj ĉipsoj funde de saketo.

– Mmhmm.

Clare tenas la peonojn malantaŭ sia dorso; mi tuŝas ŝian dekstran kubuton, kaj ŝi montras la blankan pecon. Mi faras mian kutiman malfermon: dama peono al d5. Venas ŝia kutima reago al mia kutima malfermo: dama peono al d5. La sekvaj dek movoj okazas sufiĉe rapide, kun malmulta sangelverŝo, kaj poste Clare pristudas la tabulon dum iom da tempo. Ŝi ĉiam eksperimentemas, ĉiam serĉas escepte brilan solvon.

– Kiun vi ŝatas nun? – ŝi demandas sen levi la okulojn.

– Ĉu vi celas: en la aĝo de dudek? Aŭ de tridek ses?

– Ambaŭ.

Mi klopodas rememori la tempojn kiam mi aĝis dudek. Aperas konfuzaĵo el virinoj, mamoj, gamboj, haŭto, haroj. Ĉies historioj kunmiksiĝas, la vizaĝoj ne plu ligeblas al nomoj. En la aĝo de dudek mi estis tre aktiva sed fartis mizere.

– Nenio aparta je dudek. Neniu venas al mia kapo.

– Kaj je tridek ses?

Mi esploras ŝian vizaĝon. Ĉu dek du jaroj estas tro juna aĝo? Jes, tute certe. Pli bone fantazii pri la bela, neatingebla, sendanĝera Paul McCartney ol devi alfronti Henry, la Veteranan Tempvojaĝanton. Kial fakte ŝi demandas?

– Henry?

– Jes?

– Ĉu vi edziĝis?

– Jes – mi konfesas malvolonte.

– Al kiu?

– Al tre bela, pacienca, talenta, inteligenta virino.

Ŝia vizaĝo malheliĝas.

– Ho …

Ŝi levas unu el miaj blankaj kurieroj, kiun ŝi forprenis antaŭ du movoj, kaj igas ĝin turniĝi kiel turbon.

– Tre bele.

Ŝi aspektas iel ĉagrenita pro la informo.

– Ĉu problemo?

– Ne, nenio.

Clare ŝovas sian damon de d7 al g4.

– Ŝakon.

Mi ŝovas mian ĉevalon protekte al la reĝo.

– Ĉu mi estas edzino? – enketas Clare.

Niaj okuloj renkontiĝas.

– Vi postulas tro hodiaŭ.

– Kial vi ne dirus? Vi neniam rakontas al mi ion ajn. Henry,
diru al mi ĉu mi restos olda fraŭlino.

– Vi estas monaĥino – mi incitetas.

Clare ektremas.

– Hu, mi esperas ke ne!

Ŝi forprenas unu el miaj peonoj per sia turo.

– Kiel vi renkontis vian edzinon?

– Pardonu, temas pri absolute sekreta informo.

Mi prenas ŝian turon per mia damo.

Clare grimacas:

– Aj! Ĉu vi tempvojaĝis tiam? Tiam kiam vi renkontis ŝin?

– Mi faris miajn aferojn, kaj ne ŝovis mian nazon en ĉiajn
vazojn.

Clare suspiras. Ŝi forprenas plian peonon per sia alia turo.
Komencas elĉerpiĝi miaj peonoj. Mi ŝovas la damoflankan
kurieron al f4.

– Estas maljuste ke vi ĉion scias pri mi sed neniam diras ion
ajn pri vi mem.

– Efektive estas maljuste.

Mi provas aspekti bedaŭra kaj komplezema.

– Pensu ke Ruth kaj Helen kaj Megan kaj Laura rakontas al mi pri ĉio, kaj ankaŭ mi rakontas al ili pri ĉio.

– Pri ĉio?

– Jes. Nu, krom ke pri vi mi ne rakontas.

– Ĉu, kial ne?

Jen Clare iom en defensivo.

– Vi estas sekreto. Kaj ili ĉiuokaze ne kredus min.

Ŝi starigas kaptilon al mia kuriero per sia ĉevalo kaj ridetas ruze. Mi kontemplas la tabulon, pripensas kiel forigi ŝian ĉevalon aŭ formovi mian kurieron. Statas aĉe por la blankoj.

– Henry, ĉu vi vere estas homo?

Tio iom konsternas min.

– Kompreneble. Kio alia mi estus?

– Mi ne scias. Fantomo?

– Mi vere estas homo, Clare.

– Pruvu!

– Kiel?

– Mi ne scias.

– Laŭ mi ankaŭ vi ne povus pruvi ke vi estas homo, Clare.

– Mi ja povas.

– Kiel?

– Mi estas tute kiel homo.

– Nu, ankaŭ mi estas tute kiel homo.

Amuze ke Clare ekparolas pri tio; en 1999 d-ro Kendrick kaj mi batalas senfinan filozofian batalon ĝuste pri ĉi tiu temo. Kendrick estas konvinkita ke per mia persono mi anoncas la alvenon de nova homspeco, tiel malsama al ordinaruloj kiel la homo de Kromanjono estis al siaj Neandertalaj najbaroj. Mi asertas ke mi estas nur peco da fuŝiĝinta kodo, kaj ke nia malkapablo generi infanojn pruvas ke oni ne trovos en mi la

Mankantan Ĉeneron. Por disputi, ni eĉ ekscitite ek-citadis el Kierkegaard kaj Heidegger. Dume Clare rigardas min dubeme.

– Veraj homoj ne simple aperas kaj malaperas kiel vi kutimas fari. Vi estas kiel la nevidebla homo el la romano.

– Vi celas diri ke mi estas fikcia rolulo?

Finfine mi ekvidas kiun movon fari: ŝovi la reĝoflankan turon al a3. Nun ŝi povos forpreni mian kurieron, sed perdos sian reĝinon tiel farante. Daŭras momenton ĝis Clare ĉi tion fine rimarkas, sed kiam tio okazas, ŝi elŝovas al mi la langon. Vidiĝas zorgiga oranĝa nuanco, pro ĉiuj ĉipsoj manĝitaj.

– Tio iel pensigas min pri fabeloj. Mi volas diri: se vi estas reala, kial tiam ankaŭ fabeloj ne estus realaj?

Clare stariĝas, plu pristudas la tabulon, kaj dance eksaltadas, kvazaŭ ekflamus ŝia pantalono.

– Ŝajnas al mi ke la grundo iĝas malmola. Mia postaĵo sen-sentiĝis.

– Eble ili ja estas realaj. Aŭ troviĝas en ili eta kerno da realo, al kiu homoj poste aldonis diversaĵojn, ĉu ne?

– Do ĉu Neĝulino eble falis en komaton?

– Same kiel la dormanta belulino.

– Kaj Joĉjo kun la fabotigo estis nur bonega ĝardenisto.

– Kaj Noa estis stranga maljunulo en loĝboato kun amaso da katoj.

Clare alrigardas min:

– Noa estas en la Biblio. Ne en fabelo.

– Ho jes, pardonu.

Mi sentas grandan malsaton. Ajnaminute Nell tintigos la vespermanĝan sonorilon, kaj tiam Clare devos eniri. Ŝi residas sia-flanke de la ŝaktabulo. Videblas ke ŝi perdas nun intereson pri la ludo; ŝi komencas konstrui piramideton el ĉiuj gajnitaj ŝakpecoj.

– Vi ankoraŭ ne pruvis ke vi estas reala – diras Clare.

– Ankaŭ vi ne.

– Ĉu vi foje pripensas ĉu mi estas reala? – ŝi demandas min surprizite.

– Eble mi sonĝas vin. Eble vi sonĝas min; eble ni ekzistas nur en niaj reciprokaj sonĝoj, kaj ĉiumatene ĉe vekiĝo ni ĉion forgesas unu pri la alia.

Clare sulkas la frunton, kaj mangestas kvazaŭ forpele al tiu bizara ideo.

– Pinĉu min – ŝi petas.

Mi alklinas min kaj leĝere pinĉas unu brakon.

– Pli forte!

Mi ripetas la pinĉon, sufiĉe forte por lasi spuron blanka-ruĝan, kiu malaperas post kelkaj sekundoj.

– Ĉu laŭ vi mi ne vekiĝus, se mi nun dormus? Sed ajne mi ne sentas min dormema.

– Kaj mi ne sentas min fantomo. Aŭ fikcia rolulo.

– Kiel vi povus scii? Mi celas: se mi elpensus vin kaj ne volus ke vi sciu ke vi estas elpensita, mi simple ne dirus al vi, ĉu ne?

Mi ŝerce ondigas la brovojn.

– Eble Dio nin elpensis kaj simple ne diras tion al ni.

– Vi devus ne paroli tiel! – ekkrias Clare. – Krome vi eĉ ne kredas je Dio. Aŭ ĉu?

Mi levas la ŝultrojn kaj ŝanĝas temon.

– Mi estas pli reala ol Paul McCartney.

Clare aspektas zorgoplena. Ŝi ek-remetas ĉiujn ŝakpecojn en la skatolon, kun zorga disigo de blankaj kaj nigraj.

– Multaj homoj scias pri Paul McCartney, sed mi estas la sola kiu scias pri vi.

– Sed min vi vere renkontis, dum lin neniam.

– Mia panjo iris al koncerto de The Beatles.

Ŝi fermas la kovrilon de la ŝakskatolo kaj sternas sin sur la grundo, rigardante supren al la frondaro el novaj folioj:

– En Comiskey Park, Ĉikago, la 8-an de aŭgusto 1965.

Mi premas fingron en ŝian ventron, kaj ŝi glugle buligas sin kiel erinaco. Post intervalo da tiklado kaj ruliĝoj, fine ni kuŝas surtere kun la manoj falditaj sur la ventro, kaj Clare demandas:

– Ĉu ankaŭ via edzino estas tempvojaĝanto?

– Ne. Dank' al Dio.

– Kial dank' al Dio? Laŭ mi estus amuze. Vi povus kune vojaĝi ĉien.

– Sufiĉas po unu tempvojaĝanto en familio. Estas danĝera afero, Clare.

– Ĉu ŝi timas pro vi?

– Jes – mi respondas mallaŭte. – Multe.

Kion faras Clare nun, en 1999? Eble ankoraŭ dormas. Eble ŝi eĉ ne rimarkos mian foreston.

– Ĉu vi amas ŝin?

– Tre multe – mi flustras.

Ni silente kuŝas unu apud la alia, observas la balanciĝon de arbobranĉoj, la birdojn, la ĉielon. Mi aŭdas dampitan plor-singulton, kaj rigardo al Clare mirigas min: larmoj fluas laŭ ŝiaj vangoj al la oreloj. Mi levas min siden kaj kliniĝas super ŝin.

– Kio okazas, Clare?

Ŝi nur skuas plurfoje la kapon kaj kunpremas la lipojn. Mi karesas ŝiajn harojn, tiras ŝin supren al sidpozicio kaj metas miajn brakojn ĉirkaŭ ŝin. Ŝi estas infano, kaj tamen ne tute.

La vortoj elvenas tiom mallaŭte ke mi devas demandi ĉu ŝi povus ripeti.

– Nur ke mi pensis ke vi eble edziĝis al mi.

CLARE: Mi staras en la Herbejo. Junio baldaŭ finiĝos, estas malfrue posttagmeze, post kelkaj minutoj mi devos iri lavi la manojn por vespermanĝo. La temperaturo malkreskas. Antaŭ dek minutoj la ĉielo estis kupre blua kaj peza varmo pendis super la Herbejo, ĉio sentiĝis kurba, kvazaŭ mi starus sub larĝa vitra kupolo, kie la proksimajn bruojn la varmo ensorbas, dum superregas la zumado de insektoj. Jam kelkan tempon mi sidas sur la eta ponto kaj rigardas kiel glitŝuas akvaj skaraboj sur la senonda baseneto, pensante pri Henry. Hodiaŭ ne estas Henry-dato, nur post dudek du tagoj venos la sekva fojo. Multe malvarmiĝis dume. Henry perpleksigas min. Dum mia tuta vivo mi senplue akceptis Henry kiel normalaĵon – mi celas diri, kvankam li estas sekreto kaj tial aŭtomate fascina, li estas samtempe ia miraklo, kaj nur lastatempe konsciiĝis al mi ke plej multaj knabinoj ne havas sian Henry, aŭ se tamen, tiam neniu ĝis nun bruis pri tio. Leviĝas vento, la altaj herboj ekondumas, kaj mi fermas la okulojn kvazaŭ por aŭdi la maron (kiun mi ne konas, krom per televido). Malfermante ilin, mi vidas ĉielon flavan kaj verdan. Henry diras ke li venas el la estonteco. Kiam mi estis malgranda, tio ne zorgigis min, mi havis neniun ideon kion tio povus signifi. Nun mi demandas min ĉu la estonteco estas loko aŭ io simila al loko, kien mi povus iri, veturante en alia maniero ol simple iĝante pli aĝa. Ĉu Henry povus kunporti min en la estontecon? Inter la arboj eknigras, la trunkoj sin fleksas, la vento vipas ilin flanken kaj malsupren. La insektoj ne plu zumas kaj la vento ĉion glatigas: la herbosupro ebeniĝas, arboj ekkrakas kaj muĝas. Mi timas la estontecon, ĝi ekŝajnas ia granda skatolo min atendanta. Henry diras ke li konas min en la estonteco. Nigraj nubegoj elrampas de malantaŭ la arboj, kaj ili aperas tiel subite ke mi devas ridi, kvazaŭ ili estus manpupoj; ĉio svingiĝas ĉirkaŭ mi, kaj aŭdiĝas longe tirata tondrado. Mi subite rimarkas ke mi staras, mallarĝa figuro rekta, meze de Herbejo kie ĉio alia sin platigis – do ankaŭ mi kusiĝas kaj esperas ke ne rimarkos min la kolektiĝanta ŝtormo. Mi kuŝas nun surdorse kaj rigardas al la ĉielo por vidi kiam la akvo elverŝiĝos. Ene de minuto miaj vestaĵoj tramalsekiĝas, kaj mi subite sentas la ĉeeston de Henry, de nekredebla bezono ke Henry ĉeestu kaj metu siajn manojn sur min, eĉ se ekŝajnas al mi ke Henry estas la pluvo kaj mi estas sola kaj sopiras lin.

Dimanĉon, la 23-an de septembro 1984
(Henry aĝas 35, Clare aĝas 13)

HENRY: Mi estas en la maldensejo de la Herbejo. Tre frua horo, eĉ ne mateniĝis ankoraŭ. Malfrua somero, la floroj kaj herboj ĉiuj atingas brustnivelon. Estas malvarme. Mi solas. Mi travadas la plantojn kaj trafas la skatolon da vestaĵoj, malfermas ĝin kaj trovas ĝinzon, blankan Oksford-ĉemizon kaj zoriojn. Mi neniam vidis ĉion ĉi antaŭe, do mi ne havas ideon kie mi troviĝas en la tempo. Clare lasis por mi ankaŭ manĝeton: jen sandviĉo kun ternuksbutero kaj ĵeleo zorge kovrita per aluminia folio, plus pomo, kaj saketo da terpomflokoj Jays. Eble lerneja lunĉo de Clare mem. Miaj supozoj tendencas al la fino de la sepdekaj aŭ la komencaj okdekaj jaroj. Mi sidiĝas sur la ŝtonego, manĝas ĉion, kaj tuj sentas min multe pli bone. La suno leviĝas. La tuta Herbejo estas blua, poste oranĝa kaj rozkolora, la ombroj longas, kaj poste tagiĝas. Clare ne videblas. Mi rampas kelkajn metrojn inter la kreskaĵojn, buliĝas sur la grundo eĉ se malseka pro roso, kaj ekdormas.

Kiam mi vekiĝas, la suno pli altas en la ĉielo kaj Clare sidas apud mi legante libron. Ŝi alridetas min:

– Ektagas en la marĉo. Birdoj kantas, ranoj kvakas, tempas vekiĝi!

Mi ĝemas kaj frotas la okulojn.

– Saluton, Clare. Kiu dato hodiaŭ?

– Dimanĉo, la 23-a de septembro 1984.

Clare aĝas dek tri. Stranga kaj malfacila aĝo, sed ne tiom malfacila kiom niaj travivaĵoj en mia nuno. Mi eksidas kaj oscedas.

– Clare, se mi petus vin afable, ĉu vi irus en vian domon kaj kontrabandus tason da kafo por mi?

– Da kafo?

Clare prononcas la vorton kvazaŭ ŝi neniam aŭdis pri tiu substanco. En plenkreskula aĝo, ŝi estas same kafdependulo kiel mi. Ŝi pripensas la loĝistikon.

– Mi petegas vin ...

– Bone, mi provos.

Ŝi malrapide ekstaras. En la nuna jaro Clare multe kreskis, kaj rapide. Unu jaro plialtigis ŝin per dek du centimetroj, kaj ŝi ankoraŭ ne alkutimiĝis al sia nova korpo. Mamoj, gamboj kaj koksoj, ĉio freŝe kreita. Mi klopodas ne pensi pri tio dum mi rigardas ŝin laŭ la pado al la domo. Mi ĵetas rigardon al la libro kiun ŝi legas. Fare de Dorothy Sayers, mi ne legis ĝin. Kiam ŝi revenas, mi jam atingis la paĝon tridek tri. Ŝi alportis termoson, tasojn, litkovrilojn kaj kelkajn benjetojn. Tuta somero da suno plantis lentugojn sur la nazon de Clare, kaj mi devas rezisti la tentegon karesi ŝiajn paliĝintajn harojn, kiuj falkovras la brakojn dum ŝi sternas la kovrilon.

– Dio benu vin!

Mi alprenas la termoson kvazaŭ ĝi entenus sakramentan materion. Ni lokas nin komforte sur la kovrilo. Mi depuŝas la zoriojn, verŝas por mi tason da kafo kaj englutas guton. Nekredeble fortas kaj amaras.

– Hujuj! Ĉi tio estas brulaĵo por raketoj, Clare.

– Tro forta?

Ŝi aspektas iomete malfeliĉa, do mi rapidas komplimenti ŝin.

– Nu, mi dirus ke verŝajne ne ekzistas kafo tro forta, sed forta ĝi ja estas. Tamen, mi ŝatas! Ĉu vi faris ĝin?

– Ahem. Mi neniam faris kafon antaŭe, kaj Mark aperis por nervozigi min, do mi eble ion misfaris.

– Ne, ne, ĝi bongustas.

Mi alblovas la kafon kaj englutas ĝin. Mi tuj ekfartas pli bone. Mi verŝas plian tasplenon.

Clare prenas de mi la termoson. Ŝi verŝas por si centimetron da kafo kaj singarde gustumas.

– Fu – ŝi komentas. – Tute naŭze. Ĉu vere tiel ĝi devas gusti?

– Nu, kutime ĝi estas iomete malpli sovaĝa. Vi ŝatas vian kafon kun multe da kremo kaj sukero.

Clare elverŝas la reston de la kafo en la Herbejon kaj prenas benjeton. Ŝi diras:

– Vi igas min malnormala.

Mi ne havas pretan respondon al tio, ĉar tia ideo neniam venis al mi.

– Hm, ne, vi malpravas.

– Mi pravas.

– Ne pravas.

Mi pripensas:

– Kion vi celas per tio ke mi igas vin malnormala? Mi ne igas vin ia ajn.

– Nu, ekzemple kiam vi diras al mi ke mi ŝatas kafon kun kremo kaj sukero kiam mi eĉ apenaŭ gustumis ĝin ankoraŭ. Ĉar se estas tiel, kiel do mi povus eltrovi ĉu mi vere ŝatas ĝin tia, aŭ ĉu mia ŝato venas nur el tio ke laŭ vi mi ĝin ŝatas?

– Sed, Clare, temas nur pri persona gusto. Kompreneble vi rajtu mem eltrovi ĉu vi ŝatas kafon, sendepende ĉu mi diras ion aŭ ne. Kaj cetere, ĝuste vi ĉiam tedas min per petoj rakonti al vi pri la estonteco.

– Koni la estontecon ne estas same kiel aŭdi kion mi ŝatu – deklaras Clare.

– Kial ne? Ĉio tio rilatas al libera volo.

Clare demetas siajn ŝuojn kaj ŝtrumpetojn. Ŝi enŝovas la ŝtrumpetojn en la ŝuojn kaj lokas ilin nete rande de la kovrilo. Poste ŝi enmanigas miajn deĵetitajn zoriojn kaj vicigas ilin apud siaj ŝuoj, kvazaŭ la kovrilo estus tatamo.

– Mi supozis ke libera volo rilatas al peko.

Mi pripensas.

– Ne; kial libera volo limiĝus al bono kaj malbono? Ekzemple vi ĵus decidis, tute laŭ via libera volo, demeti viajn ŝuojn. Ne gravas, neniu zorgas ĉu vi surhavas ŝuojn aŭ ne, estas nek peke nek virte, kaj ĝi ne influas vian estontecon, sed vi tamen uzis vian liberan volon, ĉu ne.

Clare levas la ŝultrojn.

– Sed foje vi diras ion kio donas la senton ke jam nun estas la estonteco, aŭ kiel diri … Kvazaŭ mia estonteco jam estus okazinta en la pasinteco, kaj mi neniel povus influi ĝin.

– Tio nomiĝas determinismo – mi informas ŝin. – Ĝi hantas miajn sonĝojn.

Tio vekas ŝian intereson.

– Kial?

– Nu, se eĉ vi sentas vin en senelirejo pro la ideo ke ne eblas ŝanĝi vian estontecon, vi povas do imagi kiel min sentas mi. Mi daŭre kolizias kun la fakto ke mi povas ŝanĝi nenion, eĉ ne kiam mi ĉeestas kaj rigardas.

– Sed, Henry, vi ja povas ŝanĝi aferojn! Ekzemple vi skribis tiun mesaĝon kiun mi donu al vi en 1991, pri la bebo kun Daŭn-sindromo. Kaj la Listo – se mi ne havus la Liston, mi ne scius kiam mi devas veni renkonti vin. Vi daŭre ŝanĝas aferojn.

Mi ridetas.

– Mi povas fari nur farojn kiuj kontribuas al eventoj jam okazintaj. Ekzemple mi ne kapablas malfari tion ke vi ĵus deprenis la ŝuojn.

Clare ridas.

– Kial gravus al vi ĉu mi deprenas ilin aŭ ne?

– Ne gravas al mi. Sed eĉ se gravus, nun temas pri nemodifebla ero el la historio de la universo, kaj mi povas ŝanĝi nenion pri tio.

Mi prenas alian benjeton. Ĉi tiu estas la speco Bismarck, mia plej ŝatata. La glazuro iom fandiĝis pro la suno kaj gluiĝas al miaj fingroj.

Clare finas sian benjeton, kuspas la gambujojn de sia ĝinzo kaj eksidas gambokruce. Ŝi gratas la kolon kaj rigardas min ĉagrenite.

– Nun mi eksentas min malsekura. Kvazaŭ ĉiu ajn nazpurigo mia estus historia evento.

– Nu, ja estas.

Clare turnas la okulojn ĉielen.

– Kio estas la malo de determinismo?

– Kaoso.

– Ha, mi pensas ke tion mi ne ŝatas. Ĉu vi?

Mi demordas buŝplenon el mia benjeto kaj pripensas kaoson.

– Nu, jes kaj ne. Kaoso estas pli da libereco; fakte, plena libereco. Sed mankas al ĝi signifo. Mi volas esti libera pri miaj agoj, sed mi volas ankaŭ ke miaj agoj havu ian signifon.

– Sed, Henry, vi forgesas pri Dio: kial ne povus ekzisti Dio por doni signifon?

Clare serioze sulkas la brovojn kaj rigardas trans la Herbejon dumparole.

Mi enbuŝigas la lastan benjet-pecon kaj maĉas malrapide por gajni tempon. Ĉiam kiam Clare mencias Dion, miaj man-platoj ekŝvitas kaj mi sentas urĝon kaŝi min, forkuri aŭ malaperi.

– Mi ne scias, Clare. Mi dirus ke al mi la aferoj aspektas tro hazardecaj kaj sensignifaj por ke ekzistu Dio.

Clare ĉirkaŭbrakas siajn genuojn.

– Sed vi diris ĵus antaŭe ke ĉio ŝajnas kvazaŭ anticipe planita.

– Hmf – mi reagas. Mi kaptas ŝiajn maleolojn, tiras ŝiajn piedojn sur mian sinon kaj tenas ilin tie. Clare ridas kaj klinas sin malantaŭen kubut-apoge. La piedoj de Clare malvarmas en miaj manoj, tre rozkoloraj kaj tre puraj.

– Bone, ni vidu. Ni devas konsideri ĉi tie tri elekteblojn: unu estas blokeca universo, kie pasinteco, nuno kaj estonteco ĉiuj kunekzistas samtempe kaj kie ĉio jam estas okazinta; la dua estas kaoso, kie ĉio povas okazi kaj nenio estas antaŭdirebla ĉar ni ne konas ĉiujn variablojn; kaj la tria estas kristana universo, en kiu Dio faris ĉion kaj ĉio havas celon, sed ni tamen posedas liberan volon. Ĉu tiel?

Clare svingas al mi siajn piedfingrojn.

– Eble ja.

– Kaj al kiu el tiuj vi donas vian voĉon?

Clare silentas. En la aĝo de dek tri, ŝia pragmatismo kaj ŝiaj romantikaj sentoj pri Jesuo kaj Maria estas preskaŭ en ekvilibro. Jaron pli frue ŝi senhezite respondus «al Dio». Ene de dek jaroj ŝi voĉdonos determinismon, kaj post pliaj dek jaroj Clare kredos ke la universo estas arbitra, kaj ke se Dio ekzistas, li ne aŭdas niajn preĝojn, ke kaŭzo kaj efiko estas neeviteblaj kaj brutalaj sed sensencaj. Kaj kion ŝi poste…? Mi ne scias. En la nuno Clare sursojlas al adolesko kun sia kredo en unu mano kaj sia kreskanta skeptiko en la alia, kaj ŝi povas nur provi ĵongli kun ili aŭ kunpremi ilin ĝis fina kunfandiĝo.

Ŝi skuas la kapon.

– Mi ne scias. Mi volas Dion. Ĉu tio estas en ordo?

Mi sentas min aĉulo.

– Kompreneble en ordo. Estas ja via kredo.

– Sed mi volas ne nur kredi, mi volas ankaŭ ke ĝi estu vero.

Mi promenigas miajn dikfingrojn sur ŝiaj piedarkoj, kaj ŝi fermas la okulojn.

– Tion volas kaj vi kaj Tomaso la Akvinano – mi diras.

– Mi aŭdis pri li – reagas Clare, kvazaŭ temus pri ŝatata onklo de longe ne vidita aŭ pri estro de televida programo kiun ŝi kutimis spekti etinfane.

– Li volis ordon kaj racion, kaj ankaŭ Dion. Li vivis en la dektria jarcento kaj instruis ĉe la Universitato de Parizo. La Akvinano kredis kaj je Aristotelo kaj je la anĝeloj.

– Mi ŝategas anĝelojn – deklaras Clare. – Tiom belaj ili estas. Kiom mi ŝatus havi flugilojn, ĉirkaŭflugadi kaj sidadi sur nuboj!

– «*Ein jeder Engel ist schrecklich.*»

Clare suspiras, kaj tiu eta sono signifas «Ne forgesu ke mi ne scipovas la germanan»:

– Kion?

– «Ĉia anĝelo estas terura.» Parto el poemserio kun la titolo *Duinaj Elegioj*, fare de poeto nomata Rilke. Unu el viaj plej ŝatataj poetoj.

Clare ridas.

– Jen vi denove!

– Jen mi kio?

– Vi diras al mi kion mi ŝatas.

Clare boras siajn piedfingrojn en mian sinon. Sen pripensi, mi levas ŝiajn piedojn sur miajn ŝultrojn, sed tiam ankaŭ tio iel tro pensigas pri sekso, do mi rapide enmanigas ŝiajn piedojn denove kaj tenas ilin kune per unu mano en la aero, dum ŝi kuŝas surdorse, senkulpa kaj anĝela kun la hararo nimbe disŝutita ĉirkaŭ ŝi sur la kovrilo. Mi tiklas ŝiajn piedojn.

Clare hihias kaj elglitas el miaj manoj kiel fiŝo, eksaltas kaj faras radoturnojn tra la maldensejo, kun defia rideto al mi kvazaŭ ŝi invitus kapti ŝin. Mi nur ridetas responde, kaj ŝi revenas al la kovrilo por sidiĝi apud mi.

– Henry?

– Jes?

– Vi igas min malsama.

– Mi scias.

Mi turnas min por rigardi ŝin, kaj nur momenton mi forgesas ke ŝi estas juna kaj ke ni troviĝas antaŭ longa tempo; mi vidas Clare, mian edzinon, sur la vizaĝo de ĉi tiu knabino, kaj mi ne scias kion diri al tiu ĉi Clare, kiu estas kaj juna kaj pli aĝa, malsama ol aliaj knabinoj, kiu scias ke esti malsama povas malfacili. Sed Clare ŝajne ne atendas respondon. Ŝi klinas sin kontraŭ mian brakon, kaj mi ĉirkaŭbrakas ŝiajn ŝultrojn.

– *Clare*!

Tra la silento de la Herbejo la patro de Clare diskrias ŝian nomon. Clare saltas staren, kaptas siajn ŝuojn kaj ŝtrumpetojn.

– Tempo por preĝejo – ŝi diras, subite nervoza.

– En ordo. Nu, ĝis.

Mi svingas manon, ŝi ridetas, murmuras ĝisrevidon, ekkuras

laŭ la pado kaj malaperas. Mi kuŝas sub la suno kelkan tempon, pensadas pri Dio, legas Dorothy Sayers. Post paso de horo aŭ simile ankaŭ mi malaperas, kaj nur la postrestantaj kovrilo kaj libro, kafotasoj kaj vestopecoj atestas ke ni entute estis tie.

Sabaton, la 27-an de oktobro 1984
(Clare aĝas 13, Henry aĝas 43)

CLARE: Mi vekiĝas subite. Mi aŭdis bruon: iu vokis mian nomon. Sonis kiel Henry. Mi eksidas en la lito kaj aŭskultas. Mi aŭdas la venton kaj vokojn de korvoj. Sed kion se ja estis Henry? Mi elsaltas el la lito kaj kuras, senŝue mi kuras teretaĝen, tra la malantaŭa pordo, en la Herbejon. Malvarmas, la vento tratranĉas mian noktan mantelon. Kie li estas? Mi haltas por rigardi, kaj jen ĉe la fruktarboj mi vidas Paĉjon kaj Mark, en iliaj helaj ĉasistaj vestoj oranĝkoloraj, kun ili estas plia viro, ili ĉiuj staras kaj rigardas ion, sed tiam ili ekaŭdas min, turnas sin, kaj mi nun vidas ke la viro estas Henry. Kion faras Henry kun Paĉjo kaj Mark? Mi alkuras ilin, mortintaj herboj tranĉas miajn piedojn, kaj Paĉjo venas al mi renkonte.

– Kara mia – li diras, – kion vi faras ekstere tiel frue?

– Mi aŭdis mian nomon – mi respondas.

Li alridetas min. *Stultulineto*, mesaĝas lia rideto, kaj mi rigardas al Henry por ebla klarigo. *Kial vi vokis min, Henry?* sed li skuas la kapon kaj metas fingron al siaj lipoj, *Ĉit!, ne diru al ili, Clare*. Li eniras la fruktoĝardenon, kaj mi volas vidi kion ili ĵus rigardis tie, sed tie estas nenio, kaj Paĉjo diras:

– Reiru liten, Clare, estis nur malbona sonĝo.

Li ĉirkaŭbrakas min kaj komencas reiri kun mi al la domo. Mi rerigardas al Henry, kiu mansvingas kun rideto, *En ordo, Clare, mi klarigos poste* (kvankam, mi konas Henry, li verŝajne ne klarigos, li igos min diveni, aŭ la afero baldaŭ iel klarigos sin mem). Mi resalutas lin, poste kontrolas ĉu Mark vidis tion, sed Mark nun turnas sian dorson al ni, atendante kun iritiĝo ke mi foriru kaj li povu daŭrigi ĉasi kun Paĉjo, sed kion faras ĉi tie Henry, kaj kion ili diris unu al la alia? Mi denove rerigardas, sed ne vidas Henry, kaj Paĉjo diras:

– Iru nun, Clare, reiru al via lito – kaj kisas min sur la frunto. Li aspektas tre maltrankvila, do mi kuras, rekuras al la domo, poste milde supren laŭ la ŝtuparo, kaj jen mi sidas sur mia lito, tremante pro frosto, kaj mi daŭre ne scias kio ĵus okazis, mi scias nur ke estis malbone, tre malbone.

Lundon, la 2-an de februaro 1987
(Clare aĝas 15, Henry aĝas 38)

CLARE: Kiam mi revenas hejmen el la lernejo, Henry atendas min en la Legoĉambro. Mi aranĝis por li etan ĉambron apud la hejtilejo; ĉe la kontraŭa flanko ni tenas ĉiujn biciklojn. Mi lasis disvastiĝi en la hejmo la ideon ke mi ŝatas legadi en la subtera etaĝo, kaj mi efektive pasigas tie multe da tempo, por ke tio ŝajnu kutimaĵo. Henry kojnis la manilon de la pordo per seĝo. Mi frapetas kvar fojojn, kaj li enlasas min. Li kreis por si ian neston el kapkusenoj, seĝkusenoj kaj kovriloj, li ĵus legis malnovajn magazinojn sub mia tablolampo. Li surhavas malnovan ĝinzon de Paĉjo kaj kvadratitan flanelan ĉemizon; li aspektas laca kaj nerazita. Ĉi-matene mi lasis la malantaŭan pordon neŝlosita por li, kaj jen li estas.

107

Mi metas sur la plankon la pleton de manĝaĵoj kiun mi alportis.

– Mi povus porti malsupren kelkajn librojn.

– Fakte, ĉi tiuj tute taŭgas.

Li legas ŝercmagazinojn el la 60-aj jaroj.

– Ĉi tiuj estas nemalhaveblaj por tempvojaĝantoj, por kiuj nepras scii iujn faktojn kaj fantaziojn improvize.

Li montre levas *Mondan Almanakon* el 1968.

Mi sidiĝas apud lin sur la kovrilojn, kaj rigardas al li por vidi ĉu li volas ke mi sidu aliloke. Li videble pripensas tion, do mi montras al li miajn levitajn manojn kaj poste sidiĝas sur ilin. Li ridetas:

– Sentu vin hejme.

– El kiam vi venas?

– El oktobro 2001.

– Vi aspektas laca.

Mi vidas ke li hezitas diri al mi la kialon de la laco, kaj fine decidas ne diri.

– Kiel ni statas en 2001?

– Grandioze. Okupas nin tre elĉerpaj aferoj.

Henri ekmanĝas la rostbefan sandviĉon kiun mi alportis por li.

– He, ĝi estas bonega!

– Nell preparis.

Li ridas.

– Mi neniam komprenos kiel vi kapablas konstrui enormajn skulptaĵojn kiuj rezistas al uraganoj, fakas pri tinktur-receptoj, fabrikas paperon el brusonetio, sed kapablas fari neniegon rilate al nutraĵoj. Estas nekredeble.

– Mensa blokiĝo. Ia fobio.

– Bizare.

– Kiam mi eniras kuirejon, iu eta voĉo ene de mi vokas: «Foriru!» Do, mi foriras ...

– Ĉu vi sufiĉe manĝas? Vi aspektas maldika.

Mi sentas min dika.

– Mi manĝas.

Venas al mi horora penso.

– Ĉu mi estas ege dika en 2001? Eble tial vi opinias min tro maldika.

Henry ridetas pri iu amuzaĵo kiun mi ne komprenas.

– Nu, oni povus diri ke vi estas iom ronda ĝuste nun, en mia nuntempo, sed tio pasos.

– Fu!

– Rondaj formoj bonas. Aspektos rave ĉe vi.

– Ne, dankon.

Henry rigardas al mi zorgoplene.

– Mi celas: mi ne estas anoreksia aŭ io tia, pri tio ne zorgu.

– Nur ke via panjo kutimis tedi vin pri tio.

– Kutim...is?

– Kutimas.

– Kial vi diris ke ŝi kutimis?

– Senkiale. Ĉio enordas pri Lucille, ne zorgu.

Li mensogas. Mia stomako buliĝas, mi ĉirkaŭbrakas miajn genuojn kaj klinas la kapon.

HENRY: Mi ne povas kredi ke mia lango glitis tiel enorme. Mi karesas la harojn de Clare kaj fervore sopiras reiri eĉ por momento al mia nuno, nur sufiĉe por pridemandi Clare, por ekscii kion mi devus diri al ŝi dekkvinjara pri la morto de ŝia patrino. Ĉi tion kaŭzas mia dormomanko. Se mi sufiĉe dormus, mi estus pensinta pli rapide, aŭ almenaŭ pli trafe reagus post mia langoglito. Sed Clare, la plej verofidela homo kiun mi konas, havas akran sentemon eĉ pri la plej sensignifaj mensogoj, kaj nun miaj solaj elektoj estas aŭ rifuzi diri ion ajn, kaj tio perdigus al ŝi la sinregon, aŭ mensogi, kion ŝi ne akceptos, aŭ diri al ŝi la veron, kio estus bato al ŝi kaj torde influus ŝian rilatadon al sia patrino. Clare alrigardas min.

    – Mi volas aŭdi – ŝi diras.

CLARE: Henry aspektas kompatinda.

    – Mi ne povas, Clare.

    – Kial ne?

    – Ne estas bone antaŭscii aferojn. Tio fuŝas onian vivon.

    – Jes. Sed vi ne povas diri al mi nur duone.

    – Estas nenio por diri.

    Min vere trafas paniko:

    – Ŝi mortigis sin.

    Invadas min certeco. Jen kion mi timis pleje el ĉio.

    – *Ne.* Ne. Absolute ne.

    Mi fikse rigardas Henry. Li aspektas tiom malfeliĉa. Mi neniel povas scii ĉu li diras la veron. Se mi nur povus legi en liaj pensoj, kiom pli facilus la vivo. Panjo. Ho, Panjo.

HENRY: Estas horore. Mi ne povas lasi Clare kun tio.

    – Ovaria kancero – mi diras tre milde.

    – Dank' al Dio – ŝi diras kaj eksploras.

Vendredon, la 5-an de junio 1987
(Clare aĝas 16, Henry aĝas 32)

110

 La tutan tagon mi atendas Henry. Mi estas tiom ekscitita. Mi ekhavis mian stirrajtigilon hieraŭ, kaj Paĉjo permesis ke mi veturu per la Fiat al la festo de Ruth ĉi-vespere. Tio tute ne plaĉas al Panjo, sed ĉar Paĉjo jam konsentis, ŝi ne vere povus plu kontraŭi. Mi aŭdas ilin diskuti en la biblioteko post la vespermanĝo.

– Ĉu ne eblus tamen unue demandi min ...?

– Ne ŝajnis tiel grave al mi, Lucy ...

Mi prenas mian libron kaj eliras en la Herbejon. Mi kuŝiĝas inter la herboj. Baldaŭ la suno malsupreniros. Malvarmetas ĉi tie, kaj la herberoj plenas je blankaj tineoj tute etaj. La ĉielo estas rozkolora kaj oranĝa super la arboj okcidente, super mi ĝi formas arkon de profundiĝanta bluo. Mi jam pensas reiri en la domon por preni sveteron, kiam mi aŭdas ies paŝojn tra la herboj. Povas esti nur Henry. Li eniras la maldensejon kaj eksidas sur la ŝtonego. Mi spionas lin de sube. Li aspektas sufiĉe juna, eble apenaŭ super tridek. Li surhavas la simplan nigran T-ĉemizon, ĝinzon kaj altajn sportŝuojn. Li nur sidas trankvile, atendas. Mi tamen ne povas atendi plian minuton: mi eksaltas kaj timsurprizas lin.

– Damne, Clare, ne kaŭzu al veterano koratakon.

– Vi ne estas veterano.

Henry ridetas. Li havas apartan rilaton al maljuniĝo.

– Kisu min! – mi postulas, kaj li kisas min.

– Kison por kio? – li demandas.

– Mi ekhavis mian stirpermesilon!

Henry ŝajnas alarmita:

– Ho ne! Mi volas diri: gratulon!

Mi ridetas al li; kion ajn li diru, tio ne fuŝos mian humoron.

– Vi nur envias min.

– Fakte, jes. Mi ŝategas stiri, sed neniam faras.

– Kial do?

– Tro danĝere.

– Leporo!

– Danĝere por la aliaj. Imagu kio okazus se mi malaperus dum mi stiras aŭton! La aŭto moviĝus plu, kaj bum!!! lasus mortintojn kaj sangon. Malbele.

Mi eksidas sur la ŝtonego apud Henry. Li formoviĝas. Mi ŝajnigas ne rimarki.

– Mi iros al festo ĉe Ruth ĉi-vespere. Ĉu vi volas kunveni?

Li levas unu brovon. Kutime tio signifas ke li citos el iu libro pri kiu mi neniam aŭdis, aŭ prelegos al mi pri iu temo. Tamen, li diras:

– Sed, Clare, tio signifus ke mi renkontus amason da viaj amikoj.

– Kial ne? Lacigas min sekretumi pri ĉio ĉi.

– Pripensu. Vi aĝas dek ses. Mi nun havas tridek du jarojn, tio estas nur duoble via aĝo. Mi certas ke neniu ion ajn rimarkus, kaj viaj gepatroj neniam aŭdus pri tio.

Mi vespiras:

– Nu, mi ja devas iri al tiu festo. Kunvenu, simple sidu en la aŭto, mi ne restos tre longe ene, kaj poste ni povus iri ien.

HENRY: Ni ekparkas je dombloko for de la hejmo de Ruth. Eĉ tie ĉi mi aŭdas la muzikon: Talking Heads, la kanto *Solan fojon en la vivo*. Fakte, mi sentas ke mi ŝatus iri kun Clare, sed tio estus malsaĝa. Ŝi elsaltas el la aŭto dirante: «Restu!», kvazaŭ mi estus granda, neobeema hundo, kaj stumbladas sur siaj kalkanumoj, en mallonga jupo, al la domo de Ruth. Mi mallevas min sur la sidloko kaj ekatendas.

CLARE: Tuj kiam mi transiras la sojlon, mi komprenas ke estis eraro veni al la festo. La gepatroj de Ruth forestas en San-Francisko por semajno, do ŝi almenaŭ havos iom da tempo por ripari, purigi kaj klarigi poste, sed mi tamen ĝojas ke ne temas pri mia domo. Ankaŭ la pli aĝa frato de Ruth, Jake, invitis siajn amikojn, tiel ke kuntroviĝas almenaŭ cento da homoj, kaj ĉiuj estas ebriaj. Pli da knaboj ol da knabinoj; mi deziras ke mi estu surmetinta pantalonon kaj simplajn ŝuojn, sed tion ne plu eblas ŝanĝi. Kiam mi eniras la kuirejon por preni trinkaĵon, iu malantaŭ mi diras: «Ho, vidu fraŭlinon Netuŝumin!» kaj obscene suĉbruas. Mi rapide turniĝas kaj vidas ke Lacertkapo (tiel ni nomas lin pro liaj akneoj) rigardas al mi salivume.

– Bela vestaĵo, Clare.

– Dankon, sed ĝi ne celas specife vin, Lacertkapo.

Li sekvas min en la kuirejon.

– Ne estas bele tiel paroli, juna damo. Finfine, mi nur klopodas esprimi aprezon por via altgrade altira korpokovraĵo. Spite al mia penado, vi simple insultas min ...

Li rifuzas fermi la faŭkon. Mi fine fuĝas tiel ke mi kaptas brakon de Helen kaj uzas ŝin kiel homan ŝirmilon por eliri el la kuirejo.

– Kia merdo – komentas Helen. – Kie estas Ruth?

Ruth kaŝas sin supre, en sia banĉambro, kun Laura. Ili fumas rulaĵon en mallumo kaj rigardas tra la fenestro kiel grupo da amikoj de Jake naĝas nudaj en la baseno. Baldaŭ ni ĉiuj sidas ĉe la fenestro kaj gapas.

– Mmm – diras Helen. – Tiun mi volonte provus.

– Kiun el ili? – scivolas Ruth.

– La ulon sur la saltotabulo.

– Ho!

– Rigardu al Ron! – montras Laura.

– Ĉu tiu estas Ron? – Ruth klukridas.

– Ho! Nu, tamen kiu ajn aspektus pli bone sen la T-ĉemizo de Metallica kaj sen tiu forpuŝa leda jako – diras Helen. – He, Clare, vi terure silentas.

– Hm? Ja, jes – malfortas mia voĉo.

– Vidu en kia stato vi estas – diras Helen. – Volupto preskaŭ blindigas vin. Mi hontas pro vi. – Ŝi ridas: – Serioze, Clare, kial vi ne solvas vian problemon unufoje por ĉiam?

– Mi ne povas – mi respondas malfeliĉe.

– Vi certe povas. Simple iru al la teretaĝo kaj kriu «Kiu fikos min?», kaj almenaŭ kvindek uloj respondos krie: «Mi! Mi!»

– Vi ne komprenas. Mi ne volas. Ne estas ke …

– Ŝi volas iun specifan personon – interdiras Ruth, sen forpreni la rigardon de la baseno.

– Kiun? – demandas Helen.

Mi levas la ŝultrojn.

– Ek, Clare, elkraĉu do!

– Lasu ŝin en paco – diras Laura. – Se Clare ne volas diri, ŝi ne devas.

Mi sidas apud Laura kaj klinas mian kapon sur ŝian ŝultron.

Helen salt-stariĝas.

– Mi tuj revenos.

– Kien vi iras?

– Mi kunportis ĉampanon kaj pirosukon por fari Bellini-koktelojn, sed lasis ĉion en la aŭto.

Ŝi elŝtormas tra la pordo. Altulo kun ĝiskola hararo elanas el la saltotabulo per transkapiĝa salto malantaŭen.

– Olala! – voĉas Ruth kaj Laura unisone.

HENRY: Pasis longa tempo, eble horo aŭ pli. Mi manĝis duonon de la terpomflokoj kaj trinkis la varman kolaon kiun Clare kunportis. Mi dormetas iom. Ŝi forestas jam tiel longe ke mi komencas pripensi promeneton. Mi ja ankaŭ bezonas pisi.

Aŭdiĝas alvena klakado de kalkanumoj. Mi rigardas tra la glaco, sed anstataŭ Clare aperas frandinda blondulino en tre strikta ruĝa robo. Mi palpebrumas kaj rimarkas ke temas pri amikino de Clare, tiu Helen Powell. Hu ho!

Ŝi klak-klakas al mia flanko de la aŭto, kliniĝas kaj algapas min. Ŝia dekoltaĵo defius plonĝiston. Miaj pensoj iom nebulas.

– Saluton, koramiko de Clare! Mi estas Helen.

– Eraro estas eco de l' homaro. Sed mi ĝojas renkonti vin.

Ŝia spiro haladzas alkohole.

– Ĉu vi ne zorgus eliri el tiu aŭto kaj konvene prezentiĝi?

– Nu, mi sidas tute komforte kie mi estas, dankon.

– Tiuokaze mi simple aliĝu al vi.

Ŝi ĉirkaŭiras la aŭton per malcertaj movoj, malfermas la pordon kaj faligas sin sur la sidlokon de la stiranto.

– Mi deziras renkonti vin jam de longega tempo – konfidas Helen.

– Ĉu vere? Sed kial?

Mi esperegas ke Clare tuj venos kaj savos min, sed se tiel okazus, ni du estus malmaskitaj, ĉu ne?

Helen klinas sin al mi kaj diras subvoĉe:

– Mi deduktis vian ekziston. Mia konsiderinda observokapablo venigis min al la konkludo ke, post elimino de la ne-eblaĵoj, kio ajn restas, kiom ajn malprobabla, devas esti la vero. Sekve ... – Helen paŭzas por rukti. – Kiel malgracie. Bonvolu min pardoni. Sekve, mi konkludis ke Clare devas havi koramikon, ĉar alie ŝi ne daŭre rifuzus fiki kun ĉiuj tiuj knaboj vere plaĉaj, kiuj restas afliktitaj pro ŝia neglekto. Kaj jen, efektive, vi. Ta da!

Mi ĉiam ŝatis Helen, kaj mi bedaŭras mistifiki ŝin. Tamen nun klariĝas io kion ŝi diris al mi dum nia geedziĝo. Mi ŝategas kiam puzleroj tiamaniere trovas sian lokon.

– Tre konvinka rezonado, Helen, sed mi ne estas la koramiko de Clare.

– Do kial vi sidas en ŝia aŭto?

Mia cerbo fulme produktas ideon. Clare mortigos min pro ĝi.

– Mi estas amiko de la gepatroj de Clare. Ilin zorgigis ke ŝi veturas aŭte al festo kie oni eble trinkos alkoholon, do ili petis min kunveturi kaj funkcii kiel ŝoforo okaze ke ŝi iom ebriiĝus.

Helen paŭtas.

– Tio estas ekstreme nenecesa. Nia eta Clare eĉ ne drinkas tiom ke pleniĝus per ĝi malgranda fingringo ...

– Mi tute ne diris ke ŝi drinkas. Temas nur pri gepatra paranojo.

Altaj kalkanumoj klakas sur la trotuaro. Ĉi-foje venas Clare. Ŝi ekhaltas kiam ŝi ekvidas ke mi ne estas sola.

Helen elsaltas el la aŭto:

– Clare! Ĉi tiu krudulo diras ke li ne estas via koramiko.

Clare kaj mi interŝanĝas rigardon.

– Ja ne estas – kurtas Clare.

– Ho! – reagas Helen. – Ĉu vi jam foriras?

– Baldaŭ noktomezo, mi transformiĝus al kukurbo.

Clare ĉirkaŭiras la aŭton kaj malfermas sian pordon.

– Ek, Henry, ni iru!

Ŝi startigas la aŭton kaj ŝaltas la lumojn.

Helen staras ŝtoniĝinta en la lumfasko. Fine, ŝi venas al mia flanko.

– Kiel eĉ imagi ke vi estus la koramiko, ĉu ne, *Henry*? Dum minuto mi eĉ pretis kredi vin, imagu. Ĝis, Clare!

Ŝi ridas. Clare mallerte elnavigas el la parkloko kaj forstiras.

Ruth loĝas en strato Conger. Kiam ni turniĝas al Broadway, mi vidas ke ĉiuj stratlampoj estas estingitaj. Broadway estas dukoridora ŝoseo. Ĝi rektas kiel liniilo, sed sen la stratlumoj ni veturas kvazaŭ en inkujon.

– Prefere levu la lumojn, Clare.

Ŝi etendas manon kaj plene malŝaltas la lumojn.

– Clare …!

– Ne diktu al mi kion mi devas fari!

Mi fermas la buŝon. Mi vidas nenion krom la lumigitaj horciferoj sur la aŭtoradio. Estas 11:36. Mi aŭdas kiel la aero preterŝuŝas nin kaj la zumon de la motoro; mi sensas la ruliĝadon de la radoj sur la asfalto, kaj tamen iel ni sentiĝas senmovaj, dum la mondo moviĝas ĉirkaŭ ni je naŭdek kilometroj hore. Mi fermas la okulojn. Nenia diferenco. Mi malfermas ilin. Mia koro batas maltrankvile.

Distance aperas aŭtolumoj. Clare ŝaltas la siajn, kaj jen ni pace plu ruliĝas, en perfekte meza situo inter la vojmezaj flavaj strioj kaj la vojflanko. Estas 11:38.

La vizaĝo de Clare elmontras nenion en la reflektiĝo de la panelaj lumoj.

– Kial vi faris tion? – mi demandas kun trema voĉo.

– Kial ne? – La voĉo de Clare serenas kiel somera lageto.

– Ekzemple ĉar ni povus ambaŭ morti en flamanta vrako.

Clare malrapidigas kaj alveturas la ŝoseon Blua Stelo:

– Sed tio ne okazas. Mi ja plenkreskas, renkontas vin, ni geedziĝas, kaj jen vi, efektive.

– Tion ne kontraŭus se ĵus la aŭto kolizius kaj ni ambaŭ pasigus jaron en zorgejo por rehabilitado.

– Sed tiuokaze vi estus avertinta min ne fari!

– Mi provis, sed vi nur albojis min.

– Mi volas diri: iu pli aĝa vio estus dirinta al iu pli juna mio ne aŭto-akcidenti.

– Nu, tiam ĝi tamen jam estus okazinta.

Ni atingas la aleon Meagram, kaj Clare enveturas ĝin. Jam videblas la privata vojo al ilia domo.

– Ĉu vi povus halti por momento vojflanke? Clare, bonvolu.

Clare stiras sur herban lokon, haltas, malŝaltas la lumojn kaj la motoron. Denove regas kompleta mallumo, kaj mi aŭdas milionon da cikadoj ĉirpi. Mi etendas manon kaj altiras Clare al mi, ĉirkaŭmetas brakon al ŝi. Ŝi estas streĉita, rigida.

– Promesu al mi ion.

– Kion? – demandas Clare.

– Promesu ke vi neniam plu faros ion tian. Ne nur per la aŭto, mi volas diri, sed ĝenerale ion ajn danĝeran. Ĉar neniam eblas scii. La estonteco estas bizara, kaj ne eblas ke vi daŭre kondutu kvazaŭ vi estus nevenkebla ...

– Sed vi ja vidis min en la estonteco ...

– Fidu min. Simple fidu min.

Clare ridas:

– Kial mi fidus vin?

– Mi ne scias. Eble ĉar mi amas vin?

Clare turnas sian kapon tiel rapide ke ŝi alfrapas mian makzelon.

– Aj!

– Pardonu!

Mi apenaŭ vidas la konturojn de ŝia profilo.

– Ĉu vi amas min? – ŝi demandas.

– Jes.

– Eĉ nun?

– Jes.

– Sed vi ne estas mia koramiko.

Ho, jen kio ĝenegas ŝin.

– Nu, se paroli teknike, mi estas via edzo. Sed ĉar vi ankoraŭ ne edziniĝis efektive, mi pensas ke necesus diri ke vi estas mia koramikino.

Clare metas manon en lokon kien fakte ŝi ne devus.

– Mi preferus esti via amatino.

– Vi aĝas dek ses jarojn, Clare.

Milde mi forigas ŝian manon, kaj karesas al ŝi la vizaĝon.

– Tiu estas sufiĉa aĝo. Fu, via mano tute malsekas.

Clare ŝaltas la plafonan lumon, kaj mi ekvidas kun surprizego ke ŝiajn vizaĝon kaj robon strias sango. Mi rigardas miajn manplatojn: gluecaj, ruĝaj.

– Henry! Kio okazis?

– Mi ne scias.

Mi lekas la dekstran manon, kaj aperas vico de kvar profundaj entranĉoj lun-formaj.

– Pro miaj ungoj. Okazis kiam vi stiris sen antaŭlumoj.

Clare malŝaltas la plafonlampon, kaj denove en mallumo ni sidas. La cikadoj ĉirpegas plenforte.

– Mi ne intencis teruri vin.

– Tamen okazis. Sed kutime mi sentas min sekura kiam vi stiras. Nur ke …

– Nur kio?

– Kiel infano mi estis en aŭto-akcidento, kaj mi ne ŝatas veturi aŭte.

– Ho, mi bedaŭras.

– Ne gravas. Diru, kioma horo estas?

– Ho, ĉielo!

Clare reŝaltas la lumon. 12:12.

– Mi malfruas. Kaj kiel mi nun eniru la domon ĉi tiel, plena je sango?

Ŝi aspektas tiel konfuzita ke mi emus ridi.

– Jen kiel! – Mi frotas ŝiajn supran lipon kaj nazosubon per mia maldekstra manplato. – Via nazo sangas.

– Bone.

Ŝi startigas la aŭton, enŝaltas la antaŭajn lumojn kaj singarde stiras re sur la ŝoseon.

– Etta hororiĝos kiam ŝi ekvidos min.

– Etta? Sed kion pri viaj gepatroj?

– Panjo verŝajne jam dormas, kaj Paĉjo hodiaŭ forestas pro sia pokerluda vespero.

Clare malfermas la pordegon kaj ni enveturas.

– Se mia infano elirus stirante aŭton unu tagon post kiam ŝi ricevis sian permesilon, mi sidus apud la dompordo kun klikhorloĝo en la mano.

Clare haltigas la aŭton nevidate el la domo:

– Ĉu ni havas infanojn?

– Mi bedaŭras, sed tiu informo estas konfidenca.

– Mi klopodos akiri ĝin nome de la leĝo pri inform-libereco.

– Multan sukceson.

Mi kisas ŝin singarde, por ne perturbi la falsan nazosangadon.

– Sciigu min se vi eltrovos ion.

Mi malfermas mian aŭtopordon.

– Bonŝancon kun Etta.

– Bonan nokton!

– Nokton!

Mi elaŭtiĝas kaj fermas la pordon tiel silente kiel nur eble.

La aŭto pluas laŭ la alveturejo, laŭ vojkurbo, kaj en la nokton.

Mi sekvas ĝin, direkte al kuŝloko kiu atendas min en la Herbejo sub la steloj.

Dimanĉon, la 27-an de septembro 1987
(Henry aĝas 32, Clare aĝas 16)

HENRY: Mi materiiĝas en la Herbejo, kvar-kvin metrojn okcidente de la maldensejo. Mi sentas min terure, vertiĝe kaj naŭze, mi do sidas kelkajn minutojn por kolekti fortojn. Malvarma, griza vetero; la altaj, brunaj herboj superkreskas min, tranĉas al mi la haŭton. Baldaŭ mi sentas min iom pli bone, kaj nenio moviĝas; mi do stariĝas kaj eniras la maldensejon.

Clare sidas sur la tero, apogante sin al la ŝtonego. Ŝi diras nenion, nur rigardas min kun sento kiun mi povus difini nur kiel koleron. *Huh*, mi pensas, *kion diable mi misfaris?* Ŝi troviĝas en sia Grace Kelly-periodo, ŝi surhavas sian bluan lanmantelon kaj ruĝan jupon. Mi tremas pro la malvarmo kaj serĉas la skatolon kun la vestaĵoj. Mi trovas ĝin, kaj surmetas nigran ĝinzon, nigran sveteron, nigrajn botojn kaj nigrajn gantojn ledajn. Mi aspektas preta por rolo en filmo de Wim Wenders. Mi sidiĝas apud Clare.

– Saluton, Clare. Ĉu ĉio en ordo?

– Saluton, Henry. Jen por vi.

Ŝi transdonas al mi termoson kaj du sandviĉojn.

– Dankon. Mi iom misfartas, do mi atendos iomete.

Mi metas la manĝaĵojn sur la ŝtonegon. La termoso enhavas kafon. Eĉ jam la odoro igas min farti pli bone.

– Ĉu vi estas en ordo?

Ŝi ne rigardas min. Ekzamenante ŝin, mi ekkomprenas ke ŝi ĵus ploris.

– Henry, ĉu vi pretus tradraŝi iun pro mi?

– Kio ...?

– Mi volus dolorigi iun, sed mi ne estas sufiĉe forta kaj ankaŭ ne scipovas batali. Ĉu vi farus por mi?

– He, pri kio vi parolas? Kiun? Kial?

Clare rigardas al sia sino.

– Mi ne emas paroli prie. Ĉu vi ne povus simple kredi min ke li komplete meritas tion?

Verŝajne mi scias pri kio temas, verŝajne mi jam aŭdis ĉi tiun rakonton foje. Mi suspiras, proksimiĝas al Clare kaj ĉirkaŭbrakas ŝin. Ŝi klinas la kapon al mia ŝultro.

– Vi celas iun ulon kun kiu vi rendevuis, ĉu ne?

– Jes.

– Li montriĝis fekulo, kaj nun vi volas ke mi disbatu lian faŭkon?

– Jes.

– Clare, multaj uloj estas fekuloj. Eĉ mi iam estis tia.

Clare ridas.

– Vi ne povis esti tia fekulo kiel Jason Everleigh.

– Li ludas futbalon aŭ ion tian, ĉu ne?

– Jes.

– Clare, kio pensigas al vi ke mi kapablus alfronti iun ŝranko-grandan sportulon duoble pli junan ol mi? Kial vi eĉ akceptis rendevui iun tian?

Ŝi levas la ŝultrojn.

– En la lernejo oni daŭre molestis min ĉar mi tute ne iras al rendevuoj. Ruth kaj Meg kaj Nancy ... mi volas diri ke ĉiam cirkulas klaĉoj ke mi estas lesba. Eĉ Panjo demandas min kial mi ne rendevuas knabojn. Ĉar invitadas min knaboj, sed mi ne akceptas. Kaj Beatrice Dilford, kiu ja estas geja, demandis min ĉu ankaŭ mi estas, mi respondis ke ne, ŝi diris ke tio ne surprizas ŝin sed tamen tion diradas ĉiuj, do en la fino mi pensis ke mi tamen eble rendevuu kun iuj knaboj. Do, la sekva kiu invitis min estis Jason, tiu sporta koloso, vere bonaspekta, kaj mi sciis ke se mi rendevuos kun li, tion ĉiuj ekscios, kaj eble tiam oni fine eksilentos.

– Kaj tiu do estis la unua fojo ke vi rendevuis knabon?

– Jes. Ni iris al tiu itala restoracio, ni vidis tie ankaŭ Laura kaj Mike, kaj kelkajn el nia teatra kurso, mi proponis ke ni pagu aparte, sed li ne akceptis, li diris ke li neniam faras tiel, kaj do iris bone, mi volas diri ke ni parolis pri la lernejo kaj ĉio tia, pri futbalo. Poste ni iris spekti «Vendredo la 13-a, sepa parto», ĝi estas tute stulta filmo, sciu por la okazo ke vi planis vidi ĝin.

– Mi jam vidis.

– Ĉu? Kial? Ne estas tia filmo kian vi normale ŝatus.

– Pro la sama kialo kiel vi: mi rendevuis kun knabino kaj ŝi volis vidi ĝin.

– Kun kiu knabino?

– Ŝi nomiĝis Alex.

– Kia ŝi estis?

– Bankagentino kun mamegoj, kiu ŝatis vergon sur la postaĵo.

La vortoj jam forlasis miajn lipojn kiam mi konsciiĝas ke mi parolas al Clare adoleskulino, ne al Clare mia edzino, kaj mi donas al mi mensan vangofrapon.

– Vergon? – Clare ridetas al mi kaj levas la brovojn ĝis la fruntosupro.

– Ne gravas. Do, vi iris al kinejo, kaj …?

– Hm, jes, poste li volis veturi al Traver's.

– Kio estas Traver's?

– Bieno en norda direkto.

La voĉo de Clare malfortiĝas, mi apenaŭ povas aŭdi ŝin.

– Homoj kutimas iri tien por ... kuŝi kaj tuŝi.

Mi silentas.

– Sed mi diris al li ke mi lacas kaj volas iri hejmen, kaj tio tute, nu, kolerigis lin.

Clare ĉesas paroli; certan tempon ni sidas aŭskultante la birdojn, aviadilojn, la venton. Subite Clare aldonas:

– Li iĝis vere, vere kolera.

– Kio okazis poste?

– Li ne volis veturigi min hejmen. Mi ne sciis kie ni estas; ie for sur la ŝoseo 12, li stiris en ĉiaj direktoj, en stratetojn, Dio mia, mi vere ne scias. Li veturis laŭ vojo sen pavimo, kaj ni alvenis al iu kabano. Apude estis lago, tion mi povis aŭdi. Kaj li havis la ŝlosilon al tiu loko.

Mi iĝas nervoza. Clare neniam rakontis pri ĉi tio; aŭ nur tiom ke ŝi foje travivis hororan rendevuon kun iu nomata Jason, iu futbalisto. Clare denove eksilentas.

– Clare, ĉu li perfortis vin?

– Ne. Li diris ke ... mi ne estas sufiĉe bela. Li diris ... Ne, li ne perfortis min. Nur ... dolorigis min. Li faris al mi ...

Ŝi ne kapablas eldiri. Mi atendas. Clare malbutonas kaj demetas sian mantelon. Ŝi elglitas el sia ĉemizo, kaj mi vidas ke ŝia dorso plenas je kontuzoj. Mallumaj, purpuraj sur la fono de ŝia haŭto. Clare turnas sin: sur la dekstra mamo cigareda bruligo lasis aĉan vezikon. Foje mi demandis ŝin pri tiu cikatro, sed ŝi ne volis respondi. Mi mortigos ĉi tiun ulon. Mi kripligos lin. Clare sidas atende antaŭ mi kun streĉita dorso kaj anserhaŭto. Mi redonas al ŝi la ĉemizon, ŝi surmetas ĝin.

– En ordo – mi diras al ŝi trankvile. – Kie trovi tiun ulon?

– Mi veturigos vin – ŝi respondas.

Clare venigas min en sian Fiat ĉe la stratflanka fino de la privata veturvojo, ekster la vido de ŝiaj domanoj. Ŝi portas sunokulvitrojn malgraŭ la nubema posttagmezo, ruĵumis siajn lipojn, kaj la harojn ŝi aranĝis en bulko sur la nuko. Ŝi aspektas multe pli aĝa ol dek ses. Kvazaŭ ŝi venus rekte el la Hitchcock-filmo *Malantaŭa fenestro*, kvankam por perfekta simileco ŝi devus esti blonda. Ni veturegas preter aŭtunaj arboj, sed mi kredas ke nek ŝi nek mi tro atentas la riĉan bunton. En mia kapo senfine ripetiĝas ia filmo pri ĉio okazinta al Clare en tiu kabaneto.

– Kiom granda li estas?

Clare pripensas.

– Dekon da centimetroj pli alta ol vi. Kaj multe pli peza. Eble je dudek kvin kilogramoj?

– Jesuo!

– Mi alportis ĉi tion.

Clare elfosas el sia mansako revolveron.

– Clare!

– Ĝi estas de Paĉjo.

Mi rapide pripensas.

– Clare, tio estas malbona ideo. Mi volas diri: mi estas nun sufiĉe kolera por vere uzi ĝin, kaj tio estus idiotaĵo. Ha, atendu.

Mi prenas ĝin de ŝi, malfermas la magazenon, elprenas la kuglojn kaj metas ilin en ŝian mansakon.

– Jen. Multe pli bone. Brila ideo, Clare.

Clare alrigardas min demande. Mi ŝovas la revolveron en mian mantelpoŝon.

– Ĉu mi agu anonime, aŭ ĉu li sciu ke vi estas la mendanto?

– Mi volas ĉeesti.

– Ho!

Ŝi haltigas la aŭton en privata alveturejo.

– Mi volas veturigi lin ien, poste li devos multe suferi, kaj mi rigardos. Mi volas ke li prifeku sin pro timo.

Mi suspiras.

– Clare, kutime mi ne faras ĉi tiajn aferojn. Jam pro tio ke kutime mi batalas por min defendi.

– Mi petas.

Ŝi diras tion tute senesprime.

– Certe.

Ni daŭrigas laŭ la alveturejo, kaj haltas antaŭ granda domo imitanta kolonian stilon. Ne videblas aŭtoj. Venas metalrokaj tonoj de Van Halen el malfermita fenestro de la supra etaĝo. Ni paŝas al la enirpordo, kaj mi staras flanke dum Clare sonorigas. Post momento la muziko haltas abrupte, kaj pezaj paŝoj brue ŝtuparas malsupren. La pordo malfermiĝas, kaj post paŭzo sonas profunda voĉo:

– Kio? Ĉu ne sufiĉis la antaŭa?

Mi ne bezonas aŭdi pli. Mi eltiras la armilon kaj paŝas apud Clare. Mi celas al la brusto de la ulo.

– Saluton, Jason – diras Clare. – Mi pensis ke vi eble ŝatus etan ekskurson kun ni.

Li faras same kiel mi farus: faligas sin planken kaj ekrulas sin ekster atingon – sed ne sufiĉe rapide. Jen mi jam en la pordo, mi flugsaltas sur lian bruston kaj premas ĝin senspira. Mi ekstaras, metas boton sur lian bruston, kaj celas lian kapon per la pistolo. Subtenu min, forto, ne lasu min fali! Li similas iom al Tom Cruise, tre bela viro, tute usona tipo.

– En kiu pozicio li ludas? – mi demandas de Clare.

– Li estas atakanto.

– Hmm. Mi ne imagus tion. Stariĝu, levu la manojn tute videble! – mi diras al li gaje. Li obeas, kaj mi elirigas lin tra la pordo. Ni staras en la alveturejo. Venas al mi ideo. Mi resendas Clare en la domon por ŝnuro; post kelkaj minutoj ŝi revenas kun tondilo kaj duktobendo.

– Kie vi volas ke ni faru?

– En la arbaro.

Jason anhelas, dum ni marŝigas lin en la arbaron. Ni iras dum ĉirkaŭ kvin minutoj, kaj tiam mi ekvidas etan maldensejon, kun tre utila juna ulmo ĉe la rando.

– Ĉu taŭgus, Clare?

– Jes.

Mi rigardas al ŝi. Tute senpasia, ŝi estas senperturba kiel murdistino ĉe Raymond Chandler.

– Kio okazu, Clare?

– Ligu lin al la arbo.

Mi transdonas al ŝi la armilon, puŝas la manojn de Jason en la ĝustan pozicion malantaŭ la arbo, kaj kunfiksas ilin per duktobendo. Mi havas preskaŭ kompletan rulaĵon, kaj mi intencas tute ĝin foruzi. Jason spiras kun peno, raslas. Mi paŝas malantaŭ lin kaj rigardas al Clare. Ŝi kontemplas Jason kvazaŭ li estus misa ekzemplo de koncepta arto.

– Ĉu vi havas astmon?

Li kapjesas. Liaj pupiloj kontrahiĝas al etaj nigraj punktoj.

– Mi venigos lian inhalilon – diras Clare. Ŝi redonas al mi la revolveron kaj repromenas tra la arbaro, laŭ la ĵus irita pado. Jason provas spiradi malrapide kaj zorge. Li provas ankaŭ paroli.

– Kiu ... vi estas? – li raŭkas.

– La koramiko de Clare. Mi venis por instruí al vi bonajn morojn, ĉar klaras ke tiajn vi ne konas.

Forlasante la mokan tonon, mi alproksimiĝas por diri pli milde:

– Kiel vi povis fari tion al ŝi? Ŝi estas ankoraŭ tiom juna kaj sensperta, kaj nun vi ĉion komplete fuŝis.

– Ŝi unue koketas kaj flirtas, sed poste ne fikas.

– Ŝi ne faras intence. Estas kvazaŭ vi torturus katidon, ĉar ĝi mordis vin.

Jason ne respondas. Lia spirado iĝas nun sinsekvo de longaj, tremaj henoj. Mi jam komencus zorgi, kiam Clare revenas. Ŝi levas la inhalilon, rigardas al mi.

– Karulo, ĉu vi scias kiel uzi ĉi tiun aĵon?

– Mi pensas ke necesas ĝin skui, enbuŝigi al li kaj premi ĉe la supro.

Ŝi tiel faras, demandas lin ĉu li volas pli. Li kapjesas. Post kvar inhaloj, ni observas kiel lia spirado refariĝas pli normala.

– Ĉu preta? – mi demandas Clare.

Ŝi levas alten la tondilon, faras tranĉojn en la aeron. Jason ektremas. Clare aliras lin, genuiĝas, komencas detondi liajn vestaĵojn.

– He! – krietas Jason.

– Restu trankvila! – mi diras al li. – Neniu malbonfaras al vi. Por nun.

Clare finas detondi lian ĝinzon kaj ekokupiĝas pri la T-ĉemizo. Mi ekligas lin per la bendo al la arbo. Mi komencas ĉe la maleoloj, kaj tre nete ĉirkaŭvindas liajn surojn kaj femurojn.

– Haltu tie! – Clare indikas lokon tuj sub la ingveno de Jason. Ŝi fortondas lian subveston. Mi ekas ĉirkaŭbendi lian talion. Lia haŭto estas humidaĉa. Li estas ĉie tre sunbruna, krom peco kiun precize kovrus bankalsono. Li ŝvitas abunde. Mi daŭrigas la vindadon ĝis la ŝultroj, kaj tie mi haltas, ĉar mi volas ke li povu spiri. Ni retropaŝas por admiri nian laboron. Jason fariĝis dukto-benda mumio kun impresa erekto. Clare ekridas. Ŝia rido sonas timige, ĝi eĥas bizare tra la arbaro. Mi ĵetas al ŝi akran rigardon. En la rido de Clare enestas konsciiĝo kaj kruelo, mi sentas ke ni troviĝas ĉe lima momento, en ia neniesejo inter la infaneco de Clare kaj ŝia vivo kiel virino.

– Kio nun? – mi scivolas. Parto de mi volas fari el li hamburgeron, sed alia parto ne volas frapi homon kiu estas bendligita al arbo.

Jason ruĝegas. Jen bela kontrasto kun la griza bendo.

– Nu, mi dirus ke eble sufiĉas – respondas Clare.

Mi sentas senpeziĝon. Do, kompreneble, mi diras:

– Ĉu vi estas certa? Mi povus ja fari tiom da aferoj. Rompi liajn timpanojn? La nazon? Ne, tiun ne, li ja mem rompis ĝin jam. Ni povus tratranĉi lian aĥilan tendenon. Tiam li ne baldaŭ ludus futbalon denove.

– Ne! – Jason streĉas sin sub la duktobendo.

– Tiam petu pardonon.

Jason hezitas.

– Mi pardonpetas.

– Malkonvinka provo.

– Mi scias kion fari – diras Clare. Ŝi fosas en sia mansako, trovas feltkrajonon. Ŝi aliras al Jason kvazaŭ li estus ia danĝera specimeno en bestoĝardeno, kaj ekskribas sur lia bendokovrita brusto. Kiam ŝi pretas, ŝi paŝas malantaŭen kaj rekovras la skribilon. Ŝi verkis raporton pri ilia rendevuo. Ŝi reŝovas la krajonon en la mansakon kaj diras:

– Ni iru!

– Nu, ni tamen ne povas simple lasi lin. Eble li havos plian astmo-atakon.

– Hm, bone, mi scias kion fari. Mi telefonos al kelkaj homoj.

– Atendu momenton! – diras Jason.

– Kial? – reagas Clare.

– Kiun vi vokos? Voku Rob.

Clare ridas.

– Certe ne. Mi vokos ĉiun knabinon kiun mi konas.

Mi paŝas al Jason kaj lokas la tubon de la revolvero sub lia makzelo.

– Se vi mencios mian ekziston al eĉ nur unu homo kaj mi tion eksios, mi revenos kaj ruinigos vin. Vi ne plu povos piediri, paroli, manĝi aŭ fiki post mia faro. Laŭ via scio, Clare estas enorda knabino, kiu pro iu kialo simple ne ŝatas rendevuojn. Ĉu klare?

Jason rigardas min kun malamo.

– Klare.

– Ni traktis vin nun tre milde. Se vi iel ajn ĝenos Clare denove, vi tre bedaŭros tion.

– Jes.

– Bone.

Mi enpoŝigas la armilon.

– Estis amuze.

– Aŭskultu, kaculo ...

Kio diable? Mi faras paŝon malantaŭen, kaj direktas tutpezan piedfrapon deflanke al lia ingveno. Jason dolorkrias. Mi turnas min kaj rigardas al Clare, kiu paliĝas sub sia ŝminko. Larmoj fluas sur la vizaĝo de Jason. Mi demandas min ĉu li svenos.

– Ni iru! – mi diras. Clare kapjesas. Silente ni reiras al la aŭto. Mi aŭdas ke Jason postkriadas nin. Ni enaŭtiĝas, Clare startigas, turnas la aŭton kaj ekfulmas laŭ la alveturejo al la strato.

Mi rigardas ŝin stiri. Ĵus komencis pluvi. Kontenta rideto ludas ĉirkaŭ ŝiaj lipoj.

– Ĉu ĉi tion vi volis? – mi demandas.

– Jes. Estis perfekte. Dankon.

– Ne dankinde.

Mi eksentas vertiĝon.

– Mi pensas ke mi tuj foriros.

Clare stiras en flankstraton. La pluvo tamburas sur la aŭto. Kvazaŭ ni trairus aŭtolavejon.

– Kisu min! – ŝi postulas. Mi obeas, kaj tuj malaperas.

Lundon, la 28-an de septembro 1987
(Clare aĝas 16)

CLARE: Lunde en la lernejo ĉiuj rigardas al mi sed neniu min alparolas. Mi sentas min kiel Harriet, la eta spionino en la filmo, kiam la samklasanoj trovas ŝian sekretan kajeron. Trairi la koridorojn de la lernejo estas kiel disfendi la Ruĝan Maron. Kiam mi eniras la klason de la unua leciono, angla lingvo, ĉiuj ĉesas paroli. Mi sidiĝas apud Ruth. Ŝi alridetas min zorgoplene. Ankaŭ mi nenion diras, sed baldaŭ sentas ke ŝi metas sian etan, varman manon sur la mian sub la tablo. Ruth tenas mian manon dum momento, sed s-ro Partaki envenas kaj ŝi forprenas la manon. S-ro Partaki rimarkas ke ĉiuj, tute eksterkutime, silentas. Li demandas amikeme:

– Ĉu vi pasigis agrablan semajnfnon?

Kaj Sue Wong respondas:

– Ho, certe! – kaj sekve la klasĉambron travibras ia nervoza rido. Enigmo por Partaki; sekvas peniga paŭzo. Fine li ekparolas:

– Nu, bonege, tiam ni povas komenci pri *Billy Budd*. En 1851 Herman Melville publikigis *Moby-Dick, aŭ la baleno*, kiu renkontis kompletan senintereson ĉe la usona publiko ...

Mi plu aŭdas eĉ ne unu vorton. Kvankam mi surhavas

131

kotonan subĉemizon, mia svetero raspas al mi la haŭton, kaj doloras min la ripoj. La samklasanoj pene tradiskutas la lecionon pri *Billy Budd*. Finfine oni sonorigas, kaj ili povas fuĝi. Malrapide mi sekvas ilin, kaj Ruth venas kun mi.

– Ĉu vi fartas bone? – ŝi demandas.

– Bonete.

– Mi faris kion vi petis.

– Je kiu horo?

– Ĉirkaŭ la sesa. Mi timis ke liaj gepatroj povus veni hejmen kaj trovi lin. Estis malfacile eltranĉi lin. La bendo forŝiris ĉiun haron de lia brusto.

– Bone. Ĉu multaj homoj vidis lin?

– Jes, ĉiuj. Nu, ĉiuj knabinoj. Neniu knabo, kiom mi scias.

La koridoroj preskaŭ malplenas. Mi staras ĉe la pordo de mia klasejo de la franca.

– Clare, mi komprenas kial vi faris tion, sed mi ne komprenas la kielon.

– Oni iom helpis min.

Aŭdiĝas sonorigo, kaj Ruth eksaltas.

– Ho Dio, mi malfruis kvin fojojn sinsekve al gimnastiko!

Ŝi malaperas kvazaŭ forsuĉite de forta magneta kampo.

– Rakontu ĉion ĉe tagmanĝo! – krias Ruth, dum mi turniĝas por eniri la klasĉambron de Madame Simone.

– *Ah, Mademoiselle Abshire, asseyez-vous, s'il vous plaît.*

Mi sidas inter Laura kaj Helen, kiu skribas por mi noton: «Perfekte!» La klaso tradukas el Montanjo. Ni laboras silente, dum Madame ĉirkaŭiradas kaj korektas. Mi malfacile koncentriĝas. Tiu esprimo sur la vizaĝo de Henry, post kiam li piedfrapis Jason: kompleta indiferento, kvazaŭ li estus ĵus manpreminta kun li, kvazaŭ li pensus pri nenio aparta – kaj poste tamen zorgigis lin ne scii kiel mi reagos, kaj mi komprenis ke Henry ĝuis kaŭzi doloron al Jason, ĉu la sama ĝuo kiel ĉe Jason kiam li dolorigis min? Sed Henry estas bonulo. Ĉu pro tio nun ĉio estas en ordo? Ĉu en ordo ke mi volis ke li faru tion?

– *Clare, faites attention* – diras Madame apud mi.

Post la sonorigo denove ĉiuj elsturmas. Mi paŝas kun Helen. Laura pardonpete brakumas min kaj kuras al sia muzikleciono ĉe la alia fino de la konstruaĵo. Helen kaj mi havas gimnastikon kiel trian lecionon.

Helen ridas:

– Damne kaj diable! Mi ne kredis miajn okulojn. Kiel vi sukcesis ligi lin al tiu arbo?

Mi jam rimarkas kiel tiu demando komencas lacigi min.

– Mi havas amikon kiu kutimas fari tiajn aferojn. Li helpis min.

– Kiu «li»?

– Kliento de mia patro – mi mensogas.

Helen skuas la kapon.

– Clare, vi mensogas malbone.

Mi ridetas kaj diras nenion.

– Tio estis Henry, ĉu ne?

Mi kapskuas kaj almetas fingron al miaj lipoj. Intertempe ni alvenis al la knabina sportejo. Kiam ni eniras la vestejon, kvazaŭ pro magio, ĉiuj knabinoj eksilentas. Poste ondetoj de babilo plenigas la silenton. Helen kaj mi havas niajn ŝrankojn en la sama angulo. Mi malfermas la mian, elprenas miajn sport-necesaĵojn. Mi jam pripensis kion mi nun faros. Mi deprenas la ŝuojn kaj la ŝtrumpojn, senvestigas min ĝis subĉemizo kaj kalsoneto. Mamzonon mi ne surhavas, ĉar ĝi dolorigus tro.

– Rigardu, Helen! – mi diras. Mi elvringas min el la subĉemizo, kaj Helen turnas sin:

– Jesuo Kristo, Clare! – Miaj kontuzoj aspektas eĉ pli aĉe ol hieraŭ. Kelkaj iĝis preskaŭ verdaj. Miaj femuroj plurloke ruĝe ŝvelas pro la zonfrapoj de Jason. – Ho, Clare!

Helen aliras min kaj singarde ĉirkaŭbrakas. En la vestejo regas silento. Super la ŝultroj de Helen mi vidas ke ĉiuj knabinoj kolektiĝis ĉirkaŭ ni kaj rigardas. Helen rektigas sin kaj turnas la kapon al ili:

– Nu do?

Iu malantaŭe komencas aplaŭdi, kaj jam ĉiuj aplaŭdas, ridas, babilas, ĝoje bruas. Mi sentas min malpeza, malpeza kiel aero.

Merkredon, la 12-an de julio 1995
(Clare aĝas 24, Henry aĝas 32)

CLARE: Mi kuŝas enlite, preskaŭ dormas, kiam mi sentas la manon de Henry sur mia ventro, kaj komprenas ke li revenis. Mi malfermas la okulojn, li klinas sin super min, kisas la etan postspuron de la cigareda bruligo, kaj en la nokta duonlumo mi tuŝas lian vizaĝon.

– Dankon – mi diras, kaj li respondas:

– Ne dankinde.

Jen la sola fojo kiam ni parolas pri la afero.

Dimanĉon, la 11-an de septembro 1988
(Henry aĝas 36, Clare aĝas 17)

HENRY: Clare kaj mi estas en la fruktoĝardeno en varma septembra posttagmezo. Insektoj zumadas en la Herbejo en ora sunlumo. Ĉio trankvilas, kaj super la sekaj herboj mi vidas la

134

aeron tremi pro varmo. Ni ripozas sub pomarbo. Clare apogas sin al la trunko, protektante sin per kuseno kontraŭ la arbradikoj. Mi kuŝas sternita, kun la kapo en ŝia sino. Ni ĵus manĝis, kaj la restoj de nia lunĉo kuŝas dise ĉirkaŭ ni, mikse kun iom da falintaj pomoj. Mi sentas dormemon kaj kontenton. En mia nuno estas januaro, Clare kaj mi ofte disputas. Mi ĝuas la idilion de ĉi tiu somera interludo.

Clare ekparolas:

– Mi ŝatus desegni vin, simple tiel.

– Inverse kaj dum dormeto?

– Dum ripozo. Vi aspektas tiel paca.

– Kial ne, faru trankvile.

Fakte, nian ĉeeston ĉi tie principe motivas tio ke Clare devas desegni pomarbojn por sia artleciono. Ŝi prenas sian skizlibron kaj elserĉas karbokrajonon. La libron ŝi tenas ekvilibre sur la genuoj.

– Ĉu mi iel ŝanĝu la pozicion? – mi demandas.

– Ne, tio estus troa modifo. Bonvolu resti kiel vi estis.

Mi daŭrigas la pigran observadon de branĉomotivoj sur ĉiela fono.

Senmoveco estas aparta scienco. Mi kapablas teni min sufiĉe rigida por longaj daŭroj dum mi legas, sed pozi por Clare estas ĉiam surprize malfacile.

Eĉ pozo kiu komence ŝajnas tre komforta, fariĝas torturo post ĉirkaŭ dek kvin minutoj. Sen ajna movo krom tiu de la okuloj, mi rigardas al Clare. Ŝi desegnas absorbite. Kiam Clare desegnas, la tuta mondo povus malaperi, ekzistas nur ŝi kaj la objekto de ŝia esplorado. Tial mi ŝategas esti desegnata de Clare: kiam ŝi rigardas min kun tiu speco de atento, mi sentas ke mi signifas ĉion por ŝi. La saman rigardon ŝi havas kiam ni amoras. Ĝuste nun ŝi rigardas al mi en la okulojn kaj ridetas.

– Mi forgesis demandi: el kiam vi venas?

– El januaro 2000.

Ŝia vizaĝo montras elreviĝon.

– Ĉu vere? Mi pensis ke el iom pli malfrue.

– Kial? Ĉu mi aspektas tiel maljuna?

Clare karesas mian nazon. Ŝiaj fingroj promenas trans ĝin kaj al miaj brovoj.

– Ne, certe ne. Sed vi aspektas feliĉa kaj trankvila, kaj kutime, kiam vi venas el 1998, 99 aŭ 2000, vi estas malkvieta aŭ stresoplena, kaj vi ne volas diri al mi kial. Poste, en 2001, vi estas denove en ordo.

Mi ridas.

– Vi sonas kiel aŭguristino. Mi ne konsciis ĝis nun ke vi tiel precize observas miajn humorojn.

– Sur kio alia mi povus baziĝi?

– Memoru ke kutime pro streso mi ekveturas en via direkto, ĉi tien. Do ne miskomprenu kvazaŭ ĉiuj miaj jaroj tiam estus senvarie hororaj. Amaso da belaj aferoj okazas ankaŭ tiam.

Clare reokupiĝas pri sia desegnado. Ŝi rezignis demandi min pri nia estonteco. Anstataŭe ŝi demandas:

– Henry, kio igas vin senti timon?

Tio surprizas, mi devas pripensi.

– Malvarmo – mi diras. – Mi timas vintron. Mi timas la policon. Mi timas vojaĝi al malĝustaj loko kaj tempo kaj trafiĝi de aŭto aŭ ricevi batadon. Aŭ resti blokita en la tempo kaj ne povi reveni. Mi timas perdi vin.

Clare ridetas.

– Kiel vi povus perdi min? Mi ja ĉiam ĉeestas.

– Min zorgigas ke vi povus laciĝi pri mia nefidebleco kaj forlasi min.

Clare flankenmetas sian skizlibron.

– Mi neniam forlasos vin – ŝi diras. – Eĉ se vi min ĉiam forlasadas.

– Sed mi neniam vole forlasas vin.

Clare montras al mi la desegnon. Mi jam konas ĝin, ĝi pendas apud la desegnotablo de Clare en ŝia ateliero hejme. Sur la desegno mi aspektas paca. Clare almetas sian nomon kaj ekskribas ankaŭ la daton.

– Ne faru – mi diras. – Ĝi ne estas datita.

– Ĉu ne?

– Mi jam vidis ĝin. Ĝi ne surhavas daton.

– Bone.

Clare forviŝas la daton kaj anstataŭigas ĝin per la vorto *Meadowlark*.

– Jen.

Ŝi rigardas al mi konfuzite.

– Ĉu okazas foje ke vi reiras al via nuno kaj trovas ke io ŝanĝiĝis? Ekzemple, kio se mi nun skribus la daton sur la desegnon? Kio okazus?

– Mi ne scias, provu.

Mi mem scivolas. Clare forviŝas la vorton *Meadowlark* kaj skribas «11 septembro 1988».

– Jen, tute facile – ŝi diras.

Ni rigardas unu la alian, iom konfuzite. Clare ridas.

– Se mi iel perturbis la spactempan kontinuon, ne tuj evidentas kiamaniere.

– Mi informos vin en la okazo ke vi ĵus kaŭzis trian mondmiliton.

Mi eksentas tremetojn.

– Mi pensas ke mi tuj foriros, Clare.

Ŝi kisas min, kaj mi estas for.

Ĵaŭdon, la 13-an de januaro 2000
(Henry aĝas 36, Clare aĝas 28)

HENRY: Post la vespermanĝo mi repensas pri la desegno de Clare, do mi iras al ŝia ateliero por rigardi ĝin. La nuna kreaĵo de Clare estas tre granda skulptaĵo el ĉarpioj de purpura papero; la rezulto aspektas kiel krucaĵo inter Muppet-pupo kaj birdonesto. Mi singarde ĉirkaŭiras ĝin por stari fronte al la tablo. La desegno mankas.

Aperas Clare, portante brakplenon da tekstilmuzo.

– Sal'!

Ŝi ĵetas ĉion surplanken kaj venas al mi.

– Kial vi ĉi tie?

– Kie estas la desegno kiu ĉiam pendis ĉi tie? Tiu pri mi?

– Neniu ideo. Eble ĝi falis.

Clare plonĝas sub la tablon.

– Mi ne vidas ĝin. Ho, tamen … atendu.

Ŝi reaperas kun la desegno tenata per du fingroj.

– Fu, ĝi plenas je araneaĵoj.

Ŝi manbrosas ĝin kaj transdonas. Mi ekzamenas ĝin. La folio plu malhavas daton.

– Kio okazis al la dato?

– Kiu dato?

– Vi skribis daton ĉi tien, sube. Sub vian nomon. Aspektas kvazaŭ iu fortondis ĝin.

Clare ridas.

– Bone, mi konfesas. Mi fortondis.

– Kial?

– Teruris min via komento pri la tria mondmilito. Mi komencis pensi: kio se en la estonteco ni neniam renkontiĝos, nur ĉar mi insistis fari ĉi tiun provon?

– Mi ĝojas ke vi faris.

– Kial?

– Mi ne scias, simple … ĉar.

Ni gapas unu al la alia, Clare ekridetas, mi levas la ŝultrojn, kaj jen ĉio. Sed kial mi havas la impreson kvazaŭ iu neeblaĵo ĵus preskaŭ okazis? Kial mi sentas tian senpeziĝon?

KRISTNASKA VESPERO, UNU

(ALWAYS CRASHING IN THE SAME CAR)

Sabaton, la 24-an de decembro 1988
(Henry aĝas 40, Clare aĝas 17)

HENRY: Malluma vintra posttagmezo. Mi estas en la kelo de Domo Meadowlark, en la legoĉambro. Clare lasis por mi iom da manĝo: rostbefon kaj fromaĝon sur branpano kun mustardo, pomon, litron da lakto, kaj tutan plastan ujon da Kristnaskaj kuketoj, kokoskugloj, cinamaj-nuksaj diamantetoj kaj ternuksaj kuketoj kun ĉokoladaj bombonoj en sia mezo. Mi surhavas mian plej ŝatatan ĝinzon kaj T-ĉemizon kun Sex Pistols. Mi devus esti kontenta kiel anĝelo, sed mi ne estas: Clare lasis por mi ankaŭ la hodiaŭan gazeton *South Haven Daily*; ĝia dato estas 24 decembro 1988. Kristnaska vespero. Tiun nokton en la Ĉikaga drinkejo Get Me High Lounge, mia dudek kvin jarojn aĝa mio drinkos ĝis mi silente deglitos de la tabureto surplanken kaj poste spertos tralavadon de stomako en Hospitalo Mercy. Estas la deknaŭa datreveno de la morto de mia patrino.

Mi sidas trankvile kaj pensas pri mia panjo. Strange kiel la memoro stompiĝas. Se mi povus apogi min nur sur infanaĝaj memoraĵoj, mi havus nur svagajn, mildajn sciojn pri mia patrino, elstarus malmulte da momentoj pintaj. Kiel kvinjarulo mi aŭdis ŝin kanti *Lulu* en la Operdomo de Ĉikago. Mi memoras kiel Paĉjo, kiu sidis apud mi, ridetis supren al Panjo ĉe la fino de la unua akto, en plena ekstazo. Kaj mi memoras kiel ni sidis kun Panjo en la Halo de la Simfonia Orkestro, aŭskultis Paĉjon ludi Betovenon kun Boulez kiel dirigento. Mi memoras kiel mi foje rajtis veni en la salonon dum festo donata de miaj gepatroj, por reciti *Tigro, tigro, brile brula* de Blake al la gastoj, aldonante la konvenajn graŭlojn; mi aĝis kvar, kaj kiam mi finis, Panjo levis min en la brakojn kaj kisis, dum ĉiuj aplaŭdis. Ŝi surhavis malhelan liprujon, kaj mi insistis iri liten kun la lipospuroj sur la vangoj. Mi memoras kiel ŝi sidis sur benko en Warren Park, dum Paĉjo puŝadis min sur pendolo, kaj ŝi proksimiĝis-foriĝis, foriĝis-proksimiĝis.

Unu el la plej bonaj kaj plej doloraj aferoj pri tempvojaĝado estas la ebleco vidi mian patrinon viva. Mi eĉ parolis al ŝi kelkfoje, dirante bagatelojn kiel «Aĉa vetero hodiaŭ, ĉu ne?» Mi cedas al ŝi mian sidlokon en la metroo, sekvas ŝin en ĉiovendejo, rigardas ŝin kanti. Mi umas surstrate proksime al la apartamento kie mia patro plu loĝas, kaj observas ilin ambaŭ, foje kun mia infana mio, promeni, manĝi en restoracio, iri al kinejo. Estas la 60-aj jaroj, mi vidas du elegantajn, junajn, brilajn muzikistojn, al kiuj la tuta mondo sin malfermas. Ili gajas kiel alaŭdoj, brilas per feliĉo kaj ĝojo. Kiam niaj vojoj kruciĝas, ili mansvingas; ili supozas min iu el la najbarejo, homo kiu multege promenas, kiu havas strangan frizaĵon, kaj kies aĝo ŝajnas bizare oscili. Mi foje aŭdis mian patron demandi ĉu mi eble havas kanceron. Daŭre mirigas min ke Paĉjo neniam konsciiĝis ke la viro hantanta la fruajn jarojn de ilia geedzeco estas lia filo.

Mi vidas mian patrinon kun mi. Jen ŝi gravedas, jen ili veturigas min hejmen el la hospitalo, jen ŝi puŝas min al la parko en

beboĉareto kaj sidas parkerigante partiturojn, mildvoĉe kant-
ante kun etaj manmovoj al mi, kun amuzaj grimacoj kaj skuataj
ludiloj. Jen ni promenas man-en-mane kaj admiras sciurojn,
aŭtojn, kolombojn, ion ajn kio moviĝas. Ŝi portas ŝtofmantelon,
mokasenojn kaj trikvaronan pantalonon. Kun siaj malhelaj
haroj, emocia vizaĝo, plenaj lipoj, larĝaj okuloj kaj kurtaj haroj
ŝi aspektas itala, sed estas fakte juda. Mia patrino uzas liprujôn,
konturilon, okulŝminkon, vangrujôn kaj brovokrajonon eĉ kiam
ŝi iras nur al sekpurigejo. Paĉjo aspektas kiel ĉiam: alta, magra,
modeste vestita, kun ĉapelo. Li malsamas per sia vizaĝo. Radias
el li profunda kontenteco. Ili ofte tuŝas unu la alian, tenas la
manojn, paŝas samtakte. Ĉe la marbordo ni ĉiuj tri portas sam-
tipajn sunokulvitrojn kaj mi surhavas ridindan bluan ĉapon. Ni
ĉiuj kuŝas en la suno, priŝmiritaj per beba oleo. Ni trinkas Cuba
Libre kaj Havajan punĉon.

La kariero de mia patrino ascendas. Ŝi studas ĉe Jehan Meek,
ĉe Mary Delacroix, kiuj zorge gvidas ŝin laŭ la padoj de famo;
ŝi kantas en vico da etaj sed gemaj roloj, kaptante la orelojn
de Louis Behaire ĉe la Opero de Ĉikago. Ŝi iĝas la rezervulino
de Linea Waverleigh por Aida. Poste ŝi estas elektata por kanti
Carmen. Aliaj operdomoj ŝin rimarkas, kaj baldaŭ ni ekvojaĝas
ĉirkaŭ la mondo. Ŝi registras Schubert por Decca, Verdi kaj Weill
por EMI, kaj ni vizitas Londonon, Parizon, Berlinon, Novjorkon.
Mi memoras nur senfinan serion da hotelĉambroj kaj aviadiloj.
Ŝian prezenton en Lincoln Center elsendas televido; mi spektas
ĝin kun la geavoj en Muncie. Mi aĝas ses jarojn, kaj mi apenaŭ
kredas ke tiu estas mia panjo, nigra-blanka sur la eta ekrano. Ŝi
kantas Madama Butterfly.

Ili planas translokiĝi al Vieno post la fino de la sezono '69-
'70 en Ĉikago. Paĉjo provludas ĉe la Filharmonia Orkestro. Kiam

ajn la telefono sonas, estas Onklo Ish, la manaĝero de Panjo, aŭ homo de iu diskokompanio.

Mi aŭdas malfermiĝi la pordon ĉe la supro de la ŝtuparo, kaj poste malrapidajn piedojn desupri. Clare diskrete frapetas kvarfoje la pordon, kaj mi formovas la rektadorsan seĝon de sub la manilo. En ŝiaj haroj restas iom da neĝo, kaj ruĝas la vangoj. Ŝi aĝas dek sep jarojn. Clare brakumas min kaj ekscitite premas min al si.

– Feliĉan Kristnaskon, Harry! Tiom bele ke vi ĉeestas!

Mi kisas ŝin sur la vangoj; ŝia tumulta gajeco disipis miajn pensojn, sed restas mia sento de malgajo kaj perdo. Mi tanĝas ŝiajn harojn, kaj rikoltas manpleneton da neĝo, kiu tuj fandiĝas.

– Ĉu io misa? – Clare observas la netuŝitan manĝon, mian malgajan mienon. – Ĉu vi malbonhumoras ĉar mankas majonezo?

– Ĉit...

Mi sidiĝas en la malnova, kaduka fotelo, kaj Clare enpremiĝas apud min. Mi metas brakon ĉirkaŭ ŝiajn ŝultrojn. Ŝi metas manon sur mian femur-internon. Mi forprenas kaj tenas ĝin. Ĝi sentiĝas malvarma.

– Aŭskultu, ĉu mi parolis al vi iam ajn pri mia patrino?

– Ne.

Clare malfermegas la orelojn, ŝi ĉiam avidas je ĉiu biografiero kiu povus elfali el mi. Nun, kiam la datoj sur la Listo malmultiĝas, kaj la du jaroj de nia malkuneco antaŭsentigas sin, Clare havas la sekretan konvinkon ke ŝi povus trovi min en la vera vivo se mi nur dirus al ŝi kelkajn faktojn. Kompreneble, ŝi ne sukcesas, ĉar mi ne diras, kaj ŝi ne trovas.

Ni ambaŭ manĝas po kuketon.

– Bone. Estis iam, antaŭ longa tempo... patrino. Mia patrino. Kaj ankaŭ mia patro. Ili du profunde amis unu la alian. Poste naskiĝis mi. Ni ĉiuj vivis kune tute feliĉe. Kaj ili ambaŭ estis bonegaj en sia laboro, aparte mia patrino elstaris en sia fako, kaj ni vojaĝadis ĉie, vizitis hotelĉambrojn de la tuta mondo. Do, estis preskaŭ jam Kristnasko, kiam ...

– En kiu jaro?

– En la jaro kiam mi aĝis ses. Estis la mateno de la Kristnaska tago. Ni atendis mian patron el Vieno, kie li serĉis apartamenton por ni, ĉar ni devus baldaŭ translokiĝi tien. Do, la plano estis ke Paĉjo alvenos al la flughaveno, Panjo stiros tien kun mi por renkonti lin, kaj poste ni ĉiuj kune daŭrigos al la domo de Avino por la festotagoj. Estis griza, neĝa mateno, kaj la stratojn kovris glaci-tavoloj, ankoraŭ ne prisalitaj. Panjo estis nervoza ŝoforo. Ŝi abomenis aŭtovojojn, malamis stiri al la flughaveno, kaj konsentis pri la ideo nur ĉar ĝi ŝajnis tre racia. Ni frue ellitiĝis, ŝi pakis ĉion en la aŭton. Mi devis surmeti vintran mantelon, lanajn ŝtrumpetojn iom tro striktajn, kaj varmajn mufgantojn. Ŝi vestis sin tute nigre, kio tiutempe estis pli nekutima ol nun.

Clare trinkas iom da lakto rekte el la kartonskatolo. Postrestas cinamkolora spuro de liprujo.

– Kiun aŭton vi havis?

– Ĝi estis blanka '62 Ford Fairlane.

– Kia aŭto estas tiu?

– Esploru mem. Nu, ĝi estis solida kiel tanko. Kaj havis kvazaŭ naĝilojn flanke. Miaj gepatroj amegis ĝin, ĝi estis parto de ilia propra historio. Do, ni enaŭtiĝis. Mi sidis en la antaŭa pasaĝera loko, ni ambaŭ surmetis la sekurzonojn. Ni ekveturis. La vetero estis vere terura. Oni malmulton vidis, kaj la senfrostigilo en tiu aŭto ne estis de pinta kvalito. Ni traveturis labirinton da loĝkvartalaj stratoj, kaj atingis la aŭtovojon. La pinta horo jam pasis, sed la trafiko restis kaosa pro la vetero kaj la festotago.

Do ni veturis nur je tridek, eble kvardek kilometroj hore. Mia patrino restis en la dekstra koridoro, verŝajne ĉar ŝi ne volis ŝanĝi koridoron en malbonaj vidkondiĉoj, kaj ankaŭ ĉar ni ne devis resti longe sur la aŭtovojo, elironte baldaŭ al la flughaveno. Ni progresis malantaŭ ŝarĝaŭto, lasante sekuran distancon inter ni. Kiam ni preterpasis enveturejon, malgranda aŭto, fakte ruĝa Corvette, aperis malantaŭ ni. Tiu Corvette, stirata de dentisto nur iom ebrieta, je 10:30 matene, envojiĝis iomete tro rapide, kaj ne sukcesis ĝustatempe malaltigi sian rapidecon pro la surŝosea glacio, kaj ĝi trafis nian aŭton. En kutimaj vetercirkonstancoj la Corvette fariĝus vrako, dum nia nedetruebla Ford Fairlane suferus nur kurbiĝon de kotŝirmilo. Sed la vetero estis aĉa, la ŝoseo glitiga, do la ŝovo fare de la Corvette rapidigis nian aŭton antaŭen ĝuste kiam la trafiko malrapidiĝis. La ŝarĝaŭto antaŭ ni apenaŭ moviĝis. Panjo premis kaj malpremis la bremsopedalon, sed senefike. Ni koliziis kun la ŝarĝaŭto kiel en lantmova filmo, almenaŭ tiel ŝajnis al mi. En la realo ni veturis je ĉirkaŭ sesdek kvin kilometroj hore. La ŝarĝaŭto havis malfermitan ŝarĝoplaton kaj transportis ferrubon. Kiam ni trafis ĝin, grandega ŝtalplato deflugis el ĝia malantaŭo, traboris nian antaŭan glacon, kaj sen-kapigis mian patrinon.

Clare aŭskultas kun fermitaj okuloj.

– Ne!

– Jes ja.

– Sed vi mem estis samloke … ĉu ĉar vi estis malgranda …?

– Ne, ne pri tio temis, la ŝtalo boriĝis en mian sidlokon ĝuste tie kie devus esti mia frunto. Mi havas cikatron en la loko kie ĝi ektranĉis al mi la frunton. – Mi montras ĝin al Clare. – Ĝi trafis mian ĉapon. La polico nenion komprenis. Ĉiuj miaj vestaĵoj trov-iĝis en la aŭto, sur la sidloko kaj la planko, sed min oni trovis komplete nuda ĉe la vojrando.

– Vi tempvojaĝis.

– Jes. Mi tempvojaĝis.

Ni silentas momenton.

– Ĝi okazis al mi tiam entute nur la duan fojon. Mi ne havis ideon kion mi spertas. Mi vidis nin kraŝi en la ŝarĝaŭton, kaj mi tuj trovis min en hospitalo. Preskaŭ sen ajnaj vundoj, simple ŝokita.

– Kiel … kial laŭ vi tiel okazis?

– Pro streso, pura streso. Mi kredas ke mia korpo uzis la solan trukon kiun ĝi povis.

Clare turnas sian vizaĝon al mi, trista kaj ekscitita.

– Do, Panjo mortis, kaj mi ne. La antaŭo de la Fordo komplete ĉifiĝis, la stirkolono traboris la bruston de Panjo, ŝia kapo elflugis tra la nun malplena glaco sur la ŝarĝoplaton de la kamiono, ĉio kun nekredebla kvanto da sango. La ulo en la Corvette tute ne vundiĝis. La stiranto de la ŝarĝaŭto eliris por vidi kio trafis lin, ekvidis Panjon, svenis sur la ŝoseo, kaj estis trafita de lerneja buso, kies ŝoforo estis gapanta al la akcidento. Al la kamionŝoforo rompiĝis ambaŭ gamboj. Dume, mi komplete forestis el la okazejo dum dek minutoj kaj kvardek sep sekundoj. Mi ne memoras kien mi iris; eble por mi daŭris nur unu-du sekundojn. La trafiko tute haltis. Ambulancoj klopodis veni el tri malsamaj direktoj, sed ne povis atingi nin dum preskaŭ duona horo. Sanitaristoj alkuris piede. Mi aperis sur la ŝoserando. Neniu vidis min aperi krom eta knabino, kiu sidis malantaŭe en verda familia Chevrolet. Ŝi malfermis la buŝon, nur gapis kaj gapis.

– Sed Henry, vi estis … vi diris ke vi ne memoras. Kiel do vi povus scii ĉion ĉi? Dek minutojn kaj kvardek sep sekundojn … Ĉu precize?

Mi silentas momenton, serĉas kiel plej bone klarigi.

– Vi scias pri gravito, ĉu ne? Ju pli granda estas io, des pli da maso ĝi havas, kun des pli da gravita altiro. Ĝi altiras pli etajn objektojn, kaj tiuj orbitadas ĉirkaŭe.

– Jes …

– La morto de mia patrino … Ĝi estas gravitocentro. Ĉio alia daŭre orbitas ĉirkaŭe … Mi sonĝas pri ĝi, kaj mi ankaŭ … tempvojaĝas al ĝi. Denove kaj denove. Se vi povus esti tie kaj ŝvebi super la okazejo, kaj kapablus vidi ĉiujn detalojn, la homojn, la aŭtojn, la arbojn, la neĝmontetojn … se vi havus sufiĉan tempon por vere ĉion rigardi, tiam vi vidus min. Mi estas en aŭtoj, malantaŭ arbustoj, sur la ponto, sur arbo. Mi jam vidis ĝin el ĉiu angulo. Mi eĉ partoprenas en la postokazaĵoj: mi telefonis al la flughaveno el proksima benzinstacio, kaj petis transdoni la mesaĝon ke mia patro tuj venu al la hospitalo. Mi sidis en la hospitala atendejo kaj rigardis mian patron preterpasi dum li serĉis min tie. Li aspektas griza kaj detruita. Mi piediris laŭ la ŝoserando, atendante la aperon de mia juna mio, kaj mi envolvis per kovrilo miajn etajn ŝultrojn infanajn. Mi alrigardis mian malgrandan, senkomprenan vizaĝon, kaj mi pensis … Mi pensis …

Mi plorsingultas nun. Clare ĉirkaŭbrakas min, kaj mi ploras sensone inter ŝiaj mamoj sub mohajra svetero.

– Mi pensis: *ankaŭ mi devintus morti!*

Ni tenas unu la alian. Iom post iom mi retrovas la sinregon. Mi fuŝis la sveteron de Clare. Ŝi iras al la lavoĉambro kaj revenas en blanka poliestera ĉemizo kutime portata de Alicia dum prezentoj de ĉambromuziko. Alicia aĝas nur dek kvar, sed estas jam pli alta kaj pli granda ol Clare. Mi rigardas kiel Clare staras antaŭ mi, kaj mi bedaŭras esti ĉi tie, bedaŭras ruinigi ŝian Kristnaskfeston.

– Mi bedaŭras, Clare. Ne estis mia intenco ŝarĝi vin per tiom da tristeco. Nur ke por mi Kristnasko estas … malfacila.

– Ho, Henry! Mi tiom ĝojas ke vi ĉeestas, kaj fakte mi preferas scii … mi volas diri ke vi venadas el nenie kaj malaperas, kaj se mi iom scias pri via vivo, tiam vi estas … pli reala. Eĉ se temas pri terurajoj … Mi bezonas scii ĉiom kiom eblas por vi diri.

Alicia vokas al Clare supre de la ŝtuparo. Temp' está por Clare iri al sia familio, festi Kristnaskon. Mi ekstaras, ni interkisas, singarde, kaj Clare respondas «Mi venas!», alridetas min kaj jam kuras supren laŭ la ŝtupoj. Mi denove kojnas la pordmanilon per seĝo, kaj preparas min al longa nokto.

KRISTNASKA VESPERO, DU

Sabaton, la 24-an de decembro 1988
(Henry aĝas 25)

HENRY: Mi telefonas al Paĉjo por demandi ĉu li emus veni vespermanĝi post la Kristnaska matinea koncerto. Li duon-konvinke klopodas inviti min al si, sed pri tio mi rezignas, je lia senpeziĝo. La Oficiala Funebrotago de la Familio DeTamble ĉi-jare okazos diversloke. S-ino Kim veturis al Koreio al siaj fratinoj; mi akvumas ŝiajn plantojn kaj zorgas pri ŝiaj poŝtaĵoj. Mi telefonas al Ingrid Carmichel kaj petas ŝin rendevui kun mi; ŝi seke memorigas min ke estas Kristnaska vespero, kiam iuj homoj devas adorkliniĝi al sia familio. Mi trafoliumas mian adreskajeron. Ĉiuj troviĝas eksterurbe, aŭ se enurbe, tiam kun gastantaj familianoj. Mi estus devinta viziti Avinjon kaj Avĉjon. Nu, ili estas ĉiuokaze en Florido. Estas 2:53 posttagmeze, la vend-ejoj jam komencas fermiĝi. Mi aĉetas botelon da ŝnapso ĉe Al kaj ŝovas ĝin en la mantelpoŝon. Poste mi saltas en la metroon ĉe Belmont, direkte al la urbocentro. Estas griza tago, malvarmas. La vagonoj estas duone malplenaj, homoj ĉefe veturas kun siaj infanoj por vidi la Kristnaskajn montrofenestrojn de Marshall

Field's kaj fari lastminutajn aĉetojn ĉe Water Tower Place. Mi eliras ĉe Randolph kaj promenas orienten, al la parko Grant. Mi staras kelkan tempon sur la viadukto, drinkas, kaj poste iras malsupren al la glitkurejo. Kelkaj geparoj kaj infanetoj sketadas. La etuloj pelas unu la alian, sketas retroen, desegnas okojn. Mi luprenas sketilojn pli-malpli de mia grando, surlaĉas ilin kaj eliras sur la glacion. Mi glitas laŭ la perimetro de la glitejo, glate kaj senpense. Ripetiĝo, moviĝo, ekvilibro, malvarma aero. Bele. La suno malleviĝas. Mi sketas ĉirkaŭ unu horon, redonas la glit-ŝuojn, surtiras miajn botojn kaj ekiras.

Mi direktiĝas okcidenten laŭ Randolph, suden laŭ avenuo Michigan, preter la Arta Instituto. La leonoj surhavas orname Kristnaskajn florkronojn. Mi daŭrigas laŭ Columbus Drive. La parko Grant malplenas, krom la korvoj, kiuj jen parade promenas jen krozas super la vesperblua neĝo. La stratlumoj kolorigas la ĉielon oranĝa; super la lago profunde malhel-bluas. Ĉe la fontano Buckingham mi staradas ĝis ne plu elteneblas la malvarmo; mi observas mevojn turniĝantajn, kiuj subite plonĝas, batalante pri panpeco kiun iu lasis por ili. Rajda policisto ĉirkaŭas unufoje la fontanon, kaj pace daŭrigas suden.

Mi piediras. Miaj botoj ne estas tute akvorezistaj, kaj malgraŭ pluraj sveteroj la mantelo estas iom tro maldika por la falanta temperaturo. Mankas al mi korpa graso; inter novembro kaj aprilo mi ĉiam malvarmas. Mi iras laŭ Harrison, plu al strato State. Mi preterpasas la misian centron Pacific Garden, kie la senhejmuloj kolektiĝas por tegmento kaj vespermanĝo. Mi demandas min kiajn pladojn ili manĝas, kaj ĉu en tiu rifuĝejo oni iamaniere festas. Pasas malmultaj aŭtoj. Mi ne havas horloĝon, sed pensas ke estas ĉirkaŭ la sepa. Lastatempe mi rimarkis havi malsaman senton pri tempopaso ol aliaj homoj; la mia ŝajnas pli malrapida. Por mi, unu posttagmezo egalas unu tagon; metroa veturo sentiĝas kiel epopea vojaĝo. La hodiaŭa tago estas senfina. Mi sukcesis trapasi plejparton da ĝi sen tro pensi pri Panjo, pri la akcidento, pri ĉio tio … sed nun, en la vespero, dum mi piediras, ĉio rekaptas min. Mi rimarkas ke mi malsatas. Ne plu efikas la alkoholo. Mi proksimas al strato Adams, mense mi kontrolas kiom da kontanta mono mi ĉehavas, kaj mi decidas elspezegi por vespermanĝo ĉe Berghoff, respektinda germana restoracio, fama pro sia bierfarejo.

En Berghoff regas varmo kaj bruo. Ne malmultaj homoj ĉu manĝas ĉu staras atende. La legendaj Berghoff-kelneroj pendolas gravule inter la kuirejo kaj la tabloj. Mi senfrostiĝas starante en vico, inter babilantaj familioj kaj paroj. Fine oni kondukas min al tableto en la ĉefa manĝosalono, malantaŭe. Mi mendas malhelan bieron kaj teleron da anaskolbasoj kun ovaj noketoj. Kiam la plado alvenas, mi manĝas malrapide. Mi englutas ankaŭ la tutan panon kaj rimarkas ke ŝajne mi ne tagmanĝis hodiaŭ. Tute bone, mi zorgas pri mi, ne estas idioto, mi ja memoras vespermanĝi. Mi apogas la dorson al la seĝo kaj esploras la lokalon. Sub la alta plafono, malhelaj paneloj kaj murpentraĵoj kun ŝipoj, mezaĝaj paroj estas vespermanĝantaj. Ĵus posttagmeze ili aĉetumis, aŭ vizitis la koncertejon, kaj nun agrable konversacias pri la aĉetitaj donacoj, la genepoj, aviadilaj biletoj kaj alvenhoroj, pri Mozarto. Mi sentas urĝon iri al la koncertejo, tuj nun, sed vespere ne estas programo. Paĉjo verŝajne nun estas iranta hejmen el la Operdomo. Tie mi emus sidi en la supraj vicoj de la plej supra balkono (akustike la plej bona loko) kaj aŭskulti *Das Lied von der Erde*, aŭ Betovenon, aŭ ion simile ne-Kristnaskecan. Nu, kion fari. Eble venontjare. Mi subite revidas ĉiujn Kristnaskojn de mia vivo, en vico unu post alia, ĉiujn iel transvivendajn, kaj inundas min senespero. Ne. Dum momento mi deziras ke la Tempo elprenu min el ĉi tiu tago kaj loku min en tago pli milda. Sed tiam mi tuj sentas min kulpa pri la volo eviti tristecon; mortintoj bezonas ke ni rememoru ilin, eĉ se tio forkonsumas nin, eĉ se ni ne povas fari pli ol ripetadi «Mi tiom bedaŭras», ĝis tio fariĝas tiel sensignifa kiel aero. Mi ne volas ŝarĝi ĉi tiun varman, festan restoracion per funebro kiu revenus al mi kiam sekvan fojon mi venos ĉi tien kun la geavoj. Mi do pagas kaj foriras.

Denove surstrate, mi staras kaj pripensas. Hejmeniri mi ne volas. Mi volas esti kun homoj, esti distrata. Subite venas ideo pri Get Me High Lounge, loko kie io ajn povas okazi, haveno por ekstravaganco. Perfekte. Mi direktas min al Water Tower Place kaj trafas la buson 66 ĉe avenuo Ĉikago, eliras ĉe Damen, ŝanĝas al la buso 50 norden. La buso odoras je vomaĵo, kaj mi estas la sola pasaĝero. La ŝoforo kantas «Silentan nokton» per plaĉa tenoro de preĝeja ĥoro, mi deziras al li feliĉan Kristnaskfeston kaj eliras el la buso ĉe Wabansia. Kiam mi preterpasas riparservan vendejon, la neĝo ekfalas, kaj mi kaptas la grandajn, humidajn flokojn per la fingropintoj. Mi aŭdas muzikon likiĝi el la drinkejo. En la forta lumo de natrivaporaj lampoj, super la strato fantomas eksteruza trajnotrako. Ĝuste kiam mi malfermas la pordon, iu ekludas trumpeton, kaj la forto de ĵazo puŝas kontraŭ mian bruston. Mi iras renkonte al ĝi kiel dronanto; mi ja venis ĉi tien por droni.

Ĉeestas deko da homoj, inkluzive de Mia, la verŝistino. La etan podion okupas tri muzikistoj, kun trumpeto, kontrabaso kaj klarineto, dum ĉiuj klientoj sidas ĉe la spililoj. La muzikistoj ludas furiozan svingon, kun maksimuma laŭto kvazaŭ son-derviŝoj, kaj per atenta aŭskulto mi detektas la motivon de *Blanka Kristnasko*. Mia venas kaj alrigardas, plenlaŭte mi krias:

– Viskion kun akvo!

Ŝi demande blekas:

– Ĉu nian markon?

Mi hurlas:

– Certe! – je kio ŝi turnas sin por fari la mikson. La muziko abrupte ĉesas. La telefono sonas, Mia kaptas ĝin kaj respondas «Get Me Hiiiiiiiigh!» Ŝi metas la drinkaĵon antaŭ min, kaj mi alŝovas bileton de dudek dolaroj.

– Ne – ŝi diras en la telefonon. – Nu, fek' pri vi. Bonan forfikiĝon.

Ŝi agrese reĵetas la aŭskultilon surforken kiel basketbalisto trapuŝe enkorbigas pilkon. Dum momento Mia staras kolera, poste fajrigas Pall Mall kaj alblovas al mi grandan nubon el cigaredfumo.

– Ho, pardonu.

La muzikistoj ope alŝoviĝas, kaj ŝi disdonas al ili bierojn. La pordo al la necesejo estas sur la podio, do mi kaptas la okazon inter du programeroj por iri pisi. Kiam mi revenas, Mia jam metis duan drinkaĵon fronte al mia tabureto.

– Vi legas en miaj pensoj!

– Vi havas simplajn pensojn.

Ŝi frapmetas la cindrujon antaŭ sin kaj apogiĝas al la alia flanko de la servotablo, pensoplene.

– Kion vi faros poste?

Mi mense trakribras miajn elektojn. Estas vero ke mi hejmeniris kun Mia unu aŭ du fojojn, kaj oni bone amuziĝas kun ŝi kaj tiel plu, sed ĝuste nun mi ne emas al okazaj frivolaĵoj. Aliflanke, varma korpo ne malbonas kiam la animo malvarmas.

– Mi planas fariĝi ekstreme ebria. Kia estas via plano?

– Nu, se vi ne estos tro ebria, vi povus veni ĉe min, kaj se ĉe vekiĝo vi ne estos mortinta, vi povus fari al mi enorman favoron kaj veni kun mi al la Kristnaska vespermanĝo ĉe miaj gepatroj en Glencoe, agante sub la nomo Rafe.

– Ho, dio mia, Mia! Tiu penso en si mem igas min suicidema. Mi bedaŭras.

Ŝi klinas sin super la servotablon kaj parolas emfaze.

– Estu afabla, Henry, helpu min. Vi estas prezentebla juna homo el la vira sekso. Diable, vi eĉ estas bibliotekisto. Vi ne panikos kiam miaj gepatroj ekdemandos pri viaj gepatroj kaj pri viaj studoj.

– Mi ja panikos. Mi kuros rekte al la necesejo kaj tranĉos al mi la gorĝon. Krome, kian sencon havus tio? Eĉ se ili amegos min, tio signifos nur ke dum jaroj ili torturos vin per «kio do okazis al tiu simpatia juna bibliotekisto kiu vin amindumis?» Kaj kio okazos kiam ili renkontos la veran Rafe?

– Pri tio vi ne bezonas zorgi, mi kredas. Estu brava! Vi spertos kun mi tian sekson ke vi preskaŭ mortos trafike.

De monatoj mi rifuzas viziti la gepatrojn de Ingrid. Mi rifuzis Kristnaskan vespermanĝon en ilia hejmo morgaŭ. Kiel do mi povus fari ĉi tion por Mia, kiun mi apenaŭ konas?

– Mia, mi pretus al tio ajnan alian vesperon de la jaro. Vidu, mia celo hodiaŭ estas atingi tian gradon de ebrio ke mi ne povu teni min rekta, des malpli erekta. Simple telefonu al viaj gepatroj kaj diru ke Rafe hodiaŭ havas tonsilektomion, aŭ ion similan.

Ŝi iras al la alia fino por okupiĝi pri tri suspektige junaj studentecaj figuroj. Poste ŝi umas kelkan tempon kun boteloj, preparas ion kompleksan. Ŝi starigas antaŭ min altan glason.

– Bonvolu. Koste de la firmao.

La drinkaĵo havas la koloron de fraga suko.

– Kio ĝi estas?

Mi glutas iom. Ĝi gustas kiel Seven-Up.

Mia briligas kruelan rideton.

– Mia propra inventaĵo. Se vi volas knokaŭti vin, jen la ekspresa maniero.

– Nu, dankon tiuokaze.

Mi tostas al ŝi kaj eltrinkas. Invadas min varmo kaj sento de kompleta bonfarto.

– Ĉielo! Mia, vi devus patentigi ĉi tion. Vi povus funkciigi standojn en tuta Ĉikago kaj disvendi ĝin en paperaj glasoj. Vi iĝus milionulo.

– Ĉu plian?

– Nepre.

Kiel duavica, sed promesplena partnero ĉe DeTamble & DeTamble, Universala Alkoholistaro, mi ankoraŭ ne eltrovis la absolutan limon al mia konsumkapablo. Kelkajn glasojn poste, Mia alrigardas min zorgoplene.

– Henry?

– Jes?

– Sufiĉas por vi.

Tio efektive ŝajnas bona ideo, mi eĉ klopodas kapsigni mian konsenton, sed tio montriĝas troa fortostreĉo. Anstataŭe mi glitas, preskaŭ gracie, al la planko.

Mi vekiĝas, multe pli malfrue, en Hospitalo Mercy. Mia sidas apud mia lito. Ŝia okulŝminko disfluis ĉie sur la vizaĝo. Mi estas ligita al perfuzilo kaj fartas aĉe. Ege aĉe. Fakte, kiel eble plej aĉe. Mi turnas la kapon kaj vomas en pelvon. Mia alklinas sin por viŝi mian buŝon.

– Henry ... – flustras Mia.

– He, kio damne ...

– Henry, mi tiom bedaŭras ...

– Ne via kulpo. Kio okazis?

– Vi svenis, kaj mi kalkulis … kiom vi pezas?

– Okdek.

– Dio mia, ĉu vi manĝis antaŭe?

Mi pripensas la demandon.

– Jes.

– Nu, ajne, tio kion vi drinkis estis ĉirkaŭ kvardek gradojn forta. Kaj vi krome trinkis du viskiojn … sed ĉio ŝajnis tute en ordo kun vi, ĝis subite vi ekaspektis terure, poste svenis, kaj pripensante mi komprenis ke enestas en vi amaso da drinkaĵoj. Do, mi vokis ambulancon, kaj jen vi ĉi tie.

– Dankon. Mi pensas …

– Henry, ĉu vi havas ian sopiron al morto?

Mi pripensas.

– Jes.

Mi turnas min al la muro kaj ŝajnigas dormi.

Sabaton, la 8-an de aprilo 1989 (Clare aĝas 17, Henry aĝas 40)

CLARE: Mi sidas en la ĉambro de Avino Meagram, ni kune solvas krucvortenigmon en *New York Times*. En la lumplena, friska aprila mateno mi vidas en la ĝardeno ruĝajn tulipojn skuetiĝi en la vento. Panjo nun plantas tie ion malgrandan kaj blankan, proksime al la forsitio. Ŝia ĉapelo preskaŭ forbloviĝas, ŝi devas daŭre kapte reteni ĝin, ĝis ŝi fine forprenas la ĉapelon kaj metas sur ĝin sian laborkorbon.

Jam preskaŭ du monatojn mi ne vidis Henry; la sekva dato en la Listo foras tri semajnojn. Ni proksimiĝas al la tempo kiam mi ne vidos lin dum pli ol du jaroj. Kiam mi estis knabino, mi ne tro zorgis pri Henry; vidi lin ne estis io tre eksterkutima. Sed nun ĉiu fojo kiam li ĉeestas signifas unu fojon malpli en la

156

estonteco. Kaj io ŝanĝiĝis inter ni. Mi volus ion ... Mi volus ion aŭdi de Henry, aŭ ke li faru ion por pruvi ke ne temis ĉiam nur pri iu zorge ellaborita ŝerco. Mi volus. Volas. Volegas.

Avinjo Meagram sidas en sia blua apogseĝo ĉe la fenestro. Mi mem sur seĝo subfenestra, kun la gazeto sur la sino. Ni atingis plenigi duonon de la enigmo. Mia atento distriĝas.

– Legu tiun denove, nepineto – petas Avino.

– Dudek vertikala. «Simieca monako». Sep literoj, la dua estas «a», la lasta estas «n».

– «Kapucen'».

Ŝi ridetas kaj turnas siajn senvidajn okulojn al mia direkto. Por Avino mi estas malhela ombro antaŭ iom pli hela fono.

– Ne malbone, ĉu ne?

– Vere nekredeble! Sed provu ĉi tiun: horizontala dek naŭ, «Se kubuton vi elpuŝos ...» Dek literoj, la dua litero estas «u».

– «... fremdan aŭton vi ektuŝos». *Burma Shave*. Tiel tekstis reklamŝildoj por tiu marko. Viroj razis sin per ĝi antaŭ via tempo.

– Hu, mi neniam regos ĉi tion.

Mi stariĝas kaj streĉas la krurojn. Mi nepre bezonas promenon. La ĉambro de Avino estas hejmeca, sed oni iĝas klostrofobia. La plafono estas malalta, la tapeton ornamas delikataj bluaj floretoj, la superkovrilo estas el blua katuno, la tapiŝo blanka, kaj ĉio odoras je pudro, dentoprotezo kaj maljuna haŭto. Avino Meagram sidas rekte kaj gracie. Ŝiaj blankaj haroj estas belaj, ankoraŭ kun nuanco de la rufo kiun mi heredis de ŝi; perfekte plektitaj, pinglitaj en buleton. La okuloj de Avino estas kiel bluaj nuboj. Ŝi blindas de naŭ jaroj, kaj bone adaptiĝis; restante en la domo ŝi bone elturniĝas. Ŝi klopodas instrui al mi la arton solvi krucvortenigmojn, sed mi ne tiom interesiĝas ke mi elfaru unu tute sola. Pli frue Avino solvadis ilin skribante tuj per inko. Henry ŝategas krucvortenigmojn.

– Belega tago, ĉu ne – diras Avino, apogas sin malantaŭen kaj frotas la fingroartikojn. Mi kapjesas:

– Jes, sed iom ventas. Mi vidas Panjon ĝardenumi, kaj ĉio daŭre forbloviĝas de ŝi.

– Kiel tipe pri Lucille! – diras ŝia patrino. – Ĉu vi scias kion, nepineto? Mi volonte promenus.

– Ĵus mi pensis tute same.

Avinjo ridetas kaj etendas la manojn. Milde mi tiras ŝin supren el la brakseĝo. Mi iras preni niajn mantelojn kaj ligas ŝalon ĉirkaŭ la harojn de Avino, por ke la vento ne taŭzu ilin. Poste ni malrapide vojas malsupren laŭ la ŝtuparo kaj eksteren tra la dompordo. Dum ni staras sur la alveturejo, mi turnas min al ŝi:

– Kien vi ŝatus iri?

– Mi volonte irus al la fruktoĝardeno.

– Ĝi estas sufiĉe malproksima. He, Panjo mansvingas; ni resalutu!

Ni svingas la manojn al Panjo, kiu nun troviĝas tute ĉe la fontano. Peter, nia ĝardenisto, estas kun ŝi. Li ĉesis paroli al ŝi kaj rigardas nin, atende je nia ekiro, por ke ili povu daŭrigi sian jaman disputon pri narcisoj aŭ peonioj. Peter ŝategas disputi kun Panjo, sed en la fino ĉiam venkas ŝia starpunkto.

– Ĝis la fruktoĝardeno estas preskaŭ du kilometroj, Avinjo.

– Sed, Clare, miaj gamboj estas ja tute en ordo.

– Bone, tiam ni iros al la fruktoĝardeno.

Mi prenas ŝin ĉe la brako, kaj ni ekas. Kiam ni atingas la randon de la Herbejo, mi demandas:

– Ĉu en ombro aŭ sub suno?

– Certe sub suno! – ŝi respondas, tiel ke ni daŭrigas laŭ la pado kiu krucas meze la Herbejon kaj kondukas al la maldensejo.

Mi priskribas por ŝi nian promenon.

– Nun ni preterpasas la branĉaron por la tendarfajro. Aro da birdoj sidas meze – ho, ili forflugas nun!

– Korvoj. Sturnoj. Ankaŭ kolomboj – ŝi diras.

– Jes … Nun ni atingis la pordegon. Atentu, sur la pado estas koto. Mi vidas spurojn de hundo, sufiĉe granda hundo, eble tiu Joey de la familio Allingham. Ĉio verdiĝas sufiĉe intense. Jen tiu sovaĝa rozo.

– Kiom altaj kreskis la herboj?

– Nur tridekon da centimetroj. Vere pale verda. Jen la etaj kverkoj.

Ŝi ridete turnas al mi la vizaĝon.

– Iru ni saluti ilin!

Mi gvidas ŝin al la kverkoj, kiuj staras apenaŭ metron for de la pado. Mia avo plantis ĉi tiujn tri kverkojn en la kvardekaj jaroj memore al mia praonklo Teddy, frato de Avino mortinta en la dua mondmilito. Ili ankoraŭ ne kreskis tro altaj, nur je kvar aŭ kvin metroj. Avino metas sian manon sur la mezan arbon kaj diras:

– Saluton.

Mi ne scias ĉu ŝi parolas al la arbo aŭ al sia frato.

Ni daŭrigas. Transpasinte la altaĵeton, mi ekvidas la Herbejon antaŭ ni, kaj meze de la maldensejo staras Henry. Mi haltas.

– Kio okazas? – demandas Avino.

– Nenio – mi respondas. Mi plu gvidas ŝin laŭ la pado.

– Kion vi vidas? – ŝi demandas.

– Akcipitro rondflugas super la arboj.

– Kioma horo estas?

Mi ĵetas rigardon al mia horloĝo.

– Preskaŭ tagmezo.

Ni eniras la maldensejon. Henry staras tute senmova. Ridetas al mi. Li aspektas laca. Griziĝas liaj haroj. Li surhavas sian nigran mantelon, malhelan kontraste al la hela Herbejo.

– Kie estas la ŝtonego? – demandas Avino. – Mi ŝatus sidiĝi.

Mi gvidas ŝin al la ŝtonego kaj helpas eksidi. Ŝi turnas la vizaĝon direkte al Henry kaj rigidiĝas.

– Kiu estas tie? – ŝi demandas kun urĝa maltrankvilo.

– Neniu – mi mensogas.

– Estas viro tie – ŝi kap-indikas al Henry. Li alrigardas min kun mieno kiu ŝajne signifas: «Kuraĝe! Diru al ŝi!» Inter la arboj hundo bojas. Mi hezitas.

– Clare ... – timvoĉas Avino.

– Prezentu nin unu al la alia – diras trankvile Henry.

Avino silente atendas. Mi metas brakon ĉirkaŭ ŝiajn ŝultrojn.

– Ĉio en ordo, Avinjo. Jen mia amiko Henry. Pri li mi parolis al vi jam.

Henry paŝas al ni kaj etendas manon. Mi metas la manon de Avino en lian manon.

– Elizabeth Meagram – mi diras al Henry.

– Do, vi estas tiu – diras Avino.

– Jes – respondas Henry, kaj lia jeso estas kiel balzamo en miaj oreloj. Jes.

– Ĉu mi rajtas? – ŝi mangestas al Henry.

– Ĉu mi sidu apud vin? – Henry sidiĝas sur la ŝtonego. Mi gvidas la manojn de Avino al lia vizaĝo. Li rigardas mian vizaĝon dum ŝi tuŝas la lian.

– Ho, tikle! – reagas Henry al Avino.

– Kiel smirga papero! – Ŝi palpas fingropinte lian nerazitan mentonon. – Vi ne plu estas knabo.

– Ne.

– Kiom vi aĝas?

– Ok jarojn pli ol Clare.

Ŝi surpriziĝas.

– Dudek kvin?

Mi rigardas al liaj griziĝantaj haroj, al la faltoj ĉirkaŭ la okuloj. Li aspektas kvardek, aŭ eĉ pli.

– Dudek kvin – li asertas firme. Ie en la mondo tio eĉ veras.

– Laŭ Clare ŝi edziniĝos al vi – diras Avino al Henry.

Li ridetas al mi.

– Jes, ni geedziĝos. Post kelkaj jaroj, kiam Clare finos siajn studojn.

– En mia tempo la sinjoroj venis konatiĝi kun la bofamilio ĉe tagmanĝo.

– Nia situacio estas ... netradicia. Tio ne eblas por ni.

– Kial ne eblus? Se vi daŭrigos kaprioli kun mia nepino en herbejoj, vi certe ankaŭ kapablus atingi la domon por esti inspektata de la gepatroj.

– Mi ege ŝatus tion – Henry stariĝas. – Sed, bedaŭrinde, mi nun devas foriri por ne maltrafi trajnon.

– Momenton, junulo ... – komencas Avino, dum Henry diras:

– Ĝis revido, s-ino Meagram. Mi tre ĝojis finfine renkonti vin. Clare, mi bedaŭras ke mi ne povas resti pli longe ...

Mi etendas manon al Henry, sed ni aŭdas bruon kvazaŭ ĉiu sono estus forsuĉata el la mondo, kaj li jam estas for. Mi turnas min al Avino. Ŝi sidas sur la ŝtonego kun etenditaj manoj, ŝia mieno esprimas ekstreman konsterniĝon.

– Kio okazis? – ŝi demandas, kaj mi komencas klarigi. Kiam mi finas, ŝi sidas kun klinita kapo kaj tordas siajn artrozajn fingrojn en strangajn figurojn. Fine ŝi levas la vizaĝon al mi.

– Sed, Clare, li devas esti demono.

Ŝi eldiras tion faktece, kvazaŭ ŝi atentigus ke mi misbutonis mian mantelon, aŭ ke estas tempo por tagmanĝo.

Kion mi povus diri?

– Mi pensis pri tio – mi respondas. Mi prenas ŝiajn manojn, por ke ŝi ne frotu ilin ruĝaj. – Sed Henry estas bonulo. Tute ne sentiĝas kiel se li estus demono.

Avino ridetas.

– Vi parolas kvazaŭ vi estus renkontinta trupojn da tiuj.

– Ĉu vi ne pensas ke vera demono estus … nu, demoneca?

– Mi pensas ke vera demono estus afabla kiel mielkuko se li tiel decidus.

Mi zorge elektas miajn vortojn.

– Henry foje diris al mi ke laŭ lia kuracisto li estas homo de nova tipo. Kvazaŭ la sekva paŝo de evoluo.

Avino skuas la kapon.

– Same malbone kiel esti demono. Dio mia, Clare, kial do vi entute volus edziniĝi al tia persono? Pensu kiajn infanojn vi havus! Ili saltus al la venonta semajno kaj revenus antaŭ matenmanĝo!

Mi ridas.

– Sed estus ekscite! Kiel Mary Poppins, aŭ Peter Pan.

Milde ŝi premetas miajn manojn.

– Pensu nur minuton, mia kara: en infanrakontoj la ĝuindajn aventurojn travivas la infanoj. Patrinoj devas resti hejme kaj atendi ke la infanoj reflugu tra la fenestro.

Mi rigardas sur la tero la monteton da ĉifitaj vestaĵoj, kuŝantaj kie Henry lasis ilin. Mi prenas kaj kunfaldas ilin.

– Momenton! – mi diras, atingas la keston kaj formetas la vestaĵojn de Henry. – Ni revenu al la domo. Jam pasis la tagmanĝa horo.

Mi helpas ŝin restariĝi de la ŝtonego. Tra la herboj la vento forte blovas, survoje al la domo ni devas nin klini. Atinginte la

altaĵeton, mi turnas min kaj rerigardas al la maldensejo. Ĝi mal-
plenas.

Kelkajn tagojn poste mi sidas apud la lito de Avino kaj legas
por ŝi *S-ino Dalloway*. Estas vespero. Mi levas la rigardon: Avino
ŝajne dormas. Mi ĉesas legi kaj fermas la libron. Ŝiaj okuloj mal-
fermiĝas.

– Hej! – mi diras.

– Ĉu li foje mankas al vi? – ŝi demandas min.

– Ĉiutage. Ĉiuminute.

– Ĉiuminute – ŝi diras. – Jes, tiel ja oni sentas.

Ŝi turnas sin sur flankon kaj premas la vizaĝon en la kap-
kusenon.

– Bonan nokton!

Mi malŝaltas la lampon. Starante en la mallumo, mi rigardas
malsupren al Avino en la lito, kaj inundas min memkompato,
kvazaŭ injektita al mi. *Tiel ja oni sentas ...* Jes, ĝuste tiel.

MANĜI AŬ ESTI MANĜATA

Sabaton, la 30-an de novembro 1991
(Henry aĝas 28, Clare aĝas 20)

HENRY: Clare invitis min al vespermanĝo en sia apartamento. Kunmanĝos Charisse, la kunloĝantino de Clare, kaj Gomez, la koramiko de Charisse. Je 6:59 ptm laŭ Centra Norma Tempo, mi staras en miaj plej festecaj vestaĵoj en la vestiblo de Clare, kun fingro sur la vokila butono, kun bonodora frezio kaj botelo da aŭstralia Cabernet en la alia mano, kaj kun la koro en la buŝo. Neniam pli frue mi vizitis ĉe Clare, nek renkontis amikojn ŝiajn. Mi tute ne scias kion atendi. La vokilo eligas teruran sonon, kaj mi malfermas la pordon.

– Tute supren! – krias profunda vira voĉo. Mi rampas kvar etaĝojn da ŝtupoj supren. La persono apartenanta al la voĉo estas alta kaj blonda, kun la plej senriproĉe kombita frizaĵo de la mondo, cigaredo, kaj T-ĉemizo kun simbolo de Solidareco. Li impresas konata, sed mi ne scias de kie. Por iu nomata Gomez li aspektas tre ... pola. Poste mi ekscios ke lia vera nomo estas Jan Gomolinski.

– Bonvenon, Librovermo! – blekas Gomez.

– Kamarado! – mi replikas, transdonante la florojn kaj la vinon. Ni okulmezuras unu la alian, atingas pato-staton, kaj Gomez larĝageste indikas al mi la vojon internen.

Jen unu el tiuj mirinde senfinaj, trajnvagonecaj apartamentoj el la dudekaj jaroj: longa koridoro, al kiu oni preskaŭ postpense aldonis ĉambrojn. Du estetikoj kunmetiĝas ĉi tie: lastmodega kaj Viktorina. Tion bone ilustras la vidaĵo de antikvaj seĝoj kun krucbroditaj tegiloj kaj pezaj ĉizitaj piedoj, apud Elvis-portretoj sur veluro. El la fora fino de la koridoro aŭdiĝas *I Got It Bad and That Ain't Good* de Duke Ellington, kaj Gomez gvidas min en tiu direkto.

Clare kaj Charisse staras en la kuirejo.

– Katinoj, mi alportis novan ludilon por vi – ĉantas Gomez. – Ĝi obeas al la nomo Henry, sed vi rajtas nomi lin Librovermo.

Mi trafas la okulojn de Clare. Ŝi levas la ŝultrojn kaj etendas al mi la vangojn por kiso; mi reagas per ĉasta ŝmaco kaj turnas min por manpremi kun Charisse, kiu estas malalta kaj tre ĉarme ronda, kun multaj kurboj kaj longaj nigraj haroj. Ŝi havas tiel afablan vizaĝon ke mi sentas urĝon konfidi al ŝi ion, ne gravas kion, nur por vidi kiel ŝi reagus. Ŝi estas eta filipina madono. Kun dolĉa voĉo maltolera al kontraŭado ŝi diras:

– Aĥ, Gomez, fermu la faŭkon. Saluton, Henry. Mi estas Charisse Bonavant. Ne atentu al Gomez, mi tenas lin nur por levi pezajn objektojn.

– Kaj por sekso. Ne forgesu sekson – memorigas ŝin Gomez. Li rigardas al mi. – Ĉu bieron?

– Volonte.

Li plonĝas en la fridujon kaj transdonas botelon da Blatz. Mi forigas la ĉapon de la biero kaj eltrinkas longan tiron. La kuirejo aspektas kvazaŭ eksplodinta pastofabriko. Clare rimarkas kien mi rigardas. Subite mi rememoras ke ŝi ne scipovas kuiri.

– Temas pri progresanta projekto – anoncas Clare.

– Arta instalaĵo – aldonas Charisse.

– Ĉu ni ĝin manĝos? – demandas Gomez.

Mi rigardas de unu al alia, dum eksplodas kolektiva rido.

– Ĉu iu ajn el vi scipovas kuiri?

– Ne.

– Gomez scipovas pretigi rizon.

– Nur el duonpreta plado.

– Clare scipovas mendi picon.

– Kaj tajaĵojn! Ankaŭ tajlandajn pladojn mi scipovas mendi.

– Charisse scipovas manĝi.

– *Fermu la faŭkon!* – unisonas Charisse kaj Clare.

– Hm, nu … kio devus fariĝi el ĉi tio …? – mi kapgestas al la katastrofo sur la kuireja stablo.

Clare transdonas al mi gazet-eltondaĵon. Temas pri recepto de kokina-ŝitaka rizoto kun kukurbo kaj piniosema saŭco. El la revuo *Gourmand*; kun dudeko da ingrediencoj.

– Ĉu vi vere havas ĉion tion?

Clare kapjesas.

– Aĉetumi la erojn ne estas problemo. La defio konsistas el ilia kuntutigo.

Mi ekzamenas pli atente la kaoson.

– Mi povus ion fari el tio.

– Ĉu vi kapablas kuiri?

Mi kapjesas.

– Kuirkapabla! Manĝo savita! Havu plian bieron! – ekkrias Gomez. Charisse aspektas senpeziĝinta kaj varme alridetas min. Clare, kiu preskaŭ time fortenis sin, ŝtelpaŝe venas al mi kaj flustras:

– Ĉu vi ne koleras?

Mi kisas ŝin, nur sekunderon pli longe ol estus vere dece en ĉeesto de aliaj. Mi rektigas la dorson, deprenas la jakon kaj refaldas la manikojn.

– Donu al mi antaŭtukon! – mi postulas. – Vi, Gomez, mal-fermu tiun vinon. Clare, purigu ĉion kio elverŝiĝis, antaŭ ol ĉio cementiĝus. Charisse, ĉu vi povus primeti la tablon?

Post unu horo kaj kvardek tri minutoj ni sidas ĉirkaŭ la manĝoĉambra tablo kaj konsumas kokin-rizotan stufaĵon kun kukurba kaĉo. Ĉio enhavas amason da butero. Ni estas ĉiuj ebriaj kiel anasoj.

CLARE: Dum Henry preparas la manĝon, Gomez daŭre ŝercadas, fumas kaj bierumas en la kuirejo, kaj kiam ajn neniu rigardas, faras al mi terurajn grimacojn. Charisse fine kaptas lin kaj tiras fingron tra lia gorĝo, kaj tio igas lin ĉesi. Ni babilas pri banalaĵoj: niaj laboroj, lernejoj, la lokoj kie ni plenkreskis, kaj ĉio cetera pri kio homoj kutimas paroli kiam ili renkontas unu la alian unuafoje. Gomez rakontas al Henry pri sia laboro kiel advokato reprezentanta infanojn misuzitajn kaj neglektitajn, en ŝtata prizorgo. Charisse regalas nin per rakontoj pri siaj prodaĵoj ĉe Lusus Naturae, malgranda programar-firmao kiu klopodas igi komputilojn kompreni kiam homoj parolas al ili, kaj pri sia arto, nome bildoj rigardeblaj komputile. Henry rakontas historiojn pri Biblioteko Newberry kaj la stranguloj studantaj ties librojn.

– Ĉu Newberry vere havas libron el homa haŭto? – demandas al li Charisse.

– Jes ja. La *Kronikon de Nawat Wuzeer Hydembed*. Oni trovis ĝin en la palaco de la reĝo de Delhio en 1857. Vizitu foje, kaj mi debretigos ĝin por vi.

Charisse skuiĝas kaj large ridetas. Henry kirlas sian stufaĵon. Kiam li anoncas «Nutrohoro!», ni ĉiuj ariĝas al la tablo. Senĉese Gomez kaj Henry glutadis bierojn, Charisse kaj mi trinketis vinon dum Gomez daŭre replenigis niajn glasojn; certe, ni apenaŭ manĝis antaŭe, sed mi rimarkas kiom ni ebriiĝis nur kiam mi preskaŭ maltrafas la seĝon kiun Henry tenas por mi, kaj kiam malmulte mankas ke Gomez fajrigu siajn proprajn harojn lumigante la kandelojn.

Gomez tenas alte sian glason:

– Al la Revolucio!

Charisse kaj mi levas niajn glasojn, kaj Henry sekvas nin.

– Al la Revolucio!

Ni ekmanĝas entuziasme. La rizoto estas glata kaj milda, la kukurbo dolĉa, la kokino ŝvebas en butero. Mi povus plori, tiom ĝi bongustas.

Henry manĝas buŝplenon, kaj direktas sian forkon al Gomez.

– Kiu revolucio?

– Pardonu?

– Al kiu revolucio ni tostis ĵus?

Charisse kaj mi interrigardas alarmite, sed tro malfruas nun. Gomez ridetas, kaj mia koro ekbatas.

– Al la sekvonta.

– Al tiu en kiu la proletaro sin levos, la riĉularo estos formanĝita, kaj kapitalismo pereos favore al senklasa socio?

– Ĝuste al tiu.

Henry okulumas al mi.

– Estus iom krude por Clare. Kaj kion vi planas por la inteligencio?

– Nu – deklaras Gomez, – probable ankaŭ ilin ni manĝos. Sed vin ni dume gardos kiel kuiriston. Ĉi tio ja perfektas sub la dentoj.

Charisse konfidence tuŝas brakon de Henry.

– Ni fakte neniun vere manĝos – ŝi diras. – Ni nur redistribuos iliajn havaĵojn.

– Kiel bone aŭdi tion – respondas Henry. – Mi ne vere planis kuiri Clare.

– Kia perdo tamen – reagas Gomez. – Mi certas ke Clare tre bone gustus.

– Kia povas esti kanibala kuirarto? – mi meditas. – Ĉu ekzistas kanibala kuirlibro?

– *Kruda kaj kuirita* – proponas Charisse.

– Ne tre praktika gvidilo – obĵetas Henry. – Se mi bone memoras, Lévi-Strauss ne donas receptojn.

– Sufiĉus adapti recepton – proponas Gomez, reprenante por si kokinaĵon. – Eblus havi Clare kun noblaj boletoj kaj *linguini* kun saŭco *marinara*, aŭ brustaĵon de Clare oranĝ-maniere. Aŭ …

– He! – mi intervenas. – Kion se mi ne *volas* esti manĝata?

– Mi bedaŭras, Clare – deklaras Gomez per grava tono. – Mi timas ke vi devos esti manĝita por la komuna bono.

Henry kaptas mian rigardon kaj ridetas.

– Ne zorgu, Clare, kiam la revolucio eksplodos, mi kaŝos vin en Newberry. Vi povos loĝi en la magazeno, kaj mi nutros vin per Snickers kaj Doritos el la personara kantino. Tie vi neniam estos trovita.

Mi skuas la kapon.

– Sed ĉu la unua postulo ne estas ĉiam «Ni mortigu ĉiujn juristojn»?

– Ne – opinias Gomez. – Sen juristoj oni atingos nenion. La revolucio estus forpakita en dek minutoj se la juristoj ne estus tie por gardi la ĝustan direkton.

– Sed mia paĉjo estas juristo – mi informas lin, – do fakte vi tamen ne povos manĝi nin.

– Malĝusta speco de juristo – juĝas Gomez. – Okupiĝas pri nemoveblaĵoj por riĉuloj. Mi, aliflanke, reprezentas la povrajn subpremitajn infanojn ...

– Ho, fermu ĝin, Gomez – diras Charisse. – Vi ofendas la sentojn de Clare.

– Tute ne! Clare volas esti manĝata por la revolucio, ĉu ne, Clare?

– Ne.

– Ho!

– Kion pri la kategoria imperativo? – demandas Henry.

– Kion pri la kio?

– Nu, vi scias, la ora regulo. Ne manĝu aliajn krom se vi mem volas esti manĝata.

Gomez purigadas siajn ungojn per la dentoj de sia forko.

– Ĉu laŭ vi ne estas tiel ke la mondo funkcias laŭ la principo «manĝi aŭ esti manĝata»?

– Plej ofte ja estas tiel. Sed ĉu vi mem ne estas vivanta ekzemplo de altruismo? – reagas Henry.

– Nu ja, sed min oni konsideras danĝera ventkapulo.

Gomez eldiras tion kun ŝajnigita indiferento, sed mi klare vidas ke Henry estas enigmo por li.

– Clare – li diras, – kion pri deserto?

– Ho, dio mia, mi preskaŭ forgesis!

Mi stariĝas tro rapide, kaj devas kapti la tablorandon por apogo.

– Mi tuj alportos.

– Mi helpos vin – deklaras Gomez kaj sekvas min en la kuirejon. Kiam mi eniras ĝin, mia kalkanumo kaptiĝas ĉe la sojlo; mi stumblas antaŭen, ĝis Gomez retenas min. Dum momento ni staras interpremitaj, kaj mi sentas liajn manojn sur miaj koksoj, sed li delasas min.

– Vi estas ebria, Clare – informas min Gomez.

– Mi scias. Ankaŭ vi.

Mi premas la butonon de la kafmaŝino, kaj la kafo komencas guti en la kruĉon. Mi apogas min al la kuireja stablo kaj singarde deprenas la celofanon de la pleto de braŭnioj. Gomez staras malantaŭ mi kaj diras tre kviete, alklinante sin tiom ke lia spiro tiklas la orelojn:

– Li estas la sama ulo.

– Kion vi celas?

– La ulo pri kiu mi atentigis vin. Henry estas la ulo kiu …

Charisse envenas la kuirejon; Gomez forsaltas de mi kaj malfermas la fridujon.

– Ha lo, ĉu mi povas helpi? – ŝi diras.

– Jen, prenu la kafotasojn …

Ni kune ĵonglas tasojn kaj subtasojn, pletojn kaj braŭniojn iel sekure reen ĝis la tablo. Henry atendas nin kvazaŭ ĉe dentisto, kun mieno de pacienca paniko. Mi ridas, ĉar mi vidas precize la saman vizaĝesprimon kiel en la Herbejo, kiam mi kutimis alporti al li manĝon … sed tion li ne memorus, li ankoraŭ ne ĝisvivis tion.

– Malstreĉiĝu! – mi diras. – Estas nur braŭnioj. Braŭniojn eĉ mi scipovas fari.

Ĉiuj ridas kaj sidiĝas. La kuketoj montriĝas iom subbakitaj.

– Braŭnioj laŭ tatara maniero – komentas Charisse.

– Malsala salmonelo – proponas Gomez.

Henry komentas:

– Se oni amas la gaston, oni zorgas la paston – kaj lekas la fingrojn. Gomez rulas por si cigaredon, fajrigas ĝin kaj profunde enspiras.

HENRY: Gomez fajrigas cigaredon kaj apogas sin al la seĝodorso. Io ĉe tiu ulo ĝenas min. Ĉu lia senzorga posedemo rilate al Clare, aŭ lia ordinara marksismo? Mi estas certa ke mi vidis lin pli frue. Ĉu estintece aŭ estontece? Ni eltrovu.

– Vi ŝajnas al mi tre konata – mi diras al li.

– Mmm …? Jes, certe, ni jam vidis nin ie kaj aliloke.

Mi trovis.

– Iggy Pop ĉe la Teatro Riviera?

Li ŝajnas forte surprizita.

– Ha, jes. Vi estis kun tiu blondulino, Ingrid Carmichel, kun kiu mi ĉiam vidis vin.

Same Gomez kiel mi alrigardas Clare. Ŝi ĵetas intensan rigardon al Gomez, kiu ridetas al ŝi. Ŝi forturnas la okulojn, sed ne al mia direkto.

Charisse savas la situacion.

– Vi iris al koncerto de Iggy sen mi …?

– Vi ne estis tiam en la urbo – reagas Gomez.

Charisse paŭtas.

– Mi ĉion maltrafas – ŝi diras al mi. – Mi maltrafis Patti Smith, kaj nun ŝi retiriĝis. Mi maltrafis Talking Heads dum ilia tute lasta turneo.

– Patti Smith turneos denove – mi respondas.

– Ĉu vere? Kiel vi scias? – demandas Charisse. Clare kaj mi interŝanĝas rigardon.

– Nur mia supozo – mi aldonas. Ni komencas reciproke esplori niajn muzikajn preferojn kaj malkovras ke ni ĉiuj estas fervoraj punkemuloj. Gomez rakontas kiel li vidis New York Dolls en Florido tuj antaŭ ol Johnny Thunders forlasis la bandon. Mi priskribas koncerton de Lene Lovich kiun mi bonŝancis trafi dum iu el miaj tempvojaĝoj. Charisse kaj Clare ekscitiĝas pro apero de Violent Femmes post kelkaj semajnoj en la Balejo Aragon, por kiu Charisse iel akiris senpagajn biletojn. La vespero deruliĝas sen plia menciindaĵo. Clare akompanas min al la teretaĝo. Ni staras en la vestiblo, inter la pordoj ekstera kaj interna.

– Mi pardonpetas – ŝi diras.

– Pro kio do? Ni bone amuziĝis, kaj por mi ne estas problemo kuiri.

– Ne, mi volas diri pro Gomez.

Clare rigardas al siaj ŝuoj.

Malvarmas en la vestiblo. Mi ĉirkaŭbrakas Clare, kaj ŝi apogas sin al mi.

– Kion pri Gomez?

Ŝi estas pripensanta ion. Sed fine ŝi levas la ŝultrojn.

– Estos en ordo – ŝi konkludas, kaj mi emas kredi ŝin. Ni interkisas. Mi malfermas la eksteran pordon, Clare malfermas la internan; mi ekiras laŭ la trotuaro kaj rerigardas. Clare ankoraŭ staras tie, malantaŭ la duone malfermita pordo, kaj rigardas min. Mi haltas kaj staras, ŝatus reveni kaj teni ŝin, reiri supren, al ŝia loĝejo. Ŝi turnas sin kaj ekiras laŭ la ŝtupoj; mi rigardas plu ĝis ŝi malaperas.

Sabaton, la 14-an de decembro 1991
/ Mardon, la 9-an de majo 2000
(Henry aĝas 36)

HENRY: Okupas min detale pritrakti grandan pecon da ebriulo el antaŭurbo, kiu malafable nomis min feino pugfikita kaj provis tradraŝi min por pruvi sian tezon. Ni estas en la strateto apud Teatro Vic. Mi aŭdas la basgitaran sonon de Smoking Popes liki el la flankaj elirejoj de la teatro, dum mi sisteme detruas la nazon de la idioto kaj komencas prilabori liajn ripojn. Mi havas mishumoran vesperon, kaj la konsekvencoj amaras por la stultulo.

173

– Saluton, Librovermo!

Mi forturnas min de mia ĝemanta homofobia jupio, kaj vidas mornaspektan Gomez, kiu apogas sin al rubujo.

– Kamarado!

Mi forpaŝas de apud mia batato, kiu dankeme glitas sur la trotuaron, kunruliĝinte.

– Kio nova?

Malpezigas la koron vidi Gomez; fakte, mi tute ĝojas. Sed li ne ŝajnas kunhavi samajn sentojn.

– He, homo, mi ne volus *ĝeni* vin aŭ io tia, sed fakte vi estas dispeciganta amikon de mi.

Jen kio mankis.

– Nu, li mem petis tion. Simple, li rekte aliris min kaj diris: «Sinjoro bibliotekisto, mi bezonas ke vi urĝe brokantigu min».

– Hm, ja, vi fake rabatis lin. Tute bibliofile, mi devas diri.

– Dankon. Li estas fortike bindita.

– Dubinde. Ĉu vi permesus ke mi kolektu la povran Nick kaj liveru lin por rebindo al riparejo?

– Je via plezuro.

Damne, mi ja planis alproprigi la vestaĵojn de tiu Nick, specife la ŝuojn, novegajn Doc Martens profund-ruĝajn, apenaŭ uzitajn.

– Gomez …

– Jes?

Li klinas sin por levi la amikon, kiu elkraĉas denton al sia sino.

– Kiu dato estas hodiaŭ?

– La 14-a de decembro.

– Kiu jaro?

Li rigardas al mi kiel homo kun pli gravaj farendaĵoj ol amuzado de frenezuloj, kaj levas Nick per fajrobrigadista preno, kiu devas esti ekstreme peniga. Nick eligas ĝemojn.

– 1991. Ŝajne vi estas pli ebria ol vi aspektas.

Li laŭiras la strateton kaj malaperas en la direkto de la teatra enirejo. Mi rapide kalkulas. Hodiaŭ ne estas longe post kiam Clare kaj mi komencis amindumi, sekve Gomez kaj mi apenaŭ konas unu la alian. Ne mirinde ke li rigardis min oblikve.

Li reaperas sen sia ŝarĝo.

– Jam Trent okupiĝas pri li. Lia frato. Li ne tre ĝojis.

Ni ekiras orienten laŭ la strateto.

– Pardonu mian demandon, kara Librovermo, sed kial diable vi estas vestita ĉi tiel?

Mi surhavas ĝinzon, bebe bluan sveteron kun flavaj anasetoj ĉie, neonruĝan remburitan veŝton kaj rozkolorajn tenisŝuojn. Vere ne estas surprize ke iu sentis emon frapi min.

– Mi ne disponis ion pli bonan en tiu momento. – Mi esperas ke la ulo de kiu mi forprenis ĉion ĉi, proksimis al sia hejmo. Devas esti ĉirkaŭ minus sep ekstere. – Kial vi komplicas kun tia dubindulo?

– Ho, ni studis juron kiel samjaruloj.

Ni nun pasas preter malantaŭa pordo de vendejo de militistaj varoj, kaj mi sentas fortan deziron surhavi normalajn vestaĵojn. Mi decidas ke indas riski konsterniĝon de Gomez; mi scias ke li superos ĝin. Mi haltas.

– Kamarado! Daŭros nur minuton, mi bezonas aranĝi ion. Ĉu vi povus atendi min fine de la strato?

– Kion vi faros?

– Nenion. Simpla enrompo. Ne atentu la viron malantaŭ la kurteno.

– Ĉu ĝenus vin se mi kunvenus?

– Jes. – Mi rimarkas ĉe li disreviĝon. – Nu bone. Se vere nepras.

Mi enpaŝas la niĉon kiu ŝirmas la malantaŭan pordon. Jam la trian fojon mi faras enrompon ĉi tie, kvankam la aliaj du fojoj ankoraŭ situas en la estonteco. Mi levis mian agadon al nivelo scienca. Unue mi malfermas la sensignifan ĉifran seruron kiu sekurigas la sekurkradon, mi reglitigas la kradon, malfermas la cilindran seruron per malnova skribilo kaj sekurpinglo trovita pli frue en avenuo Belmont, kaj uzas pecon da aluminio inter la duoblaj pordoj por levi la internan riglilon. Kaj jen farite! La tuto daŭris ĉirkaŭ tri minutojn. Gomez rigardas min kun preskaŭ religia respekto.

– Kie diable vi lernis fari tion?

– Afero de talento – mi respondas modeste.

Ni eniras. Panelo da blinkantaj ruĝaj lumoj klopodas aspekti kiel sistemo kontraŭ rompŝteloj, sed mi scias ĝin blufo. Tre mallumas ĉi tie interne. Mense mi trakontrolas la topografion de la loko kaj la dismeton de la varoj.

– Ne tuŝu ion ajn, Gomez.

Mi volas esti vestita varme kaj nerimarkate. Mi paŝas singarde inter la bretvicoj, dum miaj okuloj kutimiĝas al la mallumo. Mi komencas per pantalono: nigra Levi's. Miaj postaj elektoj estas flanela ĉemizo malhelblua; peza, nigra lana surtuto fortege subŝtofita, lanŝtrumpetoj, longa kalsoneto, pezaj gantoj por montgrimpistoj, kaj ĉapo kun orelklapoj. En la ŝua fako je mia granda plezuro mi trovas precize samajn Doc Martens kiel tiuj portataj de mia amiketo Nick. Nun mi estas agadpreta.

Gomez dume ĉirkaŭrigardas ĉe la kaso.

– Ne perdu tempon – mi diras. – En ĉi tiu loko ili ne lasas kontantan monon dumnokte en la kaso. Ni iru.

Ni foriras samloke kie ni venis. Milde mi fermas la pordegon kaj reŝovas la kradon. Mian antaŭan vestaĵaron mi gardas en sako. Poste mi klopodos trovi kolektujon de la Savarmeo. Gomez rigardas al mi atendoplene, kiel granda hundo kiu volas eltrovi ĉu restis iom da viando el la lunĉo.

Kaj tio memorigas al mi ke ...

– Mi malsategas! Iru ni al Ann Sather.

– Ann Sather? Mi supozis ke vi proponos minimume prirabi bankon, aŭ homon murdi! Homo, kial halti post tiel trafa komenco?

– Post longa laborado nepras iom da fuelo! Venu!

Ni transiras el la strateto al la parkejo de la sveda restoracio Ann Sather. La parkejgardisto senvorte rigardas nin trapasi lian regnon. Ni uzas ŝparvojon al avenuo Belmont. Estas nur la naŭa, en la strato tumultas la kutima mikso el hejmfuĝintoj, senhejmaj mensaj kazoj, klubemuloj kaj ĉirkaŭurbanoj serĉantaj aventuron. Ann Sather elstaras kiel insulo de normaleco inter tatuejoj kaj kondom-vendejoj. Ni enpaŝas kaj atendas apud la bakista sekcio ke oni sidigu nin. Mia stomako borborigmas. La sveda fono estas bonveniga kun ĉie lignaj paneloj kaj vertiĝdonaj ruĝaj marmoraĵoj. Oni trovas por ni lokon en la parto de fumantoj, ĝuste antaŭ la kameno. Tuj pli belas la vivo! Ni demetas niajn mantelojn, komfortigas nin, legas la menuon, kvankam, kiel denaskaj ĉikaganoj, ni verŝajne povus kanti la enhavon parkere, en duvoĉa harmonio. Gomez elmetas sian kompletan fumilaron apud la manĝilojn.

– Ĉu ĝenas vin?

– Jes. Sed ne gravas.

La prezo pagenda por kunesti kun Gomez estas mariniĝi en senĉesa fluo de cigareda fumo el liaj naztruoj. Liaj fingroj

estas profunde okre koloritaj, kaj delikate ŝvebas super la fajnaj
paperoj per kiuj li rulas dikan cilindron el Drum-tabako, lekas la
paperon, enŝovas la rezulton inter la lipojn kaj fajrigas ĝin.

– Aĥ ...

Por Gomez, duona horo sen fumi estas anomaliaĵo. Mi ĉiam
ĝuas observi homojn kiuj satigas siajn dezirojn, eĉ kiam mi ne
havas la samajn.

– Vi ne fumas do ...? Ion ajn?

– Mi kuras.

– Fek', ja, vi fartas grandioze! Mi pensis: vi preskaŭ mortigis
povran Nick, sen mem vere anheli.

– Li estis tro ebria por batali. Granda, malseka boksopilko
nur.

– Kial vi atakis lin tiom malmilde?

– Stulteco provokis.

Alvenas la kelnero, prezentas sin kiel Lance kaj rekomendas
salmon kun pizokremo. Li prenas niajn drink-mendojn kaj for-
rapidas. Mi ludas per la laktokremujo.

– Li vidis kiel mi estas vestita, konkludis ke mi estos facila
predo, iĝis kruda kaj atakema, ne akceptis mian rifuzon, kaj
ricevis surprizon. Dum fakte mi okupiĝis pri miaj propraj aferoj,
pri nenio alia.

Gomez profundiĝas en siaj pensoj.

– Kaj kio fakte estas tiuj viaj aferoj?

– Pardonu?

– Henry. Eble mi aspektas kiel simplulo, sed fakte via
oĉjo Gomez ne estas komplete sencerba. Jam de kelka tempo
mi priatentas vin; fakte eĉ de pli frue ol kiam Clare trovis vin
surstrate. Kiel diri, mi ne scias ĉu vi konscias pri tio, sed en certaj
rondoj vi ĝuas ian modestan famon. Mi konas multajn homojn

kiuj konas vin. Hominojn, fakte. Virinojn kiuj konas vin.

Tra la fumnubo li rigardas min kun duonfermitaj okuloj.

– De ili aŭdiĝas sufiĉe strangaj aferoj.

Lance alvenas kun mia kafo kaj la lakto de Gomez. Ni mendas: por Gomez fromaĝ-hamburgeron kaj fritojn, por mi supon el duonpizoj, salmon, batatojn kaj miksajn fruktojn. Mi sentas ke mi perdos la ekvilibron se mi ne eksprese enigos multajn kaloriojn. Lance rapide forlasas nin. Malfacilas por mi vere zorgi pri la misfaroj de mia pli frua mio, kaj eĉ pli malfacilas pravigi ilin antaŭ Gomez. Kiel ajn, tio ne koncernas lin. Sed li atendas mian respondon. Mi aldonas kremon al mia kafo, rigardas la etan blankan ŝaŭmon ĉe la supro dissolviĝi laŭkirle. Mi decidas forgesi singardemon. Finfine, ne gravas.

– Kion vi fakte volas scii, kamarado?

– Ĉion. Mi volas scii kial iu ŝajne mildkonduta bibliotekisto, vestita kiel infanĝardenisto, frapas ulon ĝis komato pro nenio. Mi volas scii kial Ingrid Carmichel provis mortigi sin antaŭ semajno. Mi volas scii kial vi aspektas dek jarojn pli aĝa ol kiam mi vidis vin lastfoje. Viaj haroj nun griziĝas. Mi volas scii kial vi kapablas hakmalfermi serurojn. Mi volas scii kial Clare havis fotografiaĵon pri vi eĉ antaŭ ol ŝi renkontis vin reale.

Ĉu Clare havis foton pri mi antaŭ 1991? Tion mi ne sciis. Ups.

– Kiel aspektis tiu foto?

Gomez alrigardas min.

– Pli simile al vi nun, malpli al vi antaŭ du semajnoj, kiam vi venis pro la vespermanĝa invito.

Tio do estis antaŭ du semajnoj …? Ĉielo, tiam la nuna estas nur la dua fojo kiam Gomez kaj mi renkontiĝas.

– La foto estas subĉiela. Vi ridetas. Datita sur la dorso kiel junio 1988.

Alvenas la manĝoj, kaj ni paŭzas por ĉion aranĝi sur nia malgranda tablo. Mi ekmanĝas kvazaŭ mi ne faris tion de epokoj.

Gomez sidas kaj observas mian manĝadon, sen tuŝi sian pladon. Mi jam vidis kiel kondutas Gomez profesie, antaŭ la kortumo, kun atestantoj malamikemaj: ĝuste ĉi tiel. Li iel sugestias ilin ĝis ili ĉion elsputas. Nu, mi rakontos senprobleme, sed unue mi volas manĝi. Fakte, mi eĉ bezonas ke Gomez sciu la veron, ĉar en la venontaj jaroj li ripete savos mian haŭton.

Mi jam duone finis mian salmon, dum li daŭre nur sidas.

– Manĝu, manĝu! – mi faras mian plejon por imiti s-inon Kim. Li mergas friton en keĉupon kaj mordetas ĝin. – Ne zorgu, mi konfesos. Simple lasu min fini mian lastan manĝon trankvile.

Li kapitulacas kaj ekmanĝas sian hamburgeron. Neniu el ni du diras vorton antaŭ ol mi finas miajn fruktojn. Lance alportas por mi pli da kafo. Mi sukervenenas kaj kirlas ĝin. Gomez rigardas min kvazaŭ li volus min skui. Mi decidas amuzi min je lia kosto.

– Jen la afero: mi tempvojaĝas.

Gomez turnas la okulojn ĉielen kaj grimacas, sed diras nenion.

– Mi estas tempvojaĝanto. Nuntempe mi aĝas tridek ses jarojn. Ĉi-posttagmeze estis la 9-a de majo 2000. Mardo. Mi laboris, estis ĵus fininta prelegan prezentadon por membroj de Caxton Club kaj reiris al la magazeno por resurbretigi la librojn, kiam mi subite trovis min en strato School, en 1991. Aperis la kutima problemo trovi iajn vestaĵojn. Dum iom da tempo mi kaŝis min sub ies verando. Mi malvarmis, neniu ajn aperis, fine tamen tiu junulo, vestita – nu, vi vidis kiel li estis vestita. Mi ĵetis min sur lin, prenis lian monon kaj ĉion sur li krom liajn subvestojn. Mi terure timigis lin, verŝajne li pensis ke mi seksperfortos lin, aŭ ion tian. Iel ajn, mi nun estis vestita. Bone. Sed en tiu najbarejo vi ne povas surhavi tiajn vestojn sen kaŭzi iajn miskomprenojn. Do la tutan vesperon diversaj homoj molestis min unu post la alia, kaj via amiko simple laste gutis en la vazon. Mi bedaŭras se li iĝis tre damaĝita. Mi tiom volis liajn vestaĵojn, kaj precipe liajn ŝuojn.

Gomez rigardas miajn piedojn sub la tablo.

– Mi trovas min en tiaj situacioj de tempo al tempo. Aĥ, mi ne volis vortludi. Io estas misa pri mi. Mi mislokiĝas en la tempo, tute senkiale. Mi ne kapablas tion regi, mi neniam scias kiam ĝi okazos, nek kien kaj kiamen mi trafos. Do, por transvivi, mi malfermas serurojn, ŝtelas el vendejoj kaj el poŝoj, rab-atakas, almozpetas, enrompas, ŝtelas aŭtojn, mensogas, pikas, tranĉas kaj mutilas. Kion ajn vi aldonos, ankaŭ tion mi jam faris.

– Mortigis ...?

– Ne, ne kiom mi scias. Kaj ankaŭ ne seksperfortis. – Mi rigardas lin dum mi parolas. Li gardas pokeran vizaĝon. – Ingrid. Ĉu vi efektive konas Ingrid?

– Mi konas Celia Attley.

– Dio mia. Vi ja havas strangan kunularon. Kiel Ingrid provis mortigi sin?

– Per superdozo de Valiumo.

– 1991? Ja, bone. Tio devus esti la kvara memmortig-provo de Ingrid.

– Kion?

– Ha, tion vi ne sciis? Celia elektemas pri la informoj kiujn ŝi transdonas. Ingrid efektive sukcesis eksigi sin la 2-an de januaro 1994. Ŝi pafis sin en la bruston.

– Henry ...

– Tio okazis antaŭ ses jaroj, kaj mi daŭre sentas koleron al ŝi. Kia perdo! Sed ŝi havis severan deprimon, dum longa tempo, kaj ŝi sinkis en ĝin pli kaj pli. Mi nenion povis fari por ŝi. Unu el la aferoj pri kiuj ni ĉiam disputis.

– Sufiĉe malsaneca ŝerco, Librovermo.

– Vi volas pruvon.

Li nur ridetas.

– Kion pri tiu foto? La bildo kiun laŭ vi Clare havas?

La rideto malaperas.

– Bone. Pri ĝi mi konfesas ke mi sentas min sufiĉe konfuzita.

– Mi renkontis Clare unuafoje en oktobro 1991. Ŝi renkontis min unuafoje en septembro 1977; ŝi aĝis ses jarojn, mi aĝos tridek ok. Ŝi konis min dum sia tuta vivo. En 1991 mi ankoraŭ nur konatiĝas kun ŝi. Cetere, pri ĉio ĉi vi devus demandi al Clare. Ŝi diros al vi.

– Mi jam faris. Ŝi diris.

– Damne do, Gomez! Vi perdigas al mi valoran tempon per rerakontado. Ĉu vi ne kredis ŝin?

– Ne. Ĉu vi kredus?

– Mi ja. Clare estas tre verema. Pro sia katolika eduko.

Lance aperas kun pli da kafo. Mi jam estas altgrade kafein-umita, sed malutili ĝi ne povas.

– Do, kian plian pruvon vi sopiras?

– Clare diris ke vi malaperas.

– Jes ja, tiu estas unu el miaj plej dramecaj trukoj. Gluiĝu al mi, kaj frue aŭ malfrue mi malaperos. Povas daŭri minutojn, horojn aŭ tagojn, sed tiusence mi estas tre fidebla homo.

– Ĉu ni konas unu la alian en la jaro 2000?

– Jes – mi larĝe ridetas al li. – Ni estas bonaj amikoj.

– Rakontu al mi mian estontecon.

Ho, ne. Malbona ideo.

– Nepre ne.

– Kial ne?

– Gomez, eventoj okazas. Antaŭscii pri ili igas ĉion … bizara. Oni iel ajn ne povas ŝanĝi ion ajn.

– Kial?

– Kaŭzeco efikas nur antaŭen. Ĉio okazas unufoje, nur unufoje. Se vi scias aferojn … mi sentas min plej ofte en kaptilo. Sed se vi estas ene de la tempo, sen scio … tiam vi estas libera. Fidu min.

Li ŝajnas frustrita.

– Vi estos mia geedziĝa atestanto, kaj mi estos la via. Vi havas grandiozan vivon, Gomez. Sed la detalojn mi ne diros al vi.

– Ĉu konsilojn por la borso?

Nu ja, kial ne. En la jaro 2000 la borsoj troviĝas en plena konfuzo, sed oni povas amasigi mirindajn riĉaĵojn, kaj Gomez estos unu el la bonŝanculoj.

– Ĉu vi jam aŭdis pri interreto?

Li ne aŭdis.

– Komputila afero. Enorma, tutmonda reto, al kiu ligiĝas tute normalaj homoj, komunikiĝante tra telefonlineoj per siaj komputiloj. Vi do volos aĉeti teknologiajn akciojn. De Netscape, America Online, Sun Microsystems, Yahoo!, Microsoft, Amazon.com.

Li faras notojn.

– … punkto com?

– Ne zorgu. Simple aĉetu akciojn tuj ĉe la lanĉo.

Mi ridetas:

– Kunfrapu la manojn se vi kredas je fe-rakontoj.

– Mi kredis ke vi knokaŭtos ĉiun kiu mencias feojn kaj feinojn ĉi-vespere.

– Analfabeto, mi nur citis el *Peter Pan*!

Subite mi sentas min vomema. Mi ne volus kaŭzi skandalon ĉi tie, nun. Mi salte stariĝas.

– Sekvu min!

Jam mi kuras al la vira necesejo, kun Gomez ĉe la kalkanoj. Mi enrompas en la mirakle vakan neprejon. Ŝvito inundas mian vizaĝon. Mi vomas en la lavpelvon.

– Sankta Jesuo Kristo! – komentas Gomez. – Damne, Librove ...

Sed ĉio cetera kion li estis dironta malatingas min, ĉar mi jam kuŝas surflanke, nuda, sur malvarma linoleuma planko, en kompleta mallumo. Mia kapo turniĝas, do mi restas kuŝi kelkan tempon. Mia etendita mano tuŝas librospinojn. Mi troviĝas en la magazeno de Newberry. Mi stariĝas kaj stumblas ĝis la fino de la interbretejo, kaj turnas ŝaltilon: blindiga lumo inundas la interspacon kie mi staras. Miaj vestaĵoj, kaj la ĉaro kun la libroj kiujn mi estis remetanta sur la bretojn, atendas en la sekva vico. Mi vestas min, remetas la librojn, kaj singarde malfermas la sekurpordon de la magazeno. Mi ne scias kioma horo estas; eble ja ŝaltitas la alarmo. Sed ne, ĉion mi trovas kiel antaŭe. Isabelle klarigadas al nova kliento la regulojn de la Legosalono; preterpasas kaj salutas Matt. Suno ŝutiĝas tra la fenestroj, kaj la montriloj de la Legosalona horloĝo indikas 16:15. Mi restis for malpli ol kvaronan horon. Amelia ekvidas min kaj montras al la pordo.

– Mi iros nun al Starbucks. Ĉu vi volas kafon?

– Hm, ne, mi dirus ne. Sed dankon!

Mia kapo doloregas. Mi ŝovas nazon en la oficejon de Roberto por diri ke mi malbone fartas. Li kapjesas kunsenteme kaj gestas al la telefono, kiu sputadas italajn vortojn kun lumrapideco en lian orelon. Mi kunkaptas miajn aĵojn kaj foriras.

Jen plia tipa oficeja tago en la vivo de Librovermo.

CLARE: Belega, suna dimanĉmateno, kaj mi survojas hejmen el la apartamento de Henry. La stratojn kovras glacio, ankaŭ falis kelkaj centrimetroj da nova neĝo. Ĉio blindige blankas kaj puras. Mi kantas kune kun Aretha Franklin «R-E-S-P-E-C-T!», kiam mi turnas min de avenuo Addison al strato Hoyne, kaj, imagu tion, tuj rekte fronte mi trovas liberan parklokon. Mia tago de bonŝanco! Mi ekparkas, alfrontas la glitigan trotuaron, kaj plu zumante malŝlosas la pordon al la vestiblo. Mi sentas min sonĝece senspina: jen tiu mola sento, kiun mi komencas pense kunligi kun seksumado, kun vekiĝo en la lito de Henry, kun la reveno hejmen en ajna matena horo. Mi flosas supren laŭ la ŝtupoj. Charisse certe iris al preĝejo. Mi antaŭvidas longan banon kun *New York Times* en la manoj. Tuj kiam mi malfermas la pordon, mi komprenas ke mi ne estas sola. Gomez sidas en la salono, inter fumnuboj, kun la latŝutroj fermitaj. Antaŭ la murtapeto kun ruĝaj punktoj, la ruĝa meblaro velura kaj kun la fumamaso, li aspektas kiel iu pola, satana versio de Elvis. Li simple sidas tie, do mi ekiras senvorte al mia ĉambro. Mi ankoraŭ koleras je li.

– Clare ...

Mi turnas min.

– Kion?

– Mi pardonpetas. Mi malpravis.

Mi neniam aŭdis Gomez koncedi ke li ne posedas papan neer{}aripovon. Lia voĉo sonas kiel profunda kvako.

Mi eniras la salonon kaj levas la ŝutrojn. La sunlumo luktas por transpasi la fumon, do mi malfermas fenestron.

– Estas nekompreneble kiel vi sukcesas fumi tiom ĉi sen

alarmigi la fumdetektilon.

Gomez leve montras naŭvoltan pilon.

– Mi remetos ĝin antaŭ ol foriri.

Mi sidiĝas sur la sofo kaj atendas ke Gomez diru al mi kial li ŝanĝis opinion.

Li kunrulas por si plian cigaredon. Fine li fajrigas ĝin kaj rigardas al mi.

– Mi pasigis la lastan nokton kun via amiko Henry.

– Ankaŭ mi.

– Aha. Kion vi faris?

– Ni iris al Facets, spektis filmon de Peter Greenaway, manĝis maroke, iris al lia loĝejo.

– Kaj vi ĵus venis de tie.

– Ĝuste.

– Nu, mia vespero estis malpli kulturplena, sed ja eventoriĉa. Mi trafis vidi vian brilan koramikon en la strateto apud Vic, kie li estis faranta kaĉon el Nick. Trent diris al mi ĉi-matene ke Nick havas rompitan nazon, tri rompitajn ripojn, kvin rompitajn ostojn en la mano, damaĝon al la mola histo kaj kvardek ses kudrerojn. Kaj pri la dentoj, li bezonos novan incizivon.

Tio ne tuŝas min. Nick estas agresemulo.

– Vi devus mem vidi, Clare. Via koramiko traktis Nick kvazaŭ li estus senviva objekto. Kiel se li estus skulptaĵo kiun li tajladas. Laŭ tute scienca maniero. Kalkulante kiel atingi maksimuman efikon, kaj *bum*. Mi tute admirus la aferon se temus ne pri Nick.

– Kial Henry ekbatis Nick?

Gomez parolas maleme.

– Ŝajnis tiel ke eble kulpis Nick. Li ŝatas serĉi disputojn kun ... gejoj, kaj Henry estis vestita kiel neĝulino sen la sep nanoj.

Mi povas imagi. Povra Henry!

– Kaj poste?

– Poste ni enrompis ĉe vendejo de militistaj varoj.
Ĝis nun ĉio bonas.

– Kaj?

– Kaj ni iris al Ann Sather por vespermanĝi.

Mi rideksplodas. Gomez ridetas.

– Kaj li rakontis al mi la saman frenezaĵon kiun mi aŭdis de vi.

– Do kial lin vi kredis?

– Nu, li havis nenian sinĝenon. Estis klare por mi ke li konas min kiel sian poŝon. Konas tute parkere, sed ne gravas al li. Kaj poste ... li malaperis, lasis min staranta, do mi simple devis ... kredi.

Mi kapjesas kunsente.

– La malaperado estas sufiĉe impresa. Mi memoras tion el la unua fojo kiam mi vidis lin, en mia eta infanaĝo. En unu momento li manpremis kun mi, kaj en la sekva, huŝ!, li estis for. Diru, el kiam li alvenis?

– El la jaro 2000. Li aspektis multe pli aĝa.

– Li trasuferas multon.

Iel agrablas sidi ĉi tie kaj paroli pri Henry kun iu kiu scias. Mi sentas subitan ondon de dankemo al Gomez, sed ĝi forviŝiĝas kiam li klinas sin antaŭen kaj diras sufiĉe serioze:

– Ne edziniĝu al li, Clare.

– Li ankoraŭ ne proponis geedziĝon.

– Vi komprenas kion mi volas diri.

Mi sidas en kompleta silento, rigardas miajn manojn trankvile krucitajn en la sino. Mi sentas malvarmon kaj koleras. Mi levas la okulojn. Gomez rigardas min nervoze.

– Mi amas lin. Li estas mia vivo. Dum mia tuta vivo mi atendis lin, kaj nun li estas ĉi tie.

Mi ne scias kiel klarigi.

– Kun Henry, mi vidas ĉion en la ĝusta loko, kiel sur mapo, pasintece kaj estontece, ĉion samtempe, kvazaŭ ĉe anĝelo ...

Mi skuas la kapon. Mi ne sukcesas vortigi.

– Pere de li mi povas tuŝi la tempon ... li amas min. Ni estas geedzoj ĉar ... ni estas parto unu de la alia ...

La vortoj ne venas.

– Ĉar jam okazis. Ĉio samtempe.

Mi ŝtelrigardas al Gomez por vidi ĉu li trovas ajnan sencon en mia parolo.

– Clare. Mi *ŝatas* lin, vere ŝatas. Li estas fascina. Sed ankaŭ danĝera. Ĉiu virino kun kiu li iam ajn estis, ruiniĝas. Mi simple ne volus ke vi gaje saltu en la brakojn de ĉi tiu sociopatia ĉarmulo ...

– Ĉu ne klaras ke vi malfruas averti? Temas pri homo kiun mi konas ekde la aĝo de ses jaroj. Mi *konas* lin. Vi du fojojn renkontis lin kaj klopodas persvadi min elsalti el la trajno. Nu, mi ne povas. Mi vidis mian estontecon; mi ne povas ĝin ŝanĝi, kaj mi ne ŝanĝus eĉ se mi povus.

Gomez sinkas en pensojn:

– Li ne volas diri ion ajn pri mia estonteco.

– Henry ŝatas vin, li ne volas misfari al vi.

– Al vi li faris.

– Ne eblis eviti, niaj vivoj estas tiom interplektitaj. Pro li mia tuta infanaĝo estis tiel malsama, kaj li neniel povis influi tion. Li agis kiel eble plej bone.

Mi aŭdas la ŝlosilon de Charisse turniĝi.

– Clare, ne koleru ... mi nur provas helpi al vi.

Mi ridetas al li.

– Vi povos helpi al ni. Vi vidos.

Charisse envenas tusante.

– Ho, karulo, vi jam atendas de longe.

– Mi babilis kun Clare. Pri Henry.

– Mi certas ke vi rakontis al ŝi kiel multe vi admiras lin – diras Charisse kun iu averta subtono.

– Mi rakontis al ŝi ke ŝi devus kiel eble plej rapide forkuri en la mala direkto.

– Ho, Gomez ... Clare, ne aŭskultu lin. Pri viroj li havas nenian ideon.

Charisse sidiĝas tre dece je distanceto de Gomez, sed li etendas manon kaj tiras ŝin sur sian sinon. Ŝi ĵetas rigardon al li.

– Ŝi ĉiam tiel kondutas post la meso.

– Mi volas matenmanĝi.

– Kompreneble, mia kolombo.

Ili stariĝas kaj flugpaŝas al la kuirejo.

Baldaŭ aŭdiĝas sopranaj ridsonoj de Charisse, dum Gomez provas pugotrafi ŝin per ekzemplero de *Times Magazine*. Mi suspiras kaj iras al mia ĉambro. La suno ankoraŭ brilas. En la bançambro mi fluigas varmegan akvon en la malnovan bankuvegon kaj elŝeligas min el la vestaĵoj lastnoktaj. Dum mi enrampas, mi ekvidas miajn formojn en la spegulo. Preskaŭ rondajn. Tio ekstreme ĝojigas min, kaj mi mergiĝas en la akvon kiel odalisko de Ingres. *Henry amas min. Henry estas ĉi tie, fine, nun, finfine. Kaj mi amas lin.* Mi balaas permane miajn mamojn, kaj maldensa saliv-tavolo dislaviĝas en la bano. *Kial ĉio devas esti komplika? Ĉu ne la komplika parto estas malantaŭ ni nun?* Mi mergas miajn harojn, rigardas kiel ili flosas ĉirkaŭ mi, malhele kaj retece. *Mi neniam elektis Henry, kaj li neniam elektis min. Kiel do tio povus esti eraro?* Denove mi alfrontas la fakton ke ne eblas scii. Mi kuŝas en la bankuvo, gapas al la kaheloj super miaj piedoj, ĝis preskaŭ malvarmiĝas la akvo. Charisse frapas je la pordo, demandas ĉu mi banmortis kaj ĉu mi afable permesus al ŝi brosi la dentojn. Dum mi envolvas miajn harojn en bantukon, mi vidas en la spegulo min mem, distorditan de vaporo, kaj la tempo ŝajnas sin refaldi sur sin mem: mi vidas min kiel tavolaron de ĉiuj miaj antaŭaj tagoj kaj jaroj kaj de ĉio venonta, kaj subite sentas kvazaŭ mi fariĝus nevidebla. Sed poste la sento malaperas same rapide kiel ĝi venis; mi staras silente dum minuto, poste surmetas mian banrobon, malfermas la pordon kaj pluiras.

Sabaton, la 22-an de decembro 1991
(Henry aĝas 28 kaj 33)

HENRY: Je 5:25 matene sonas la pordsonorilo, ĉiam malbona aŭguro. Mi stumblas al la respondilo kaj premas la butonon.

– Jes?

– He, lasu min eniri.

Denove mi premas la butonon, kaj tra la lineo aŭdiĝas la horora zumado kiu devus signifi bonvenigon al mia kara hejmo. Post kvardek kvin sekundoj la lifto ekklakas kaj klikadas supren. Mi surmetas mian ĉambrorobon, eliras kaj en la antaŭĉambro rigardas tra la sekurvitra luko la liftokablojn moviĝi. La kajuto leviĝas, videbliĝas kaj haltas: jen neniu alia ol mi mem.

Li glitmalfermas la kajutpordon kaj elpaŝas nuda, nerazita, kun vere kurtaj haroj, en la koridoron. Ni rapide transiras la senhoman vestiblon kaj rapidas en la apartamenton. Mi fermas la pordon, kaj ni staras dum momento trarigardante unu la alian.

– Nu? – mi diras nur por diri ion. – Kiel iras la aferoj?

– Iel-tiel. Kiu dato hodiaŭ?

– La 22-a de decembro 1991. Sabato.

– Ho, tiam Violent Femmes ludos ĉe Aragon ĉi-vespere!

190

– Ĝuste.

Li ridas.

– Fek', kia katastrofa vespero estis!

Li paŝas al la lito – *mia* lito – kaj enrampas, tiras la kovrilon super la kapon. Mi faligas min apud lin.

– Ha lo!

Sen respondo.

– De kiam vi venas?

– De 13 novembro 1996. Mi estis survoje al mia lito. Do lasu min dormi iomete, alie vi ege bedaŭros post kvin jaroj.

Tio ŝajnas racia peto. Mi demetas la robon kaj ree enlitiĝas. Nun mi troviĝas ĉe la malĝusta flanko, la flanko de Clare laŭ mia nuntempa koncepto, ĉar mia duoblulo rekviziciis mian flankon.

Ĉio estas subtile malsama ĉe tiu ĉi litoflanko. Estas kiel fermi unu okulon kaj rigardi ion de proksime dum kelka tempo, kaj poste rigardi ĝin per la alia okulo. Mi kuŝas farante ĉi tion: jen la brakseĝo kun miaj vestaĵoj surĵetitaj, jen persikokerno funde de vinglaso sur la fenestrobeto, jen la dorso de mia dekstra mano. La ungojn mi devus tondi, kaj la apartamento verŝajne rajtus ricevi federacian helpon postkatastrofan. Eble mia krom-mio akceptos iom kunlabori, doni helpeton reciproke por la gastado. Mi trairas mense la enhavon de la fridujo kaj la manĝoŝrankoj, kaj konkludas ke ni estas bone provizitaj. Mi planas venigi Clare ĉi-vespere al mia hejmo, kaj mi ne estas certa kion fari kun mia superflua korpo. Venas al mi la ideo ke Clare eble preferos kunesti kun mia pli malfrua versio, ĉar ili du ja konas unu la alian pli bone. Pro iu kialo tiu penso tristigas min. Mi klopodas memorigi al mi ke ĉio ajn subtrahita estos realdonita poste, sed mi plu sentas min morna kaj preferus ke unu el ni du simple foriru.

Mi observas mian aliulon. Li kunbuliĝas kiel erinaco, forturnante sin de mi, kaj videble dormas. Mi envias lin. Li estas mi, sed mi ankoraŭ ne estas li. Li jam trapasis kvin jarojn da vivo ankoraŭ misterajn por mi, jarojn risorte kunpremitajn, kiuj atendas elsalti kaj vigli. Kompreneble, ajnajn plezurojn haveblajn li jam havis; min tiuj ankoraŭ atendas kiel skatolo da netuŝitaj bombonoj.

Mi provas rigardi lin per la okuloj de Clare. Kial mallongaj haroj? Mi ĉiam ŝatis miajn nigre ondajn harojn ĝisŝultraj, mi portis ilin tiaj ekde la gimnazio. Sed pli-malpli frue mi do fortondos ilin. Venas al mi la ideo ke la haroj estas unu el la multaj aferoj kiuj nepre memorigas al Clare ke mi ne estas precize la homo kiun ŝi konis ekde la plej frua infanaĝo. Mi estas proksimumulo, kiun ŝi kaŝe gvidas por atingi tiun mion kiun ŝi vidas per la mensaj okuloj. Kio mi estus sen ŝi?

Certe ne tiu viro kiu malrapide kaj profunde spiras transflanke de mia lito. Vertebroj kaj ripoj ondumas sub liaj kolo kaj dorso. Lia haŭto estas glata, malmulthara, firme fiksita al muskoloj kaj ostoj. Li estas elĉerpita, sed dormas tiel kvazaŭ en ajna momento li pretus eksalti kaj ekkuri. Ĉu mi vere elradias tiom da tensio? Ŝajne jes. Clare plendas ke mi neniam malstreĉas min ĝis mi estas mortlaca, sed fakte mi ofte malstreĉiĝas kiam mi estas kun ŝi. Ĉi tiu pli aĝa mio aspektas pli malgrasa kaj pli laca, pli solida kaj sekura. Sed kun mi li povas permesi al si vantecon: li konas min tiel ĝisfunde ke mi povas nur cedi al li, en mia propra plej bona intereso.

Estas 7:14; klaras ke mi ne sukcesos redormi. Mi ellitiĝas kaj ŝaltas la kafmaŝinon. Mi surmetas subvestojn kaj trejnpantalonon kaj faras streĉ-ekzercojn. De kelka tempo miaj genuoj estas sentemaj, do mi ĉirkaŭmetas protektilojn. Mi surtiras ŝtrumpetojn kaj laĉas miajn eluzitajn kurŝuojn, kiuj probable kulpas pri miaj ruinaj genuoj. Mi promesas al mi aĉeti novajn ŝuojn morgaŭ. Mi estus devinta demandi mian gaston pri la vetero ekstere. Nu, decembro decembras en Ĉikago, aĉa vetero estas deviga programpunkto. Mi vestas min per mia malnova T-ĉemizo el la Filmfestivalo de Ĉikago, per nigra ŝvitĉemizo kaj peza oranĝa kapuĉpulovero, sur kies antaŭon kaj malantaŭon mi gluis grandajn iksojn el lumreflekta bendo. Mi kaptas miajn gantojn kaj ŝlosilojn, kaj eliras en la taglumon.

Ne malbona tago por frua vintro. Malmultas neĝo sur la grundo, la vento lude puŝadas ĝin tien-reen. Dearborn ŝtopiĝas de aŭtoj koncerte motorbruaj. La ĉielo grizas, aŭ malrapide lumiĝas al grizeco.

Mi laĉas la ŝlosilojn al miaj ŝuoj kaj decidas kuri laŭ la lago. Malrapide mi kuras orienten laŭ Delaware al avenuo Michigan, transiras ĝin per la superpasejo, kaj ekkuretas apud la biciklovojo, norden lagoborde laŭ la plaĝo de strato Oak. Hodiaŭ nur fanatikaj kuremuloj kaj biciklistoj sin montras. Miĉiganlago malhelgrizas, kaj la malalta tajdo nudigas malhele brunan strion da sablo. Mevoj cirklas super mia kapo kaj malproksime super la akvo. Miaj movoj estas rigidaj; malvarmo ne afablas al la artikoj, kaj iom post iom mi rimarkas ke sufiĉe frostas ĉe la lago, verŝajne ĉirkaŭ minus kvin. Do mi kuras malpli rapide ol kutime, varmigas miajn movilojn, memorigas al miaj povraj genuoj kaj maleoloj ke ilia vivotasko estas laŭordone portadi min rapide kaj malproksimen. Mi sentas la malvarman, sekan aeron en miaj pulmoj, mia koro batas serene, kaj kiam mi atingas avenuon North, mi sentas min bone kaj komencas kuri pli rapide. Kurado signifas multon por mi: transvivon, trankvilon, eŭforion, solecon. Ĝi estas pruvo de mia korpa ekzisto, de mia kapablo regi miajn movojn, se ne en tempo do en spaco, kaj la obeadon, eĉ se nur provizoran, de mia korpo al mia volo. Per kurado mi translokas aeron, aĵoj iras kaj venas ĉirkaŭ mi, kaj la pado moviĝas kiel diafilmo sub miaj piedoj. Mi memoras: kiel infano, longe antaŭ videoludoj kaj interreto, mi tredis diafilmojn en la projekciileton de la lerneja biblioteko kaj gapadis al ili, turnante la butonon kiu antaŭenigis la framon laŭ pepa sono. Mi memoras nun nek kion montris nek pri kio temis la filmoj, sed ja memoras la odoron de la biblioteko, kaj miajn eksaltojn je ĉiu unuopa pepo. Flugas mi nun, venas tiu ora sento, kvazaŭ mi povus kuri rekte en la aeron, kaj mi estas nevenkebla, nenio min haltigas, nenio min haltigas, nenio, nenio, nenio, nenio ...

La vesperon de la sama tago
(Henry aĝas 28 kaj 33, Clare aĝas 20)

CLARE: Ni survojas al la koncerto de Violent Femmes en la Balejo Aragon. Post kelka rezisto de Henry, nekomprenebla, ĉar li ja ŝategas *les Femmes*, ni krozadas en la urbocentro serĉante parklokon. Mi veturas ĉirkaŭe, kaj denove, preter Green Mill kaj la drinkejoj, preter malsufiĉe lumigitaj apartamentaroj kaj memservaj vestlavejoj, kiuj aspektas kiel teatraj scen-aranĝoj. Fine mi ekparkas sur strato Argyle, kaj ni ekiras frostotreme laŭ la vitre glacia, truohava trotuaro. Kiam ni kune paŝas, Henry marŝas rapide, kaj mi ĉiam anhelas iomete. Mi rimarkis ke ĉi-foje li strebas adapti sin al mia ritmo. Mi detiras ganton por ŝovi mian manon en lian mantelpoŝon, kaj li metas brakon ĉirkaŭ miajn ŝultrojn. Mi sentas eksciton, ĉar Henry kaj mi neniam eliris danci pli frue, kaj mi ŝategas la lokon Aragon, kun ĝia dekadenca pseŭdo-hispana splendo. Mia avino Meagram ĉiam rakontis kiel ŝi dancis ĉi tie laŭ ĵazorkestroj en la tridekaj jaroj, kiam ĉio estis nova kaj senmakula, homoj ankoraŭ ne injektis al si drogaĉojn en la balkonoj kaj la vira necesejo ne estis plenpisita. Sed *c'est la vie*, la tempoj ŝanĝiĝas, kaj jen ni ĉi tie.

Ni staras en vico kelkajn minutojn. Henry aspektas streĉita, singardema. Li tenas mian manon sed observas la amason. Mi kaptas la okazon rigardi lin. Henry estas bela. Liaj ŝultrolongaj haroj, nigraj kaj glataj, estas kombitaj malantaŭen. Li estas kateca, maldika, elradias senripozon kaj fizikecon. Li aspektas kvazaŭ li povus mordi. Henry surhavas nigran surtuton kaj blankan koton-ĉemizon kun lozaj manumoj, kiuj pendas nebutonite sub liaj mantelmanikoj, belan silkan kravaton acidverdan, kiun li lozigis tiel ke mi vidas la muskolojn de lia kolo, kaj nigran ĝinzon kun altaj nigraj sportŝuoj. Henry kunprenas miajn harojn kaj volvas ilin ĉirkaŭ sia pojno. Por momento mi estas lia prizonulo, sed kiam la vico moviĝas antaŭen, li lasas min libera.

Ni ricevas niajn biletojn kaj fluas kun la homamaso en la konstruaĵon. Aragon havas multajn longajn koridorojn, alkovojn kaj balkonojn, kiuj grapole ĉirkaŭas la ĉefhalon kaj estas idealaj por perdiĝi kaj kaŝiĝi. Henry kaj mi iras supren al balkono proksima al la scenejo kaj sidiĝas ĉe eta tablo. Ni deprenas la mantelojn. Henry algapas min.

– Vi estas belega. Kia mirinda robo! Mi ne kredas ke vi povos danci en ĝi!

Mia robo el silko de siringa bluo ja laŭas la haŭton, sed sufiĉe suplas por ebligi movojn. Mi elprovis tion dum la posttagmezo antaŭ spegulo, kaj bone funkciis. Min zorgigas, male, miaj haroj: la seka vintra aero kvazaŭ duobligas ilian volumon. Mi komencas plekti ilin, sed Henry haltigas min.

– Bonvolu lasi, mi ŝatus vidi vin kun lozaj haroj.

La enkonduka bando ekludas siajn programerojn. Ni pacience aŭskultas. Homoj kirliĝas ĉie, babilas, fumas. En la ĉefetaĝo ne restas liberaj lokoj. La bruo estas nekredebla.

Henry alklinas sin kaj hurlas al mi en la orelojn:

– Ĉu vi volus trinki ion?

– Nur kolaon.

Li ekiras al la servejo. Mi apogas la brakojn sur la balkona balustrado kaj rigardas la homamason. Jen inoj en roboj de antaŭ jardekoj, inoj soldatstile vestitaj, uloj kun punkaj krestoj, uloj en flanelĉemizoj. Homoj el ambaŭ seksoj en T-ĉemizoj kaj ĝinzoj. Studentoj kaj dudekplus-uloj, kun kelkaj pliaĝuloj dise.

Henry estas for jam longan tempon. La antaŭbando finas siajn kantojn, ricevas magran aplaŭdon, la teknikistoj komencas forpreni ilian ekipaĵon kaj alportas pli-malpli identan aron da muzikiloj. Fine mi laciĝas atendi kaj, forlasante niajn mantelojn kaj tablon, trapremas min inter la densa balkona homamaso, poste laŭ la ŝtuparejo malsupren, kaj en la longan, duonluman vestiblon, kie oni povas trinki. Henry ne videblas. Mi pasas malrapide tra la haloj kaj alkovoj, esplorante kaj ŝajnigante ne esplori.

Mia rigardo trovas lin ĉe la fino de koridoro. Li staras tiel proksime al iu virino ke unue mi kredas vidi interbrakumon; ŝi staras kun la dorso al la muro, kaj Henry kliniĝas al ŝi kun mano apogita al la muro super ŝia ŝultro. La intimeco de la pozo estas spirhaltiga. Ŝi estas blonda, tre germane bela, alta kaj drameca.

Proksimiĝante, mi komprenas ke ili ne interkisas, sed disputas. Henry uzas sian liberan manon por emfazi tion kion li hurlas al ĉi tiu virino. Subite ŝia senpasia vizaĝo fariĝas kolera, preskaŭ plora. Ŝi krie respondas ion al li. Henry faras paŝon malantaŭen kaj senpacience levas la manojn. Mi aŭdas liajn lastajn vortojn dum li foriras de ŝi:

– Mi ne povas, Ingrid, simple ne povas! Mi bedaŭras ...

– Henry!

Ŝi postkuras lin, kiam ili ambaŭ ekvidas min stari tute trankvile meze de la koridoro. Henry morne prenas mian brakon, kaj ni rapide paŝas al la ŝtuparejo.

Post tri ŝtupoj mi turnas min kaj vidas ke ŝi staras rigardante nin, kun la brakoj pendantaj, senhelpa kaj streĉita. Henry ĵetas rigardon malantaŭ sin, ni turniĝas kaj daŭrigas supren.

Ni retrovas nian tablon: mirinde, plu libera kaj eĉ kun niaj manteloj. La lumoj komencas estingiĝi, kaj Henry levas sian voĉon super la amasbruo.

– Mi pardonpetas. Mi neniam atingis la trinkaĵojn, mi stumblis je Ingrid ...

Kiu estas Ingrid? Mi pensas pri mi staranta en la banĉambro de Henry kun ruĵo en la mano, kaj mi bezonas scii, sed nigro nin kovras, kaj sursceniĝas la bando Violent Femmes.

Gordon Gano staras ĉe la mikrofono kaj fiksrigardas al ni ĉiuj; eksonas minacaj akordoj, li kliniĝas antaŭen kaj sonigas la komencliniojn de *Blister in the Sun*, startpafe de la spektaklo. Henry kaj mi side aŭskultas, ĝis li klinas sin al mi kaj krias:

– Ĉu vi volas foriri?

Sur la dancejo homoj tumultas en bruoj kaj skuoj.

– Mi volas danci!

Henry ŝajnas senpeziĝinta.

– Bonege! Jes! Venu!

Li deŝiras sian kravaton kaj ŝovas ĝin en mantelpoŝon. Ni meandre vojas denove suben kaj eniras la ĉefsalonon. Mi vidas Charisse kaj Gomez danci pli-malpli kune. Charisse dancas kun sinforgesa frenezo, dum Gomez apenaŭ moviĝas, kun cigaredo tute horizontala inter la lipoj. Li rimarkas min kaj svingetas manon. Eniri inter la amason estas kiel vadi en Miĉigan-lago; ondo nin surlevas, kaj ni ekflosas kiel buoj direkte al la scenejo. La amaso roras la refrenon de la kanto *Add it up!*, kaj la Femmes reage ektraktas siajn instrumentojn kun freneza viglo. Henry sin movas, kunvibras kun la basgitaro. Ni troviĝas rekte apud la plejfrenezejo, kie ĉe unu flanko dancantoj grandrapide koliziadas, dum ĉe la alia flanko oni dancas skuante la koksojn, ĵetante la brakojn kaj paŝante laŭ la ritmo de la muziko.

Ni dancas. La muziko trakuras min, sonaj ondoj rab-kaptas min ĉe la spino, movas miajn piedojn miajn koksojn miajn ŝultrojn sen konsulti mian cerbon. *(Belulino en pimpa vesto, belulin' en senbrida festo, belulin', ho, kie trovi vin?)* Mi malfermas la okulojn kaj vidas ke Henry rigardas min dum li dancas. Kiam mi levas la brakojn, li kaptas min ĉe la talio kaj mi saltas supren. Mi ĝuas panoraman vidon de la dancejo dum tuta eterneco. Iu svingas al mi manon, sed antaŭ ol mi vidus kiu estas, Henry remetas min surplanken. Ni dancas tuŝante, ni dancas aparte. *(Kiel vi povus kompreni, kion mi devas trapeni?)* Ŝvito fluadas sur mi. Henry skuadas la kapon, lia hararo aspektas kiel unu nigra makulo, kaj lia ŝvito invadas min. La muziko nun pikas kaj mokas *(Mi havis nenion por kio vivi nenion por kio vivi por kio vivi)*. Ni ĵetas nin renkonten al ĝi. Mia korpo elastas, miaj gamboj sensentas, kaj senso de blanka varmego migras el mia intergambo ĝis mia verto. Miaj haroj estas nun malsekaj ŝnuroj, kiuj kroĉiĝas al miaj brakoj, kolo, vizaĝo kaj dorso. La muziko alfrapiĝas al muro kaj haltas. Mia koro bategas. Mi metas manon sur la bruston de Henry: surprize, lia ritmo nur marĝene plirapidiĝis.

Iom pli malfrue mi iras al la virina necesejo kaj ekvidas Ingrid, kiu sidas plorante rande de lavpelvo. Malalta nigrulino kun belegaj, longaj rastabukloj staras fronte al ŝi, parolas milde kaj karesas ŝiajn harojn. La plorsingultoj de Ingrid eĥas kontraŭ la humidaj flavaj kaheloj. Mi provas retreti el la lokalo, sed mia moviĝo altiras ilian atenton. Ili rigardas al mi. Ingrid aspektas terure. Malaperis ŝia tuta teŭtona sereneco, ŝiaj vangoj pufe ruĝas, ŝia ŝminko defluas en strioj. Ŝi fiksrigardas min senesprime kaj elĉerpite. La nigrulino alpaŝas min. Fajna, delikata figuro, malhela kaj trista. Ŝi staras proksime kaj parolas trankvile.

– Fratino – ŝi diras, – kiel vi nomiĝas?

Mi hezitas.

– Clare – mi diras fine.

Ŝi rerigardas al Ingrid:

– Clare. Aŭdu saĝan vorton. Vi enmiksiĝas kie vi ne estas bezonata. Henry ja ŝiras la nervojn, sed li ŝiras la nervojn de Ingrid, kaj vi estas freneza se vi puŝas vin al li. Ĉu mi estas komprenata?

Mi nenion volas scii, sed ne povas reteni min.

– Pri kio vi parolas?

– Ili devis geedziĝi. Tiam Henry rompas kun Ingrid, diras al ŝi ke li bedaŭras, sed ke ŝi ne zorgu, simple forgesu. Mi diras al ŝi ke pli bonas por ŝi sen li, sed ŝi ne aŭskultas min. Li mistraktas ŝin, drinkas kvazaŭ morgaŭ tutmonde elĉerpiĝus alkoholo, malaperas por tutaj tagoj kaj poste revenas kvazaŭ nenio okazis, kaj fikas kun ĉio kun truo ĝustaloke. Jen Henry. Kiam vi ĝemos kaj ploros pro li, ne diru ke neniu avertis!

Ŝi abrupte forturnas sin kaj reiras al Ingrid, kiu daŭre fiksrigardas al mi, kun senlima malespero en la okuloj.

Mi kredas ke mi gapas al ili.

– Pardonu – mi diras, kaj fuĝas.

Travagante la salonojn, mi fine trovas alkovon kiu estas malplena, se ne konsideri, svenintan sur plasta sofo, gotikan junulinon, inter kies fingroj restis brulanta cigaredo. Mi forprenas ĝin de ŝi kaj premestingas sur malpura plankkahelo. Mi eksidas sur brakapogilo de la sofo, kaj la muziko vibras tra mia kokcigo laŭ mia vertebraro. Eĉ en la dentoj mi ĝin sentas. Mi daŭre bezonas pisi, kaj doloras la kapo. Mi sentas ploremon. Mi ne komprenas kio ĵus okazis. Aŭ, pli bone dirite, mi komprenas, sed ne scias kion fari pri ĝi. Mi ne scias ĉu pli bonas simple forgesi, aŭ koleriĝi kontraŭ Henry kaj postuli klarigon, aŭ kion. Ĉu mi supozis ion alian? Ho, se mi povus sendi poŝtkarton pasintecen, al tiu kanajlo Henry kiun mi ne konas: *Faru nenion. Ĝisatendu min. Mi tiom ŝatus se vi ĉeestus.*

Henry videbliĝas de malantaŭ murangulo.

– Ha, jen vi ĉi tie. Mi kredis ke mi perdis vin.

Mallongaj haroj. Aŭ Henry tondigis siajn harojn en la lasta duonhoro, aŭ staras antaŭ mi mia plej ŝatata tempa mislokito. Mi eksaltas kaj ĵetas min al li.

– Uf… hej, mi ĝojas vidi *ankaŭ* vin! Vi mankis al mi!

Nun mi vere ploras.

– Vi estis preskaŭ senĉese kun mi plurajn semajnojn!

– Mi scias, sed … vi ne estas *vi* ankoraŭ … mi volas diri ke vi estas malsama. Damne.

Mi apogas min al la muro kaj Henry alpremiĝas. Ni kisas nin, kaj poste Henry komencas leki mian vizaĝon kiel katopatrino. Mi provas ronroni kaj ekridas.

– Vi, fekulo! Vi provas fortiri mian atenton disde via *hontinda* konduto …

– Kia konduto? Mi ne sciis ke vi ekzistas. Mi havis malfeliĉan rilaton kun Ingrid. Mi renkontis vin. Mi rompis kun Ingrid ene de malpli ol dudek kvar horoj. Malfideleco ne estas retroaktiva, ĉu?

– Ŝi diris …

– Kiu diris?

– La nigrulino – mi mimas longajn harojn. – Malalta, kun grandaj okuloj, rastabukloj …

– Ho Dio. Tio estas Celia Attley. Ŝi malestimas min. Ŝi en-amiĝis al Ingrid.

– Ŝi diris ke vi estis edziĝonta al Ingrid. Ke vi daŭre drinkas, fikas kun kiu ajn, kaj ke vi estas esence malbonulo, de kiu mi fuĝu. Jen kion ŝi diris.

Henry mienas samtempe gajecon kaj nekredemon.

– Nu, iom el tio efektive estas vero. Mi fikadis nemalmulte, kaj certe transpasis la limojn de deca drinkado. Sed ni du ne estis *gefianĉoj*. Mi neniam estus sufiĉe freneza por *edzinigi* Ingrid. Ni estis kiom eble plej malfeliĉaj kune.

– Sed kial en tiu okazo …

– Clare, tre malmultaj homoj renkontas sian veran viv-kunulon en la aĝo de ses jaroj. Oni bezonas iel pasigi la inter-tempon. Kaj Ingrid estis tre … pacienca. Eĉ tro pacienca. Akceptis elteni strangajn kondutojn, esperante ke iun tagon mi enordiĝos kaj ŝi kiel seksmartiro rajtos trafiki sin ĝis la ĉielo de nupto. Al homo tiel pacienca oni ja devas senti dankemon, kaj tio kreas la emon vundi. Ĉu tio iel kompreneblas?

– Eble. Nu, ne, ne al mi, sed mia pensado estas malsama.

Henry suspiras.

– Kiel ĉarme vi malspertas pri la tordita logiko de plej multaj homrilatoj. Fidu min. Kiam ni renkontiĝis, mi estis disrompita damnito, kaj nun mi iom post iom kunmetas min el la pecoj, ĉar mi vidas ke vi estas homa homo, kaj ankaŭ mi ŝatus esti tia. Mi provadis fari tion sen ke vi rimarku, ĉar mi ankoraŭ ne komprenis ke ajnaj ŝajnigoj inter ni malhavas sencon. Sed ankoraŭ longas la vojo ekde la mio kiun vi kunas en 1991 ĝis la mio kiu parolas al vi rekte el 1996. Vi devos labori pri mi; sola mi ne sukcesos.

– Jes, sed malfacilas. Mi ne kutimiĝis esti instruisto.

– Nu, kiam ajn mankos al vi eltenemo, pensu pri ĉiuj horoj kiujn mi pasigis, kaj pasigas, kun via eta mio. Pri novmetoda matematiko kaj pri botaniko, ortografio kaj usona historio. Ke vi kapablas diri al mi fivortojn en la franca, tio venas el mia persista enkapigado al vi.

– Prave kaj trafe. *Il a les défauts de ses qualités.* Sed mi vetus ke pli facilas instrui ĉion tion ol instrui … feliĉon.

– Sed pro vi mi ja havas feliĉon. La malfacilaĵo estas kiel vivi por meriti tiun feliĉon.

Henry ludas per miaj haroj, plektas el ili etajn nodojn.

– Aŭskultu, Clare, mi nun redonos vin al tiu sencerbulo kun kiu vi venis. Mi ja nun sidas en supra etaĝo, tute deprimita, kaj demandadas min kie vi povas esti.

Mi konsciiĝas ke mi forgesis mian nuntempan Henry pro la ĝojo vidi mian estintan kaj estontan Henry, kaj mi sentas honton. Kaptas min preskaŭ patrineca sopiro iri konsoli tiun strangan knabon el kiu fariĝas la viro antaŭ mi, tiu min kisanta, kiu nun foriras kun la admono ke mi estu afabla. Irante supren laŭ la ŝtuparo, mi vidas kiel la Henry de mia estonteco ĵetas sin en la mezon de la kolizi-dancantoj, dum mi movas min kvazaŭ en songo por trovi tiun Henry kiu estas mia jeno kaj nuno.

KRISTNASKA VESPERO, TRI

Mardon, merkredon, ĵaŭdon, la 24-an,
25-an, 26-an de decembro 1991
(Clare aĝas 20, Henry aĝas 28)

CLARE: Estas 8:32 matene la dudekkvaran de decembro, Henry kaj mi survojas al Domo Meadowlark por Kristnasko. Belega, sennuba tago, sen neĝo ĉi tie en Ĉikago, sed dek kvin centimetrojn profunda sur la grundo en South Haven. Antaŭ nia ekveturo Henry tre longe rearanĝadis la bagaĝon en la aŭto, kontrolis la pneŭojn, ekzamenis ĉion subkapotan. Laŭ mi li havis neniun ideon kion ekzameni. Mia aŭto estas ĉarmega blanka Honda Civic el 1990, kaj mi ŝategas ĝin, sed Henry vere abomenas veturadon, aparte en eta aŭto. Li estas terura pasaĝero, dum la tuta veturtempo li kroĉas sin al la brakapogilo kaj kunbremsas. Verŝajne li malpli timus se li mem stirus, sed pro evidentaj kialoj Henry ne havas stirpermesilon. Do, ni ruliĝas antaŭen sur la Indiania Pagvojo en la bela vintra tago; mi trankvile antaŭĝojas la revidiĝon kun mia familio, dum Henry estas nerva vrako. Ne helpas ke li ne kuris ĉi-matene; mi jam rimarkis ke Henry daŭre bezonas nekredeblan kvanton da fizika aktivado por esti feliĉa. Kvazaŭ oni ĉiam kunestus kun leporhundo. Estadi kun Henry en reala tempo – jen io malsama. Dum mi elkreskadis el la infanaĝo, Henry iris kaj venis, kaj niaj intervidiĝoj estis ĉiam koncentritaj, dramecaj kaj skuaj. Pri multo Henry neniam akceptis paroli al mi, kaj plej ofte ankaŭ ne lasis min proksimiĝi al li, tiel ke ĉiam restis en mi tiu intensa sento de nekontentiĝo. Kiam mi fine trovis lin en la nuntempo, mi kalkulis kun io simila. Sed fakte estas pli bone, multrilate. Unue kaj precipe, ne nur ke li ne rifuzas tuŝi min, sed male daŭre tuŝas, kisas, amoras min. Mi sentas kvazaŭ mi fariĝis alia homo, banata en varma baseno da deziro. Kaj li rakontas aferojn! Kion ajn mi demandas pri li mem, pri lia vivo, lia familio, li diras al mi, kun nomoj, lokoj, datoj. Multo kio ŝajnis komplete mistera al mi infanaĝe, nun montriĝas perfekte logika. Sed plej bonas ke mi nun vidas lin dum longaj daŭroj: horojn, tagojn. Mi scias kie trovi lin. Li iradas laborejen, li revenadas hejmen. Foje mi malfermas mian adreskajeron nur por vidi la enskribon: Henry DeTamble, 714 Dearborn, 11e, Ĉikago, IL 60610, 312-431-8313. Familia nomo, adreso, telefonnumero. *Mi povas telefoni al li.* Kia miraklo! Mi sentas min kiel Doroteo, kiam ŝia domo falegis en Oz kaj la mondo ŝanĝiĝis de nigra-blanka al kolora. Ni ne plu estas en Kansaso.

Fakte, ni nun transiras la limon al Miĉigano, kaj ni vidas ripozlokon. Mi enveturas la parkejon, ni eliras kaj streĉas la gambojn. Ni direktas nin al la konstruaĵo, kie ni trovas mapojn kaj broŝurojn por turistoj, kaj longan vicon da vendaŭtomatoj.

– Ŭaŭ! – ekkrias Henry. Li aliras ilin por inspekti la rubo-manĝaĵojn, kaj poste eklegas la broŝurojn.

– Hej, iru ni al Frankenmuth! «Kristnasko 365 tagojn jare!» Dio mia, post unu horo da tio mi farus al mi harakiron. Ĉu vi havas monerojn?

Mi trovas manplenon da cendoj funde de mia mansako, kaj ni gajege elspezas ilin por du kolaoj, skatolo da gliciriz-bombonoj kaj tabuleto da Hershey-ĉokolado. Ni eliras brakplekte en la sekan, malvarman aeron. En la aŭto ni malfermas niajn kolaojn kaj konsumas sukeron. Henry rigardas mian horloĝon.

– Kia dekadenco! Estas nur 9:15.

– Nu, post kelkaj minutoj jam estos 10:15.

– Ho jes, vere, Miĉigano antaŭas je tuta horo. Kiel surrealisme!

Mi rigardas al li.

– Ĉio estas surrealisma. Mi ne sukcesas kredi ke vi vere renkontos mian familion. Tiom da tempo mi pasigis kaŝante vin de mia familio!

– Mi faras ĉi tion nur ĉar mi amas vin trans ĉia racia limo. Mi ja ĝis nun dediĉis amason da tempo al evitado de aŭtoveturoj, de eblaj bofamilioj kaj de Kristnaskoj. Tio ke nun mi brave malevitas ĉiujn tri, pruvas mian amon al vi.

– Henry …

Mi turnas min al li, kaj ni interkisas. La kiso komencas elkreski al io alia kiam el okulangulo mi ekvidas tri nepuberajn knabojn kaj grandan hundon, kiuj staras nur metron for de ni kaj observas nin kun intereso. Henry turnas sin por vidi kion mi rigardas; ĉiuj tri knaboj larĝe ekridetas kaj aprobe levas dikfingron. Ili repromenas al la gepatra kamioneto.

– Cetere: kiaj estas la tranoktaj aranĝoj en via familia hejmo?

– Ho Dio, Etta alvokis min hieraŭ ĝuste pri tio. Mi estos en mia propra ĉambro, kaj vi en la blua ĉambro. Ni estos ĉe malsamaj finoj de la koridoro, kun la gepatroj kaj Alicia inter ni.

– Kaj kiom serioze ni respektos ĉi tion?

Mi startigas la aŭton, kaj ni reatingas la aŭtovojon.

– Mi ne scias, ĉar mi neniam faris tion pli frue. Mark simple venigas siajn amikinojn al la ripozĉambro sube kaj umas ilin sur la sofo frumatene, kaj ni ĉiuj ŝajnigas nenion rimarki. Se la cirkonstancoj malfacilos, ĉiam eblos ke ni iru malsupren al la Legoĉambro; mi kutimis kaŝi vin tie.

– Hmm. Nu, bone.

Henry elrigardas tra la fenestro dum kelka tempo.

– Fakte, ne estas tiel malbone.

– Kio?

– Veturi. En aŭto. Sur aŭtovojo.

– Diable, baldaŭ vi eĉ aviadilos.

– Neniam!

– Al Parizo. Kairo. Londono. Kioto.

– Neniel! Mi estas certa ke tio igus min tempvojaĝi, kaj Dio scias ĉu mi kapablus reveni en objekton kiu flugas je pli ol 600 kilometroj hore. En la fino mi Ikarece defalus el la ĉielo.

– Ĉu serioze?

– Mi ne planas eltrovi ĉu serioze.

– Ĉu vi povus viziti tiujn lokojn tempvojaĝe?

– Aŭdu do mian teorion. Nu, ĝi estas nur la Speciala Teorio pri Tempvojaĝoj Plenumataj de Henry DeTamble, kaj ne ia Ĝenerala Teorio pri Tempvojaĝoj.

– Bone.

– Unue: mi kredas ke ĝi iel dependas de la cerbo. Al mi ĝi ŝajnas tre simila al epilepsio, ĉar ĝi tendencas okazi kiam mi estas sub streso, kaj ekzistas ankaŭ fizikaj stimuliloj kiuj ĝin spronas, ekzemple fulma lumo. Kaj ankaŭ ĉar certaj agadoj, kiel kurado, seksumado kaj meditado, helpas min resti en la estanteco. Due: mi tute ne kapablas konscie regi kien aŭ kiamen mi iras, kiom longe mi restas tie, aŭ kiam mi revenas. Tial temp-vojaĝoj al Riviero estas tre malverŝajnaj. Eblas tamen diri tiom ke mia subkonscio ŝajne havas enorman regon super la afero, ĉar mi pasigas multe da tempo en mia pasinteco, per vizitoj al okazaĵoj interesaj aŭ gravaj, kaj kompreneble mi pasigos enormege da tempo vizitante vin, kion mi apenaŭ kapablas ĝisatendi. Kutime mi trafas lokojn kie mi jam estis pli frue, kvankam mi povas trovi min ankaŭ en aliaj tempoj kaj lokoj, pli hazardaj. Kutime mi iras al la pasinteco, malpli ofte al la estonteco.

– Ĉu vi vizitis la estontecon? Mi ne sciis ke vi kapablas ankaŭ tion.

Henry ŝajnas kontenta pri si.

– Ĝis nun mi atingas kvindek jarojn en ambaŭ direktoj. Sed tre malofte mi iras en la estontecon, kaj mi pensas ke mi neniam vidis tie ion ajn utilan. Ĉiam daŭras sufiĉe mallonge tie. Eble mi simple ne scias kion mi devus rigardi. La pasinteco havas enorman altiron. Tie mi sentas min multe pli solida. Eble la estonteco per si mem havas malpli da substanco? Mi ne scias. Tie, en la estonteco mi ĉiam sentas kvazaŭ mi spirus malpli densan aeron. Ĝuste tio estas unu el la indikaĵoj ke mi trovas min estontece: ke sentiĝas malsame. Ankaŭ kuri pli malfacilas tie.

Henry enpensiĝas, kaj subite mi povas imagi dum momento la timegon esti en fremdaj tempo kaj loko, sen vestaĵoj, sen amikoj ...

– Kaj pro tio viaj piedoj ...

– ... estas kiel ledo.

La plandoj de Henry havas dikajn kalojn, kvazaŭ ili klopodus fariĝi ŝuoj.

– Mi estas hufohava besto. Se io ajn misokazos al miaj piedoj, oni prefere pafbuĉu min.

Ni veturas plu silente kelkan tempon. La vojo sin levas kaj mallevas, preterfulmas kampoj de mortintaj maizotigoj. Bien-domojn prilavas la vintra suno, en iliaj longaj alveturejoj staras kamionetoj, ĉeval-remorkoj kaj usonaj aŭtoj. Mi suspiras. Iri hejmen vekas tiel miksajn sentojn. Mi sopiras vidi Alicia kaj Etta, mi zorgemas pri mia patrino, kaj mi ne aparte emas komunikiĝi kun mia patro kaj Mark. Sed mi scivolas kiel ili komunikiĝos kun Henry, kaj reciproke. Mi fieras ke mi tiel longe gardis la sekreton pri Henry. Dek kvar jarojn. Kiam oni estas infano, dek kvar jaroj egalas eternecon.

Ni preterpasas konstruaĵojn de Wal-Mart kaj Dairy Queen, poste Makdonaldon. Pliajn maizkampojn. Fruktarbejon. Lokojn por memserve kolekti fragojn kaj mirtelojn. Somere ĉi tiu vojo estas longa koridoro da fruktoj, greno kaj kapitalismo. Sed nun la kampoj estas dezertaj kaj sekaj, kaj la aŭtoj nur preterkuras, laŭ la suna, malvarma aŭtovojo, la invitajn parkejojn.

Antaŭ ol translokiĝi al Ĉikago, mi ne tro pripensis la urbeton South Haven. Nia domo ĉiam ŝajnis insulo en si mem, en eksterurba areo en la sudo, ĉirkaŭata de la Herbejo, de frukto-ĝardenoj, arbaroj, biendomoj, kaj South Haven estis simple «la» urbo, kiel en la frazo «ni iru al la urbo por glaciaĵumi». «La urbo» signifis vendejojn de manĝaĵoj kaj de aparatoj, la bakejon Mackenzie, muziknotojn kaj diskojn ĉe Music Emporium, la butiko plej ŝatata de Alicia. Ni kutimis stari antaŭ la fotografia ateliero Appleyard, inventante historiojn pri la fianĉinoj, infanetoj kaj familioj kun siaj abomenaj ridetoj en la montrofenestro. Ni ne pensis ke la biblioteko aspektas amuze en sia false greka pompo, la pladojn ni ne trovis monotonaj kaj sengustaj, aŭ la filmojn ĉe la kinejo Michigan Theater senindulge usonaj kaj senpensaj. Ĉi tiujn opiniojn mi ekhavis post mia ekrezido en Urbego, iĝinte elmigrinto kiu volegas distancigi sin de sia junaĝa provincaneco. Atakas min subite ondo de nostalgio pri tiu eta knabino kiu estis mi, kiu amis la kampojn kaj kredis je Dio, kiu pasigis vintrajn tagojn pro malsano sen lernejo hejme, legante pri la juna detektivino Nancy Drew kaj suĉante mentolajn pastelojn kontraŭ tuso, la knabino kiu scipovis gardi sekreton. Mi ĵetas rigardon al Henry kaj vidas ke li endormiĝis.

South Haven, okdek kilometrojn.

Kvardek, dudek, kvin, unu.

Phoenix Road.

Ŝoseo Blua Stelo.

Kaj poste: aleo Meagram. Mi etendas brakon por veki Henry, sed li jam vekiĝis. Li nervoze ridetas kaj elrigardas al la senfina tunelo el vintre nudaj arboj kiujn ni preterrapidas. Kiam la pordego videbliĝas, mi fosas en la gantofako por trovi la malfermilon. La pordegaj aloj svingiĝas malfermen, kaj ni trapasas internen.

La domo aperas kiel paĝo el faldofigura libro. La spiro de Henry haltas, kaj li ekridas.

– Kio do? – mi diras defendeme.

– Mi ne konsciis ke ĝi estas *tiel* granda. Kiom da ĉambroj havas tiu monstro?

– Dudek kvar – mi informas lin. Etta mansvingas al ni el fenestro de la enirhalo, dum mi stiras flanken el la alveturejo kaj haltas proksime al la dompordo. Ŝiaj haroj estas pli grizaj ol kiam mi laste vizitis, sed ŝia vizaĝo rozkoloras pro ĝojo. Dum ni elrampas el la aŭto, ŝi delikatpaŝe kaj atenteme venas malsupren laŭ la glaciaj ŝtupoj, sen mantelo, en sia marblua robo kun punta kolumo, zorge ekvilibrigante sian solidan figuron sur praktikaj ŝuoj. Mi alkuras por preni ŝian brakon, sed ŝi forhuŝas min, atingas la ŝtuparfinon kaj nur tiam ŝi brakumas kaj kisas min (tiom ĝoje mi enspiras la haŭtkreman kaj pudran odoron de Etta), dum Henry apudstaras atende.

– Kaj kion vi kaŝas ĉi tie? – ŝi demandas, kvazaŭ Henry estus infaneto kiun mi kunvenigis senanonce.

– Etta Milbauer, Henry DeTamble – mi faras la prezentojn.

Mi vidas etan «ho» sur la vizaĝo de Henry, kaj mi demandas min kiun li supozis renkonti. Etta radias al Henry dum ni grimpas la ŝtupojn. Ŝi malfermas la dompordon. Henry demandas min mallaŭte:

– Kion pri niaj aĵoj?

Mi respondas ke tiujn prizorgos Peter.

– Kie estas la homoj? – mi demandas, kaj Etta diras ke la tagmanĝo okazos post dek kvin minutoj, ke ni povas demeti niajn mantelojn, lavi la manojn kaj tuj eniri. Ŝi lasas nin stari en la enirhalo kaj retretas al la kuirejo. Mi turnas min, demetas la mantelon kaj pendigas ĝin en la ŝranko de la halo. Kiam mi returnas min al Henry, li mansalutas iun. Mi okulumas preter li kaj ekvidas Nell elŝovi sian larĝan, kusp-nazan vizaĝon de malantaŭ la manĝosalona pordo, kun larĝa rideto. Mi trakuras la halon por doni al ŝi grandan, ŝmacan kison. Ŝi ridas silente kaj diras: «Bela viro por sentaŭgulino!» kaj retiras sin en la alian ĉambron antaŭ ol Henry atingus nin.

– Ĉu Nell? – li provas diveni, kaj mi kapjesas.

– Ŝi ne estas timida, nur okupita – mi klarigas.

Laŭ la malantaŭa ŝtuparo, mi kondukas lin al la supra etaĝo.

– Jen via loko – mi malfermas la pordon al la blua dormo-ĉambro. Li ĵetas rigardon enen kaj poste sekvas min laŭ la koridoro.

– Kaj jen mia ĉambro – mi anoncas kun antaŭtimo. Henry ŝtelpaŝas preter mi, ekstaras meze de la tapiŝo kaj ĉirkaŭrigardas; kiam li turnas sin al mi, mi komprenas ke li ne rekonas ion ajn: por li nenio en la ĉambro havas signifon, kaj mia ekkompreno tranĉas eĉ pli profunden: ĉiuj etaj memorobjektoj kaj suveniroj en ĉi tiu muzeo de nia pasinteco estas kiel amleteroj al analfabeto. Henry prenas en la manojn birdoneston, de rigolo (hazarde la tute unuan el ĉiuj nestoj kiujn li donis al mi laŭe de la jaroj) kaj diras:

– Nu, bele.

Mi kapjesas, malfermas la buŝon por rakonti al li, sed remetante ĝin sur la breton li demandas:

– Ĉu la pordo estas ŝlosebla?

Mi ŝlosas la seruron, kaj ni venas malfrue al la tagmanĝo.

HENRY: Mi estas preskaŭ kvieta dum mi sekvas Clare laŭ la ŝtupoj, tra la malluma, malvarma halo al la manĝosalono. Ĉiuj jam manĝas. La ĉambro havas malaltan plafonon kaj elspiras komforton en la stilo de William Morris; la aeron varmigas fajro krepitanta en la eta kameno; la fenestrojn tiom dense kovras frosto ke mi ne povas vidi eksteren. Clare paŝas al maldika virino kun pale rufaj haroj, certe ŝia patrino, kiu klinas flanken sian kapon por ricevi la kison de Clare, kaj duone leviĝas por manpremi kun mi. Clare prezentas ŝin al mi per «mia patrino», kaj mi alparolas ŝin per «s-ino Abshire», sed ŝi tuj reagas:

– Ho, sed nomu min simple Lucille, kiel ĉiuj faras!

Ŝi ridetas iel elĉerpite sed varme, kvazaŭ ŝi estus brila suno en iu alia galaksio. Ni sidiĝas unu fronte al la alia ĉe la tablo. Clare sidas inter Mark kaj aĝulino, kiu montriĝas esti ŝia praonklino Dulcie; mi sidas inter Alicia kaj rondeta belulino prezentata kiel Sharon, ŝajne kunulino de Mark. La patro de Clare sidas ĉe la tablokapo, kaj laŭ mia unua impreso li sentas ian profundan ĝenon pro mi. Ankaŭ la bela, agaciĝema Mark ŝajnas nervoza. Ili jam vidis min pli frue. Mi ŝatus scii, kion mi tiam faris, pro kio ili rimarkis min, memoras min, kaj kial ili tenas ian distanceton maleman kiam Clare prezentas min. Sed Philip Abshire estas advokato, mastro de siaj vizaĝesprimoj, kaj ene de minuto li jam amikeme ridetas, kiel ja konvenas al dommastro, patro de mia koramikino, kalviĝanta mezaĝa viro kun okulvitroj Ray-Ban, kun sportema korpo nun iom pli mola kaj ventrohava, sed kun fortaj manoj, manoj de tenisludanto, kaj grizaj okuloj kiuj plu rigardas min zorgoplene malgraŭ la larĝa, fidoveka rideto. Mark malpli facile kaŝas siajn missentojn, kaj kiam ajn mi kaptas lian rigardon, li turnas la okulojn al sia telero. Alicia malsamas ol mi atendis; ŝi estas sobra kaj afabla, sed iom stranga, aliloke kun siaj pensoj. Kiel Mark, ŝi havas la malhelajn harojn de Philip, sed iel la trajtojn de Lucille; ŝi aspektas kvazaŭ iu volus miksi Clare kaj Mark sed forlasus la ideon, kaj fine ŝtopus la breĉojn per iom da Eleanor Roosevelt. Philip diras ion, kaj Alicia ridas: subite ŝi iĝas bela, kaj mi surprizite turnas min al ŝia direkto kiam ŝi leviĝas de la tablo.

– Mi devas nun iri al Sankta Bazilo – ŝi informas min. – Mi havas provludon. Ĉu vi venos al la meso?

Mia rigardo sagas al Clare, kiu kapjesetas, mi do respondas al Alicia:

– Kompreneble.

Dum ĉiuj suspiras – pro kio? ĉu senpeziĝo? –, mi rememoras ke Kristnasko estas, fakte, ankaŭ kristana festotago krom mia persona tago de pekliberigo. Alicia foriras. Mi imagas kiel mia patrino ridus pri mi, kiel ŝi levus la ŝike prizorgitajn brovojn vidante sian duonjudan filon ekzilitan en la mezon de goj-landa Kristnasko, kaj enpense mi skuas fingron al ŝi: «*Aŭdu, kiu parolas! Vi edziniĝis al episkopano*». Mi rigardas al mia telero: jen ŝinko kun pizoj kaj febla salateto. Porkon mi ne manĝas, pizojn mi malŝategas.

– Ni aŭdis de Clare ke vi estas bibliotekisto – ekenketas Philip, kaj mi konfesas laŭe. Ni interŝanĝas entuziasmajn vortojn pri Newberry kaj pri homoj kiuj estas samtempe kuratoroj de Newberry kaj klientoj ĉe la firmao de Philip, cetere lokita en Ĉikago, pro kio nun ne klaras al mi kial la familio de Clare loĝas tiel malproksime en Miĉigano.

– Pro somerdomoj – li informas min, kaj nun mi memoras ke Clare klarigis pri la fako de sia patro: testamentoj kaj fidei-komisoj. Mi bildigas al mi riĉajn aĝulojn en ferdekseĝoj ĉe privata lagobordo, kiuj priŝmiras sin per sunkremo, decidante dume eks-kludi filĉjon el sia testamento kaj kaptante sian poŝtelefonon por voki al Philip. Mi rememoras ke Avi, unua violono apud la dua de mia patro ĉe la orkestro, havas domon en la ĉirkaŭaĵo. Mi mencias tion, kaj ĉiuj pintigas la orelojn.

– Ĉu vi konas lin? – demandas Lucille.

– Kompreneble. Mia patro kaj li sidas unu apud la alia.

– Sidas unu apud la alia?

– Nu, mi celas kiel unua violono kaj dua violono.

– Ĉu via patro estas violinisto?

– Jes ja.

Mi rigardas al Clare. Ŝia mieno mesaĝas al la patrino: «ne embarasu min».

– Kaj li ludas en la Ĉikaga Simfonia Orkestro?

– Jes.

La vizaĝo de Lucille rozkoloriĝas; nun mi scias kie originas la vangruĝiĝoj de Clare.

– Ĉu vi kredas ke li pretus aŭskulti kiel ludas Alicia? Se ni donus al li sonbendon …

Mi morne esperas ke Alicia estas vere, vere kapabla. Homoj kons-tante honoras Paĉjon per sonbendoj. Nun venas al mi pli bona ideo.

– Alicia ludas violonĉelon, ĉu?

– Jes.

– Ĉu ŝi bezonas instruiston?

Philip intervenas:

– Ŝi studas ĉe Frank Wainwright en Kalamazoo.

– Ĉar mi povus doni la sonbendon al Yoshi Akawa. Unu el liaj disĉiploj ĵus foriris, al posteno en Parizo.

Yoshi estas bonega ulo, kaj ludas la unuan violonĉelon. Mi scias ke li almenaŭ aŭskultus la sonbendon; mia patro, kiu ne instruas, simple enrubujigus ĝin.

Lucille plenas je emocio; eĉ Philip ŝajnas ĝoji. Clare aspektas senpezigita. Mark manĝas. La eta praonklino Dulcie, kun siaj rozkoloraj haroj, ŝajnas nenion rimarki el la tuta interŝanĝo. Ĉu ŝi eble estas surda? Mi ĵetas rigardon al Sharon, ĉe mia maldekstro, kiu ankoraŭ ne diris eĉ vorton. Ŝi aspektas malfeliĉa. Philip kaj Lucille diskutas pri tio kiun sonbendon doni al mi, aŭ ĉu eble Alicia registru novan? Mi demandas Sharon ĉu estas ŝia unua vizito, kaj ŝi kapjesas. Ĝuste kiam mi starigus al ŝi plian demandon, Philip demandas pri la profesio de mia patrino. Mi palpebrumas kaj okulumas al Clare: «Ĉu vi nenion rakontis al ili?»

– Mia patrino estis kantistino. Ŝi mortis.

Clare trankvile aldonas:

– La patrino de Henry estis Annette Lyn Robinson.

Kvazaŭ ŝi dirus ke mi naskiĝis el la Virgulino; la vizaĝo de Philip ekbrilas. Lucille faras etan papiliflugan geston per la manoj.

– Nekredeble ... neimageble! Ni havas ĉiujn ŝiajn registraĵojn ... – *und so weiter.*

Kaj ŝi daŭrigas:

– Mi renkontis ŝin en mia junaĝo. Mi iris kun mia patro spekti *Madama Butterfly*, kaj li konis homon kiu post la prezento venigis nin malantaŭ la kulisojn, ni iris al ŝia tualetejo, ŝi estis tie! Ĉiuj tiuj floroj! Kaj kun ŝi, eta knabo ... sed do ja tiu knabo estis vi!

Mi kapjesas, provas retrovi mian voĉon. Clare demandas:

– Kiel ŝi aspektis?

Mark aŭdigas sin:

– Ĉu ni iros skii posttagmeze?

Philip kapjesas. Lucille ridetas, perdite en memoroj.

– Ŝi estis tiom bela ... ankoraŭ kun la peruko sur la kapo, la longaj nigraj haroj, kaj ŝi petolis kun la knabo, tiklis lin per ĝi, kaj li saltadis dance. Tiel belegajn manojn ŝi havis, kaj ĝuste la saman altecon kiel mi, tiel svelta, kaj ŝi estis juda, ĉu ne, sed al mi ŝi ŝajnis pli kiel italino ...

Lucille interrompas sin, levas manon al la buŝo, kaj ŝia rigardo sagas al mia telero, malplena nun krom kelkaj pizoj.

– Ĉu vi estas judo? – agrablas Mark.

– Mi supozas ke mi povus esti se mi volus, sed neniu trovis tion pripensinda. Ŝi mortis kiam mi aĝis ses, kaj mia patro estas eksa episkopano.

– Vi absolute similas al ŝi – afablas Lucille, kaj mi dankas ŝin. Niajn telerojn forprenas Etta, kiu demandas al Sharon kaj mi ĉu ni trinkos kafon. Ni ambaŭ jesas samtempe kun forta emfazo, kiu ridigas la tutan familion de Clare. Etta patrinece alridetas nin, kaj post kelkaj minutoj ŝi metas antaŭ nin vaporantajn tasojn da kafo. «Ne estis fakte tiel terure», mi pensas. Ĉiu parolas nun pri skiado kaj vetero, ni ekstaras ĉiuj, Philip kaj Mark kune eliras en la halon. Mi demandas al Clare ĉu ŝi skios; ŝi levas la ŝultrojn, demandas ĉu mi emas, kaj mi klarigas ke mi nek scipovas nek interesas min lerni. Ŝi tamen decidas kuniri kiam Lucille diras ke ŝi bezonus iun por helpi pri ŝiaj skifiksiloj. Dum ni ŝtuparas supren, mi aŭdas Mark diri ion pri «nekredebla simileco», kaj mi ridetas al mi.

Pli malfrue, kiam ĉiuj foriris jam kaj la domo silentas, mi riskas iri el mia frosta ĉambro malsupren, serĉante varmon kaj pli da kafo. Mi trairas la manĝosalonon kaj daŭrigas en la kuirejon, kie min alfrontas impresa ilaro da vitraĵoj, arĝentaĵoj, kukoj, senŝeligitaj legomoj kaj rostopatoj; la kuirejo similas tiun de kvarstela restoracio. Meze de ĉio staras Nell, dorse al mi, kantante pri Rudolf, la ruĝnaza boaco, svingante siajn larĝajn koksojn kaj gestante per saŭcaspergilo al juna nigra knabino, kiu senvorte montras al mi. Nell turniĝas kaj montras larĝan, dentbreĉetan rideton:

– Kion vi celas en mia kuirejo, sinjoro Koramiko?

– Mi pensis ke eble restis iomete da kafo …

– Restis …? Ĉu vi imagas ke mi lasas ŝimi kafon dum la tuta tago? Huŝ, huŝ, knabo, eliru tuj, sidiĝu trankvile en la salono, tiru la ŝnureton de la sonorilo, kaj mi faros por vi tute freŝan kafon. Ĉu vi nenion lernis de via panjo pri kafo?

– Fakte, mia panjo ne estis tre kuirema – mi diras al ŝi, riskante proksimiĝi al la centro de la vortico. Sentiĝas mirinda odoro.
– Kion vi preparas?

– Vi flaras nun la meleagron de Thompson – diras Nell.

Ŝi malfermas la fornon kaj montras al mi monstran meleagron, kiu aspektas kiel viktimo de la Granda Incendio de Ĉikago. Komplete nigra.

– Ne rigardu tiom dubeme, knabo. Sub la krusto sidas la plej manĝinda meleagro de la tuta planedo.

Mi emas kredi ŝin, la odoro ja perfektas.

– Kio estas la meleagro de Thompson?

Responde, Nell prelegas pri la mirindaj ecoj de tiu meleagro, inventita de la ĵurnalisto Morton Thompson en la tridekaj jaroj. Montriĝas ke produkti ĉi tiun mirindan beston kostas grandan kvanton da stufado, saŭcaspergado kaj turnado. Nell permesas al mi resti en la kuirejo dum ŝi preparas la kafon, kaj lukte eligas la meleagron el la forno por pene surdorsigi kaj delikate aspergi ĝin per cidra saŭco, por fine reŝovi ĝin en la bakujon. Apud la lavujo, en granda plasta akvopelvo, ĉirkaŭrampas dek du omaroj.

– Ĉu hejmbestoj? – mi provoketas ŝin.

– Ili estas via Kristnaska vespermanĝo, filo. Ĉu vi volas elpreni unu? Vi tamen ne estas vegetarano, ĉu?

Mi trankviligas ŝin ke ne, ke mi estas bona knabo, manĝanta ĉion kio aperas metata antaŭ min.

– Neniu imagus, vi estas tiel maldika – komentas Nell. – Mi vin grasigos.

– Ĝuste por tio Clare venigis min.

– Hmm – kontentas Nell. – Nu, bone tiam. Sed nun: huŝ, fuŝ'! Eliru por ke mi povu labori.

Mi prenas mian tason da bonodora kafo kaj amblas al la salono, kie granda kristnaskarbo staras proksime al la kamenfajro. Kvazaŭ mi vidus reklamon meblomagazinan por Pottery Barn. Mi instalas min en oranĝkolora brakseĝo ĉe la fajro kaj trafingrumas stakon da gazetoj, kiam voĉo diras:

– Kie vi ricevis la kafon?

Levante la okulojn, mi ekvidas Sharon, sidantan fronte al mi en blua fotelo, kies koloro tute laŭas ŝian sveteron.

– Saluton! – mi diras. – Pardonu ...

– Tute ne gravas.

– Mi prenis ĝin el la kuirejo, sed ŝajne oni devas uzi la sonorilon, kie ajn ĝi estas.

Ni rigarde traesploras la salonon, kaj jes, jen sonoril-tirilo en angulo.

– Kiel bizare – diras Sharon. – Ni venis hieraŭ, kaj de tiam mi umas kvazaŭ ŝtelisto, nu, kiel diri, mi timas uzi malĝustan forketon, kaj tiaj aferoj ...

– El kie vi estas?

– El Florido.

Ŝi ridas.

– Mi neniam spertis blankan Kristnaskon ĝis mi ekstudis ĉe Harvardo. Mia patro havas benzinstacion en Jacksonville. Mi supozis ke post la studoj mi reiros tien, ĉar mi ne ŝatas malvarmon, ĉu ne, sed nun mi estas blokita, mi pensas.

– Kial do?

Sharon ŝajnas surprizita.

– Ili do ne diris al vi? Mark kaj mi geedziĝos.

Mi demandas min ĉu Clare scias; ion tian normale ŝi ja mencius. Nur nun mi rimarkas la diamantan ringon sur fingro de Sharon.

– Gratulon!

– Nu, jes. Mi celas: dankon.

– Kio, ĉu vi ne certas? Pri edziniĝo?

Sharon fakte aspektas plorinta, kun okuloj tute ŝvelaj.

– Nu, mi estas graveda, kaj tial ...

– El tio ankoraŭ ne nepre sekvas ke ...

– Sekvas ja. Por katolikoj.

Sharon suspiras kaj sinkas en la brakseĝon. Fakte, mi konas plurajn katolikinojn kiuj abortis kaj tamen ne mortfrapis ilin fulmo, sed Sharon ŝajne apartenas al malpli permesema kredobranĉo.

– Nu, gratulon do. Kaj kiam ...?

– La dekunuan de januaro.

Ŝi rimarkas mian surpriziĝon.

– Aĥ, pri la bebo? En aprilo. – Ŝi grimacas. – Mi esperas ke dum la printempaj ferioj, ĉar alie mi ne scias kiel mi sukcesos ... kvankam eble tamen malpli gravas nun ...

– Kion vi studas?

– Preparstudojn por medicino. Miaj gepatroj koleregas. Ili premas min por ke mi adoptigu la infanon.

– Ĉu ili ne ŝatas Mark?

– Ili eĉ neniam renkontis Mark, ne pri tio temas, ili nur timas ke mi ne iros al la medicina altlernejo, kaj do ĉio iĝos malŝparita.

Malfermiĝas la dompordo, revenas la skiintoj. Blovo da malvarma aero traflugas la salonon kaj atingas nin. Agrabla sento; mi konsciiĝas ke apud la fajro mi rostiĝas kiel la meleagro de Nelly.

– Je kiu horo oni vespermanĝas? – mi demandas Sharon.

– Je la sepa, sed hieraŭ ni unue trinkis ion ĉi tie, en la salono, post kiam Mark diris la novaĵon al la gepatroj. Mi ne dirus ke ili entuziasme brakumis min. Ja, ili kondutis afable, nu, vi scias kiel homoj povas esti samtempe afablaj kaj malicaj ... Estis kvazaŭ mi gravedigis min tute sola, kaj Mark havus nenion por fari kun tio ...

Mi ĝojas kiam Clare envenas. Ŝi portas amuzan verdan ĉapon pintan, kun granda kvasto penda, kaj malbelan flavan skisveteron super ĝinzo. Ruĝa pro la malvarmo, kun malsekaj haroj, ŝi ridetas. Dum ŝi energie paŝas en siaj ŝtrumpoj tra la grandega persa tapiŝo en mia direkto, mi vidas ke ŝi ja apartenas ĉi tien, ŝi ne estas ia aberacio, simple ŝi elektis alian vivon, kaj mi ĝojas pri tio. Mi ekstaras, ŝi ĵetas siajn brakojn ĉirkaŭ min kaj poste kun sama rapido turnas sin al Sharon por diri:

– Mi ĵus aŭdis! Gratulon!

Clare brakumas Sharon, kiu rigardas al mi super la ŝultroj de Clare, surprizita sed kun rideto. Iam poste Sharon diras al mi:

– Mi kredas ke vi havas la solan bonan el ĉiuj.

Mi skuas la kapon, sed komprenas kion ŝi celas.

CLARE: Ni havas horon ĝis la vespermanĝo, kaj neniu rimarkos se ni estos for.

– Venu – mi diras al Henry. – Ni eliru eksteren.

Li ĝemas.

– Ĉu ni devas?

– Mi volas montri ion al vi.

Ni surmetas niajn mantelojn, botojn, ĉapojn kaj gantojn, peze trapaŝas la domon kaj eliras tra la malantaŭa pordo. La ĉielo havas hele ultramaran koloron, la neĝo super la Herbejo reflektas ĝin pli hela, kaj la du bluoj renkontas unu la alian ĉe tiu malhela arbovico kie komenciĝas la arbaro. Estas tro frue por steloj, sed aviadilo palpebrumas al ni tra la spaco. Mi imagas kiel aspektas nia domo vidate el la aviadilo: eta punkto da lumo, simila al stelo.

– En ĉi tiu direkto.

La padon al la maldensejo kovras dek kvin centimetroj da neĝo. Mi pensas: kiom da fojoj mi tret-viŝis nudajn piedsignojn, por ke neniu vidu ilin direktiĝi laŭ la pado al la domo. Nun vid-eblas spuroj cervaj, kaj tiuj de granda hundo. Stoploj de mortintaj plantoj sub neĝo, vento, la sono de niaj botoj. La maldensejo estas glata bovlo da blua neĝo; la ŝtonego, insulo kun fungoĉapo.

– Jen ĝi.

Henry staras kun la manoj en la jakpoŝoj. Li pivotas ĉirkaŭe, rigardadas.

– Do jen ĝi – li diras. Mi serĉas ajnan spuron de rekono sur lia vizaĝo. Sed nenio.

– Ĉu vi foje havas deĵavuon? – mi demandas lin.

Henry suspiras.

– Mia tuta vivo estas unusola longa deĵavuo.

Ni turnas nin kaj laŭiras niajn proprajn spurojn, reen al la domo.

Pli malfrue

Mi avertis Henry ke ni kutimas bele vesti nin por la Kristnaska vespermanĝo, do kiam mi renkontas lin en la halo, li brilas en nigra kostumo, blanka ĉemizo kaj kaŝtanbruna kravato kun perlamota klipo.

– Bona Dio! – mi diras. – Vi ciris viajn ŝuojn!

– Efektive – li konfesas. – Mizere, ĉu ne?

– Vi aspektas perfekte; jen Bela Junulo.

– Dum, fakte, mi estas la Punka Bibliotekisto Lukse Bindita. Gepatroj, gardu vin!

– Ili amegos vin.

– Mi amegas vin. Venu ĉi tien.

Henry kaj mi staras antaŭ la hom-alta spegulo ĉe la supro de la ŝtupoj, admirante nin mem. Mi portas palverdan silkan robon senŝelkan, kiu apartenis al mia avino. Mi havas foton pri ŝi en tiu robo, en la vespero de Silvestro 1941. Ŝi ridas. Ŝiajn lipojn malheligas ruĵo, kaj ŝi tenas cigaredon. La viro en la foto estas ŝia frato Teddy, mortigota ses monatojn poste en Francio. Ankaŭ li ridas. Henry metas la manojn sur mian talion kaj esprimas surprizon pri tiom da ostoj kaj bartoj de la korseto sub la silko. Mi rakontas al li pri Avino.

– Ŝi estis pli malalta ol mi. Ĝi dolorigas nur kiam mi sidiĝas; la finaĵoj de la ŝtalaj umoj pikas miajn koksojn.

Henry kisas mian kolon, kiam iu tusas; ni eksaltas disen. Mark kaj Sharon staras sojle de la ĉambro de Mark, pri kiu Panjo kaj Paĉjo maleme konsentis ke estus sensence se ili ne kune dormus en ĝi.

– Ĉesu pri tio nun – Mark uzas sian voĉon de iritata instruistino. – Ĉu vi do ne lernis el la dolora ekzemplo de viaj pliaĝuloj, geknaboj?

– Ni ja lernis – replikas Henry. – Ĉiam preta kaj preparita!

Kun rideto li frapetas la poŝon de sia pantalono (fakte mal-plenan), kaj ni ŝvebas ŝtupare malsupren ĉe la klukridoj de Sharon. Ĉiuj jam trinkis kelkajn glasojn kiam ni alvenas en la salonon. Alicia gestas per nia privata mansigno: «Atentu Panjon, ŝi ne estas en ordo». Panjo sidas sur la sofo kun sendanĝera aspekto, kun la tuta hararo kunigita en buleto, portante perlojn kaj sian persikan robon veluran kun la puntaj manikoj. Ŝi ŝajnas kontenta kiam Mark iras sidiĝi apud ŝi, ridas kiam li ŝercetas por ŝi, kaj momente mi ekdubas ĉu Alicia eble tamen eraris. Sed tuj poste mi rimarkas kiel Paĉjo rigardas Panjon kaj komprenas ke ŝi verŝajne diris ion teruran ĵus, antaŭ ol ni eniris. Paĉjo staras apud la trinkĉaro, turnas sin al mi, pli trankvile, verŝas al mi kolaon kaj donas al Mark bieron kun glaso. Li demandas al Sharon kaj Henry kion ili ŝatus. Sharon petas bobelakvon. Henry, post momento da pripenso, decidas pri viskio kun akvo. Paĉjo ne estas la plej sperta koktelisto. Liaj okuloj larĝiĝas kiam Henry senplue englutas sian viskion.

– Ĉu plian?

– Ne, dankon.

Mi jam scias ke Henry preferus simple preni mem la botelon

kun glaso, kaj buligi sin en lito kun libro, kaj ke li rifuzas duajn glasojn ĉar alie li ne sentus rimorson pri la tria kaj la kvara. Sharon ŝvebas ĉe la kubuto de Henry. Mi forlasas ilin kaj transiras aliflanken de la salono por sidi ĉe Onklino Dulcie en la ĉefenestra seĝo.

– Ho, belege, filino, mi ne vidis tiun robon de kiam Elizabeth portis ĝin en tiu festo ĉe la Planetario kiun aranĝis Licht.

Alicia aliĝas al ni; ŝi portas marist-bluan rulkoluman robon kun eta truo kie la maniko disiĝas de la trunko, kaj ĉifonecan kilton kun lanŝtrumpoj pendantaj ĉirkaŭ la maleoloj, kiel ĉe maljunulino. Mi scias ke ŝi faras tion por ĝeni Paĉjon, sed tamen ...

– Kio misas ĉe Panjo? – mi demandas ŝin.

Alicia ŝultrolevas.

– Ŝi agaciĝas pro Sharon.

– Kio misas pri Sharon? – scivolas Dulcie, leginte niajn lipojn. – Ŝi ŝajnas tute en ordo. Pli ol Mark, se vi scivolas pri mia opinio.

– Ŝi estas graveda – mi klarigas al Dulcie. – Ili geedziĝos. Panjo opinias ŝin blankula rubo, ĉar ŝi estas la unua en sia familio kiu ekhavas superan edukon.

Dulcie rigardas al mi akre, kaj vidas ke ankaŭ mi scias kion ŝi scias.

– Se iu devus montri iom da komprenemo al tiu knabino, tiu estas ĝuste Lucille.

Alicia volus demandi de Dulcie kion ŝi celas, kiam la sonorilo signalas vespermanĝon, kaj ni leviĝas kun Pavlova reflekso por vice eniri la manĝosalonon. Mi flustras al Alicia:

– Ĉu ŝi estas ebria?

– Laŭ mi ŝi jam trinkis en sia ĉambro antaŭ la manĝo.

Mi premas la manon de Alicia. Henry iom postrestas, dum

ni eniras en la salonon por trovi niajn lokojn: Paĉjo kaj Panjo sidas ĉe la du ekstremoj de la tablo, Dulcie, Sharon kaj Mark ĉe unu flanko, kun Mark apud Panjo, dum Alicia, Henry kaj mi havas lokon aliflanke, kun Alicia apud Paĉjo. La salono plenas de kandeloj, floretoj flosas en bovloj el tajlita vitro, kaj Etta aranĝis ĉiujn arĝentaĵojn kaj porcelanaĵojn sur la brodita tablotuko de Avino, farita de monaĥinoj en Provenco. Resume, jen Kristnaska vespero, ĝuste kiel ĉiu vespero de Kristnasko kiun mi memoras, krom ke Henry sidas apud mi kaj honteme klinas la kapon dum mia patro dankopreĝas.

– Patro Ĉiela, ni dankodiras al vi en ĉi tiu sankta nokto pro via kompato kaj pro via bonvolemo, pro plia jaro da sano kaj feliĉo, pro la konsolo kiun donas nia familio, kaj pro niaj novaj amikoj. Ni dankas vin ĉar vi sendis vian Filon, kiel senhelpan novnaskiton, por nin gvidi kaj nin elaĉeti, kaj ni dankas vin pro la bebo kiun Mark kaj Sharon alportos en nian familion. Ni petas ke ni povu esti pli perfektaj en nia amo kaj nia pacienco unuj kun la aliaj. Amen.

«Huh», mi pensas. «Li eldiris ĝin.» Mi ĵetas rigardon al Panjo: ŝi bolas. Sed necesas koni ŝin por kompreni tion: ŝi estas tre kvieta kaj fiksrigardas sian teleron. Malfermiĝas la kuireja pordo: Etta envenas kun la supo kaj metas malgrandan bovlon antaŭ ĉiun. Mi kaptas la rigardon de Mark, kiu per kapklineto gestas al Panjo, levas la brovojn, kaj mi reagas per malgranda kapjeso. Li demandas ŝin pri la pomrikolto de la jaro, kaj ŝi respondas. Alicia kaj mi iomete malstreĉiĝas. Sharon alrigardas min, kaj mi palpebrumas al ŝi. La supo estas el kaŝtanoj kaj pastinako, kio ŝajnus malbona ideo, krom se oni gustumas la supon de Nell.

– Ho! – ekkrietas Henry; ni ĉiuj ridas kaj formanĝas nian supon. Etta forprenas la supobovlojn kaj Nell alportas la meleagron. Ĝi estas grandega, ora kaj vapora, kaj ni ĉiuj aplaŭdas entuziasme, same kiel ni faras ĉiujare. Nell diras radiante:

– Nu, nu … – same kiel ŝi faras ĉiujare.

– Ho, Nell, ĝi estas perfekta! – laŭdas mia patrino, kun larmoj en la okuloj. Nell rigardas ŝin akre, kaj poste al Paĉjo:

– Dankon, sinjorino Lucille.

Etta disdonas al ni farĉon, glazuritajn karotojn, terpomojn kaj citronkremon, kaj ni pasigas niajn telerojn al Paĉjo, kiu plenŝovelas ilin per meleagraĵo. Mi rigardas la unuan mordon de Henry en la meleagron de Nell: jen surprizo, kaj poste beato.

– Mi vidis mian estontecon – li anoncas, kaj mi rigidiĝas. – Mi rezignos bibliotekistecon, enloĝiĝos en via kuirejo kaj adorklinos min ĉe la piedoj de Nell. Aŭ eble mi simple edzinigos ŝin.

– Tro malfrue – diras Mark. – Nell jam estas edzino.

– Ho, nu, mi devos tiam kontentiĝi per ŝiaj piedoj. Sed kial do vi ĉiuj ne pezas cent kvindek kilogramojn?

– Mi ja klopodas – asertas mia patro, kun frapeto al sia ventra kresko.

– Mi ja pezos cent kvindek kilogramojn kiam mi estos maljuna kaj ne plu bezonos treni kun mi la violonĉelon – diras Alicia al Henry. – Mi ekloĝos en Parizo kaj nutros min nur per ĉokolado, fumos cigarojn, pafos al mi heroinon kaj aŭskultos neniun krom Jimi Hendrix kaj The Doors. Kion pri tio, Panjo?

– Mi aliĝos al vi – diras Panjo kun majesto. – Sed mi preferus aŭskulti Johnny Mathis.

– Se vi pafos heroinon, vi ne vere volos manĝi ion ajn – Henry informas Alicia, kiu rigardas lin diveneme. – Provu mariĥuanon anstataŭe.

Paĉjo sulkas la frunton. Mark ŝanĝas la temon:

– Mi aŭdis en la radio ke ĉi-vespere neĝos dudek centimetrojn.

– Dudek! – ni koruse eĥas.

– Mi revas pri blanka Kristnasko ... – provas Sharon, ne tro konvinke.

– Mi esperas ke ne ĉiom elverŝiĝos dum ni estos en la meso – mishumoras Alicia. – Post meso mi ĉiam iĝas tiel dormema.

Ni ekbabilas pri neĝoŝtormoj kiujn ni spertis. Dulcie rakontas kiel ŝi estis kaptita en la Granda Neĝoŝtormo de 1967, en Ĉikago.

– Mi devis lasi mian aŭton ĉe la lagobordo kaj piediri la tutan vojon de Adams ĝis Belmont.

– Ankaŭ mi blokiĝis en tiu – diras Henry. – Mi preskaŭ frostiĝis; en la fino mi povis rifuĝi en la pastorejo de la Kvara Presbiteriana Preĝejo ĉe avenuo Michigan.

– Kiom juna vi estis? – demandas Paĉjo, kaj Henry respondas hezite:

– Tri jarojn.

Li ĵetas rigardon al mi, kaj mi komprenas ke li parolas pri vera sperto dum tempvojaĝado. Li aldonas:

– Mi estis kun mia patro.

Al mi estas absolute travideble ke li mensogas, sed neniu ŝajnas rimarki. Envenas Etta por forpreni niajn telerojn kaj elmeti novajn por la deserto. Post iometa prokrasto Nell envenas kun la flamanta Kristnaska pudingo.

– Ho ho! – diras Henry.

Ŝi starigas la pudingon antaŭ Panjo, kaj la palaj haroj de Panjo iĝas por momento kuproruĝaj, kiel la miaj, ĝis la flamoj formortas. Paĉjo malfermas la ĉampanon (sub telertuko, por ke la korko ne paftrafu ies okulglobon). Ni ĉiuj pasigas niajn glasojn al li, li plenigas ilin kaj ni pasigas la glasojn reen. Panjo dividas la pudingon en maldikajn tranĉojn, kaj Etta distribuas ilin al ĉiuj. Sur la tablo staras nun du kromaj glasoj, unu por Etta kaj unu por

Nell, kaj ni ĉiuj ekstaras por la tostoj.

Mia patro komencas:

– Al la familio!

– Al Nell kaj Etta, kiuj estas kvazaŭ familianoj, kiuj tiom laboregas pri nia hejmo kaj havas tiom da talentoj – diras mia patrino senspire kaj mallaŭte.

– Al paco kaj justeco! – diras Dulcie.

– Al la familio! – diras Etta.

– Al komencoj! – tostas Mark al Sharon.

– Al la hazardo! – ŝi respondas.

Jen mia vico. Mi rigardas Henry:

– Al la feliĉo! Al la jeno kaj nuno!

Henry respondas serioze:

– Ke tempon, spacon ni disponu!

Mia koro saltas: kiel li povas scii? Sed mi rememoras ke Marvell estas unu el liaj plej ŝatataj poetoj, kaj ke li aludas al nenio krom la estonteco.

– Al la neĝo, kaj al Jesuo, kaj al Panjo kaj Paĉjo, al kordoj el katguto kaj al sukero, kaj al miaj novaj ruĝaj altaj sportŝuoj! – diras Alicia, kaj ni ĉiuj ridas.

– Al amo! – diras Nell, rekte rigardante min, elmontrante sian larĝan rideton. – Kaj al Morton Thompson, inventinto de la plej manĝinda meleagro de la tuta planedo!

HENRY: Dum la tuta vespermanĝo la humoro de Lucille oscilas fulmrapide inter malĝojo, jubilo kaj senespero. Ŝia tuta familio zorge navigas ĉirkaŭ ŝiaj animstatoj, puŝante ŝin ree kaj ree al neŭtrala teritorio, ŝirmante kaj protekte. Sed dum ni sidiĝas kaj komencas manĝi la deserton, io rompiĝas en ŝi kaj ŝi silente plorsingultas, ŝiaj ŝultroj tremas, ŝi forturnas la kapon kvazaŭ por ŝovi ĝin sub flugilon kiel dormanta birdo. Komence mi estas la sola kiu rimarkas tion, kaj mi sidas terurite, malcerta kion fari. Poste ekvidas ĝin ankaŭ Philip, kaj tiam eksilentas la tuta tablanaro. Li jam staras ĉe ŝia flanko.

– Lucy? – li flustras. – Lucy, kio okazas?

Alrapidas Clare:

– Panjo, ĉio en ordo, trankviliĝu ...

Lucille skuas la kapon: ne, ne, ne, kaj tordadas al si la manojn. Philip retretas.

– Ŝŝ! ... – pluas Clare.

Lucille ekparolas tre rapide sed ne tre klare, mi aŭdas nur nekompreneblaĵojn, kaj poste «Ĉion malĝuste» kaj «Li fuŝis siajn ŝancojn», kaj fine «Oni absolute ne konsideras min en ĉi tiu familio», kaj «Hipokrite», kaj denove plorsingulton. Je mia surprizo, la konsternitan silenton rompas praavino Dulcie:

– Knabino, se iu ajn estas hipokrita ĉi tie, tiu estas vi. Vi faris tute same, kaj laŭ mi tio neniom fuŝis la ŝancojn de Philip. Eĉ plibonigis ilin, mi dirus.

Lucille ĉesas plori kaj rigardas al sia onklino en silenta ŝoko. Mark rigardas al sia patro, kiu kapjesas, unu fojon, kaj poste al Sharon, kiu ridetas kvazaŭ ŝi gajnis en loterio. Clare ne aspektas aparte mirigita, kaj mi demandas min kiel ŝi povis jam scii se Mark ne scias, kaj kion alian ŝi scias kion ŝi neniam menciis; mi subite ekkomprenas ke Clare scias ĉion, nian estontecon, nian pasintecon, ĉion, kaj mi ektremas en la varma ĉambro. Etta alportas kafon. Ni ne longe plu sidas ĉe ĝi.

CLARE: Etta kaj mi enlitigis Panjon. Ŝi daŭre pardonpetis, laŭ sia kutimo, kaj provis konvinki nin ke ŝi fartas sufiĉe bone por iri al la meso, sed fine ni atingis ke ŝi kuŝiĝu, kaj ŝi preskaŭ tuj ekdormis.

Etta diras ke ŝi restos hejme, por la okazo ke Panjo vekiĝos. Mi diras al ŝi ne stultumi, ja restu hejme mi, sed Etta obstinas, do fine mi devas ŝin lasi: ŝi sidas apud la lito, legante el Sankta Mateo. Mi trairas la koridoron kaj kaŝrigardas en la ĉambron de Henry, sed estas mallume. Malfermante mian pordon, mi trovas Henry tie: li kuŝas surdorse sur mia lito kaj legas la romanon *Sulko en la tempo*. Mi ŝlosas la pordon kaj surlitiĝas apud li.

– Kio misas ĉe via panjo? – li demandas, dum mi zorge aranĝas min apud li, por ke mia robo ne piku min iel.

– Ŝi estas mania-depresia.

– Ĉu ŝi ĉiam estis tia?

– Ŝi fartis pli bone kiam mi estis malgranda. Ŝi naskis bebon, kiu mortis, kiam mi aĝis sep, kaj tio estis malbona. Ŝi provis mortigi sin. Mi trovis ŝin.

Mi memoras la sangon ĉie, la bankuvon plenan de sanga akvo, la tukojn sangotrempitajn. Mi kriis por helpo, sed neniu estis hejme.

Henry diras nenion, kaj mi elstreĉas la kolon, dum li rigardas la plafonon.

– Clare – li fine diras.

– Kion?

– Kiel eblas ke vi ne rakontis al mi antaŭe? Ŝajne okazas multo en via familio pri kio estus utile ke mi sciu pli frue.

– Sed vi ja sciis ...

Mi mutiĝas. Li ne sciis. Kiel li scius?

– Pardonu. Estas ke ... Mi rakontis al vi kiam ĝi okazis, sed mi forgesas ke nun estas pli frue ol tiam, kaj tial mi pensas ke vi jam ĉion scias ...

Henry paŭzas, kaj fine diras:

– Nu, kio koncernas mian familion, mi jam malfermis ĉiujn

skatolojn, por tiel diri. Ĉiuj ŝrankoj kaj skeletoj estis elmontritaj
por via inspekto. Do, mi simple surpriziĝis ... Mi ne scias ...

– Sed vi ankoraŭ ne prezentis min al li.

Mi volegas renkonti la patron de Henry, sed ĝis nun mi ĉiam
timis mencii tion.

– Efektive, ne.

– Sed ĉu vi faros?

– Jes, iam.

– Kiam?

Mi atendus ke Henry diros al mi ne postuli tro, kiel li ĉiam
kutimis reagi kiam mi starigis tro da demandoj, sed li nur sid-
leviĝas kaj elsvingas la gambojn el la lito. La dorso de lia ĉemizo
plenas je sulkoj.

– Mi ne scias, Clare. Kiam mi kapablos elteni ĝin, mi pensas.

Mi aŭdas paŝojn ekster la pordo, kiuj haltas, kaj la fermilo
ŝoviĝas tien-reen.

– Clare? – mi aŭdas mian patron. – Kial la pordo estas
ŝlosita?

Mi stariĝas kaj malfermas ĝin. Paĉjo malfermas sian buŝon
sed, ekvidante Henry, li gestas ke mi eliru al li en la halon.

– Clare, vi konas vian patrinon, kaj mi ne aprobas ke vi invitu
vian amikon en vian dormoĉambron – li diras kun trankvila tono.
– Estas multe da ĉambroj en ĉi tiu domo ...

– Ni nur parolis.

– Vi povas paroli en la salono.

– Mi rakontis al li pri Panjo kaj pri tio ne volis paroli en la
salono, ĉu ne kompreneble?

– Kara, mi vere ne opinias ke necesas rakonti al li pri via
patrino ...

– Post la spektaklo kiun ŝi ĵus prezentis, kion mi devus fari?

Henry mem kapablas vidi ke ŝi estas bizara, li ne stultas ...

Mi levas la voĉon; Alicia malfermas sian pordon kaj premas fingron al la lipoj.

– Via patrino ne estas bizara – severas mia patro.

– Ŝi estas – Alicia aliĝas al la batalo.

– Ne enmiksiĝu ...

– Mi ja faros!

– Alicia!

La vizaĝo de Paĉjo ruĝiĝas malhelen, liaj okuloj elpuŝiĝas, kaj li voĉas tre laŭte. Etta malfermas la pordon de Panjo kaj rigardas al nia triopo kun profunda frustriĝo.

– Iru malsupren, se vi volas kriadi – ŝi siblas kaj fermas la pordon. Ni rigardas unu la alian kun embaraso.

– Poste – mi diras al Paĉjo. – Lecionu al mi poste.

Dum ĉio ĉi Henry sidas sur mia lito, provante ŝajnigi ke li ne ĉeestas.

– Venu, Henry. Ni iru sidi en alia ĉambro.

Henry, obeema kiel riproĉita knabeto, ekstaras kaj sekvas min malsupren. Alicia pezpaŝe fermas la marŝon. Funde de la ŝtuparo mi rigardas supren kaj vidas Paĉjon, kiu senhelpe rigardas al ni malsupre.

Li turnas sin por iri al la pordo de Panjo, kaj frapetas.

– Hej, spektu ni «Mirindas la vivo»! – proponas Alicia, rigardante sian horloĝon. – Ĝi estos ĉe Kanalo 60 post kvin minutoj.

– Ĉu denove? Ĉu vi ne spektis ĝin jam eble ducent fojojn?

La koro de Alicia fandiĝas por Jimmy Stewart.

– Mi neniam vidis ĝin – diras Henry.

Alicia afektas ŝokiĝon.

– Neniam? Kial?

– Mi ne havas televidilon.

Nun Alicia vere estas ŝokita.

– Ĉu ĝi paneis, aŭ io tia?

Henry ridas.

– Ne. Mi simple malamas ĝin. Ĝi kaŭzas al mi kapdolorojn.

Ĝi kaŭzas al li tempvojaĝojn. Pro la flagrado de la ekrana bildo.

Alicia estas seniluziigita.

– Do vi ne volas spekti?

Henry rigardetas al mi; kial ne.

– Bone – mi diras. – Dum kelka tempo. Ni ne vidos la finon, tamen; ni devas prepariĝi por la meso.

Ni invadas la televidĉambron, apartan de la salono. Alicia enŝaltas la aparaton. Koruso kantas «Sonis en serena noktomez'».

– Huh – ŝi mokas. – Rigardu tiujn aĉajn talarojn el flava plasto. Aspektas kiel pluvoponĉoj.

Ŝi faligas sin sur la plankon, kaj Henry eksidas sur la sofo. Mi sidiĝas apud li. Ekde kiam ni alvenis, mi konstante zorgas kiel mi devus konduti en la ĉeesto de miaj diversaj familianoj rilate al Henry. Kiel proksime mi sidu? Se Alicia ne ĉeestus, mi kuŝus sur la sofo, ripozigus mian kapon sur la sino de Henry. Li nun solvas mian problemon per rapida alŝoviĝo, metante brakon ĉirkaŭ min. Mensa malkomforto: ni neniam sidus tiel en ajna alia kunteksto. Kompreneble, ni ja neniam televidas kune. Eble ĝuste tiel ni sidus, se ni ja televidus. La koruso vanuas, kaj aperas inundo da reklamoj. Makdonaldo, loka Buick-koncesio, kukoj Pillsbury, manĝejoj Red Lobster: ili ĉiuj deziras al ni Feliĉan Kristnaskon. Mi rigardas Henry, kies vizaĝo montras ian vakan miron.

– Kio? – mi demandas mallaŭte.

– La rapideco. Ili tranĉas post ĉiu dua sekundo. Malsanigos min.

Henry frotas al si la okulojn.

– Mi prefere iru legi iomete.

Li ekstaras kaj eliras, post minuto mi aŭdas liajn piedojn sur la ŝtupoj. Mi eldiras rapidan preĝon: «Dio, bonvole faru ke Henry ne tempvojaĝu, precipe ne kiam ni iros al preĝejo kaj mi ne povos klarigi». Alicia grimpas sur la sofon kiam la malferma sekvenco aperas sur la ekrano.

– Li ne longe eltenis – ŝi rimarkigas.

– Lin plagas tiuj vere hororaj kapdoloroj. Pro kiuj oni devas kuŝi en mallumo tute senmove, kaj se iu diras «hu!», onia kapo eksplodas.

– Ho!

James Stewart foliumas aron da vojaĝbroŝuroj, sed lian forveturon haltigas la neceso ĉeesti dancfeston.

– Li estas tre ĉarma.

– Jimmy Stewart?

– Ankaŭ li. Sed mi celas vian ulon. Henry.

Mi larĝe ridetas, tiel fiera kvazaŭ mi mem fabrikis Henry.

– Jes ja.

Donna Reed sendas radian rideton al Jimmy Stewart tra salono da homamaso. Nun ili du dancas, kaj la rivalo de Jimmy Stewart turnas ŝaltilon kiu igas aperi sub la dancoplanko naĝbasenon.

– Panjo vere ŝatas lin.

– Haleluja!

Donna kaj Jimmy dancpaŝas malantaŭen en la basenon; baldaŭ aliaj, en mondumaj vestaĵoj, sekvas ilin plonĝe, dum la orkestro plu ludas.

– Ankaŭ Nell kaj Etta aprobas.

– Bonege. Nun necesas nur ke ni trapasu la sekvajn tridek ses horojn sen detrui la bonan unuan impreson.

– Kial tio malfacilus? Krom se … nu ne, vi ne povus esti tiel stultaj …

Alicia rigardas min duboplene.

– Aŭ ĉu?

– Certe ne.

– Certe ne – ŝi eĥas. – Dio mia, mi ne povas kredi ke Mark povas esti tia kompleta idioto.

Jimmy kaj Donna nun kantas «Bufalanin', ni revidos ja nin», promenante laŭ la stratoj de lia vilaĝo Bedford Falls, brilaj en lia futbal-uniformo kaj ŝia banmantelo.

– Se vi nur ĉeestus hieraŭ! Mi pensis ke Paĉjo suferos kor-atakon rekte antaŭ la Kristnaskarbo. Mi imagis kiel li kolapsus, tiel ke la arbo falus sur lin, kaj la sukuristoj devus forlevi de li ĉiujn ornamaĵojn kaj donacojn por povi apliki KPR-on …

Dume Jimmy proponas al Donna la lunon, kaj Donna akceptas.

– Mi pensis ke kora-pulma revivigo estis instruata al vi en la lernejo.

– Jam sufiĉus al mi revivigi Panjon. Estis terure, Clare. Tiom da interkriado …

– Ĉu Sharon ĉeestis?

Alicia morne ridas.

– Ĉu vi ŝercas? Sharon kaj mi estis ĉi tie kaj provis babili ĝentile, ĉu ne, dum Mark kaj la gepatroj kriadis unu al la alia en la salono. Post kelka tempo ni jam nur sidis kaj aŭskultis.

Alicia kaj mi interŝanĝas rigardon kun la signifo «Ĉu do nenio nova sub la suno?» Dum nia tuta vivo ni kutimis aŭskulti niajn gepatrojn kriadi, jen unu al la alia, jen al ni. Foje mi sentas ke sufiĉos vidi Panjon plori unu plian fojon por ke mi foriru por ĉiam kaj neniam revenu. Ĝuste nun mi volas forkapti Henry kaj reveturi al Ĉikago, kie neniu povas krii, neniu povas ŝajnigi ke ĉio estas en ordo kaj nenio okazis. Kolerega, ventrega viro en sub-ĉemizo krias al James Stewart ke li ĉesu mortbabili povran Donna Reed kaj simple kisu ŝin. Mi ne povus konsenti pli, sed li ne kisas. Anstataŭe li surtretas ŝian robon kaj ŝi senatente elpaŝas el ĝi, kaj eĉ ne pasas sekundo antaŭ ol ŝi jam kaŝas sin nuda en granda hortensia arbusto.

Sekvas reklamo por la picejoj Pizza Hut, do Alicia malŝaltas la sonon.

– Clare?

– Jes?

– Ĉu Henry jam estis ĉi tie pli frue?

Ho ve.

– Ne, ne laŭ mia scio, kial do?

Ŝi malkomforte ŝoviĝas tien-reen kaj rigardas foren dum sekundo.

– Vi diros ke mi estas freneza.

– Sed kio do?

– Nu, okazis al mi stranga afero. Antaŭ longa tempo ... Mi aĝis ĉirkaŭ dek du jarojn, kaj mi devis ĝuste ekzerci min, kiam mi rememoris ke mi ne havas puran ĉemizon por la provprezento, aŭ io tia, dum Etta kaj ĉiuj estis ie eksterdome, Mark devus zorgi pri mi, sed li restis en sia ĉambro por fumi mariĥuanon, aŭ kiu scias ... Kiel ajn, mi iris malsupren, al la lavoĉambro, serĉante mian ĉemizon, kaj aŭdis tiun bruon, vi scias, de la pordo ĉe la suda fino de la kelo, kiu kondukas al la lokalo kun ĉiuj bicikloj, ian trablovan sonon. Mi supozis ke estas Peter, ĉu ne? Do mi staris sur la sojlo de la lavejo, iom aŭskultante, kaj la pordo de la bicikloĉambro malfermiĝis kaj, Clare, vi ne kredos min, aperis tute nuda ulo, kiu aspektis ĝuste kiel Henry.

Mi ekridas, sed sonas false.

– Nu, tamen, kiel vi …

Alicia larĝe ridetas.

– Vidu, mi sciis ke vi kredos min freneza. Sed mi ĵuras ke vere okazis. Do, la ulo aspektas nur milde surprizita, sciu, mi celas ke mi staras tie kun gapega buŝo, pensante ĉu tiu nuda ulo intencas, nu, seksperforti min aŭ mortigi min aŭ io tia, sed li nur rigardas al mi kaj diras: «Ho, saluton, Alicia», kaj eniras la Legoĉambron kaj fermas la pordon.

– Aĥ …

– Do mi kuras supren kaj pugnofrapas la pordon de Mark, kaj li diras ke mi forfikiĝu, sed fine mi igas lin malfermi la pordon, nur ke li estas tiom en la nuboj ke daŭras tempon antaŭ ol atingas lin kion mi klarigadas, kaj tiam, kompreneble, li ne kredas min, sed finfine mi venigas lin malsupren, kaj li frapas la pordon de la Legoĉambro kaj ni ambaŭ vere timas, kiel en la historioj de junaj detektivoj, ĉu ne, kiam oni pensas «Kiel stultaj estas tiuj knabinoj, ili simple devus voki la policon», sed nenio okazas, do Mark malfermas la pordon, sed neniu estas ene, do li koleras al mi ĉar mi, nu, laŭ li, ĉion inventis, sed tiam ni ekpensas ke la viro iris supren, do ni ambaŭ eksidas en la kuirejo apud la telefono, kun la granda viandotranĉilo de Nell sur la stablo.

– Sed kial do vi neniam rakontis al mi pri ĉi tio?

– Nu, kiam vi ĉiuj revenis hejmen, mi sentis min iom stulta, kaj mi sciis ke precipe Paĉjo pensus ke okazis iu grava afero, dum verdire nenio vere okazis … sed ankaŭ amuze ja ne estis, kaj mi simple ne emis paroli pri ĝi.

Alicia ridas:

– Mi foje demandis al Avinjo ĉu estas fantomoj en la domo, sed ŝi diris ke ŝi ne scias eĉ pri unu.

– Kaj ĉi tiu ulo, aŭ fantomo, aspektis kiel Henry?

– Jes! Mi ĵuras, Clare, mi preskaŭ svenis kiam vi du alvenis kaj mi ekvidis lin, mi volas diri, li estas tiu ulo! Eĉ lia voĉo estas la sama. Nu, tiu, kiun mi vidis en la kelo, havis pli mallongajn harojn kaj estis pli maljuna, eble ĉirkaŭ kvardek…

– Sed se tiu ulo aĝis kvardek jarojn, kaj se tio okazis antaŭ kvin jaroj… Henry aĝas nur dudek ok, do li tiam devis aĝi dudek tri, Alicia.

– Hm, hm. Sed Clare, estas tiel bizare… ĉu li eble havas fraton?

– Ne. Kaj lia paĉjo ne tre similas lin.

– Eble estis, nu, vi scias, astrala projekcio aŭ io tia.

– Tempvojaĝanto? – mi sugestas kun rideto.

– Jes, fakte, certe tio. Dio, kiel strangege!

La televida ekrano restas malluma dum momento, sed jen ni denove kun Donna en sia hortensia arbusto kaj Jimmy Stewart ĉirkaŭiranta la arbuston kun ŝia banmantelo faldita sur unu brako. Li lude mokas ŝin: li vendos biletojn por vidi ŝin nuda. Kia kanajlo, mi pensas, eĉ dum mi ruĝiĝas memorante pli aĉajn aferojn, kiujn mi diris kaj faris al Henry rilate la temaron de vestoj kaj nudeco. Sed jen aŭto alruliĝas kaj Jimmy Stewart ĵetas al Donna ŝian banmantelon. «Via patro havis apopleksion!» – diras iu en la aŭto, kaj tuj li forlasas ŝin, apenaŭ rerigardante, dum Donna Reed staras vestita nur per foliaro. Miajn okulojn alfluas larmoj.

– Dio, Clare, trankvile, li revenos – memorigas min Alicia. Mi ridetas, kaj ni instalas nin por rigardi kiel s-ro Potter mokincitas povran Jimmy Stewart, ĝis li fine rezignas siajn studojn por estri kondamnitan ŝpar- kaj pruntobankon.

– Bastardo – diras Alicia.

– Bastardo – mi konsentas.

 Kiam el la malvarma nokta aero ni enpaŝas en la varmon kaj lumon de la preĝejo, mia stomako turniĝas. Mi neniam ĉeestis katolikan meson. La lasta fojo kiam mi partoprenis ajnan religiaĵon estis la entombigo de mia panjo. Mi kroĉas min al la brako de Clare kiel blindulo, dum ŝi gvidas nin laŭ la centra irejo, por laŭvice sidiĝi sur vaka longbenko. Clare kaj ŝia familio genuiĝas sur la remburitaj apogkusenoj, dum mi sidiĝas, sekvante la konsilojn de Clare. Ni alvenis frue. Alicia malaperis, dum Nell sidas malantaŭ ni kun sia edzo kaj la filo, en forpermeso el la Mararmeo. Dulcie apudas samaĝulinon. Clare, Mark, Sharon kaj Philip genuas flank-al-flanke en diversaj sintenoj: Clare estas malsekura, Mark senceremonia, Sharon trankvila kaj absorbita, Philip elĉerpita. La preĝejon florornamas multegaj eŭforbioj. Odoras vakson kaj malsekajn mantelojn. Dekstre de la altaro, zorge farita kripo montras scenon kun Maria, Jozefo kaj ilia akompanantaro. Homoj vice envenas, elektas sidlokojn, salutas unu la alian. Clare glitas al la loko apud mi, poste Mark kaj Philip sekvas ŝian ekzemplon; Sharon restas surgenue iom pli longe, kaj poste ni ĉiuj sidas kviete en vico, atendas. Viro en kostumo surpaŝas la scenejon – altaron, kion ajn – kaj elprovas la mikrofonojn ligitajn al la etaj legopupitroj, poste denove malaperas fone. Ĉeestas multe pli da homoj nun, la preĝejo plenplenas. El la sceneja maldekstro aperas Alicia kun du aliaj virinoj kaj unu viro, ĉiu kun sia instrumento. La blondulino estas violonisto, kaj la museca brunharulino estas la aldvioloinisto; la viro, tiel maljuna ke li kliniĝas kaj trenas la piedojn, estas la alia violonisto. Ili ĉiuj surhavas nigrajn vestaĵojn. Ili sidiĝas sur siaj faldseĝoj, ŝaltas la lumon super siaj pupitroj, krakigas la paperon de siaj muziknotoj, pinĉas diversajn kordojn kaj alrigardas unu la alian, serĉe al konsento. La homoj subite kvietiĝas, kaj en ĉi tiun kvieton envenas longa, malrapida, malalta noto, pleniganta la spacon, sen ligo al ajna konata muzikaĵo, sono kiu simple ekzistas, subtenas. Alicia klinas sin kiel eble plej malrapide, kiom nur eblas por homo kliniĝi, kaj la sono, kiun ŝi produktas, ŝajnas eliri el nenie, kvazaŭ origini el inter miaj oreloj, resone tra mia kranio kiel se fingroj karesus mian cerbon. Ŝi haltas. La sekva silento estas mallonga sed absoluta. Kaj jen ĉiuj kvar muzikistoj ekviglas. Post la simplo de tiu unusola noto, ilia muziko disonancas, modernas kaj mistonas, tiel ke mi pensas: ĉu Bartók? Sed baldaŭ mi elspuras kion mi aŭdas, kaj mi komprenas ke ili ludas *Silenta Nokto*. Mi ne povas kompreni kial ĝi sonas tiel strange, ĝis mi vidas la blondan violonistinon piedbati la seĝon de Alicia, kaj post unu takto la muzikpeco enfokusiĝas. Clare alrigardas min kaj ridetas. Ĉiuj en la preĝejo malstreĉiĝas. *Silenta Nokto* cedas al himno, kiun mi ne rekonas. Ĉiuj ekstaras. Ili turnas sin direkte al la malantaŭo de la preĝejo, kaj la pastro laŭpaŝas la centran irejon kun sekvantaro el junaj knaboj kaj kelkaj viroj en kostumoj. Ili solene marŝas en la antaŭon de la preĝejo kaj alprenas siajn poziciojn. La muziko subite ĉesas. Ho, ne, mi pensas, kio nun? Clare prenas mian manon, kaj ni ekstaras kune, en la homamaso, kaj se ekzistas Dio, tiam Dio, lasu min stari ĉi tie trankvile kaj nerimarkate, en la jeno kaj nuno, la jeno kaj nuno.

CLARE: Henry aspektas svenonta. Kara Dio, bonvolu ne lasi lin malaperi nun. Patro Compton bonvenigas nin per sia voĉo de radioparolisto. Mi metas manon en mantelpoŝon de Henry, puŝas miajn fingrojn tra la truo ĉe la fundo, trovas lian kacon kaj premas ĝin. Li eksaltas kvazaŭ pro elektroŝoko. «La Sinjoro estu kun vi» – diras Patro Compton. «Kaj ankaŭ kun vi» – ni ĉiuj respondas serene. Same kiel ĉiam. Kaj tamen, jen ni du, finfine, videblaj kune por ĉiu ajn. Mi sentas kiel la rigardo de Helen boras sin en mian dorson. Ruth sidas kvin vicojn malantaŭ ni, kun siaj frato kaj gepatroj. Nancy, Laura, Mary Christina, Patty, Dave kaj Chris, kaj eĉ Jason Everleigh; ŝajnas ke ĉiuj miaj samklasanoj ĉeestas ĉi-vespere. Mi rigardas al Henry, kiu ignoras ĉion ĉi. Li ŝvitas. Li rigardas min, levas unu brovon. La meso pluas. Legaĵoj el la Malnova Testamento, *Kyrie*, «Paco estu kun vi: kaj ankaŭ kun vi». Ni ĉiuj stariĝas por la evangelio, Luko, Ĉapitro 2. Ĉiuj en la Romia Imperio iris, por esti registritaj, ĉiu al sia urbo, Jozefo kun sia fianĉino Maria, kiu estis graveda, la naskiĝo, mirakla kaj humila. La vindoj, la staltrogo. La logikon de la historio mi neniam kaptis, sed ĝia beleco estas nekontestebla. La paŝtistoj, kiuj kamploĝis kaj nokte gardis sian gregon. La anĝelo: *Ne timu; ĉar jen mi venigas al vi bonan sciigon de granda ĝojo ...*

Henry skuas sian kruron en tre distra maniero. Liaj okuloj estas fermitaj kaj li mordas sian lipon. Anĝeloj svarmas. Patro Compton ekĉantas: *Sed Maria konservis ĉiujn tiujn dirojn kaj pripensis ilin en sia koro ... Amen* – ni respondas, kaj residiĝas por aŭskulti la predikon. Henry klinas sin al mi kaj flustras:

– Kie estas la necesejo?

– Tra tiu pordo.

Mi montras al li la pordon tra kiu envenis Alicia, Frank kaj la aliaj.

– Kiel mi atingu ĝin?

– Iru al la malantaŭo de la preĝejo, kaj poste laŭ la flanka navo.

– Se mi ne revenos ...

– Vi devas reveni.

Dum Patro Compton prononcas *En ĉi tiu nokto plej ĝoja el la noktoj* ..., Henry stariĝas kaj forrapidas. Mia patro okulsekvas lin dum li iras malantaŭen, flanken kaj ĝis la pordo. Mi rigardas lin elgliti tra la pordo, kiu svinge fermiĝas malantaŭ li.

HENRY: Mi staras en, ŝajne, koridoro de bazlernejo. Ne paniku, mi ripetas al mi. Neniu povas vin vidi. Kaŝu vin ie. Mi nervoze ĉirkaŭrigardas, kaj jen pordo: KNABOJ. Mi malfermas ĝin kaj trovas min en miniatura necesejo, kun brunaj kaheloj, kun ĉiuj instalaĵoj malgrandaj kaj proksimaj al la planko, dum varmega blovo el radiatoro intensigas la odoron de institucia sapo. Mi malfermas la fenestron je kelkaj centimetroj kaj ŝovas mian vizaĝon al la fendo. Ajna eventuala elvido estas blokita de ĉiamverdaj arboj, tiel ke mi ensuĉas malvarman aeron pinogustan. Post kelkaj minutoj mi sentas reveni iom da fortoj. Mi kuŝiĝas sur la kaheloj, kurbigante min kun la genuoj al la mentono. Jen ĉi tie mi estas. Mi, solida. Mi, nun. Ĉi tie sur jena brun-kahela planko. Ŝajnas tiel bagatela peto: kontinueco. Certe, se ekzistas Dio, li volas ke ni estu bonaj, kaj estus malracie atendi ke iu estu bona sen motivado, kaj Clare estas tre, tre bona, ŝi eĉ kredas je Dio, kial do li decidus embarasi ŝin antaŭ ĉiuj tiuj homoj ...

Mi malfermas la okulojn. Ĉiuj etaj porcelanaj instalaĵoj ekhavas irizajn aŭrojn, ĉielbluajn kaj verdajn kaj purpurajn, kaj mi rezignacias iri, ne eblas halti nun, mi ektremas, «Ne!», sed mi estas for.

CLARE: Patro Compton finas sian predikon, kiu temas pri la monda paco. Paĉjo klinas sin trans Sharon kaj Mark por flustri:

– Ĉu via amiko fartas malbone?

– Jes – mi flustras reen, – li suferas pro kapdoloroj, kaj foje tial li vomemas.

241

– Ĉu mi iru vidi ĉu mi povas helpi?

– Ne! Baldaŭ li fartos bone.

Paĉjo ne ŝajnas konvinkita, sed restas sidanta. Patro Compton nun benas la hostion. Mi provas subpremi la impulson elkuri kaj mem trovi Henry. En la antaŭaj benkovicoj homoj leviĝas por komuniiĝi. Alicia ludas la suiton por violonĉelo n-ro 2 de Baĥo. Triste kaj belege. Revenu, Henry. Revenu!

HENRY: Mi estas en mia loĝejo en Ĉikago. Estas mallume, mi genuas en la salono. Ŝanceliĝe mi ekstaras, kaj albatas kubuton al la librobretoj. Fek'! Estas nekredeble. Eĉ unu tagon mi ne povas travivi kun la familio de Clare, mi estas forsuĉita kaj rekraĉita en mian propran damnan loĝejon kiel merda globeto de fliperludo.

– He!

Mi turnas min kaj jen mi, dormeme sidanta, sur la sofo.

– Kiu dato estas hodiaŭ? – mi postulas scii.

– La 28-a de decembro 1991.

Kvar tagojn post nun. Mi sidiĝas sur la lito.

– Mi ne povas elteni ĉi tion.

– Malstreĉiĝu. Vi reiros post kelkaj minutoj. Neniu rimarkos. Ne estos ajna problemo dum la cetero de la vizito.

– Ĉu ...?

– Jes, vere. Ĉesu ploraĉi – diras mia mio, perfekte imitante Paĉjon. Mi volonte vangofrapus lin, sed ja kiucele? En la fono mallaŭte aŭdiĝas muziko.

– Ĉu Baĥo?

– Kio ...? Ho, jes, certe, en via kapo. Ludas Alicia.

– Tute strange. Ho! – Mi kuras al la banĉambro, kaj preskaŭ atingas ĝin.

CLARE: La lastaj homoj komuniiĝas kiam Henry eniras tra la pordo, iom pala sed paŝanta. Li revenas laŭ la centra irejo kaj enpremas sin apud min.

– La meso estas finita, iru en paco – deklaras Patro Compton.

– Amen – ni respondas. La altarknaboj svarmas kiel fiŝetaro ĉirkaŭ la pastro, ili gaje grupmarŝas laŭ la irejo, kaj ni ĉiuj eliras post ili. Mi aŭdas Sharon demandi al Henry ĉu li fartas bone, sed ne lian respondon, ĉar Helen kaj Ruth kaptas nin, kaj mi prezentas Henry al ili. Helen ridetaĉas:

– Sed ni jam renkontis nin antaŭe!

Henry rigardas al mi alarmite. Mi skuas la kapon direkte al Helen, kiu ridetas memkontente.

– Nu, eble ne – ŝi diras. – Plaĉe renkonti vin … Henry.

Ruth timide etendas manon al Henry. Je mia surprizo li tenas ĝin dum momento kaj poste diras «Saluton, Ruth» eĉ antaŭ ol mi ŝin prezentus, sed laŭ mia impreso ŝi ne rekonas lin. Aliĝas al ni Laura, ĝuste kiam Alicia altrenas sian violonĉelujon tra la homamaso.

– Venu ĉe min morgaŭ! – invitas Laura. – Miaj gepatroj forveturos al Bahamoj je la kvara.

Ni ĉiuj entuziasme konsentas: ĉiujare la gepatroj de Laura forvojaĝas al iu tropikejo tuj kiam ĉiuj donacoj estas malfermitaj, kaj ĉiujare ni svarmas tien tuj kiam ilia aŭto malaperas post la stratangulo. Ni disiĝas kun la refreno «Feliĉan Kristnaskon!», kaj kiam ni eliras tra la flanka pordo de la preĝejo en la parkejon, Alicia diras:

– Ho, mi antaŭsciis!

Ĉie kuŝas profunda nova neĝo, la mondo renaskiĝis blanka. Mi staras senmova kaj rigardas la arbojn kaj la aŭtojn, kaj trans la strato direkte al la lago, kies ondoj frakasiĝas nevideblaj sur la plaĝo, for de la preĝejo, kontraŭ la klifon. Henry staras kun mi, atendante. Mark diras:

– Ek, Clare!

Kaj mi ekas.

HENRY: Estas ĉirkaŭ la 1:30 matene kiam ni eniras la pordon de Domo Meadowlark. Dum la tuta veturo hejmen Philip riproĉis Alicia pro ŝia «eraro» ĉe la komenco de *Silenta Nokto*, dum ŝi sidis trankvile, rigardante tra la aŭtofenestro al la mallumaj domoj kaj arboj. Nun ĉiuj supreniras al siaj ĉambroj, dirinte «Feliĉan Kristnaskon» kvindekon da pliaj fojoj, krom Alicia kaj Clare, kiuj malaperas en ĉambro ĉe la fino de la teretaĝa halo. Mi ne scias kion fari kun mi mem, kaj laŭ impulso mi sekvas ilin.

– Kia kacokapo! – diras Alicia, ĝuste kiam mi ŝovas mian kapon tra la pordo.

En la ĉambro regas enorma bilarda tablo, priverŝata de akra brilego el la lampo pendanta super ĝi. Clare aranĝas la bilardajn globojn en la komencan pozicion, dum Alicia paŝas tien-reen en la ombro, rande de la lumoflako.

– Nu, se vi intence kolerigas lin kaj li koleriĝas, mi ne komprenas kial vi ĉagreniĝas – diras Clare.

– Li estas tiel memkontenta!

Alicia pugnobatas la aeron. Mi tusas. Ili ambaŭ eksaltas, kaj Clare diras:

– Ho, Henry, dank' al Dio, mi pensis ke estas Paĉjo.

– Ĉu vi volas ludi? – demandas min Alicia.

– Ne, mi nur rigardos.

Apud la tablo staras alta tabureto, sur kiu mi eksidas. Clare donas al Alicia bastonon. Alicia kretas ĝian finon, kaj per rapida movo dispuŝas la globojn. Du striitaj globoj falas en angulajn poŝojn. Alicia traf-faligas du pliajn antaŭ ol preskaŭ sukcesi kombinan trafon de alia globo kaj de tablorando.

– Ho – diras Clare. – Jen mi en problemoj.

Clare faligas facilan globon senstrian, la n-ron 2, kiu jam staris ŝanceliĝe sur la rando de angulpoŝo. Per sia sekva puŝo ŝi sendas la blankan globon en la truon post la n-ro 3. Alicia elkaptas ambaŭ globojn kaj vicigas ilin por la eka pozicio. Ŝi puŝ-sendas ĉiujn striitajn globojn poŝen sen aparta fortostreĉo.

– N-ro 8 flankpoŝen! – anoncas Alicia, kaj jen la fino.

– Aj – suspiras Clare. – Ĉu vi certe ne volas ludi?

Ŝi proponas al mi sian bastonon.

– Venu, Henry! – diras Alicia.

– He, ĉu neniu el vi du volas ion trinki?

– Ne – diras Clare.

– Kion vi havas? – mi demandas.

Alicia klakŝaltas lumon, kaj videbliĝas bela, malnova drink-tablo ĉe la fora fino de la ĉambro. Alicia kaj mi gregiĝas malantaŭ ĝi, kaj jen preskaŭ ĉio imagebla el la mondo de alkoholaĵoj. Alicia miksas por si rumon kaj kolaon. Mi hezite staras antaŭ tiom da trezorajoj, sed fine verŝas por mi puran viskion. Ankaŭ Clare decidas tamen ion drinki, kaj dum ŝi krake eligas glacikubetojn el miniatura pleto en glason por sia kafolikvoro, malfermiĝas la pordo kaj ni ĉiuj frostiĝas. Envenas Mark.

– Kie estas Sharon? – demandas lin Clare.

– Ŝlosu la pordon – ordonas Alicia. Li ŝlosas la seruron kaj paŝas malantaŭ la drinktablon.

– Sharon dormas.

Mark elprenas botelon da Heineken-biero el la eta fridujo. Li malfermas ĝin kaj amblas al la tablo.

– Kiu ludas?

– Alicia kaj Henry – diras Clare.

– Hmm. Ĉu li estis avertita?

– Silentu, Mark – diras Alicia.

– Ŝi biliardas kiel Jackie Gleason en *La Krimulo*! – certigas min Mark. Mi turnas min al Alicia:

– Komenciĝu la ludo!

Clare kolektas la globojn denove. Estas la vico de Alicia por la komenca puŝo. La viskio remburis ĉiujn miajn sinapsojn, ĉion mi vidas akre kaj klare. La globoj eksplodas kiel artfajraĵoj kaj disfloras en novajn formojn. La n-ro 13 balanciĝas sur la rando de angulpoŝo kaj poste falas.

– Striitaj denove – diras Alicia. Ŝi faligas la n-rojn 15, 12 kaj 9 antaŭ ol malbona lokiĝo de la blanka globo devigas ŝin provi nefareblan du-randan puŝon. Clare staras ĝuste ĉe la lumorando, tiel ke ŝia vizaĝo estas en ombro sed ŝia korpo elflosas el la nigro, kun brakoj falditaj sur la brusto. Mi turnas mian atenton al la tablo. Pasis tempo ekde la lasta fojo. Mi puŝfaligas facile la n-rojn 2, 3 kaj 6, kaj poste ekserĉas kion utilan mi povus krome atingi. La n-ro 1 staras rekte antaŭ la angulpoŝo ĉe la kontraŭa tablofino, kaj mi trafigas per la blanka la n-ron 7, kiu faligas la n-ron 1. Per randotrafa puŝo mi faligas la n-ron 4 en flankan poŝon, kaj per bonŝanca karambolo mi igas la n-ron 5 iri en malantaŭan angulon. Mi simple havas fortunon, Alicia tamen respekte fajfas. La n-ro 7 iras sen obstrukco trafen. «Ok en la angulon» – mi indikas per mia bastono, kaj ĝi eniras. Suspiroj leviĝas ĉirkaŭ la tablo.

– Ho, tio estis bela! – diras Alicia. – Faru ĝin denove.

Clare ridetas en la mallumo.

– Ne via kutima stilo – Mark diras al Alicia.

– Mi tro lacas por koncentriĝi. Kaj tro koleras.

– Pro Paĉjo?

– Jes.

– Nu, se vi pikas lin, li repikos.

Alicia paŭtas.

– Ĉiu povas fari honestan eraron.

– Dum momento tio sonis kiel Terry Riley – mi diras al Alicia.

Ŝi ridetas.

– Estis ja el verko de Terry Riley, *Salomeo dancas por paco*!

Clare ridas:

– Kiel Salomeo trafis en *Silentan Nokton*?

– Nu, vi scias, Johano la Baptisto, mi supozis ke tio sufiĉe rilatas, kaj se vi transponas tiun unuan violonan parton malsupren je okto, tio sonas sufiĉe bone, vi scias, la la la, LA …

– Sed vi ne povas kulpigi lin pro lia koleriĝo – diras Mark. – Li ja scias ke vi ne ludus tute hazarde ion kio tiel sonas.

Mi verŝas al mi duan trinkaĵon.

– Kion diris Frank? – Clare demandas.

– Ho, li ŝatis ĝin. Li volis iel eltrovi kiel krei tute novan pecon el tio, vi scias, *Silenta Nokto* laŭ la maniero de Stravinskij. Mi celas: Frank aĝas okdek sep, li ne zorgas se mi stultumas, dum tio amuzas lin. Arabella kaj Ashley estis tamen sufiĉe rankoraj pri la afero.

– Nu, tre profesia tio ne estis – diras Mark.

– Kiu zorgas prie? Ni estas nur en Sankta Bazilo, finfine!

Alicia rigardas min.

– Kion vi pensas?

Mi hezitas.

– Mi ne vere zorgas – mi deklaras fine. – Sed se mia patro aŭdus vin fari tion, li estus tre kolera.

– Ĉu vere? Kial?

– Li havas la ideon ke ĉiu muzikaĵo devas esti traktata kun respekto, eĉ se ĝuste ĝin li ne aparte ŝatas. Ekzemple li ne ŝatas Ĉajkovskij aŭ Strauss, sed li ludos ilin tre serioze. Tial li estas bonega; ĉion li ludas kvazaŭ li enamiĝis al ĝi.

– Ho!

Alicia iras malantaŭ la drinktablon, miksas por si duan trinkaĵon, pripensas miajn vortojn.

– Nu, vi bonŝancas havi bonegan paĉjon, kiu amas ion krom mono.

Starante malantaŭ Clare, en la mallumo mi glitigas miajn fingrojn laŭ ŝia spino. Ŝi metas manon malantaŭ sian dorson, kaj mi kroĉas ĝin.

– Mi pensas ke vi ne dirus tion se vi entute konus mian familion. Krome, via patro ŝajnas tre zorgi pri vi.

– Ne – ŝi kapskuas. – Li volas nur ke mi brilu antaŭ liaj amikoj. Pri mi li tute ne zorgas.

Alicia kolektas la globojn kaj aranĝas ilin laŭ startpozicio.

– Kiu volas ludi?

– Mi ludos – diras Mark. – Ĉu Henry?

– Volonte.

Mark kaj mi kretas niajn bastonojn kaj frontas unu la alian trans la tablo. Mi komencas. La n-roj 4 kaj 15 malsupreniras.

– Senstriaj – mi vokas, vidante la n-ron 2 proksime al la angulo. Mi enprofundigas ĝin, sed poste maltrafas la n-ron 3 entute. Mi laciĝas, kaj la kunordigo de miaj movoj loziĝas pro la viskioj. Mark ludas decideme sed sen talento, kaj enfaligas la n-rojn 10 kaj la 11. Ni plu klopodas, kaj baldaŭ mi faligas ĉiujn senstriajn. La n-ro 13 de Mark ekparkas rande de angula poŝo.

– Globo ok – mi montras al ĝi.

– Vi scias ke se vi faligos la globon de Mark, vi perdos – diras Alicia.

– Senprobleme – mi diras al ŝi. Mi lanĉas la blankan globon milde trans la tablo, kaj ĝi, ame kisante la globon n-ro 8, sendas tiun glate kaj facile en la direkto de la n-ro 13, turniĝas ĉirkaŭ tiu kvazaŭ sur reloj, kaj glore faletas en la truon. Clare ridas, sed tuj la 13 ekbalanciĝas kaj falas.

– Nu, kion diri … Peke akirita ne estas profita – mi komentas.

– Bele ludite! – diras Mark.

– Dio mia, kie vi lernis ludi tiel? – demandas Alicia.

– Jen unu el la aferoj kiujn mi alproprigis altlerneje.

Aliaj tiaj aferoj estis drinkado, angla kaj germana poezio, kaj drogoj. Ni formetas la bastonojn kaj prenas la glasojn kaj botelojn.

– Kiu estis via ĉeffako?

Mark malŝlosas la pordon kaj ni ĉiuj kune marŝas tra la koridoro al la kuirejo.

– Angla literaturo.

– Kial ne muziko?

Alicia ekvilibrigas sian glason kaj tiun de Clare en unu mano, dum ŝi puŝas malferma la pordon de la manĝosalono.

Mi ridas.

– Vi ne kredus kiom malmuzikema mi estas. Miaj gepatroj estis certaj ke ili prenis hejmen malĝustan infanon el la hospitalo.

– Devis esti peze – opinias Mark. – Almenaŭ Paĉjo ne puŝas vin iĝi advokato – li diras al Alicia.

Ni eniras la kuirejon kaj Clare ŝaltas la lumon.

– Ankaŭ vin li ne puŝas – ŝi rebatas. – Vi ja amas la fakon.

– Ĝuste tion mi celas. Neniun el ni li igas fari aferon kiun tiu ne volas fari.

– Ĉu estis peze? – Alicia demandas min. – Mi ja ŝategus!

– Nu, antaŭ ol mia panjo mortis, ĉio estis bonega. Poste ĉio estis terura. Se mi estus violonista mirinfano, tiam eble ... Mi ne scias.

Mi rigardas al Clare kaj levas la ŝultrojn.

– Ĉiuokaze, Paĉjo kaj mi neniom kuntaŭgas unu kun la alia. Neniomege.

– Kial do?

– Tempo enlitiĝi – anoncas Clare. Ŝi celas: sufiĉe jam. Sed Alicia atendas respondon. Mi turnas min vizaĝe al ŝi.

– Ĉu vi iam vidis bildon pri mia panjo?

Ŝi kapjesas.

– Mi aspektas kiel ŝi.

– Kaj do?

Alicia lavas la glasojn sub la krano. Clare sekigas ilin.

– Do, li ne eltenas rigardi min. Kompreneble, tio estas nur unu kialo el multaj.

– Sed ...

– Alicia ...

Clare daŭre provas, sed Alicia estas nehaltigebla.

– Sed li estas via *patro*!

Mi ridetas.

– Tio kion vi faras por ĝeni vian paĉjon, estas bagatelo kompare kun ĉio kion mia patro kaj mi faradis unu al la alia.

– Ekzemple ...?

– Ekzemple, multajn fojojn li elfermis min el nia loĝejo, en ĉiaspeca vetero. Ekzemple, mi ĵetis liajn aŭtoŝlosilojn en la riveron. Tiaspecajn aferojn.

– Kial fari tiajn?

– Mi ne volis ke li frakasu la aŭton, kiam li estis ebria.

Alicia, Mark kaj Clare ĉiuj alrigardas min kaj kapjesas. Ili komprenas perfekte.

– Iru ni dormi – deklaras Alicia. Ni ĉiuj forlasas la kuirejon kaj iras al niaj ĉambroj sen ajna vorto krom «Bonan nokton».

CLARE: Estas 3:14 matene laŭ mia vekhorloĝo, mi klopodas varmiĝi en mia frosta lito, kiam la pordo malfermiĝas kaj envenas Henry tre silente. Mi refaldas la kovrilojn, kaj li ensaltas. La lito knaras dum ni aranĝas nin.

– Saluton – mi flustras.

– Saluton – reflustras Henry.

– Ĉi tio ne estas bona ideo.

– En mia ĉambro tre malvarmas.

– Ho!

Henry tuŝas mian vangon, kaj mi devas sufoki krion. Liaj fingroj estas glaciaj. Mi frotas ilin inter miaj manplatoj. Henry enfosas sin pli profunden sub la kovriloj. Mi alpremas min al li, penante denove varmiĝi.

– Ĉu vi surhavas ŝtrumpetojn? – li demandas mallaŭte.

– Jes.

Li etendas manon malsupren kaj detiras ilin de miaj piedoj. Post kelkaj minutoj, post multaj krakbruoj kaj ĉit!-oj ni ambaŭ estas nudaj.

– Kien vi iris, kiam vi forlasis la preĝejon?

– Al mia loĝejo. Por ĉirkaŭ kvin minutoj, kvar tagojn post nun.

– Kial?

– Mi estis laca. Kaj streĉita, mi pensas.

– Sed kial tien?

– Neniu ideo. Eble iaspeca baza agordo. La trafikkontrolistoj de tempvojaĝoj pensis ke tie mi aspektos pli bone, eble.

Henry enŝovas sian manon en mian hararon. Ekstere eklumetas.

– Feliĉan Kristnaskon – mi flustras. Henry ne respondas, kaj mi kuŝas maldorma en liaj brakoj pensante pri svarmo da anĝeloj, aŭskultante lian regulan spiradon, kaj pripensante en la profundo de mia koro.

HENRY: En frua matenhoro mi ellitiĝas por pisi, kaj dum mi staras dormeme urinante ĉe la lumo de Tinkerbell-noktlampeto en la banĉambro de Clare, mi aŭdas knabinan voĉon diri «Clare?», kaj antaŭ ol mi eltrovus de kie la voĉo venas, jam malfermiĝas pordo, kiun mi opiniis ŝranka, kaj mi trovas min staranta tute nuda antaŭ Alicia. «Ho» – ŝi flustras, dum mi tro malfrue kaptas tukon por kovri min. «Ho, saluton, Alicia» – mi flustras, kaj ni ambaŭ ridetas. Ŝi malaperas reen en sian ĉambron same subite kiel ŝi envenis.

CLARE: Mi dormetas, aŭskultante la vekiĝadon de la domo. Nell estas malsupre en la kuirejo kantante kaj bruante kun la patoj. Iu preteriras mian pordon en la koridoro. Mi ĵetas rigardon al Henry, kiu ankoraŭ dormas, kaj mi subite konsciiĝas ke mi devas iel eligi lin de ĉi tie sen ke li estu vidata. Mi malplektas min disde Henry kaj de sub la litkovriloj kaj elŝteliĝas el la lito. Mi levas mian noktoĉemizon de la planko kaj estas surtiranta ĝin trans la kapon kiam Etta diras:

– Clare! Junulin', vekiĝu, estas temp', leviĝu por Kristnasko!

Kaj ŝi enigas sian kapon ĉe la pordo. Mi aŭdas ke Alicia vokas Etta, kaj kiam mi elŝovas mian kapon el la noktoĉemizo, mi vidas ke Etta turniĝas por respondi al Alicia; mi turnas min al la lito, kaj Henry ne estas tie. Lia piĵampantalono kuŝas sur la tapiŝo, mi piedpuŝas ĝin sub la liton. Etta envenas mian ĉambron en sia flava banmantelo, kun la harplektaĵoj flosantaj super la ŝultroj.

– Feliĉan Kristnaskon! – mi diras al ŝi. Ŝi rakontas al mi ion pri Panjo, sed mi malfacile aŭskultas, ĉar mi imagas kiel Henry materiiĝus antaŭ Etta.

– Clare? – Etta rigardas min kun zorgo.

– Ĉu? Ho, pardonu. Mi ankoraŭ dormas, mi supozas.

– Estas kafo malsupre.

Etta ekordigas la liton. Ŝi mienas surprizon.

– Mi mem faros, Etta. Iru nur malsupren.

Etta iras al la alia flanko de la lito. Panjo trametas la kapon ĉe la pordo. Ŝi aspektas bela, serena post la hieraŭa ŝtormo.

– Feliĉan Kristnaskon, karulino!

Mi aliras ŝin kaj leĝere kisas ŝin survange.

– Feliĉan Kristnaskon, panjo!

Malfacilas resti kolera kontraŭ ŝi kiam ŝi estas mia konata, aminda Panjo.

– Etta, ĉu vi venos kun mi? – demandas Panjo.

Etta manfrapetas la kapkusenojn, kaj la ĝemelaj postspuroj de niaj kapoj malaperas. Ŝi rigardas min, levas la brovojn, sed diras nenion.

– Etta?

– Mi venas ...

Etta rapidas sekvi Panjon eksteren. Mi fermas la pordon post ili kaj apogas min al ĝi, ĝustatempe por vidi Henry elruliĝi el sub la lito. Li ekstaras kaj komencas surmeti sian piĵamon. Mi ŝlosas la pordon.

– Kie vi estis? – mi flustras.

– Sub la lito – reflustras Henry, kvazaŭ temus pri evidentaĵo.

– Dum la tuta tempo?

– Jes.

Ial ĉi tio ekŝajnas al mi amuzega, kaj mi komencas hihii.

Henry metas manon sur mian buŝon, kaj baldaŭ ni ambaŭ skuiĝas pro rido, sed silente.

HENRY: La tago de Kristnasko estas strange trankvila post la hieraŭaj ŝtormoj. Ni kolektiĝas ĉirkaŭ la arbo, kun senteto de malkomforto en niaj banroboj kaj pantofloj, kaj donacoj estas malfermataj, prijubilataj. Post abunda dankado ĉiuflanka, ni matenmanĝas. Sekvas paŭzo, kaj baldaŭ jam venas la vico de la Kristnaska tagmanĝo, kun laŭdoj al Nell kaj la omaroj. Ĉiuj ridetas, bonkondutas kaj belaspektas. Ni estas modela feliĉa familio, reklamo por la burĝaro. Ni estas ĉio kion mi ĉiam sopiris sidante en la restoracio Volba Pato kun Paĉjo kaj ges-roj Kim ĉiun Kristnaskon, provante ŝajnigi ke mi bone amuziĝas, dum ĉiuj plenkreskuloj maltrankvile observis min. Sed eĉ dum ni ripozas, tute sataj, en la salono post la vespermanĝo, spektante futbalon en televido, legante la librojn kiujn ni donacis unu al la alia kaj provante funkciigi la donacojn kiuj postulas bateriojn aŭ/kaj muntadon, regas rimarkinda streĉo. Kvazaŭ ie, en unu el la pli malproksimaj ĉambroj de la domo, estus subskribita batalhalto, kaj nun ĉiuj partioj klopodus respekti ĝin, almenaŭ ĝis morgaŭ, almenaŭ ĝis la liveriĝo de nova dozo da municio. Ni ĉiuj aktoras, ŝajnigas esti senstresaj, enkorpigante la idealajn patrinon, patron, fratinojn, fraton, koramikon, fianĉinon. Tial estas senŝarĝige kiam Clare rigardas sian horloĝon, ekstaras de la sofo kaj diras:

    – Venu, estas tempo iri al Laura.

CLARE: La festo de Laura jam apogeas kiam ni alvenas. Henry estas streĉita kaj pala, kaj direktas sin al la alkoholaĵoj tuj post demeto de niaj manteloj. Mi ankoraŭ sentas dormemon pro la vino kiun ni trinkis ĉe la vespermanĝo, do mi skuas la kapon kiam li demandas kion mi ŝatus, kaj li alportas por mi kolaon. Li tenas sian bieron kvazaŭ balaston por sin ankri.

– Ne lasu min, en ajna cirkonstanco, batali sola – postulas Henry, rigardante trans mian ŝultron, kaj antaŭ ol mi povus eĉ turni la kapon, Helen alfalas nin. Regas momento da embarasa silento.

– Do, Henry – diras Helen, – ni aŭdas ke vi estas bibliotekisto. Sed vi ne aspektas kiel bibliotekisto.

– Fakte, mi estas modelo por subvestoj ĉe Calvin Klein. Biblioteko estas nur mia kamuflejo.

Mi ankoraŭ neniam vidis Helen tiom konfuzita ke ŝi ne kapablas repliki. Mi ŝatus havi fotilon kun mi. Tamen ŝi rapide regajnas sian aplombon, kaj rigardas Henry de supro al malsupro, kaj ridetas.

– En ordo, Clare, vi rajtas gardi lin – ŝi diras.

– Kiel trankvilige – mi diras al ŝi. – Mi ja perdis la kvitancon.

Laura, Ruth kaj Nancy direktiĝas al ni kun tre deciditaj mienoj, kaj pridemandas nin: kiel ni renkontis nin, per kio Henry sin vivtenas, kie li studis, bla, bla, bla. Mi neniam supozis ke, kiam Henry kaj mi finfine aperos publike kune, estos samtempe tiel nervozige kaj tiel enue. Mi pretas ĝuste denove ekgurdi kiam Nancy diras:

– Tiel strange ke via nomo estas Henry!

– Ho, kial do? – reagas Henry.

Nancy rakontas al li pri la piĵama festo ĉe Mary Christina, kiam la literumita tabulo diris ke mi edziniĝos al iu kun la nomo Henry. Henry aspektas imponita.

– Ĉu vere? – li demandas min.

– Hm, jes.

Mi subite sentas urĝan bezonon pisi.

– Pardonu – mi dekroĉas min de la grupo, ignorante la petegan mienon de Henry. Helen sekvas min ĉekalkane dum mi kuras supren. Mi devas fermi la banĉambran pordon antaŭ ŝia vizaĝo por malhelpi ke ŝi sekvu min tien.

– Malfermu, Clare! – ŝi diras, skuante la manilon. Mi agas senhaste, pisas, lavas la manojn, surlipigas freŝan ruĵon.

– Clare ... – grumblas Helen. – Mi iros malsupren kaj rakontos al via koramiko ĉiun ajn aĉaĵon, kiun vi iam ajn faris en via vivo, se vi ne malfermas ĉi tiun pordon tuj ...

Mi svingas la pordon malferma, kaj Helen preskaŭ enfalas en la ĉambron.

– En ordo, Clare Abshire – diras Helen minace. Ŝi fermas la pordon. Mi sidiĝas rande de la bankuvo, dum ŝi apogas sin al la lavpelvo, minace super mi en siaj dancoŝuoj.

– Konfesu! Kio vere okazas inter vi kaj ĉi tiu ulo Henry? Mi volas diri, vi nur staris tie kaj elbuŝigis lavangon da mensogoj. Vi renkontis ĉi tiun ulon ne antaŭ tri monatoj, vi konas lin de jaroj! Pri kio vi tiel ege sekretumas?

Mi ne vere scias kiel komenci. Ĉu mi diru al Helen la veron? Ne.

Sed kial ne? Kiom mi scias, Helen vidis Henry nur unufoje, kaj tiam li ne aspektis tre malsame ol nun. Mi amas Helen. Ŝi estas forta, ŝi estas freneza, ŝi estas malfacile trompebla. Sed mi scias ke ŝi ne kredus min se mi dirus: «tempvojaĝado, Helen!» Oni devas vidi tion por kredi.

– Bone – mi diras, kolektante mian pensojn. – Jes, mi konas lin de longe.

– Kiel longe?

– Ekde la aĝo de ses jaroj.

La okuloj de Helen globiĝas kiel ĉe bildstria figuro. Mi ridas.

– Kial … kiel do … nu, sed kiom longe vi estas vere kune kun li?

– Mi ne scias. Mi celas ke en iu periodo ni eble estis iel ĉe la rando, sed nenio verdire okazis, por tiel diri; tio estas, Henry absolute insistis ke li ne umos kun infaneto, do mi estis nur iom senespere freneza pri li …

– Sed … kial do ni neniam sciis pri li? Mi ne komprenas kial pri ĉio tio necesis silenti kiel tombo. Vi ja povus diri al mi.

– Nu, vi iom sciis.

Mallerta elturniĝo, mi konscias tion. Helen ŝajnas ofendita.

– Ne estas same kiel rekte aŭdi ĝin de vi.

– Mi scias. Mi bedaŭras.

– Hmf. Kio do estis la tubero en la afero?

– Nu, li aĝas ok jarojn pli ol mi.

– Kaj do?

– Do, kiam mi aĝis dek du jarojn kaj li dudek, tio estis problemo.

Por ne mencii kiam mi aĝis ses kaj li, kvardek.

– Mi plu ne komprenas. Mi volas diri: mi povas kompreni ke vi ne volas ke viaj gepatroj sciu kiel vi ludas je Lolita kun via Humbert Humbert, sed ne eniras mian kapon kial vi ne povis diri al ni. Ni estus ja tute por! Pensu ke ni neniam ĉesis kompati vin, senti zorgon pri vi, rompi al ni la kapon kial vi restas kvazaŭ monaĥino …

Helen skuas la kapon.

– Kaj dume la tutan tempon vi fikis kun via librovermo!

Mi ne povas eviti ruĝiĝon.

– Ne estis tiel ke mi fikis kun li la tutan tempon.

– Kaj mi eĉ kredu tion!

– Ververe! Ni atendis ĝis mia dekokjariĝo. Ni faris ĝin en mia naskiĝtago.

– Eĉ se tiel, Clare ... – ekdiras Helen, sed aŭdiĝas forta frapo sur la pordo de la banĉambro, kaj profunda vira voĉo demandas:

– Ĉu, knabinoj, vi baldaŭ finos tie?

– Daŭrigo sekvos – siblas al mi Helen, dum ni eliras el la banĉambro sub aplaŭdo de la kvin uloj vicostarantaj en la koridoro. Mi trovas Henry en la kuirejo, kie li pacience aŭskultas futbalan babilon de unu el la sportaj uloj kun kiuj Laura nepravigeble amikas. Mi kaptas la rigardon de lia blonda, butonnaza koramikino, kaj ŝi forkondukas lin en la direkto de plia trinkaĵo.

Henry diras:

– Rigardu, Clare ... Punkulaj beboj!

Mi konstatas ke li montras al Jodie, la dek kvar jarojn aĝa fratino de Laura, kaj ŝia koramiko, Bobby Hardgrove. Bobby havas verdan punkulan kreston kaj la plenan uniformon kun ŝirita T-ĉemizo kaj sekurpinglo, dum Jodie provas aspekti kiel Lydia Lunch, sed fakte pli similas al taŭzita lavurso. Iel ŝajnas kvazaŭ ili estus festantaj Halovenon anstataŭ Kristnaskon. Ili aspektas perditaj kaj suspektemaj. Sed Henry entuziasmas pri ili.

– Ŭaŭ. Kiom ili aĝas, ĉu ĉirkaŭ dek du?

– Dek kvar.

– Ni vidu: dek kvar, el naŭdek unu, laŭ tio ili aĝas ... ho, Dio mia, ili naskiĝis en 1977! Mi sentas min maljuna. Mi bezonas plian trinkaĵon.

Laura pasigas tra la kuirejo pleton kun glasetoj da ĵeleo kun vodko. Henry prenas du porciojn, engorĝigas ambaŭ en rapida sinsekvo, kaj faras grimacon.

– Uf. Kiel ribele!

Mi ridas.

– Laŭ vi, kion ili kutimas aŭskulti? – demandas Henry.

– Neniu ideo. Kial vi ne iras demandi ilin mem?

Henry mienas terurite.

– Ho, mi ne povus. Mi timigus ilin.

– Mi pensas ke ili timigas vin.

– Nu, eble vi pravas. Ili aspektas tiel teneraj, junaj kaj verdaj, kiel pizetoj aŭ io tia.

– Ĉu vi iam vestis vin kiel ili?

Henry malrespekte snufas.

– Kiajn ideojn vi havas! Kompreneble ne. Tiuj infanoj imitas britan punkon. Mi estas usona punkulo. Ne, mi pli ŝatis aspekti kiel Richard Hell.

– Kial vi ne iras paroli kun ili? Ili ŝajnas solecaj.

– Vi devas veni prezenti nin kaj teni mian manon.

Ni riskeme transiras la kuirejon, kun tia singardo kiel Lévi-Strauss proksimiĝus al paro da kanibaloj. Jodie kaj Bobby impresas same pretaj agresi aŭ regresi, kiel oni vidas ĉe bestoj en televida kanalo pri naturo.

– Hm, saluton, Jodie, Bobby.

– Saluton, Clare – respondas Jodie. Mi konas Jodie dum ŝia tuta vivo, sed nun ŝi subite ŝajnas tute timida, kio pensigas al mi ke la novpunka vestmaniero devas esti ideo de Bobby.

– Vi infanoj aspektis iom enuantaj, do mi venigis Henry por renkonti vin. Li ŝatas viajn, hm, vestaĵojn.

– Saluton – diras Henry, forte embarasita. – Mi estis nur scivolema – tio estas, scivolis kion vi aŭskultas.

– Aŭskultas? – Bobby ripetas.

– Vi scias, muzikon. Kian muzikon vi ŝatas?

La vizaĝo de Bobby lumiĝas.

– Nu, Sex Pistols – li diras kaj paŭzas.

– Kompreneble – kapjesas Henry. – Kaj The Clash?

– Jes. Kaj, mh, Nirvana ...

– Nirvana bonas – konfirmas Henry.

– Blondie? – provas Jodie, kvazaŭ ŝia respondo eble estus malĝusta.

– Mi ŝatas Blondie – mi diras. – Kaj Henry ŝatas Deborah Harry.

– Ramones? – proponas Henry.

Ili unumove kapjesas.

– Kion pri Patti Smith?

Senesprimaj vizaĝoj ĉe Jodie kaj Bobby.

– Iggy Pop?

Bobby kapskuas.

– Pearl Jam – li proponas. Mi elpaŝas por lia defendo:

– Ni ne havas multajn radiostaciojn ĉi-regione – mi komentas por Henry. – Mankas al ili kanalo por ekscii pri tiaĵoj.

– Ho! – diras Henry kaj paŭzas. – Homoj, ĉu vi volas ke mi skribu kelkajn nomojn por vi? Aŭskultindajn?

Jodie levas la ŝultrojn. Bobby kapjesas serioze kaj ekscitite. Mi elfosas paperpecon kaj skribilon el mia mansako. Henry sidiĝas ĉe la kuireja tablo, kun Bobby fronte al li.

– Bone – komencas Henry. – Oni devas reiri al la sesdekaj jaroj, ĉu ne? Oni komencu per Velvet Underground, en Novjorko. Kaj poste, ĝuste ĉi tie en Detrojto vi havas la MC5, kaj Iggy Pop kaj The Stooges. Poste ni reiru al Novjorko, por New York Dolls, kaj The Heartbreakers ...

– Tom Petty? – proponas Jodie. – Pri li ni aŭdis.

– Hm, ne, temas pri tute alia bando – diras Henry. – Plej multaj el ili mortis en la okdekaj jaroj.

– Falis aviadile? – demandas Bobby.

– Falis heroine – korektas Henry. – Ĉiuokaze, estis Television, kaj Richard Hell and the Voidoids, kaj Patti Smith.

– Kaj Talking Heads – mi aldonas.

– Hm, mi ne scias. Ĉu vi vere konsiderus ilin punkaj?

– Ili estis parto de la pejzaĝo.

– Bone.

Henry aldonas ilin al sia listo.

– Talking Heads. Do, nun ni devas transiri al Anglio …

– Mi ja pensis ke punko komenciĝis en Londono – diras Bobby.

– Ne – kontraŭas Henry, repuŝante sian seĝon. – Kompreneble iuj homoj, inkluzive de mi, kredas ke punko estas nur la plej lastatempa manifestiĝo de ĉi tiu, ĉi tiu spirito, tiu ĉi sento, nu, vi scias, ke la aferoj ne statas bone, ke fakte ili statas tiom malbone ke la nura kion ni povas fari estas diri «fek’ pri ĉio», ree kaj ree, vere laŭte, ĝis iu haltigas nin.

– *Jess*! – diras Bobby kviete, lia vizaĝo brilas pro fervoro preskaŭ religia sub liaj pikharoj. – Jes.

– Vi koruptas la morojn de neplenaĝulo – mi diras al Henry.

– Ho, li alvenus al la sama rezulto ankaŭ sen mi. Ĉu ne?

– Mi provis, sed ĉi tie ne estas facile.

– Mi povas bone imagi – diras Henry. Li faras aldonojn al la listo. Mi rigardas super lia ŝultro. Sex Pistols, The Clash, Gang of Four, Buzzcocks, Dead Kennedys, X, The Mekons, The Raincoats, The Dead Boys, New Order, The Smiths, Lora Logic, The Au Pairs, Big Black, PiL, The Pixies, The Breeders, Sonic Youth …

– Henry, ili ne povos ĉi tie akiri ion ajn el tiuj.

Li kapjesas, kaj notas la telefonnumeron kaj adreson de Vintage Vinyl malsupre de la folio.

– Vi ja havas disko-ludilon, ĉu ne?

– Miaj gepatroj havas – diras Bobby. Henry grimacas.

– Kion vi vere ŝatas? – mi demandas de Jodie. Mi sentas ke ŝi elfalis el la konversacio dum la intervira ceremonio kiun Henry kaj Bobby celebras.

– Prince – ŝi konfesas. Henry kaj mi eligas grandan *Huhu!*, mi komencas la kanton *1999* kiel eble plej laŭte, Henry saltleviĝas, kaj ni prezentas erotikan *grinding*-dancon tra la kuirejo. Laura aŭdas nin kaj forkuras por surmeti la efektivan diskon, kaj simple tiel komenciĝas la dancfesto.

HENRY: Ni reveturas al la domo de la gepatroj de Clare el la festo de Laura. Clare ekparolas:

– Vi estas terure silenta.

– Mi pensis pri tiuj infanoj. Pri la Bebaj Punkuloj.

– Kio pri ili?

– Mi demandis min kio kaŭzas ke tiu infano …

– Bobby.

– … ke Bobby iras retro, ke li trovas ligon al muziko kiu estis kreita la jaron kiam li naskiĝis …

– Nu, ankaŭ mi ŝategis The Beatles – Clare rimarkigas. – Ili disiĝis la jaron antaŭ ol mi naskiĝis.

– Jes, ĝuste, kial tio? Mi volas diri: vi devus sveni pro adoro al Depeche Mode, aŭ Sting aŭ iu tia. Se Bobby kaj lia amikino emas alivesti sin, ili devus aŭskulti prefere The Cure. Sed anstataŭe ili trafis ĉi tiun aferon, punkon, pri kiu ili scias nenion …

– Mi certas ke la celo plejparte estas ĝeni la gepatrojn. Laura diris al mi ke la paĉjo de Jodie ne permesas al ŝi eliri el la domo se ŝi estas vestita tiel. Ŝi do metas ĉion en sian dorsosakon kaj ŝanĝas vestojn en la ina necesejo de la lernejo – diras Clare.

– Sed same faris ĉiuj jam antaŭe. Temas pri asertado de onia individuismo, tion mi komprenas, sed kial asertadi la individuismon de 1977? Ili devus porti kvadratitajn flanel-ĉemizojn.

– Kial vi zorgas pri tio? – demandas Clare.

– Ĝi deprimas min. Memorigas ke la tempoperiodo al kiu mi apartenis estas morta, kaj ne nur morta, sed krome forgesita. Nenion el ĉio tio oni iam ajn aŭdigas en la radio, mi tute ne komprenas kial. Kvazaŭ ĝi neniam okazis. Tial mi ekscitiĝas, kiam mi vidas infanetojn kiuj ŝajnigas esti punkuloj, ĉar mi ne volas ke ĉio simple malaperu.

– Nu – respondas Clare, – vi ĉiam povas reiri. Plej multaj homoj estas gluitaj al la nuntempo; por vi eblas esti tie denove kaj denove.

Mi pripensas ĉi tion.

– Sed estas tiel malĝojige, Clare. Eĉ kiam okazas al mi sperti ion bonegan, ekzemple, iri al koncerto kiun mi maltrafis la unuan fojon, eble de bando kiu disiĝis aŭ de homo kiu mortis, estas mal-ĝojige rigardi ilin, ĉar mi scias kio okazos.

– Sed kiel tio malsamas de via cetera vivo?

– Neniel.

Ni atingis la privatan vojon kiu kondukas al la domo de Clare. Ŝi turnas sin.

– Henry?

– Jes?

– Se vi povus ĉesi, nun ... se vi povus ne plu tempvojaĝadi, kaj ne estus sekvoj, ĉu vi farus?

– Se mi povus ĉesi nun sed tamen renkonti vin?

– Vi jam renkontis min.

– Jes. Mi ĉesus.

Mi ĵetas rigardon al Clare, malklara figuro en la senluma aŭto.

– Estus amuze – ŝi diras: – mi havus ĉiujn tiujn memorojn kiujn vi neniam havus. Estus kvazaŭ ... nu, ja *estas* kiel vivi kun iu kiu perdis la memorkapablon. Mi havas tiun senton ekde kiam ni alvenis ĉi tien.

Mi ridas.

– Do estonte vi povos observadi min dum mi stumble trafas unu memoron post alia, ĝis mi havos la kompletan aron. Ne maltrafu ajnan eron, gajnu tiel la ceteron.

Ŝi ridetas.

– Jes, eble tiel.

Clare stiras en la cirklan alveturejon antaŭ la domo.

– Hejmo, dolĉa hejmo!

Pli malfrue, post kiam ni ŝtelpaŝis supren en niajn apartajn ĉambrojn kaj mi surmetis piĵamon, brosis la dentojn, ŝteliris en la ĉambron de Clare, ĉi-foje malforgesis ŝlosi la pordon, kaj ni kuŝas en la varmo de ŝia mallarĝa lito, ŝi flustras:

– Mi ne volus ke vi maltrafu.

– Maltrafu kion?

– Ĉion kio okazis. Kiam mi estis infano. Mi volas diri, ĝis nun ili nur duone okazis, ĉar vi ankoraŭ ne atingis tien. Do kiam ili okazos al vi, tiam estos reale.

– Mi survojas tien.

Mi glitigas manon sur ŝian ventron, kaj malsupren inter ŝiajn krurojn. Clare ekkrias.

– Ŝŝ!

– Via mano estas glacia.

– Pardonu.

Ni fikas singarde, silente. Kiam mi fine orgasmas, estas tiel intense ke atakas min terura kapdoloro, kaj dum minuto mi timas ke mi malaperos, sed ne. Anstataŭe mi kuŝas en la brakoj de Clare, strabanta pro la doloro. Clare ronkas, per ronkoj de trankvila besto, kiuj sentiĝas kiel buldozoj pistantaj mian kapon. Mi volas mian propran liton, en mia propra apartamento. Hejmo, dolĉa hejmo. Neniu loko estas kiel la hejmo. Konduku min hejmen, kamparvojoj. Hejmo restas kie la koro estas. Sed mia koro estas ĉi tie. Do mi nepre estas hejme. Clare ĝemas, turnas la kapon, silentiĝas. Karulino, mi estas hejme. Hejme mi estas.

CLARE: Klara, malvarma mateno. La matenmanĝo jam pasis. La aŭto staras preta, kun la bagaĝo. Mark kaj Sharon jam foriris kun Paĉjo al la flughaveno en Kalamazoo. Henry ĝisrevidas al Alicia en la halo; mi kuras supren al la ĉambro de Panjo.

— Ho, ĉu jam tiel malfrue? — ŝi demandas, vidante min en mantelo kaj botoj. — Mi pensis ke vi restos por la tagmanĝo.

Panjo sidas ĉe sia skribotablo, kiu kiel ĉiam estas kovrita de paperpecoj, mem kovritaj de ŝia ekstravaganca manskribo.

— Pri kio vi laboras?

Kio ajn ĝi estas, ĝi plenas je elgratitaj vortoj kaj distraj desegnetoj. Panjo turnas la paĝon kun la reverso supren. Ŝi estas tre sekretema pri sia verkado.

— Pri nenio. Estas nur poemo pri la ĝardeno sub neĝo. Sed ĝi neniel prosperas.

Panjo ekstaras, iras al la fenestro.

— Strange ke poemoj neniam estas same belaj kiel la vera ĝardeno. Almenaŭ ne miaj poemoj.

Mi ne povas vere komenti, ĉar Panjo neniam lasis al mi legi ajnan ŝian poemon, do mi diras nur:

— Nu, la ĝardeno estas bela.

Sed ŝi forgestas la komplimenton. Laŭdoj neniom gravas por Panjo, ŝi ne kredas ilin. Nur kritiko povas ruĝigi ŝiajn vangojn kaj kapti ŝian atenton. Se mi dirus ion malestiman, tion ŝi ĉiam memorus. Sekvas mallerta paŭzo. Mi komprenas ke ŝi atendas mian foriron, por ke ŝi povu reiri al sia verkado.

– Ĝis, Panjo – mi diras. Mi kisas ŝian malvarman vizaĝon kaj fuĝas.

HENRY: Ni veturas jam ĉirkaŭ unu horon. Dum mejloj la ŝoseo estis borderita de pinoj; nun ni troviĝas en ebena pejzaĝo, ĉie kun pikdrataj bariloj. Neniu el ni du parolis dum kelka tempo. Tuj kiam mi rimarkas tion, la silento sentiĝas stranga, do mi diras ion.

– Eĉ ne estis tiel malbone.

Mia voĉo sonas tro gaje, tro laŭte en la malgranda aŭto. Clare ne respondas, mi ĵetas rigardon al ŝi. Ŝi ploras; larmoj fluas sur ŝiaj vangoj dum ŝi stiras, ŝajnigante ne plori. Mi neniam antaŭe vidis Clare plori, kaj ŝiaj silentaj larmoj stoikaj iel maltrankviligas min.

– Clare … Clare, ĉu vi eble povus halti por minuto?

Sen rigardo al mi, ŝi malrapidigas, stiras al la vojrando, haltas. Ni troviĝas ie en Indianio. La ĉielo estas blua, sur la vojranda kampo multas korvoj. Clare apogas sian frunton al la stirilo kaj enspiras longe, stakate.

– Clare.

Mi parolas al ŝia nuko.

– Clare, mi bedaŭras. Ĉu … ĉu mi ion fuŝis? Kio okazis? Mi …

– Ne temas pri vi – ŝi diras sub sia harar-vualo. Ni sidas tiel dum minutoj.

– Kio do malbonas?

Clare skuas la kapon, kaj mi fiksrigardas ŝin. Fine mi kolektas sufiĉan kuraĝon por ŝin tuŝi. Mi karesas ŝiajn harojn, sentas palpe la ostojn de ŝiaj kolo kaj spino tra la brile densaj ondoj de la hararo. Ŝi turnas sin, mi mallerte klopodas teni ŝin trans la divido inter la sidlokoj, kaj nun Clare ploregas, kun skuaj tremoj. Fine ŝi trankviliĝas kaj diras:

– Mia damna panjo!

Poste ni sidas en trafikŝtopiĝo sur la aŭtovojo Dan Ryan, aŭskultante Irma Thomas kanti.

– Henry? Ĉu vi … ĉu vin tre ĝenis?

– Ĉu ĝenis kio? – mi demandas, pensante pri la ploro de Clare. Sed ŝi diras:

– Mia familio. Ĉu ili … ili ŝajnis …?

– Tute bonaj, Clare. Mi tre ŝatis ilin. Precipe Alicia.

– Kelkfoje mi volus nur puŝi ilin ĉiujn en Miĉiganlagon kaj rigardi ilin sinki.

– Hu, mi konas tiun senton. Cetere, mi pensas ke via patro kaj via frato jam vidis min antaŭe. Kaj Alicia diris ion vere strangan kiam ni estis forirontaj.

– Mi ja vidis vin kun Paĉjo kaj Mark iam. Kaj Alicia sendube vidis vin en la kelo iun tagon, kiam ŝi aĝis dek du.

– Ĉu tio estos problemo?

– Ne, ĉar la klarigo estas tro stranga por esti kredebla.

Ni ambaŭ ridas, kaj la streĉo, kiu veturis kun ni ekde la komenco ĝis Ĉikago, fine disiĝas. La trafiko ekrapidiĝas. Baldaŭ Clare haltas antaŭ mia loĝkonstruaĵo. Mi prenas mian sakon el la kofrujo, rigardas kiel Clare forstiras flue laŭ Dearborn, kaj mi sentas nodon en mia gorĝo. Horojn poste mi identigas la senton kiel solecon, kaj Kristnasko estas oficiale finita por plia jaro.

HEJMO ESTAS KIE VI LASAS FALI LA KAPON

Sabaton, la 9-an de majo 1992
(Henry aĝas 28)

HENRY: Mi decidis ke la plej bona strategio estas rekte demandi: aŭ li diros jes aŭ li diros ne. Mi metroas de Ravenswood al la loĝejo de Paĉjo, al la hejmo de mia juneco. Mi ne ofte vizitis ĉi tie lastatempe; Paĉjo malofte invitas min, kaj mi ne emas aperi senanonce, kiel mi nun faros. Sed se li ne respondas telefonvokojn, kion alian li atendu? Mi eliras ĉe Western kaj ekiras okcidenten laŭ avenuo Lawrence. La domo kun du apartamentoj staras ĉe avenuo Virginia; la malantaŭa verando elrigardas al la rivero Ĉikago. Dum mi staras en la vestiblo palpserĉante mian ŝlosilon, s-ino Kim elrigardas el trans sia pordo kaj kaŝe gestas ke mi eniru. Tio timigas min: Kimy kutime kondutas tre kore, laŭte kaj ameme, kaj kvankam ŝi scias ĉion scieblan pri ni du, ŝi neniam enmiksiĝas. Nu, preskaŭ neniam. Verdire, ŝi ja ne malmulte enplektas sin en niajn vivojn, sed ni ŝatas tion. Mi sentas ke ŝi vere ĉagreniĝas.

– Ĉu vi volus kolaon?

Ŝi jam ekpaŝas al sia kuirejo.

– Volonte.

Mi demetas mian dorsosakon apud la pordon kaj sekvas

ŝin. En la kuirejo ŝi levas la metalan eligilon de malnovmoda glacikuba pleto. Mi ĉiam miras pri la forto de Kimy. Ŝi devas aĝi sepdek nun, sed al mi ŝi ŝajnas tute sama kiel en mia infaneco. Mi kutimis pasigi multe da tempo ĉi tie teretaĝe, helpante ŝin prepari vespermanĝon por s-ro Kim (kiu mortis antaŭ kvin jaroj), aŭ mi legis, faris miajn hejmtaskojn, spektis televidon. Mi sidiĝas ĉe la kuireja tablo, kaj ŝi metas antaŭ min glason da kolao kun glacio ĝisrande. Ŝi mem havas duonkonsumitan tason da tujkafo en unu el siaj tasoj el osta porcelano, kun kolibroj pentritaj ĉirkaŭ la rando. Mi memoras kiam la unuan fojon ŝi permesis al mi trinki kafon el tia taso; mi aĝis dek tri jarojn. Mi sentis min plenkreskulo.

– Longe mi ne vidis vin, amiĉjo.

Ho ve.

– Mi scias. Mi bedaŭras … la tempo iom rapide moviĝas lastatempe.

Ŝi pritaksas min. La penetraj nigraj okuloj de Kimy ŝajne vidas eĉ la malantaŭon de mia cerbo. Ŝia plata korea vizaĝo kaŝas ĉiujn emociojn krom kiam ŝi volas montri ilin. Ŝi estas mirinda briĝludanto.

– Ĉu vi tempvojaĝis?

– Ne. Fakte, dum monatoj mi iris nenien. Estis bonege.

– Ĉu vi havas koramikinon?

Mi ridetas.

– Ho ho. Bone, ĉio klaras por mi nun. Kiel ŝi nomiĝas? Kial do vi ne venigas ŝin foje ĉi tien?

– Ŝi nomiĝas Clare. Mi plurfoje proponis venigi ŝin, sed li ĉiam malakceptas min.

– Al mi vi ne proponas. Venu ĉi tien, venos ankaŭ Richard. Ni manĝos migdalan anasaĵon.

Kiel kutime, mi estas imponita de mia propra manko de sagaco. S-ino Kim scias kiel perfekte dissolvi ĉiujn sociajn malfacilaĵojn. Mia patro al mi kondutas senrimorse kiel fekulo, sed por s-ino Kim li ĉiam faros klopodojn, kiel ja decas, ĉar praktike ŝi edukis lian infanon, kaj plej verŝajne ne fakturis al li la merkatan prezon.

– Vi estas genio!

– Kompreneble. Diru al mi, do, kial mi ne ricevas MacArthur-subvencion?

– Kiu scias? Eble vi ne sufiĉe societumas. Mi supozas ke la MacArthur-ĵurianoj ne ofte aperas en bingo-ludejo.

– Ja ne, ili jam havas sufiĉe da mono. Do, kiam vi edziĝos?

Mi ridas tiom forte ke kolao revenas tra mia nazo. Kimy alpaŝas kaj ekbatetas mian dorson. Kiam mi kvietiĝas, ŝi grumblete residiĝas.

– Kio tiom amuzas vin? Mi nur faris demandon. Oni rajtas demandi, ĉu ne?

– Ne, ne pri tio temas: mi celas ke mi ridas ne ĉar estas ridindaĵo, sed ĉar vi legas en miaj pensoj. Mi venis por peti Paĉjon ke mi rajtu uzi la ringojn de Panjo.

– Oho! Knabo, mi ne scias ĉu … Ho, vi edziĝas! Hej, tio estas bonega! Ĉu ŝi diros jes?

– Mi pensas ke jes. Mi estas certa je naŭdek naŭ procentoj.

– Nu, tio estas sufiĉe bona. Tamen pri la ringoj de via panjo mi ne scias kion pensi. Vidu, jen kion mi volas diri al vi – ŝiaj okuloj turniĝas al la plafono, – via paĉjo, li ne tro bone fartas. Li krias multe, ĵetadas aĵojn, kaj ne ekzercas sin.

– Ho. Nu, ne aparte surprize. Sed ankaŭ ne bone. Ĉu vi iris supren lastatempe?

Ordinare Kimy pasigas multan tempon en la loĝejo de Paĉjo.

Mi pensas ke ŝi en sekreto purigas ĝin. Mi vidis ŝin spiteme gladi la smoking-ĉemizojn de Paĉjo, defie atendante ĉu mi komentos.

– Li ne enlasas min!

Ŝi estas rande de ploro. Tre malbone. Mia patro certe havas siajn problemojn, sed estas kondamninde lasi ke la problemoj efiku ankaŭ al Kimy.

– Sed kiam li ne estas hejme …?

Kutime mi ŝajnigas ne scii ke Kimy en- kaj eliras el lia loĝejo sen lia scio; ŝi pretendas ke ŝi neniam farus ion tian. Sed efektive mi dankemas al ŝi, nun kiam mi ne plu loĝas ĉi tie. Iu devas teni lin sub observo. Ŝi aspektas kulpa, ruza kaj iomete alarmita ĉe mia lasta mencio.

– Nu, jes, bone, mi eniras … unufoje, ĉar mi zorgas pri li. Kuŝas rubaĵoj ĉie; se li plu lasos tion, insektoj nin invados. Li havas nenion en la fridujo krom biero kaj citronoj. Tiom da vestaĵoj kuŝas sur lia lito ke apenaŭ li povus dormi en ĝi. Mi ne scias kion li faras. Mi neniam vidis lin en tiel malbona stato de kiam via panjo mortis.

– Ho ve. Kio, laŭ vi …?

Aŭdiĝas granda kraŝo super niaj kapoj, kio signifas ke Paĉjo faligis ion sur la plankon de la kuirejo. Nun li probable klopodas relevi sin.

– Verŝajne pli bone ke mi iru supren.

– Jes.

Kimy melankolie diras:

– Li estas tiel deca homo, via paĉjo. Mi ne komprenas kial li lasas la aferojn okazi tiel.

– Li estas alkoholulo. Tiel agas alkoholuloj. Ilia agendo tekstas: unue disfalu, poste disfaladu plu.

Ŝi direktas detruan rigardon al mi.

– Se paroli pri laboro ...

– Jes?

Ho, merdon ...

– Mi kredas ke li ne laboras nuntempe.

– Nun ne estas sezono. En majo li ne laboras.

– La aliaj turneas en Eŭropo, sed li estas ĉi tie. Krome li ne pagas lupagon la lastajn du monatojn.

Damne, damne!

– Kimy, kial vi ne vokis min? Tio estas terura!

Mi stariĝas, rapidas tra la koridoro al mia dorsosako, kaj revenas kun ĝi al la kuirejo. Mi plonĝas en ĝin por trovi mian ĉeklibron.

– Kiom li ŝuldas al vi?

S-ino Kim estas en profunda embaraso.

– Lasu, Henry, li ja pagos ĝin.

– Li povos repagi al mi. Ne zorgu, Kimy. Konfesu: kiom multe?

Ŝi ne rigardas al mi.

– Mil cent dolarojn – ŝi diras tute mallaŭte.

– Nur tiom? Ĉu vi imagas ke vi estras la Filantropian Subtensocieton por Problemhavaj DeTamble-uloj?

Mi plenigas la ĉekon kaj ŝovas ĝin sub ŝian subtason.

– Rapide monigu ĝin, aŭ mi revenos hanti vin.

– Tute bone, mi ne monigos ĝin, kaj vi venos viziti.

– Mi vizitos vin ĉiuokaze.

Mi profunde kulposentas.

– Clare kunvenos.

Kimy radias al mi.

– Mi esperas tion. Mi estos via honorfraŭlino, ĉu ne?

– Se Paĉjo ne retrovos sin mem, vi povos anstataŭi lin. Fakte, tio estas bonega ideo: vi akompanu min al la altaro, dum Clare atendos en sia smokingo, kaj la orgenisto ludos Lohengrinon ...

– Prefere mi aĉetu robon.

– Sed ne aĉetu ĝis mi diros al vi ke ni interkonsentis.

Mi ĝemas.

– Nu, pli bone mi iru supren kaj parolu kun li.

Mi stariĝas. En la kuirejo de s-ino Kim mi subite sentas min enorma, kvazaŭ mi vizitus mian iaman bazlernejon kaj mirus pri la malgrandeco de niaj tabloj. Ŝi malrapide stariĝas kaj sekvas min al la enirpordo. Mi brakumas ŝin. Dum momento ŝi ŝajnas fragila kaj perdita, kaj mi pripensas ŝian vivon, la teleskopajn tagojn de purigado, ĝardenumo kaj briĝludo, sed tuj miaj propraj zorgoj brue-skue reokupas mian menson. Baldaŭ mi revenos ĉe ŝin; mi ja ne povas pasigi mian tutan vivon kaŝite en lito kun Clare. Kimy rigardas min malfermi la pordon de Paĉjo.

– He, Paĉjo! Ĉu vi hejme?

Post paŭzo aŭdiĝas:

– FORIRU!

Mi daŭrigas laŭ la ŝtuparo, dum s-ino Kim fermas sian pordon.

Plej unue trafas min la odoro: io putras ĉi tie. La salono estas dezerta. Kien malaperis ĉiuj libroj? Miaj gepatroj havis tunojn da libroj, pri muziko, pri historio, romanojn en la franca, la germana, la itala: kie ili estas? Eĉ la kolekto de diskoj kaj KD-oj ŝajnas pli malgranda. Paperoj kovras ĉion, reklampoŝtaĵoj, gazetoj, partituroj tapiŝas la plankon. La pianon de mia patrino tegas polvo, kaj en vazo sur la fenestrobreto mumiiĝas de longe mortintaj gladioloj. Mi laŭiras la koridoron, rigardas en la dormo-ĉambrojn. Kompleta kaoso: vestaĵoj, rubo, pliaj gazetoj. En la banĉambro, sub la lavpelvo kuŝas botelo de Michelob, kaj brila tavolo el sekiĝinta biero vernisas la kahelojn.

En la kuirejo mia patro sidas dorse al mi ĉe la tablo kaj rigardas tra la fenestro al la rivero. Li ne turnas sin kiam mi eniras. Li ne rigardas min kiam mi sidiĝas. Sed li ankaŭ ne ekstaras por eliri, do mi akceptas tion kiel signon ke povas komenciĝi konversacio.

– Saluton, Paĉjo.

Silento.

– Ĵus mi estis ĉe sinjorino Kim. Laŭ ŝi vi ne tre bone fartas.

Silento.

– Mi aŭdas ke vi ne laboras.

– Estas majo.

– Kial do vi ne turneas?

Li finfine alrigardas min. Sub lia obstineco estas timo.

– Mi havas forpermeson pro malsano.

– Ekde kiam?

– De marto.

– Pagitan forpermeson?

Silento.

– Ĉu vi estas malsana? Kio estas la problemo?

Mi pensas ke li ignoros min, sed fine li respondas, etendante la manojn. Ili tremas kvazaŭ skuataj de propra eta tertremo. Li sukcesis, finfine. Per dudek tri jaroj da insista drinkado li detruis sian kapablon ludi violonon.

– Ho, Paĉjo. Ho, Dio! Kion diras Stan?

– Li diras ke jen la fino. La nervoj paneis kaj ne plu reboniĝos.

– Jesuo.

Ni rigardas unu la alian dum neeltenebla minuto. Lia vizaĝo montras angoron, kaj mi komencas kompreni: li havas nenion. Restas nenio por subteni lin, por konservi lin, por esti lia vivo.

Unue panjo, poste lia muziko, for, ĉio for. Mi ĉiuokaze neniam multe gravis por li, do miaj malfruaj klopodoj restos sen signifo.

– Kiel nun plu?

Silento. Neniel nun plu.

– Vi ne povas simple resti en la loĝejo kaj drinki dum la venontaj dudek jaroj.

Li rigardas la tablon.

– Kion pri via pensio? Laboreja asekuro? Sanasekuro? Alkoholuloj Anonimaj?

Li ĝis nun nenion faris, lasis ĉion droni. Kion mi estis dironta?

– Mi pagis vian lupagon.

– Kio, ĉu mi ne pagis ĝin?

Li estas konfuzita.

– Ne. Vi ŝuldis por du monatoj. S-ino Kim estis tre embarasita. Ŝi ne volis diri al mi, poste ne volis ke mi donu al ŝi monon, sed ne havas sencon ke viaj problemoj fariĝu ŝiaj problemoj.

– Kompatinda s-ino Kim!

Larmoj fluas sur la vangoj de mia patro. Li maljunas. Ne eblas diri tion alie. Li aĝas kvindek sep, kaj li estas maljunulo. Nun mi ne koleras al li. Mi kompatas lin kaj timas pro li.

– Paĉjo.

Li denove alrigardas min.

– Vidu, vi devos lasi ke mi faru certajn aferojn por vi, ĉu bone?

Li rigardas alidirekte, tra la fenestro denove al la senlime pli interesaj arboj transflanke de la rivero.

– Necesos ke mi rigardu viajn pensiajn paperojn kaj konteltirojn kaj ĉion tian. Necesos ke s-ino Kim kaj mi purigu ĉi tiun lokon. Kaj vi devas ĉesi drinki.

– Ne.

– Ne, pri kio? Ĉu pri ĉio aŭ nur pri io?

Silento. Mi ekperdas la paciencon, do mi decidas ŝanĝi la temon.

– Paĉjo. Mi edziĝos.

Tio vekas lian atenton.

– Al kiu? Kiu volus edzigi vin?

Li diras tion, mi pensas, sen malico. Li vere scivolemas. Mi elprenas mian monujon kaj eligas bildon de Clare el ĝia plasta ujo. Sur la bildo Clare elrigardas serene super la Plaĝo de la Lumturo. Ŝiaj haroj flirtas kiel standardo en la venteto, kaj en la frumateno ŝia figuro ŝajnas lumi sur la fono de malhelaj arboj. Paĉjo prenas la bildon kaj zorge studas ĝin.

– Ŝi nomiĝas Clare Abshire. Ŝi estas artisto.

– Nu, ŝi estas bela – li diras maleme. De li ne eblas atendi ion pli proksiman al patra beno.

– Mi ŝatus ... mi tre ŝatus doni al ŝi la ringojn de Panjo, la edzinan kaj la fiançinan. Mi pensas ke Panjo estus ŝatinta tion.

– Kiel vi povas scii? Vi verŝajne apenaŭ memoras ŝin.

Mi ne volas diskuti, sed subite mi sentas decidiĝon trabati mian volon.

– Mi vidas ŝin regule. Mi vidis ŝin centojn da fojoj de kiam ŝi mortis. Mi vidas ŝin promeni en la kvartalo, kun vi, kun mi. Ŝi iras al la parko por studi partiturojn, ŝi butikumas, ŝi renkontiĝas kun Mara en la kafejo de Tia. Mi vidas ŝin kun Onklo Ish. Mi vidas ŝin ĉe Juilliard. Mi aŭdas ŝin kanti!

Paĉjo gapas al mi. Mi estas detruanta lin, sed mi ne plu kapablas halti.

– Mi parolis kun ŝi. Foje mi staris apud ŝi en homplena trajno, tuŝis ŝin.

Paĉjo ploras.

– Ne ĉiam estas malbeno, komprenu! Okaze tempvojaĝado estas bonega afero. Mi bezonis ŝin vidi, kaj foje mi vidas ŝin. Ŝi estus aminta Clare, ŝi dezirus ke mi estu feliĉa, kaj ŝi bedaŭregus ke vi fuŝegis ĉion nur ĉar ŝi mortis.

Li sidas ĉe la kuireja tablo kaj plorsingultas. Li ploras, ne kovras la vizaĝon, simple mallevas la kapon kaj lasas la larmojn inunde flui. Mi rigardas lin kelkan tempon: jen la prezo kiun mi pagas pro la perdo de sinrego. Poste mi iras al la banĉambro kaj revenas kun rulo da neceseja papero. Li prenas iom, blinde, kaj blovpurigas la nazon. Poste ni sidas plu dum kelkaj minutoj.

– Kial vi ne diris al mi?

– Kion vi celas?

– Kial vi ne diris al mi ke vi povas vidi ŝin? Mi ŝatus ... scii tion.

Kial mi ne diris al li? Ĉar dum tiel longa tempo ajna normala patro jam estus eltrovinta ke la fremdulo kiu hantas la komencajn jarojn de ilia geedza vivo estas envere lia nenormala, tempvojaĝanta filo. Ĉar mi timis: ĉar li malamis min pro tio ke mi transvivis. Ĉar sekrete mi povis senti min supera al li dank' al io kion li vidis kiel difekton. Tiajn malbelajn kialojn mi havis.

– Ĉar mi pensis ke tio vundus vin.

– Ho, ne. Tio ne ... ne vundas min, ĉar ... estas bone scii ke ŝi estas tie, ke ŝi estas ie. Kiel diri ... plej malbone estas ke ŝi foriris. Do estas bone ke ŝi ĉeestas tie, ie. Eĉ se mi ne povas vidi ŝin.

– Kutime ŝi aspektas feliĉa.

– Jes, ŝi estis tre feliĉa ... ni estis feliĉaj.

– Jes. Vi estis kvazaŭ alia homo. Mi ĉiam scivolis kiel mi plenkreskus se vi estus tia kia vi estis tiutempe.

Li malrapide ekstaras. Mi restas sur mia seĝo dum li paŝas malfirme laŭ la koridoro al sia dormoĉambro. Mi aŭdas kiel li palpe serĉas kaj poste malrapide revenas kun saketo el sateno. Li ŝovas manon en ĝin kaj eltiras malhelbluan juvelskatolon. Li malfermas ĝin kaj elprenas la du delikatajn ringojn. Ili ripozas kiel semoj en lia longa, tremanta mano. Paĉjo metas sian maldekstran manon super la dekstran, kiu tenas la ringojn, kaj sidas tiel iomete, kvazaŭ la ringoj estus lampiroj tenataj en la kaptilo de liaj du manoj. Li fermas la okulojn. Fine li malfermas ilin kaj etendas la dekstran manon: mi formas ricevujon el miaj manoj, kaj li ruletas la ringojn sur miajn atendajn manplatojn.

La fianĉina ringo estas smeralda, kaj la malforta lumo el la fenestro refraktiĝas verde kaj blanke en ĝi. La ringoj estas el arĝento kaj bezonas purigon. Ili bezonas portadon, kaj mi konas la knabinon kiu portadu ilin.

NASKIĜTAGO

• • • • • • • • • • • • • •

Dimanĉon, la 24-an de majo 1992
(Clare aĝas 21, Henry aĝas 28)

CLARE: Estas mia dudekunua naskiĝtago. Perfekta somera vespero. Mi estas en la loĝejo de Henry, la lito de Henry, legante *La lunŝtono*. Henry preparas vespermanĝon en la eta kuirejo. Dum mi surmetas lian banmantelon kaj direktiĝas al la banĉambro, mi aŭdas lin blasfemi pri la miksilo. Mi trankvile lavas la harojn, la spegulojn kovras vaporo. Mi pensas pri tondo de mia hararo. Kiel agrable estus se mi povus simpe lavi ĝin kaj rapide trakombi, kaj huŝ! en du minutoj mi estus agopreta. Mi suspiras. Henry tiel amas mian hararon kvazaŭ ĝi estus estaĵo en si mem, kvazaŭ ĝi havus propran animon kaj povus reciproki lian amon. Mi scias ke li amas ĝin kiel parton de mi, sed mi scias ankaŭ ke profunde ĉagrenus lin se mi tondus ĝin. Kaj ankaŭ al mi ĝi mankus … ĝi tamen kostas tiom da penado, foje mi ŝatus demeti ĝin kiel perukon kaj lasi ĝin flanke dum mi eliras amuziĝi. Mi zorge kombas ĝin, malnodante la implikaĵojn. Miaj haroj pezas kiam ili estas malsekaj. Ili tiras mian kaphaŭton. Mi blokas malferma la pordon de la banĉambro por dispeli la vaporon. Henry kantas ion el el *Carmina Burana*; sonas strange kaj false. Kiam mi forlasas la banĉambron, li estas primetanta la tablon.

– Perfekta tempumo, la vespermanĝo jen pretas.

– Atendu minuton, mi vestos min.

– Tute taŭgas kiel vi estas, vere.

Henry ĉirkaŭiras la tablon, malfermas la banmantelon kaj leĝere tanĝas miajn mamojn.

– Mmm. La manĝo malvarmos.

– La manĝo malvarmas. Mi celas: ni manĝos malvarmajn pladojn.

– Do … bone, manĝu ni.

Mi sentas min subite elĉerpita kaj iritiĝema.

– Bone.

Henry lasas min libera sen komento. Li revenas por surtabligi la arĝentan manĝilaron. Mi rigardas lin dum minuto, poste kolektas miajn vestaĵojn el disaj lokoj surplanke kaj surmetas ilin. Mi altabliĝas; Henry alportas du bovlojn da supo, pala kaj densa.

– Supo el porea pureo. Recepto de mia avino.

Mi gustumas ĝin. Perfekta: butereca kaj malvarma. La dua plado estas salmaĵo, kun longaj pecoj de asparago en marinado el olivoleo kaj rosmareno. Mi malfermas la buŝon por laŭdi la manĝaĵon, sed diras anstataŭe:

– Henry … ĉu aliaj homoj amoras same multe kiel ni?

Henry pripensas.

– Plej multaj homoj … ne, mi imagas ke ne. Mi dirus ke tiel faras nur homoj kiuj konas unu la alian de ne tre longe kaj ankoraŭ ne kuraĝas fidi sian feliĉon. Sed ĉu estas vere tro multe?

– Mi ne scias. Eble.

Mi rigardas al mia telero. Nekredeble ke mi diras ion tian; dum mia tuta adolesko mi petegis Henry ke li fiku min, kaj nun mi diras al li ke estas tro multe. Henry sidas silentege.

– Clare, mi vere bedaŭras. Mi ne rimarkis … mi ne pensis ke …

Mi levas la okulojn: Henry aspektas mizera. Mi rideksplodas. Henry ridetas, iom kulposente, sed liaj okuloj briletas.

– Estas nur ke … nu, en iuj tagoj mi apenaŭ povas sidiĝi.

– Nu, tiam simple diru «Ne ĉi-vespere, kara, ni jam faris ĝin dudek tri fojojn hodiaŭ, kaj mi prefere legus kelkajn paĝojn da Dickens».

– Kaj tiam vi humile ĉesigos vian aktivadon?

– Mi ĵus tion faris, ĉu ne? Mi agis sufiĉe obeeme.

– Jes. Sed mi tuj sentis min kulpa.

Henry ridas.

– Vi ne povas atendi ke mi helpos vin pri tio. Jen eble mia sola espero: tagon post tago, semajnon post semajno, mi dekadencos, malsatos je kiso, forvelkos sopirante unusolan midzon, kaj post certa tempo vi levos la rigardon el via libro kaj rimarkos ke mi efektive mortos ĉe viaj piedoj se vi ne tuj fikos min, kaj malgraŭe mi diros eĉ ne unu vorton. Eble aŭdiĝos malfortaj plorbruetoj.

– Sed … nu, kiel diri, mi estas elĉerpita, dum vi ŝajnas farti … tute bone. Ĉu mi estas nenormala, aŭ kio?

Henry klinas sin trans la tablon kaj etendas la manojn. Mi metas la miajn en la liajn.

– Clare.

– Jes?

– Eble estas maldelikate mencii ĉi tion, kaj pardonu min pro mia diro, sed via amoremo multe superas tiun de *preskaŭ* ĉiuj virinoj kiujn mi amindumis. Plej multaj rezignus kaj ŝaltus sian respondaparaton jam antaŭ monatoj. Sed mi estus devinta pensi … ĉiam ŝajnis ke vi emas. Tamen, se estas tro multe, aŭ se vi ne emas, vi devas diri tion, ĉar alie mi nur rondiros ĉirkaŭ la poto, ne sciante ĉu mi ŝarĝas vin per miaj fiaj postuloj.

– Sed kiom da amorado estas sufiĉa?

– Por mi? Ho Dio. Mia ideo pri la perfekta vivo estus ke vi kaj mi restu en la lito la tutan tempon. Ni povus amori pli-malpli senĉese, kaj ellitiĝi nur por alporti provizojn, ĉu ne, freŝan akvon kaj fruktojn por preventi skorbuton, kaj okaze ekskursi ĝis la banĉambro por razi sin antaŭ ol replonĝi en la liton. Kaj foje ni povus ŝanĝi la littukojn. Kaj iri al kinejo por eviti kuŝeskarojn. Kaj kuri. Mi tamen devus plu kuri ĉiumatene.

Kurado estas religio por Henry.

– Kial do kuri? Ĉu ne jam sen tio sufiĉus la sportado?

Li subite iĝas serioza.

– Ĉar sufiĉe ofte mia vivo dependas de tio ĉu mi kuras pli rapide ol miaj persekutantoj.

– Ho!

Nun estas mia vico honti, ĉar mi jam sciis tion.

– Sed … kiel diri? Nuntempe ŝajnas ke vi neniam foriras – tio estas, ekde kiam mi renkontis vin ĉi tie en la estanteco, vi apenaŭ tempvojaĝis. Aŭ ĉu tamen?

– Nu, je Kristnasko ja, tion vi vidis. Ankaŭ ĉirkaŭ Dankofesta tago. Tiam vi estis en Miĉigano, kaj mi ne menciis la aferon al vi, ĉar ĝi estis deprima.

– Ĉu vi revidis la akcidenton?

Henry rigardas al mi.

– Efektive jes. Kiel vi sciis?

– Antaŭ kelkaj jaroj vi aperis en Meadowlark en Kristnaska vespero kaj rakontis pri tio al mi. Vi estis vere tre maltrankvila.

– Jes. Mi memoras ke mi sentis min malfeliĉa eĉ nur vidante tiun daton en la Listo, ke mi pensis: ho ve, unu plia Kristnasko por trapasi. Krome ĝi estis aĉa en mia reala tempo; fine mi ek-havis alkoholan veneniĝon kaj necesis tralavi mian stomakon. Mi esperas ke mi ne detruis la vian.

– Ne ... Mi ĝojis vidi vin. Kaj vi rakontis al mi ion gravan, personan, kvankam zorgante ne malkaŝi nomojn aŭ lokojn. Tamen, temis pri via reala vivo, kaj mi senespere volis ion ajn kio helpus min kredi ke vi estas reala kaj ne nur ia psikozo mia. Pro la sama kialo mi ĉiam tuŝadis vin – mi ridas. – Mi neniam konsciis kiel multe mi malfaciligas al vi la vivon. Mi ja elprovis ĉion pri kio mi nur povis pensi, sed vi kondutis tiel sobre kiel nur eble. Vi certe suferegis!

– Ekzemple kiel?

– Kion ni manĝos por deserto?

Henry obeeme leviĝas kaj alportas la deserton: glaciaĵon el mango kun framboj. Malgranda kandelo elstaras el ĝi oblikve; Henry kantas «Bondezirojn al vi» tiel false ke mi devas hihii. Mi formulas deziron kaj blovestingas la kandelon. La glaciaĵo bongustegas. Mi estas tre gaja kaj serĉas en mia memoro iun speciale ekstreman epizodon kiam mi klopodis logi Henry.

– Jen la plej aĉa okazo. Mi aĝis dek ses jarojn, mi atendis vin malfrue dum iu nokto. Ĉirkaŭ la dekunua horo, estis novluno, do sufiĉe mallume en la maldensejo. Kaj mi iom koleris kontraŭ vi, ĉar vi nepre traktis min kiel infanon, aŭ kamaradon, aŭ kion ajn ... dum mi nur freneze volegis perdi mian virgecon. Mi subite ekhavis la ideon kaŝi viajn vestaĵojn ...

– Ho ne ...

– Jes ja. Do mi translokis la vestaĵojn ... Mi iom hontas rakonti tion, sed nun estas ĉiel ajn tro malfrue.

– Kaj?

– Kaj vi aperis, kaj esence mi incitetis vin ĝis vi ne plu eltenis.

– Kaj?

– Kaj vi alsaltis min, premis min al la grundo, kaj dum ĉirkaŭ tridek sekundoj ni ambaŭ pensis «jen nun okazos». Ne estis kvazaŭ vi seksperfortus min, ĉar mi absolute deziris ĉion kio okazis. Sed aperis certa esprimo sur via vizaĝo, kaj vi diris «Ne!», vi leviĝis kaj foriris. Rekte tra la Herbejo vi iris inter la arbojn kaj mi ne revidis vin dum tri semajnoj.

– Hu, tiu estis pli bona homo ol mi estas.

– Mi sentis min tiom punita per ĉio ĉi ke mi eksterordinare klopodis konduti bone dum la postaj du jaroj.

– Dank' al Dio! Ĉar mi ne povas imagi ke mi sukcesus regule apliki same multe da volforto.

– Sed plej mirinde: vi ja faros ĝuste tion. Dum longa tempo mi fakte pensis ke mi ne altiras vin. Kompreneble, se ni pasigos nian tutan vivon en la lito, mi supozas ke vi povas elmontri iom da sinreteno dum viaj ekskursoj en mian pasintecon.

– Nu, sciu ke mi ne ŝercas pri mia bezono de multe da amorado. Evidente, mi komprenas ke ne estas tre praktike. Sed jam de longe mi volis diri al vi: tio igas min senti min malsama. Simple … tiel mi sentas min ligita al vi. Kaj laŭ mi tio retenas min ĉi tie, en la nuntempo. La fizika kunligo inter ni du iel restrukturas mian cerbon.

Henry karesas mian manon per la fingropintoj. Li levas la okulojn al mi.

– Mi havas ion por vi. Venu kaj sidiĝu tie.

Mi stariĝas kaj sekvas lin en la salonon. Li transformis la liton en sofon, sur kiu mi eksidas. La suno nun malsupreniras, la ĉambron inundas lumo rozkolora kaj mandarina. Henry malfermas sian skribotablon, ŝovas manon en fakon de tirkesto, kaj eligas saketon el sateno. Li sidas iomete aparte de mi, sed niaj genuoj intertuŝiĝas. *Li certe aŭdas miajn korbatojn*, mi pensas. *Ni do atingis ĉi tion.* Henry prenas miajn manojn kaj rigardas min serioze. *Mi atendis ĉi tion tiel longe, nun ĝi alvenis, kaj mi timas.*

– Clare?

– Jes?

Mia voĉo sonas tre mallaŭte kaj timoplene.

– Vi scias ke mi amas vin. Ĉu vi edziniĝos al mi?

– Jes ... Henry.

Superfortas min sento de deĵavuo.

– Sed vi scias ke fakte ... mi jam edziniĝis al vi.

Dimanĉon, la 31-an de majo 1992
(Clare aĝas 21, Henry aĝas 28)

CLARE: Henry kaj mi staras en la vestiblo de la apartamentaro kie li kreskis. Ni iom malfruas jam, sed ni nur staras; Henry apogas sin al la leterkestaro kaj malrapide spiras kun fermitaj okuloj.

– Ne zorgu – mi diras. – Ne povos esti pli malbona ol via renkontiĝo kun Panjo.

– Viaj gepatroj estis tre afablaj al mi.

– Sed Panjo estas ... neantaŭvidebla.

– Paĉjo same.

Henry enigas sian ŝlosilon en la enirpordan seruron, ni ŝtuparas supren unu etaĝon, kaj Henry frapas je la pordo de apartamento. Tuj ĝin malfermas eta maljunulino korea: Kimy. Ŝi surhavas bluan silkan robon kaj brile ruĝan ruĵon, kaj ŝi krajonis siajn brovojn iom malsimetrie. Ŝiaj plektitaj haroj estas de blankiĝanta grizo, kaj volvitaj en du bulketojn ĉe la oreloj. Ial ŝi memorigas min pri la aktorino Ruth Gordon. Laŭ alteco ŝi atingas mian ŝultron. Ŝi klinas sian kapon malantaŭen:

– Ho, Henry, ŝi estas be-lee-ga!

Mi sentas min ruĝiĝi. Henry reagas:

– Kimy, kion pri decaj moroj?

285

Kimy ridas:

– Bonan tagon, fraŭlino Clare Abshire!

– Bonan tagon, sinjorino Kim!

Ni ridetas unu al la alia, kaj ŝi diras:

– Ho, vi devas nomi min Kimy, ĉiuj nomas min Kimy.

Mi kapjesas kaj sekvas ŝin en la salonon kaj jen, en fotelo sidas la patro de Henry.

Li diras nenion, nur rigardas min. La patro de Henry estas maldika, alta, anguleca kaj laca. Li ne tre similas al Henry. Li havas mallongan grizan hararon, malhelajn okulojn, longan nazon kaj maldikan buŝon, kies anguloj turniĝas iomete malsupren. Li sidas tute kuntirite en sia brakseĝo. Mi rimarkas liajn manojn: longaj, elegantaj, ili kuŝas sur lia sino kiel dormetanta kato. Henry tusas:

– Paĉjo, jen Clare Abshire. Clare, jen mia patro, Richard DeTamble.

S-ro DeTamble malrapide etendas manon, kaj mi paŝas antaŭen por premi ĝin. Ĝi glacie malvarmas.

– Saluton, s-ro DeTamble. Agrable renkonti vin.

– Ĉu vere? Tiam Henry ne tre multe rakontis pri mi.

Tra lia raŭka voĉo sonas amuziĝo:

– Mi devos fruktuzi vian optimismon. Venu kaj sidiĝu ĉe mi. Kimy, ĉu ni povus ricevi ion por trinki?

– Mi ĵus volis demandi ĉiujn! Clare, kion vi ŝatus? Mi faris sangrion, ĉu vi ŝatas tion? Henry, kion por vi? Ĉu sangrion? Bone. Richard, ĉu vi ŝatus bieron?

Ĉiuj paŭzas por momento. Fine s-ro DeTamble diras:

– Ne, Kimy, mi pensas ke mi trinkos nur teon, se vi bonvolos pretigi ĝin.

Kimy ridete malaperas en la kuirejon, kaj s-ro DeTamble turnas sin al mi:

– Mi iomete malvarmumis. Mi prenis iun pilolon kontraŭ ĝi, sed mi timas ke ĝi nur igos min somnoli.

Henry sidas sur la sofo kaj rigardas nin. La tuta meblaro estas blanka kaj aspektas kvazaŭ aĉetita el la vendejĉeno JCPenney ĉirkaŭ la jaro 1945. La remburaĵo estas protektata per hela plasto, kaj sur la baza blanka tapiŝo etendiĝas longtapiŝoj el vinilo. Troviĝas kameno, kiu aspektas komplete eksteruza; super ĝi pendas bela inkpentraĵo, kiu montras bambuon en vento.

– Mirinda pentraĵo – mi diras, ĉar neniu diras ion ajn. S-ro DeTamble ŝajnas kontenta.

– Ĉu vi ŝatas ĝin? Annette kaj mi venigis ĝin el Japanio en 1962. Ni aĉetis ĝin en Kioto, sed la originalo estas el Ĉinio. Ni pensis ke Kimy kaj Dong ŝatos ĝin. Ĝi estas deksepa-jarcenta kopio de multe pli antikva pentraĵo.

– Rakontu al Clare pri la poemo – diras Henry.

– Jes, la poemo sonas pli-malpli: «Bambu' sen menso, tamen sendas pensojn sori inter nuboj. Solstara sur monto, trankvila kaj digna, ĝi montras volforton sinjoran. – Pentris kaj verkis kun leĝera koro Wu Chen.»

– Tio estas belega – mi diras.

Kimy envenas kun trinkaĵoj sur pleto. Henry kaj mi prenas ĉiu glason da sangrio, dum s-ro DeTamble singarde tenas sian teon per ambaŭ manoj; la taso treme tintas kontraŭ la subtaso, kiam li demetas ĝin sur la apudan tablon. Kimy sidas en foteleto apud la kameno kaj glutetas sian sangrion. Mi gustumas la mian kaj rimarkas ke ĝi estas vere forta. Henry rigardas al mi kaj levas la brovojn. Kimy ekparolas:

– Ĉu vi ŝatas ĝardenojn, Clare?

– Certe – mi diras. – Mia patrino estas ĝardenisto.

– Vi devos veni antaŭ la vespermanĝo por vidi la korton. Ĉiuj miaj peonioj floras, kaj ni devas montri al vi ankaŭ la riveron.

– Tio sonas bele.

Ni ĉiuj iras grupope al la korto. Mi admiras la riveron Ĉikago, kiu kviete fluas ĉe la piedoj de malfortika ŝtuparo; mi admiras la peoniojn. Kimy demandas:

– Kian ĝardenon havas via panjo? Ĉu ŝi kultivas rozojn?

Kimy havas etan sed bone ordigitan rozĝardenon, kun ekskluzive te-hibridoj, kiom mi povas distingi.

– Ŝi ja havas rozĝardenon. Sed, fakte, la vera pasio de Panjo estas iridoj.

– Ho, mi ja havas iridojn. Ili estas tie.

Kimy montras al grupeto de iridoj.

– Mi bezonas dividi ilin, ĉu vi pensas ke via panjo ŝatus ricevi kelkajn?

– Mi ne scias. Mi povus demandi. Panjo havas pli ol ducent variojn de iridoj.

Mi okulkaptas rideton de Henry malantaŭ la dorso de Kimy, kaj mi sulkas la brovojn.

– Mi povus demandi ŝin ĉu ŝi volas interŝanĝi kun vi kelkajn el la siaj; iujn el ili ŝi mem elkultivis, kaj ŝi ŝatas doni tiujn al amikoj.

– Ĉu via patrino kultivas iridojn? – demandas s-ro DeTamble.

– Jes. Ŝi kultivas ankaŭ tulipojn, sed plej multe ŝi ŝatas iridojn.

– Ĉu ŝi profesie ĝardenumas?

– Ne, nur amatore. Plejmulton de la laboro faras ŝia ĝarden-isto, kaj krome amaso da homoj venadas por falĉi kaj sarki kaj tiel plu.

– Devas esti granda ĝardeno – komentas Kimy. Ŝi rekondukas nin en la apartamenton. En la kuirejo eksonas averthorloĝo.

– Estas tempo manĝi – deklaras Kimy.

Mi demandas ĉu mi povus helpi, sed Kimy mansvinge indikas al mi seĝon. Mi sidas fronte al Henry. Lia patro estas dekstre de mi, la vaka seĝo de Kimy staras ĉe mia maldekstro. Mi rimarkas ke s-ro DeTamble portas sveteron, kvankam estas sufiĉe varme ĉi tie. Kimy havas tre belajn porcelanaĵojn, kun kolibroj surpentritaj. Ĉiu el ni ricevis perle freŝan glason da akvo. Kimy verŝas al ni blankan vinon. Ŝi hezitas ĉe la glaso de la paĉjo de Henry, sed preterpasas lin kiam li skuas la kapon. Ŝi alportas salatojn kaj sidiĝas. S-ro DeTamble levas sian akvoglason.

– Al la feliĉa paro! – li tostas.

– Al la paro! – ripetas Kimy, ni ĉiuj tintigas la glasojn kaj trinkas. Kimy demandas:

– Do, Clare, Henry diras ke vi estas artisto. De kia speco?

– Mi kreas el papero. Paperajn skulptaĵojn.

– Ho, vi devos foje montri tion al mi, ĉar mi ne scias pri kio temas. Ĉu kiel origamio?

– Ne vere.

Henry intervenas.

– Similas al tiu germana artisto kiun ni vidis en la Arta Instituto, vi memoras, Anselm Kiefer. Grandaj, timigaj paperskulptaĵoj malhelaj.

Kimy rigardas senkomprene.

– Kial iu bela knabino kiel vi kreus malbelaĵojn?

Henry ridas.

– Temas pri arto, Kimy. Kaj fakte ili estas belaj.

– Mi uzas multajn florojn – mi informas Kimy. – Se vi donos al mi viajn mortintajn rozojn, mi metos ilin en la pecon pri kiu mi nun laboras.

– Bone – ŝi diras. – Kian pecon?

– Ĝi estas giganta korvo farita el rozoj, haroj kaj fibroj de taglilio.

– Nu, sed kial do korvo? Ĝi alportas malbonŝancon.

– Ĉu vere? Laŭ mi korvoj estas belegaj.

S-ro DeTamble levas unu brovon kaj dum unu sekundo li ja aspektas kiel Henry:

– Vi havas strangajn ideojn pri beleco.

Kimy stariĝas, forprenas niajn salattelerojn kaj alportas bovlon da verdaj faboj kaj vaporantan teleregon da «Rostita anaso kun framboj kaj rozkolora nigrapipra saŭco». Ĝi gustas ĉiele bone. Mi konstatas kie Henry lernis kuiri.

– Kion vi pensas? – Kimy postulas scii.

– Ĝi estas bongusta, Kimy – diras s-ro DeTamble, kaj mi eĥas lian laŭdon.

– Eble pli bonus kun iom malpli da sukero – opinias Henry.

– Jes, ankaŭ laŭ mi – aprobas Kimy.

– Tamen ĝi estas vere delikata – aldonas Henry, kaj Kimy ridetas. Mi etendas manon por preni mian vinglason. S-ro DeTamble kapjesas al mi:

– La ringo de Annette aspektas bone sur via fingro.

– Ĝi estas tre bela. Dankon ke vi permesis al mi havi ĝin.

– Longan historion havas tiu ringo, kaj la kuna geedziĝa ringo. Ĝi estis farita en Parizo en 1823 por mia pra-pra-praavino, kiu nomiĝis Jeanne. Al Usono ĝi akompanis mian avinon Yvette en 1920, kaj ĝi kuŝas en tirkesto ekde 1969, kiam Annette mortis. Estas bone vidi ĝin denove sub hela taglumo.

Mi rigardas la ringon, kaj pensas ke la panjo de Henry portis ĝin kiam ŝi mortis. Mi ĵetas rigardon al Henry, kiu ŝajnas pensi la samon, kaj al s-ro DeTamble, kiu manĝas sian anasaĵon.

– Rakontu al mi pri Annette – mi petas s-ron DeTamble.

Li demetas sian forkon, apogas la kubutojn sur la tablo kaj la manojn kontraŭ la frunton. Li rigardas min de malantaŭ la manoj.

– Nu, mi estas certa ke Henry tamen iom rakontis al vi.

– Jes. Iom. Kaj mi kreskis aŭskultante ŝiajn diskojn; miaj gepatroj ŝategas ŝin.

S-ro DeTamble ridetas.

– Aĥ. Nu, do, vi scias ke Annette havis la plej mirindan voĉon … riĉan, puran, ŝi havis voĉon kun tia gamo … ŝi kapablis esprimi sian animon per tiu voĉo, kiam mi aŭskultis ŝin, mi ĉiam sentis ke mia vivo signifas pli ol nuran biologiaĵon … ŝi vere kapablis aŭdi, ŝi komprenis la strukturojn kaj povis precize analizi kion en certa muzikaĵo oni devas redoni ĝuste tiel … ŝi estis tre emocia homo, Annette. Kaj ŝi vekis emocion ankaŭ ĉe aliaj. Mi pensas ke post ŝia morto mi neniam plu sentis ion ajn.

Li paŭzas. Mi ne povas rigardi s-ron DeTamble, do mi turnas la okulojn al Henry. Li rigardas sian patron kun esprimo de tia malĝojo ke mi mallevas la okulojn al mia telero. S-ro DeTamble diras:

– Sed vi demandis pri Annette, ne pri mi. Ŝi estis bonkora, kaj ŝi estis elstara artisto: oni ne ofte trovas tiujn du ecojn kune. Annette feliĉigis homojn, kaj ŝi mem estis feliĉa. Ŝi ĝuis la vivon. Mi vidis ŝin plori nur du fojojn: unufoje kiam mi donis al ŝi ĉi tiun ringon, kaj la duan fojon kiam ŝi naskis Henry.

Denove paŭzo. Fine mi diras:

– Vi estis tre bonŝanca.

Li ridetas, plu ŝirmante sian vizaĝon per la manoj.

– Nu, ni estis kaj ne estis. En iu minuto ni havis ĉion pri kio ni povis revi, kaj la sekvan minuton ŝi kuŝis en pecoj sur la aŭtovojo.

Henry grimacas.

– Sed ĉu vi ne pensas – mi insistas – ke pli bonas esti ekstreme feliĉa dum mallonga tempo kaj perdi tion ol viveti dum la tuta vivo?

S-ro DeTamble observas min atente. Li forprenas la manojn de la vizaĝo kaj longe rigardas. Fine li diras:

– Mi ofte demandis min pri tio. Ĉu vi kredas tion?

Mi pensas pri mia infanaĝo, pri tiom da atendado kaj pri-pensado, pri la ĝojo vidi Henry alveni tra la Herbejo post foresto de pluraj semajnoj aŭ monatoj, kaj mi pensas kiel estis ne vidi lin dum du jaroj kaj poste trovi lin en la Legoĉambro de Biblioteko Newberry: la ĝojo povi tuŝi lin, la lukso scii kie li estas, scii ke li amas min.

– Jes, mi kredas tion – mi respondas.

Mi renkontas la okulojn de Henry kaj ridetas. S-ro DeTamble kapjesas:

– Henry bone elektis.

Kimy ekstaras por alporti kafon, kaj dum ŝi estas en la kuirejo, s-ro DeTamble daŭrigas:

– Li ne estas fasonita por alporti pacon al la vivo de iu ajn. Fakte, li multrilate estas la malo de sia patrino: nefidinda, mal-konstanta, eĉ ne aparte zorgema pri iu ajn krom pri si mem. Diru al mi, Clare: kial diable aminda knabino kiel vi volus edziniĝi al Henry?

Ĉio en la ĉambro ŝajnas reteni sian spiron. Henry rigidiĝas sed nenion diras. Mi klinas min antaŭen, ridetas al s-ro DeTamble kaj diras entuziasme, kvazaŭ li demandis min pri mia plej ŝatata gusto de glaciaĵo:

– Ĉar li estas vere, vere bonega en la lito!

El la kuirejo aŭdiĝas hurla ridado. S-ro DeTamble ĵetas rigardon al Henry, kiu levas la brovojn kaj larĝe ridetas. Fine ridetas do eĉ s-ro DeTamble kaj diras:

– *Touché*, mia kara.

Pli malfrue, post kiam ni eltrinkis nian kafon kaj formanĝis la perfektan migdaltorton de Kimy, post kiam Kimy montris al mi fotojn de Henry kiel bebo, kiel infaneto, kiel gimnaziano (kio lin terure embarasas); post kiam Kimy eltiris el mi pliajn informojn pri mia familio («Kiom da ĉambroj? Tiom da! He, amiketo, kial vi ne diris al mi ke krom bela ŝi estas ankaŭ riĉa?»), ni ĉiuj staras ĉe la elirpordo kaj mi dankas Kimy pro la vespermanĝo kaj deziras bonan nokton al s-ro DeTamble.

– Estis plezuro, Clare. Sed vi devas nomi min Richard.

– Dankon ... Richard.

Li prenas mian manon por momento, kaj en tiu sola momento mi vidas lin tia kia Annette certe vidis lin, antaŭ jaroj – sed jam la impreso malaperas, kaj per mallerta kapklino li ĝisas al Henry, kiu kisas Kimy, kaj ni malsupreniras la ŝtupojn por elpaŝi en la someran vesperon. Kvazaŭ jaroj pasis ekde kiam ni eniris la domon.

– Diable, mi mortis milfoje dum mi nur rigardis – diras Henry.

– Ĉu mi faris bone?

– Bone ...? Vi estis genia! Li adoris vin!

Ni iras laŭ la strato, tenante la manojn. Stratangule troviĝas ludejo: mi kuras al la pendoloj kaj surgrimpas al unu, dum Henry sidiĝas en la apudan, vizaĝe al la kontraŭa direkto, kaj ni elanas pli kaj pli alten, preterpasante unu la alian, foje samritme kaj foje preterflugante nin, tiel rapide ke ŝajnas ke ni kolizios, kaj ni ridas, ridas, kaj nenio povas iam ajn esti malĝoja, neniu povas perdiĝi aŭ morti, aŭ foresti: ĝuste nun ni estas ĉi tie, kaj nenio povas difekti nian perfektecon, nenio povas ŝteli la ĝojon de ĉi tiu perfekta momento.

CLARE: Mi sidas sola ĉe eta tablo apud la strata fenestro de la kafejo Peregolisi, respektinda mustruo kun bonega kafo. Principe mi preparas studverkon pri Alico en Mirlando por la kurso «La historio de grotesko», kiun mi sekvos somere; anstataŭe mi nur revas, pigre observadas la indiĝenojn, kiuj amase cirkulas en la fruvespera strato Halsted. Mi ne ofte venas al ĉi tiu geja urboparto. Tre verŝajne mi sukcesus labori pli en loko kie neniu mia konato havus la ideon serĉi min. Henry malaperis. Li ne estas hejme, kaj li ne laboris hodiaŭ. Mi provas ne zorgi pri tio. Mi provas kultivi senĝenan sintenon. Henry povas ja okupiĝi pri si mem. Tio ke mi ne scias kie li estas ne signifas ke li havus problemon. Kiu scias? Eble li eĉ estas nun kun mi.

Iu staras ĉe la alia flanko de la strato kaj mansvingas. Mi streĉas la okulojn, koncentriĝas kaj fine komprenas ke temas pri tiu malgranda nigrulino kiu estis ĉe Aragon kun Ingrid tiun nokton. Celia. Mi mansvingas responde, kaj ŝi transvenas la straton. Subite ŝi staras antaŭ mi, tiel malalta ke ŝia vizaĝo samnivelas kun la mia, kvankam mi sidas kaj ŝi staras.

– Saluton, Clare – diras Celia. Voĉo kiel butero. Mi ŝatus envolvi min en ŝian voĉon kaj ekdormi.

– Saluton, Celia. Sidiĝu!

Ŝi eksidas, fronte al mi, kaj mi rimarkas ke ŝian tutan malaltecon kaŭzas la kruroj; post sidiĝo ŝi aspektas multe pli normale.

– Oni klaĉas ke vi fianĉiniĝis – ŝi diras.

Mi levas mian maldekstran manon, montras al ŝi la ringon. La kelnero klinas sin al ni, kaj Celia mendas turkan kafon. Ŝi alrigardas min kun ruza rideto. Ŝiaj dentoj estas blankaj, longaj kaj kurbaj. Duonkovrante la grandajn okulojn, ŝiaj palpebroj ŝvebas kvazaŭ ŝi ekdormus. Ŝiaj feltharoj staras en alta amaso ornamita de rozkoloraj bastonetoj, kongruaj kun ŝia brile rozkolora robo.

– Vi estas aŭ kuraĝa aŭ freneza – ŝi deklaras.

– Tion la homoj diras al mi.

– Nu, ĝis nun vi jam devis ekscii.

Mi ridetas, levas la ŝultrojn, trinketas mian kafon, ĉambro-temperaturan kaj tro sukeritan. Celia diras:

– Ĉu vi scias kie estas Henry nun?

– Ne. Ĉu vi scias kie estas Ingrid nun?

– Nu, ŝi sidas sur drinkeja tabureto en Berlin kaj atendas min.

Ŝi rigardas al sia horloĝo.

– Mi malfruas.

La lumo el la strato igas ŝian brulbrunan haŭton blua kaj poste purpura. Ŝi aspektas kiel ŝika marsanino. Ŝi ridetas al mi.

– Henry kuras laŭ Broadway, nuda kiel vermo, kaj aro da haŭtkapuloj lin ĉasas.

Ho ne …

La kelnero alportas kafon por Celia, kaj mi montras al mia taso. Li replenigas ĝin; mi zorge mezuras kupreton da sukero por enkirli. La kulereto de Celia staras tute rekte en la eta taso de ŝia turka kafo, nigra kaj densa kiel melaso. *Iam estis tri fratinetoj … kaj ili loĝis en la fundo de puto … Kial ili loĝis en la fundo de puto? … Ĝi estis melasoputo.*

Celia atendas ke mi diru ion. *Riverencu, dum vi pripensas, kion diri. Tiel oni ŝparas tempon.*

– Ĉu vere? – mi diras. Brila diro, Clare!

– Vi ŝajnas ne tro maltrankvila. Se mia viro ĉirkaŭkurus

vestita kiel Adamo en Edeno, mi probable iom demandus min pri la kialo.

– Jes, nu, Henry ne vere estas la plej ordinara homo.

Celia ridas.

– Tion mi pretas kredi, fratino.

Kiom ŝi scias? Ĉu Ingrid scias? Celia kliniĝas al mi, trinketas sian kafon, larĝe malfermas la okulojn, levas la brovojn kaj paŭtigas siajn lipojn.

– Ĉu vere vi edziniĝos al li?

Freneza impulso igas min diri:

– Se vi ne kredas min, vi povos vidi per viaj propraj okuloj. Venu al la geedziĝo.

Celia skuas la kapon.

– Mi? Vi scias ke Henry tute ne ŝatas min. Eĉ ne iometete.

– Nu, ankaŭ vi ne ŝajnas senlime admiri lin.

Celia ridetas.

– Nun mi ja admiras! De kiam li forĵetis fraŭlinon Ingrid Carmichel, kaj mi povas kolekti la rompopecojn.

Ŝi denove rigardas sian horloĝon.

– Se paroli pri ŝi, mi malfruas je mia rendevuo.

Celia ekstaras:

– Kial vi ne venus kun mi?

– Ho ne, dankon.

– Venu ja, knanjo. Vi kaj Ingrid devus ja interkonatiĝi. Vi havas tiom da komunaĵoj. Ni okazigas etan feston por fraŭlinoj.

– Ĉu en Berlino?

Celia ridas.

– Ne en la urbo. En la trinkejo Berlin.

Ŝi ridas karamele; la rido ŝajnas veni el la korpo de iu multe pli ampleksa ol ŝi. Mi ne volas ke ŝi foriru, sed ...

– Ne, laŭ mi ĝi ne estas aparte trafa ideo. – Mi rigardas al Celia en la okulojn. – Ŝajnus malnoble.

Ŝia rigardo tenas min, kaj mi pensas pri serpentoj, pri katoj. *Ĉu katoj manĝas vespertojn? … Ĉu katojn manĝas vespertoj?*

– Krome mi devas fini ĉi tion.

Celia ĵetas rigardon al mia kajero.

– Kio estas tio, ĉu hejmtasko? Al lernejo iru morgaŭ! Prefere aŭskultu vian grandan fratinon Celia, ŝi scias kio plej taŭgas por junaj lernejaninoj … fakte, ĉu vi estas sufiĉe aĝa por drinki?

– Jes – mi respondas fiere. – Jam de tri semajnoj.

Celia klinas sin proksimen al mi. Ŝi odoras ciname.

– Venu venu venu. Vi devas iom amuziĝi antaŭ ol vi ekkunloĝos kun sinjoro Bibliotekisto. Veeeeenu do, Clare. Vi eĉ ne rimarkos, kaj jam vi satos ĝisgorĝe pri bibliotekistaj beboj, kiuj plenfekos siajn vindojn laŭ la dekuma sistemo de Dewey.

– Mi pensas ke vere ne taŭgus …

– Pensu nenion, simple venu!

Celia pakas miajn librojn kaj sukcesas renversi la laktokruĉeton. Mi komencas viŝi, sed Celia jam elrapidas el la kafejo kun miaj libroj en la manoj. Mi postkuras ŝin.

– Celia, ne faru, mi bezonas tiujn …

Malgraŭ siaj mallongaj kruroj kaj dekcentrimetraj kalkanumoj, ŝi moviĝas rapide.

– Mi ne redonos ilin antaŭ ol vi promesos ke vi venos kun mi!

– Ingrid ne ŝatos ĉi tion.

Ni marŝas samtakte, direkte suden laŭ strato Halsted al avenuo Belmont. Mi ne volas renkonti Ingrid. La unua kaj lasta fojo kiam mi vidis ŝin estis la koncerto de Violent Femmes, kaj por mi prefere restu tiel.

– Ŝi nepre ŝatos! Ingrid ege scivolas pri vi.

Ni turnas nin al Belmont, preterpasas tatuejojn, hindajn restoraciojn, ledaĵ-butikojn kaj preĝlokojn en vendejlokaloj. Ni transiras sub la metroo, kaj jen Berlin. Ĝi ne aspektas tre alloga de ekstere, kun siaj nigre farbitaj fenestroj. Aŭdiĝas diskoteka pulsado post la dorso de la magra ulo kun lentugoj kiu petas identigilon de mi, sed ne de Celia, stampas niajn manojn kaj degnas enlasi nin en la abismon.

Dum miaj okuloj adaptiĝas, mi rimarkas ke la loko plenplenas de virinoj. Inoj amasiĝas ĉirkaŭ la eta scenejo por rigardi striptiz-istinon, kiu pavas en ruĝa ŝnurkalsoneto kun zekinoj kaj kun cicokvastoj. Virinoj ridas kaj flirtas ĉe la drinkservejo. Jen Nokto por Sinjorinoj. Celia tiras min al iu tablo. Ingrid sidas tie sola kun alta glaso da ĉielblua likvaĵo antaŭ si. Ŝi levas la rigardon, kaj estas por mi klare ke ŝi ne tro ĝojas vidi min. Celia donas kison al Ingrid kaj montras al mi seĝon. Mi restas staranta.

– He, karulino! – salutas Celia.

– Devas esti ŝerco – respondas Ingrid. – Por kio vi venigis ŝin?

Ili ambaŭ ignoras min. Celia plu tenas miajn librojn sub la brako.

– Ĉio en ordo, Ingrid, ŝi estas mojosa. Simple, mi pensis ke vi du eble volas pli bone interkonatiĝi, jen ĉio.

Preskaŭ ŝajnas ke Celia pardonpetas, sed eĉ mi povas vidi ke ŝi ĝuas la malkomforton de Ingrid. Ingrid kolere rigardas min.

– Kial vi venis? Por ĝoji pri malfeliĉo?

Ŝi kliniĝas malantaŭen en sia seĝo kaj ĵetmovas la mentonon supren. Ingrid aspektas kiel blonda vampiro, kun nigra velura jako kaj sangruĝaj lipoj. Rave bela. Apud ŝi mi sentas min kiel lernejanino el provinca urbeto. Mi etendas la manojn al Celia, kaj ŝi redonas miajn librojn.

– Mi estis devigita. Mi foriras nun.

Mi komencas deturni min, sed Ingrid elpafas unu manon kaj kaptas min ĉe brako.

– Atendu momenton …!

Ŝi torde turnas mian maldekstran manon al si, mi stumblas, kaj miaj libroj disflugas. Mi retiras la manon. Ingrid demandas:

– … ĉu vi gefianĉiĝis?

Mi rimarkas ke ŝi rigardas la ringon de Henry. Mi diras nenion. Ingrid turnas sin al Celia.

– Vi sciis, ĉu ne?

Celia rigardas malsupren al la tablo, silentas.

– Vi venigis ŝin ĉi tien por froti salon en la vundon, hundino.

Ŝi parolas trankvilvoĉe. Mi apenaŭ aŭdas ŝin super la pulsanta muziko.

– Ne, Ing, mi nur …

– Fiku vin, Celia.

Ingrid ekstaras. Dum momento ŝia vizaĝo proksimas al la mia, kaj mi imagas Henry kisi tiujn ruĝajn lipojn. Ingrid alrigardas min.

– Kaj vi diru al Henry ke li povas iri al la infero. Diru ankaŭ ke mi renkontos lin tie.

Ŝi elŝtormas. Celia sidas kun la vizaĝo en la manoj. Mi komencas kolekti miajn librojn. Kiam mi turnas min por foriri, Celia diras:

– Atendu.

Mi atendas.

Celia diras:

– Mi bedaŭras, Clare.

Mi levas la ŝultrojn. Mi iras al la pordo, kaj kiam mi returnas min, mi vidas ke Celia sidas sola ĉe la tablo, suĉante la bluan trinkaĵon de Ingrid kaj apogante la vizaĝon per unu mano. Ŝi ne rigardas min. Surstrate mi paŝas pli kaj pli rapide, ĝis mi atingas mian aŭton. Mi veturas hejmen, iras al mia ĉambro, kuŝiĝas en mia lito kaj diskas la numeron de Henry, sed li ne estas hejme – mi estingas la lumon sed ne ekdormas.

FINE MI KOMPRENAS LA KEMION!

Dimanĉon, la 5-an de septembro 1993
(Clare aĝas 22, Henry aĝas 30)

CLARE: Henry konsultas sian leg-trivitan ekzempleron de *Manlibro por kuracistoj.* Malbona signo.

– Mi neniam rimarkis ke vi estas tia drogulo.

– Mi ne estas drogulo. Mi estas alkoholulo.

– Vi ne estas alkoholulo.

– Certe mi estas.

Mi kuŝiĝas sur lia sofo kaj metas miajn krurojn sur lian sinon. Henry apogas la libron sur miaj tibioj kaj plu turnadas la paĝojn.

– Vi eĉ ne tiom multe drinkas.

– Sed pli frue mi kutimis. Mi iom bremsis post kiam mi preskaŭ mortigis min. Ankaŭ la sorto de mia paĉjo estas trista avertilo.

– Kion vi serĉas?

– Ion kion mi povus uzi por la geedziĝo. Mi ne volus lasi vin stari sola ĉe la altaro antaŭ kvarcent homoj.

– Jes. Bona ideo.

Mi bildigas al mi tiun scenaron kaj ektremas:

– Ni geedziĝu kaŝe.

Li rigardas en miajn okulojn:

301

– Ni faru! Mi absolute poras.

– Miaj gepatroj senheredigus min.

– Certe ne.

– Vi ne bone atentis. Temas pri grava Broadway-eca premiero. Por mia patro ni estas nur preteksto por abunde distri kaj impone impresi ĉiujn siajn advokatajn amikojn. Se ni rezignus, miaj gepatroj devus dungi aktorojn por ludi niajn rolojn.

– Ni prezentu nin ĉe la urbodomo kaj geedziĝu anticipe. Tiam se io intervenos, ni almenaŭ estos jam geedzoj.

– Ho, sed ... mi ne ŝatus tion. Estus mensogo ... mi sentus min strange. Kio se ni farus tion poste, okaze ke la vera geedziĝo fiaskis?

– Bone. Tio estu Plano B.

Li etendas sian manon, kaj mi premas ĝin.

– Ĉu vi do trovas ion?

– Nu, ideale mi ŝatus neŭroleptaĵon kun la nomo Risperdal, sed ĝi estos surmerkatigita ne pli frue ol en 1994. La dua plej bona estus Clozaril, kaj ebla tria elekto estus Haldol.

– Ĉio tio sonas kiel kontraŭtusaj medikamentoj kun alta teknologio.

– Temas pri rimedoj kontraŭ psikozo.

– Ĉu serioze?

– Jes.

– Vi ne havas psikozon.

Henry alrigardas min kun timiga grimaco kaj ungokaptas aeron kvazaŭ homlupo el silenta filmo. Poste li plene serioziĝas:

– Mia cerbo per EEG-ekzameno montriĝas kiel cerbo de skizofreniulo. Pli ol unu kuracisto insistis ke mia eta iluzio vojaĝi en la tempo ŝuldiĝas al skizofrenio. Ĉi tiuj substancoj blokas la ricevantojn de dopamino.

– Ĉu estas kromefikoj?

– Nu … distonio, akatizio, pseŭdo-Parkinsono. Tio estas: kontraŭvolaj kuntiriĝoj de muskoloj, malkvieto, sinlulado, sencela paŝado, sendormeco, senmoveco, manko de vizaĝesprimoj. Krome povas esti altaĝa diskinezo, kronika neregebleco de vizaĝmuskoloj kaj agranulocitozo, la malkapabliĝo de la korpo fabriki blankajn globulojn por la sango. Povas malaperi la seksaj funkcioj. Aldoniĝas ke ĉiuj substancoj nuntempe haveblaj estas iom sedativaj.

– Vi ne serioze konsideras prenadi iun ajn el tiuj drogoj, ĉu?

– Nu, mi prenadis Haldol en la pasinteco. Kaj Thorazine.

– Kaj …?

– Vere terure. Mi plene zombiiĝis. Kvazaŭ mia cerbo pleniĝus je flua gluaĵo.

– Ĉu nenio alia?

– Valium. Librium. Xanax.

– Panjo prenas tiujn. Xanax kaj Valium.

– Jes, por ŝi tio havas sencon.

Li grimacas kaj flankenmetas la kuracistan manlibron:

– Venu proksimen.

Ni ĝustigas nian pozicion sur la sofo ĝis ni kuŝas unu apud la alia. Estas tre komforte.

– Ne prenu ion ajn.

– Kial ne?

– Vi ne estas malsana.

Henry ridas.

– Jen pro kio mi amas vin: vi ne kapablas percepti ĉiujn miajn aĉajn ecojn.

Li malbutonas mian ĉemizon, kaj mi volvas mian manon ĉirkaŭ la lian. Li rigardas min atende. Mi iom koleras.

– Mi ne komprenas kial vi tiel parolas. Vi ĉiam diras terurajôjn pri vi mem. Vi ne estas tia. Vi estas bona.

Henry rigardas al mia mano, forprenas la sian, kaj tiras min pli proksimen.

– Mi ne estas bona – li diras mallaŭte en mian orelon. – Sed eble mi fariĝos bona.

– Ve al vi se ne!

– Al vi mi estas bona.

Jen veraĵo.

– Clare?

– Hmmm?

– Ĉu vi foje kuŝas sendorme pripensante ĉu mi estas nur ia ŝerco kiun Dio faras al vi?

– Ne. Mi kuŝas sendorme pro la timo ke vi eble malaperos kaj neniam revenos. Mi kuŝas sendorme kiam tristigas min pensoj pri estontaĵoj kiujn mi kvazaŭ duone scias. Sed mi senŝancele kredas je la ideo ke ni apartenas unu al la alia.

– Senŝancele kredas.

– Ĉu vi ne?

Henry kisas min.

– *La am' al vi, laŭsorta vivelekto, / estas de Dio mem la pia prismo.*

– Kia erekto? Kia priapismo?

– La mia.

– Fanfaronulo.

– Jen kiu diras terurajôjn pri mi!

Lundon, la 6-an de septembro 1993
(Henry aĝas 30)

 Mi sidas sur la perono de malpura, blanka, alumini-flanka domo en la parko Humboldt. Estas lunde matene, ĉirkaŭ la deka. Mi atendas ke Ben revenu de kie ajn li estas. Mi ne tre ŝatas ĉi tiun kvartalon; mi sentas min kvazaŭ senprotekta sidante antaŭ la pordo de Ben, sed li estas ege akurata ulo, do mi plu atendas kun fido. Mi rigardas du junajn latinamerikaninojn, kiuj puŝas infanĉaretojn laŭ la malebena, truplena trotuaro. Dum mi meditas pri la maljusteco de urbaj servoj, mi aŭdas iun krii «Ha lo, Librovermo!» de malproksime. Mi rigardas en la direkto de la voĉo: komprenuble jen Gomez. Mi ĝemas interne: Gomez havas mirindan talenton renkonti min kiam mi okupiĝas pri io aparte malmorala. Mi devos liberiĝi de li antaŭ ol Ben aperos. Gomez navigas feliĉa en mia direkto. Li estas vestita per sia uniformo de advokato kaj portas sian tekon. Mi suspiras.

– *Ça va*, kamarado?

– *Ça va*. Kion vi faras ĉi tie?

Trafa demando.

– Atendas amikon. Kioma horo estas?

– Kvarono post la deka. La 6-an de septembro 1993 – li aldonas helpeme.

– Mi scias, Gomez. Sed dankon ĉiuokaze. Ĉu vi vizitas klienton?

– Jes. Dekjaran knabinon. Koramiko de panjo igis ŝin trinki defluej-purigilon. Mi foje laciĝas pri homoj.

– Jes. Tro da frenezuloj, ne sufiĉe da Mikelanĝeloj.

– Ĉu vi tagmanĝis? Aŭ por vi supozeble estus matenmanĝo?

– Jes. Sed mi fakte devas resti ĉi tie, atendi amikon.

– Mi ne sciis ke iu via amiko loĝas en ĉi tiu urboparto. Ĉiuj kiujn mi konas ĉi tie, bedaŭrinde, bezonas juran konsiladon.

– Estas amiko el la biblioteka lernejo.

Kaj jen Ben aperas. Li alveturas en sia arĝenta Mercedes el 1962. Interne ĝi estas vrako, sed de ekstere ĝi aspektas aminde. Gomez mallaŭte fajfas.

– Pardonu la malfruon – Ben rapidas laŭ la trotuaro. – Mi estis ĉe paciento.

Gomez rigardas min esplore. Mi ignoras lin. Ben rigardas al Gomez, poste al mi.

– Gomez, Ben. Ben, Gomez. Bedaŭrinde ke vi devas foriri, kamarado.

– Fakte, mi havas kelkajn liberajn horojn ...

Ben prenas la situacion en la manojn.

– Gomez, bele renkonti vin. Iun alian fojon, ĉu ne?

Ben estas sufiĉe miopa, kaj li afable rigardas Gomez tra siaj dikaj lensoj, kiuj pligrandigas liajn okulojn al duoblo de la normala grandeco. Ben laŭte ludas per siaj ŝlosiloj en la mano. Nervozige. Ni ambaŭ staras trankvile, atendas ke Gomez foriru.

– Bone. Jes. Nu, ĝis – diras Gomez.

– Mi vokos vin hodiaŭ posttagmeze – mi respondas. Li turnas sin sen rigardi min kaj foriras. Mi sentas min malbone, sed ekzistas aferoj kiujn Gomez ne sciu, kaj ĉi tiu estas unu el tiuj. Ben kaj mi turnas nin unu al la alia por interŝanĝi rigardon, agnoske al la fakto ke ni scias certajn aferojn problemajn unu pri la alia. Li malfermas sian enirpordon. Ĉiam jukis min la ideo provi enrompi ĉe Ben, ĉar li havas imponan nombron da diversaj seruroj kaj sekurecaj instalaĵoj. Ni eniras la malluman, mallarĝan vestiblon. Ĉiam odoras je brasiko ĉi tie, kvankam mi scias kun certeco ke Ben neniam kuiras manĝocele, des malpli brasikon. Ni iras al la malantaŭa ŝtuparo, supren, plu en alian koridoron, tra unu dormoĉambro kaj en alian, kie Ben aranĝis laboratorion. Li demetas sian sakon kaj pendigas sian jakon. Mi preskaŭ atendis ke li surmetos tenisŝuojn, kiel sinjoro Rogers en la televido, sed anstataŭe li umas kun sia kafmaŝino. Mi sidiĝas sur faldseĝo kaj atendas ke Ben finu.

Pli ol iu ajn el miaj konatoj, Ben ja aspektas kiel bibliotekisto. Kaj mi efektive renkontis lin ĉe Rosary College, sed li ĉesigis la studojn antaŭ la fina diplomo. Li maldikiĝis de kiam mi laste vidis lin kaj perdis iom pli da haroj. Ben havas aidoson, kaj ĉiufoje kiam mi lin vidas, mi agas atenteme, ĉar mi neniam povas antaŭscii lian humoron.

– Vi aspektas bone – mi diras al li.

– Amasaj dozoj da AZT. Kaj vitaminoj, plus jogo, plus en-mensa bildigado. Cetere, kion mi povas fari por vi?

– Mi baldaŭ edziĝos.

Ben estas unue surprizita, poste ravita.

– Gratulon. Al kiu?

– Al Clare. Vi renkontis ŝin. La knabino kun tre longaj rufaj haroj.

– Ho jes.

Ben aspektas serioza.

– Ĉu ŝi scias ke …?

– Ŝi scias.

– Nu, bonege.

Lia rigardo al mi signifas: tre bele, sed kiel tio min koncernas?

– Do, ŝiaj gepatroj planis grandiozan nuptofeston, en fora Miĉigano. Preĝejo, honorfraŭlinoj, rizoĵetado, ĉio kion vi povas kaj ne povas imagi. Kaj luksa akcepto poste ĉe la Jaĥtoklubo. Eĉ kun devige blanka kravato.

Ben verŝas kafon kaj donas al mi tason kun desegno de Winnie-la-Pu. Mi alkirlas krempulvoron. Malvarmas ĉi tie supre, kaj la kafo odoras amare, tamen iel bone.

– Mi nepre devas ĉeesti. Mi devas trapasi ĉirkaŭ ok horojn da enorma, menskreviga streso, kaj ne malaperi dume.

– Aĥ!

Ben scias kiel agnoski problemon, simple akcepti ĝin, mi trovas tion tre trankviliga.

– Mi bezonas ion kio knokaŭtos ĉiun ajn dopaminricevanton en mia korpo.

– Navane, Haldol, Thorazine, Serentil, Mellaril, Stelazine …

Ben viŝas la okulvitrojn per sia svetero. Li aspektas kiel granda senhara muso sen ili.

– Mi esperis ke vi povos fari ĉi tion por mi.

Mi palpas en mia ĝinzo serĉe al la papero, trovas kaj transdonas ĝin. Ben legas ĝin kun duonfermitaj okuloj.

– 3-[2-[4-96-fluoro-1,2-benizisoksazol-3-il] … koloida silicia dioksido, hidroksipropila … metilcelulozo … propileno-glikolo …

Li konfuzite levas la okulojn al mi.

– Kio estas ĉi tio?

– Ĝi estas nova kontraŭpsikozaĵo nomata risperidono, surmerkatigita kiel Risperdal. Ĝi estos komerce havebla en 1998, sed mi ŝatus provi ĝin nun. Ĝi apartenas al nova klaso de drogoj nomataj benzisoksazolaj derivaĵoj.

– De kie vi havas ĝin?

– El la manlibro. Eldono de la jaro 2000.

– Kiu produktas ĝin?

– Janssen.

– Henry, vi scias ke vi ne tre bone toleras kontraŭpsikozaĵojn. Aŭ eble ĉi tiu funkcias en iu radikale malsama maniero?

– Ili ne scias kiel ĝi funkcias. Selektiva monoaminergia antagonisto kun alta afineco por serotonina tipo 2, dopamina tipo 2, bla bla bla.

– Nu, la ĉiam sama malnova rakonto. Kio igas vin pensi ke ĉi tiu estos pli bona ol Haldol?

Mi ridetas pacience.

– Nura diveno de spertulo. Kun certeco mi ne scias. Ĉu vi povas fari ĝin?

Ben hezitas.

– Mi povas, jes.

– Kiel baldaŭ? Ĝi bezonas iom da tempo por elvolvi sian plenan efikon.

– Mi informos vin. Kiam estos la nupto?

– La 23-an de oktobro.

– Hmm. Kia dozo?

– Ekas per unu miligramo kaj evoluas de tie.

Ben stariĝas, elstreĉas sin. En la febla lumo de ĉi tiu malvarma ĉambro li ŝajnas maljuna, iktere flava, paperhaŭta. Iu parto de Ben ŝatas la defion (ni reprodukti avangardan drogon, eĉ ne inventitan ankoraŭ!), dum alia parto lia ne ŝatas.

– Henry, vi eĉ ne scias kun certeco ke via problemo estas dopamino.

– Vi vidis la skanaĵojn.

– Jes, jes. Sed kial ne simple vivi kun ĝi? Eble la kuraco estus pli malbona ol la problemo.

– Ben, kio se mi tuj klakus per la fingroj – mi stariĝas, klinas min al li, klakigas la fingrojn: – kaj vi subite trovus vin staranta en la dormoĉambro de Allen, en 1986 ...

– ... mi mortigus la fikulon.

– Sed vi ne povas, ĉar vi ne faris.

Ben fermas la okulojn, skuas la kapon.

– Kaj vi nenion povas ŝanĝi: li same malsaniĝos, vi same malsaniĝos, *und so weiter*. Kaj imagu ke vi devus denove kaj denove rigardi kiel li mortas ...?

Ben sidas en la faldseĝo. Li ne rigardas min.

– Jen al kio ĝi similas, Ben. Certe, foje estas amuze. Sed plejparte oni estas vojperdinta, oni ŝtelas, oni simple klopodas ...

– ... elturniĝi – suspiras Ben. – Dio, mi ne scias kial mi toleras vin.

– Ĉar ĉion novan oni ŝatas? Ĉar logas mia buba aspekto?

– Revadu nur plu! He, ĉu vi invitos min al ĉi tiu nuptofesto?

Mi estas konsternita. Neniam venis al mi en la kapon ke Ben volus ĉeesti.

– Ĉu vere? Vi venus?

– Pli bonas ol entombigoj.

– Bonege! Mia flanko en la preĝejo rapide pleniĝas. Vi estos mia oka gasto.

Ben ridas.

– Invitu ĉiujn viajn eks-amatinojn. Tio kreskigos la gastaron.

– Tiam mi nepre ne restus viva. Plej multaj volus vidi mian kapon sur pikstango.

– Mmm – Ben ekstaras kaj fosas en skribotabla tirkesto. Li elprenas malplenan pilolujon, eltiras alian tirkeston, prenas el ĝi grandegan botelon da kapsuloj, malfermas ĝin kaj metas tri pilolojn en la boteleton, kiun li ĵetas al mi.

– Kio estas tio? – mi demandas. Malferminte la botelon, mi elskuas pilolon sur manplaton.

– Endorfin-stabiligilo kombinita kun kontraŭdepresiaĵo. Ĝi ... he, ne faru!

Mi jam saltigis pilolon en la buŝon kaj glutis.

– Ĝi estas morfin-bazita – suspiras Ben. – Vi sintenas al drogoj kun plej senpripensa aroganteco.

– Mi ŝatas opiaĵojn.

– Kia surprizo! Ankaŭ ne pensu ke mi donos al vi tutan tunon da ĉi tio. Sciigu min ĉu laŭ via impreso ĝi povus taŭgi por la nuptofesto. Okaze ke la alia aĵo ne funkcios. La efiko de ĉi tiu daŭras ĉirkaŭ kvar horojn, do vi bezonus du.

Ben kapsignas al la restantaj du piloloj.

– Ne englutu tiujn nur por amuzo, ĉu bone?

– Mian skoltan honorvorton!

Ben snufas. Mi pagas por la piloloj kaj foriras. Dum la mal-supreniro mi sentas la efikon ekŝtormi, kaj mi haltas ĉe la fundo de la ŝtuparo por volupti pri ĝi. De longa tempo mi ne spertis ĝin. Kion ajn Ben kunmiksis, estas mirinde. Kvazaŭ dekobligita orgasmo plus kokaino, kaj la efiko ŝajne nur kreskas kaj kreskas. Ĉe la eliro tra la ĉefpordo, mi preskaŭ stumblas je Gomez. Li atendis min.

– Ĉu vi emus kunveturi?

– Kial ne?

Profunde kortuŝas min lia zorgemo. Aŭ scivolemo. Aŭ kio ajn. Ni iras al lia aŭto, Chevy Nova kun la du antaŭaj lumoj frakasitaj. Mi enŝovas min sur la pasaĝeran sidlokon. Gomez en-iras klakfermante sian pordon. Li persvadas la aŭteton ekfunkcii kaj ni ekvojas.

La urbo estas griza kaj malpura, kaj komencas pluvi. Grasaj gutoj frapadas la antaŭan glacon, dum ni preterflosas drog-domaĉojn kaj vakajn terenojn. Gomez ŝaltas la radion NPR, kiu aŭdigas Charles Mingus: muziko nun iom tro malrapida por mi, sed nu, kial ne? Ni vivas en libera lando. Avenuo Ashland plenas je cerboskuaj truoj, sed alie ĉio estas bona, vere bona, mia kapo estas en flua moviĝemo, kvazaŭ likva hidrargo eskapinta el rompita termometro, kaj mi malfacile retenas plezurĝemojn kiam la drogo leketas ĉiujn miajn nervofinaĵojn per siaj etaj kemiaj langoj. Ni preterpasas lokalon de ekstersensa perceptado, Porokazajn Pneŭojn de Pedro, Burger King, Pizza Hut, dum en mia kapo «Mi estas pasaĝero» de Iggy Pop interteksiĝas kun la sonoj de Mingus. Gomez diras ion kion mi ne kaptas, do li ripetas:

– Henry!

– Jes?

– Kion vi prenis?

– Mi ne scias tute certe. Scienca eksperimento, oni povus diri.

– Por kio?

– Brila demando. Mi reparolos al vi pri tio.

Ni diras nenion alian ĝis la aŭto haltas antaŭ la loĝejo de Clare kaj Charisse. Mi rigardas Gomez konfuzite.

– Vi bezonas akompanon – li diras milde. Mi ne malkonsentas. Gomez enlasas nin tra la dompordo, kaj ni iras supren. Clare malfermas la pordon kaj, vidante min, ŝi aspektas ĉagrenita, senpeziĝinta kaj amuzita, ĉia samtempe.

CLARE: Mi konvinkis Henry ke li iru en mian liton. Nun Gomez kaj mi sidas en la salono trinkante teon kaj manĝante sandviĉojn kun ternuksbutero kaj kivifrukta ĵeleo.

– Lernu kuiri, virino! – emfazas Gomez. Li sonas kiel Charlton Heston en la rolo de Moseo, anoncanta la Dek Ordonojn.

– Tuj kiam mi trovos tempon.

Mi kirlas sukeron en mian teon.

– Dankon ke vi iris preni lin.

– Ĉion ajn por vi, katido.

Li ekrulas cigaredon. Gomez estas mia sola konato kiu fumas dum manĝo. Mi detenas min de komentoj. Ekbruliginte, li alrigardas min, kaj mi pretiĝas al la elprovo.

– Do, pri kio temis tiu eta epizodo, hm? Plej multaj kiuj iras al la Apoteko de Kompato estas aidosuloj aŭ kanceruloj.

– Ĉu vi konas Ben?

Kial mi devus esti surprizita? Gomez konas ĉiujn.

– Mi scias pri Ben. Mia panjo kutimis iri al Ben kiam ŝi havis kemiterapion.

– Ho!

Mi repripensas la situacion, serĉante kion mi povas sekure mencii.

– Kion ajn Ben donis al li, tio vere vojaĝigis lin en alian dimension.

– Ni provas trovi ion kio helpu al Henry resti en la nuntempo.

– Li nun ŝajnas iom tro malvigla por ĉiutaga utiligo.

– Jes. Eble malaltigi la dozon?

– Kial vi faras ĉi tion?

– Faras kion?

– Helpi kaj instigi sinjoron Kaoso. Eĉ pli: edziniĝi al li.

Henry vokas mian nomon. Mi leviĝas. Gomez etendas manon kaj kaptas la mian.

– Clare. Bonvolu ...

– Gomez, lasu min.

Mi spite fiksrigardas lin. Post longa, terura momento li forturnas la okulojn kaj ellasas min. Mi rapidas tra la koridoro al mia ĉambro kaj fermas la pordon. Henry sternas sin kiel kato trans la lito, diagonale, kun la vizaĝo malsupren. Mi demetas la ŝuojn kaj sterniĝas apud li.

– Kiel vi fartas? – mi demandas lin. Henry rulturnas sin kaj ridetas.

– Ĉiele bone.

Li karesas mian vizaĝon:

– Ĉu vi emas aliĝi al mi?

– Ne.

Henry suspiras.

– Vi estas tiel bona. Mi ne devus provi malvirtigi vin.

– Mi ne estas bona. Mi nur timas.

Ni longe kuŝas kune en silento. La suno brilas nun kaj montras al mi mian dormoĉambron en frua posttagmezo: jen la kurbo de la juglandligna litokadro, la orienta tapiŝo ora kaj violkolora, kaj sur la komodo la harbroso, liprujo kaj botelo da mankremo. Numero de *Art in America* kun Leon Golub sur la kovrilo kuŝas sur mia malnova brokanta brakseĝo, parte kovrita de *À rebours* de Huysmans. Henry surhavas nigrajn ŝtrumpetojn. Liaj longaj ostecaj piedoj pendas trans la litrando. Maldika li ŝajnas al mi. Liaj okuloj estas fermitaj; eble li sentas mian rigardon, ĉar li malfermas la okulojn kaj alridetas min. Liaj haroj surfalas lian vizaĝon, mi rebrosas ilin. Henry prenas mian manon kaj kisas ĝian internon. Mi malbutonas lian ĝinzon kaj glitigas la manon sur lian kacon, sed Henry skuas la kapon, prenas mian manon kaj tenas ĝin.

– Pardonu, Clare – li diras mallaŭte. – Io en ĉi tiu substanco ŝajne kurtcirkvitas la aparaton. Eble pli malfrue.

– Estos amuze dum nia nupta nokto.

Henry kapskuas.

– Mi ne povas preni ĉi tion por la geedziĝo. Ĝi tro amuzas. Sendube Ben estas geniulo, sed li kutimas labori kun homoj mortmalsanaj. Kion ajn li enmetis, ĝi efikas kiel mortosojla sperto.

Li suspiras kaj metas la pilolujon sur mian noktotablon.

– Mi devus sendi ĝin al Ingrid. Jen perfekta drogo por ŝi.

Mi aŭdas la dompordon malfermiĝi kaj brue refermiĝi: Gomez foriras.

– Ĉu vi volas ion manĝi?

– Ne, dankon.

– Ĉu Ben faros tiun alian drogon por vi?

– Li provos.

– Kio se misfunkcios?

– Se Ben tute fuŝos la aferon?

– Jes.

Henry diras:

– Kio ajn okazos, ni ambaŭ scias ke mi vivos almenaŭ ĝis la aĝo de kvardek tri. Do pri tio ne zorgu.

– Kvardek tri? Kio okazos post kvardek tri?

– Mi ne scias, Clare. Eble mi eltrovos kiel resti en la nun-tempo.

Li prenas min en la brakojn, kaj ni kuŝas silente. Kiam mi vekiĝas pli malfrue, jam mallumas kaj Henry dormas apud mi. La pilola boteleto ruĝe brilas en la LED-lumo de la vekhorloĝo. Kvardek tri ...?

CLARE: Mi malfermas per mia ŝlosilo la apartamenton de Henry kaj ŝaltas la lumojn. Ni iros al opero ĉi-vespere, por vidi *La fantomoj de Versajlo*. La Operdomo ne enlasas malfruantojn, do mi estas nervoza kaj unue ne komprenas ke manko de lumo signifas foreston de Henry. Kiam mi ja komprenas, mi ĉagreniĝas, ĉar li igos nin malfrui. Ĉu li eble estas for en la tempo? Tiam mi ekaŭdas ies spiradon. Mi staras senmove. La spirado venas el la kuirejo, mi kuras tien kaj ŝaltas la lumon: Henry kuŝas sur la planko, komplete vestita, en stranga, rigida pozo, kun fiksa

315

rigardo rekte antaŭen. Dum mi staras tie, li eligas mallaŭtan sonon, tute ne homan, ian muĝon kiu klakas en lia gorĝo, bruon kiu elŝiras por si vojon tra la kunpremitaj dentoj.

– Ho, Dio, ho, Dio!

Mi vokas 911. La deĵoranto certigas min ke ili alvenos ene de kelkaj minutoj. Dum mi sidas sur la kuireja planko kaj rigardas Henry, kolero ekondas en mi. Mi elserĉas la Rolodex-adresaron de Henry en lia skribotablo kaj telefonas al la numero.

– Ha lo?

Eta, malproksima voĉo.

– Ĉu Ben Matteson?

– Jes. Kiu estas?

– Clare Abshire. Aŭskultu, Ben, Henry kuŝas tute rigida sur-planke kaj ne povas paroli. Kio diable ...?

– Kio? Fek'! Voku 911!

– Mi jam vokis.

– La drogo imitas Parkinsonon, li bezonas dopaminon! Diru tion al ili ...! Merdon, voku min el la hospitalo!

– Ili jam alvenas!

– Bone! Voku min!

Mi remetas la aŭskultilon kaj alfrontas la sukuristojn. Pli malfrue, post la ambulanca veturo al Hospitalo Mercy, post kiam Henry estis akceptita, injektita kaj provizita per tuboj kaj kuŝas en lito ligite al monitoro, senstreĉa kaj dormanta, mi levas la rigardon kaj vidas altan, magran viron ĉe la ĉambropordo de Henry, kaj mi rememoras ke mi forgesis telefoni al Ben.

Li eniras kaj haltas ĉe la alia flanko de la lito, fronte al mi. La ĉambro estas duonhela, la lumo el la koridoro desegnas la silueton de Ben, kiam li klinas la kapon kaj diras:

– Mi tre bedaŭras. Tiom bedaŭras!

Mi klinas min trans la liton por preni liajn manojn:

– Ne zorgu. Li enordiĝos. Vere.

Ben skuas la kapon:

– Estas absolute mia kulpo. Mi neniam devus fari ĝin por li.

– Kio okazis?

Ben suspiras kaj sidiĝas sur la seĝo. Mi sidas sur la lito.

– Povas esti pluraj aferoj. Eble simple temas pri kromefiko, kiu povus okazi al iu ajn. Sed eblas ankaŭ ke Henry ne konis la recepton tute ĝuste. Estas ja tre malfacile ĝin parkerigi. Kaj mi ne povis kontroli la konsiston.

Ni ambaŭ silentas. Laŭ la monitoro de Henry, likvo gutas en lian brakon. Helpflegisto preterpasas kun puŝĉaro. Fine mi diras:

– Ben?

– Jes, Clare?

– Ĉu vi farus ion por mi?

– Kion ajn.

– Senigu lin. Ne donu al li plu ion ajn. Drogoj ne funkcios.

Ben ridetas al mi, trankviligita.

– «Sufiĉas diri ne.»

– Ĝuste.

Ni ridas. Ben restas kun mi kelkan tempon. Kiam li leviĝas por foriri, li prenas mian manon kaj diras:

– Dankon ke vi kondutis tiel bonkore. Facile li estus povinta morti.

– Sed li ne mortis.

– Ne, li ne mortis.

– Ĝis revido ĉe la nuptofesto.

– Jes.

Ni staras en la koridoro. Sub la forta fluoreska lumo Ben aspektas laca kaj malsana. Li lasas fali la kapon kaj turnas sin, laŭiras la koridoron, kaj mi revenas al la duonhela ĉambro kie Henry kuŝas dormante.

TURNOPUNKTO

Vendredon, la 22-an de oktobro 1993
(Henry aĝas 30)

HENRY: Mi promenas laŭ strato Linden, en South Haven, libera dum unu horo dum Clare kaj ŝia patrino faras ion ĉe la florvendisto. La nupto estos morgaŭ, sed kiel edziĝonto mi ŝajne ne havas multajn taskojn. Ĉeesti: jen la plej grava enskribo en mia listo de farendaĵoj. Clare estas konstante trudportata de unu vestoprovo al alia, al konsultiĝoj kaj adiaŭfestoj al fraŭlineco. Kiam mi ja vidas ŝin, ŝi ĉiam aspektas sufiĉe melankolia.

En la hela malvarma tago mi nur pigrumas. Kiel belus se South Haven havus decan librovendejon! Eĉ la biblioteko konsistas plejparte el verkoj de Barbara Cartland kaj John Grisham. Mi havas Kleist kun mi en eldono de Penguin, sed ne sentas emon al ĝi. Mi preterpasas antikvaĵbutikon, bakejon, bankon, duan butikon de antikvaĵoj. Preterante barbirejon mi enrigardas: maljunulon razas eleganta barbireto kalviĝanta. Mi nun tuj scias kion mi faros.

Sonoriletoj tintas kontraŭ la pordo kiam mi eniras la lokalon. Ĝi odoras je sapo, vaporo, harkremo kaj haŭto maljunula. Ĉio estas palverda. La malnova seĝo havas ornamojn el kromio, sur la malhelaj lignaj bretoj vicas fajnaj boteloj, kaj sur pletoj kuŝas iloj por tondi, kombi kaj razi. Impreso preskaŭ medicina; ĉio memorigas pentraĵojn de Norman Rockwell. La barbiro levas rigardon al mi.

– Ĉu vi povus min tondi? – mi demandas.

Li kape indikas vicon de vakaj seĝoj rektadorsaj, kun rako da revuoj bonorde stakigitaj ĉe unu fino. En la radio Sinatra kantas. Mi sidiĝas kaj foliumas numeron de *Reader's Digest*. La barbiro deviŝas la ŝaŭmospurojn sur la mentono de la maljunulo kaj dabas ĝin per postraza likvo. La oldulo singarde degrimpas de la seĝo kaj pagas. La barbiro helpas lin enmanteliĝi kaj enmanigas lian bastonon.

– Ĝis revido, George – diras la maljunulo kaj trenpaŝe eliras.

– Ĝis, Ed – respondas la barbiro. Li turnas sian atenton al mi.

– Kion por vi?

Mi saltas sur la seĝon, kiun li levas je fingrolarĝo, poste turnas min por alfronti la spegulon. Mi sendas longan lastan rigardon al mia hararo. Mi apartigas miajn dikfingron kaj montrofingron je du-tri centimetroj:

– Fortondu ĉiom ĉi.

Li kap-aprobas kaj ligas plastan ŝirmkitelon ĉirkaŭ mian kolon. Baldaŭ liaj tondiloj ekfulmas kun etaj metalaj bruoj ĉirkaŭ mia kapo, kaj miaj haroj ekfaladas sur la plankon. Fininte, li brosas min pura, forprenas la kitelon, kaj jen ĉio. Mi fariĝis la mio de mia estonteco.

FRUE LEVIĜU KAJ FRUE EDZIĜU

Sabaton, la 23-an de oktobro 1993
(Henry aĝas 30, Clare aĝas 22)
(6:00 matene)

HENRY: Mi vekiĝas je 6:00, kaj pluvas. Mi estas en komforta verda ĉambreto mansarda en gemuta pensioneto de la familio Blake, rekte sur la suda plaĝo en South Haven. La gepatroj de Clare elektis la lokon: mia paĉjo dormas en same komforta rozkolora ĉambro teretaĝe, apud la belega flava ĉambro de s-ino Kim; miaj geavoj dormas en la superkomforta blua ĉambro gemastra. Mi kuŝas en la ekstre mola lito sub littukoj de la marko Laura Ashley kaj aŭdas kiel la vento impetas kontraŭ la domon. La pluvo verŝiĝas kvazaŭ el sitelo. Mi pripensas ĉu eblus kuri sub tia pluvego. Mi aŭdas ĝin inundi la defluilojn kaj tamburi sur la tegmento, apenaŭ pli ol duonmetron super mia vizaĝo. Ĉi tiu ĉambro pli similas al subtegmento. Ĝi enhavas fajnan skribtableton, okaze ke mi bezonus skribi iujn delikatajn ambiletojn dum mia geedziĝa tago. Sur la komodo staras porcelanaj kruĉo kaj pelvo; se mi efektive volus uzi ilin, mi verŝajne devus unue rompi la glacion sur la akvo, ĉar ĉi tie supre estas sufiĉe malvarme. Mi sentas min kiel rozkolora vermo en la kokono de ĉi tiu verda ĉambro, kvazaŭ mi tramaĉis mian vojon ĉi tien kaj nun devus diligente strebi por fariĝi papilio, aŭ io tia. Mi ankoraŭ ne estas vere vekita nun. Mi aŭdas iun tusi. Mi aŭdas mian koron bati, kaj la alt-tonan sonon de mia nerva sistemo, plenumanta siajn taskojn. Ho, Dio, donu ke hodiaŭ estu normala tago! Estu mi normale konfuzita, normale nervoza; igu ke mi estu en la preĝejo ĝustatempe, ke mi restu en la tempo. Konsternu mi neniun, precipe ne min mem. Lasu min travivi la tagon de nia geedziĝo laŭ mia plej bona kapablo, sen specialaj efikoj. Liberigu Clare de malagrablaj scenoj. Amen.

(7:00 matene)

CLARE: Mi vekiĝas en mia lito, la lito de mia infanaĝo. Dum mi flosas surface de la vekiĝo, mi ne retrovas min en la tempo: ĉu estas Kristnasko, aŭ Dankofesto? Ĉu mi iras al la tria klaso, denove? Ĉu mi malsanas? Kial pluvas? Ekster la flavaj kurtenoj la ĉielo estas morta, kaj la vento forŝiras la flavajn foliojn de la granda ulmo. Dum la tuta nokto mi vidis sonĝojn. Nun ĉiuj sonĝoj kunfandiĝas. En unu sonĝoparto mi naĝis en la oceano, mi estis marvirineto. Kvazaŭ komencanta marvirineto, ĉar unu el la aliaj provis instrui min: ŝi donis al mi lecionojn kiel marvirini. Mi timis spiri sub akvo. La akvo eniris miajn pulmojn, kaj mi ne komprenis kiel ĉi tio devus funkcii, estis terura sento ke mi daŭre devas leviĝi al la surfaco por spiri, kaj la alia marvirineto diradis: *Ne, Clare, faru ĉi tiel ...* ĝis mi fine konstatis ke ŝi havas brankojn en la kolo, kaj ke ankaŭ mi havas, kaj tiam iĝis pli bone. Naĝi estis kiel flugi, ĉiuj fiŝoj estis birdoj ... Boato naĝis sur la oceana surfaco, kaj ni ĉiuj supreniĝis por vidi la boaton. Ĝi estis nur eta velboato, kaj mia patrino estis sur ĝi, tute sola. Mi naĝis al ŝi, kaj surprizis ŝin vidi min tie, ŝi diris: *Sed, Clare, mi pensis ke vi edziĝinos hodiaŭ*, kaj mi subite komprenis, kiel okazas en sonĝoj,

322

ke mi ne povos edziniĝi al Henry se mi estas marvirineto, kaj mi ekploris, kaj tiam mi vekiĝis, kaj trovis min meze de la nokto. Do mi kuŝis tie dum iom da tempo en la mallumo kaj elpensis rakonton kiel mi fariĝis ordinara virino, same kiel la Marvirineto, krom ke al mi ne okazis tiuj sensencaĵoj pri abomena doloro en miaj piedoj aŭ detranĉo de mia lango. Hans Christian Andersen certe estis strangulo kaj malĝojulo. Poste mi redormis kaj nun mi estas en la lito, kaj Henry kaj mi geedziĝos hodiaŭ.

(7:16 matene)

HENRY: La ceremonio okazos je 2:00 ptm. kaj mi bezonos ĉirkaŭ duonhoron por vestiĝi kaj dudek minutojn por veturi al Sankta Bazilo. Nun estas 7:16 matene, mi devos do mortigi la tempon dum kvin horoj kaj kvardek kvar minutoj. Mi surmetas ĝinzon, malnovan flanelĉemizaĉon kaj sportŝuojn kaj ŝteliras kiel eble plej silente malsupren, serĉe al kafo. Paĉjo antaŭis min: li sidas en la matenmanĝejo kun la manoj ĉirkaŭ delikata taso da vaporanta nigra kafo. Mi verŝas ankaŭ por mi kaj sidiĝas fronte al li. Tra la puntkurtenaj fenestroj la malforta lumo ŝajnigas Paĉjon fantoma; ĉi-matene li aspektas kiel kolorigita versio de nigrablanka filmo pri li mem. Liaj haroj montras al ĉiuj direktoj samtempe. Mi senpense glatigas la miajn, kvazaŭ li estus spegulo. Li faras la samon, kaj ni ridetas.

(8:17 matene)

CLARE: Alicia sidas sur mia lito kaj min pikas:
— Venu, Clare! Aŭroras en la marĉo. La birdoj kantas – (tio tute malveras), – la ranoj saltas, kaj *temp' está por ellitiĝi*!

323

Alicia tiklas min. Ŝi depuŝas miajn litkovrilojn, ni ekluktas, kaj ĝuste kiam mi triumfus super ŝi, Etta ŝovas la kapon tra la pordo kaj siblas:

– Knabinoj! Kial tia batalo kaj batado? Via patro kredas ke arbo falis sur la domon, sed fakte ne, nur vi du malsaĝulinoj klopodas *mortigi* unu la alian. La matenmanĝo preskaŭ pretas.

Post tio Etta abrupte retiras la kapon, kaj ni aŭdas ŝin peze ŝtupari malsupren, dum nia rido eksplodas.

(8:32 matene)

HENRY: Daŭre ventegas ekstere, sed mi tamen kuras. Mi studas la mapon de South Haven («Brila juvelo sur la Sunsubira Lagbordo Miĉigana!»), per kiu Clare min provizis. Hieraŭ mi kuris laŭ la plaĝo: sperto agrabla sed ne ripetebla ĉi-matene. Mi povas vidi ondojn de dumetra alteco sin ĵeti al la bordo. Mi elmezuras du-kilometran itineron laŭ stratoj, planante kuri ripetajn rondojn; se iĝos tro terure ekstere, mi tiel povos malpliigi la distancon. Mi elstreĉas miajn membrojn. Ĉiu artiko krakas. Mi preskaŭ povas aŭdi kiel la streso igas miajn nervojn susuri kiel statika elektro en telefonlineo. Mi vestas min, kaj jen mi survoje en la vastan mondon. La pluvo vangofrapas. Senprokrasta trempiĝo. Mi pene perluktas mian vojon laŭ strato Maple, trenas min anstataŭ min trejni, batalas kontraŭ la vento sen ajna ŝanco plirapidiĝi. Mi preterpasas virinon, kiu staras ĉe trotuarrando kun sia buldogo kaj rigardas min kun miro. Ne temas pri ekzerciĝo nur, mi diras al ŝi silente. Temas pri malespero.

CLARE: Ni ĉiuj sidas ĉirkaŭ la matenmanĝa tablo. Malvarmo enfluas el ĉiuj fenestroj, kaj tiel forte pluvas ke mi apenaŭ povas vidi eksteren. Kiel Henry kuros tie?

– Perfekta vetero por nuptofesto – ŝercas Mark. Mi levas la ŝultrojn.

– Ne mi elektis ĝin.

– Kiel do ne vi?

– Paĉjo elektis.

– Nu, mi pagas por ĝi – diras Paĉjo petole.

– Prave.

Mi manĝas mian rostpanon. Mia patrino rigardas mian teleron kritike.

– Karulino, kial vi ne prenas el tiu bela lardo? Kaj iom da ovoj?

La penso en si mem renversas mian stomakon.

– Mi ne povas. Kredu min, vere ne.

– Nu, tiam almenaŭ ŝmiru iom da ternuksbutero sur tiun rostpanon. Vi bezonas proteinon.

Mi okulkontaktas kun Etta, kiu paŝegas en la kuirejon kaj post minuto revenas kun kristala telereto plena de ternuksbutero. Mi dankas ŝin kaj ŝmiras iom sur mian pantranĉon. Mi demandas al mia patrino:

– Ĉu restas al mi tempo antaŭ ol Janice aperos?

Janice faros ion aĉan al miaj vizaĝo kaj haroj.

– Ŝi venos je la dekunua. Kial?

– Mi devus rapide salti al la urbo, mi bezonas ion.

– Mi povus akiri tion por vi, karulino.

La penso foriri el la domo ŝajnas forpreni de ŝi ian pezon.

– Mi volus mem iri.

– Ni povus iri ambaŭ kune.

– Prefere mi sola.

Mi mute petegas ŝin. Ŝi miras sed ne insistas.

– Nu, bone, se tiom gravas.

– Bonege. Mi tuj revenos.

Mi ekstaras por foriri. Paĉjo tusetas.

– Ĉu mi rajtas?

– Certe.

– Dankon.

Kaj mi fuĝas.

(9:35 matene)

HENRY: Mi staras en la enorma, malplena bankuvo barakte eligante min el miaj malvarmaj, tramalsekaj vestaĵoj. Miaj novegaj kurŝuoj akiris tute novan formon, kiu memorigas pri sekretoj de marestaĵoj. De la ĉefpordo ĝis la kuvo mi postlasis spuron de akvo, kiu espereble ne tro ĝenos s-inon Blake. Iu frapas je mia pordo.

– Momenton! – mi krias. Mi paŝas ŝmac-ŝmace al la pordo kaj malfermas ĝin. Je mia plena surprizo, jen Clare.

– Pasvorton? – mi demandas milde.

– Fiku min – respondas Clare. Mi sving-malfermas la pordon. Clare envenas, sidiĝas sur la lito kaj komencas demeti siajn ŝuojn.

– Ĉu vi ne ŝercas?

– Venu, ho, preskaŭ-edzo mia! Mi devas reiri antaŭ la dekunua.

Ŝi rigardas min de verto ĝis kalkano.

– Vi kuris! Mi ne pensis ke vi kuros en ĉi tiu pluvo.

– En desperaj tempoj helpas nur desperaj rimedoj.

326

Mi elŝeligas min el mia T-ĉemizo kaj ĵetas ĝin en la kuvon. Ĝi enfalas ŝmace.

– Ĉu oni ne opinias malbonŝanco se la edziĝonto vidas la fianĉinon antaŭ la geedziĝo?

– Tiam fermu viajn okulojn.

Clare trotas en la banĉambron kaj kaptas bantukon. Mi klinas min kaj ŝi sekigas miajn harojn. Mirinda sento. Mi povus pasigi la tutan vivdaŭron tiel. Jes, vere.

– Kiom malvarmas ĉi tie! – diras Clare.

– Venu enlitiĝi, preskaŭedzino! La lito estas la sola varma punkto en la tuta loko.

Ni engrimpas la liton.

– Ni faras ĉion en malĝusta ordo, ĉu ne?

– Ĉu vi havas problemon kun tio?

– Ne. Mi ŝatas ĝin.

– Bone. Vi venis al la ĝusta viro por ĉiuj viaj eksterkronologiaj bezonoj.

(11:15 matene)

CLARE: Mi eniras tra la malantaŭa pordo kaj lasas mian ombrelon en la antaŭĉambreto. En la halo mi preskaŭ kolizias kun Alicia.

– Kie vi estis? Janice jam alvenis.

– Kiomas nun?

– La dekunua dek kvin. He, vi surmetis vian ĉemizon duoble inverse!

– Tio alportas bonŝancon, ĉu ne?

– Eble, sed remetu ĝin ĝuste antaŭ ol supreniri.

Mi fuĝas reen en la antaŭĉambreton kaj reordigas mian ĉemizon. Poste mi kuras supren. Panjo kaj Janice staras en la

327

koridoro ekster mia ĉambro. Janice portas grandegan sakon da kosmetikaĵoj kaj aliaj torturiloj.

– Jen vi! Mi jam komencis maltrankviliĝi.

Panjo pelas min en mian ĉambron, kaj Janice servas kiel ariergardo.

– Mi devas iri paroli kun la liveristoj.

Ŝi preskaŭ tordas al si la manojn dum foriro. Mi turnas min al Janice, kiu ekzamenas min kritike.

– Viaj haroj estas tute malsekaj kaj implikitaj. Eble kombu vin dum mi ĉion aranĝas.

Kaj ŝi jam elprenadas miriadon da tubetoj kaj boteloj el sia sako kaj starigas ilin sur mia komodo.

– Janice ...

Mi donas al ŝi la poŝtkarton el Uffizi:

– Ĉu vi povus fari ĉi tion?

Mi ĉiam ŝategis la princineton de la Mediĉoj, kun haroj ne malsimilaj al la miaj; en ŝia hararo multaj plektaĵetoj kaj perloj kunfluas en bela sukcena falo. La anonima artisto certe amis ŝin. Kiel li povus ne ami ŝin?

Janice pripensas:

– Via panjo supozas ke ni nun faras ion alian.

– Hm, ja, sed estas mia nuptofesto. Kaj miaj haroj. Kaj mi krompagos vin tre grandanime se vi faros laŭ mia prefero.

– Ne restos al mi tempo por via vizaĝo se ni faros ĉi tion; daŭrus tro longe por ĉiuj tiuj plektaĵoj.

Haleluja.

– Tio ne gravas. Mi mem ŝminkos min.

– Nu, bone. Tiam nur bone diskombu ĉion kaj ni komencu.

Mi komencas malimpliki la harnodojn. Mi ekĝuas ĉi tion. Dum mi transdonas min al la sveltaj brunaj manoj de Janice, mi scivolas kion faras dume Henry.

HENRY: La smokingo kaj ĉiuj akompanaj hororaĵoj kuŝas dise sur la lito. Mia subnutrita postaĵo frostas en ĉi tiu malvarma ĉambro. Mi transĵetas ĉiujn miajn malvarmajn vestaĵojn malsekajn el la kuvo en la lavpelvon. Mirige, ĉi tiu banĉambro estas same granda kiel la dormoĉambro. Ĝi estas tapiŝita kaj senmakule pseŭdo-Viktorina. La kuvo, enorma aĵo kun krifaj piedoj, staras inter diversaj filikoj, stakoj da tukoj, necesseĝo, kaj granda enkadrigita reproduktaĵo de *La vekiĝanta konscienco* de Hunt. Ĉar la fenestro komenciĝas nurajn dek kvin centimetrojn super la planko kaj la kurtenoj estas el fajna blanka muslino, mi do povas vidi la straton Maple en ĝia tuta gloro de velkaj folioj. Flavgriza Lincoln Continental pigre krozas laŭ la strato. Mi fluigas varman akvon en la kuvon, kiu estas tiel granda ke mi laciĝas atendi la pleniĝon kaj engrimpas. Mi amuzas min ludante per la eŭropstila duŝilo kaj senĉapigante dekon aŭ pli da ŝampuoj, duŝoĝeloj kaj harŝmiraĵoj, flarante ilin ĉiujn; je la kvina mia kapo ekdoloras. Mi kantas *Flava submarŝipo*. Ene de unumetra radiuso ĉio malsekiĝas.

CLARE: Janice liberigas min; Panjo kaj Etta ambaŭ venas vidi. Laŭ Etta: «Ho, Clare, kiel bela vi estas!» Laŭ Panjo: «Ne pri tiu hararanĝo ni interkonsentis, Clare.» Panjo riproĉas Janice, fine pagas ŝin, kaj mi donas al Janice ŝian trinkmonon, kiam Panjo ne rigardas. Vestiĝi mi devos ĉe la preĝejo, do ili pakas min en la aŭton kaj ni veturas al Sankta Bazilo.

HENRY: Mi marŝas laŭ la ŝoseo n-ro 12, proksimume kvar kilo-
metrojn sude de South Haven. Nekredeble terura tago, rilate
veteron. Estas aŭtuno, pluvo albloviĝas kaj verŝiĝas kvazaŭ el
siteloj, malvarmas kaj ventas. Mi surhavas nenion krom ĝinzo,
iras nudpiede kaj estas trempita ĝishaŭte. Mi ne havas ideon
en kiu tempo mi troviĝas. Mi alcelas la Domon Meadowlark,
esperante sekiĝi en la Legoĉambro kaj eble manĝi ion. Mi ne
havas monon, sed kiam mi ekvidas la rozkoloran neonlumon
pri Benzino por Multe Malpli, mi direktas min al ĝi. Mi eniras
la benzinstacion kaj staras momenton, inundante la plankan
linoleumon kaj reakirante mian spiron.

– Kia tago por esti ekstere! – diras la maldika aĝulo malantaŭ
la vendotablo.

– Ĉu ne? – mi respondas.

– Ĉu aŭtopaneo?

– Hm? Ne, fakte ne.

Li funde pririgardas min, rimarkas la nudajn piedojn, la ali-
sezonajn vestaĵojn. Mi paŭzas, ŝajnigas embarason:

– Amatino forĵetis min el sia domo.

Li diras ion, sed mi ne aŭdas kion, ĉar mi rigardas la unuan
paĝon de *South Haven Daily*. Hodiaŭ estas sabato, la 23-an de
oktobro 1993. Nia geedziĝa tago. La horloĝo super la breto de
cigaredoj montras 1:10.

– Mi devas kuri – mi diras al la maljunulo, kaj mi ja kuras.

CLARE: Mi staras en la lokalo de mia kvara lernejklaso, surmet-
inte mian edziniĝan robon. Ĝi estas el muara silko eburkolora,
kun multe da punto kaj miniaturaj perloj. La robo sidas firme en
la partoj korsaĵa kaj braka, sed ĝia jupo treniĝas larĝe kaj ĝis-
planke, el dudek metroj da ŝtofo. Mi povus kaŝi dek nanojn sub
ĝi. Mi sentas min kiel montroĉaro en parado, sed por Panjo tio ne
sufiĉas: ŝi aferumas ĉirkaŭ mi, fotadas, kaj provas persvadi min
surmeti pli da ŝminko. Honorfraŭlinoj Alicia, Charisse, Helen kaj
Ruth papilias en siaj intersimilaj kostumoj el salvi-verda veluro.
Ĉar Charisse kaj Ruth estas ambaŭ malaltaj, dum Alicia kaj
Helen ambaŭ altaj, ili aspektas kiel hazarde kunmetita grupo de
skoltinoj, sed ni estis konsentintaj lasi tion en paco dum Panjo
proksimas. Ili komparas la kolorigon de siaj ŝuoj kaj kverelas pri
la demando kiu devus kapti la bukedon. Heleno diras:

– Charisse, vi estas jam fianĉino, vi eĉ ne devus provi kapti
ĝin.

Charisse levas la ŝultrojn:

– Por asekuro. Ĉe Gomez oni neniam scias.

HENRY: Mi sidas sur radiatoro en mucida ĉambro plena de skatoloj
da preĝlibroj. Gomez paŝadas tien kaj reen kaj fumas. Li elegantas
en sia smokingo. Mi sentas kvazaŭ mi ludus programestron de
televida kvizo. Gomez paŝadas plu kaj deskuas sian cindron en
tetason. Li igas min eĉ pli nervoza ol mi jam estas.

– Ĉu vi havas la ringon? – mi demandas milionan fojon.

– Jes. Mi havas la ringon.

Li ĉesas paŝadi por momento kaj alrigardas min.

– Ĉu vi volas trinki?

– Jes.

Gomez elpoŝigas platboteleton kaj transdonas ĝin. Mi senĉapigas ĝin kaj trinkas. Tre glate fluas skota viskio. Post plia buŝpleno mi redonas ĝin. Mi aŭdas homojn ridi kaj paroli en la vestiblo. Mi ŝvitas, kaj doloras min la kapo. En la ĉambro tre varmas. Mi ekstaras kaj malfermas la fenestron, elpendigas mian kapon, enspiras. Daŭre pluvas. Mi aŭdas bruon el la arbustoj. Mi malfermas la fenestron pli larĝe kaj rigardas malsupren. Jen mi sidas en la koto, sub la fenestro, tramalseka, anhelanta. Li ridetas al mi kaj levas aproban dikfingron.

(1:55 ptm)

CLARE: Ni ĉiuj staras en la vestiblo de la preĝejo. Paĉjo diras:

– Ni devas startigi la spektaklon – kaj li frapetas je la pordo de la ĉambro en kiu Henry vestiĝas. Gomez elŝovas la kapon:

– Nur unu minuton!

Li ĵetas al mi rigardon pro kiu mia stomako kunpremiĝas, retiras la kapon kaj fermas la pordon. Mi proksimiĝas al la pordo kiam Gomez malfermas ĝin denove, kaj aperas Henry, fermante siajn manumbutonojn. Li estas malseka, malpura kaj nerazita. Laŭ aspekto ĉirkaŭ kvardekjara. Sed li ĉeestas, kaj triumfe ridetas al mi dum li trairas la preĝejan pordon kaj direktiĝas al la altaro.

Dimanĉon, la 13-an de junio 1976
(Henry aĝas 30)

HENRY: Mi kuŝas surplanke en mia malnova dormoĉambro. Mi estas sola, dum perfekta somera nokto en nekonata jaro. Mi kuŝas tie sakrante kaj sentante min idioto dum kelka tempo. Poste mi ekstaras, iras en la kuirejon kaj priservas min per pluraj bieroj de Paĉjo.

Sabaton, la 23-an de oktobro 1993
(Henry aĝas 38, kaj 30, Clare aĝas 22) (2:37 ptm)

CLARE: Ni staras ĉe la altaro. Henry turnas sin al mi kaj diras: «Mi, Henry, prenas vin, Clare, kiel mian edzinon. Mi promesas esti fidela al vi en ĝojo kaj malĝojo, en malsano kaj en sano. Mi amos vin kaj honoros vin ĉiujn tagojn de mia vivo.» Mi pensas: *memoru ĉi tion*. Mi ripetas la promeson al li. Patro Compton ridetas al ni kaj diras: «Kion Dio kunigis, tion homo ne disigu.» Mi pensas: *tio ne vere estas la problemo*. Henry glitigas la maldikan arĝentringon laŭ mia fingro super la fianĉinan ringon. Mi metas lian simplan orringon sur lian fingron, jen la sola fojo kiam li portos ĝin. La meso plu daŭras, kaj mi pensas: *jen ĉio kio gravas, ke li estas ĉi tie, mi estas ĉi tie, ne gravas kiel, dum li estas kun mi*. Patro Compton benas nin kaj deklaras:

– La meso finiĝis: iru en paco.

Ni ekiras laŭ la mezo de la navo, brakplekte, kune.

(6:26 ptm)

HENRY: La akcepto ĵus komenciĝis. La liverantoj rapidas tien kaj reen kun ŝtalaj ĉaroj kaj kovritaj pletoj. Homoj alvenas kaj pendigas siajn mantelojn. La pluvo finfine ĉesis. La Jaĥtoklubo de South Haven troviĝas sur la Norda Strando, ĝi estas konstruaĵo el la 1920-aj, fasonita el paneloj kaj ledo, kun ruĝaj tapiŝoj kaj pentraĵoj de ŝipoj. Ekstere mallumas nun, sed la lumturo palpebrumas fore sur la moleo. Mi staras ĉe fenestro, trinkas Glenlivet-viskion, kaj atendas Clare, kiu estis forkondukita de sia patrino, pro kialo al mi ne konata. Mi vidas la reflektiĝojn de Gomez kaj Ben alproksimiĝi, do mi turnas min.

Ben aspektas maltrankvila.

– Kiel vi fartas?

– Tute bone. Ĉu vi du povus fari al mi komplezon?

Ili kapjesas.

– Gomez, reiru al la preĝejo. Mi estas tie, atendante en la vestiblo. Prenu min kaj venigu min ĉi tien. Kontrabandu min en la viran necesejon de la teretaĝo kaj lasu min tie. Ben, tenu viajn okulojn sur mi – (mi montras al mia brusto) – kaj kiam mi diros al vi, kaptu mian smokingon kaj alportu ĝin al mi en la necesejon. Ĉu bone?

Gomez demandas:

– Kiom da tempo ni havas?

– Ne multe.

Li kapjesas kaj foriras. Alproksimiĝas Charisse; Gomez kisas ŝin sur la frunto kaj paŝas plu. Mi turnas min al Ben, kiu aspektas laca.

– Kiel vi fartas? – mi demandas. Ben suspiras.

– Sufiĉe lace. Henry ...?

– Jes ...?

– De kiam vi venas?

– 2002.

– Ĉu vi povus ... Vidu, mi scias ke vi ne ŝatas ĉi tion, sed ...

– Kion? Ne gravas, Ben. Kion ajn vi volas. Hodiaŭ estas speciala okazo.

– Diru al mi: ĉu mi ankoraŭ vivas?

Ben ne alrigardas min; li turnas la okulojn al la muzikistoj, kiuj nun agordas siajn instrumentojn en la balsalono.

– Jes. Vi fartas bone. Mi ĵus estis kun vi antaŭ kelkaj tagoj; ni ludis bilardon.

Ben elspiras rapide kaj laŭte.

– Dankon.

– Ne dankinde.

Larmoj ekaperas en la okuloj de Ben. Mi proponas al li mian poŝtukon, kaj li prenas ĝin, sed poste redonas ĝin neuzita kaj foriras direkte al la necesejo.

(7:04 ptm)

CLARE: Ĉiuj sidiĝas por vespermanĝi, kaj neniu povas trovi Henry. Mi demandas al Gomez ĉu li vidis lin, sed Gomez alrigardas min tre Gomez-ece kaj diras ke li certas pri la tuja alveno de Henry. Kimy alpaŝas nin, maltrankvila kaj tre fragila en sia roza silka robo.

– Kie estas Henry? – ŝi demandas min.

– Mi ne scias, Kimy.

Ŝi altiras min al si kaj flustras orelen:

– Mi vidis kiel lia juna amiko Ben elportis amason da vestaĵoj el la atendoĉambro.

Ho ne. Se Henry forsaltis al sia nuntempo, estos malfacile publike klarigi tion. Eble mi povus diri ke temas pri ia urĝ-okazo? Urĝaĵo en la biblioteko, kiu postulis lian tujan prizorgon. Sed ĉiuj liaj kunlaborantoj ja estas ĉi tie. Eble mi povus diri ke Henry havas amnezion, ke li forvagis ...

– Jen li – diras Kimy. Ŝi premas mian manon. Henry staras

335

en la pordo esplorante la homamason, kaj ekvidas nin. Li alkuras. Mi kisas lin.

– Saluton, fremdulo!

Li estas reveninta al la nuntempo, mia pli juna Henry, tiu kiu apartenas ĉi tien. Henry prenas mian brakon, kaj la brakon de Kimy, kaj kondukas nin al la vespermanĝo. Kimy ridklukas, kaj diras ion al Henry kion mi ne kaptas.

– Kion ŝi diris? – mi demandas dum ni sidiĝas.

– Ŝi demandis min ĉu ni planas triopan nuptonokton.

Mi iĝas ruĝa kiel omaro. Kimy palpebrumas al mi.

(7:16 ptm)

HENRY: Mi umas en la kluba biblioteko, manĝas sandviĉetojn kaj legas lukse binditan kaj verŝajne neniam malfermitan unuan eldonon de *Koro de mallumo*. El angulo de okulo mi vidas la prizorganton de la klubejo rapidi al mi. Mi fermas la libron kaj remetas ĝin sur la breton.

– Pardonu, sinjoro, mi timas ke mi devos peti vin foriri.

Al gasto sen ĉemizo, sen ŝuoj, neniu servo.

– Bone.

Mi ekstaras, kaj kiam la prizorganto turnas sian dorson, sango torentas al mia kapo, kaj mi malaperas. Mi rekonsciiĝas sur nia kuireja planko la 2-an de marto 2002, ridante. Mi ĉiam volis fari ĉi tion.

(7:21 ptm)

CLARE: Gomez faras paroladon:

– Karaj Clare kaj Henry, karaj familio kaj amikoj, estimataj

336

ĵurianoj ... ne, ne, la lastan forstreku. Karegaj kunestantoj, ni kunvenis ĉi tie, ĉi-vespere, sur la bordoj de la Lando de Fraŭleco por svingi niajn poŝtukojn al Clare kaj Henry, dum ili kune surpaŝas la ferdekon de la Nobla Ŝipo Nupto. Certe, ni malĝojas vidi ilin adiaŭi la plezurojn de la fraŭla vivo, sed ni forte fidas ke la ofte kalumniata stato de Geedza Feliĉo proponos al ili novan hejmon pli ol adekvatan. Kelkaj el ni eble eĉ sekvos ilian ekzemplon, almenaŭ se ni vere ne sukcesos elpensi manieron por tion eviti. Ni do levu niajn glasojn kaj tostu: al Clare Abshire DeTamble, arta belulinjo, kiu meritas ĉian feliĉon kiu ŝin povus trafi en ŝia nova mondo. Kaj al Henry DeTamble, bonega bravulo kaj damna bonŝanculo: la Maro de la Vivo etendu sin antaŭ vi ambaŭ kiel glata vitro, kaj la vento ĉiam pelu vin dedorse. Al la feliĉa paro!

Gomez kliniĝas kaj kisas min sur la buŝo; por momento mi kaptas lian rigardon, sed la momento jam estas for.

(8:48 ptm)

HENRY: Ni distranĉis kaj manĝis la geedziĝan kukon. Clare ĵetis sian bukedon (Charisse kaptis ĝin), kaj mi ĵetis la ĵartelon de Clare (kaptis ĝin neniu alia ol Ben). La orkestro ludas *Take the A Train*, kaj homoj dancas. Mi dancis kun Clare, kun Kimy, Alicia kaj Charisse; nun mi dancas kun Helen, kiu estas vere alloga, kaj Clare dancas kun Gomez. Dum mi turnadas Helen sen aparta zorgo, mi vidas ke Celia Attley forinvitas la partnerinon de Gomez, kaj li siavice faras same al mi. Dum li turnadas Helen foren de mi, mi aliĝas al la drinkantoj ĉe la servotablo kaj rigardas Clare danci kun Celia. Ben aliĝas al mi. Li trinkas sodakvon. Mi mendas vodkon kaj tonikon. Ben portas la ĵartelon de Clare ĉirkaŭ sia brako kvazaŭ funebran signon.

337

– Kiu estas tiu? – li demandas min.

– Celia Attley. La amatino de Ingrid.

– Tio estas stranga.

– Jes ja.

– Kaj kion pri tiu ulo Gomez?

– Kion vi celas?

Ben longe rigardas min kaj poste forturnas la kapon.

– Ne gravas.

(10:23 ptm)

CLARE: Finiĝis. Ni trakisis kaj trabrakumis nian vojon el la klubejo, forveturis en nia aŭto kovrita de razokremo kaj ladskatoloj. Mi haltas ĉe la gastejo Dew Drop Inn, eta motelaĉo ĉe Lago Silver. Henry dormas. Mi elaŭtiĝas, registras nin, petas la akceptiston helpi min venigi Henry en nian ĉambron por sterni lin sur la lito. La ulo alportas nian bagaĝon, okulumas al mia edziniĝa robo kaj al Henry en lia inerta stato, kaj superece ridetas. Mi donas al li trinkmonon. Li foriras. Mi forigas la ŝuojn de Henry, lozigas lian kravaton. Mi demetas mian robon kaj kuŝigas ĝin sur la fotelon. Mi staras en la banĉambro, tremante en mia kalsoneto, kaj brosas la dentojn. En la spegulo mi povas vidi Henry kuŝantan sur la lito. Li ronkas. Mi elkraĉas la dentopaston kaj lavas la buŝon. Subite superregas min feliĉo. Kaj la konstato: ni estas geedzoj. Aŭ, ĉiuokaze, mi estas edzino. Kiam mi estingas la lumon, mi kisas bonan nokton al Henry. Li odoras je alkohola ŝvito kaj la parfumo de Helen. Bonan nokton, bele songu, litocimo vin ne rongu. Kaj mi endormiĝas, sensonĝa kaj feliĉa.

338

HENRY: La lundon post la geedziĝo Clare kaj mi iras al la urbo-domo de Ĉikago, por geedziĝi antaŭ juĝisto. Niaj atestantoj estas Gomez kaj Charisse. Post la evento ni ĉiuj eliras por vespermanĝi ĉe Charlie Trotter's, restoracio tiel multekosta ke la dekoracio similas la unuaklasan sekcion de aviadilo aŭ minimumisman skulptaĵon. Feliĉe, kvankam la manĝaĵoj aspektas kiel artaĵoj, ili ankaŭ bongustas. Charisse fotas ĉiun pladon en la ordo de apero antaŭ ni.

– Kiel sentiĝas esti edzo kaj edzino? – demandas Charisse.

– Mi sentas min tre edzina – respondas Clare.

– Vi povus daŭrigi – diras Gomez. – Elprovi ĉiujn eblajn ceremoniojn, budhanan, nudisman …

– Mi scivolas ĉu mi estas bigamiulo …

Clare manĝas ion pistakkoloran, kun pluraj grandaj salikokoj en delikata ekvilibro sur ĝi, kvazaŭ ili estus miopaj maljunuloj legantaj gazeton.

– Mi pensas ke vi rajtas edziniĝi al la sama persono tiom da fojoj kiom vi volas – diras Charisse.

– Ĉu vi estas la sama homo? – demandas min Gomez. La aĵo kiun mi manĝas estas tegita per maldikaj tranĉoj da kruda tinuso, kiuj fandiĝas sur mia lango. Mi lasas pasi momenton por aprezi ilin antaŭ ol respondi:

– Jes, sed plie la sama.

Gomez malkontente murmuras ion pri zen-koanoj, sed Clare ridetas al mi kaj levas sian glason. Mi tintigas la ŝian per la mia: eksonas delikata kristala tinto, kiu forfadas en la zumoj de la restoracio. Kaj jen ni estas, do, nun geedzoj.

2. GUTO DA SANGO

EN BOVLO DA LAKTO

– Kio ĝi estas? Kara?

– Ha, kiel ni povas ĝin elteni?

– Elteni kion?

– Ĉi tion. Dum tiel mallonga tempo. Kiel ni povas fordormi ĉi tiun tempon?

– Ni povas trankvili kune, kaj ŝajnigi – ĉar estas nur la komenco – ke ni havas la tutan tempon de la mondo.

– Kaj ĉiutage ni havos malpli. Kaj fine neniom.

– Ĉu vi do preferus havi tute neniom?

– Ne. Ĉi tie estas kien mi ĉiam estis venanta. Ekde la komenco de mia tempo. Kaj kiam mi foriros de ĉi tie, ĉi tiu estos la mezpunkto al kiu ĉio kuris, antaŭe, kaj *el* kiu ĉio kuros. Sed nun, amo mia, ni estas ĉi tie, ni estas *nun*, kaj tiuj aliaj tempoj kuras aliloke.

A. S. Byatt, Posedo

GEEDZA VIVO

·············

Marton 1994
(Clare aĝas 22, Henry aĝas 30)

CLARE: Kaj jen ni estas nun geedzoj. Komence ni loĝas en apartamento kun du dormoĉambroj en duloĝeja domo en Ravenswood. Ĝi estas suna, kun buterkolora durligna planko kaj kuirejo plena de antikvaj ŝrankoj kaj malnovmodaj hejmaparatoj. Ni aĉetas aĵojn, pasigas dimanĉajn posttagmezojn en meblovendejoj kiel Crate & Barrel por interŝanĝi nuptodonacojn, mendas sofon, kiu ne povas pasi tra niaj pordoj kaj devas esti resendita. La apartamento estas laboratorio, en kiu ni faras eksperimentojn, realigas esplorojn unu kun la alia. Ni malkovras ke Henry malamas kiam mi distrite klakigas mian kuleron kontraŭ la dentojn dum matenmanĝa gazetlegado. Ni konsentas ke mi rajtas aŭskulti Joni Mitchell kaj Henry rajtas aŭskulti The Shags tiel longe dum la alia persono ne ĉeestas. Ni eltrovas ke prefere Henry plenumu ĉiujn kuirtaskojn kaj mi zorgu pri vestolavado, dum neniu el ni du emas polvosuĉi, do por tio ni pagas purigservon.

Ni ekhavas rutinon. Henry laboras de mardo ĝis sabato en Newberry. Li ellitiĝas je 7:30 kaj ekpreparas kafon, poste surmetas siajn sportvestaĵojn kaj iras kuri. Kiam li revenas, li duŝas kaj vestas sin; tiam mi ŝanceliĝas el la lito kaj babilas kun li dum li pretigas matenmanĝon. Post la manĝo li brosas al si la dentojn kaj elhastas el la domo por trafi la metroon, dum mi reiras al la lito kaj dormetas unu horon aŭ pli.

Kiam mi denove ellitiĝas, la apartamento estas silenta. Mi banas min kaj kombas la harojn, fine surmetas miajn laborvestojn. Mi verŝas al mi plian tason da kafo, kaj eniras la malantaŭan dormoĉambron, alinome mian atelieron, kaj fermas la pordon.

Ne estas facile por mi, en mia eta malantaŭa dormĉambra ateliero, komenctempe de mia vivo kiel edzino. La spaco kiun mi povas nomi propra, la spaco kiun ne plenigas Henry, estas tiel malgranda ke ĝi igas ankaŭ miajn ideojn malgrandiĝi. Mi estas kiel raŭpo en papera kokono; ĉie ĉirkaŭ mi kuŝas skizoj por skulptaĵoj, etaj desegnoj, kvazaŭ tineoj flirtantaj kontraŭ fenestrojn, kiuj batadas per la flugiloj por eskapi el ĉi tiu malvasta spaco. Mi faras maketojn, etajn skulptaĵojn, provkree por skulptaĵoj grandaj. Ĉiutage la ideoj venas pli kaj pli kontraŭvole, kvazaŭ ili scius ke mi lasos ilin malsataj kaj bremsos ilian kreskon. Nokte mi sonĝas pri koloroj, pri miaj brakoj mergataj en kuvojn da papera fibro. Mi sonĝas pri miniaturaj ĝardenoj, en kiujn mi ne povas enpaŝi, ĉar mi estas gigantino.

La pasiiga punkto en arta kreado – eĉ en ajna kreado, mi supozas – estas la momento kiam la ŝveba, nesubstanca ideo fariĝas io solide ĉeesta, aĵo, substanco en mondo de substancoj. Circo, Nimbua, Artemiso, Atena, ĉiuj ĉi maljunaj sorĉistinoj certe konis tiun senton, transformante simplajn virojn en fabelajn estaĵojn, ŝtelante la sekretojn de la magiistoj, farante dispoziciojn pri armeoj: aĥ, rigardu, jen, io nove kreita. Ĝi povas esti porko, milito, laŭro. Ĝi povas esti arto. La magio kiun mi nun kapablas fari estas ankoraŭ malgranda magio, magio prokrastata. Ĉiutage mi laboras, sed nenio iam realiĝas. Mi sentas min kiel Penelopo, kiu teksis kaj malteksis.

Kaj kion pri Henry, mia Odiseo? Henry estas artisto de alia speco, malaper-artisto. Nian kunan vivon en ĉi tiu tro malgranda loĝejo interpunkcias la mallongaj forestoj de Henry. Kelkfoje li malaperas nerimarkate; foje mi iras el la kuirejo en la vestiblon kaj trovas amaseton da vestaĵoj sur la planko. Mi foje ellitiĝas matene kaj trovas ke la duŝakvo fluas sed neniu duŝas sin. Kelkfoje tio estas timiga. Mi estas laboranta en mia ateliero iun posttagmezon, kiam mi aŭdas iun ĝemi ekster la pordo; kiam mi malfermas ĝin, mi trovas Henry sur la manoj kaj genuoj, nuda, en la vestiblo, kun kapo forte sanganta. Li malfermas la okulojn, ekvidas min kaj malaperas.

Foje mi vekiĝas en la nokto kaj Henry estas for. Matene li diras al mi kie li estis, kiel alia edzo rakontus al sia edzino ĵusan songôn: «Mi estis en Biblioteko Sulzer en mallumo, en 1989.» Aŭ: «Germana ŝafhundo postkuris min trans ies korton, kaj mi devis surgrimpi arbon.» Aŭ: «Mi staris sub la pluvo ĉe la loĝejo de miaj gepatroj, kaj aŭskultis mian patrinon kanti.» Mi atendas kiam Henry diros al mi ke li vidis min kiel infanon, sed ĝis nun tio ne okazis. Kiam mi estis infano, mi antaŭĝojis vidi Henry. Ĉiu vizito estis evento. Nun ĉiu lia foresto estas malevento, subtraho, aventuro pri kiu mi aŭdas, kiam mia aventuristo materiiĝas ĉe miaj piedoj, sangante aŭ fajfante, kun rideto aŭ kun skuiĝoj. Nun mi timas kiam li estas for.

HENRY: Kiam oni loĝas kun virino, oni lernas ion ĉiutage. Mi jam lernis ke longaj haroj ŝtopas la duŝ-defluejon antaŭ ol oni eĉ sukcesus pensi pri malŝtopa likvaĵo; ke ne estas konsilinde eltondi ion el la gazeto antaŭ ol via edzino ĝin legis, eĉ se la koncerna gazeto aĝas tutan semajnon; ke mi estas la sola homo en nia dupersona hejmo kiu povas manĝi la samon tri vesperojn sinsekve sen paŭti; kaj ke kapaŭskultiloj estis inventitaj por ŝirmi geedzojn kontraŭ reciprokaj muzikaj ekscesoj. (Kiel Clare povas aŭskulti Cheap Trick? Kial ŝi ŝatas The Eagles? Mi neniam scios, ĉar ŝi reagas memdefende kiam mi demandas ŝin. Kiel eblas ke la virino kiun mi amas ne volas aŭskulti *Musique du garrot et de la ferraille*?) La plej malfacile lernebla leciono estas la soleco de Clare. Foje mi venas hejmen kaj Clare ŝajnas iom iritita; mi interrompis iun ŝian penson, faris enrompon en la reveman silenton de ŝia tago. Foje la esprimo kiun mi vidas sur ŝia vizaĝo estas kiel fermita pordo. Ŝi jam eniris la ĉambron de sia menso, kaj nun ŝi sidas tie trikante, aŭ io tia. Mi malkovras ke Clare ŝatas esti sola. Sed kiam mi revenas el tempvojaĝo, ŝi ĉiam sentas senpeziĝon ĉe mia vido.

Kiam oni loĝas kun artistino, ĉiu tago estas surprizo. Clare transformis la duan dormoĉambron en kabineton de mirindaĵoj, kiu plenas de malgrandaj skulptaĵoj kaj desegnoj pinglitaj sur ĉiu plej eta murspaco. Troviĝas dratbobenoj kaj paperrulaĵoj ŝtopitaj en tirkestojn kaj sur bretojn. La skulptaĵoj memorigas min pri kajtoj aŭ modelaviadiloj.

Mi diras tion al Clare iun vesperon, starante en la pordo de ŝia ateliero en kostumo kaj kravato, ĵus veninte hejmen el la laboro, preparonte vespermanĝon, kaj ŝi ĵetas unu el tiuj al mi; ĝi flugas surprize bone, kaj baldaŭ ni trovas nin ĵetantaj, el kontraŭaj finoj de la antaŭĉambro, etajn skulptaĵojn unu al la alia, elprovante ilian aerodinamikon. Ĉe hejmenveno la postan tagon, mi trovas ke Clare kreis aron da paperaj kaj drataj birdoj, kiuj pendas de la plafono en la salono. Semajnon poste, la fenestroj de nia dormo-ĉambro plenas je abstraktaj bluaj formoj diafanaj, kiujn la suno prokjekcias trans la ĉambro sur la murojn, kreante ĉielon por la birdaj formoj kiujn Clare pentris tie. Estas bele.

La sekvan vesperon mi staras en la pordo de ŝia ateliero, rigardante kiel ŝi finas desegni densaĵon da nigraj linioj ĉirkaŭ ruĝa birdeto. Subite mi ekvidas Clare, en ŝia malgranda ĉambro, ĉirkaŭfermitan de ĉiuj ŝiaj aĵoj, kaj mi ekkomprenas ke ŝi klopodas eldiri ion, kaj nun mi scias kion mi devas fari.

Merkredon, la 13-an de aprilo 1994
(Clare aĝas 22, Henry aĝas 30)

CLARE: Mi aŭdas la ŝlosilon de Henry turniĝi en la ĉefpordo, kaj mi elpaŝas el la ateliero dum li eniras. Je mia surprizo li enportas televidaparaton. Ni ne posedas televidilon, ĉar Henry ne povas rigardi ĝin, kaj min neniel interesas spekti televidon sola. La nigrablanka aparato estas malnova, malgranda, polvokovrita skatolo, kun kaputaj antenoj.

– Saluton, karulino, mi estas hejme!

Henry metas la televidilon sur la tablon de la manĝoĉambro.

– Hu, kiel malpura! Ĉu vi trovis ĝin sur iu stratrando?

Henry aspektas ofendita.

– Mi aĉetis ĝin ĉe Unique. Por dek dolaroj.

– Sed kial?

– Estos iu elsendo ĉi-vespere kiun, laŭ mi, ni spektu.

– Sed ...

Mi ne povas imagi pro kiu programero Henry pretas riski tempvojaĝon.

– Ne zorgu, mi ne algapos ĝin daŭre. Mi volas nur ke vi vidu.

– Sed kion do?

Mi estas tute senscia pri ĉio televid-rilata.

– Estas surprizo. Okazos je la oka.

La televidilo sidas apud ni sur la planko dum ni vesper-mangas. Henry rifuzas respondi ajnan demandon pri ĝi, kaj insistas inciteti min demandante kion mi farus se mi havus tre grandan atelieron.

– Kial eĉ pensi pri tio? Mi ja havas kameron por mi. Mi eble okupiĝu pri origamio.

– Nu, sed serioze ...

– Mi ne scias. – Mi volvas langeto-nudelojn sur mian forkon. – Ĉiujn maketojn mi farus centoble pli grandaj. Mi desegnus sur grandaj pecoj de ĉifonpapero, trioble tri metrojn. Mi glitadus sur rulŝuoj de unu fino de la ateliero al la alia. Mi instalus larĝajn kuvojn, kaj japanan sekigan sistemon, kaj etan pulpigilon por fari paperon ...

Min plene kaptas la mensa bildo de ĉi tiu imagita ateliero, sed poste mi rememoras mian realan atelieron kaj levas la ŝultrojn.

– Nu ja bone. Eble, iam.

Ni elturniĝas dank' al la salajro de Henry kaj la interezo de mia fidofonduso, sed por pagi veran atelieron mi devus trovi laboron, tamen tiam ne restus al mi tempo por pasigi en la ateliero. Diabla kaptilo. Ĉiuj miaj artistaj amikoj sopiras monon, aŭ tempon, aŭ ambaŭ. Charisse planas komputilajn program-arojn tage kaj kreas arton nokte. Ŝi kaj Gomez geedziĝos en la venonta monato.

– Kion ni donacu al la ge-Gomezoj por ilia geedziĝo?

– Hm, mi ne scias. Ĉu ne simple ĉiujn espresmaŝinojn kiujn ni mem ricevis?

– Tiujn ni jam interŝanĝis kontraŭ la mikroonda forno kaj la panbakilo.

– Ho, efektive. He, estas preskaŭ jam la oka. Prenu vian

kafon, ni sidiĝu en la salono.

Henry repuŝas sian seĝon kaj peze levas la televidilon, dum mi alportas ambaŭ niajn kafotasojn en la salonon. Li lokas la aparaton sur la kaftablo, kaj post iom da umado per plilongigilo kaj batalo kun la turnobutonoj ni sidas sur la sofo kaj spektas reklamon pri akvolitoj en Kanalo 9. Aspektas kvazaŭ neĝus en tiu montrosalono de akvolitoj.

– Damne – diras Henry, ĵetante rigardon al la ekrano. – En Unique ĝi funkciis pli bone.

La emblemo de la Ilinojsa Loterio ekfulmas sur la ekrano. Henry elfosas el sia pantalonpoŝo blankan paperpeceton kaj transdonas ĝin al mi.

– Prenu ĉi tion.

Loteria bileto.

– Mia dio! Vi tamen ne ...

– Ŝŝ, rigardu!

Post laŭtaj fanfarsonoj, la oficialuloj de la loterio, seriozaj viroj en kompletoj, anoncas la numerojn de la hazarde elektitaj pilketoj kiuj ensaltas unu post la alia en siajn poziciojn sur la ekrano. Jen: 43, 2, 26, 51, 10, 11. Kompreneble ili samas kiel la numeroj sur la bileto miamane. La loteriuloj gratulas nin. Ni ĵus gajnis ok milionojn da dolaroj. Henry malŝaltas la televidilon. Li ridetas.

– Bona truko, ĉu ne?

– Mi ne scias kion diri.

Henry rimarkas ke mi ne saltas pro ĝojo.

– Diru: «Dankon, karulo, ke vi havigas al ni la dolarojn kiujn ni bezonas por aĉeti domon.» Tio laŭ mi tute taŭgus.

– Sed ... Henry ... ĉi tio ne estas realaĵo.

– Kial ne estus? La loteria bileto estas reala. Se vi iros kun ĝi al Katz's Deli, Muso Minnie donos al vi grandan brakumon, kaj la Ŝtato Ilinojso skribos por vi realan ĉekon.

– Sed vi antaŭsciis ...

– Kompreneble. Certe. Mi devis nur elserĉi la numerojn en la morgaŭa gazeto.

– Ni ne povas ... estas trompo.

Henry forte frapas sin sur la frunto.

– Kiel stulta mi! Kiel eblas forgesi ke oni aĉetu la biletojn sen eĉ la plej malgranda ideo pri la venontaj numeroj. Nu, tio estas facile korektebla.

Tra la vestiblo li iras en la kuirejon kaj revenas kun skatolo da alumetoj. Li ekbruligas unu kaj altenas la bileton al la flamo.

– Ne!

Henry blovestingas la alumeton.

– Nenia diferenco, Clare. Ni povus gajni la loterion ĉiu-semajne dum la venonta jaro, se ni emus. Do se estas problemo por vi, ja tute ne gravas.

La bileto jam havas etan brulmarkon ĉe unu angulo. Henry eksidas apud mi sur la sofo.

– Ĉu vi scias kion? Kial ne simple gardi ĉi tion, kaj se vi emos enspezi ĝin, ni faros, kaj se vi decidus doni ĝin al la unua sen-hejmulo renkontata, ankaŭ tion vi povus fari.

– Ne justas!

– Kio ne justas?

– Vi ne povas simple lasi min kun ĉi tiu grandega respondeco.

– Nu, mi estus same tute kontenta en ambaŭ okazoj. Do se vi pensas ke ni trompe elpumpas el la Ŝtato Ilinojso la monon kiun ili trompakiris de laboregantaj ĉiokreduloj, tiam ni simple forgesu la aferon. Mi certas ke ni elpensos alian manieron akiri por vi pli grandan atelieron.

Ho, pli granda ateliero. Nur nun mi ekkomprenas, stulta mi, ke Henry povus gajni la loterion iam ajn; ke li neniam faris tion tial ke ĝi ne estas *normalaĵo*; ke li decidis flankenmeti sian fanatikan sinengaĝon vivi kiel *normala* homo por ke mi havu atelieron sufiĉe grandan por transiri ĝin rulglite; ke mi estas sendanka.

– Clare? Planedo Tero vokas al Clare …

– Dankon – mi diras tro abrupte. Henry levas la brovojn.

– Ĉu tio signifas ke ni enspezos tiun bileton?

– Mi ne scias. Ĝi signifas «dankon».

– Ne dankinde.

Ekestas malkomforta silento.

– He, mi scivolas kio estas en la televido.

– Neĝo.

Henry ekridas, stariĝas kaj tirstarigas min de la sofo.

– Venu, iru ni elspezi nian fi-akiritan gajnon.

– Kien ni iru?

– Mi ne scias.

Henry malfermas la vestoŝrankon, transdonas al mi mian jakon.

– Kio se ni aĉetus aŭton por Gomez kaj Charisse kiel nuptodonacon?

– Mi pensas ke ili donacis al ni vinglasojn.

Ni trotegas malsupren laŭ la ŝtupoj. Ekstere perfektas printempa nokto. Ni staras sur la trotuaro antaŭ nia domo, Henry prenas mian manon, mi rigardas al li, mi levas niajn kunig-itajn manojn, Henry ĉirkaŭturnadas min, kaj baldaŭ ni dancas laŭ avenuo Belle Plaine, sen muziko krom la sono de la preter-zumantaj aŭtoj kaj niaj propraj ridoj, kun la odoro de ĉerizfloroj falantaj kiel neĝeroj sur la trotuaron, dum ni dancas sub la arboj.

CLARE: Ni provadas aĉeti domon. Hejmserĉado estas mirinda okupo. Homoj kiuj neniam ajn invitus onin en sian hejmon, larĝe malfermas sian pordon, permesas al oni rigardi en iliajn ŝrankojn, juĝi ilian tapeton, starigi akrajn demandojn pri iliaj defluiloj.

Henry kaj mi rigardas domojn en tre malsamaj manieroj. Mi trairas ilin malrapide, konsideras la lignajn dompartojn, la elektrajn instalaĵojn, faras demandojn pri la forno, kontrolas ĉu estas akvodamaĝo en la kelo. Henry simple iras rekte al la malantaŭo de la domo, rigardas tra la fenestro, kaj kapskuas al mi. Nia makleristo, Carol, opinias ke li estas frenezulo. Mi diras al ŝi ke li estas fanatikulo pri ĝardenado. Post plena tago ĉi tia, dum ni veturas hejmen el la kontoro de Carol, mi decidas esplori pri la metodo en la frenezo de Henry.

– Kion diable – mi demandas ĝentile – vi faras ĉiufoje?

Henry respondas embarasite.

– Nu, mi ne estis certa ĉu vi volas tion scii, sed mi jam vizitis nian estontan hejmon. Mi ne scias kiam, sed mi estis – estos – tie en iu bela aŭtuna tago, dum malfrua posttagmezo. Mi staris ĉe fenestro funde de la domo, apud tiu tableto kun marmora plato kiun vi havas de via avino, kaj mi rigardis trans la korton, trans la fenestron de brika konstruaĵo, kiu ŝajnis esti via ateliero. Vi estis produktanta paperfoliegojn. Ili estis bluaj. Vi portis flavan kaptukon por reteni viajn harojn, verdan sveteron, vian kutiman kaŭĉukan antaŭtukon kaj tiel plu. En la korto staras vinbera pergolo. Mi pasigis tie eble du minutojn. Do mi simple provas reprodukti tiun vidimpreson, kaj kiam mi sukcesos, supozeble tiu estos nia domo.

– Diable, kial vi ne menciis tion? Nun mi sentas min stulta.

– Vi ne havas kialon. Mi nur pensis ke vi ĝuos procedi laŭ la regula maniero. Mi celas diri ke vi ŝajnis tiel zorgema pri detaloj, vi legis ĉiujn librojn pri la temo, kaj mi pensis ke vi preferos, kiel diri, elekti el la oferto, anstataŭ ke ĉio okazu pro neeviteblo.

– Iu ja devas fari la demandojn pri termitoj, pri asbesto, lignoputro, pri la cisterna pumpilo ...

– Ĝuste. Do ni daŭrigu kiel ni jam faras, kaj certe ni alvenos aparte al niaj reciprokaj konkludoj.

Tio fine efektive okazas, kvankam nur post kelkaj streĉaj momentoj. Min absolute ravas vera raraĵo en East Roger's Park, kiu estas terura kvartalo ĉe la norda urborando. La domego estas Viktorina monstro sufiĉe granda por familio kun dek du anoj kaj iliaj servistoj. Mi jam scias eĉ antaŭ ol demandi ke ĝi ne estas nia hejmo; Henry aspektas konsternita jam antaŭ ol trairi la ĉefpordon. La domkorto malantaŭe estas parkejo por grandega apoteko. Interne videblas la potencialo por vere bela domo: altaj plafonoj, kamenoj kun marmoraj kamenbretoj, ornamitaj lignaj paneloj ...

– Bonvolu ... – mi petegas. – Ĝi estas tiel nekredebla.

– Precize: nekredebla. Oni seksperfortus kaj prirabus nin unufoje semajne se ni loĝus en tiu umo. Plie, ĝi bezonus kompletan renovigon, modernajn dratojn, akvotubojn, novan fornon, verŝajne ankaŭ tegmenton ... Tute simple: ne estas ĝi.

Li parolas finofare, per la voĉo de homo kiu vidis la estontecon, kaj ne planas fuŝi ĝin. Mi paŭtas dum pluraj tagoj post tio. Henry kunvenigas min al suŝiejo:

– Mia trezoro! Mia amo! Angulo de mia koro! Parolu al mi.

– Mi ne parolas al vi.

– Mi scias. Vi paŭtas. Kaj mi ŝatus se vi ne paŭtus pri mi, precipe ĉar mi simple aplikis komunan saĝon.

Alpaŝas la kelnerino, kaj ni haste konsultas la menuon.

Mi ne volas kvereli en Katsu, mia plej ŝatata suŝiejo, loko kie ni ofte manĝas. Mi pripensas ke Henry ja kalkulas kun tio, kaj kun la feliĉo kiun suŝio mem donas, por pacigi min. Ni mendas salaton *goma-ae*, *hiziki*-algojn, suŝiojn *futomaki* kaj *kappamaki*, kaj imponan aron da krudaĵoj sur rektanguletoj el rizo. Kiko, la kelnerino, malaperas kun nia mendo.

– Mi ne koleras vin.

Tio estas preskaŭ vera. Henry levas unu brovon.

– En ordo, sed kio misas tiam?

– Ĉu vi tute certas ke la loko kiun vi vizitis estas nia hejmo? Kio se vi eraras kaj ni rifuzas ion vere bonegan nur ĉar ĝi ne havas la ĝustan elvidon al la korto?

– Ĝi enhavis terure multe da niaj aĵoj por ne esti nia hejmo. Mi koncedas ke eble ne temas pri nia unua hejmo: mi ne sufiĉe proksimis al vi por vidi vian aĝon. Sufiĉe juna vi ŝajnis, sed eble vi estis nur bone konservita. Tamen, mi ĵuras al vi ke la loko estas vere agrabla, kaj ĉu ne estus bonege havi atelieron malantaŭ tia domo?

Mi suspiras.

– Certe estus. Ho, Dio, kiom mi dezirus povi filmi kelkajn el viaj ekskursoj! Mi ŝatus vidi ĉi tiun lokon. Ĉu ne eblis rigardi la adreson, kiam vi estis ie?

– Pardonu, mi nur fulme vizitis.

Foje mi pretus doni ĉion ajn por malfermi la cerbon de Henry kaj rigardi liajn memorojn kiel filmon. Mi memoras kiam mi unue lernis uzi komputilon: mi aĝis dek kvar, kaj Mark provis instrui min desegni per lia Makintoŝo. Post deko da minutoj mi volis puŝi miajn manojn tra la ekrano por atingi la realaĵon tie, kio ajn ĝi estis. Mi ŝatas fari aferojn rekte, tuŝi la teksturojn, vidi la kolorojn. Serĉadi hejmon kun Henry frenezigas min. Estas kiel stiri unu el tiuj teruraj lud-aŭtoj kun teleregilo. Mi ĉiam pelas ilin kontraŭ murojn. Intence.

– Henry ... Ĉu ĝenus vin se dum kelka tempo mi irus sola rigardi domojn?

– Nu, jes, kial ne ... – Li ŝajnas iomete vundita. – Se vi vere volas ...

– Nu, en la fino ni ĉiuokaze trovos tiun lokon, ĉu ne? Mi volas diri: ŝanĝiĝos nenio.

– Prave. Jes, ne atentu min. Sed provu ne enamiĝi al pliaj hororpalacoj, ĉu bone?

En la fino, mi trovas ĝin post proksimume monato kaj dudeko da domoj. Ĝi estas en Ainslie, en placo Lincoln, ruĝbrika bangalo konstruita en 1926. Carol malfermas la ŝlosilkeston kaj luktas kun la seruro, kaj kiam la pordo malfermiĝas, mi havas la superfortan senton ke jen io taŭga ... Mi tuj marŝas rekte al la fenestro malantaŭe, rigardas al la korto, kaj jen mi vidas mian estontan atelieron, kaj la vinberan pergolon. Mi turnas min, Carol alrigardas min esplore, kaj mi diras:

– Ni aĉetas ĝin.

Ŝi estas pli ol iom surprizita.

– Ĉu vi eĉ ne volas vidi la ceteron de la domo? Kaj kion pri via edzo?

– Ho, li jam vidis ĝin. Sed jes, certe, ni trarigardu.

Sabaton, la 9-an de julio 1994
(Henry aĝas 31, Clare aĝas 23)

HENRY: Hodiaŭ estis la Translokiĝa Tago. La tutan tagon varmegis; la ĉemizoj de la translokistoj gluiĝis al la korpoj dum ili ŝtuparis al nia loĝejo ĉi-matene, ridetante pro la supozo ke duĉambra apartamento estos leĝera tasko, finebla antaŭ tagmanĝo. La ridetoj malaperis kiam ili staris en nia salono kaj ekvidis la pezajn Viktorinajn meblojn de Clare kaj miajn sepdek ok skatolojn da libroj. Nun estas mallume, Clare kaj mi vagas tra la domo, tuŝas la murojn, pasigas niajn manojn sur la ĉerizlignaj fenestrobretoj. Niaj nudaj piedoj frapsonas sur la ligna planko. Ni fluigas akvon en la bankuvon kun krifaj piedoj, ŝaltas kaj malŝaltas la brulilojn de la peza Universal-forno. La fenestroj malhavas kurtenojn; ni ne lumigas, kaj stratlampo verŝas sian lumon sur la malplenan kamenon tra la polvokovrita vitro. Clare iras de ĉambro al ĉambro, karesas sian domon, nian domon. Mi sekvas ŝin, rigardante kiel ŝi malfermas ŝrankojn, fenestrojn, komodojn. Ŝi staras piedpinte en la manĝoĉambro, tuŝas per fingropinto la gravuritan vitron de la lustro. Poste ŝi demetas sian ĉemizon. Mi pasigas mian langon sur ŝiaj mamoj. La domo envolvas nin, rigardas nin, kontemplas nin, dum ni amoras en ĝi la unuan fojon, la unuan el multaj fojoj, kaj poste, dum ni kuŝas elĉerpitaj sur la nuda planko, kun skatoloj ĉirkaŭe, mi sentas ke ni trovis nian hejmon.

CLARE: En la humida, glueca varma posttagmezo dimanĉa Henry, Gomez kaj mi umas libere en Evanston. La matenon ni pasigis sur la Plaĝo de la Lumturo, ludante en Miĉiganlago kaj rostante nin sub la suno. Gomez volis entombigon en la sablo, do Henry kaj mi obeis lian deziron. Ni manĝis nian piknikaĵon kaj dormetis. Nun ni promenas sur la ombra flanko de strato Church, lekante oranĝan glaciaĵon, ebrietaj pro la suno.

– Clare, viaj haroj plenas de sablo – diras Henry. Mi haltas, klinas min kaj batas miajn harojn kiel oni frappurigas tapiŝon. Tuta strando da sablo elfalas el ĝi.

– Miaj oreloj plenas de sablo. Kaj miaj nemencieblaĵoj – informas Gomez.

– Mi volonte donos baton sur vian kapon, sed la ceteron vi devos mem prizorgi – mi reagas. Leviĝas venteto, kaj ni elmetas niajn korpojn al ĝi. Mi faras harvolvaĵon sur mia verto, kaj tuj fartas pli bone.

– Kion ni faru poste? – enketas Gomez. Henry kaj mi interŝanĝas rigardojn.

– Bookman's Alley – ni ĉantas unuvoĉe. Gomez ĝemas.

– Ho, Dio! Ne librovendejon! Sinjoro, Sinjorino, kompatu vian humilan serviston!

– Bookman's Alley, do – diras Henry senzorge.

– Nur promesu al mi ke ni ne pasigos tie pli ol, nu, ekzemple, tri horojn …

– Mi pensas ke ili fermiĝas je la kvina – mi diras al li, – kaj jam estas 2:30.

– Vi povus iri trinki bieron – proponas Henry.

– Mi pensis ke Evanston estas senalkohola.

– Mi kredas ke ili ŝanĝis tion. Se vi povas pruvi ke vi ne estas membro de Kristana Asocio de Junaj Viroj, vi rajtas trinki bieron.

– Mi venos kun vi. Ĉiuj por unu kaj unu por ĉiuj.

Ni turnas nin al strato Sherman, pasas preter tio kio antaŭe estis la grandmagazeno Marshall Field sed nun vendas sport-ŝuojn, preter la antaŭa Teatro Varsity, nuna vendejo Gap. Ni turnas nin en strateton inter florvendisto kaj ŝuriparejo, kaj jen ĝi, Bookman's Alley. Mi puŝas la pordon malferma, kaj nia trupo invadas la malhelan, malvarmetan butikon kvazaŭ ni falus en la pasintecon. Roger sidas malantaŭ sia senorda skribotablo kaj babilas kun ruĝvanga, blankhara sinjoro pri io rilata al ĉambra muziko. Li ekridetas ĉe nia vido.

– Clare, mi havas ion kio plaĉos al vi – li anoncas. Henry direktas sin tuj al la fundo de la butiko, kie troviĝas ĉio pri presado kaj bibliofilaĵoj. Gomez meandras ĉirkaŭe, rigardante la strangajn objektetojn enŝovitajn en la diversajn sekciojn: jen selo ĉe Vakeraĵoj, ĉapo de Ŝerloko Holmso ĉe Misteroj. Li prenas gumbombononon el la grandega bovlo en la infana sekcio, sen rimarki ke tiuj bombonoj estas tie de pluraj jaroj kaj povas kaŭzi doloran sperton. La libro kiun Roger havas por mi estas nederlanda katalogo de dekoraciaj paperoj, kun veraj specimenoj aldonitaj. Mi tuj vidas ke temas pri aŭtenta trovaĵo, do mi metas ĝin sur la tablon por ekkonstrui la stakon da aĵoj kiujn mi volas. Poste mi komencas sonĝeme trarigardi la bretojn, enspirante la profundan polvecan odoron de papero, gluo, malnovaj tapiŝoj kaj ligno. Mi vidas ke Henry sidas surplanke en la Arta sekcio kun io malfermita sur la genuoj. Li estas sunbruligita, kaj liaj haroj elstaras en ĉiuj direktoj. Mi ĝojas ke li tondis ilin. Kun mallongaj haroj li aspektas nun pli simila al si mem. Dum mi rigardas lin, li levas manon por turni harfaskon ĉirkaŭ fingro, rimarkas ke la haroj nun tro mallongas por tio, kaj gratas sian orelon. Mi volus tuŝi lin, trapasigi miajn manojn tra liaj amuzaj haroj suprenstaraj, sed anstataŭe mi turnas min por perdiĝi en la sekcio Vojaĝoj.

HENRY: Clare staras en la ĉefa lokalo apud grandega stako da libroj freŝe alvenintaj. Roger ne tre ŝatas se homoj manumas artiklojn ankoraŭ sen prezo, sed mi rimarkis ke al Clare li lasas fari preskaŭ ĉion ajn en lia butiko. Ŝi alklinas la kapon al malgranda ruĝa libro. Ŝia hararo provas eskapi el la bobeno sur la verto, kaj unu ŝelko de ŝia somera robeto pendas de ŝia ŝultro, montrante iom el ŝia bankostumo. Ĉi tio estas tiel kortuŝa, tiel potenca, ke mi sentas urĝan bezonon ŝin aliri, ŝin tuŝi, eble eĉ, se neniu rigardas, ŝin mordi, sed samtempe mi ne volas ke ĉi tiu momento finiĝu – kaj subite mi rimarkas ke Gomez, kiu staras en la sekcio Misteroj, rigardas al Clare kun mieno tiel precize spegulanta miajn proprajn sentojn ke mi ne povas ne kompreni …

En ĉi tiu momento, Clare levas la rigardon al mi kaj diras:

– Henry, rigardu, jen Pompejo!

Ŝi etendas al mi la etan libron da bildkartoj, kaj io en ŝia voĉo diras: «Vidu, mi elektis vin». Mi alpaŝas ŝin, metas brakon ĉirkaŭ ŝiajn ŝultrojn, rektigas la falintan ŝelkon. Kiam mi levas la rigardon sekundon poste, Gomez jam turnis al ni sian dorson kaj atente esploras la titolojn de Agatha Christie.

CLARE: Mi lavas telerojn, dum Henry kubetigas kapsikojn. Tre rozkolora suno subeniras super la januara neĝo en nia korto dum ĉi tiu dimanĉa fruvespero. Ni preparas *chili con carne* kaj kantas *Flava submarŝipo*:

En vilaĝo ĉe la mar',

vivis olda vir', kapitan' …

Cepoj siblas en pato sur la forno. Dum ni kantas *Amikaro sur ferdek'*, mi subite aŭdas mian voĉon ekflosi sola: mi turnas min, jen la vestaĵoj de Henry kuŝas en bulo, kaj la trançilo sur la kuireja planko. Duonkapsiko ankoraŭ iom balanciĝas sur la haktabulo. Mi estingas la kuirfajron kaj kovras la cepojn. Mi sidiĝas apud la amaseto da vestaĵoj, kolektas ilin brakume, ankoraŭ varmajn pro la korpo de Henry, kaj plu sidas tenante ilin, ĝis la tuta varmo jam estas tiu de mia propra korpo. Poste mi ekstaras kaj iras en nian dormoĉambron, zorge faldas la vestaĵojn kaj metas ilin sur nian liton. Poste mi daŭrigas pri la vespermanĝo kiel eble plej bone, kaj manĝas ĝin sola, en atendo, meze de pripensoj.

Vendredon, la 3-an de februaro 1995
(Clare aĝas 23, Henry aĝas 31 kaj 39)

CLARE: Gomez, Charisse, Henry kaj mi sidas ĉirkaŭ nia manĝo-tablo kaj ludas Modernan Kapitalisman Cerbotordon, elpensitan de Gomez kaj Charisse. Ni ludas ĝin per la ilaro de la tabulludo Monopolo. Dum la ludo oni respondas demandojn, akiras poentojn, amasigas monon kaj ekspluatas la kunludantojn. Sekvas la vico de Gomez. Li skuas la ĵetkubojn, faras seson, kaj alteriĝas sur Komuna Kofro. Li eltiras karton.

– Atentu ĉiuj. Kiun inventaĵon de la moderna teknologio vi pretus malestigi por la bono de la socio?

– Televidon – mi diras.

– Postlavan moligilon – diras Charisse.

– Movdetektilojn – impetas Henry.

– Kaj mi diras: pulvon.

– Pulvo ne vere estas modernaĵo – mi kontraŭas.

– Bone. Tiam malmuntu la muntoĉenon.

– Oni ne rajtas doni du respondojn – atentigas Henry.

– Mi ja donas. Kaj cetere, kia idiota respondo estas «mov-detektiloj»?

– La movdetektiloj en la magazeno de Newberry daŭre perfidas min. Ĉi-semajne dufoje mi trovis min en la magazeno post labortempo, kaj apenaŭ mi aperas tie, la gardisto jam tuj kontrolas de supre. Frenezigas min.

– Mi pensas ke la malinvento de movosensiloj ne multe influus la sorton de la proletaro. Clare kaj mi ambaŭ ricevas po dek poentojn pro ĝustaj respondoj, Charisse ricevas kvin poentojn pro kreemo, kaj Henry retropaŝas tri kvadratojn pro prefero de la individua bezono super la kolektiva bono.

– Sekve: mi revenas al la startopunkto. Donu al mi ducent dolarojn, bankisto.

Charisse donas al Henry lian monon.

– Ups – diras Gomez. Mi ridetas al li. Estas mia vico. Mi ĵetas kvaron.

– Placo de Bjalistoko. Mi aĉetos ĝin.

Por aĉeti ion ajn mi devas ĝuste respondi demandon. Henry eltiras unu el la stako Ŝanco.

– Kun kiu vi preferus vespermanĝi kaj kial: kun Adam Smith, Karlo Markso, Rosa Luxembourg, aŭ Alan Greenspan?

– Kun Rosa.

– Kial?

– Pro plej interesa morto.

Henry, Charisse kaj Gomez interkonsiliĝas, kaj konsentas ke mi rajtas aĉeti Placon de Bjalistoko. Mi transdonas al Charisse la sumon, kaj ŝi donas al mi la posedakton. Henry skuas la kubojn kaj alteriĝas sur Enspez-imposto. Tiu kategorio havas siajn proprajn specialajn kartojn. Ni ĉiuj streĉiĝas pro antaŭtimo. Li legas la karton:

– Granda Salto Antaŭen.

– Damne!

Ĉiu el ni transdonas al Charisse ĉiujn niajn nemoveblaĵojn, kaj ŝi remetas ĉiom en la posedaĵojn de la Banko, aldonante siajn proprajn.

– Finite do pri Placo de Bjalistoko.

– Mi bedaŭras.

Henry progresas ĝis duono de la tuta ludo, trovante sin sur Avenuo de Madrido.

– Mi aĉetas ĝin.

– Kompatinda eta Avenuo de Madrido! – lamentas Charisse. Mi eltiras karton el la stako Senpaga Parkado.

– Kiom estas la kurzo de la japana eno kontraŭ la dolaro hodiaŭ?

– Neniu ideo. De kie venis tiu demando?

– De mi – ridetas Charisse.

– Kio estas la respondo?

– 99,8 enoj por unu dolaro.

– Bone. Mi ne ricevos Avenuon de Madrido. Via vico.

Henry donas la ĵetkubojn al Charisse. Ŝi rulas kvaron kaj trovas sin en Krokodilejo. Ŝi elektas karton, kiu informas ŝin pri ŝia krimo: «delikto per internaj informoj». Ni ridas.

– Tio estus pli karakteriza por vi du – komentas Gomez. Henry kaj mi modeste ridetas. Ni furoras en la borso nuntempe. Por eliri el Krokodilejo, Charisse devas respondi al tri demandoj. Gomez elektas karton el la stako Ŝanco.

– Jen la tut-unua demando: nomu du famajn artistojn kiujn Trockij konis en Meksiko.

– Diego Rivera kaj Frida Kahlo.

– Bone. Kaj jen venas la dua demando: Kiom Nike pagas al siaj vjetnamaj laboristoj tage por produkti tiujn ridinde multe-kostajn sportŝuojn?

– Ho Dio, kiel mi sciu ... Ĉu tri dolarojn? Dek cendojn?

– Kio estas via respondo?

Aŭdiĝas frakasbruo el la kuirejo. Ni ĉiuj eksaltas.

– Sidiĝu! – diras Henry tiel emfaze ke ni obeas. Li kuras en la kuirejon. Charisse kaj Gomez rigardas min surprizite. Mi skuas la kapon:

– Mi ne scias.

Sed mi ja scias. Aŭdiĝas mallaŭta murmuro kaj ĝemo. Charisse kaj Gomez senmove aŭskultas. Mi ekstaras kaj mallaŭte sekvas Henry.

Li genuas sur la planko, tenante viŝtukon kontraŭ la kapo de la nuda viro kuŝanta sur la linoleumo, kiu kompreneble estas Henry. Nia ligna telerŝranko kuŝas surflanke: la vitro elrompiĝis, ĉiuj pladoj frakasiĝis disŝutite. Henry kuŝas meze de la kaoso, sangante kaj vitrokovrite. Ambaŭ Henry rigardas min, unu kompatveke, la alia urĝante. Mi genuiĝas fronte al Henry, super Henry.

– El kie venas tiom da sango? – mi flustras.

– Mi pensas ke ĉiom fluas el la kaphaŭto – reflustras Henry.

– Ni voku ambulancon! – mi diras. Mi komencas elprenadi la vitrerojn el la brusto de Henry. Li fermas la okulojn kaj diras:

– Ne faru!

Mi haltas.

– Sankta dieto!

Gomez staras en la pordo. Mi vidas malantaŭ li Charisse sur piedpintoj, provante vidi super lia ŝultro.

– Hu! – ŝi diras, puŝante sin preter Gomez. Henry ĵetas bantukon super la pudendon de sia kuŝanta duoblulo.

– Ho, Henry, pri tio ne zorgu, mi desegnis milionon da modeloj ...

– Mi nur provas konservi iom da intimeco – respondas seke Henry. Charisse retiriĝas kvazaŭ li vangofrapis ŝin.

– Aŭskultu, Henry ... – murmuras Gomez.

Mi ne kapablas pensi kun tiom da ĝenaĵoj.

– Ĉiuj bonvolu silenti! – mi postulas iritite. Je mia surprizo ili obeas.

– Kio okazas? – mi demandas de Henry, kiu kuŝas sur la

planko grimacante kaj penas ne moviĝi. Li malfermas la okulojn kaj rigardas min dum momento antaŭ ol respondi.

– Mi foriros post kelkaj minutoj – li fine mallaŭtas. Li rigardas al Henry. – Mi volas trinki.

Henry eksaltas kaj revenas kun fruktosuka glaso plena je viskio. Mi subtenas la kapon de Henry, kaj li sukcesas gluti ĉirkaŭ trionon.

– Ĉu estas prudente ...? – demandas Gomez.

– Mi ne scias. Ne gravas al mi – Henry certigas lin de sur la planko. – Doloras kiel mil diabloj.

Li anhelas.

– Paŝu for! Fermu la okulojn!

– Sed kial ...? – ekas Gomez. Henry konvulsias sur la planko kvazaŭ pro elektrokuto. Lia kapo skuiĝas supren-suben, dum li krias:

– Clare!

Mi fermas la okulojn. Ni aŭdas bruon kvazaŭ de disŝirata litotuko, sed multe pli laŭtan, sekvatan de kaskado da vitreroj kaj porcelaneroj ĉie, kaj Henry estas malaperinta.

– Ho, Dio mia! – krias Charisse. Henry kaj mi rigardas unu la alian. *Ĉi tio estis io malsama, Henry. Io perforta kaj malbela. Kio okazas al vi?* Lia palega vizaĝo perfidas al mi ke ankaŭ li ne scias. Li ekzamenas ĉu restis vitreroj en la viskio, sed fine glutas ĝin.

– Kio okazis al la vitro? – demandegas Gomez, brosante sin zorge per la manoj. Henry ekstaras, proponas al mi sian manon. Li estas kovrita de fajna nebulo el sango kaj pecetoj da vazoj kaj vitro. Mi stariĝas kaj rigardas al Charisse. Aperis granda tranĉo sur ŝia vizaĝo; sango fluas laŭ ŝia vango kiel larmo.

– Ĉio kio ne estas parto de mia korpo, postrestas surloke – Henry klarigas. Li montras al ili la breĉon kie unu lia dento estis eltirita, ĉar la plombo daŭre perdiĝadis.

– Do, kiamen ajn mi revenis ĵus, la vitraĵoj almenaŭ ĉiom malaperis, neniu devos longe elprenadi eron post ero per pinĉilo ...

– Ili ne, sed ni ja devos – komentas Gomez, milde eligante vitreron el la haroj de Charisse. Kaj li ne malpravas.

SCIENCFIKCIO EN LA BIBLIOTEKO

Merkredon, la 8-an de marto 1995
(Henry aĝas 31)

HENRY: Matt kaj mi kaŝludas en la magazeno de la Specialaj Kolektoj. Li serĉas min ĉar ni laŭplane faros prelegan prezenton pri kaligrafio al kontrolkonsiliano de Newberry kaj ŝia Klubo de Libro-arto por Sinjorinoj. Mi kaŝas min de li ĉar mi provas surkorpigi ĉiujn miajn vestaĵojn antaŭ ol li min trovos.

– Venu, Henry, ili jam atendas – Matt vokas de ie en «Fruaj usonaj afiŝoj». Mi surtiras mian pantalonon en «Artismaj libroj francaj de la dudeka jarcento».

– Donu unu minuton, mi nur volas trovi iun aĵon – mi rekrias. Mi notas mense ke mi lernu ventroparoladon por okazoj kiel ĉi tiu. La voĉo de Matt proksimiĝas:

– Vi scias ke sinjorino Connelly freneziĝos, forgesu tion, ni eliru...

Li enŝovas sian kapon en mian interbretejon ĝuste kiam mi butonumas mian ĉemizon.

– Kion vi faras?

– Pardonu?

– Vi denove umadis nuda en la magazeno, ĉu ne?

– Hu, eble.

Mi provas soni senĝene.

– Jesuo, Henry! Donu al mi la ĉaron.

Matt kaptas la libroŝarĝitan ĉaron kaj komencas forruli ĝin al la Legoĉambro. La peza metala pordo malfermiĝas kaj sin refermas. Mi surmetas la ŝtrumpetojn kaj la ŝuojn, nodas mian kravaton, senpolvigas mian jakon kaj surdorsigas ĝin. Poste mi eliras en la Legoĉambron, ekstaras fronte al Matt ĉe la alia fino de la longa lerneja tablo, ĉirkaŭ kiu sidas mezaĝaj riĉaj sinjorinoj, kaj mi komencas diskursi pri la diversaj tiparoj de la literdezajna geniulo Rudolf Koch. Matt dismetas feltopecojn sur la tablo, malfermas foliujojn kaj interdiras inteligentaĵojn pri Koch: antaŭ ol la horo finiĝas, jam ŝajnas ke eble li ne mortigos min ĉi-foje. La kontentaj sinjorinoj fortrotas al sia tagmanĝo. Matt kaj mi ĉirkaŭiras la tablon, remetas la librojn en ties skatolojn kaj sur la ĉaron.

– Mi bedaŭras pro la malfruo – mi diras.

– Nu, se vi ne estus brila – Matt respondas, – ni jam de longe tanus vian haŭton kaj uzus ĝin por rebindi *Das Manifest der Nacktkultur*.

– Tia libro ne ekzistas.

– Ĉu vi volas veti?

– Ne.

Ni repuŝas la ĉaron al la magazeno kaj komencas resurbretigi la foliujojn kaj librojn. Mi invitas Matt al tagmanĝo ĉe Beau Thai, kaj ĉio estas, kvankam ne forgesita, tamen pardonita.

Mardon, la 11-an de aprilo 1995
(Henry aĝas 31)

HENRY: Ekzistas ŝtuparejo en Biblioteko Newberry kiun mi timas. Ĝi situas proksime al la orienta fino de la longa koridoro kiu trakuras ĉiun el la kvar etaĝoj, disigante la legoĉambrojn de la magazenoj. Ĝi ne estas grandioza, malsame al la ĉefa ŝtuparejo kun ties marmoraj ŝtupoj kaj ĉizitaj balustradoj. Mankas al ĝi fenestroj. Ĝi havas fluoreskajn lumojn, betonblokajn murojn, betonŝtuparojn kun flavaj sekurec-strioj. Sur ĉiu etaĝo estas metalaj pordoj senfenestraj. Sed ne ĉio ĉi timigas min. Tio kion mi neniom ŝatas pri ĉi tiu ŝtuparejo, estas la Kaĝo.

La Kaĝo altas kvar etaĝojn kaj situas laŭlonge de la tuta ŝtupareja mezo.

Unuavide ĝi aspektas kiel liftoŝakto, sed lifto ne enestas kaj neniam estis. Ŝajne neniu ĉe Newberry scias kion celas la Kaĝo aŭ kial ĝi estis instalita. Laŭ mia supozo ĝi servas por malhelpi ke homoj ĵetu sin el la ŝtuparo kaj trafu la fundon en ruina stato. Farbita flavgriza, la Kaĝo estas el ŝtalo. Dum mia unua labor-tago, Catherine ĉiĉeronis min al ĉiuj loketoj kaj anguletoj de Newberry. Ŝi fiere montris al mi la magazenon, la salonon de artefaktoj, en la orienta magazen-kluzo la eksteruzan lokalon kie Matt ekzercas sin pri kantado, la konsterne senordan oficĉelon de McAllister, la laborniĉojn de esploristoj, la kantinon por la kun-laborantaro. Kiam Catherine malfermis la pordon al la ŝtuparejo, survoje al la Konservejo, min kaptis momento da paniko. Mi ekvidis la dense krucitajn dratmaŝojn de la Kaĝo kaj retropaŝis kiel kalcitra ĉevalo.

– Kio estas tio? – mi demandis al Catherine.

– Tio estas la Kaĝo – ŝi respondis senĝene.

– Ĉu iaspeca lifto?

– Ne, simple nur kaĝo. Mi ne pensas ke ĝi servas ajnan celon.

– Hm.

Mi aliris ĝin, enrigardis.

– Ĉu estas pordo tie malsupre?

– Ne. Ne eblas eniri ĝin.

– Hm.

Ni supreniris la ŝtuparon kaj daŭrigis nian viziton. Ekde tiam mi evitis uzi tiun ŝtuparejon. Mi provas ne pensi pri la Kaĝo; mi ne volas pligrandigi ĝian signifon. Sed se mi iam trafus en ĝin, mi ne kapablus eliri.

Vendredon, la 9-an de junio 1995
(Henry aĝas 31)

HENRY: Mi materiiĝas sur la planko de la personara vira necesejo sur la kvara etaĝo de Newberry. Mi forestis dum tagoj, perdita en 1973, en kampara Indianio, kaj mi estas laca, malsata kaj nerazita; plej malbone, mi havas nigraĵon ĉe okulo kaj ne trovas miajn vestojn. Mi ekstaras kaj enŝlosas min en ĉelo, sidiĝas kaj pensas. Dum mia pripensado iu eniras, malzipas, staras antaŭ urinejo pisante. Fininte, li zipas, restas stari momenton, kaj hazarde ĝuste tiam mi ternas.

– Kiu tie? – demandas Roberto. Mi sidas en silento. Tra la spaco inter la pordo kaj la planko mi vidas ke Roberto profunde klinas sin kaj rigardas sub la pordo al miaj piedoj.

– Henry? Mi diros al Matt alporti viajn vestaĵojn. Bonvolu surmeti ilin kaj veni al mia oficejo.

Mi englitas angile en la oficejon de Roberto kaj sidiĝas transflanke de lia labortablo. Dum li telefonas, mi ŝtelrigardas al lia kalendaro. Estas vendredo. La horloĝo super la tablo montras 2:17. Mi forestis iom pli ol dudek du horojn. Roberto milde remetas la aŭskultilon kaj turnas sin por alrigardi min.

369

– Fermu la pordon – li diras. Nura formalaĵo, ĉar la vandoj de niaj oficejoj fakte ne atingas ĝis la plafono, tamen mi obeas. Roberto Calle estas eminenta klerulo pri la itala renesanco kaj la estro de la Specialaj Kolektoj. Ordinare li estas plej serena homo, bonkora barbulo optimisme instiga; nun li rigardas min malgaje super siaj dufokusaj lensoj kaj diras:

– Tio ĉi estas vere neakceptebla, vi ja scias.

– Jes – mi diras. – Mi scias.

– Ĉu mi rajtas demandi kiel vi akiris tiun sufiĉe imponan nigraĵon ĉe la okuloj?

La voĉo de Roberto sonas morne.

– Mi kredas ke mi trafis arbon.

– Kompreneble. Kiel stulte ke mi ne pensis pri tio.

Ni sidas kaj rigardas unu la alian. Roberto diras:

– Hieraŭ mi hazarde rimarkis ke Matt eniras vian oficejon portante amason da vestaĵoj. Ĉar ne estis la unua fojo kiam mi vidis Matt cirkuli kun vestaĵoj, mi demandis al li kie li akiris la ĉi-fojan aron, kaj li respondis ke li trovis ĝin en la vira necesejo. Mi do demandis kial li sentis sin devigita transporti ĉi tiun vestaĵ-aron al via oficejo, kaj li diris ke ĝi aspektas simila al tio kion vi surhavis, kaj efektive tiel estis. Kaj ĉar neniu povis trovi vin, ni simple lasis la vestaĵojn sur via skribotablo.

Li paŭzas kvazaŭ mi devus ion diri, sed nenio taŭga venas al mi en la kapon. Li daŭrigas:

– Ĉi-matene Clare alvokis kaj diris al Isabelle ke vi havas gripon kaj ne venos labori.

Mi apogas la kapon per unu mano. La okulo dolore pulsas.

– Kian klarigon vi povas doni? – postulas Roberto. Estas tente diri: Roberto, mi blokiĝis en 1973, daŭre ne povis foriri el Muncie, Indianio, dum tagoj mi vivis en garbejo, kaj fine ties posedanto regalis min per bastono, ĉar li supozis ke mi provas malvirtigi liajn ŝafojn. Sed kompreneble ĉi tion mi ne povas diri. Mi elbuŝigas:

– Mi ne vere memoras, Roberto. Mi bedaŭras.

– Hm. Tiam ŝajnas ke Matt gajnis la veton.

– Kiun veton?

Roberto ridetas, kaj mi pensas ke eble li ne maldungos min.

– Matt vetis ke vi eĉ ne provos klarigi. La veto de Amelia estis ke forkaptis vin eksterteranoj. Isabelle vetis ke vi estas enplektata en internacian narkotaĵ-kartelon, kiu mafie kidnapis kaj murdis vin.

– Kio pri Catherine?

– Ho, Catherine kaj mi estas konvinkitaj ke ĉion ĉi kaŭzas iu nedireble bizara seksa perversio, en kiu rolas nudeco kaj libroj.

Mi profunde enspiras.

– Ĝi pli similas al epilepsio – mi deklaras. Roberto aspektas skeptika.

– Epilepsio? Vi malaperis hieraŭ posttagmeze. Vi havas nigron ĉe okulo kaj grataĵojn ĉie sur la vizaĝo kaj la manoj. Hieraŭ mi igis nian sekurservon priserĉi la konstruaĵon de la tegmento ĝis la kelo por vin trovi; ili diras al mi ke vi kutimas demeti viajn vestaĵojn en magazenoj.

Mi fiksrigardas miajn ungojn. Kiam mi levas la okulojn, Roberto jam elrigardas tra la fenestro.

– Mi ne scias kion fari pri vi, Henry. Mi malamus perdi vin; kiam vi ĉeestas, plene vestita, tiam vi kapablas esti sufiĉe ... kompetenta. Sed ĉi tio simple ne plu eblas!

Ni sidas kaj rigardas unu la alian dum pluraj minutoj. Roberto cedas:

– Diru al mi ke ĉi tio ne okazos denove.

– Mi ne povas. Mi ja vere volus povi.

Roberto suspiras, kaj svingas manon pordodirekte.

– Foriru. Iru katalogi la Kolekton Quigley, tiel dum iom da tempo vi restos ekster problemoj.

(Kolekto Quigley, lastatempe donacita, konsistas el pli ol du mil pecoj da Viktorinaj efemeraĵoj, plejparte rilataj al la temo «sapo».) Mi obee kapjesas kaj ekstaras. Dum mi malfermas la pordon, Roberto diras:

– Henry, ĉu la afero estas tiom malbona ke vi ne povas diri al mi?

Mi hezitas.

– Jes – mi respondas. Roberto silentas. Mi fermas la pordon malantaŭ mi kaj paŝas al mia oficejo. Matt sidas ĉe mia skribotablo, transskribas erojn el sia kalendaro en la mian. Li levas la rigardon je mia eniro.

– Ĉu li maldungis vin?

– Ne.

– Kial ne?

– Neniu ideo.

– Strange. Cetere, mi faris vian prelegon por la Asocio de Ĉikagaj Librobindemuloj.

– Dankon. Ĉu mi invitu vin al tagmanĝo morgaŭ?

– Nepre.

Matt konsultas la kalendaron antaŭ si.

– Ni havos prelegan prezenton por studentoj el Columbia pri la historio de tipografio post kvardek kvin minutoj.

Mi kapjesas kaj provas trovi sur mia skribotablo la liston de aĵoj kiujn ni montros.

– Henry?

– Jes?

– Kie vi estis?

– En Muncie, Indianio. En 1973.

– Ja, certe.

Matt turnas la okulojn al la ĉielo kaj sarkasme ridetas.

– Ne gravas.

CLARE: Mi vizitas Kimy dum neĝa dimanĉa posttagmezo en decembro. Mi butikumis por Kristnasko kaj nun sidas en la kuirejo de Kimy trinkante varman kakaon, hejtante miajn piedojn ĉe la plankoplinta radiatoro, kaj regalas ŝin per rakontoj pri rabataj aĉetoj kaj ornamaĵoj. Kimy ludas soliteron dum ni parolas: mi admiras ŝian spertan kartomiksadon, la efikan frapon de ruĝa karto sur nigran karton. Poto da stufaĵo kuiriĝas sur la forno. Ekestas bruo en la manĝoĉambro: seĝo falas. Kimy levas la okulojn, turnas sin.

– Kimy – mi flustras, – estas knabeto sub la tablo de la manĝoĉambro.

Iu hihias.

– Henry? – Kimy vokas. Neniu respondo. Ŝi leviĝas kaj ekstaras en la pordo.

– He, amiĉjo, ĉesu pri tio! Kaj surmetu iujn vestaĵojn, sinjoro!

Kimy malaperas en la manĝoĉambron. Flustrado. Pli da hihiado. Silento. Subite nuda knabeto rigardas al mi el la pordo, kaj same subite li malaperas. Kimy revenas, sidiĝas ĉe la tablo kaj rekomencas sian ludon.

– Hu! – mi reagas.

Kimy ridetas:

– Ne okazas tiom ofte nuntempe. Nun li estas plenkreskulo kiam li venas. Sed li venas malpli ol antaŭe.

– Mi neniam vidis lin tiel antaŭeniri en la estontecon.

– Nu, vi ankoraŭ ne havas tiom da estonteco kune kun li.

Mi bezonas sekundon por kompreni kion ŝi celas. Kiam mi sukcesas, mi demandas min kia estos tiu estonteco, kaj la estonteco aperas antaŭ mi kiel io plivastiĝanta, kiu malfermas sin iom post iom, sufiĉe por ke Henry venu al mi el la pasinteco. Mi trinkas mian kakaon kaj elrigardas al la frosta korto de Kimy.

– Ĉu li mankas al vi? – mi demandas ŝin.

– Jes, li mankas al mi. Sed nun li estas plenkreskulo. Kiam li venas kiel knabeto, estas kiel vidi fantomon, ĉu ne?

Mi kapjesas. Kimy finas sian ludon, kunigas la kartojn. Ŝi alrigardas min, ridetas.

– Kiam do vi du havos infanon?

– Mi ne scias, Kimy. Mi ne certas ke ni povas.

Ŝi ekstaras, iras al la forno kaj kirlas la stufaĵon.

– Nu, oni neniam scias.

– Vere.

Oni neniam scias.

Pli malfrue, Henry kaj mi kuŝas en la lito. Neĝas plu, la radiatoroj mallaŭte klukas. Mi turnas min al li, li rigardas min, kaj mi diras:

– Ni faru bebon!

Lundon, la 11-an de marto 1996
(Henry aĝas 32)

HENRY: Mi elspuris doktoron Kendrick: li laboras ĉe la Universitata Hospitalo de Ĉikago. Estas naŭze malvarma, humida marta tago. Marto en Ĉikago principe estas korektita eldono de februaro, tamen ne ĉiam. Mi eniras trajnon kaj eksidas dorse al la veturdirekto. Ekstere Ĉikago fluadas malantaŭen, kaj sufiĉe baldaŭ ni atingas Straton 59. Mi eltrajniĝas kaj trabaraktas la neĝecan pluvon. Estas la naŭa matene, lundo. La homoj retiriĝas en sin mem, rezistas la ideon reveni en la laborsemajnon. Mi ŝatas Hyde Park. Sentiĝas kvazaŭ mi elfalis el Ĉikago kaj trafis en iun alian urbon, eble Kembriĝon. Pluvo malheligas la grizajn ŝtonajn domojn, kaj grasaj gutoj falas glacie el la arboj sur la pasantojn. Mi sentas kompletan serenon pro la jama fakteco ke mi kapablos konvinki Kendrick, kvankam mi ne sukcesis konvinki tiom da kuracistoj; tial ke mi ja estos konvinkinta lin. Li iĝos mia kuracisto ĉar en la estonteco li estas mia kuracisto.

Mi eniras apud la hospitalo malgrandan konstruaĵon, laŭ la stilo de Mies van der Rohe. Mi liftas al la tria etaĝo, malfermas la vitran pordon kun la orlitera surskribo «d-roj C. P. Shane kaj D. L. Kendrick», anoncas min al la akceptistino kaj sidiĝas en unu el la profundaj, remburitaj seĝoj lavendkoloraj. La atendejo mem havas rozajn kaj violajn tonojn, supozeble por kvietigi la pacientojn. D-ro Kendrick estas genetikisto kaj, certe ne hazarde, filozofo: la dua, mi opinias, devas iom utili por alfronti la severajn praktikajn realaĵojn de la unua. Hodiaŭ neniu ĉeestas krom mi. Mi fruas dek minutojn. La larĝaj strioj de la tapeto havas precize la rozan koloron de Pepto-Bismol. Tio konfliktas kun la pentraĵo de akvomuelejo fronte al mi, kun ties nuancoj plejparte brunaj kaj verdaj. La meblaro stile imitas la kolonian periodon, sed troviĝas sufiĉe bela tapiŝo el la mola persa speco, kiun mi iom kompatas, ĉar oni ŝtopis ĝin en ĉi tiun hororan atendejon. La akceptisto estas mezaĝulino de afabla aspekto, kun sulkoj tre profundaj pro jaroj da sunbruniĝo; ŝi estas profunde brunhaŭta nun, en Ĉikaga marto.

Je 9:35 mi aŭdas voĉojn el la koridoro, kaj blonda virino envenas la atendejon kun knabeto en malgranda rulseĝo. La knabo havas ŝajne cerban paralizon aŭ ion similan. La virino alridetas min, kaj mi re-ridetas. Kiam ŝi turniĝas, mi vidas ke ŝi estas graveda. La akceptistino anoncas:

– Vi povas eniri, s-ro DeTamble.

Mi ridetas al la knabo, kiam mi preterpasas lin. Liaj grandegaj okuloj perceptas min, sed li ne ridetas responde.

Kiam mi eniras la oficejon de d-ro Kendrick, li faras notojn en dosiero. Mi sidiĝas, dum li plu skribas. Li estas pli juna ol mi pensis, proksima al kvardek. Mi ĉiam atendas ke kuracisto estu maljuna. Tio estas pretervola, ia restaĵo el mia infanaĝo kun ties senfina aro da medicinistoj. Kendrick estas rufharulo, kun maldika vizaĝo, barbo, dikaj okulvitroj kun drata framo. Li iomete similas al D. H. Lawrence. Li portas belan karbogrizan kostumon kaj mallarĝan kravaton malhelverdan kun kravatpinglo en la formo de ĉielarka truto. Ĉe lia kubuto cindrujo troplenas; la aeron de la ĉambro saturas cigareda fumo, kvankam ĝuste nun li ne fumas. Ĉio estas tre moderna: tubaj formoj el ŝtalo, flavgriza kepro, blonda ligno. Li levas la rigardon al mi kaj ridetas:

– Bonan matenon, s-ro DeTamble. Kiel mi povas helpi?

Li konsultas sian agendon.

– Ŝajne mi malhavas informojn pri vi ĉi tie … Pri kia problemo temas?

– Problemo pri *Dasein*.

Kendrick estas surprizita.

– Pri *Dasein*? Pri estado? Kiusence?

– Mi havas simptomaron kiu laŭ miaj informoj iĝos konata sub la nomo «krono-sindromo». Malfacilas por mi resti en la nuntempo.

– Pardonu ...?

– Mi tempvojaĝas. Nevole.

Kendrick estas konsternita, sed sukcesas maski la impreson. Li plaĉas al mi. Li klopodas trakti min same kiel li traktus mense sanan homon, kvankam mi certas ke li pripensas al kiu el siaj amikoj-psikiatroj li povus plusendi min.

– Sed kial vi bezonas genetikiston? Aŭ ĉu vi konsultas min kiel filozofon?

– Temas pri genetika malsano. Kvankam agrablos ja havi iun kun kiu babili pri la pli larĝaj implicoj de la problemo.

– Sinjoro DeTamble, vi estas evidente inteligenta viro ... Mi neniam aŭdis pri ĉi tiu malsano. Mi nenion povas fari por vi.

– Vi ne kredas min.

– Prave. Mi ne kredas.

Nun mi ridetas, kun bedaŭro. Mi sentas min tre malbone pri la afero, sed ĝi devas okazi.

– Nu. Mi konsultis sufiĉe multajn kuracistojn en mia vivo, sed ĉi tiu estas la unua fojo kiam mi povas elpaŝi kun iaspeca pruvo. Kompreneble neniu iam ajn kredas min. Ĉu vi kaj via edzino atendas infanon en la venonta monato?

Li reagas singarde.

– Jes. Kiel vi scias?

– Post kelkaj jaroj mi elserĉas la naskiĝateston de via infano. Mi vojaĝas al la pasinteco de mia edzino, mi notas la informojn en ĉi tiu koverto. Ŝi donas ĝin al mi kiam ni renkontiĝas en la nuntempo. Mi donas ĝin al vi, nun. Malfermu ĝin post la naskiĝo de via filo.

– Ni havos filinon.

– Fakte ne – mi respondas milde. – Sed pri tio ni ne diskutu. Konservu la koverton, malfermu ĝin post la naskiĝo de la infano.

Nepre ne forĵetu ĝin. Leginte ĝin, voku min, se vi volas.

Mi ekstaras por foriri.

– Bonŝancon – mi diras, kvankam mi ne kredas je bonŝanco nuntempe. Mi forte kompatas lin, sed ne eblas fari ĉi tion alimaniere.

– Ĝis revido, sinjoro DeTamble – diras d-ro Kendrick malvarme. Mi eliras. Enpaŝante en la lifton, mi pripensas ke verŝajne ĝuste nun li malfermas la koverton. Ene kuŝas tajpfolio kun jenaj vortoj:

```
Colin Joseph Kendrick
6-a de aprilo 1996, 1:18 matene
Pezo: 2,497 kg, blanka masklo
Daŭn-sindromo
```

Sabaton, la 6-an de aprilo 1996, 5:32 matene
(Henry aĝas 32, Clare aĝas 24)

HENRY: Ni dormas tute dise kaj mise; la tutan nokton ni vekiĝadis, turniĝadis, ellitiĝis, revenis en la liton. La bebo de la paro Kendrick naskiĝis en la fruaj horoj hodiaŭ. Baldaŭ sonoros la telefono. Ĝi ja sonoras. La aparato estas ĉe la litflanko de Clare, do ŝi prenas la vokon per tre trankvila «Ha lo?» kaj donas ĝin al mi.

– Kiel vi sciis? Kiel vi sciis? – Kendrick preskaŭ flustras.

– Mi bedaŭras. Mi tiom bedaŭras.

Neniu el ni du diras ion ajn dum minuto. Mi pensas ke Kendrick ploras.

– Venu al mia oficejo.

– Kiam?

378

– Morgaŭ.

Kaj li remetas la aŭskultilon.

HENRY: Clare kaj mi veturas al Hyde Park. Ni silentas dum plejparto de la vojo. Pluvas, kaj la glacoviŝiloj ritmosekcie akompanas la venton kaj la ŝuŝadon de la akvo fluanta de la aŭto. Kvazaŭ por daŭrigi konversacion, kiun ni ne vere havis, Clare diras:

– Ne ŝajnas juste.

– Kio? Pri Kendrick?

– Jes.

– La naturo ne estas justa.

– Ne, ne tio. Mi volas diri: jes, estas bedaŭrinde pri la bebo, sed fakte mi celis nin mem. Ŝajnas maljuste ke ni ekspluatas ĉi tion.

– Malhoneste, vi celas?

– Aha.

Mi suspiras. Aperas la elireja signo por Strato 57, Clare ŝanĝas koridoron kaj forlasas la ŝoseon.

– Mi konsentas kun vi, sed estas tro malfrue. Kaj mi ja provis ...

– Nu, ajne estas tro malfrue.

– Prave.

Ni refalas en silenton. Mi direktas Clare tra la labirinto de unudirektaj stratoj, kaj baldaŭ ni haltas antaŭ la konstruaĵo kun la oficejo de Kendrick.

– Bonŝancon.

– Dankon.

Mi estas nervoza.

– Estu afabla.

Clare kisas min. Ni rigardas unu la alian, kaj ĉiujn niajn esperojn submergas la kulposento pri Kendrick. Clare ridetas kaj forturnas la rigardon. Mi eliras el la aŭto kaj observas Clare forveturi malrapide laŭ Strato 59 kaj transpasi Midway. Ŝi havas ion farendan ĉe Galerio Smart.

La ĉefpordo ne estas sloŝita, kaj mi liftas al la tria etaĝo. Neniu en la atendejo de Kendrick; mi trairas ĝin kaj daŭrigas laŭ la koridoro. La pordo de Kendrick estas malfermita. Ne lumas lampoj. Kendrick staras ĉe sia skribotablo, dorse al mi, kaj rigardas tra la fenestro al la pluva strato malsupre. Mi longe staras silente en la pordo. Fine mi eniras la oficejon. Kendrick turnas sin, kaj mi ŝokiĝas pro la ŝanĝiĝo en lia vizaĝo. «Detruita» ne sufiĉe priskribas ĝin. Mi vidas vizaĝon vakan: malaperis io kio ĉeestis antaŭe. Sekureco; fido; memfido. Mi mem tiom kutimas vivi sur metafizika trapezo ke mi forgesas: aliaj homoj kutime ĝuas pli solidan grundon.

– Henry DeTamble – ekparolas Kendrick.

– Saluton.

– Kial vi venis al mi?

– Ĉar mi estos veninta al vi. Mi ne havas elekton.

– Ĉu fatalo?

– Nomu ĝin laŭplaĉe. Ĉio emas iri en cirkloj, kiam oni estas mi. Kaŭzo kaj efiko konfuziĝas.

Kendrick sidiĝas ĉe sia skribotablo. La seĝo grincas. Krome aŭdiĝas nur la pluvo. Li prifosas sian poŝon por siaj cigaredoj, trovas ilin, alrigardas min. Mi levas la ŝultrojn. Li ekbruligas unu, kaj fumas kelkan tempon. Mi rigardas lin.

– Kiel vi sciis? – li diras.

– Mi jam diris al vi. Mi vidis la naskiĝateston.

– Kiam?

– En 1999.

– Tio ne eblas.

– Klarigu tiuokaze.

Kendrick kapskuas.

– Mi ne povas. Kiom ajn mi rompis al mi la kapon, mi ne povas. Ĉio ... ĉio estis ĝusta. La horo, la tago, la pezo, la ... anomalio.

Li rigardas al mi malespere.

– Kio se ni estus decidintaj doni al li iun alian nomon: Alex, aŭ Fred, aŭ Sam ...?

Mi skuas la kapon, sed ĉesas kiam mi rimarkas ke mi imitas lin.

– Sed vi ne faris. Tiom mi ne diros ke vi ne povis, sed vi ne faris. Mi mem simple raportis pri tio. Mi ne estas paranormalulo.

– Ĉu vi havas infanojn?

– Ne.

Mi ne volas priparoli la temon, kvankam en la fino mi devos.

– Mi bedaŭras pri Colin. Sed sciu ke li estas vere mirinda knabo.

Kendrick fiksrigardas min.

– Mi elspuris la eraron. Niaj testrezultoj estis hazarde inter-ŝanĝitaj kun tiuj de paro kun la nomo Kenwick.

– Kion vi farus se vi antaŭscius?

Li rigardas for.

– Mi ne scias. Mia edzino kaj mi estas katolikoj, do mi imagas ke finrezulte okazus same. Kia paradokso ...

– Jes.

Kendrick estingas sian cigaredon kaj ekbruligas alian. Mi akceptas ekhavi fumkaŭzitan kapdoloron.

– Kiel funkcias?

– Kio?

– La onidira tempvojaĝado kiun vi asertas fari. – Li sonas kolera. – Ĉu vi eldiras iujn sorĉvortojn? Eniras iun maŝinon?

Mi provas klarigi en kredebla maniero.

– Ne. Mi faras nenion. Ĝi simple okazas. Mi ne povas regi ĝin, mi simple ... en iu minuto ĉio estas en ordo, kaj en la sekva mi estas ie aliloke, alitempe. Kvazaŭ ŝalto por ŝanĝi kanalon. Simple, mi trovas min subite en alia tempo, alia loko.

– Nu, kaj kion vi volas ke mi faru pri tio?

Mi klinas min antaŭen, por emfazo.

– Mi volas ke vi eltrovu la kialon kaj ĉesigu ĝin.

Kendrick ridetas. Ne estas amika rideto.

– Kial vi volus fari tion? Ŝajnas ke ĉi tiel por vi ja tre oportunas. Vi povas scii multajn aferojn kiujn aliaj ne scias.

– Estas danĝere. Pli aŭ malpli frue ĝi mortigos min.

– Mi ne povus diri ke tio ĝenus min.

Ne indas daŭrigi. Mi stariĝas kaj iras al la pordo.

– Ĝis revido, doktoro Kendrick.

Mi paŝas malrapide laŭ la koridoro, lasante al li ŝancon voke revenigi min, sed li ne vokas. En la lifto mi havas la malgajan penson ke se io misfunkciis, nu, simple tiel devis okazi, kaj pli-malpli frue la afero mem korektos sin. Kiam mi malfermas la pordon, mi ekvidas Clare, kiu atendas min trans la strato en la aŭto. Ŝi turnas la kapon, kaj mi vidas sur ŝia vizaĝo tian esprimon de espero, de antaŭĝojo, ke min superregas tristo, mi timegas paroli al ŝi, kaj dum mi transiras la straton en ŝia direkto, miaj oreloj ekzumas, mi perdas la ekvilibron kaj ekfalas, sed anstataŭ trotuaron mi trafas tapiŝon, kaj mi restas kuŝi tie kien mi falis, ĝis mi ekaŭdas konatan infanan voĉon:

– Henry, ĉu vi fartas bone?

Rigardante supren, mi ekvidas kiel mia okjara mio sidas rekte en la lito kaj alrigardas min.

– Mi fartas enorde, Henry.

Li ŝajnas dubi.

– Vere, mi bone fartas.

– Ĉu vi volas trinki kakaon?

– Volonte.

Li ellitiĝas, trotas tra la dormoĉambro kaj la koridoro. Estas profunda nokto. Li umadas dum tempeto en la kuirejo, kaj fine revenas kun du tasoj da varma kakao. Ni eltrinkas malrapide, silente. Kiam la kakao elĉerpiĝas, Henry reportas la tasojn en la kuirejon kaj lavas ilin. Ne havus sencon postlasi pruvmaterialon. Kiam li revenas, mi demandas:

– Kio okazas nuntempe?

– Ne multo. Ni iris al alia kuracisto hodiaŭ.

– He, ankaŭ mi. Al kiu?

– Mi ne memoras la nomon. Maljunulo kun oreloj haroplenaj.

– Kiel estis?

Henry levas la ŝultrojn.

– Li ne kredis min.

– Hm, laŭ mi vi devus simple rezigni. Neniu el ili kredos vin iam ajn. Nu, tiu kiun mi vizitis hodiaŭ, kredis min, mi pensas, sed li ne volis helpi min.

– Kial do ne?

– Li simple ne ŝatis min, mi pensas.

– Ho … He, ĉu vi volas litkovrilojn?

– Hm, eble nur unu.

Mi fortiras la superkovrilon el la lito de Henry kaj kunvolvas min sur la planko.

– Bonan nokton! Bele sonĝu.

Mi vidas ekbrili la blankajn dentojn de mia eta mio en la bluo de la dormoĉambro, poste li forturnas sin, la dormonta knabo iĝas kompakta buleto, dum mi rigardas plu mian infanaĝan plafonon, provante resendi min per volforto al Clare.

CLARE: Henry eliras el la domo kun malfeliĉa aspekto; subite li ekkrias kaj malaperas. Mi elsaltas el la aŭto kaj kuras al la loko kie Henry estis ĵus, antaŭ nur momento, sed komprenebie nun postrestas nur la amaseto de liaj vestaĵoj. Mi kolektas ĉiom kaj dum kelkaj korbatoj plu staras meze de la strato, kaj dum mi restas tie, mi ekvidas vizaĝon de viro rigardanta min el fenestro de la tria etaĝo. Poste li malaperas.

Mi revenas al la aŭto, eniras ĝin, kaj sidas rigardante la helbluan ĉemizon kaj nigran pantalonon de Henry, dubante ĉu utilas resti ĉi tie. Mi havas la romanon *Reveno al Brideshead* en mia mansako, do mi decidas resti dum iom da tempo, okaze ke Henry baldaŭ reaperos. Kiam mi turnas min por serĉi la libron, mi ekvidas rufharulon kuri al la aŭto. Li haltas ĉe la pasaĝera pordo kaj enrigardas al mi. La homo devas esti Kendrick. Mi malŝlosas la seruron, li grimpas en la aŭton, kaj poste ne scias kion diri.

– Saluton. Vi devas esti David Kendrick. Mi estas Clare DeTamble.

– Jes – li ŝajnas tute konfuzita. – Jes, jes. Via edzo …

– … ĵus malaperis en plena taglumo.

– Jes!

– Vi ŝajnas surprizita.

– Nu …

– Ĉu li ne diris al vi? Li kutimas fari tion.

Ĝis nun mi ne estas tre impresita de ĉi tiu ulo, sed mi persistas:

– Mi vere bedaŭras pri via bebo. Sed laŭ Henry li estas vere kara infano, ege bone desegnas kaj havas multe da imago. Kaj via filino estas tre talenta, kaj ĉio enordiĝos. Vi vidos.

Li gapas al mi.

– Ni ne havas filinon. Nur … Colin.

– Sed vi havos. Ŝi nomiĝas Nadia.

– Estis granda ŝoko. Por mia edzino granda animskuo …

– Sed ĉio reboniĝos. Ververe.

Je mia surprizo ĉi tiu fremdulo ekploras, kun ŝultroj tremantaj, kovrante sian vizaĝon per la manoj. Post kelkaj minutoj li haltas kaj levas la kapon. Mi donas al li papertuketon, kaj li blovpurigas la nazon.

– Mi vere pardonpetas – li komencas.

– Ne estas pro kio. Kio okazis tie en la domo, inter vi kaj Henry? Vi du ne interkompreniĝis.

– Kiel vi scias?

– Li tute stresiĝis, do la nuno elglitis el sub liaj piedoj.

– Kie li estas?

Kendrick ĉirkaŭrigardas kvazaŭ mi povus kaŝi Henry malantaŭe en la aŭto.

– Mi ne scias. Ne ĉi tie. Ni esperis ke vi povos helpi, sed mi supozas ke ne.

– Nu, mi ne scias kiel …

En ĉi tiu momento Henry aperas precize samloke kie li malaperis. Aŭto proksimiĝas nur ses metrojn for de li, kaj la stiranto tretegas sian bremson, dum Henry ĵetas sin sur la kapoton de nia aŭto. La viro rulas malsupren sian fenestron, Henry leviĝas siden

kaj leĝere klinas sin al li, dum la viro krias ion kaj forveturas. La
sango zumas en miaj oreloj. Mi rigardas al Kendrick, kiu restas
senvorta. Mi saltas el la aŭto, dum Henry deglitigas sin de la
kapoto.

– Saluton, Clare. Ne multo mankis, ĉu?

Mi ĉirkaŭprenas lin: trairas lin skuiĝoj.

– Ĉu vi havas miajn vestaĵojn?

– Jes, ĝuste ĉi tie. Fakte, jen ankaŭ Kendrick.

– Kio? Kie?

– En la aŭto.

– Kial?

– Li vidis vin malaperi, kaj tio ŝajne influis lian cerbon.

Henry traŝovas sian kapon ĉe la ŝofora pordo.

– Bonan tagon.

Li kaptas siajn vestopecojn kaj komencas vesti sin. Kendrick
eliras el la aŭto kaj trotadas ĉirkaŭ ni:

– Kie vi estis?

– En 1971. Mi trinkis kakaon kun mi mem okjarulo, en mia
iama dormoĉambro, je la unua matene. Mi pasigis tie ĉirkaŭ unu
horon. Kial vi demandas?

Henry rigardas Kendrick malvarme, nodante sian kravaton.

– Nekredeble!

– Vi povas ripeti tion kiom ajn vi volas, sed bedaŭrinde ĝi
restas same vera.

– Ĉu vi volas diri ke vi fariĝis okjarulo?

– Ne. Mi volas diri ke mi sidis en mia iama dormoĉambro en
la loĝejo de mia paĉjo, en 1971, ĝuste tia kia mi estas, tridek du
jarojn aĝa, en kompanio de mi mem okjara. Trinkante kakaon.
Kaj ni babilis pri la nekredemo de la medicinistaro.

Henry ĉirkaŭpaŝas al la alia flanko kaj malfermas la pordon.

– Clare, ni forŝaŭmu. Ĉi tio ne havas sencon.

Mi aliras la stiristan flankon.

– Ĝis revido, doktoro Kendrick. Bonŝancon kun Colin.

– Atendu … – Kendrick paŭzas, kolektas siajn pensojn. – Ĉu ĉi tio estas genetika malsano?

– Jes – respondas Henry. – Genetika malsano, kaj ni provas havi infanon.

Kendrick malgaje ridetas:

– Hm, riskoplene.

Mi ridetas al li.

– Ni kutimas riski. Ĝis revido!

Henry kaj mi enaŭtiĝas kaj forstartas. Dum mi surveturas Lake Shore Drive, mi ĵetas rigardon al Henry, kiu je mia surprizo larĝe ridetas.

– Pri kio vi tiom kontentas?

– Pri Kendrick. Li estas tute hokita.

– Ĉu vere?

– Nepre.

– Nu, bonege. Sed li ŝajnis iom obtuza homo.

– Li ne estas tia.

– Bone.

Ni veturas hejmen silente, en silento de tute malsama speco ol dum la alveturo. Kendrick telefonas al Henry la saman vesperon, kaj ili difinas rendevuon, komenconte la laboron por eltrovi kiel teni Henry en la jeno kaj nuno.

Vendredon, la 12-an de aprilo 1996
(Henry aĝas 32)

HENRY: Kendrick sidas kun la kapo klinita. Liaj dikfingroj moviĝas ĉirkaŭ la perimetro de liaj manplatoj kvazaŭ ili volus eskapi el liaj manoj. Dum la pasado de la posttagmezo la oficejon prilumis ora lumo; Kendrick sidis senmove, escepte de tiuj senripozaj dikfingroj, kaj aŭskultis min. Ekflamis la ruĝa hinda tapiŝo, la ŝtalkruroj de la flavgrizaj kepraj foteloj; la cigaredoj de Kendrick, pako da Camel, restis netuŝitaj dum li aŭskultis. La sunlumo eksidis sur la ora framo de liaj rondaj okulvitroj; la rando de lia dekstra orelo ruĝe ardis, liajn vulpe rufajn harojn kaj rozkoloran haŭton same briligis la lumo kiel la flavajn krizantemojn en la latuna bovlo sur la tablo inter ni. La tutan posttagmezon Kendrick sidis sur sia seĝo kaj aŭskultis.

Kaj mi rakontis al li pri ĉio. Pri la komenco, la lernado, la urĝo de transvivado kaj la plezuro de antaŭscio, la teruro scii aferojn kiuj ne estas eviteblaj, la angoro pro perdo. Nun ni sidas silente, kaj fine li levas la kapon kaj alrigardas min. En la helaj okuloj de Kendrick estas malgajo kiun mi volas malkrei; metinte ĉion antaŭ lin mi volas ĉion repreni kaj foriri, liberigi lin de la ŝarĝo devi pensi pri ĉi tio. Li etendas manon al siaj cigaredoj, elektas unu, ekbruligas ĝin, enspiras kaj poste elspiras bluan nubon, kiu fariĝas blanka kiam ĝi atingas kaj krucas, kun sia ombro, strion de sunlumo.

– Ĉu vi havas dormoproblemojn? – li demandas min, kun voĉo raspa pro neuzo.

– Jes.

– Ĉu estas iu aparta horo de la tago kiam vi tendencas ... malaperi?

– Ne ... nu, eble frumatene pli ol en alia tempo.

– Ĉu vi havas kapdolorojn?

– Jes.

– Migrenojn?

– Ne. Premajn kapdolorojn. Kun distordoj de la vido, kun aŭroj.

– Hmm.

Kendrick ekstaras. Liaj genuoj krakas. Li paŝas ĉirkaŭ la oficejo, sekvante la randon de la tapiŝo, kaj fumas. Tio komencas nervozigi min, kiam li haltas kaj denove sidiĝas.

– Aŭskultu – li sulkas la brovojn, – ekzistas io nomata horloĝaj genoj. Ili regas la tagnoktajn ritmojn, tenas vin sinkrona kun la suno, tiaj aferoj. Ni trovis ilin en multaj diversaj ĉelospecoj, ĉie en la korpo, sed ili estas aparte ligitaj al la vidado, kaj vi ŝajne spertas ĝuste multajn vidajn simptomojn. La superkruciĝa nukleo de la hipotalamo, kiu situas ĝuste super via opta kruciĝo, funkcias, ni diru, kiel ia restartiga butono de via temposento – do jen per kio mi volas komenci.

– Hm, certe – mi diras, ĉar Kendrick rigardas min kvazaŭ li atendus respondon. Li denove ekstaras kaj paŝegas al pordo kiun mi antaŭe ne rimarkis, malfermas ĝin kaj malaperas por minuto. Kiam li revenas, li tenas lateksajn gantojn kaj injektilon.

– Kuspu vian manikon – Kendrick instrukcias.

– Kion vi faras? – mi demandas, kuspante la manikon super mian kubuton. Li ne respondas, malpakas la injektilon, dabas mian brakon kaj ligas ĝin, enpikas la nadlon en min eksperte. Mi rigardas for. La sunlumo pasis, lasante la oficejon en mallumo.

– Ĉu vi havas sanasekuron? – li demandas min, dum li forprenas la nadlon kaj malligas mian brakon. Li metas vaton kaj pretpansaĵon super la punkturon.

– Ne. Mi mem pagos ĉion.

Mi alpremas miajn fingrojn al la dolora loko, fleksas mian kubuton. Kendrick ridetas.

– Ne necesos. Estu senpaga kobajo de mia scienca eksperimenteto, mi povas ricevi sanministerian esplorsubvencion por tio.

– Por kio?

– Ni ne faros duonan laboron.

Kendrick paŭzas. Li staras kun la uzitaj gantoj en la manoj kaj kun la flakono de mia sango ĵus elprenita.

– Ni sekvencos vian DNA.

– Mi kredis ke tio daŭras jarojn.

– Daŭras ja, se oni celas la tutan genaron. Sed ni komencos testante la plej verŝajnajn lokojn: kromosomon 17, ekzemple.

Kendrick ĵetas la lateksaĵon kaj la nadlon en rubujon kun la etikedo «Bio-danĝero» kaj skribas ion sur la ruĝan flakoneton kun la sango. Li residiĝas fronte al mi kaj metas la flakonon sur la tablon apud siaj Camel-cigaredoj.

– Sed la homa genaro ne estos sekvencita ĝis 2000. Kun kio vi komparos ĝin?

– 2000? Tiel baldaŭ? Ĉu vi estas certa? Mi supozas ke jes. Sed por respondi vian demandon, malsano kiu efikas tiel … ni diru, tiel radikale kiel la via, ofte aperas kiel iaspeca balbutaĵo, ripetiĝanta ero de la kodo, kun la esenca signifo «io misiris». La malsanon de Huntington, ekzemple, kaŭzas nur areto da kromaj CAG-triopoj sur kromosomo 4.

Mi rektigas la dorson kaj etendas la membrojn. Iom da kafo estus bonvena.

– Do jen ĉio? Ĉu mi rajtas nun forkuri kaj ludi plu?

– Nu, mi volas ke oni skanu vian kapon, sed ne hodiaŭ. Mi rezervos tempon por vi en la hospitalo. MRB, komputila tomografio, ikso-radioj. Mi ankaŭ sendos vin al amiko mia, Alan Larson; li havas dormlaboratorion ĉi tie sur la kampuso.

– Amuze – mi diras kaj stariĝas malrapide, por ke mia tuta sango ne inundu la kapon. Kendrick turnas sian vizaĝon supren al mi. Liajn okulojn mi ne povas vidi, sub ĉi tiu angulo liaj okulvitroj estas brilaj disketoj maldiafanaj.

– Estas ja amuze – li diras. – Bonega enigmo, kaj finfine ni havas la ilojn por ekscii …

– Ekscii kion?

– Ekscii kio ĝi estas. Ekscii kio vi estas.

Kendrick ridetas, kaj mi rimarkas ke liaj dentoj estas malebenaj kaj flaviĝintaj. Li stariĝas, etendas manon, kaj mi premas ĝin por danki; ekestas mallerta paŭzo: post la intimaĵoj de la posttagmezo ni estas denove fremduloj; poste mi eliras el lia oficejo, laŭ la ŝtuparo malsupren, en la straton, kie la suno atendis min. Kia ajn mi estas. Kio mi estas? Kio mi estas?

TRE MALGRANDA ŜUO

Printempon 1996
(Clare aĝas 24, Henry aĝas 32)

CLARE: Kiam Henry kaj mi estis geedzoj de ĉirkaŭ du jaroj, ni decidis, sen multe priparoli tion, esplori ĉu ni povas havi bebon. Mi sciis ke Henry tute ne optimismas pri niaj ŝancoj, kaj mi ne demandis lin aŭ min mem pri la ebla kialo, ĉar mi timis ke li vidis nin estontece sen bebo kaj pri tio mi simple ne volis scii. Mi ankaŭ ne volis pensi pri la ebleco ke la tempvojaĝaj malfacilaĵoj de Henry povus esti heredaj aŭ, por tiel diri, povus iamaniere fuŝi ĉion rilate al bebo. Do pri multaj gravaĵoj mi simple ne pensis, ĉar tute ebriigis min la ideo de bebo: novnaskito iel simila al Henry, kun nigraj haroj kaj kun tiuj intensaj okuloj, sed eble tre pala kiel mi, kun odoro de lakto kaj talko kaj haŭto, ia buleta bebo, kiu gluglas kaj ridas pri ĉiutagaĵoj, simia bebo, eta bebo kun karese kveraj sonoj. Mi daŭre sonĝis pri beboj. En miaj sonĝoj mi surgrimpis arbon kaj trovis tre malgrandan ŝuon en nesto; aŭ subite malkovris ke la kato/libro/sandviĉo kiun mi pensis teni en la manoj estas fakte bebo; aŭ naĝis en la lago kaj trovis kolonion da beboj kreskantaj sur la lagofundo.

Mi subite komencis vidi bebojn ĉie: jen ternanta ruĝhara knabino kun kufeto en la manĝvendejo; jen malgranda ĉina knabo kiu rigardas, filo de la posedantoj de Ora Pato (loko de mirindaj vegetaraj ovorulaĵoj); jen dormanta bebo preskaŭkalva ĉe Batman-filmo. En provbudo de komerca centro iu virino, tre fidema, fakte lasis min teni ŝian trimonatan filinon; mi devis koncentriĝi por resti sidanta en tiu roze flavkolora plasta seĝo kaj ne eksalti por freneze forkuri, alpremante tiun etan molan estaĵon al miaj mamoj.

Mia korpo volis bebon. Mi sentis min malplena kaj volis esti plena. Mi volis havi iun amatan kiu restos: restos kaj ĉeestos, ĉiam. Kaj mi volis ke Henry enestu en ĉi tiu infano, por ke, kiam li estos for, li ne estu tute for, ke restu iom da li kun mi ... jen asekuro, por la okazo de fajro, inundo, aliaj naturkatastrofoj.

HENRY: Mi sidas, tre komforte kaj kontente, sur arbo en Appleton, Viskonsino, en 1966, manĝante tinus-sandviĉon. Mi surhavas blankan T-ĉemizon kaj larĝ-kruruman pantalonon ŝtelitan, kiun iu sekigis sub la bela suno. Ie en Ĉikago mi aĝas tri jarojn; mia patrino ankoraŭ vivas, kaj mia krono-sindromaĉo ne komenciĝis. Mi salutas mian malgrandan iaman mion, kaj pensi pri mi mem kiel infano nature pensigas min pri Clare, kaj pri niaj klopodoj koncipi. Unuflanke, mi honeste fervoras: mi volas doni al Clare bebon, vidi la maturiĝon de Clare kiel karna melono, ia Demeter glore fekunda. Mi volas normalan bebon, kiu faros ĉion kion faras normalaj beboj: suĉos, ekprenos, fekos, dormos, ridos; rulturniĝos, eksidos, ekiros, parolos per sensencaj balbutoj. Mi volas vidi mian patron mallerte luladi etan nepon: tiom mal-multe da feliĉo mi donis al mia patro ke ĉi tio estus granda kompenso, balzama konsolo. Kaj konsolo ankaŭ por Clare: kiam mi estos forkaptita de ŝi, parto de mi tamen restos.

Sed sed sed. Mi scias, sen scii, ke ĉi tio estas tre neverŝajna. Mi scias ke infano de mi preskaŭ certe estos ĉampiono pri spontanea malaperado, bebo kiu magie forvaporiĝados, kvazaŭ forportata de feoj. Kaj eĉ dum mi preĝas, anhelante en ekstrema deziro super Clare, ke la miraklo de sekso iel pridonacu nin per bebo, parto de mi same forte preĝas por ke ni restu domaĝitaj. Mi rememoras la fabelon pri la fatala amuleto kaj la tri deziroj kiuj sekvis tiel kompreneble kaj terure unu el la alia. Mi demandas min ĉu nia deziro estas el simila speco.

Mi estas malkuraĝulo. Pli bona viro prenus Clare je la ŝultroj kaj dirus: Amo mia, ĉio ĉi estas eraro, ni akceptu tion kaj pluu antaŭen, kaj ni feliĉu. Sed mi scias ke Clare neniam akceptus, kaj ĉiam malĝojus. Kaj do mi esperas, kontraŭ espero kaj kontraŭ racio mi esperadas, kaj amoras kun Clare kvazaŭ io bona povus rezulti el tio.

UNU

· · · · ·

Lundon, la 3-an de junio 1996
(Clare aĝas 25)

CLARE: La unuan fojon kiam okazas, Henry estas for. Dum la oka semajno de la gravedeco. La bebo grandas kiel pruno, havas vizaĝon kaj manojn, batantan koron. Estas fruvespere, frusomere, kaj mi vidas dum telerlavado fuksiajn kaj oranĝajn nubojn okcidente. Henry malaperis antaŭ preskaŭ du horoj. Li eliris por akvumi la gazonon, kaj post duonhoro, kiam mi konstatis ke la akvumilo ankoraŭ ne estas ŝaltita, el la malantaŭa pordo mi ekvidis la perfidan vestaĵ-amaseton kuŝi apud la pergolo. Mi eliris kaj forprenis liajn ĝinzon kaj subvestojn, plus la ĉifonecan T-ĉemizon kun la slogano «Mortigu vian televidilon», faldis ĉion kaj metis sur la liton. Mi pripensis ĉu ŝalti la akvumilon, sed decidis nee, rezonante ke Henry ne ŝatus se, reaperante en la korto, li iĝus trempita.

Mi preparis kaj manĝis makaroniojn kun fromaĝosaŭco kaj malgrandan salaton, prenis miajn vitaminojn, konsumis grandan glason da sengrasa lakto. Mi zumadas purigante la telerojn, kaj mi imagas kiel la eta estaĵo en mi aŭdas la zumadon kaj enmagazenigas ĝin por estonta uzo, ĉe iu subtila, ĉela nivelo. Dum mi staras tie, konscience lavante mian salatobovlon, mi

395

eksentas subitan doloreton profunde interne, ie en mia pelvo. Post dek minutoj mi komforte sidas en la salono, legante Louis de Bernières, kaj jen denove, kurta tiro je miaj internaj kordoj. Mi ignoras ĝin. Ĉio ja en ordo. Henry estas for jam pli ol du horojn. Mi sentas zorgon pri li dum sekundo, poste decideme ignoras ankaŭ tion. Mi komencas vere maltrankviliĝi nur post plia duonhoro aŭ simile, ĉar nun la strangaj etaj sentoj similas menstruajn kramfojn, kaj mi eĉ rimarkas tiun gluecan senton pri sango inter miaj kruroj. Mi ekstaras kaj eniras la banĉambron, malsuprentiras mian kalsoneton, kaj ekvidas multe da sango, ho mia dio.

Mi telefonas al Charisse. Respondas Gomez. Mi klopodas paroli trankvile, petas pri Charisse, kiu tuj venas:

– Kio okazas?

– Mi sangas.

– Kie estas Henry?

– Mi ne scias.

– Kia sangado?

– Kiel la menstrua.

La doloro intensiĝas, kaj mi sidiĝas sur la planko.

– Ĉu vi povus konduki min al la hospitalo?

– Mi tuj alvenos, Clare.

Ŝi finas la vokon, kaj mi remetas la aŭskultilon tiel milde kvazaŭ mi povus vundi ĝiajn sentojn per tro kruda traktado. Mi zorge relevas min, serĉas mian mansakon. Mi volas lasi noton por Henry, sed ne scias kion skribi. Fine mi notas:

«Iris al IL Masonic. (Kramfoj.) Charisse veturigis min. 7:20 ptm. C.»

Mi malŝlosas la malantaŭan pordon por Henry. Mi lasas la noton apud la telefono. Post kelkaj minutoj Charisse aperas ĉe la ĉefpordo. Kiam ni atingas la aŭton, mi vidas ke Gomez stiras. Ni ne multe parolas. Mi sidas antaŭe, rigardadas tra la fenestro. Laŭ Western al Belmont, de Sheffield al Wellington. Ĉio estas nekutime akra kaj emfaza, kvazaŭ mi bezonus memori, kvazaŭ por ekzameno prie. Gomez enveturas al la «Akceptozono por urĝa helpo». Charisse kaj mi eliras. Mi rerigardas al Gomez, kiu kurte ridetas kaj forrapidas por ekparki la aŭton. Ni trairas pordojn kiuj malfermiĝas aŭtomate pro la premo de niaj piedoj sur la planko, kiel en fabelo, kvazaŭ ni estus atendataj. La doloro retiriĝis kiel malkreska tajdo, sed nun ĝi denove ekatakas la bordon, kun freŝa furiozo. En la hele lumigita ĉambro sidas kelkaj homoj, kiuj mizere atendas sian vicon, ĉirkaŭante sian doloron per klinitaj kapoj kaj krucitaj brakoj, kaj mi sinkas inter ilin. Charisse aliras la akceptiston ĉe la diselekta deĵorejo. Mi ne aŭdas kion ŝi diras, sed kiam li prononcas «Aborto?», nur tiam mi ekkomprenas ke jen tio kio okazas, jen kiel oni nomas ĝin, kaj la vorto disvastiĝas en mia kapo, ĝis ĝi plenigas ĉiujn fendetojn de mia menso, forpuŝas ĉiun alian penson. Mi ekploras.

Post kiam ili faris ĉion kion ili povis, ĝi tamen okazas. Mi ekscias poste ke Henry alvenis ĝuste antaŭ la fino, sed ili ne lasis lin eniri. Mi estis dormanta, mi vekiĝas malfrue en la nokto, kaj Henry ĉeestas. Li estas pala, kun kavaj okuloj, kaj ne diras eĉ vorton.

– Ho – mi murmuras, – kie vi estis?

Henry klinas sin super min kaj zorge ĉirkaŭbrakas min. Mi sentas kontraŭ mia vango lian stoplobarbon, kiu min raspas, ne sur mia haŭto sed en mia profunda eno, malfermas vundon, kaj la vizaĝo de Henry malsekiĝas, sed per kies larmoj?

Ĵaŭdon, la 13-an de junio kaj vendredon, la 14-an de junio 1996
(Henry aĝas 32)

HENRY: Mi alvenas al la dormlaboratorio elĉerpita, tiel kiel d-ro Kendrick petis. Jam la kvinan nokton mi pasigas ĉi tie, do mi scias kiel oni procedas. Mi eksidas en piĵampantalono sur la lito en la stranga, false hejmeca dormoĉambro, dum Karen, la teknikistino de d-ro Larson, ŝmiras kremon sur miajn kapon kaj bruston kaj fiksas elektrodojn sur la mezurpunktojn. Karen estas juna, blonda kaj vjetnama. Ŝi portas longajn falsajn ungojn kaj diras, «Ups, pardonu», kiam ŝi rastas mian vangon per iu ungo. La lumoj estas malintensaj, la ĉambro malvarmeta. Mankas fenestroj, krom peco da spegulaspekta, unudirekta vitro, malantaŭ kiu sidas d-ro Larson, aŭ kiu ajn observas la maŝinojn ĉi-vespere. Karen finas la dratumadon, deziras bonan nokton, kaj forlasas la ĉambron. Mi zorge aranĝas min en la lito, fermas la okulojn, imagas kiel arane-kruraj linioj sur longa fluo da milimetra papero gracie registras miajn okulmovojn, spiradon, cerbo-ondojn transflanke de la vitro. Mi ekdormas en kelkaj minutoj.

Mi sonĝas ke mi kuras. Tra arbaroj, densaj arbustoj, arboj mi kuras, sed iel mi pasas tra ĉio, trapasante kiel fantomo. Mi salte alvenas en maldensejon, kie estis fajro ...

Mi sonĝas ke mi amoras kun Ingrid. Mi scias ke estas Ingrid, eĉ se mi ne povas vidi ŝian vizaĝon, estas ja la korpo de Ingrid, la longaj glataj kruroj Ingridaj. Ni fikas en la hejmo de ŝiaj gepatroj, sur la salona sofo, dum la televidilo montras naturdokumentaĵon kun antilopa grego kuranta, kaj poste sekvas parado. Clare sidas meze sur eta paradoĉaro, ŝi aspektas malĝoja, dum homoj ĝoj-krias ĉie ĉirkaŭ ŝi; subite Ingrid eksaltas, eltiras pafarkon kaj sagon de malantaŭ la sofo kaj pafas al Clare. La sago rekte trafas en la televidilon, kaj Clare klakfrapas sian bruston per la manoj, kiel Wendy faras en silenta versio de Peter Pan; ankaŭ mi eksaltas por strangoli Ingrid, ĉirkaŭmetas la manojn al ŝia gorĝo, alkriante ŝin ...

Mi vekiĝas kovrita de malvarma ŝvito kaj kun korbatoj. Mi estas en la dormlaboratorio. Dum momento mi pensas ke eble intence ili ne diras ion al mi, eble ili iel kapablas enrigardi miajn sonĝojn, vidi miajn pensojn. Mi turnas min sur flankon kaj fermas la okulojn.

Mi sonĝas ke Clare kaj mi promenas tra muzeo. La muzeo estas antikva palaco, ĉiuj pentraĵoj en oraj kadroj rokokaj, ĉiuj aliaj vizitantoj portas altajn perukojn pudritajn kaj grandegajn robojn, redingotojn kaj ĝisgenuajn pantalonojn. Ili ŝajnas ne rimarki nian pasadon. Ni rigardas la pentraĵojn, sed fakte ili ne estas pentraĵoj, ja plie poemoj, kiuj iel ekhavis fizikan manifestiĝon.

– Rigardu – mi diras al Clare, – jen Emily Dickinson. «La koro petas unue plezuron; Kaj poste pardonon pro doloro ...» Ŝi staras antaŭ la hele flava poemo kaj ŝajnas varmigi sin per ĝi.

Sekvas Danto, Donne, Blake, Neruda, Bishop; pli longe ni restas en salono plena de Rilke, ni pasas rapide tra la bitnikoj, kaj paŭzas ĉe Verleno kaj Bodlero. Mi abrupte konstatas ke mi perdis Clare, do mi ekmarŝas, poste kuras, reen tra la galerioj, kaj poste mi subite trovas ŝin: ŝi staras antaŭ poemo, eta blanka poemo duone kaŝita en angulo. Ŝi ploras. Veninte malantaŭ ŝin, mi povas legi la poemon: *En la lito mi nun kuŝos, Di' mian animon tuŝos, se mi dum la nokto mortos, Di' mian animon portos.*

Mi baraktas en herboj, estas malvarme, vento alblovegas, mi nudas kaj frostas en mallumo, sur la grundo kuŝas neĝo, mi genuas en la neĝo, sango gutas en la neĝon, kaj mi etendas manon ...

– Dio mia, li sangas ...

– Kiel diable tio okazis?

– Fek', li forŝiris ĉiujn elektrodojn, helpu min remeti lin sur-liten!

Mi malfermas la okulojn. Kendrick kaj d-ro Larson kaŭras super mi. D-ro Larson aspektas malserena kaj zorgoplena, sed Kendrick ridetas triumfe.

– Ĉu bone registrite? – mi demandas, kaj li respondas:

– Tute perfekte.

Mi diras «Bonege» kaj tuj poste svenas.

DU

••••

Dimanĉon, la 12-an de oktobro 1997
(Henry aĝas 34, Clare aĝas 26)

HENRY: Mi vekiĝas kaj flaras odoron de fero: estas sango. Ĉieas sango, kaj Clare kuŝas meze de ĝi, buliĝinta kiel katido. Mi skuas ŝin, kaj ŝi diras:

– Ne.

– ... aŭskultuClarevekiĝuvisangas! ...

– Mi sonĝis ...

– Clare, mi petas ...

Ŝi levas sin siden. Ŝiaj manoj, vizaĝo, haroj estas trempitaj en sango. Clare etendas sian manon, kaj sur ĝi kuŝas eta monstro. Ŝi diras simple:

– Li mortis – kaj ekploras. Ni sidas kune sur la rando de la sangmalseka lito, tenante unu la alian, kaj ploras.

Lundon, la 16-an de februaro 1998
(Clare aĝas 26, Henry aĝas 34)

CLARE: Henry kaj mi tuj eliros. Estas neĝa posttagmezo, mi ĝuste surtiras miajn botojn kiam la telefono sonoras. Henry iras en la salonon por respondi. Mi aŭdas lin diri «Ha lo?» kaj poste «Ĉu

401

vere?» kaj «Hu, damne kaj diable!» Poste: «Atendu, mi prenu paperon», kaj sekvas longa silento, interrompata de fojfojaj «Atendu, klarigu tion», mi do demetas miajn botojn kaj mantelon, kaj glitpaŝas en la salonon sur miaj ŝtrumpetoj. Henry sidas sur la sofo lulante la telefonon sur la genuoj kiel dorlotbeston, furioze notante kion li aŭdas. Mi sidiĝas apud li, kaj li alridetas min. Mi rigardas la notblokon; paĝosupre la notoj komenciĝas jene: *4 genoj: per4, sentempa!, CLOCK, nova geno tempvojaĝanto?? Krom-17 x 2, 4, 25, 200+ TAG: ripetoj, ligo kun sekso? ne, +tro da dopaminricev., kiaj proteinoj???* ... kaj mi ekkomprenas: Kendrick faris ĝin! Li eltrovis ĝin! Mi ne povas kredi. Li sukcesis. Kaj kio nun? Henry demetas la telefonon, turnas sin al mi. Li aspektas same konsternita kiel mi sentas min.

 – Kio okazos nun? – mi demandas lin.

 – Nun li klonos la genojn kaj metos ilin en musojn.

 – *Kio?*

 – Li faros tempvojaĝajn musojn. Poste li kuracos ilin.

Ni ambaŭ ekridas samtempe, kaj ni ekdancas, svingas unu la alian ĉirkaŭe en la ĉambro, ridas kaj dancas, ĝis ni anhele refalas sur la sofon. Mi rigardas Henry, kaj mi pripensas ke ĉe la nivelo de ĉeloj li estas tiel malsama, tiel *alia*, kaj tamen li estas nur viro en blanka ĉemizo kun butonita kolumo kaj pluvjako, kies mano sentiĝas tute haŭta kaj osta en miaj manoj, viro kiu ridetas same kiel homaj estaĵoj. *Mi ĉiam sciis ke li estas malsama*, sed kial tio gravus? Pro kelkaj literoj da kodo? sed iel tamen gravas, kaj iel ni devas ŝanĝi tion, kaj ie ĉe la alia flanko de la urbo d-ro Kendrick nun sidas en sia oficejo provante eltrovi kiel produkti musojn kiuj defias la regulojn de la tempopaso. Mi ridas, sed temas pri vivo kaj morto, kaj mi ĉesas ridi kaj metas mian manon sur la buŝon.

INTERMEZO

•••••••••••

Merkredon, la 12-an de aŭgusto 1998
(Clare aĝas 27)

CLARE: Panjo dormas nun, finfine. Ŝi dormas en sia propra lito, sia propra ĉambro; en la fino ŝi eskapis la hospitalon nur por trovi ke ŝia ĉambro, ŝia rifuĝejo, estis transformita en hospital-ĉambron. Sed ŝi ne plu konscias tion. La tutan nokton ŝi parolis, ploris, ridis, kriis, vokis «Philip!» kaj «Panjo!» kaj «Ne, ne, ne ...». La tutan nokton pulsadis la elektra sonkurteno de la cikadoj kaj arbo-ranoj de mia infanaĝo, kaj en la nokta lumo ŝia haŭto aspektis kiel abelvakso, dum ŝi ĵetadis la ostajn manojn supren kvazaŭ petege, alkroĉis la manojn al la glaso da akvo kiun mi tenis al ŝiaj kruste sekaj lipoj. Nun komencas tagiĝi. La fenestro de Panjo rigardas al oriento. Mi sidas sur la blanka seĝo, apud la fenestro, fronte al la lito, sed mi ne rigardas, ne rigardas al Panjo tiel ŝrumpinta en sia granda lito, al la pilolaj boteloj kaj la kuleroj kaj la glasoj kaj la intravejna gutigilo, stango kun sako grasece pendanta kun likvo kaj la ruĝa palpebruma LED-ekrano kaj la litpelvo kaj la renoforma vomujo kaj la skatolo da lateks-gantoj kaj la rubujo kun la averta etikedo BIO-DANĜERO plena de sangaj injektiloj. Mi rigardas tra la fenestro, al oriento. Kelkaj birdoj kantas. Mi aŭdas vekiĝi la kolombojn kiuj loĝas en la visterio. La mondo grizas. Malrapide enlikiĝas koloro, ne la rozaj fingroj de aŭroro, sed malrapide disvastiĝanta makulo de sangoranĝo, dum momento ankoraŭ hezita ĉe la horizonto, sed fine inundanta la ĝardenon; poste ora lumo, kaj blua ĉielo, kaj fine ĉiuj koloroj ekvibras en siaj atribuitaj lokoj, ĉe la bignonioj, la rozoj, la blankaj salvioj, la kalenduloj, ĉiuj brilantaj en la nova matena roso kiel vitro. La arĝentaj betuloj ĉe la arbarrando pendas kiel blankaj ŝnuroj el la ĉielo. Korvo transflugas super la herboj. Ĝia ombro flugas sub ĝi, kaj renkontas ĝin kiam ĝi alteriĝas sub la fenestro kaj grakas, unufoje. Lumo trovas la fenestron, kaj kreas miajn manojn, mian korpon, pezan en la blanka seĝo de Panjo. La suno leviĝis.

Mi fermas la okulojn. La klimatizilo ronronas. Mi malvarmas, do mi ekstaras por malŝalti ĝin ĉe la alia fenestro. Nun la ĉambro silentas. Mi aliras la liton. Panjo kuŝas senmova. Ĉesis la peniga spirado kiu hantis mian sonĝon. Kun la buŝo iom malferma, la brovoj levitaj kvazaŭ pro surprizo, kvankam kun okuloj fermitaj, ŝi preskaŭ aspektas kantanta. Mi genuiĝas apud la lito, fortiras la kovrilojn kaj metas orelon al ŝia koro. Ŝia haŭto varmas. Nenio. Nek korbatoj nek sangocirkulado, neniu spiro ŝveligas la velojn de ŝiaj pulmoj. Silento.

Mi levas ŝian misodoran, ruinan korpon en la brakojn, kaj por sola momento ŝi estas perfekta, ŝi estas mia propra perfekta bela Panjo denove, eĉ se ŝiaj elstaraj ostoj puŝiĝas kontraŭ miajn mamojn, kaj ŝia kapo pende balanciĝas, eĉ se ŝia kancer-ŝarĝa ventro imitas fekundecon – en la memoro ŝi tamen elstaras brila, ridanta, ellasita: libera.

Paŝoj en la koridoro. La pordo malfermiĝas, aŭdiĝas la voĉo de Etta.

– Clare? Ho!

Mi mallevas Panjon sur la kusenojn, glatigas ŝian nokto-ĉemizon, ŝiajn harojn.

– Ŝi foriris.

Sabaton, la 12-an de septembro 1998
(Henry aĝas 35, Clare aĝas 27)

HENRY: Lucille estis tiu kiu amis la ĝardenon. Kiam ni venis viziti, Clare, trairinte la pordon de Domo Meadowlark, rekte daŭrigis tra la malantaŭa pordo al Lucille, kiu preskaŭ ĉiam estis en la ĝardeno, ĉu pluvis ĉu sunis. Kiam ŝi fartis bone, ni trovis ŝin genuantan inter la bedoj: ŝi sarkis, aŭ translokis plantojn, aŭ nutris la rozojn. Kiam ŝi estis malsana, Etta kaj Philip venigis ŝin malsupren en kovrila volvo kaj sidigis ŝin en ŝia vimena seĝo, foje ĉe la fontano, foje sub la pirarbo, kie ŝi povis vidi Peter labori, fosi, stuci kaj grefti. Kiam Lucille fartis bone, ŝi regalis nin per kroniko de la ĝardeno: ke la ruĝkapaj fringoj finfine malkovris la novan manĝujon, ke la dalioj apud la sunhorloĝo pli bone prosperis ol atendite, ke la nova rozo montriĝis havi teruran nuancon de lavendo, sed tiel viglis ke ŝi fine ne emis forigi ĝin. Iun someron Lucille kaj Alicia faris eksperimenton: Alicia ĉiutage plurajn horojn ekzerciĝis pri violonĉelo en la ĝardeno, por vidi ĉu la plantoj reagos al la muziko.

Lucille ĵuris ke ŝiaj tomatoj neniam estis tiom abundaj, kaj ŝi montris al ni kukurbeton tiel dikan kiel mia femuro. Do la eksperimento estis konsiderata sukcesa, sed neniam reokazis, ĉar estis la lasta somero kiam Lucille fartis sufiĉe bone por ĝardenumi.

Lucille estis kiel planto: ŝiaj fortoj kreskadis kaj malkreskadis laŭ la sezonoj. En la somero, kiam ni ĉiuj aperis, Lucille refloris, dum endome resonis la feliĉaj krioj kaj piedfrapoj de la infanoj de Mark kaj Sharon, kiuj padelis kiel pudeloj en la fontano kaj salte petolis malpuraj kaj feliĉaj sur la gazono. Lucille aperis ofte kotŝmirita sed ĉiam eleganta. Ŝi leviĝis por saluti nin, ŝiaj kupre blankaj haroj en densaj, grasaj plektaĵoj fadene pendis en ŝian vizaĝon, dum ŝi ricevis niajn brakumojn delasinte siajn blankajn kapridledajn gantojn kaj siajn ĝardenumilojn. Lucille kaj mi ĉiam tre formale interkisis, sur ambaŭ vangoj, kvazaŭ ni estus tre maljunaj francaj grafinoj kiuj ne vidis unu la alian de longa tempo. Al mi ŝi ĉiam afablis, kvankam ŝian filinon ŝi povis ruinigi per rigardo. Ŝi mankas al mi. Sed por Clare ... nu, «manki» estas maltaŭga vorto. La mankego estas tiu kiun sentas Clare. Clare eniras ĉambron kaj forgesas kial ŝi venis tien. Clare sidas kaj rigardas libron sed ne turnas paĝon dum tuta horo. Tamen ŝi ne ploras. Clare ridetas se mi ŝercas. Clare manĝas tion kion mi metas antaŭ ŝin. Se mi provas amori kun ŝi, Clare provas kunagi ... sed baldaŭ mi delasas ŝin, timante la obeeman, senlarman vizaĝon, kiu ŝajnas esti tute aliloke. Mankas al mi Lucille, sed senigita mi estas je Clare, la foririnto estas Clare, kiu lasis min kun ĉi tiu fremdulino, kiu nur aspektas kiel Clare.

Merkredon, la 26-an de novembro 1998
(Clare aĝas 27, Henry aĝas 35)

CLARE: La ĉambro de Panjo estas blanka kaj nuda. La tuta medicina ekipaĵo estas for. La lito estas nudigita ĝis la matraco, kiu impresas makulita kaj malbela en la pura ĉambro. Mi staras antaŭ la skribotablo de Panjo. Ĝi estas peza blanka Formica, moderna kaj stranga en la alie ineca kaj delikata ĉambro plena de antikvaj francaj mebloj. La skribotablo staras ĉirkaŭita de fenestroj, matena lumo tralavas ĝian malplenan surfacon. La tablo estas ŝlosita. Mi serĉadis la ŝlosilon dum tuta horo, sensukcese. Mi apogas la kubutojn al la dorso de la pivotseĝo de Panjo kaj fiksrigardas la skribotablon. Fine mi iras malsupren. En la salono kaj la manĝoĉambro estas neniu. Mi aŭdas ridadon en la kuirejo, do mi malfermas la pordon. Henry kaj Nell teamas duope super areto da bovloj, bakaĵ-tuko kaj rulknedilo.

– Trankvile, knabo, trankvile! Se vi traktos ĝin tiel, ĝi nur malmoliĝos. Necesas malpeza tuŝo, Henry, alie ĝi havos maĉ-guman teksturon.

– Pardonu, pardonu. Mi faros peze, nur ne skoldu min tiel. Saluton, Clare!

Henry turnas sin kun rideto, kaj mi vidas ke ĉie kovras lin faruno.

– Kion vi faras?

– Kornbulkojn. Mi ĵuris ke mi aŭ mastros la arton faldi kuko-paston aŭ heroe pereos dum la provado.

– Ripozu en paco, filo! – ridetas Nell.

– Kio nova? – demandas Henry, dum Nell efike rulpremas bulon da pasto, faldas, pritranĉas kaj envolvas ĝin en vakspaperon.

– Mi bezonas pruntepreni Henry por kelkaj minutoj, Nell.

Nell kapjesas kaj montras per sia knedilo al Henry.

– Revenu post dek kvin minutoj kaj ni komencos la ma-rinadon.

– Jes, sinjorino!

Henry sekvas min supren. Ni staras antaŭ la skribotablo de Panjo.

– Mi volas malfermi ĝin kaj ne trovas la ŝlosilojn.

– Aĥ.

Li ĵetas rigardon al mi, tiel rapidan ke mi ne povas interpreti:

– Fakte, facile.

Henry forlasas la ĉambron kaj revenas post kelkaj minutoj. Li sidiĝas sur la planko antaŭ la skribotablo de Panjo, kaj elrektigas du grandajn paperklipojn. Li komencas per la tirkesto maldekstra, malsupra, sondas singarde, turnas en la seruro unu klipon, kaj enŝovas post ĝi la alian.

– *Voilà* – kaj li eltiras la tirkeston. Ĝi superplenas je papero. Henry senprobleme malfermas ankaŭ la aliajn kvar tirkestojn. Baldaŭ ili ĉiuj gape elmontras sian enhavon: kajerojn, lozajn paperfoliojn, ĝardenumajn katalogojn, pakojn da semoj, globskribilojn kaj mallongajn grafitkrajonojn, ĉeklibron, tabuleton da ĉokolado Hershey, mezurbendon kaj kelkajn pliajn malgrandaĵojn, kiuj nun aspektas perditaj kaj timemaj en la taglumo. Henry tuŝis nenion en la tirkestoj. Li rigardas al mi; mi preskaŭ nevole rigardas al la pordo, kaj Henry komprenas la aludon. Mi turnas min al la skribotablo de Panjo.

La paperoj estas tute sen ajna ordo. Mi sidas sur la planko kaj amasigas antaŭ mi la enhavon de unu tirkesto. Ĉion kun ŝia manskribo mi glatigas kaj grupigas ĉe mia maldekstro. Kelkaj estas listoj, aŭ notoj kiujn ŝi faris por si mem: *Ne demandu P pri S.* Aŭ: *Memorigu Etta vendr. vesperm. de B.* Aras paĝoj kaj paĝoj da skribaĉo: spiraloj kaj ondoj, nigraj rondoj, birdpiedaj markoj. Ene de kelkaj el tiuj videblas frazo aŭ frazero: *Disigi ŝiajn harojn per tranĉilo.* Kaj: *ne povis ne povis fari.* Kaj: *Se mi restas trankvila, ĝi preterpasos min.* Kelkaj folioj estas poemoj tiel abunde primarkitaj kaj trastrekitaj ke fine restas tre malmulte, kiel en la fragmentoj de Sapfo:

> *Kiel malnova viando,* ~~malstreĉa kaj mola~~
> *senaera* ~~XXXXXXX~~ *ŝi diris jes*
> ~~ŝi diris XXXXXXXXXXXXXX~~

Aŭ:

> *lia mano* ~~XXXXXXXXXXXX~~
> ~~XXXXX~~ posedi,
> ~~XXXXXXXXXXXXX~~
> en ekstrema ~~XXXXXXXXX~~

Kelkaj poemoj estis tajpitaj:

> *Ĉi-momente*
> *ĉiu esper' malfortas*
> *kaj etas.*
> *Muziko kaj belo*
> *salas mian malgajon;*
> *blanka malpleno traas mian glacion.*
> *Kiu dirintus*
> *ke la anĝelo de sekso*
> *tiel malgajas?*
> *aŭ konata deziro*
> *fandus ĉi tiun vastan*
> *vintran nokton en*
> *mallum-inundon.*
>
> *1/23/79*

La printempa ĝardeno:
ŝipo de somero
tranaĝas
mian vintran vizion.

4/6/79

1979 estis la jaro kiam Panjo perdis bebon kaj provis mortigi sin. Ekdoloras min la stomako kaj malklariĝas la okuloj. Mi nun scias kiel ŝi fartis tiam. Ĉiujn tiujn paperojn mi prenas kaj flanken-metas sen plu legi. En alia tirkesto mi trovas pli freŝajn poemojn. Kaj, fine, poemon adresitan al mi:

La ĝardeno sub neĝo
por clare

       nun la ĝardeno estas sub neĝo
       vaka paĝo priskribota de niaj piedspuroj
       clare kiu neniam estis mia
       sed ĉiam apartenis al si mem
       Dormanta belulino
       kristala kovrilo
       ~~ŝi atendas~~
       jen ŝia printempo
       jen ŝia dormado/vekiĝo
       ŝi atendas
       atendas ĉio
       ~~la kison~~
       la neverŝajnaj formoj de ~~tuber~~radikoj
       ~~mi neniam pensis~~
       mia bebo

HENRY: Estos baldaŭ tempo por vespermanĝo, kaj mi obstaklas al Nell, do kiam ŝi diras «Ĉu vi ne iru vidi kion faras via virino?», tio ekŝajnas al mi bona ideo. Clare sidas surplanke antaŭ la skribotablo de sia patrino, ĉirkaŭata de paperoj blankaj kaj flavaj. La surtabla lampo ŝutas lumon ĉirkaŭ ŝin, sed ŝia vizaĝo restas en ombro; ŝia hararo formas kupre flaman aŭron. Ŝi rigardas supren al mi kaj elmontras paperpecon:

– Rigardu, Henry, ŝi verkis por mi poemon.

Sidante apud Clare kaj legante la poemon mi iomete pardonas al Lucille pro ŝia kolosa egoismo kaj ŝia monstra morto, kaj mi levas la okulojn al Clare.

– Bela poemo – mi diras, kaj ŝi kapjesas, kontenta, dum momento, ke ŝia patrino vere amis ŝin. Mi pensas pri mia patrino kantanta lidojn post tagmanĝo en somera posttagmezo, ridetanta al nia spegulbildo en montrofenestro, aŭ turniĝanta en blua robo tra sia tualetejo. Ŝi amis min. Mi neniam pridubis ŝian amon. Lucille estis ŝanĝiĝema kiel la vento. La poemo kiun Clare tenas estas pruvilo, neŝanĝebla, nekontestebla, momentfoto de emocio. Mi ĉirkaŭrigardas al la papermaro sur la planko kaj sentas senpeziĝon: io el ĉi tiu kaoso leviĝis al la surfaco por esti la savboato de Clare.

– Ŝi verkis por mi poemon – diras Clare, denove, mire. Larmoj fluas laŭ ŝiaj vangoj. Mi ĉirkaŭbrakas ŝin, kaj ŝi revenas, mia edzino, Clare, sana kaj sekura, finfine atingas la bordon post ŝiprompiĝo, plorante kiel knabineto, kies patrino mansvingas al ŝi el la ferdeko de sinkanta boato.

NOVJARA VESPERO, UNU

Vendredon, la 31-an de decembro 1999, 23:55
(Henry aĝas 36, Clare aĝas 28)

HENRY: Clare kaj mi staras sur tegmento en la kvartalo Wicker Park kun amaso da aliaj kuraĝuloj, atendante la tiel nomatan jarmilŝanĝon. Estas luma nokto, kaj ne tiom malvarmas; mi ja povas vidi mian spiron, kaj la oreloj kaj nazo iom sensentiĝis. Clare tute envolvis sin per sia granda nigra koltuko, kaj ŝia vizaĝo mirige blankas en la luna/strata lumo. La tegmento apartenas al artista paro, geamikoj de Clare. Gomez kaj Charisse proksimas, ili faras malrapidan dancon en siaj anorakoj kaj mufgantoj, laŭ muziko kiun nur ili aŭdas. Ĉiuj ĉirkaŭ ni ebrie ŝercadas pri la manĝkonservaĵoj kiujn ili ekstokis, aŭ pri la heroaj agoj por protekti siajn komputilojn kontraŭ sistempaneo. Mi ridetas al mi mem, sciante ke ĉiuj ĉi jarmilaj sensencaĵoj estos komplete forgesitaj jam kiam la urbaj purigservoj forprenados la kristnask-arbojn de sur la urbaj trotuaroj.

Ni atendas ke komenciĝu la artfajraĵoj. Clare kaj mi apogas nin al la tali-alta parapeto ĉe la fasado de la konstruaĵo, ĝuante la panoramon de la urbo Ĉikago. Ni rigardas orienten, al Miĉiganlago.

– Saluton, ĉiuj! – Clare svingas manon gantitan al la lago, al South Haven en la ŝtato Miĉigano. – Estas amuze – ŝi komentas al mi, – tie estas jam la nova jaro. Mi certas ke tie ili ĉiuj jam enlitiĝis.

Ni staras en ses-etaĝa alto, kaj surprizas min kiom multe mi povas vidi el ĉi tie. Nia domo, en placo Lincoln, situas ie norde kaj okcidente de ĉi tie; nia kvartalo trankvilas kaj mallumas. La urbocentro, sudoriente, fajrere brilas. Kelkaj grandegaj konstruaĵoj estas ornamitaj por Kristnasko, kun verdaj kaj ruĝaj lumoj en siaj fenestroj. La turoj Sears kaj Hancock frontas unu la alian kiel gigantaj robotoj, super la kapoj de malpli grandaj nubskrapuloj. Preskaŭ eblas vidi kie mi loĝis kiam mi renkontis Clare, ĉe North Dearborn, sed la domo mem restas en la ombro de pli alta, pli malbela konstruaĵo, kiun ili starigis antaŭ kelkaj jaroj apud ĝi. Ĉikago riĉas je tiom da bonegaj konstruaĵoj ke de tempo al tempo iuj sentas sin devigitaj detrui kaj anstataŭigi kelkajn konstruaĵojn per monstruaĵoj, nur por helpi nin pli aprezi tion kio bonas. La trafiko ne estas densa nun, ĉiuj volas noktomeze troviĝi ie aliloke ol survoje. Mi aŭdas eksplodojn de petardoj tie kaj jen, periode akompanatajn de okazaj fusilpafoj, de kretenoj kiuj ŝajne forgesas ke el pafiloj venas pli ol nur laŭtaj bruoj.

– Mi frostas – diras Clare, rigardante al sia horloĝo. – Ankoraŭ du minutojn.

Erupcioj de festemo en la najbaraĵo atestas ke ĉe kelkaj homoj la horloĝoj iom tro rapidas.

Mi pensas pri Ĉikago en la venonta jarcento. Estos pli da homoj, multe pli. Freneza trafiko, sed malpli da vojtruoj. En parko Grant staros abomena konstruaĵo, kun la aspekto de eksplodanta kolaa skatolo; West Side malrapide levos sin el malriĉeco, dum South Side plu kadukiĝos. Finfine oni malkonstruos la stadionon Wrigley Field kaj konstruos enorman, malbelan posteulon; sed nun ĝi ankoraŭ staras, kun flamaj lumoj, nord-oriente.

Gomez komencas la retrokalkuladon: «Dek, naŭ, ok ...», kaj ni ni ĉiuj transprenas: «sep, ses, kvin, kvar, TRI! DU! UNU! *Feliĉan Novjaron!*» Ĉampankorkoj elsaltas, artfajraĵoj eksparkas kaj desegnas striojn sur la ĉielo, dum Clare kaj mi plonĝas en la brakojn unu de la alia. La tempo haltas, kaj mi esperas la alvenon de io pli bona.

TRI
••••

Sabaton, la 13-an de marto 1999
(Henry aĝas 35, Clare aĝas 27)

HENRY: Ĵus naskiĝis la tria infano de Charisse kaj Gomez: Rosa Evangeline Gomolinski. Ni lasas pasi semajnon, sed post tio ni invadas ilin kun donacoj kaj manĝaĵoj.

Gomez venas al la pordo. Maximilian, tri jarojn aĝa, kroĉiĝas al lia kruro, kaj kaŝas la vizaĝon malantaŭ genuo de Gomez kiam ni diras «Saluton, Max!»

Joseph, pli ekstraverta en unujara aĝo, kuras al Clare babilante «Ba ba ba», kaj ruktante laŭte kiam ŝi levas lin en la brakojn. Gomez levas la okulojn al la ĉielo, kaj Clare ridas, ridas ankaŭ Joe, kaj eĉ mi devas ridi pro tiu kompleta kaoso. Ilia hejmo aspektas kvazaŭ rulpremis ĝin glaĉero kiu trenis kun si ĉiaspecajn ludilojn kaj lasis ilin en disaj grupoj gardataj de solecaj pluŝursoj.

– Ne rigardu – diras Gomez. – Nenio el ĉio ĉi realas. Ni simple elprovadas unu el la virtual-realaj ludoj de Charisse. Ni nomas ĝin Gepatreco.

– Gomez? – alflosas la voĉo de Charisse el la dormoĉambro. – Ĉu venis Clare kaj Henry?

Tra la koridoro ni trupe marŝas al la dormoĉambro. Preterpasante mi ekvidas la kuirejon, kie mezaĝa virino staras ĉe la lavpelvo kaj purigas telerojn.

Charisse kuŝas enlite kun la bebo en la brakoj. La bebo dormas. Ŝi estas tute malgranda, kun nigra hararo, kaj impresas iom kiel eta azteko. La haroj de Max kaj Joe estas helaj. Charisse aspektas terure (laŭ mi. Clare poste insistas ke ŝi aspektis «mirinde»). Ŝi multe dikiĝis kaj ŝajnas elĉerpita kaj malsana. Ŝi naskis per cezara sekco. Mi sidiĝas sur la seĝon. Clare kaj Gomez eksidas sur la lito. Max tragrimpas sian patrinon kaj alpremas sin al ŝi sub ŝia libera brako. Li alrigardas min kaj enbuŝigas dikfingron. Joe sidas sur la sino de Gomez.

– Ŝi estas belega! – deklaras Clare. Charisse ridetas. – Kaj vi aspektas bonege.

– Mi sentas min tute aĉe – respondas Charisse. – Sed almenaŭ ĉio pretas nun. Ni havas nian filinon.

Ŝi karesas la vizaĝon de la bebo; Rosa oscedas kaj levas unu maneton. Ŝiaj okuloj estas malhelaj fendoj.

– Rosa Evangeline – rukulas Clare al la bebo. – Kiel bela nomo!

– Gomez volis nomi ŝin Merkredo, sed mi rezistis – informas Charisse.

– Nu, ĉiuokaze, ŝi naskiĝis en ĵaŭdo – klarigas Gomez.

– Ĉu vi volas teni ŝin?

Clare kapjesas, kaj Charisse singarde transdonas sian filinon en la brakojn de Clare.

Kiam mi vidas Clare kun bebo enbrake, rekaptas min la realeco de niaj abortoj, kaj dum momento mi sentas naŭzon. Mi esperas ke mi ne tempvojaĝos nun. La sento retiriĝas, kaj restas la konscio pri nia aktualo: ni perdadas infanojn. Kie ili estas, tiuj perditaj idetoj, ĉu ili vagadas, ŝvebadas ĉirkaŭ ni, konfuzitaj?

– Henry, ĉu vi ŝatus teni Rosa? – demandas min Clare. Mi panikas.

– Ne – mi diras, tro emfaze. – Mi ne tiom entuziasmas – mi

aldonas klarige. Mi ekstaras kaj forlasas la dormoĉambron, tra la kuirejo iras al la malantaŭa pordo. Mi staras en la korto. Leĝere pluvas. Mi staras kaj spiradas. La pordo frapfermiĝas. Elvenas Gomez kaj haltas apud mi.

– Ĉu vi sentas vin bone? – li demandas.

– Pli-malpli. Mi fariĝis klostrofobia ene.

– Jes, mi bone konas tiun senton.

Ni staras silente dum minutoj. Mi klopodas memori ĉu mia patro tenis min en la brakoj kiam mi estis malgranda. Mi memoras nur kiel mi ludis kun li, kuris, ridis, rajdis sur liaj ŝultroj. Mi rimarkas ke Gomez rigardas min, kaj ke larmoj fluas sur miaj vangoj. Mi viŝas la vizaĝon per maniko. Iu el ni du devas diri ion.

– Ne atentu min – mi diras. Gomez mallerte gestas.

– Mi tuj revenos – li diras kaj malaperas en la domon. Mi jam pensas ke li definitive foriris, sed li reaperas kun brulanta cigaredo en la mano. Mi sidiĝas sur la kaduka pikniktablo, malseka pro pluvo kaj kovrita de pinaj pingloj. Malvarmas ĉi tie.

– Ĉu vi daŭre provadas ekhavi infanon?

Mi estas konsternita, ĝis mi ekkomprenas ke Clare verŝajne rakontas ĉion al Charisse, kaj Charisse verŝajne rakontas nenion al Gomez.

– Jes.

– Ĉu Clare estas ankoraŭ ĉagrenita pro tiu aborto?

– Abortoj. Plurale. Ni havis tri.

– «Perdon de unu infano, sinjoro DeTamble, oni eble taksus misfortuno; sed perdo de tri aspektas kiel malzorgemo.»

– Ne tre amuze, Gomez.

– Pardonu … – ĉi-foje Gomez almenaŭ aspektas embarasita.

Mi ne volas paroli pri ĉi tio. Mi ne havas vortojn por priparoli ĝin, eĉ kun Clare mi apenaŭ povas paroli pri ĝi, aŭ kun Kendrick

kaj kun la aliaj kuracistoj al kiuj ni humile prezentis nian mal-
ĝojan kazon.

– Pardonu – ripetas Gomez. Mi stariĝas:

– Ni prefere eniru.

– Ha, ili ne volas nin, ili volas paroli pri knabinaĵoj.

– Mhm. Nu, do. Kion vi dirus pri la Cubs?

Mi residiĝas.

– Fermu la faŭkon! – reagas Gomez. Nek lin nek min
interesas bazpilko. Li paŝadas tien-reen. Mi volus ke li ĉesu aŭ,
prefere, ke li eniru.

– Kio do estas la problemo? – li demandas senĝene.

– Pri kio? La Cubs? Fuŝaj lanĉuloj, mi dirus.

– Ne, kara Librovermo, ne temas pri la Cubs. Kiu estas la
problemo pro kiu vi kaj Clare restas senbebaj?

– Tio vere ne estas via afero, Gomez.

Li boras plu senĝene.

– Ĉu ili eĉ scias kio estas la problemo?

– Forfikiĝu, Gomez!

– Nu, nu ... Atentu vian langon. Ĉar mi konas tiun bonegan
kuraciston ...

– Gomez ...

– ... kies fako estas fetaj kromosomaj perturboj.

– Kiel diable vi scius pri tio?

– Temas pri eksperto-atestanto ...

– Ho ...

– Ŝi nomiĝas Amit Montague – li daŭrigas, – ŝi estas genia.
Videblis en televido, gajnis ĉiujn premiojn. Ĉe la tribunalo la
ĵurioj amegas ŝin.

– Ho, nu, se ĵurioj amegas ŝin ... – mi komencas sarkasme.

– Simple iru viziti ŝin. Dio mia, mi nur provas iel helpi vin.

– Bone, dankon – mi ĝemas.

– Ĉu vi celas: «Dankon, ni tuj kuros tien kaj faros laŭ via propono, kara kamarado!», aŭ ĉu «Dankon, iru bugriĝi»?

Mi ekstaras, forbalaas la humidajn pinopinglojn de sur la postaĵo de mia pantalono.

– Ni eniru – mi diras, kaj ni eniras.

KVAR
• • • • • •

Merkredon, la 21-an de julio 1999
/ la 8-an de septembro 1998
(Henry aĝas 36, Clare aĝas 28)

HENRY: Ni kuŝas en la lito. Clare buliĝas sur sia flanko, kun la dorso al mi, kaj mi buliĝas ĉirkaŭ ŝi, fronte al ŝia dorso. Estas eble la dua matene, kaj ni ĵus estingis la lumon post longa kaj sencela diskuto pri niaj reproduktaj misfortunoj. Nun mi alpremas min al Clare, mia mano ĉirkaŭprenas ŝian dekstran mamon, kaj mi klopodas kompreni ĉu ni estas en la sama boato aŭ ĉu mi jam elfalis el ĝi.

— Clare — mi flustras al ŝia kolo.

— Hm?

— Ni adoptu.

Mi pripensas ĉi tion jam de semajnoj, de monatoj. Ŝajnas brila fuĝrimedo: ni havos bebon. Ĝi estos sana. Clare estos sana. Ni estos feliĉaj. Jen la nepra respondo. Clare diras:

— Sed tio estus falsaĵo. Estus ŝajnigo.

Ŝi eksidas, alfrontas min, kaj mi faras same:

— Ĝi estus vera bebo, kaj ĝi estus nia. Kiel tio estus ŝajnigo?

— Mi tediĝas pri ŝajnigado. Ni daŭre nur ŝajnigas. Mi volas fari tion envere.

– Ni ne daŭre nur ŝajnigas. Pri kio vi parolas?

– Ni ŝajnigas ke ni estas normalaj homoj, kiuj vivas normalan vivon! Mi ŝajnigas ke tute ne gravas por mi ke vi ĉiam malaperas Dio scias kien. Vi ŝajnigas ke ĉio estas en ordo eĉ kiam oni preskaŭ mortigas vin kaj Kendrick ne scias kion diable fari pri tio! Mi ŝajnigas ke mi ne zorgas kiam niaj beboj mortas ...

Ŝi plorsingultas, ŝia korpo kurbiĝas, la haroj ŝirmas ŝian vizaĝon kvazaŭ kurteno el silko. Min lacigas plori. Min lacigas rigardi la plorojn de Clare. Mi estas senhelpa antaŭ ŝiaj larmoj, nenion mi povas fari por ŝanĝi ion ajn.

– Clare ...

Mi etendas manon por ŝin tuŝi, por konsoli ŝin, por konsoli min, kaj ŝi forpuŝas min. Mi ellitiĝas kaj kaptas miajn vestaĵojn. Mi vestas min en la banĉambro. Mi elprenas la ŝlosilojn de Clare el ŝia mansako kaj enŝuiĝas. Clare aperas en la vestiblo.

– Kien vi iras?

– Mi ne scias.

– Henry ...

Mi eliras kaj frapfermas la pordon malantaŭ mi. Agrablas esti ekstere. Mi ne memoras kie staras la aŭto. Mi tamen ekvidas ĝin trans la strato. Mi transiras kaj enaŭtiĝas.

Mia unua ideo estis dormi en la aŭto, sed kiam mi jam trovas min en ĝi, mi decidas veturi ien. Al plaĝo: mi veturos al la plaĝo. Mi scias ke tio estas tute fuŝa ideo. Mi estas laca, mi estas maltrankvila, estas frenezaĵo stiri aŭton ... sed mi simple emas stiri. La stratoj malplenas. Mi startigas. La aŭto muĝe ekfunkcias. Mi bezonas tutan minuton por forlasi la parkejon. Mi vidas la vizaĝon de Clare tra nia fenestro. Ŝi zorgiĝu nur. Ĉi-foje ne gravas al mi.

Mi veturas laŭ strato Ainslie al avenuo Lincoln, turniĝas al

Western, kaj ekveturas norden. De longe mi ne troviĝis ekstere sola meze de la nokto en la nuntempo, kaj mi eĉ ne memoras kiam mi lastfoje stiris aŭton krom ĉe absoluta bezono. Vere tre agrable. Mi rapidas preter la tombejo Rosehill kaj laŭ la longa spaliro de aŭtokomercejoj. Mi ŝaltas la radion, trabutonas la antaŭdifinitajn kanalojn ĝis mi trovas la nekomercan WLUW; ili ludas Coltrane, do mi laŭtigas ĝin kaj mallevas la fenestron. La bruo, la vento, la trankviliga ripetiĝo de trafiklumoj kaj stratlampoj igas min serena, anestezas min, kaj post kelka tempo mi eĉ ekforgesas kial mi entute estas ĉi tie. Ĉe la limo de Evanston mi turniĝas al avenuo Ridge, kaj poste daŭrigas laŭ strato Dempster al la lago. Mi ekparkas proksime al la laguno, lasas la ŝlosilon en la startigilo, eliras kaj marŝas. Estas malvarme kaj tre trankvile. Mi eliras sur la moleon kaj haltas ĉe ĝia fino, rigardante laŭ la lagobordo al Ĉikago, kies lumoj flagras sub oranĝa kaj purpura ĉielo.

Mi tiom lacas. Mi lacas pensi pri morto. Mi lacas pri sekso kiel rimedo por celo. Kaj mi timas pensi kiel ĉio povus finiĝi. Mi ne scias kiom da premo mi povas elteni flanke de Clare.

Kion signifas ĉiuj ĉi fetoj, ĉi tiuj embrioj, ĉi tiuj ĉelamasoj, kiujn ni daŭre kreas kaj perdas? Kio igus ilin sufiĉe gravaj por riski la vivon de Clare, por doni al ĉiu tago nuancon de malespero? Naturo diras al ni rezigni, Naturo deklaras: Henry, vi estas tre fuŝa organismo, kaj ni ne volas krei pli da vi. Mi pretas konsenti.

Mi neniam vidis min en la estonteco kun infano. Kvankam mi pasigis sufiĉe da tempo kun mia juna mio, kvankam mi pasigas multe da tempo kun Clare kiel infano, mi ne sentas ke mia vivo estus malkompleta sen mia propra infano. Neniu estonta mio iam ajn instigis min fosi ĉi tiun sulkon.

Fakte, antaŭ kelkaj semajnoj mi ne plu eltenis kaj demandis, kiam mi renkontis mian mion en la magazeno de Newberry,

venintan el 2004: *Ĉu ni iam havos bebon?* Mia mio nur ridetis
kaj levis la ŝultrojn. *Pardonu, vi devas simple mem trasperti ĝin*
– li respondis, memkontente kaj kompateme. *Ho, Dio, kial vi ne
diru al mi!* – mi kriis, per pli forta voĉo, sed li levis la manon kaj
malaperis. *Fektruo*, mi diris laŭte, kaj Isabelle enŝovis la kapon
tra la sekurpordo por demandi kial mi kriadas en la magazeno kaj
ĉu mi rimarkis ke oni povas aŭdi min en la Legoĉambro.

Mi simple ne vidas eliron. Clare estas obsedita. Amit
Montague kuraĝigas ŝin, rakontas al ŝi pri miraklaj beboj, donas
al ŝi vitamintrinkaĵojn kiuj memorigas min pri la filmo *La bebo
de Rosemary*. Eble mi povus striki. Certe, jen kio funkcius: seksa
striko. Mi ridas al mi mem. La ondoj milde plaŭdantaj kontraŭ la
moleo glutas la sonon. Estus senŝanca entrepreno. Post kelkaj
tagoj mi surgenue ŝin petegus.

Doloras min la kapo. Mi provas ignori ĝin, mi scias ke la
kaŭzo estas mia laceco. Mi demandas min ĉu mi povus dormi sur
la plaĝo sen ke iu ĝenu min. Estas bela nokto. Ĝuste ĉi-momente
surprizas min intensa lumradio balaanta la moleon, kiu trafas en
mian vizaĝon – kaj subite mi trovas min en la kuirejo de Kimy,
surdorse sub ŝia kuireja tablo, ĉirkaŭita de seĝopiedoj. Kimy
sidas sur unu el la seĝoj kaj rigardas min sub la tablo. Mia mal-
dekstra kokso premiĝas kontraŭ ŝiaj ŝuoj.

– Saluton, Kimy – mi diras malforte. Mi sentas min svenonta.

– Mi havos pro vi koratakon iun tagon, amiĉjo – respondas
Kimy. Ŝi tuŝas min per piedpinto. – Elvenu de tie kaj surmetu iom
da vestaĵoj!

Mi peze movas la korpon kaj elrampas el sub la tablo sur-
genue. Poste mi buligas min sur la linoleumo kaj ripozas
momenton, kolektante mian kuraĝon kaj repuŝante vomemon.

– Henry … ĉu vi sentas vin bone?

Ŝi klinas sin super min.

– Ĉu vi volas ion manĝi? Ĉu vi volas iom da supo? Mi havas minestronon ... Ĉu kafon?

Mi skuas la kapon.

– Ĉu vi volas kuŝi sur la sofo? Ĉu vi malsanas?

– Ne, Kimy, ĉio en ordo, mi baldaŭ fartos pli bone.

Mi sukcesas leviĝi sur la genuojn kaj poste ekstari. Mi ŝanceliĝas en la dormoĉambron kaj malfermas la ŝrankon de s-ro Kim, kiu estas preskaŭ malplena escepte de kelkaj bele gladitaj ĝinzoj de diversaj grandecoj, de knabeta ĝis plenkreskula, kaj pluraj blankaj ĉemizoj freŝe puraj: mia eta vestokaŝejo, kiu atendas min preta. Vestite mi reiras al la kuirejo, klinas min super Kimy kaj kisetas ŝin survange.

– Kiu dato hodiaŭ?

– La 8-a de septembro 1998. De kiam vi venas?

– El julio de la venonta jaro.

Ni sidiĝas ĉe la tablo. Kimy solvas krucvortenigmon de *New York Times*.

– Kio okazas venontan julion?

– Ĝis nun estas tre malvarma somero, via ĝardeno aspektas bone. Ĉiuj akcioj pri teknikaĵoj plivaloriĝas. Vi devus aĉeti iom da Apple-akcioj en januaro.

Ŝi notas tion sur peceto el bruna papersako.

– Bone. Kaj vi? Kiel vi fartas? Kiel fartas Clare? Ĉu vi jam havas bebon?

– Fakte, mi tamen malsatas. Kion pri iom da supo, tiu kiun vi menciis?

Kimy elluktas sin el sia seĝo kaj malfermas la fridujon. Ŝi elprenas kaserolon kaj komencas varmigi iom da supo.

– Vi ne respondis mian demandon.

– Neniu novaĵo, Kimy. Neniu bebo. Clare kaj mi kverelas pri ĝi ĉiun momenton de la tago. Bonvolu ne komenci pri tio nun.

Kimy staras dorse al mi. Ŝi vigle kirladas la supon. Ŝia dorso elradias ĉagrenon.

– Mi ne «komencas pri tio», mi nur demandas, ĉu klare? Mi simple scivolas. Dio mia!

Ni silentas dum kelkaj minutoj. La bruo de la kulero skrapanta la kaserolfundon komencas nervozigi min. Mi pensas pri Clare, kiel ŝi rigardis tra la fenestro dum mi forveturis.

– Kimy ...?

– Henry ...?

– Kial do vi kaj sinjoro Kim neniam havis infanojn?

Longa silento. Fine:

– Ni ja havis infanon.

– Vi havis ...?

Ŝi verŝas la vaporantan supon en unu el la bovloj kun Miĉjo Muso, kiujn mi amis kiam mi estis infano. Ŝi sidiĝas kaj pasigas la manojn tra sia hararo, kunglatigante la disfuĝajn blankajn tuf-etojn en la bulon malantaŭe. Kimy rigardas al mi.

– Manĝu vian supon. Mi tuj revenos.

Ŝi ekstaras kaj eliras el la kuirejo, kaj mi aŭdas ŝin trenpaŝi laŭ la protekta plasta longtapiŝo en la koridoro. Mi manĝas la supon. Ĝi preskaŭ elĉerpiĝis kiam ŝi revenas.

– Jen. Ŝi estas Min. Mia filineto.

La foto estas nigrablanka, neklara. Sur ĝi juna knabino, eble kvin aŭ ses jarojn aĝa, staras antaŭ la domo de s-ino Kim, ĉi tiu domo, la sama konstruaĵo en kiu mi kreskis. Ŝi portas uniformon de katolika lernejo, ridetas kaj tenas ombrelon.

– Ŝia unua tago en lernejo. Ŝi tiom feliĉas, tiom timas!

Mi ekzamenas la foton. Mi hezitas demandi. Mi levas la

okulojn. Kimy rigardas tra la fenestro, trans la riveron.

– Kio okazis?

– Ho, ŝi mortis. Antaŭ ol vi naskiĝis. Ŝi havis leŭkemion, kaj ŝi mortis.

Mi subite rememoras.

– Ĉu ŝi kutimis sidi en lulseĝo en la korto? En ruĝa robo?

S-ino Kim gapas al mi.

– Ĉu vi vidis ŝin?

– Mi kredas ke jes. Antaŭ longe. Eble sepjara mi estis. Mi staris sur la alriveraj ŝtupoj, nuda kiel vermo, kaj ŝi diris ke mi prefere ne venu en ŝian korton, mi respondis ke ĝi estas mia korto, kaj ŝi ne kredis min. Mi ne povis kompreni kial.

Mi ridas.

– Ŝi diris al mi ke ŝia panjo batos min sur la postaĵo se mi ne foriros.

Iom tremas la rido de Kimy.

– Nu, ŝi pravis, ĉu ne?

– Jes, ŝi nur maltrafis je kelkaj jaroj.

Kimy ridetas.

– Jes, Min: ŝi estis vigla kiel petardo. Ŝia patro nomis ŝin Fraŭlino Grandbuŝino. Li tre amis ŝin.

Kimy turnas la kapon, kaŝe levas manon al la okuloj. Mi memoras s-ron Kim kiel silentemulon, kiu pasigis la tempon plejparte en sia fotelo, spektante sporton televide.

– En kiu jaro Min naskiĝis?

– En 1949. Ŝi mortis en 1956. Amuze, ŝi nun estus mezaĝa sinjorino kun siaj propraj infanoj. Ŝi aĝus kvardek naŭ. La infanoj estus eble en universitato, eble iom pli aĝaj.

Kimy rigardas min, kaj mi rerigardas al ŝi.

– Ni provas, Kimy. Ni provas ĉion pri kio ni nur povas pensi.

– Mi diris nenion.

– Mhm.

Kimy tremigas siajn okulharojn kvazaŭ ŝi estus Louise Brooks aŭ iu tia.

– He, amiĉjo, mi blokiĝis en ĉi tiuj krucvortoj. Naŭ vertikale, komenciĝas per K…

CLARE: Mi rigardas kiel la plonĝistoj de la polico fornaĝas en Miĉiganlagon. Estas nuba mateno, jam tre varme. Mi staras sur la moleo de strato Dempster. Alvenis kvin kamionoj de la fajrobrigado, tri ambulancoj kaj sep policaŭtoj sur strato Sheridan kun siaj lumoj blinkaj-fulmaj. Ĉeestas dek sep fajrobrigadanoj kaj ses sukuristoj. Krome dek kvin policistoj, el kiuj unu estas virino, malalta, dika blankulino, kun kapo preskaŭ platigita de ŝia ĉapo, kiu daŭre elbuŝigas stultajn banalaĵojn kun la celo konsoli min, tiom ke mi jam emus puŝfaligi ŝin de la kajo. Mi tenas la vestaĵojn de Henry. Estas la kvina matene. Ĉeestas dudek unu raportistoj, el kiuj kelkaj venis de televidkanaloj, kun kamionoj, mikrofonoj kaj videistoj, aliaj laboras por la gazetaro, kun fotistoj. Rande de la okazaĵoj staradas maljuna paro, diskrete sed scivoleme. Mi provas ne pensi pri la rakonto de policisto kiel Henry saltis de la mole-pinto, prilumate de fasko de policaŭta serĉlumo. Mi provas ne pensi entute.

Du novaj policanoj proksimiĝas laŭ la moleo. Ili interkonsiliĝas kun iuj jam ĉeestantaj kolegoj, kaj poste unu el la du, la pli aĝa, elgrupiĝas kaj venas al mi. Li portas lipharojn en formo de bicikla stirilo, de tiu malnovmoda speco kiu finiĝas per etaj pintoj. Li prezentas sin kiel kapitanon Michels, kaj demandas ĉu mi povas pensi pri ajna kialo pro kiu mia edzo eble volus forpreni de si la vivon.

– Nu, mi vere ne kredas ke tion li faris, kapitano. Mi volas diri: li estas tre bona naĝanto, li verŝajne simple naĝas al, nu, Wilmette, aŭ ie tie – mi mansvingas malprecize norden, – kaj li jam revenos en ajna momento …

La kapitano aspektas dubema.

– Ĉu estas lia kutimo naĝi en profunda nokto?

– Li suferas sendormecon.

– Ĉu vi du kverelis? Ĉu io lin ĉagrenis?

– Ne – mi mensogas. – Kompreneble ne.

Mi rigardas al la akvosurfaco. Mi certas ke mi ne sonas tre konvinke.

– Mi estis dormanta, kaj li certe decidis naĝi, kaj ne volis veki min.

– Ĉu li postlasis noton?

– Ne.

Dum mi tordas mian cerbon por trovi pli versimilan klarigon, mi aŭdas plaŭdon proksime de la lagobordo. Haleluja! Estis jam vere tempo!

– Jen li!

Henry stariĝas en la akvo, aŭdas mian krion, ree enakviĝas kaj naĝas al la moleo.

– Clare, kio okazas?

Mi genuiĝas sur la kajo. Henry aspektas laca kaj malvarma. Mi parolas trankvile.

– Ili pensis ke vi dronis. Unu el ili vidis ke vi ensaltis de la moleo. Jam de du horoj ili serĉas vian kadavron.

Henry aspektas maltrankvila, sed ankaŭ amuziĝas. Li ŝatas ajne ĝeni la policon. Ĉiuj policanoj grupiĝis ĉirkaŭ mi kaj silente rigardas malsupren al Henry.

– Ĉu vi estas Henry DeTamble? – demandas la kapitano.

– Jes. Ĉu ĝenus vin se mi elirus el la akvo?

Ni ĉiuj sekvas Henry ĝis la bordo, tiel ke li naĝas kaj ni ceteraj sekvas lin piede laŭ la moleo. Li elrampas el la akvo kaj staras gutante sur la plaĝo kiel malseka rato. Mi transdonas lian ĉemizon, kaj li uzas ĝin por sekigi sin. Li surmetas la aliajn vestaĵojn, kaj staras trankvile, atendante ke la polico eltrovu kion fari kun li. Mi volas kisi lin kaj poste mortigi lin. Aŭ inverse. Henry metas brakon ĉirkaŭ min. Li estas gluece malseka. Mi klinas min al li, por ĝui lian malvarmon, kaj li kliniĝas al mi por varmo. La policanoj starigas demandojn. Li respondas al ili tre ĝentile. Ĉi tiuj estas policanoj el Evanston, kun kelkaj pliaj kiuj venis el Morton Grove kaj Skokie nur por la amuzo. Se ili estus de la Ĉikaga polico, ili konus Henry, kaj arestus lin.

– Kial vi ne respondis kiam oficisto ordonis al vi eliri el la akvo?

– Mi portis orelŝtopilojn, kapitano.

– Ŝtopilojn?

– Tiel la akvo ne eniras la orelojn.

Henry spektakle traserĉas siajn poŝojn.

– Mi ne scias kien ili malaperis. Mi ĉiam uzas orelŝtopilojn kiam mi naĝas.

– Kial vi naĝis je la tria horo matene?

– Mi ne povis dormi.

Kaj tiel plu. Henry mensogas flue kaj glate, arigante faktojn apoge al sia tezo. En la fino, kontraŭvole, la polico elskribas por li avizon, kun monpuno pro naĝado kiam la strando estis oficiale fermita. La sumo estas 500 dolaroj. Kiam la polico fine delasas nin, la raportistoj, fotistoj kaj televidkameraoj kolektiĝas ĉirkaŭ ni dum ni piedas al la aŭto. Ni ne komentas. Li simple iris naĝi. Pardonu, se iel eblas, ni vere preferus ne esti fotataj. Klik klak. Finfine ni atingas la aŭton, kiu atendas tute sola, kun la ŝlosiloj ene, en strato Sheridan. Mi startigas, rulas malsupren mian fenestron. La policanoj, la raportistoj kaj la maljuna paro staras sur gazono, observas nin. Ni ne rigardas unu la alian.

– Clare.

– Henry.

– Mi pardonpetas.

– Ankaŭ mi.

Li alrigardas min, tuŝas mian manon sur la stirilo. Ni veturas hejmen en silento.

Vendredon, la 14-an de januaro 2000
(Clare aĝas 28, Henry aĝas 36)

CLARE: Kendrick kondukas nin tra labirinto de tapiŝitaj, gipso-muraj koridoroj kun sonosorbaj kaheloj, ĝis kunvensalono. En ĝi mankas fenestroj, estas nur blua tapiŝo kaj longa, polurita nigra tablo kun remburitaj pivotseĝoj ĉirkaŭe. Krome blanka tabulo kun kelkaj feltkrajonoj, horloĝo super la pordo, kaj metala kafujo kun tasoj, kremo kaj sukero pretaj apude. Kendrick kaj mi sidas ĉe la tablo, sed Henry ĉirkaŭpaŝadas en la salono. Kendrick demetas siajn okulvitrojn kaj masaĝas la lobojn de sia malgranda nazo per la fingroj. La pordo malfermiĝas, kaj juna latinamerikano en sanitara tuniko rulas ĉaron en la ĉambron. Sur la ĉaro estas kaĝo kovrita per tuko.

– Kie vi volas ĝin? – demandas la juna viro, kaj Kendrick respondas:

– Bonvolu simple lasi la tutan ĉaron.

La viro levas la ŝultrojn kaj foriras. Kendrick iras al la pordo, turnas ŝaltilon, kaj la lumoj malfortiĝas. Mi apenaŭ vidas Henry, kiu staras apud la kaĝo. Kendrick aliras lin kaj senvorte forprenas la tukon.

Odoro cedra fluas el la kaĝo. Mi ekstaras apude kaj streĉas la okulojn. Mi vidas nenion krom cilindro de necesejpapera rulaĵo, kelkaj manĝobovloj, akvobotelo, tretrado, lanugecaj cedrosplitoj. Kendrick malfermas supre la kaĝon kaj per sia enŝovita mano ĉirkaŭfermas ion malgrandan kaj blankan, kiun li elprenas. Henry kaj mi grupiĝas ĉirkaŭe por rigardi la museton, kiu sidas palpebrumante sur la manplato de Kendrick. Kendrick elpoŝigas kaj ŝaltas etan krajonlampon, kaj rapide movas ĝin super la muso. La muso streĉas sin, kaj tuj poste malaperas.

– Ŭaŭ – mi reagas.

Kendrick remetas la tukon sur la kaĝon kaj reŝaltas la lumojn.

– Aperonta en la venontsemajna numero de *Nature* – li ridetas. – Kiel ĉefartikolo.

– Gratulon – diras Henry. Li rigardas la horloĝon. – Por kiom longe ili kutime malaperas? Kaj kien ili iras?

Kendrick gestas invite al la kafujo, kaj ni ambaŭ kapjesas.

– Kutime ili forestas proksimume dek minutojn – li diras, verŝante dumparole tri tasojn da kafo, kiujn li disdonas. – Ili iras al la besto-laboratorio en la kelo, kie ili naskiĝis. Ŝajnas ke ili ne kapablas pasi pli foren ol je nur kelkaj minutoj ĉu en unu direkto ĉu en la alia.

Henry kapjesas.

– Iĝos ĉiam pli longe ju pli ili maljuniĝos.

– Jes, tia estis nia sperto ĝis nun.

– Kiel vi faris? – mi demandas al Kendrick. Mi ankoraŭ ne kapablas tute kredi ke li sukcesis. Kendrick blovas sur sian kafon kaj trinketas iom, grimacas. La kafo estas amara, mi aldonas sukeron en mian tason.

– Nu – li komencas, – multe helpis ke Celera sekvencis la tutan muso-genaron. Tiel ni povis scii kie serĉi la kvar genojn kiujn ni celis. Sed ni povus ĉion fari ankaŭ sen tio. Por komenci, ni klonis viajn genojn, kaj poste ni uzis enzimojn por eltondi la difektitajn partojn de DNA. Poste ni prenis tiujn pecojn kaj enŝtelis ilin en musajn embriojn ĉe la kvarĉela divido-fazo. Tiu estis la facila parto.

Henry levas la brovojn.

– Sen ajna dubo. Clare kaj mi faras same ĉiutage en nia kuirejo. Kiu do estis la malfacila parto?

Li sidiĝas sur la tablon kaj metas la kafon apud sin. El la kaĝo mi aŭdas la grincadon de la tretrado. Kendrick ĵetas rigardon al mi.

– La malfacila parto estis igi la femalojn, la musopatrinojn, atingi la finon de sia gravedeco kun la modifitaj musoj. Ili daŭre mortadis, pro sangoperdo.

Henry aspektas tre alarmita.

– La patrinoj mortadis …?

Kendricks kapjesas.

– La patrinoj mortadis, la beboj mortadis. Ni ne komprenis la kialon, do ni komencis observi ilin dum tutaj tagnoktoj, kaj tiam ni vidis kio okazas. La embrioj elvojaĝadis el la utero de sia patrino, kaj poste denove enen, kaj la femaloj mortis pro interna hemoragio. Aŭ simple abortis la feton post dek tagoj. Estis tre frustre.

Henry kaj mi interŝanĝas rigardojn kaj poste deturnas la okulojn.

– Ni bone komprenas tion – mi diras al Kendrick.

– Jeees – li reagas. – Sed ni solvis la problemon.

– Kiel? – demandas Henry.

– Ni konkludis ke eble temas pri imunreago. Io ĉe la fetaj musoj estis tiom fremda ke la imunsistemoj de la patrinoj provis kontraŭbatali ilin kvazaŭ ili estus viruso aŭ io tia. Do ni subpremis la imunsistemojn de la patrinoj, kaj tiam ĉio funkciis kvazaŭ magie.

Mia koro batas en la oreloj. Kvazaŭ magie. Kendrick subite klinas sin kaj forkaptas ion de sur la planko:

– Vi ne fuĝos!

Li montras la muson en sia mankavo.

– Brave! – diras Henry. – Kaj kio poste?

– Genterapio – respondas Kendrick. – Drogoj.

Li levas la ŝultrojn.

– Kvankam ni nun kapablas okazigi ĝin, ni ankoraŭ ne scias kial ĝi okazas. Aŭ kiel ĝi okazas. Do ni klopodas kompreni tion.

Li proponas al Henry la muson. Henry kavigas siajn manojn kaj Kendrick transfaligas la muson. Henry ekzamenas ĝin scivoleme.

– Ĝi havas tatuon – li diras.

– Nur tiel ni povas prisekvi ilin – Kendrick klarigas. – Ili frenezigas la teknikistojn de la laboratorio, ili ĉiam eskapas.

Henry ridas.

– Tio estas nia Darvina avantaĝo – li diras. – Ni eskapas.

Li karesas la muson, kiu fekas sur lian manplaton.

– Ili estas maltoleremaj pri streso – diras Kendrick, kaj remetas la muson en ties kaĝon, kie ĝi tuj fuĝas en la necesejpaperan cilindron.

Tuj kiam ni alvenas hejmen, mi telefonas al d-rino Montague, por babili pri imun-subpremaj substancoj kaj interna sangado. Ŝi atente aŭskultas kaj poste proponas rendevuon por la venonta semajno, kaj ke dume ŝi esploros la temon. Mi demetas la telefonon, dum Henry rigardas min nervoze super la negocaj paĝoj de *Times*.

– Indas provi – mi diras al li.

– Kiom da mortintaj musopanjoj ĝis ili fine eltrovis la aferon – komentas Henry.

– Sed funkciis! Kendrick igis ĝin funkcii!

Henry diras nur:

– Jes – kaj revenas al sia legaĵo. Mi malfermas la buŝon, sed poste ŝanĝas ideon kaj eliras al mia ateliero, tro ekscitita por diskuti. *Funkciis kvazaŭ magie. Kvazaŭ magie.*

KVIN
· · · · ·

Ĵaŭdon, la 11-an de majo 2000
(Henry aĝas 39, Clare aĝas 28)

HENRY: Mi promenas laŭ strato Clark malfru-printempe en 2000. Nenio vere rimarkinda pri ĉio ĉi. Dum la belega varma vespero en Andersonville ĉiuj modaj gejunuloj sidas ĉe tabletoj trinkante luksan kafon malvarman ĉe Kopi, aŭ ĉe mezgrandaj tabloj manĝante kuskuson ĉe Reza, aŭ simple promenas, sen atento al la butikoj de svedaj bagatelaĵoj, entuziasmante pri la hundoj unuj de la aliaj. Mi devus esti laboranta, en 2002, sed ho, nu, mi supozas ke Matt ensaltos por anstataŭi min en la posttagmeza prelega prezento. Mi enmense notas ke mi invitu lin al vespermanĝo.

Dum mi tiel farnientas, neatendite mi ekvidas Clare trans la strato. Ŝi staras antaŭ la nostalgia vestaĵbutiko George, rigardante elmontron de bebaĵoj. Eĉ ŝia dorso esprimas melankolion, eĉ ŝiaj ŝultroj ĝemas pro sopiro. Dum mi rigardas ŝin, ŝi apogas la frunton al la montrofenestro kaj staras tie despera. Mi transiras la straton, evitante liverkamioneton kaj Volvon, kaj haltas malantaŭ ŝi. Clare surprizite levas la okulojn, kaj ekvidas mian spegulbildon en la vitro.

– Ho, estas vi – ŝi diras kaj turnas sin. – Mi pensis ke vi iris al kinejo kun Gomez.

435

Clare impresas iom sindefenda, iom kulposenta, kvazaŭ mi kaptis ŝin ĉe freŝa faro de io kontraŭleĝa.

– Verŝajne mi ja iris. Mi devus fakte esti laboranta. En 2002.

Clare ridetas. Ŝi aspektas laca; mi kontrolas la datojn en mia kapo kaj ekkonscias ke nia kvina aborto okazis antaŭ tri semajnoj. Mi hezitas, sed fine mi ĉirkaŭbrakas ŝin, kaj mia koro faciliĝas kiam ŝi malstreĉe apogas sin al mi, kun la kapo sur mia ŝultro.

– Kiel vi fartas? – mi demandas.

– Terure – ŝi diras mallaŭte. – Lace.

Mi memoras. Ŝi restis en lito dum semajnoj.

– Henry, mi rezignas.

Ŝi observas min, provante taksi kiel mi reagas, pesante sian intencon kontraŭ mia scio.

– Mi rezignas. Ĝi ne okazos.

Ĉu io devus malhelpi min doni al ŝi tion kion ŝi bezonas? Mi ne sukcesas pensi pri ajna kialo por ne diri al ŝi. Mi staras kaj serĉas en mia cerbo ion ajn pro kio Clare devus ne scii. Sed mi memoras nenion krom ŝia certeco, kiun mi estas nun kreonta.

– Persistu, Clare.

– Kio?

– Persistu kaj insistu. En mia nuntempo ni havas bebon.

Clare fermas la okulojn, flustras:

– Dankon.

Mi ne scias ĉu ŝi parolas al mi aŭ al Dio. Ne gravas.

– Dankon – ŝi diras, denove rigardante min, parolante al mi, kaj mi sentas min kvazaŭ anĝelo en iu sencerba versio de la Anunciacio. Mi alklinas min kaj kisas ŝin; mi sentas pulsadon de decidemo, ĝojo, celkonscio flui tra Clare. Mi memoras la etan kapon kun krono da nigraj haroj aperi inter la kruroj de Clare, kaj mi sentas miron pri tio kiel ĉi tiu momento kreas tiun miraklon, kaj inverse. Dankon. Dankon.

– Ĉu vi sciis? – Clare demandas.

– Ne.

Mi sentas ĉe ŝi disreviĝon.

– Ne nur ke mi ne sciis, sed mi eĉ faris ĉion pri kio mi nur povis pensi, por malhelpi ke vi denove gravediĝu.

– Bonege – ridas Clare. – Do kio ajn okazos, mi simple restu trankvila kaj fosu mian sulkon?

– Jes.

Clare larĝe ridetas al mi, kaj mi reridetas. Fosi la sulkon.

Sabaton, la 3-an de junio 2000
(Clare aĝas 29, Henry aĝas 36)

CLARE: Mi sidas ĉe la kuireja tablo, senfare foliumas *Chicago Tribune* kaj rigardas kiel Henry elpakas la aĉetaĵojn. La brunaj papersakoj staras en egala vico sur la kuireja stablo, kaj Henry elprenadas keĉupon, kokidon, Gouda-fromaĝon, kvazaŭ magiisto. Mi atendas ke aperu ankaŭ kuniklo el silka koltuko. Anstataŭe aperas fungoj, nigraj faboj, *fettucine*-pastaĵoj, laktuko, ananaso, sengrasa lakto, kafo, rafanoj, rapoj, napo, avenkaĉo, butero, kazeo, sekala pano, majonezo, ovoj, raziloj, senodorigilo, pomoj Granny Smith, kafolakto, ringbulkoj, salikokoj, krema fromaĝo, cerealaĵo, *marinara*-saŭco, frostigita oranĝosuko, karotoj, kondomoj, batatoj ... ĉu kondomoj? Mi ekstaras kaj iras al la stablo, prenas la bluan skatolon kaj skuas ĝin al Henry.

– Kio, ĉu vi havas amaferon?

Li rigardas min spiteme dum li fosas en la frostujo.

– Ne, fakte, mi travivis epifanion. Mi staris inter la bretoj de dentopastoj kiam ĝi okazis. Ĉu vi volas aŭdi?

– Ne.

Henry stariĝas kaj turnas sin al mi. Li mienas kvazaŭ suspire.

– Mi tamen diros al vi: ni ne povas daŭre provadi havi bebon.

Perfidulo.

– Ni interkonsentis ...

– ... pri tio ke ni provados. Mi pensas ke kvin abortoj sufiĉas. Laŭ mi ni jam sufiĉe provis.

– Ne. Mi volas diri: kial ni ne provu denove?

Mi provas lasi la pledadon ekster mia voĉo, por ke la kolero kiu leviĝas en mia gorĝo ne elverŝiĝu en miajn vortojn. Henry ĉirkaŭiras la stablon, haltas antaŭ mi, sed ne tuŝas min, scias ke li ne povas nun tuŝi min.

– Clare. La sekvan fojon kiam vi abortos, ĝi mortigos vin, kaj mi ne akceptas daŭrigi ion kio fine lasos vin morta. Kvin gravedecoj ... Mi scias ke vi volas provi denove, sed mi ne povas. Mi ne povas plu elteni, Clare. Mi bedaŭras.

Mi eliras tra la malantaŭa pordo kaj staras en la suno, ĉe la framb-arbustoj. Niaj infanoj, mortaj kaj envolvitaj en *gampi*-silkopapero, en siaj etaj lignaj luloĉerkoj, estas en ombro nun, dum la malfrua posttagmezo, apud la rozoj. Mi sentas la varmegon de la suno sur mia haŭto kaj tremas pro ili, profunde en la ĝardeno, malvarmaj en ĉi tiu milda junia tago. *Helpu*, mi diras en mia kapo, al nia estonta infano. *Li ne scias, do mi ne povas diri al li. Venu baldaŭ.*

Vendredon, la 9-an de junio 2000 / la 19-an de novembro 1986
(Henry aĝas 36, Clare aĝas 15)

HENRY: Estas 8:45 vendrede matene, kaj mi sidas en la atendejo de iu d-ro Robert Gonsalez. Clare ne scias ke mi estas ĉi tie. Mi decidis farigi steriligan operacion.

La kontoro de s-ro Gonsalez situas en strato Sheridan, proksime de avenuo Diversey, en ŝika medicina centro tuj supre

439

de la botanika ĝardeno de Lincoln Park. Ĉi tiun atendoĉambron ornamas koloroj bruna kaj ĉasiste verda, multaj lignaj paneloj kaj gravuraĵoj en kadro pri ĉevalkuraj venkintoj el la 1880-aj jaroj. Tre virece. Mi sentas kvazaŭ mi devus porti smokingan jakon kaj teni grandan cigaron inter la makzeloj. Mi bezonas trinkaĵon.

La agrabla virino ĉe Planata Gepatreco certigis al mi per sia milde trankviliga, profesia voĉo ke apenaŭ iomete doloros. Kvin aliaj uloj sidas ĉi tie kun mi. Mi scivolas ĉu ili havas gonoreon, aŭ ĉu eble iliaj prostatoj kapricas. Eble iuj el ili estas kiel mi, kaj atendas ĉi tie por fini sian karieron de eblaj patroj. Mi sentas certan solidarecon kun ĉi tiuj nekonataj viroj, ni ĉiuj sidas kune en ĉi tiu bruna ligna leda ĉambro, en la griza mateno, atendante eniri la ekzamenejon kaj demeti nian pantalonon. Sidas inter ni tre maljuna viro, kiu klinas sin antaŭen kun la manoj kunpremitaj ĉirkaŭ sia bastono, kun la okuloj fermitaj malantaŭ dikaj okulvitroj, kiuj pligrandigas liajn palpebrojn. Li venis verŝajne ne por tondiĝi. La adoleskanto kiu sidas foliumante malnovan numeron de la magazino *Esquire*, ŝajnigas indiferenton. Mi fermas la okulojn kaj imagas esti en drinkejo, kun verŝistino kiu turnas la dorson al mi nun dum ŝi miksas bonan *single malt* skotan viskion kun nur eta kvanto da varmeta akvo. Eble temas pri angla drinkejo. Jes, tio taŭgus por la fono. La viro ĉe mia maldekstro tusas, per profunde pulmoskua tuso, kaj kiam mi malfermas la okulojn, mi plu sidas en la kuracista atendejo. Mi ŝtelrigardas al la horloĝo de la ulo dekstre. Li havas unu el tiuj enormaj horloĝoj sportistaj per kiuj eblas tempumi sprintojn aŭ kontakti komandoŝipon. Estas 9:58. Du minutojn ĝis mia rendevuo. La kuracisto ŝajnas tamen havi malfruon. La akceptistino vokas al «s-ro Liston», kaj la adoleskanto abrupte ekstaras kaj eniras tra la peza panelita pordo en la oficejon. Ni ceteraj rigardas unu al la alia, kaŝe, kvazaŭ pasaĝeroj en metroo al kiuj iu provas vendi senhejmulan gazeton.

Mi estas rigida pro streĉo kaj memorigas al mi ke necesan kaj bonan aferon mi estas faronta. Mi ne estas perfidulo. Mi ne estas perfidulo. Mi savas Clare de terurajôj kaj doloro. Ŝi neniam scios. Ne doloros. Eble doloros iomete. Iam mi rakontos al ŝi kaj ŝi komprenos ke mi devis ĝin fari. Ni provadis. Mi ne havis elekton. Mi ne estas perfidulo. Eĉ se doloros, la penon valoros. Mi faras ĝin ĉar mi amas ŝin. Mi pensas pri Clare sidanta sur nia lito, sangokovrita, ploranta, kaj mi sentas min malbone.

– S-ro DeTamble.

Mi ekstaras, kaj nun mi vere sentas min malbone. Miaj genuoj cedas. Mi sentas vertiĝon, mi kliniĝas ĝisgrunde, vomas, retrovas min sur manoj kaj genuoj, sur grundo malvarma kaj kovrita per stoploj de falĉitaj herboj. Estas nenio en mia stomako, mi elkraĉas mukon. Malvarmas. Mi levas la okulojn. En la maldensejo mi estas, en la Herbejo. La arboj nudas, sur la ĉielo frua mallumo proksimiĝas al ebenaj nuboj. Mi estas sola.

Mi leviĝas kaj trovas la vestaĵ-skatolon. Baldaŭ mi jam portas T-ĉemizon de Gang of Four, sveteron kaj ĝinzon, dikajn ŝtrumpetojn kaj nigrajn armeajn botojn, nigran surtuton lanan kaj grandajn palbluajn mufgantojn. Io tramaĉis sian vojon en la skatolon kaj kreis en ĝi neston. La vestaĵoj indikas la mezajn okdekajn jarojn. Clare aĝas do dek kvin aŭ dek ses jarojn. Mi demandas min ĉu longe atendi ŝin aŭ simple foriri. Mi ne scias ĉu mi kapablus alfronti la junecan troenergion de Clare nun. Mi turnas min kaj iras direkte al la fruktoĝardeno.

Aspektas kiel malfrua novembro. La Herbejo estas bruna kaj knare bruas en la vento. Korvoj batalas pri ventfaligitaj pomoj rande de la ĝardeno. Ĝuste kiam mi atingas ilin, mi aŭdas iun anhele kuri malantaŭ mi. Mi turnas min, kaj jen Clare.

– Henry … – Ŝi estas senspira, kaj ŝajne ŝi malvarmumis. Mi lasas ŝin stari, rasli, dum minuto. Mi ne kapablas paroli al ŝi. Ŝi staras anhelante, ŝia spiraĵo vaporas antaŭ ŝi en blankaj nuboj, ŝiaj rufaj haroj elstaras sur la griza-bruna fono, ŝia haŭto roze palas. Mi turnas min kaj eniras la ĝardenon.

– Henry … – Clare sekvas min, kaptas mian brakon. – Kion? Kion mi faris? Kial vi ne volas paroli kun mi? Ho, Dio …

– Mi provis fari ion por vi, ion gravan, kaj mi ne sukcesis. Mi iĝis nervoza, kaj trafis ĉi tien.

– Pri kio temis?

– Mi ne povas diri al vi. Mi eĉ ne rakontis al vi pri ĝi en la nuntempo. Vi ne ŝatus ĝin.

– Kial do vi volis fari ĝin?

Clare tremas en la vento.

– Vere ne eblis alie. Mi ne povis atingi ke vi aŭskultu min. Mi pensis ke ni ĉesos kvereli se mi faros.

Mi suspiras. Mi provos ĝin denove, kaj, se necese, denove.

– Kial ni kverelas?

Clare levas la okulojn al mi, streĉite kaj angore. Ŝia nazo likas.

– Ĉu vi malvarmumis?

– Jes. Pri kio ni kverelas?

– Ĉio komenciĝis kiam la edzino de via ambasadoro vangofrapis la amatinon de mia ĉefministro dum festa akcepto ĉe la ambasado. Tio siavice influis la dogantarifon pri avenkaĉo, kio kaŭzis altan senlaborecon kaj tumultojn …

– *Henry!*

– Jes?

– Nur ĉi-foje, nur unu fojon, ĉu vi ĉesus moki min kaj dirus al mi ion pri kio mi demandas vin?

– Mi ne povas.

Sen ŝajna antaŭplanado, Clare vangofrapas min, forte. Mi paŝas malantaŭen, surprizite, ĝoje.

– Frapu min denove.

Ŝi estas konfuzita, skuas la kapon.

– Mi petas vin, Clare.

– Ne. Kial vi volas ke mi frapu vin? Mi volis dolorigi vin.

– Mi ja volas ke vi dolorigu min. Mi petas vin.

Mi lasas mian kapon pendi.

– *Kio okazas al vi?*

– Ĉio estas terura kaj estas kvazaŭ mi ne sentus tion.

– Sed kio do estas terura? Kio okazas?

– Ne demandu min.

Clare venas al mi, tre proksime al mi, kaj prenas mian manon, detiras la ridindan bluan ganton, levas mian manplaton al sia buŝo kaj ĝin mordas. La doloro estas apenaŭ eltenebla. Ŝi haltas, kaj mi rigardas al mia mano. Sango elfluas malrapide, en etaj gutoj, ĉirkaŭ la mordloko. Mi verŝajne infektiĝos sepse, sed ĉi-minute mi ne zorgas pri tio.

– Diru al mi!

Ŝia vizaĝo estas nur centimetrojn for de la mia. Mi kisas ŝin, tre krude. Ŝi rezistemas. Mi delasas ŝin, kaj ŝi turnas al mi la dorson.

– Tio ne estis tre agrabla – ŝi diras per eta voĉo. Kio okazas al mi? Clare, dekkvinjara, ne estas la sama persono kiu turmentas min jam monatojn, rifuzante rezigni pri bebo, riskante morton kaj malesperon, transformante amoradon en batalkampon kiun priŝutas infankadavroj. Mi metas miajn manojn sur ŝiajn ŝultrojn.

– Mi pardonpetas. Vere pardonpetas. Clare, ne estas pro vi. Pardonu.

Ŝi turnas sin. Ŝi ploras, ŝia vizaĝo estas en ruinoj. Mirakle, mi havas papernaztukojn en la mantelpoŝo. Mi dabas ŝian vizaĝon, ŝi transprenas de mi naztukon kaj blovpurigas la nazon per ĝi.

– Vi neniam antaŭe kisis min.

Ho ne …

Mia vizaĝo devas aspekti amuze, ĉar Clare ekridas. Mi ne povas kredi tion. Kia idioto mi estas!

– Ho, Clare … simple forgesu tion, ĉu bone? Forviŝu ĝin. Ĝi neniam okazis. Venu ĉi tien. Ni reprovu, ĉu? Clare?

Ŝi faras malcertan paŝeton al mi. Mi ĉirkaŭbrakas ŝin, alrigardas ŝin. Ŝiaj okuloj havas ruĝan randon, ŝia nazo ŝvelis, kaj nepre ŝi havas abundan malvarmumon. Mi lokas miajn manojn sur ŝiajn orelojn, klinas ŝian kapon malantaŭen, kaj kisas ŝin, provante meti mian koron en la ŝian, por ke ŝi gardu ĝin sekura, okaze ke mi denove ĝin perdus.

CLARE: Henry estas terure trankvila, distrita kaj enpensiĝas la tutan vesperon. Dum la tuta vespermanĝo li ŝajnis mense serĉi en imaga magazeno libron kiun li legis en 1942 aŭ simile. Krome lia dekstra mano estas komplete bandaĝita. Post la tagmanĝo li iris en la dormoĉambron kaj kuŝiĝis sur la lito kun la vizaĝo malsupren, kun la kapo pendanta trans la litopiedo kaj la piedoj sur mia kapkuseno. Mi iris al la ateliero por frotadi la framan muldilon kaj trinkis mian kafon, sed mi ne ĝuis tion, ĉar mi ne povis eltrovi kio estas la problemo de Henry. Fine mi reiras en la domon. Li plu kuŝas en la sama pozicio. En mallumo. Mi kuŝiĝas sur la planko. Mia dorso laŭte krakas kiam mi sternas min.

444

– Clare?

– Hm?

– Ĉu vi memoras la unuan fojon kiam mi kisis vin?

– Tre vigle.

– Mi pardonpetas.

Henry alruliĝas al mi.

Mi brulas pro scivolemo.

– Pro kio vi estis tiom frustrita? Vi provis fari ion, sed ĝi ne funkciis, kaj vi diris ke mi ne ŝatus ĝin. Kio estis tio?

– Kiel vi sukcesas rememori ĉion tion?

– Mi havas tute elefantan memoron. Ĉu vi diros al mi nun?

– Ne.

– Se mi divenos, ĉu vi diros al mi ĉu mi pravas?

– Verŝajne ne.

– Kial ne?

– Ĉar mi estas elĉerpita, kaj mi ne volas kvereli ĉi-vespere.

Ankaŭ mi ne volas kvereli. Mi ŝatas kuŝi ĉi tie sur la planko. Iom malvarme ja, sed tre solide.

– Vi iris farigi steriligan operacion.

Henry silentas. Li silentas tiel longe ke mi emus meti spegulon antaŭ lian buŝon por kontroli ĉu li spiras. Fine:

– Kiel vi eksciis?

– Mi ne precize sciis. Mi nur timis ke povus temi pri tio. Kaj mi vidis la noton kiun vi faris por la rendevuo kun la kuracisto ĉi-matene.

– Sed mi bruligis tiun noton!

– La skribo transpremiĝis sur la folion sub via noto.

Henry ĝemas.

– Bone, Ŝerloko. Vi kaptis min.

Ni plu kuŝas pace en la mallumo.

– Daŭrigu do.

– Daŭrigu kion?

– Pri la operacio. Se vi vere devas.

Henry denove alruliĝas kaj alrigardas min. Mi povas vidi lian kapon nur kiel malhelaĵon kontraŭ la malhela plafono.

– Vi ne kriadas al mi.

– Ne. Ankaŭ mi ne plu povas daŭrigi ĉi tiel. Mi rezignas. Vi gajnis, ni ĉesos provi havi bebon.

– Mi ne priskribus tion kiel gajnadon. Nur ke ŝajnas … necese.

– Estu iel ajn.

Henry degrimpas de la lito kaj sidiĝas sur la planko kun mi.

– Dankon.

– Ne dankinde.

Li kisas min. Mi imagas la malgajan novembran tagon en 1986 el kiu Henry ĵus venis, la venton, la varmon de lia korpo en la frosta fruktoĝardeno. Baldaŭ, por la unua fojo en multaj monatoj, ni ekamoras sen zorgi pri la sekvoj. Henry kaptis tiun malvarmumon de mi antaŭ dek ses jaroj. Post kvar semajnoj estas okazinta la operacio de Henry, dum mi malkovras ke mi estas graveda por la sesa fojo.

Septembron 2000
(Clare aĝas 29 jarojn)

CLARE: Mi sonĝas ke mi malsupreniras ŝtuparon en la kelon de mia avino Abshire. La longa fulgospuro, lasita kiam korvo enflugis la kamentubon, ankoraŭ videblas sur la maldekstra muro; la ŝtupojn kovras polvo, kaj la apogilo lasas grizajn spurojn sur mia mano kiam mi kaptas ĝin; mi descendas kaj eniras la ĉambron kiu ĉiam timigis min infanaĝe. En ĉi tiu ĉambro sur profundaj bretoj staras vicoj kaj vicoj da konservitaĵoj: tomatoj kaj kukumetoj, peklitaj maizo kaj betoj. Ĉio aspektas kvazaŭ balzamita. En unu el la bokaloj estas malgranda feto de anaso. Mi zorge malfermas la bokalon kaj verŝas la anasidon kaj la likvon en mian manon. Ĝi spiras spasme kaj vomas. «Kial vi forlasis min? – ĝi demandas, kiam ĝi povas paroli. – Mi atendis vin.»

Mi sonĝas ke mia patrino kaj mi kune promenas laŭ trankvila loĝstrato en South Haven. Mi portas bebon. Dum ni iras, la bebo fariĝas pli kaj pli peza, ĝis mi apenaŭ povas levi ĝin. Mi turnas min al Panjo kaj diras al ŝi ke mi ne povas porti plu ĉi tiun bebon; ŝi facile transprenas ĝin de mi kaj ni daŭrigas. Ni venas al iu domo kaj laŭ eta alir-pado atingas la malantaŭan korton. En la korto staras du ekranoj kaj projekciilo de lumbildoj. Homoj sidas en

447

faldseĝoj, rigardante lumbildojn pri arboj. Sur ĉiu bildo videblas du arboduonoj. Unu duono estas somera kaj la alia vintra; la sama arbo en malsamaj sezonoj. La bebo ridas kaj ekkrias pro ĝojo.

Mi sonĝas ke mi staras sur la kajo de la metrohaltejo Sedgewick, atendante vagonaron de la Bruna Linio. Mi portas du aĉetsakojn, kiuj montriĝas enhavi skatolojn da salaj biskvitoj kaj tre malgrandan mortnaskitan bebon kun rufa hararo, envolvitan en plastfolion.

Mi sonĝas ke mi estas hejme, en mia malnova ĉambro. Estas malfrue en la nokto, la ĉambron malklare lumigas la lampo de akvario. Mi subite konstatas, kun teruro, ke malgranda besto naĝadas ĉirkaŭe en la akvujo; mi haste forprenas la kovrilon kaj kaptas per reto la beston, kiu montriĝas ia gerbilo kun brankoj. «Mi tiom bedaŭras – mi diras. – Mi forgesis pri vi.» La ronĝulo nur rigardas min riproĉe.

Mi sonĝas ke mi supreniras ŝtuparon en la Domo Meadowlark. Ĉiuj mebloj malaperis, la ĉambroj estas malplenaj, polvo flosas en la sunlumo, kiu lasas orajn lagetojn sur la poluritaj plankoj el kverka ligno. Mi laŭiras la longan koridoron, rigardas en la dormoĉambrojn, kaj alvenas ĝis mia ĉambro, en kiu malgranda ligna lulilo staras sola. Neniu sono. Mi timas rigardi en la lulilon. En la ĉambro de Panjo blankaj littukoj kuŝas sternitaj sur la planko. Ĉe mia piedo eta guto da sango tuŝas unu pinton de tuko kaj disvastiĝas, dum mi rigardas kiel la tuta planko kovriĝas per sango.

Sabaton, la 23-an de septembro 2000
(Clare aĝas 29, Henry aĝas 37)

CLARE: Mi vivas sub akvo. Ĉio ŝajnas malrapida kaj malproksima. Mi scias ke ie supre ekzistas mondo, rapidanta mondo sub sunlumo, kie la tempo kuras kiel seka sablo tra sablohorloĝo, sed ĉi tie malsupre, kie mi estas, aero kaj sono, tempo kaj sento estas densaj kaj pezaj. Mi estas en mergokloŝo kun ĉi tiu bebo, neniu krom ni du, kiuj provas transvivi en ĉi tiu alimonda atmosfero, sed mi sentas min tre sola. Neniu respondo. Li mortis, mi diras al Amit. Ne, ŝi diras, kun zorgoplena rideto, ne, Clare, vidu, jen lia koro batas. Mi ne havas klarigon. Henry ŝvebas ĉirkaŭ mi, provas nutri min, masaĝi min, gajigi min, ĝis mi albojas lin. Mi transiras la korton, eniras mian atelieron. Ĝi estas kiel muzeo, maŭzoleo, tiom senmova, sen io vivanta aŭ spiranta, mankas ideoj ĉi tie, estas nur aĵoj, aĵoj, kiuj rigardegas min akuze. *Pardonu*, mi diras al mia malplena, dezerta desegnotabulo, miaj sekaj kuvoj kaj muldiloj, al miaj duone kreitaj skulptaĵoj. Mortnaskita, mi pensas, rigardante la armaturon, volvitan per iride blua papero, kiu ŝajnis tiel esperplena en junio. Miaj manoj estas puraj, molaj kaj rozkoloraj. Mi malamas ilin. Mi malamas ĉi tiun malplenon. Mi malamas ĉi tiun bebon. *Ne*. Ne, mi ne malamas lin. Mi simple ne povas trovi lin.

Mi sidas ĉe mia desegnotabulo kun krajono en la mano kaj blanka paperfolio antaŭ mi. Nenio aperas. Mi fermas la okulojn, kaj mi povas pensi pri nenio krom ruĝo. Do mi elserĉas tubon da akvarela farbo, kadmian malhelruĝon, elserĉas grandan penikon ŝvabrilecan, mi plenigas kruĉon per akvo, kaj komencas kovri la paperon per ruĝo. Ĝi brilas. La papero estas nun suple humida, kaj iĝas malhela dum sekiĝo. Mi rigardas ĝin sekiĝi. Ĝi odoras je araba gumo. Mezen de la folio, tre malgrandan, per nigra inko, mi desegnas koron, ne stultan Valententagaĵon sed anatomie ĝustan koron, etan, pupsimilan, kaj poste aldonas vejnojn, delikatajn vojmapojn de vejnoj, kiuj atingas ĉiujn randojn de la papero, kaj tenas la malgrandan koron en sia reto kiel muŝon tenas araneaĵo. *Vidu, jen lia koro batas.*

Fariĝis vespero. Mi malplenigas la akvokruĉon kaj lavas la penikon. Mi ŝlosas la pordon de la ateliero, transiras la korton kaj enlasas min tra la malantaŭa pordo. Henry preparas spageto-saŭcon. Li levas la okulojn, kiam mi eniras.

– Ĉu pli bone nun? – li demandas.

– Pli bone – mi trankviligas lin, kaj min mem.

Merkredon, la 27-an de septembro 2000
(Clare aĝas 29)

CLARE: Ĝi kuŝas sur la lito. Estas iom da sango, sed ne multe. Ĝi kuŝas surdorse, provas spiri, ĝia eta brustokaĝo tremetas, sed estas tro frue, ĝi konvulsias, kaj sango ŝprucas el la ŝnuro laŭ la ritmo de ĝia korbatado. Mi genuiĝas apud la lito kaj prenas ĝin en la manojn, prenas lin, mian knabeton, kiu baraktas kiel ĵus kaptita fiŝeto, kiun aero sufokas. Mi tenas lin, milde mi lin tenas, sed li ne scias ke mi estas ĉi tie, ke mi lin tenas, li estas glita, kun haŭto preskaŭ nur imagita, liaj okuloj fermitaj, kaj mi sovaĝe pensas pri buŝ-al-buŝa reanimado, pri voko al la krizoservo, kaj pri Henry, *ho, ne foriru antaŭ ol Henry povus vidi vin!* sed tra lia spiro ekbobelas likvo, la eta marestaĵo spiras akvon, kaj poste larĝe malfermas la buŝon, kaj mi povas tute travidi lin, kaj mi restas kun la manoj malplenaj, kaj li estas for, for.

Mi ne scias kiom longe, pasas tempo. Mi genuas. Genuante, mi preĝas. *Kara Dio. Kara Dio. Kara Dio.* La bebo ekmoviĝas en mia ventro. *Ĉit. Kaŝu vin.*

Mi vekiĝas en la hospitalo. Henry ĉeestas. La bebo mortis.

450

SEP

. . . .

Ĵaŭdon, la 28-an de decembro 2000
(Henry aĝas 33, kaj 37, Clare aĝas 29)

HENRY: Mi staras en nia dormoĉambro, estontece. Estas nokto, sed la lunlumo donas al la ĉambro surrealisman, unukoloran klarecon. Miaj oreloj zumas, kiel ofte okazas en la estonteco. Mi rigardas de supre al Clare kaj mi, dormantaj. Sentiĝas kiel la morto. Mi dormas buliĝinta kiel streĉita pilko, kun la genuoj ĝisbruste, volvita en kovriloj, kun iom malfermita buŝo. Mi volas tuŝi la mion. Mi volas teni min en miaj brakoj, rigardi en miajn okulojn. Sed ne okazos tiel: mi staras dum longaj minutoj fikse rigardante mian estontan mion dormantan. Fine mi mallaŭte iras al la Clare-flanko de la lito, genuiĝas. Sentiĝas tre nuntempe. Mi devigas min ne pensi pri la alia korpo en la lito, koncentriĝi al Clare.

Ŝi moviĝetas, malfermas la okulojn. Ŝi ne estas certa kie ni estas. Ankaŭ mi ne.

Superŝutas min deziro, sopiro ligi min al Clare kiel eble plej forte, esti ĉi tie, nun. Mi kisas ŝin tre leĝere, longe, pensante pri nenio. Ŝi dormebrie etendas manon al mia vizaĝo, kaj vekiĝas pli kiam ŝi sentas mian solidecon. Nun ŝi ĉeestas; ŝi pasigas sian manon laŭ mia brako, karese. Mi zorge elŝeligas ŝin el la littukoj,

451

por ne ĝeni la alian mion, pri kiu Clare ankoraŭ ne konscias. Mi demandas min ĉu tiu ĉi alia mio estas iel rezista al vekiĝo, sed mi decidas ne provi eltrovi. Mi ekkuŝas sur Clare, kovrante ŝin tute per mia korpo. Mi ege ŝatus povi malhelpi ke ŝi turnu la kapon, sed estas nur demando de tempo kiam tio okazos. Dum mi penetras Clare, ŝi rigardas min, kaj mi pensas ke mi ne ekzistas, kaj sekundon poste ŝi turnas la kapon kaj ekvidas min. Ŝi krietas, ne laŭte, kaj rerigardas al mi, super ŝi, en ŝi. Tiam ŝi rememoras, akceptas ĝin, ĉio ĉi estas *sufiĉe stranga sed iel tamen en ordo*, kaj en ĉi tiu momento mi amas ŝin pli ol la vivon.

HENRY: Clare havas strangan humoron la tutan semajnon. Ŝi estas distrita. Kvazaŭ io kion nur Clare povas aŭdi, kaptis ŝian atenton, kvazaŭ ŝi ricevus revelaciojn de Dio pere de siaj dentoplombaĵoj, aŭ provus malĉifri enkape kriptajn mesaĝojn elsenditajn de rusa satelito. Kiam mi demandas ŝin pri tio, ŝi nur ridetas kaj levas la ŝultrojn. Tiel malsimile al ŝia kutima konduto ke mi alarmiĝas kaj tuj ĉesas demandi.

Mi venas hejmen el la laboro iun vesperon, kaj sufiĉas unu rigardo al Clare por vidi ke io terura okazis. Ŝia mieno estas timigita kaj petega. Ŝi proksimiĝas al mi, haltas, kaj nenion diras. Iu mortis, mi pensas. Sed kiu mortis? Paĉjo? Kimy? Philip?

– Diru ion – mi petas. – Kio okazis?

– Mi estas graveda.

– Kiel vi kapablas …

Sed eĉ dum mi diras tion, mi jam precize scias kiel.

– Ne gravas, mi memoras.

Por mi, tiu nokto okazis antaŭ jaroj, sed por Clare ĝi situas nur semajnojn pli frue en la pasinteco. Mi venis el 1996, kiam ni despere provadis gravediĝi, kaj Clare apenaŭ vekiĝis. Mi malbenas min: kia senzorga frenezulo! Clare atendas ke mi diru ion. Mi devigas min rideti.

– Granda surprizo.

– Jes.

Ŝi aspektas larmema. Mi prenas ŝin en la brakojn, kaj ŝi forte tenas min.

– Ĉu vi ektimis? – mi murmuras en la harojn de Clare.

– Hm, ja.

– Antaŭe vi neniam timis.

– Antaŭe mi estis freneza. Nun mi jam scias …

– … kio ĝi estas.

– … kio povas okazi.

Ni staras kaj pensas pri tio kio povas okazi.

Mi hezitas.

– Ni povus …

Mi lasas la frazon nefinita.

– Ne. Mi ne povas.

Estas vero. Clare ne povas. Iam katoliko, ĉiam katoliko.

Mi diras:

– Eble estos bone. Feliĉa akcidento.

Clare ridetas, kaj mi rimarkas ke ŝi volas ĉi tion, ke ŝi efektive esperas ke sep estos nia bonŝanca numero. Mia gorĝo kuntiriĝas, kaj mi devas deturni min.

Mardon, la 20-an de februaro 2001
(Clare aĝas 29, Henry aĝas 37)

453

CLARE: La radiohorloĝo klaksonas je 7:46 matene, kaj Nacia Publika Radio malĝoje infomas min ke ie okazis aviadila akcidento kaj okdek ses homoj mortis. Mi estas sufiĉe certa ke mi estas unu el ili. La Henry-flanko de la lito estas malplena. Fermante la okulojn, mi estas en malgranda kajuto sur oceana ŝipo, ĵetate tien-reen de malglata maro. Mi suspiras kaj tre singarde elrampas el la lito por iri en la banĉambron. Mi ankoraŭ vomas post dek minutoj, kiam Henry enŝovas sian kapon tra la pordo kaj demandas kiel mi fartas.

— Bonege. Plej bone iam ajn.

Li eksidas rande de la kuvo. Mi ne nepre bezonas publikon por ĉi tio.

— Ĉu mi devus maltrankvili? Antaŭe vi neniam vomis.

— Laŭ Amit estas bona signo, atendeblas ke mi vomu.

La afero iel rilatas al la kapablo de mia korpo rekoni la bebon kiel parton de mi mem, anstataŭ kiel fremdan korpon. Amit donas al mi drogon kutime donatan al homoj kun organa transplanto.

— Eble mi devus enbankigi pli da sango por vi hodiaŭ.

Henry kaj mi ambaŭ havas sangon de tipo O. Mi kapjesas, kaj vomas. Ni estas fervoraj sangobankistoj; li bezonis transfuzon dufoje, kaj mi ricevis sangon tri fojojn, unu el kiuj postulis grandegan kvanton. Mi sidas dum minuto, kaj poste ŝanceliĝe ekstaras. Henry apogas min. Mi viŝas la buŝon kaj brosas miajn dentojn. Henry iras malsupren por prepari matenmanĝon. Subite mi eksentas superfortan deziron al avenflokoj.

— Avenflokojn! — mi krias laŭ la ŝtuparo malsupren.

— Bone!

Mi komencas bros-ordigi miajn harojn. Mia spegulbildo montras min roza kaj pufa. Mi ĝis nun supozis ke gravedaj virinoj iel brilas. Mi ne brilas. Ho, nu, mi plu estas graveda, kaj krom tio nenio gravas.

HENRY: Ni estas en la kabineto de Amit Montague por la ultrasona ekzameno. Clare kaj mi same deziris kiel antaŭtimis ultrasonon. Ni rifuzis amniocentezon, ĉar ni certas ke ni perdos la bebon se ni pikas ĝin per longa, dika nadlo. Clare gravedas dek ok semajnojn. Ŝi troviĝas duonvoje; se ni povus faldi la tempon je duono ĝuste kiel en Rorschach-testo, ni estus ĉe la meza faldolinio. Ni vivas en stato spirretena, ni timas elspiri, timante ke ni povus spireligi la bebon tro frue.

Ni sidas en la atendoĉambro kun aliaj antaŭnaskaj paroj kaj patrinoj, kun faldĉaretoj kaj infanetoj, kiuj ĉirkaŭkuras kaj daŭre trafiĝas de tio kaj jeno. La kabineto de d-rino Montague ĉiam deprimas min, ĉar ni pasigis ĉi tie tiom da tempo maltrankvile kaj aŭdonte malbonajn novaĵojn. Sed hodiaŭ estas malsame. Hodiaŭ ĉio estos en ordo.

Flegistino vokas niajn nomojn. Ni enpaŝas la ekzamenejon. Clare senvestiĝas, ekkuŝas sur la tablo, estas priŝmirata kaj skanata. La teknikisto observas la monitoron. Amit Montague, virino alta, reĝina kaj franc-maroka, observas la ekranon. Clare kaj mi tenas la manojn. Ankaŭ ni observas la monitoron. Malrapide la bildo konstruiĝas, pecon post peco.

Sur la ekrano videblas vetermapo de la mondo. Aŭ galaksio, aŭ kirliĝantaj steloj. Aŭ bebo.

– *Bien joué, une fille* – diras d-rino Montague. – Ŝi suĉas la dikfingron. Ŝi estas tre bela. Kaj tre granda.

Clare kaj mi elspiras. Sur la ekrano bela galaksio suĉas sian dikfingron. Dum ni observas ŝin, ŝi forprenas sian manon el sia buŝo. D-rino Montague diras:

– Ŝi ridetas.
Kaj ni same.

Lundon, la 20-an de aŭgusto 2001
(Clare aĝas 30, Henry aĝas 38)

CLARE: La bebo naskiĝos post du semajnoj kaj ni ankoraŭ ne decidis pri nomo por ŝi. Fakte, ni apenaŭ diskutis ĝin; ni evitadis la tutan temon superstiĉe, kvazaŭ nomi la bebon igus la furiojn rimarki ŝin kaj turmenti ŝin. Fine Henry portas hejmen libron kun la titolo *Vortaro de personaj nomoj*.

Ni kuŝas en la lito. Nur la oka kaj duono vespere, sed mi estas elĉerpita. Mi kuŝas surflanke, mia ventro estas duoninsulo frontanta al Henry; ankaŭ li kuŝas surflanke, fronte al mi, apogante la kapon per brako, dum la libro estas sur la lito inter ni. Ni rigardas unu la alian, ridetas nervoze.

– Ĉu ideojn? – li demandas, foliumante la libron.

– Jane – mi respondas. Li grimacas:

– Jane?

– Mi kutimis nomi ĉiujn miajn pupojn kaj pluŝbestojn Jane. Ĉiun el ili.

Henry elserĉas la nomon.

– Ĝi signifas «*Donaco de Dio*».

– Tute en ordo por mi.

– Ni elektu ion iomete nekutiman. Kion pri Irette? Aŭ Jodotha?

Li turnadas la paĝojn.

– Jen bona nomo: Loololuluah. Araba vorto por perlo.

– Kion pri Pearl?

Mi bildigas al mi la bebon kiel glatan globon irize blankan.

Henry kurigas sian fingron laŭ la kolonoj.

– Bone: «*(Latina) Verŝajna varianto de* perula, *alude al la plej valora formo de ĉi tiu produkto de malsano.*»

– Fu, kio misas pri tiu libro?

Mi prenas ĝin de Henry kaj, por amuziĝi, elserĉas:

– «*Henry (teŭtona) Reganto de la hejmo: ĉefo de la loĝloko.*»

Li ridas:

– Konsultu pri Clare.

– Ĝi estas nur alia formo de «*Clare (latine) Fama, hela*».

– Tio estas bona – li diras. Mi foliumas la libron hazarde:

– Philomele?

– Al mi plaĉas – diras Henry.

– Sed kio pri la teruraj karesformoj? Philly? Mel?

– «*Pyrene (greka) Ruĝhara*».

– Sed kio se ŝi ne estas tia?

Henry etendas manon trans la libron por kapti manplenon da miaj haroj, kaj enbuŝigas la pintojn. Mi fortiras ĝin de li kaj ŝovas ĉiujn miajn harojn malantaŭ la kapon.

– Mi kredis ke ni jam scias ĉion scieblan pri ĉi tiu infano. Certe Kendrick testis ŝin pri rufaj haroj? – mi demandas. Henry prenas de mi la libron.

– Yseult? Zoe? Mi ŝatas Zoe. En Zoe mi vidas eblojn.

– Kion ĝi signifas?

– Vivon.

– Jes, tio estas tre bona. Faru noton pri ĝi.

– Eliza – proponas Henry.

– Elizabeth.

Henry rigardas min, kaj hezite:

– Annette.

– Lucy.

– Ne – diras Henry firme.

– Ne – mi konsentas.

– Kion ni bezonas – diras Henry – estas fakte nova komenco. Malplena tabulo. Ni nomu ŝin Tabula Rasa.

– Ni nomu ŝin Titanblanka.

– Blanche, Blanca, Bianca ...

– Alba – mi diras.

– Kiel la Dukino de Alba?

– Alba DeTamble.

Ĝi facile ruliĝas laŭ mia lango.

– Ĝi sonas tre bele, ĉiuj etaj jamboj rapidpaŝaj ...

Li foliumas en la libro.

– «*Alba (Latina) Blanka. (Provenca) Tagiĝo.*» Hmm.

Li pene degrimpas de la lito. Mi aŭdas lin fose serĉadi en la salono; li revenas post kelkaj minutoj kun la unua volumo de *OED*, la granda vortaro de Random House, kaj kun mia kaduka, malnova ekzemplero de *Encyclopedia Americana*, unua libro, kun la kapvortoj de A ĝis Analoj.

– Aŭrora kanto de la provencaj poetoj ... honore al iliaj amatinoj. *Réveillés, à l'aurore, par le cri du guetteur, deux amants qui viennent de passer la nuit ensemble se séparent en maudissant le jour qui vient trop tôt; tel est le thème, non moins invariable que celui de la pastourelle, d'un genre dont le nom est emprunté au mot alba, qui figure parfois au début de la pièce. Et régulièrement à la fin de chaque couplet, où il forme refrain.* Kiel malĝoje. Ni provu la libron de Random House. Ĉi tio pli taŭgas. «Blanka urbo sur monteto; fortikaĵo.»

Li ĵetas elliten la balastan Random House kaj malfermas la enciklopedion.

– Aerolito, Alabamo, Alasko ... bone, jen, Alba.

Li okule balaas la kapvorton.

– Kolekto da urboj en antikva Italio, forviŝitaj de la tempo. Kaj la duko de Alba.

Mi suspiras kaj turnas min sur la dorson. La bebo moviĝas. Ŝi certe dormis. Henry rekomencas konsulti la paĝojn de *OED*.

– Amo. Amoro. Armadelo. Arŝino. Baŝibozukoj. Nekredeble kion oni akceptas presi nuntempe en referencverkoj.

Li glitigas manon sub mian noktoĉemizon, pasigas ĝin malrapide laŭ mia tambure streĉita ventro. La bebo piedfrapas, forte, ĝuste kie estas lia mano, li faras movon pro surpriziĝo, kaj rigardas min mirigite. Liaj manoj vagadas, trovas sian vojon trans tereno konata kaj nekonata.

– Kiom da DeTamble vi povas enteni ĉi tie?

– Hm, ĉiam restas loko por unu plia.

– Alba – li diras mallaŭte.

– Blanka urbo. Nekonkerebla fortikaĵo sur blanka monteto.

– Ŝi ŝatos ĝin.

Henry detiras miajn subvestojn laŭ miaj kruroj kaj trans la maleolojn. Li depuŝas ilin de la lito kaj alrigardas min.

– Singarde … – mi diras al li.

– Tre singarde – li konsentas, kaj rapide eliĝas el siaj vestoj.

Mi sentas min enorma, kiel kontinento en maro el kusenoj kaj litkovriloj. Henry klinas sin super min de malantaŭe, moviĝas laŭe de mi, kiel esploristo li mapas mian haŭton per sia lango.

– Malrapide, malrapide …

Mi timas.

– Kanto kantata de trobadoroj ĉe tagiĝo … – li flustras al mi dum li eniras min.

– … Al iliaj amatinoj – mi respondas. Miaj okuloj estas fermitaj, kaj mi aŭdas Henry kvazaŭ el la apuda ĉambro:

– Ĝuste ... tiel.
Kaj poste:
– Jes. *Jes!*

ALBA, ENKONDUKO

Merkredon, la 16-an de novembro 2011
(Henry aĝas 38, Clare aĝas 40)

HENRY: Mi estas en la Surrealisma Galerio ĉe la Arta Instituto de Ĉikago, estontece. Mi ne estas perfekte vestita; la maksimumo kiun mi povis akiri estas longa nigra vintromantelo el la vestogardejo kaj pantalono el ŝranko de gardisto. Mi ja sukcesis trovi ŝuojn, ĉiam la plej malfacile akirebla afero. Do mi supozas ke mi prenos ies monujon, aĉetos T-ĉemizon en la muzea butiko, tagmanĝos, rigardos iom da artaĵoj, kaj poste mi elpafos min el la konstruaĵo, direkte al la mondo de vendejoj kaj hotelĉambroj. Mi tute ne scias kie mi troviĝas en la tempo. Ne tro malproksime tamen; la vestaĵoj kaj frizaĵoj ne tro malsimilas al tiuj en 2001. Mi estas samtempe kaj entuziasma pri ĉi tiu eta restado kaj perturbita, ĉar en mia nuntempo Clare estas naskonta Alba, kaj mi nepre volas ĉeesti, sed aliflanke ĉi tiu estas nekutime altkvalita segmento da tempvojaĝo antaŭen. Mi sentas min forta kaj vere ĉeesta, vere bonfarta. Do mi staras trankvile en malluma ĉambro plena de spotlumigitaj skatoloj fare de Joseph Cornell, kaj rigardas lernejanan grupon, kiu sekvas ĉiĉeronon, portante etajn taburetojn, sur kiuj ili obeeme sidiĝas, kiam ŝi diras al ili ekparki sin.

Mi observas la grupon. La ĉiĉerono estas la kutima: bone prizorgita virino en siaj kvindekaj jaroj kun neeble blonda hararo kaj streĉita vizaĝo. La instruisto, amikema juna virino kun helblua liprujo, staras malantaŭ la lernejana grupo, preta bremsi iun ajn kiu iĝus bruema. Sed min interesas la infanoj. Ili ĉiuj aĝas proksimume dekon da jaroj, el la kvina lernojaro, mi dirus. Temas pri katolika lernejo, do ili ĉiuj portas identajn vestaĵojn, la knabinoj verdan tartanon kaj la knaboj maristan bluon. Ili kondutas atenteme kaj ĝentile, sed ne entuziasmas. Domaĝe; laŭ mi Cornell ja estas perfekta montraĵo por infanoj. La ĉiĉeronino ŝajne pensas ilin pli junaj ol reale; ŝi parolas al ili kvazaŭ al infanetoj. Unu knabino en la malantaŭa vico montras sin pli aktiva ol la ceteraj. Mi ne povas vidi ŝian vizaĝon. Ŝi havas longan nigran hararon buklan kaj pave bluan robon, kiu distingas ŝin de ŝiaj gekunuloj. Ĉiufoje kiam la ĉiĉeronino starigas demandon, la mano de ĉi tiu knabino leviĝas, sed ŝi neniam estas vokata respondi. Estas videble ke la knabino komencas tediĝi.

La ĉiĉerono parolas pri la *Birdoskatoloj* de Cornell. Ĉiu skatolo estas pala, kaj ĉe multaj el ili la blanka, pentrita interno havas ripoz-stangetojn kaj tiaspecajn truojn kiajn havus birdodomo, dum kelkaj skatoloj enhavas bildojn de birdoj. Ĉi tiuj estas la plej sekaj kaj severaj el liaj verkoj, sen la kaprico de la *Kolekto da sapvezikoj* kaj la amhistorioj de la *Hotelo*-skatoloj.

– Laŭ vi kial sinjoro Cornell faris ĉi tiujn skatolojn?

La ĉiĉeronino gaje okulserĉas respondon tra la infanoj, ignorante la pave bluan knabinon, kiu svingas sian manon kvazaŭ ŝin skuus la danco de Sankta Vito. Knabo antaŭe diras timide ke la artisto certe ŝatis birdojn. Ĉi tio estas tro por la knabino. Ŝi ekstaras kun la mano en la aero. La ĉiĉerono malvoleme diras:

– Jes?

– Li faris la skatolojn ĉar li estis soleca. Li havis neniun por ami, kaj li faris la skatolojn por ke li povu ami ilin, kaj por ke la homoj sciu ke li ekzistas, kaj ĉar birdoj estas liberaj kaj la skatoloj estas kaŝejoj por la birdoj, por ke ili sentu sin sekuraj, kaj li volis esti libera kaj sekura. La skatoloj estas por li, por ke li estu birdo.

La knabino residas.

Mi estas konsternita de ŝia respondo. Jen dekjarulino, kiu povas kunsenti kun Joseph Cornell. Nek la ĉiĉeronino nek la klaso vere scias kion fari pri ŝia reago, sed la instruistino, kiu videble kutimas al ŝi, diras:

– Dankon, Alba, profunde pensite.

Ŝi turnas sin, ridetas dankeme al la instruisto, kaj mi ekvidas ŝian vizaĝon: mi rigardas al mia filino. Mi staras en la apuda galerio, kaj mi faras kelkajn paŝojn antaŭen, por rigardi ŝin, por vidi ŝin, kaj ankaŭ ŝi ekvidas min, ŝia vizaĝo lumiĝas, ŝi salt-stariĝas, renversas sian faldseĝeton, kaj preskaŭ antaŭ ol mi komprenus kio okazas, jam mi tenas Alba en la brakoj, tenas ŝin firme, genuiĝas antaŭ ŝi por ĉirkaŭbraki ŝin, dum ŝi diras «Paĉjo» denove kaj denove.

Ĉiuj gapas al ni. La instruistino alrapidas.

Ŝi diras:

– Alba, kiu estas ĉi tiu? Sinjoro, kiu vi estas?

– Mi estas Henry DeTamble, la patro de Alba.

– Li estas mia paĉjo!

La instruistino preskaŭ tordas al si la manojn.

– Sinjoro, la patro de Alba mortis.

Mi estas senvorta. Sed Alba, vera filino mia, regas la situacion.

– Li estas mortinta – ŝi diras al sia instruisto. – Sed li ne estas *senĉese* mortinta.

Mi retrovas mian spiritĉeeston.

– Estas iom malfacile klarigi ...

– Li estas TML – diras Alba. – Kiel mi.

Ĉi tio ŝajnas komprenebla por la instruistino, kvankam por mi ĝi nenion signifas. La instruisto paliĝas sub sia ŝminko sed aspektas komprenema. Alba premas mian manon. Eldiru ion, jen kion ŝi volas diri.

– Ha, s-ino ...

– Cooper.

– Sinjorino Cooper, ĉu ekzistas ajna eblo ke Alba kaj mi povu paroli ĉi tie kelkajn minutojn? Ni ne ofte vidas unu la alian.

– Nu ... simple, mi ... ni ekskursas ... kaj la grupo ... mi ne povas simple lasi vin forporti la infanon el la grupo, kaj, vidu, mi ne vere povas scii ĉu vi ja estas sinjoro DeTamble ...

– Ni voku Panjon – diras Alba. Ŝi kuras al sia lernejsako kaj kaptas el ĝi poŝtelefonon. Ŝi premas klavon, mi aŭdas la telefonon sonori, kaj mi rapide komprenas ke jen proponas sin eblaĵoj: iu respondas la vokon ĉe la alia fino, kaj Alba diras:

– Panjo? ... Mi estas ĉe la Arta Instituto ... Ne, mi bone fartas ... Panjo, Paĉjo estas ĉi tie! Diru al sinjorino Cooper ke li vere estas Paĉjo, ĉu bone? ... Jes, enorde, ĝis!

Ŝi transdonas al mi la telefonon. Mi hezitas, koncentriĝas.

– Clare?

Mi aŭdas akran enspiron.

– Clare?

– *Henry*! Ho, Dio, mi ne povas kredi! Venu hejmen!

– Mi provos ...

– De kiam vi venas?

– De 2001. Tuj antaŭ ol Alba naskiĝis.

Mi ridetas al Alba. Ŝi apogas sin al mi, tenante mian manon.

– Eble mi devus veni tien?

– Tio estus pli rapida. Aŭskultu, ĉu vi povus diri al ĉi tiu instruistino ke mi efektive estas mi?

– Certe; kie vi estos?

– Ĉe la leonoj. Venu kiel eble plej rapide, Clare. Ne daŭros tre longe.

– Mi amas vin.

– Mi amas vin, Clare.

Mi hezitas, kaj poste transdonas la telefonon al s-ino Cooper. Ŝi kaj Clare mallonge konversacias, kaj Clare iel konvinkas ŝin permesi al mi konduki Alba al la muzea enirejo, kien Clare venos por renkonti nin. Mi dankas s-inon Cooper, kiu kondutis sufiĉe gracie en stranga situacio, kaj Alba eliras man-en-mane kun mi el la Alo Morton, malsupren laŭ la spirala ŝtuparejo kaj al la ĉinaj ceramikaĵoj. Mia menso kuregas ... kion unue demandi?

Alba diras:

– Dankon pro la videoj. Panjo donis ilin al mi por mia naskiĝtago.

Kiuj videoj?

– Mi elturniĝas pri la Yale kaj la Master, kaj mi jam laboras pri la Walters.

Seruroj. Ŝi lernas perforti serurojn.

– Bonege. Persistu! Aŭskultu, Alba ...

– Paĉjo?

– Kio estas TML?

– Tempa Mislokito.

Ni sidiĝas sur benko antaŭ Tang-dinastia porcelana drako. Alba sidas fronte al mi, kun la manoj en la sino. Ŝi aspektas precize kiel mi en dekjara aĝo. Mi apenaŭ povas kredi ĉion ĉi. Alba eĉ ne naskiĝis ankoraŭ, kaj jen tamen ŝi, Atena plene armita. Mi parolas al ŝi malferme.

– Imagu, ĉi tiu estas la unua fojo kiam mi renkontas vin.

Alba ridetas:

– Saluton, sinjoro.

Ŝi estas la plej memcerta infano kiun mi iam ajn renkontis. Mi ekzamenas ŝin: kie estas Clare en ĉi tiu infano?

– Ĉu ni ofte vidas unu la alian?

Ŝi pripensas.

– Ne ofte. Laste antaŭ proksimume unu jaro. Mi vidis vin kelkfoje kiam mi aĝis ok.

– Kiom da jaroj vi havis kiam mi mortis?

Mi retenas la spiron.

– Kvin.

Jesuo. Mi ne povas elteni ĉi tion.

– Mi bedaŭras, eble mi ne devus diri tion ...?

Alba jam pentas. Mi ĉirkaŭbrakas ŝin:

– Ne zorgu, ja mi demandis, ĉu ne?

Mi profunde enspiras.

– Kiel fartas Clare?

– Bone. Malĝoje.

Ĉi tio ponardas min. Mi ekkomprenas ke mi ne volas scii pli.

– Kion pri vi? Kiel iras la lernejo? Kion vi lernas?

Alba ridetas.

– Mi ne lernas multon en la lernejo, sed mi legas ĉion pri fru-tempaj muzikiloj, pri Egiptujo, kaj kun Panjo mi legas la *Mastron de l' Ringoj*, kaj mi lernas tangon kiun verkis Astor Piazzolla.

Je dekjara aĝo? Dio mia.

– Per violono? Kiu estas via instruisto?

– Avĉjo.

Dum momento mi pensas ke ŝi celas mian avon, sed mi tuj konsciiĝas ke temas pri Paĉjo. Bonega novaĵo. Se Paĉjo konsentas pasigi tempon kun Alba, tiam ŝi estas vere bona.

– Ĉu vi ludas bone?

Kia malĝentila demando.

– Jes. Mi ludas *ege* bone.

– Dank' al Dio. Mi neniam estis bona pri muziko.

– Avĉjo same diras – hihias ŝi. – Sed vi ŝatas muzikon.

– Mi ŝategas muzikon. Mi simple ne povas ludi ĝin mem.

– Mi aŭdis avinjon Annette kanti! Ŝi estis *tiel* bela!

– Kiun registraĵon vi aŭdis?

– Mi vidis ŝin envere. En la Operdomo. Ŝi kantis *Aida*.

«Li estas TML, kiel mi.» Ho, merdon.

– Vi tempvojaĝas.

– Certe.

Alba ridetas ĝoje:

– Panjo ĉiam diras ke vi kaj mi absolute similas. Laŭ d-ro Kendrick mi estas mirinfano.

– Kial do?

– Kelkfoje mi povas iri kiam kaj kien mi volas.

Alba aspektas kontenta pri si mem; mi tre envias ŝin.

– Ĉu vi povas tute ne iri se vi ne volas?

– Nu, tion ne.

Ŝi aspektas embarasita.

– Sed mi ŝatas ĝin. Mi celas: foje ne estas *oportune*, sed … ja interese, ĉu vi scias?

Jes. Mi scias.

– Venu viziti min, se vi povas esti kiam ajn vi volas.

– Mi ja provis. Mi vidis vin iam surstrate; vi estis kun iu blonda virino. Ŝajnis tamen ke vi estas eble okupata.

Alba ruĝiĝas, kaj subite iom da Clare rigardas min el ŝi, nur dum sekundero.

– Tio estis Ingrid. Ni estis geamikoj antaŭ ol mi renkontis vian panjon.

Mi scivolas kion ni faris ĝuste tiam, Ing kaj mi, por ke Alba sentu sin tiel malkomforte: bedaŭro dolorpikas min, ĉar mi faris malbonan impreson al ĉi tiu sobra kaj aminda knabino.

– Se paroli pri via panjo, ni devus eliri eksteren por atendi ŝin.

Mi eksentas la alt-tonan akutan bruon, kaj mi esperas nur ke Clare alvenos antaŭ mia malapero. Alba kaj mi leviĝas kaj rapide eliras al la antaŭaj ŝtupoj. Estas malfrua aŭtuno, kaj Alba ne portas mantelon, do mi ĉirkaŭvolvas nin ambaŭ per la mia. Mi apogas min al la granita slabo kiu subtenas unu el la leonoj, en suda direkto, kaj Alba apogas sin al mi, kovrita de mia mantelo, premante sin al mia nuda torso, tiel ke nur ŝia vizaĝo elstaras ĉe mia brustnivelo. Estas pluva tago. La trafiko navigas laŭ avenuo Michigan.

Min ebriigas la superforta amo kiun mi sentas por ĉi tiu miranda infano, kiu alpremiĝas al mi kvazaŭ ŝi apartenus al mi, kvazaŭ ni neniam disiĝus, kvazaŭ ni havus ĉiomon da tempo. Mi alkroĉas min al ĉi tiu momento, batalas kontraŭ laceco kaj kontraŭ la altirforto de mia propra tempo. Lasu min resti, mi petegas mian korpon, Dion, Patron Tempo, Kristnask-avon, ĉiun ajn kiu pretus aŭskulti. Nur lasu min vidi Clare, kaj mi iros pace.

– Jen Panjo! – diras Alba. Blanka aŭto, al mi nekonata, rapidas niadirekten. Ĉe la stratkruciĝo ĝi haltas, elsaltas el ĝi Clare, lasas ĝin kie ĝi estas, blokante la trafikon.

– Henry!

Mi provas kuri al ŝi, ankaŭ ŝi kuras, kaj mi falas sur la ŝtupojn, etendante miajn brakojn al Clare: Alba tenas min kaj krias ion, kaj Clare estas nur metron for de mi, kaj mi uzas miajn lastajn vol-rezervojn por rigardi al Clare, kiu ŝajnas tiel malproksima, kaj mi diras kiel eble plej klare:

– Mi amas vin.

Kaj mi estas for. Damne. *Damne.*

7:20 ptm Vendredon, la 24-an de aŭgusto 2001
(Clare aĝas 30, Henry aĝas 38)

CLARE: Mi ripozas en la trivita ferdekseĝo en la korto kun libroj kaj revuoj diskuŝantaj ĉie ĉirkaŭ mi kaj, ĉe la kubuto, kun duontrinkita glaso da limonado, en kiu disfandiĝis la glaci-kuboj. La vetero komencas iom mildiĝi. Estis tridekgrada varmo pli frue; nun ekblovis venteto, kaj la cikadoj kantas sian somer-finan kanton. Dek kvin aviadiloj superflugis min survoje al la flughaveno O'Hare, el distancoj nekonataj. Mia impone elstara ventro ankras min al ĉi tiu loko. Henry estas for jam ekde la oka hieraŭ matene, kaj mi komencas timi. Kio se mi eknaskas kaj li ne ĉeestas? Kio se la bebo eĉ naskiĝas dum li ankoraŭ ne revenis? Kio se li vundiĝis? Se li mortis? Kio se mi mortos? Ĉiuj ĉi pensoj postkuras unu la alian, kiel tiuj strangaj peltopecoj portitaj de maljunaj sinjorinoj ĉirkaŭ la kolo, kun la vosto en la buŝo, pensoj rondirantaj ĝis mi ne povas elteni eĉ unu plian minuton. Kutime dum nervozeco mi agadas senĉese; dum mia zorgiĝo pri Henry mi frotpurigas mian atelieron aŭ plenigas naŭfoje la lavmaŝinon aŭ preparas tri stakojn da papero. Sed nun mi kuŝas ĉi tie kun mia ventro, kvazaŭ baleno marborde, en la fruvespera suno de nia korto, dum Henry estas ie for … farante kiu scias kion. Ho, Dio, revenigu lin. Nun.

Sed nenio okazas. S-ro Panetta realvenas hejmen, lia garaĝpordo malfermiĝas kaj poste fermiĝas kun grinco. Glaciaĵa

469

kamioneto venas kaj iras. Lampiroj komencas sian vesperan dancfeston. Sed Henry ne aperas.

Mi iĝas malsata. Mi malsatmortos en la korto, ĉar Henry ne estas ĉi tie por prepari vespermanĝon. Alba baraktas interne, kaj mi pripensas ĉu leviĝi kaj iri en la kuirejon por kunmeti por mi ion manĝeblan. Sed fine mi decidas fari same kiel mi ĉiam faras kiam Henry ne ĉeestas por nutri min. Mi leviĝas malrapide, en etapoj, kaj pace amblas en la domon. Mi elserĉas mian mansakon, ŝaltas kelkajn lumojn, ellasas min tra la ĉefpordo kaj ŝlosas ĝin. Estas bona sento moviĝi. Denove mi estas surprizita, kaj surpriziĝas pro la surprizo, ke mi estas tiel grandega ĉe nur unu parto de mia korpo, kiel iu kies plastia kirurgio misfunkciis, kiel unu el tiuj virinoj en afrika tribo kies ideo pri beleco postulas ege long-igitajn kolojn aŭ lipojn aŭ orellobojn. Mi ekvilibrigas mian pezon kontraŭ tiu de Alba, kaj ni promenas per ĉi tiu danco de siamaj ĝemeloj ĝis la tajlanda restoracio Opart.

La restoracio estas freŝe malvarmeta kaj homplena. Oni kondukas min al tablo ĉe strata fenestro. Mi mendas printempajn rulaĵojn kaj la pladon Pad Thai kun tofuo, nespicajn kaj sekurajn. Mi trinkas tutan glason da akvo. Alba premas mian vezikon; mi iras al la necesejo, kaj ĉe reveno manĝeto jam surtablas. Mi manĝas. Mi imagas kiun konversacion mi havus kun Henry se li ĉeestus. Mi demandas min kie li povas esti.

Mense mi trafiltras mian memoron, provante kongruigi tiun Henry kiu malaperis surmetinte sian pantalonon hieraŭ, kun iu ajn Henry kiun mi vidis en mia infanaĝo. Sed tiel mi nur perdas tempon: mi simple atendu aŭdi la rakonton de lia moŝto. Eble li jam revenis intertempe. Mi devas reteni min por ne elkuri el la restoracio por serĉi. Alvenas la antaŭplado. Mi elpremas limeon sur la nudelojn kaj ŝovelas ilin en mian buŝon. Mi imagas kiel

Alba, eta kaj rozkolora, kurbe kaŭra en mi, manĝas Pad Thai per etaj, delikataj manĝbastonetoj. Mi bildigas ŝin kun longaj nigraj haroj kaj verdaj okuloj. Ŝi ridetas kaj diras: «Dankon, Panjo». Mi respondas kun rideto: «Volonte! Vi estas bonvena gasto!» Ŝi tenas malgrandan pluŝbeston, kies nomo estas Alfonzo. Alba donas al Alfonzo tofuon. Mi finas manĝi. Sidas kelkajn minutojn, ripozas.

Iu ĉe la apuda tablo ekbruligas cigaredon. Mi pagas kaj foriras.

Mi paŝetas laŭ avenuo Western. Aŭto plena de portorikaj adoleskantoj krias ion al mi, sed mi ne kaptas la sencon. Naviginte ĝis la hejmhaveno, mi palpserĉas miajn ŝlosilojn, sed la pordon svinge malfermas Henry, dirante «Dank' al Dio!», kaj li ĵetas siajn brakojn ĉirkaŭ min.

Ni kisas nin. Mi sentas tian senpeziĝon vidante lin ke mi bezonas kelkajn minutojn por konstati ke ankaŭ li senpeziĝas min vidante.

– Kie vi estis? – Henry postulas scii.

– En Opart. Kie estis vi?

– Vi ne lasis noton, mi venis hejmen, kaj vi ne estis ĉi tie, do mi pensis ke vi estas en la hospitalo. Mi vokis tien, sed ili diris ke vi ne estas tie …

Mi ekridas, kaj apenaŭ povas ĉesi. Henry aspektas perpleksa. Kiam mi fine rekapablas paroli, mi diras al li:

– Nun vi scias kiel sentiĝas.

Li ridetas.

– Pardonu. Sed, simple, mi … mi ne sciis kie vi estas, mi iomete panikis. Mi pensis ke mi maltrafis Alba.

– Sed kie vi estis?

Henry ridetas.

– Atendu ĝis vi aŭdos ĉi tion. Unu minuton. Ni sidiĝu.

– Ni kuŝiĝu. Mi estas lacega.

– Kion vi faris la tutan tagon?

– Kuŝadis.

– Kompatinda Clare, ne mirinde ke vi estas laca.

Mi iras en la dormoĉambron, ŝaltas la klimatizilon kaj fermas la ŝutrojn. Henry deturniĝas en la kuirejon kaj post kelkaj minutoj aperas kun trinkaĵoj. Mi aranĝas min sur la lito kaj ricevas zingibran elon; Henry deĵetas siajn ŝuojn kaj aliĝas al mi kun biero en la mano.

– Rakontu ĉion!

– Nu – li levas unu brovon, malfermas kaj refermas la buŝon. – Mi ne scias kiel komenci.

– Elkraĉu ĝin!

– Unue mi devas diri ke, eksterdube, neniam okazis al mi ajna afero pli stranga ol tiu ĉi.

– Eĉ pli stranga ol … vi kaj mi?

– Jes. Mi volas diri ke nia historio estas tamen komprenebla kaj natura, knabo renkontas knabinon …

– Pli strange ol vidi vian panjon morti ree kaj ree?

– Nun tio estas jam nur terura rutinaĵo. Premsonĝo kiu de tempo al tempo hantas min. Ne, ĉi tio estis nenio malpli ol io super la realo.

Li pasigas sian manon laŭ mia ventro.

– Mi vojaĝis antaŭen, kaj mi ververe ĉeestis, kun forta realsento, kaj mi trafis nian filineton tie.

– Ho, mia dio! Mi estas tiel ĵaluza. Sed … imprese!

– Jes. Ŝi aĝis ĉirkaŭ dek. Clare, ŝi estas tiel mirinda: inteligenta kaj muzikema kaj simple … vere memfida, kaj de nenio ŝi lasis sin surprizi …

– Kiel ŝi aspektas?

– Kiel mi. Knabina versio de mi. Mi volas diri: ŝi estas bela, kun viaj okuloj, sed esence ŝi tre similas al mi: nigraj haroj, pala haŭto, kelkaj lentugoj, kaj ŝia buŝo estas pli malgranda ol la mia estis, kaj ŝiaj oreloj ne elstaras. Ŝi havis longajn buklajn harojn, kaj miajn manojn kun longaj fingroj, kaj ŝi estas alta ... Ŝi estis kiel juna kato.

Perfekte. Tute perfekte.

– Mi timas ke miaj genoj efikis ĉe ŝi ... Sed laŭ personeco ŝi estis kiel vi. Ŝi estis plej mirinde impresa ... Mi ekvidis ŝin en grupo de lernejanoj ĉe la Arta Instituto, ŝi parolis pri la *Birdoskatoloj* de Joseph Cornell, kaj ŝi diris ion korŝiran pri li ... kaj iamaniere mi sciis kiu ŝi estas. Kaj ankaŭ ŝi rekonis min.

– Nu, mi ja esperus tion.

Mi devas demandi.

– Ĉu ŝi ... ĉu ankaŭ ŝi ...?

Henry hezitas.

– Jes – li diras fine. – Jes ja.

Ni ambaŭ silentas. Li karesas mian vizaĝon.

– Mi scias.

Mi volus plori.

– Clare, ŝi ŝajnis feliĉa. Mi demandis ŝin: ŝi diris ke ŝi ŝatas ĝin.

Li ridetas:

– Ŝi diris ke estas interese!

Ni ambaŭ ridas, komence iomete bedaŭre, sed poste la ridemo trafas min, kaj ni serioze ridas, ĝis doloras niaj vizaĝoj, ĝis fluas larmoj sur niaj vangoj. Ĉar: kompreneble estas interese.

Tre interese.

*Merkredon, la 5-an de septembro
– ĵaŭdon, la 6-an de septembro 2001
(Henry aĝas 38, Clare aĝas 30)*

HENRY: Clare paŝadis ĉirkaŭ la domo la tutan tagon kiel tigro. La kuntiriĝoj venas ĉiujn dudek minutojn.

– Provu iom dormi – mi konsilas al ŝi, kaj ŝi ekkuŝas sur la lito por kelkaj minutoj sed jam stariĝas denove. Je la dua matene ŝi finfine endormiĝas. Mi kuŝas apud ŝi, sendorme, rigardante ŝin spiri, aŭskultante ŝiajn etajn sonojn nervozajn, ludante per ŝiaj haroj. Mi maltrankvilas, malgraŭ mia konscio ke mi vidis propraokule ke ŝi estos en ordo, kaj ankaŭ Alba estos en ordo. Clare vekiĝas je 3:30.

– Mi volas iri al la hospitalo – ŝi diras al mi.

– Eble ni devus voki taksion – mi diras.

– Estas terure malfrue.

– Gomez diris ke ni telefonu je ne gravas kioma horo.

– Bone.

Mi klavas la numeron de Gomez kaj Charisse. La telefono sonoras dek ses fojojn, kaj fine Gomez respondas la vokon, sonante kiel homo sur marfundo.

– Ĉu? – diras Gomez.

– He, kamarado. Temp' está!

Li murmuras ion kio sonas kiel «ov-mustard'». Poste Charisse prenas la telefonon kaj diras ke ili estas survoje. Mi finas la interparolon por voki d-rinon Montague, kaj lasas mesaĝon sur ŝia respondilo. Clare kaŭras kvarpiede, balanciĝas tien kaj reen. Mi akompanas ŝin sur la planko.

– Clare?

Ŝi levas al mi la okulojn, kaj balanciĝas plu.

– Henry ... kial fakte ni decidis fari ĉi tion denove?

– Ĉar onidire ĉe la fino oni transdonos al vi bebon kaj permesos ke vi gardu ĝin.

– Ho jes.

Ni engrimpas la Volvon de Gomez post dek kvin minutoj. Gomez oscedas dum li helpas min manovri Clare sur malantaŭan sidlokon.

– Eĉ ne havu la ideon trempi mian aŭton en amnia fluido – li diras amikeme al Clare. Charisse kuras en la domon por rubosakoj kaj kovras la sidlokojn. Ni ensaltas kaj forveturas. Clare apogas sin al mi kaj kunpremas miajn manojn en la siaj.

– Ne forlasu min – ŝi diras.

– Neniam – mi diras al ŝi. Mi renkontas la okulojn de Gomez en la retrospegulo.

– Doloras – diras Clare. – Ho, Dio, doloras.

– Pensu pri io alia. Io bela – mi diras. Ni veturegas laŭ avenuo Western, al suda direkto. Apenaŭ estas trafiko.

– Diru al mi ...

Mi longe serĉas enkape por trovi mian plej freŝdatan rest-adon en la infanaĝo de Clare.

– Ĉu vi memoras la tagon kiam ni iris al la lago, kiam vi aĝis dek du? Ni iris naĝi, kaj vi rakontis al mi pri via ekmenstruado.

Clare kaptas miajn manojn kun ostorompa forto.

– Ĉu vere?

– Jes, vi estis iom embarasita sed ankaŭ vere fiera pri vi mem ... Vi portis bikinon rozan kaj verdan, kaj tiujn flavajn sun-okulvitrojn kun koroj mulditaj en la framo.

– Mi memoras ... ha! ho, Henry, doloras, doloras!

Charisse turnas sin al ŝi:

– Trankvile, Clare, simple la bebo apogiĝas al via spino, turnu vin iom, ĉu bone?

Clare provas ŝanĝi sian pozicion.

– Jen ni alvenis – diras Gomez, turniĝante al la urĝeja halto-zono de Hospitalo Mercy.

– Mi likas – anoncas Clare. Gomez haltigas la aŭton, elsaltas el ĝi, kaj ni milde forigas Clare el la aŭto. Ŝi faras du paŝojn kaj ŝia amnio krevas.

– Bona tempumo, katido – komentas Gomez.

Charisse kuras antaŭen kun niaj dokumentoj, dum Gomez kaj mi venigas Clare malrapide tra la urĝejo kaj laŭ la longaj kori-doroj de la obstetrika alo. Ŝi apogas sin stare al la akceptotablo de la flegistoj dum tiuj senĝene preparas ĉambron por ŝi.

– Ne forlasu min – flustras Clare.

– Neniam – mi certigas ŝin denove. Se mi nur povus esti certa pri tio! Mi sentas malvarmon kaj iomete vomemas. Clare turnas sin kaj apogiĝas al mi. Mi ĉirkaŭbrakas ŝin. La bebo estas malmola rondaĵo inter ni du. *Elvenu, elvenu, kie ajn vi estas.* Clare anhelas. Dika, blonda flegistino venas por diri ke la ĉambro pretas. Nia grupo invadas ĝin. Clare tuj metas sin surplanken sur manoj kaj genuoj. Charisse komencas orde formeti aĵojn, vestaĵojn en la ŝrankon, tualetaĵojn en la banĉambron. Gomez kaj mi staras kaj rigardas Clare senkonsile. Ŝi ĝemas. Ni rigardas unu la alian. Gomez levas la ŝultrojn. Charisse diras:

– He, Clare, kion pri bano? Vi sentos vin pli bone en varma akvo.

Clare kapjesas. Charisse faras mangeston, kiu signifas «foriru, Gomez». Gomez anoncas:

– Mi pensas ke mi iros fumi – kaj foriras.

– Ĉu mi restu? – mi demandas al Clare.

– Jes! Ne foriru ... restu kie mi povas vidi vin.

– Bone.

Mi eniras la banĉambron por fluigi akvon. Hospitalaj banĉambroj timigas min. Ili ĉiam odoras je malmultekosta sapo kaj malsana karno. Mi malfermas la kranon, atendas ke la akvo varmiĝu.

– Henry! Ĉu vi tie? – vokas Clare. Mi reŝovas la kapon en la ĉambron.

– Jen mi.

– Restu ĉi tie – ordonas Clare, kaj Charisse prenas mian lokon en la banĉambro. Clare eligas sonon kiun mi neniam antaŭe aŭdis ĉe homo, profundan, malesperan ĝemon agonian. Kion do mi faris al ŝi? Mi pensas pri Clare dekdujara, kiam ŝi kuŝis sur kovrilo, ridante kaj superŝutite per malseka sablo, en sia unua bikino, ĉe la plaĝo. Ho, Clare, mi pardonpetas, vere pardonpetas. Pli aĝa nigra flegistino envenas kaj kontrolas la cervikon de Clare.

– Bona knabino – ŝi rukulas al Clare. – Ses centimetrojn.

Clare kapjesas, ridetas kaj poste grimacas. Ŝi spasme tenas sian ventron kaj faldas sin, pli laŭte ĝemante. La flegistino kaj mi tenas ŝin. Clare anhelas por rekapti la spiron, kaj komencas ŝriki. Envenas Amit Montague, kaj alrapidas ŝin.

– Ĉit, knabino, ĉit ...

La flegistino donas al d-rino Montague amason da informoj

kiuj por mi nenion signifas. Clare plorsingultas. Mi klarigas la gorĝon. Mia voĉo elvenas kvake:

– Kion pri anestezo? ... Clare?

Clare kapjesas. Homoj amasiĝas en la ĉambron kun tuboj, nadloj kaj diversaj maŝinoj. Mi tenas la manon de Clare kaj observas ŝian vizaĝon. Ŝi kuŝas sur flanko, ĝemante, ŝian vizaĝon malsekigas ŝvito kaj larmoj, kiam la anestezisto alligas perfuzilon kaj enigas nadlon en ŝian spinon. D-rino Montague ekzamenas ŝin, kaj sulkas la brovojn rigardante la monitoron de la feto.

– Kio malĝustas? – Clare demandas ŝin. – Io ja malĝustas.

– Ŝia korbato tre rapidas. Via knabineto timas. Vi devas esti trankvila, Clare, por ke la bebo estu trankvila, ĉu ne?

– *Tiom forte doloras!*

– Tial ĉar ŝi estas granda.

La voĉo de Amit Montague sonas kviete, trankvilige. La korpulenta anestezisto kun rosmaraj lipharoj rigardas min enue super la korpo de Clare.

– Sed nun ni donas al vi etan koktelon, nu, iom da narkotaĵo, iom da analgeziko, baldaŭ vi malstreĉiĝos, kaj ankaŭ la bebo malstreĉiĝos, ĉu ne?

Clare kapjesas: jes. D-rino Montague ridetas.

– Kaj Henry, kiel vi fartas?

– Ne tre malstreĉe.

Mi provas rideti. Ankaŭ al mi utilus tio kion ili donas al Clare, kio ajn ĝi estas. Mi spertas komencon de duobla vido; mi profunde enspiras, kaj ĝi ĉesas.

– Vidu, aferoj pliboniĝas – mi aŭdas d-rinon Montague. – Estas kiel preterpasanta nubo, la doloro foriras, ni transportas ĝin ien kaj lasas ĝin sur la vojrando, restu ĝi tie sola, dum vi kaj la etulino daŭre restas ĉi tie, ĉu ne? Ĉi tie estas agrable, ni uzu trankvile nian tempon, ni neniel devas hasti ...

La strečiĝo forlasis la vizaĝon de Clare. Ŝiaj okuloj fikse rigardas al d-rino Montague. La maŝinoj pepas. En la ĉambro regas duonlumo. Ekstere la suno leviĝas. D-rino Montague observas la monitoron.

– Diru al ŝi ke vi fartas bone, ke ŝi fartas bone. Kantu al ŝi kanton, ĉu ne?

– Alba, ĉio estas en ordo – Clare diras mallaŭte. Ŝi alrigardas min. – Diru la poemon pri la geamantoj sur la tapiŝo.

Mia cerbo nenion liveras, sed fine mi rememoras. Mi sentas kulis-timon deklamante Rilke antaŭ ĉiuj ĉi homoj, sed mi komencas:

– *Engel: Es wäre ein Platz, den wir nicht wissen...*

– Diru ĝin angle – interrompas Clare.

– Pardonu.

Mi ŝanĝas pozicion, por sidi apud la ventro de Clare, dorse al Charisse, al la flegistino kaj la kuracisto, mi glitigas manon sub la buton-streĉitan ĉemizon de Clare. Mi povas senti la konturojn de Alba tra la varma haŭto de Clare.

– Anĝelo! – mi diras al Clare, kvazaŭ ni estus en nia propra lito, kvazaŭ ni maldormis la tutan nokton pro malpli mondskuaj agadoj:

Anĝelo! Se estus loko, nesciebla por ni, kie,

sur nedirebla tapiŝo, amantoj elmontrus kion ĉi tie

ili neniam finmajstris, aŭdacajn

atrakciojn de alta korsvingo,

siajn voluptoturojn, tremante

sur, kie neniam estis grundo, eskaloj

de longe nur interapogaj – altkapable,

– Jen – diras d-rino Montague, klakfermante la ekranon. – Ĉiuj estas serenaj.

Ŝi sendas radian rigardon al ni ĉiuj kaj elglitas tra la pordo, sekvate de la flegistino. Mi hazarde trafas la okulojn de la anestezisto, kies mieno klare diras: *Kiel vi povas esti tia molulo, homo?*

CLARE: La suno leviĝas, kaj mi kuŝas sensenta en ĉi tiu stranga lito en ĉi tiu rozkolora ĉambro, kaj dume ie en tiu fremda lando kiu estas mia utero, Alba rampas al la hejmo aŭ foren de la hejmo. La doloro foriris, sed mi scias ke ĝi ne iris malproksimen, ke ĝi kaŭras en iu angulo aŭ sub la lito kaj elsaltos kiam mi malplej atendas ĝin. La kuntiriĝoj venas kaj iras, foraj, dampitaj kiel sonorilado tra nebulo. Henry ekkuŝas apud mi. Homoj venas kaj iras. Mi emas vomi, sed ne vomas. Charisse donas al mi glaciokaĉon el papertaso; ĝi gustas kiel malfreŝa neĝo. Mi rigardas la tubojn kaj la ruĝajn lumojn blinkajn, kaj pensas pri Panjo. Mi spiras. Henry observas min. Li aspektas tiom streĉita kaj malfeliĉa. Mi denove ektimas ke li povus malaperi. Ĉio en ordo, mi diras al li. Li kapjesas. Karesas mian ventron. Mi ŝvitas. Tiel varmegas ĉi tie. La flegistino envenas kaj kontrolas min. Amit kontrolas min. Iel mi estas sola kun Alba en la mezo de ĉiuj. *Ĉio en ordo,* mi diras al ŝi. *Vi agas bone, vi ne dolorigas min.* Henry ekstaras kaj paŝas tien-reen, ĝis mi petas lin ĉesi. Mi sentas kvazaŭ ĉiuj miaj organoj fariĝus apartaj estaĵoj, ĉiu kun propra agendo, ĉiu kun propra trajno trafenda. Alba fosas tunelon per sia kapo en min, osta kaj karna elkavatoro de mia karno kaj osto, pliprofundiganta miajn profundojn. Mi imagas ŝin naĝi tra mi, mi imagas ŝin fali en la kvieton de matena lageto, dum la akvo dispartiĝas pro ŝia rapida entrafo. Mi imagas ŝian vizaĝon, mi volas vidi ŝian vizaĝon. Mi diras al la anestezisto ke mi volas senti ion. Iom post iom la sensenteco retiriĝas kaj la doloro revenas, sed nun ĝi estas alispeca doloro. Bona doloro. La tempo pasas.

La tempo pasas, kaj la doloro komencas ruliĝi enen kaj eksteren, kvazaŭ virino staranta ĉe gladtabulo ŝovus gladilon tien-reen, tien-reen trans blanka tablotuko. Envenas Amit por diri ke estas la tempo, tempo por iri al la akuŝejo. Oni razas kaj frotpurigas min, translevas sur brankardon kaj rulas tra koridoroj. Mi rigardas la koridor-plafonojn moviĝi, dum Alba kaj mi moviĝas por renkonti unu la alian, kaj Henry paŝadas apud ni. En la akuŝejo ĉio estas verda kaj blanka. Mi flaras deterganton, ĝi memorigas min pri Etta, kaj mi volas Etta, sed ŝi estas en Meadowlark, kaj mi levas la okulojn al Henry, kiu portas sanitaran tunikon, kaj mi pensas kial ni estas ĉi tie, ni devus esti hejme kaj tuj poste mi sentas, kvazaŭ Alba impetus kaj sin svingus, kaj mi puŝas sen pensi kaj ni faras ĝin denove kaj denove, kiel ludon, kiel kanton. Iu diras *He, kien iris la patro?* Mi ĉirkaŭrigardas, sed Henry foriris, li estas nenie, ne ĉi tie, kaj mi pensas Dio damnu lin, sed ne, ne, Dio, mi ne vere celas tion, sed Alba venas, venas, kaj tiam mi ekvidas Henry, li stumblas en mian vidkampon, sen orientiĝo kaj nuda sed ĉi tie, jes, ĉi tie! kaj Amit diras *Sacré Dieu!* kaj poste *Ha, ŝia verto aperas*, kaj mi puŝas, kaj la kapo de Alba eliras, kaj mi ŝovas mian manon malsupren por tuŝi ŝian kapon, ŝian delikatan glitan humidan veluran kapon, kaj mi puŝas kaj puŝas kaj Alba falegas en la atendantajn manojn de Henry kaj iu diras *Ho!* kaj mi estas malplena kaj liberigita kaj mi aŭdas sonon kiel de malnova vinildisko kiam oni mismetas la nadlon en malĝustan kanelon kaj tiam Alba ekkrias kaj subite ŝi ĉeestas, iu lokas ŝin sur mia ventro kaj mi rigardas malsupren kaj ŝia vizaĝo, la vizaĝo de Alba, estas tiel roza kaj ĉifita kaj ŝiaj haroj tiel nigraj kaj ŝiaj okuloj blinde serĉas kaj ŝiaj manoj sin etendas kaj Alba tirmovas sin ĝis miaj mamoj kaj paŭzas, elĉerpita pro la penado, simple pro la okazado de ĉio ĉi.

Henry klinas sin super min kaj tuŝas ŝian frunton, dirante:

– Alba.

Pli malfrue:

CLARE: Estas la vespero de la unua tago de Alba sur la tero. Mi kuŝas en la hospitalĉambra lito, ĉirkaŭita de balonoj, pluŝursoj kaj floroj, kun Alba en miaj brakoj. Henry sidas krurkruce sur la litofino kaj fotadas nin. Alba ĵus finis mamsuĉi kaj nun blovas kolostrovezikojn el siaj etaj lipoj kaj poste endormiĝas, mola, varma sako da haŭto kaj likvo kontraŭ mia noktoĉemizo. Henry elĉerpas la filmrulaĵon kaj elprenas ĝin el la aparato.

– He – mi diras, subite rememorante. – Kien vi iris? Kiam ni estis en la akuŝoĉambro.

Henry ridas.

– Ĉu vi kredos? Mi esperis ke vi eĉ ne rimarkis. Mi pensis ke eble vi havas tiom da aliaj zorgoj ...

– Kie vi estis?

– Mi ĉirkaŭvagadis en mia iama bazlernejo meze de la nokto.

– Dum kiom da tempo? – mi demandas.

– Ho, Dio. Dum horoj. Jam komencis ekmateni kiam mi for-
iris. Estis vintro kaj ili apenaŭ hejtis. Kiom longe mi estis for?

– Mi ne certas. Eble kvin minutojn?

Henry kapskuas.

– Mi estis perdanta la racion. Mi volas diri: mi ĵus forlasis
vin, kaj jen mi simple sencele drivis tra la koridoroj de Francis
Parker ... Estis tiel ... mi sentis min tiel ...

Henry ridetas.

– Sed en la fino ĉio enordiĝis, ĉu ne? – mi ridas.

– Fino bona, ĉio bona.

– «Pli saĝe vi parolas ol vi scias.»

Aŭdiĝas mallaŭta pordofrapo. Henry diras:

– Envenu!

Richard paŝas en la ĉambron, kaj poste haltas, heziteme.
Henry turnas sin:

– Paĉjo ... – li haltas, desaltas de la lito kaj diras:

– Envenu, sidiĝu.

Richard portas florojn kaj malgrandan pluŝurson, kiun Henry
aldonas al stako da similaj sur la fenestrobreto.

– Clare ... – ekas Richard. – Mi ... gratulon!

Li malrapide sinkas en la brakseĝon apud la lito.

– Hm, ĉu vi ŝatus teni ŝin? – demandas Henry mallaŭte.
Richard kapjesas, rigardas al mi por mia konsento. Li aspektas
kvazaŭ ne dorminta dum tagoj. Lia ĉemizo bezonus gladadon, li
odoras je ŝvito kaj je la joda odoro de malnova biero. Mi ridetas
al li, kvankam mi ne certas ĉu la ideo vere estas tiel elstara. Mi
transdonas Alba al Henry, kiu zorge transmetas ŝin en la mal-
lertajn brakojn de Richard. Alba direktas supren sian rozan,
rondan vizaĝon, al la longa kaj nerazita vizaĝo de Richard, turnas
sin al lia brusto kaj ekserĉas cicon. Post momento ŝi rezignas kaj

oscedas, poste reendormiĝas. Li ridetas. Mi forgesis kiel la rideto de Richard povas transformi lian vizaĝon.

– Ŝi estas bela – li diras al mi. Kaj al Henry: – Ŝi aspektas kiel via patrino.

Henry kapjesas:

– Jen via violonisto, Paĉjo.

Li ridetas:

– Transsalto de unu generacio.

– Ĉu violonisto?

Richard rigardas malsupren al la dormanta bebo, kun nigra hararo kaj etaj manoj, en profunda dormo. Neniu iam ajn aspektis malpli kiel koncerta violonisto ol Alba nun.

– Violonisto ... – Li kapskuas. – Sed kiel vi povas ... Nu, ne gravas. Do vi subite iĝis violonisto, ĉu vere, knabineto?

Alba iomete elŝovas sian langon, kaj ni ĉiuj ridas.

– Ŝi bezonos instruiston, kiam ŝi estos sufiĉe aĝa – mi rimarkigas.

– Instruiston? Jes ... Sed nepre ne enmanigu ŝin al tiuj Suzuki-metodaj idiotoj, ĉu? – Richard postulas.

Henry tusas.

– Hm, ni fakte esperis ke, se vi havus nenion pli bonan por fari ...

Richard komprenas. Estas plezuro vidi lin konsciiĝi, vidi lin plene ekkompreni ke iu bezonas lin, ke nur li povas doni al sia sola nepino la trejnadon kiun ŝi bezonos.

– Estus por mi ĝojo – li diras, kaj la estonteco de Alba malvolviĝas antaŭ ŝi kiel ruĝa tapiŝo ĝis la okuloj povas vidi.

Mardon, la 11-an de septembro 2001
(Clare aĝas 30, Henry 38)

CLARE: Mi vekiĝas je 6:43 kaj Henry ne estas en la lito. Ankaŭ Alba ne kuŝas en sia lulilo. Doloras min la mamoj. Doloras min la piĉo. Doloras ĉio. Mi ellitiĝas tre zorge, iras al la banĉambro. Malrapide mi trairas la antaŭĉambron, la manĝoĉambron. En la salono Henry sidas sur la kanapo lulante Alba en la brakoj, sen rigardo al la malgranda nigra-blanka televidilo kun mallaŭtigita sono. Alba dormas. Mi sidiĝas apud Henry. Li metas brakon ĉirkaŭ min.

– Kial do vi jam ellitiĝis? – mi demandas. – Vi diris, mi kredas, ke okazos nur post kelkaj horoj?

En la televido meteologo ridetas kaj montras satelitan bildon de la Mezokcidento.

– Mi ne povis dormi – respondas Henry. – Mi volis aŭskulti iom pli longe kiel la mondo ankoraŭ normalas.

– Aha.

Mi apogas mian kapon sur ŝultron de Henry kaj fermas la okulojn. Kiam mi malfermas ilin denove, finiĝas reklamo por poŝtelefona kompanio kaj aperas reklamo por enboteligita akvo. Henry transdonas Alba al mi kaj ekstaras. Post minuto mi aŭdas lin prepari matenmanĝon. Alba vekiĝas, mi malfermas mian noktoĉemizon kaj nutras ŝin. Doloras min la cicoj. Mi spektas la televidon. Blonda programestro diras al mi ion kun rideto. Li kaj la alia programestro, azia virino, ridas kaj ridetas al mi. En la urbodomo urbestro Daley respondas demandojn. Mi ekdormetas. Alba suĉas el mi. Henry alportas pleton da ovoj, rostpano kaj oranĝsuko. Mi volas kafon. Henry takte trinkis la sian en la kuirejo, sed mi povas flari ĝin en lia spiro. Li lokas la pleton sur la kaftablo kaj metas mian teleron sur mian sinon. Mi manĝas miajn ovojn dum Alba mamnutriĝas. Henry trempas sian rostpanon en la ovoflavon. Televide amaso da infanoj glitas en herbejo, por demonstri la efikecon de iu lesivo. Ni finas manĝi; ankaŭ Alba finas. Mi ruktigas ŝin, kaj Henry reportas ĉiujn manĝilojn al la kuirejo. Kiam li revenas, mi transigas ŝin al li kaj iras banĉambren. Mi duŝas min. La akvo estas tiel varma ke mi preskaŭ ne eltenas, tamen ĝi donas ĉielan senton al mia suferinta korpo. Mi spiras la vaporan aeron, zorge sekigas mian haŭton, frotas per balzamo miajn lipojn, mamojn, ventron. La spegulon kovras vaporo, do mi ne devas vidi min. Mi kombas la harojn. Mi surtiras trejnpantalonon kaj sveteron. Mi sentas min misformita, malŝvelinta. En la salono Henry sidas kun la okuloj fermitaj, kaj Alba suĉas sian dikfingron. Dum mi residiĝas, Alba malfermas la okulojn kaj eligas miaŭon. Ŝia dikfingro elglitas el la buŝo, kaj ŝi rigardas konfuzite. Ĵipo veturas tra dezerta pejzaĝo. Henry malŝaltis la sonon. Li masaĝas la okulojn per la fingroj. Mi denove endormiĝas.

Henry diras:

– Vekiĝu, Clare!

Mi malfermas la okulojn. La televida bildo vibre turniĝas. Urba strato. Ĉielo. Blanka ĉielskrapulo en flamoj. Aviadilo, ludileca, malrapide flugas en la duan blankan turon. Silentaj flamoj ekfajras. Henry laŭtigas la sonon.

– Ho mia dio – diras la televida voĉo. – Ho mia dio!

Mardon, la 11-an de junio 2002
(Clare aĝas 31)

CLARE: Mi faras desegnaĵon pri Alba. Nun Alba aĝas naŭ monatojn kaj kvin tagojn. Ŝi dormas surdorse, sur la flave-okra fuksia ĉina tapiŝo de la salona planko, sur malgranda helblua flanela kovrilo. Ŝi ĵus finis mamnutriĝi. Miaj mamoj malpezas, malplenas preskaŭ. Alba dormas tiel profunde ke mi sentas tute eble eliri tra la malantaŭa pordo al la korto kaj de tie en mian atelieron.

Dum minuto mi staras ĉe la pordo kaj enspiras la iomete mucidan odoron de la neuzata ateliero. Poste mi palpas en mia plata dosierujo, trovas iun persimon-brunan paperon, kun bovohaŭta aspekto, prenas kelkajn paŝtelojn kaj aliajn ilojn kun desegnotabulo, eliras (kun nur eta bedaŭra sento) tra la pordo kaj revenas en la domon.

La domo estas tre silenta. Henry iris al sia laborejo (mi esperas), kaj mi povas aŭdi la kirlobruon de la lavmaŝino en la kelo. La klimatizilo ĝemas. Softa trafikbruo venas de avenuo Lincoln. Mi sidiĝas sur la tapiŝo apud Alba. Trapezo da sunlumo kuŝas tuj apud ŝiaj rondaj piedetoj. Post duonhoro ĝi kovros ŝin.

Mi klip-fiksas la paperon al la desegnotabulo kaj aranĝas miajn paŝtelojn apud mi sur la tapiŝo. Kun krajono en la mano mi ekobservas mian filinon.

Alba dormas profunde. Ŝia torso malrapide leviĝas kaj mal-leviĝas, kaj mi aŭdas la grunteton kiun ŝi eligas kun ĉiu elspiro. Mi demandas min ĉu ŝi malvarmumos. Varmas ĉi tie, en malfrua posttagmezo de junio, kaj Alba surhavas nenion krom vindotuko. Ŝia vizaĝo iom ruĝas. Ŝia maldekstra mano kunpremiĝas kaj loziĝas ritme. Eble ŝi sonĝas muzikon.

Mi komencas skizi la kapon de Alba, turnitan al mi. Mi faras ĉion tute senpense. Mia mano moviĝas trans la papero kiel la nadlo de seismografo, registrante la formon de Alba dum mi sorbas ĝin per la okuloj. Mi observas kiel ŝia kolo malaperas en la plisoj de beba graso sub ŝia mentono, kiel la molaj enpremiĝoj super ŝiaj genuoj iom ŝanĝiĝas dum sola piedbateto, post kiu ŝi restas ree senmova. Mia krajono priskribas la konveksaĵon de la plena ventro de Alba, kiu ŝoviĝas en la supron de ŝia vindotuko, tiel ke abrupta kaj angula linio tratranĉas ŝian rondaĵon. Mi studas la paperon, ĝustigas la angulon de la gamboj, redesegnas la faldlinion kie ŝia dekstra brako aliĝas al ŝia torso.

Mi komencas la paŝteladon. Unue mi skizas la elstarajn partojn blankaj: ŝian nazeton, ŝian maldekstran flankon, la fingroartikojn, la vindotukon, la randon de ŝia maldekstra piedo. Poste sekvas la ombroj, per malhela verdo kaj ultramaro. Profunda ombro gluiĝas al la dekstra flanko de Alba, kie ŝia korpo renkontas la kovrilon. Kvazaŭ lageto da akvo, kaj mi fiksas ĝin solide. Nun la Alba en la desegnaĵo subite fariĝas tridimensia, forsaltas el la paĝo.

Mi uzas du rozkolorajn paŝtelojn, la helroza havas la nuancon de konk-interno, dum la malhela memorigas al mi krudan tinuson. Per rapidaj tiroj mi faras la haŭton de Alba. Kvazaŭ tiu haŭto latentus ene de la papero, kaj nun mi nur forigus nevideblan substancon kiu kaŝis ĝin. Super ĉi tiu paŝtela haŭto mi aplikas malvarmetan violkoloron por fari la orelojn, nazon kaj buŝon de Alba (ŝia buŝo estas malfermita en la formo de eta O). Ŝia nigra kaj abunda hararo iĝas sur la papero miksaĵo de malhelbluo, nigro kaj ruĝo. Mi zorge agas pri ŝiaj brovoj, kiuj tiom similas al vilaj raŭpetoj trovintaj hejmon sur ŝia vizaĝo.

La sunlumo nun ekkovras Alba. Ŝi ekmoviĝas, levas sian malgrandan manon super la okulojn kaj suspiras. Mi skribas ŝian nomon, mian nomon kaj la daton en la malsupron de la papero. La desegnaĵo estas finita. Ĝi servos kiel atestaĵo – mi amis vin, mi faris vin, kaj ĉi tion mi faris por vi – eĉ longe post kiam mi estos for, kaj Henry estos for, kaj eĉ Alba estos for. Ĝi diros: ni faris vin, kaj jen vi estas, ĉi tie kaj nun.

Alba malfermas la okulojn kaj ridetas.

SEKRETO

• • • • • • • • • •

Dimanĉon, la 12-an de oktobro 2003
(Clare aĝas 32, Henry aĝas 40)

CLARE: Ĉi tio estas sekreto: foje mi ĝojas kiam Henry estas for. Foje mi ĝuas esti sola. Foje mi promenas tra la domo en malfrua nokto kaj tremigas min la plezuro ne paroli, ne tuŝi, simple promeni, aŭ sidi, aŭ baniĝi. Foje mi kuŝas sur la salona planko kaj aŭskultas Fleetwood Mac, The Bangles, The B-52's, The Eagles, bandojn kiujn Henry tute ne eltenas. Foje mi iras eksteren por longe promeni kun Alba, sen lasi klarigan noton kie mi estas. Foje mi renkontas Celia por trinki kafon, kaj ni parolas pri Henry, pri Ingrid, kaj pri iu ajn kiun Celia rendevuas tiusemajne. Foje mi pasigas tempon kun Charisse kaj Gomez sen paroli pri Henry, kaj tamen ni sukcesas amuziĝi. Iun fojon mi iris al Miĉigano, kaj kiam mi revenis, Henry plu estis for, kaj mi neniam diris al li pri mia foresto. Foje mi dungas bebogardiston kaj iras al kinejo aŭ veturas bicikle post mallumiĝo laŭ la bicikla pado ĉe la plaĝo Montrose, sen lumoj; estas kiel flugado.

Foje mi ĝojas kiam Henry estas for, sed mi ĉiam ĝojas kiam li revenas.

SPERTI TEKNIKAJN MALFACILAĴOJN

Vendredon, la 7-an de majo 2004
(Henry aĝas 40, Clare aĝas 32)

HENRY: Ni estas ĉe la malfermo de la ekspozicio de Clare ĉe la Ĉikaga Kultura Centro. Ŝi laboris tutan jaron senĉese, por konstrui enormajn, eterajn birdoskeletojn el drato, volvatajn en diafanaj paperstrioj, kiujn ŝi tegadis per ŝelako ĝis ili iĝis lumelsendaj. Nun iuj skulptaĵoj pendas de la alta plafono, aliaj kaŭras sur la planko. Iuj el ili estas kinetaj, motorhavaj: kelkaj batas per siaj flugiloj, dum du koko-skeletoj malrapide detruadas unu la alian en angulo. La enirejon dominas kolombo alta je du metroj kaj duono. Clare estas elĉerpita, kaj en ekstazo. Ŝi portas simplan silkan robon nigran, ŝiaj haroj sidas en alta monteto sur ŝia verto. Oni alportis al ŝi florojn; en la brakoj ŝi tenas bukedon da blankaj rozoj, kaj apud la gastlibro kuŝas amaso da bukedoj plaste pakitaj. La loko plenplenas. Homoj rondiras, eksklamacias pri ĉiu artpeco, klinas la kapon malantaŭen por rigardi la flugantajn birdojn. Ĉiuj gratulas al Clare. En la ĉi-matena *Tribune* aperis brila recenzo. Ĉeestas ĉiuj niaj amikoj, kaj la familio de Clare alveturis el Miĉigano. Ili ĉirkaŭas Clare nun: jen Philip, Alicia, Mark kaj Sharon kun siaj infanoj, kaj Nell, Etta. Charisse fotadas ilin, kaj ili ĉiuj ridetas por ŝi. Kiam semajnojn poste ŝi donas al ni la rivelaĵojn de la bildoj, trafos min kiel malhelas la rondoj sub la okuloj de Clare, kaj kiel maldika ŝi aspektas.

Mi tenas la manon de Alba. Ni staras ĉe fona muro, ekster la homamaso. Alba nenion vidas, ĉar ĉiuj estas altaj, do mi levas ŝin sur la ŝultrojn. Ŝi risortas supren-suben.

La familio de Clare disiĝis, kaj nun Clare estas prezentata al tre bone vestita maljuna paro fare de Leah Jacobs, ŝia agento. Alba diras:

– Mi volas Panjon.

– Panjo estas okupata, Alba – mi respondas. Mi sentas vomemon. Mi klinas min kaj restarigas Alba sur la plankon. Ŝi levas la brakojn.

– Ne, mi volas Panjon!

Mi sidas sur la planko kaj metas mian kapon inter la genuojn. Mi devas trovi lokon kie neniu vidu min. Alba tiras mian orelon.

– Ĉesu, Alba!

Mi levas la okulojn. Mia patro klopodas atingi nin tra la homamaso.

– Iru! – mi instigas Alba. Mi donas al ŝi etan puŝon. – Iru vidi Avĉjon!

Ŝi komencas ĝemploreti.

– Mi ne iras vidi Avĉjon. Mi volas *Panjon*!

Mi ekrampas al Paĉjo. Mi trafas ies krurojn. Mi aŭdas Alba krii: «Panjo!», dum mi malaperas.

CLARE: La homoj amasas. Oni ridetante premadas min el ĉiuj direktoj. Mi reridetas al ili. La ekspozicio belegas, faritas, ĝi staras preta! Mi estas tiel feliĉa, kaj tiel laca. Mia vizaĝo doloras pro ridetado. Ĉiuj miaj konatoj venis. Mi parolas ĝuste kun Celia, kiam mi aŭdas tumulton fone de la galerio, kaj ekaŭdas krion de Alba:

– Panjo!

Kie estas Henry? Mi provas atingi Alba trans la homamaso. Fine mi ekvidas ŝin: Richard levis ŝin de la planko. Homoj disiĝas por tralasi min. Richard transdonas al mi Alba. Ŝi ĉirkaŭprenas mian talion per la kruroj, enfosas la vizaĝon en mian ŝultron, volvas la brakojn ĉirkaŭ mian kolon.

– Kie estas Paĉjo? – mi demandas ŝin mallaŭte.

– For – diras Alba.

MUTA NATURO

• • • • • • • • • • • • • • •

Dimanĉon, la 11-an de julio 2004
(Clare aĝas 33, Henry aĝas 41)

CLARE: Henry dormas, kontuzita kaj kovrita de seka sango, sur la kuireja planko. Mi ne volas movi lin aŭ veki lin. Mi sidas kun li kelkan tempon sur la malvarma linoleumo. Fine mi ekstaras kaj faras kafon. Kiam la kafo enfluas en la kruĉon kaj la rekremento faras pufajn eksplodetojn, Henry ĝemas kaj kovras la okulojn per la manoj. Estas evidente ke oni tradraŝis lin. Unu okulo restas fermita pro ŝvelo. La sango venis ŝajne el lia nazo. Vundojn mi ne vidas, nur brile purpurajn kontuzojn de pugna grando tra lia tuta korpo. Li estas tre maldika, mi povas vidi ĉiujn liajn vertebrojn kaj ripojn. Lia pelvo elstaras, liaj vangoj estas kavaj. Lia hararo preskaŭ ĝiskreskis la ŝultrojn, trastrekas ĝin griza strio. Estas tranĉoj sur liaj manoj kaj piedoj, kaj insektaj mordoj ĉie sur la korpo. Profunde sunbruna, li estas malpura, kun koto sub la ungoj, malpuraĵoj ŝvitfiksitaj en la faldoj de lia haŭto. Li odoras je herbo, sango kaj salo. Rigardante lin kaj sidinte kun li dum kelka tempo, mi decidas veki lin.

– Henry – mi diras tre mallaŭte, – vekiĝu nun, vi estas hejme …

Mi karesas lian vizaĝon singarde, kaj li malfermas lian okulon. Videblas ke li ne estas tute vekita.

– Clare – li murmuras. – Clare.

Larmoj ekfluas el lia bona okulo, plorsingultoj skuas lin, kaj mi altiras lin sur mian sinon. Mi ploras. Henry kunvolvas sin miasine, sur la planko mem, ni tremegas kune, ni lulas nin, lulas, priplorante nian malpeziĝon kaj nian angoron kune.

Ĵaŭdon, la 23-an de decembro 2004
(Clare aĝas 33, Henry aĝas 41)

CLARE: En la tago antaŭ la Kristnaska vespero. Henry estas ĉe Water Tower Place, por montri al Alba la kristnaskaĵojn ĉe la ĉiovendejo Marshall Field, dum mi finas la butikumadon. Nun mi sidas en la kafejo de la librejo Border, trinkas kapuĉinon ĉe tablo apud alstrata fenestro kaj ripozigas miajn piedojn kontraŭ amaso da ŝvelaj aĉetsakoj apogitaj al mia seĝo. Ekster la fenestro la tago ekvelkas, blankaj lampetoj ekkonturas ĉiun arbon. Aĉet-emuloj rapidas ambaŭdirekte laŭ avenuo Michigan, kaj mi aŭdas la dampitan sonoriladon de la Savarmea kristnasko-viro sub mi. Mi reiras en la vendejon, serĉante Henry kaj Alba, kaj iu vokas mian nomon. Kendrick venas al mi kun sia edzino Nancy, kun Colin kaj Nadia remorkataj.

Sufiĉas ekrigardo por vidi ke ili ĵus eliris el FAO Schwarz; ili havas la obus-ŝokitan aspekton de tiuj gepatroj kiuj ĵus sukcesis eskapi el tiu ludilvendeja infero. Nadia alkuras min kaj ŝrikas:

– Onjo Clare, Onjo Clare! Kie estas Alba?

Colin ridetas timeme kaj montras en etendita mano sian etan flavan remorko-kamionon. Mi gratulas lin kaj diras al Nadia ke Alba nun vizitas la kristnaskviron, kaj Nadia respondas ke ŝi jam vidis la viron pasintsemajne.

– Kion vi petis de li? – mi demandas.

– Fianĉon – respondas Nadia. Ŝi aĝas tri. Mi ridetas al Kendrick kaj Nancy. Kendrick diras ion subvoĉe al Nancy, kiu vokas:

– Venu, trupoj, ni devas trovi libron por onklino Silvie!

Kaj ili tri fortrotas al la tabloj de rabataĵoj. Kendrick gestas al la vaka seĝo kontraŭ mi.

– Ĉu mi rajtas?

– Volonte.

Li eksidas, kun profunda suspiro.

– Mi malamas Kristnaskon ...

– Same kiel Henry.

– Ĉu? Mi ne sciis tion.

Kendrick apogas sin al la fenestro kaj fermas la okulojn. Ĝuste kiam mi pensas ke li fakte endormiĝis, li malfermas ilin:

– Ĉu Henry sekvas la preskribojn?

– Nu, mi supozas. Mi volas diri: li sekvas ilin kiel eble plej proksime, se konsideri ke li lastatempe multe vojaĝas ...

Kendrick fingrotamburas sur la tablo.

– Multe? Kiom multe?

– Ĉiun duan tagon, mi dirus.

Kendrick aspektas kolerega.

– Kial li ne diras al mi ĉi tiujn aferojn?

– Laŭ mi li timas ke vi koleros kontraŭ li kaj ĉesos.

– Li estas mia sola testosubjekto kiu povas *paroli*, kaj tamen li neniam diras al mi ion ajn!

Mi ridas:

– Ni estas samklubanoj!

Kendrick reagas:

– Mi provas agi science. Mi bezonas ke li diru al mi kiam io ne funkcias. Alie ni nur pelas tagojn sen afero.

Mi kapjesas. Ekstere komencis neĝi.

– Clare?

– Hmm?

– Kial vi ne permesas al mi rigardi la DNA de Alba?

Jam centfoje mi havis la saman diskuton kun Henry.

– Ĉar komence vi volus nur lokalizi ĉiujn markilojn en ŝiaj genoj, kaj tio estus senproblema. Sed poste vi kaj Henry komencus gurdi al mi ke mi lasu vin elprovi drogojn sur ŝi, kaj tio jam estus tre problema. Jen kial.

– Sed ŝi ankoraŭ tre junas; ŝi havas pli bonan ŝancon reagi pozitive al la medikamento ...

– Mi diris *ne*. Kiam Alba aĝos dek ok, ŝi povos decidi por si mem. Ĝis nun ĉio kion vi donis al Henry efikis koŝmare.

Mi ne sukcesas alrigardi Kendrick. Mi parolas al miaj manoj, kunkroĉitaj sur la tablo.

– Sed ni eble sukcesus evoluigi genan terapion por ŝi ...

– Homoj *mortis* pro genterapio.

Kendrick silentas. La bru-nivelo en la vendejaro estas superforta. Subite el la tohuvabohuo mi ekaŭdas Alba voki:

– Panjo!

Mi levas la okulojn kaj ekvidas ŝin rajdi sur la ŝultroj de Henry, firme tenante lian kapon per la manoj. Ili ambaŭ portas ĉapojn el lavursa felo. Henry ekvidas Kendrick: por momenteto li aspektas ektiminta, kaj mi scivolas kiajn sekretojn ĉi tiuj du viroj kaŝas de mi. Poste Henry ridetas kaj venas al ni per paŝegoj, dum Alba balanciĝas feliĉa super la amaso. Kendrick ekstaras por saluti lin, kaj mi forpuŝas la ĵusan penson.

NASKIĜTAGO

· · · · · · · · · · · · ·

Merkredon, la 24-an de majo 1989
(Henry aĝas 41, Clare aĝas 18)

HENRY: Mi alvenas kun falbruego kaj glitas surflanke tra la doloriga stoplo de la Herbejo, ĝis mi haltas, malpura kaj sanganta, ĉe la piedoj de Clare. Ŝi sidas sur la ŝtonego, malvarme senmakula en blanka silka robo, blankaj ŝtrumpoj kaj ŝuoj, kaj mallongaj blankaj gantoj.

– Saluton, Henry – ŝi diras, kvazaŭ mi vizitus por teumi.

– Kio okazas? – mi demandas. – Vi aspektas kvazaŭ survoje al via unua komunio.

Clare eksidas tre rekte kaj diras:

– Hodiaŭ estas la 24-a de majo 1989.

Mi pensas rapide.

– Feliĉan naskiĝtagon! Ĉu vi hazarde havus por mi kostumon de Bee Gees ie en kaŝejo ĉi tie?

Sen degni doni respondon, Clare deglitas de la ŝtonego, etendas brakon malantaŭ ĝin kaj elprenas vestaĵsakon. Kun granda gesto ŝi malzipas ĝin kaj malkaŝas smokingon, pantalonon, kaj unu el tiuj inferaj formalaj ĉemizoj kiuj bezonas parajn butonojn por la manumo. Krome ŝi elprenas valizon, kiu enhavas subvestojn, skarpozonon, bantokravaton, manumbutonojn kaj unu gardenion. Mi serioze maltrankviliĝas, mankas antaŭaverto. Mi pripensas la disponeblajn datumojn.

– Clare, ne estas nia geedziĝo hodiaŭ, aŭ io tiel freneza, ĉu? Ĉar mi certe scias ke nia datreveno estas en aŭtuno. En oktobro. Fine de oktobro.

Clare forturnas sin dum mi vestiĝas.

– Ĉu vi volas diri ke vi ne memoras nian datrevenon? Kiel virece.

Mi suspiras.

– Kara, vi scias ke mi scias, simple ĝuste nun mi ne povas ĝin rememori. Sed ĉiuokaze: feliĉan naskiĝtagon!

– Mi iĝas dek ok jarojn aĝa.

– Dio mia, certe jes. Kaj tamen ŝajnas ke nur hieraŭ vi aĝis ses.

Clare interesiĝas kun ekscito, kiel ĉiam, pri la ideo ke mi ĵus vizitis iun alian Clare, pli aĝan aŭ pli junan.

– Ĉu vi vidis min lastatempe sesjaran?

– Nu, ĝuste nun mi kuŝis en la lito kun vi leganta *Emma*. Vi aĝis tridek tri. Mi nun aĝas kvardek unu jarojn, kaj sentas la pezon de ĉiu minuto.

Mi trakombas miajn harojn perfingre kaj pasigas mian manon sur mia stoplobarbo.

– Mi pardonpetas, Clare. Mi timas ke mi ne estas plej konvene vestita por via naskiĝtago.

Mi fiksas la gardenion tra la butontruo de la smokingo kaj komencas fermadi la butonojn.

– Mi vidis vin sesjara antaŭ ĉirkaŭ du semajnoj. Vi desegnis por mi bildon de anaso.

Clare ruĝiĝas. La ruĝaĵo disvastiĝas kiel sangogutoj en bovlo da lakto.

– Ĉu vi malsatas? Mi preparis por ni festenon!

– Kompreneble mi malsatas. Mi magras, hungras, kaj pripensas kanibali.

– Tio ankoraŭ ne estos necesa.

Estas io en ŝia tono kio igas min atentema. Io devus okazi pri kio mi ne scias, sed Clare atendas ke mi sciu ĝin. Ŝi preskaŭ vibras pro ekscito. Mi pense komparas la avantaĝojn de simpla konfeso pri nescio kun tiuj de daŭrigata ŝajnigo. Mi decidas lasi ĉion okazi por iom da tempo. Clare sternas kovrilon, kiu poste trovos sian lokon sur nia lito. Mi zorge sidiĝas sur ĝi kaj sentas trankviliĝon pro ĝia intima palverdeco. Clare elpakas sandviĉojn, papertasetojn, manĝilojn, salajn biskvitojn, nigran poteton da superbazara kaviaro, bonfar-kuketojn de skoltinoj, fragojn, botelon da Cabernet kun ŝika etikedo, bri-fromaĝon iom fand-iĝintan kaj paperajn telerojn.

– Clare ... Vino! Kaviaro!

Mi estas impresita, sed iel ne ĝojigita. Ŝi donas al mi la vin-botelon kaj la korktirilon.

– Hm, mi pensas ke mi neniam menciis ĉi tion, sed mi devas ne drinki. Ordonis kuracisto.

Clare montras disreviĝon.

– Sed manĝi mi certe povas ... Kaj mi povas ŝajnigi trinki. Mi celas: se tio iel helpus.

Mi ne povas forskui la senton ke ni ludas, tiel kiel infanoj ludas hejmon kaj familion.

– Mi ne sciis ke vi drinkas. Mi volas diri ke mi preskaŭ neniam vidis vin drinki alkoholon.

– Nu, mi ne tre ŝatas ĝin, sed ĉar la hodiaŭa okazo estas tiel escepte signifa, mi pensis ke estus bele drinki iom da vino. Verŝajne pli taŭgus ĉampano, sed en la provizejo mi trovis nur ĉi tion, do ĝin mi kunportis.

Mi malfermas la vinon kaj verŝas al ni po glaseton. Ni silente tostas unu al la alia. Mi ŝajnigas trinki mian vinon. Clare trinkas buŝplenon, glutas ĝin tre aferece kaj diras:

– Nu, ne tre malbona.

– Tiu botelo kostas dudek dolarojn kaj iom.

– Ho. Nu, ĝi estis mirinda.

– Clare ...

Ŝi elpakas sandviĉojn de malhela sekalpano, el kiuj kukumoj preskaŭ elfluas.

– Mi malamas montri min tiel stulta ... Mi celas: evidente ke estas via naskiĝtago ...

– Mia dekoka naskiĝtago – ŝi konsentas.

– Hm, nu, por komenci, min vere ĉagrenas ke mi ne havas donacon por vi ...

Clare levas la okulojn surprizite, mi rimarkas ke mi ŝajne trafis ĝustan padon ...

– ... sed vi scias ke mi neniam scias kiam mi venos, kaj mi povas nenion kunporti ...

– Mi scias ĉion tion. Sed ĉu vi ne memoras ke ni ĉion elplanis la lastan fojon kiam vi estis ĉi tie; ĉar sur la Listo la hodiaŭa tago estas la lasta restinta, kaj ankaŭ mia naskiĝtago. Ĉu vi ne memoras?

Clare rigardas al mi plenatente, kvazaŭ per koncentriĝo ŝi povus transloki memorojn el sia menso al la mia.

– Ho. Mi ankoraŭ ne atingis tien. Alivorte, tiu konversacio estas ankoraŭ en mia estonteco. Kial do mi ne diris tion al vi tiam? Por mi ankoraŭ estas multaj datoj sur la listo al kiuj iri. Ĉu hodiaŭ vere estas la lasta tago? Sed vi scias ke ni renkontos unu la alian en la nuntempo post kelkaj jaroj. Tiam ni revidiĝos.

– Sed tio estas longa tempo. Por mi.

Sekvas mallerta paŭzo. Estas strange pensi ke en ĉi tiu momento mi estas en Ĉikago, dudek kvin jarojn aĝa, okupata pri miaj aferoj, komplete senscia pri la ekzisto de Clare, kaj, se pensi pri tio, nekonscia pri mia propra ĉeesto ĉi tie en belega Miĉigana herbejo dum belega printempa tago, kiu estas la dekoka datreveno de ŝia naskiĝo. Ni uzas plastajn tranĉilojn por ŝmiri kaviaron sur Ritz-biskvitojn. Dum kelka tempo aŭdiĝas multa dentkrakado kaj okazas furioza konsumado de sandviĉoj. La konversacio ŝajne paneis. Kaj tiam mi demandas min, por la unua fojo, ĉu Clare estas vere tute sincera kun mi ĉi-teme, ĉar ŝi ja bone scias ke mi moviĝas sur sabla grundo rilate deklarojn kiuj komenciĝas per «mi neniam», ĉar en neniu momento mi havas je mia dispono kompletan inventaron pri mia pasinteco, tial ke mia pasinteco estas maloportune kunkreskinta kun mia estonteco. Ni transiras al la fragoj.

– Clare.

Ŝi ridetas, senkulpe.

– Kion precize ni decidis, la lastan fojon, kiam vi vidis min? Kion ni planis fari por via naskiĝtago?

Ŝi ruĝiĝas denove.

– Nu, ĉi tion – ŝi montras al nia pikniko.

– Ĉu ion krome? Kompreneble, ĉi tio estas mirinda.

– Nu … jes.

Mi pintigas la orelojn, ĉar mi kredas scii kio sekvos.

– Jes?

La vangoj de Clare alprenas iom rozan tonon, sed alie ŝi sukcesas resti digna dum ŝi diras:

– Ni decidis ke ni amoros.

– Aĥ.

Fakte, mi ĉiam scivolis kiajn seksajn spertojn Clare povis havi antaŭ la 26-a de oktobro de 1991, kiam ni renkontiĝis la unuan fojon en la nuntempo. Malgraŭ mirindaj provokoj flanke de Clare, mi ĉiam rifuzis amori ŝin, kaj multaj amuzaj horoj pasis per ĉi-tema babilado kun ŝi, dum mi provis ignori dolorigajn erektojn. Sed hodiaŭ Clare estas laŭleĝe, eĉ se eble ne emocie, plenkreska, kaj certe mi ne rajtas tro misformi ŝian vivon ... nu, kvazaŭ mi ne jam donus al ŝi sufiĉe bizaran infanaĝon nur per la fakto ke mi entute estadas en ŝia infanaĝo. Kiom da knabinoj povas diri ke ilia propra posta edzo aperadas nuda laŭ regulaj intervaloj antaŭ iliaj okuloj? Clare observas min dum mi cerbumas pri tio. Mi pensas pri la unua fojo kiam mi amoris kun Clare, kaj scivolas ĉu ankaŭ por ŝi estis la unua fojo amori kun mi. Mi decidas ke mi demandos ŝin pri tio post mia reveno al mia estanteco. Dume, Clare reordigas ĉion en la piknikkorbon:

– Do?

Diable, kial ne.

– Jes.

Clare entuziasmas, kaj timas.

– Henry ... Vi do amoris min multfoje ...

– Multajn, multajn fojojn.

Malfacilas por ŝi vortigi ĉion ĉi.

– Ĉiam estas bele – mi certigas ŝin. – Ĝi estas la plej bela afero en mia vivo. Mi agos tre milde.

Eldirinte tion, mi subite sentas min nervoza. Ankaŭ res-pondeca, kaj Humbert-Humbert-eca, kaj krome kvazaŭ mi estus observata de multaj homoj, kaj ĉiuj tiuj homoj estas Clare. En mia tuta vivo neniam mi sentis min malpli seksema. Nu, bone. Profunda enspiro.

– Mi amas vin.

Ni ambaŭ ekstaras, iom ŝanceliĝe sur la malebena surfaco de la kovrilo. Mi malfermas la brakojn kaj Clare envenas inter ilin. Ni staras senmove en reciproka ĉirkaŭpreno en la Herbejo, kiel gefianĉoj sur geedziĝa torto. Sed, finfine, ĉi tiu estas ja Clare, venanta al mia kvardekunujara mio preskaŭ sama kia ŝi estis kiam ni unue renkontis nin. Ne indas timi. Ŝi klinas la kapon malantaŭen. Mi kliniĝas antaŭen kaj kisas ŝin.

– Clare ...

– Mhm?

– Ĉu vi estas tute certa ke ni estas solaj?

– Ĉiuj krom Etta kaj Nell estas en Kalamazoo.

– Ĉar mi sentas min kvazaŭ oni filmus nin por iu *Kaŝita Kamerao*.

– Kiel paranoje. Tre triste.

– Forgesu.

– Ni povus iri al mia ĉambro.

– Tro danĝere. Dio, kvazaŭ ni estus gimnazianoj.

– Kio?

– Ne gravas.

Clare retropaŝas kaj malzipas sian robon. Ŝi fortiras ĝin trans la kapo kaj lasas ĝin fali sur la kovrilon kun admirinda senzorgo. Ŝi elpaŝas el siaj ŝuoj kaj detiras la ŝtrumpojn. Ŝi malkroĉas sian mamzonon, seniĝas de ĝi kaj elpaŝas ankaŭ el sia kalsoneto. Ŝi staras antaŭ mi tute nuda. Okazis ia miraklo: ĉiuj etaj spuroj kiujn mi ekŝatis estas malaperintaj: ŝia ventro platas, nemarkite de la gravedecoj kiuj alportos al ni tiom da funebro, tiom da feliĉo. Ĉi tiu Clare estas iom pli maldika, kaj multe pli vivĝoja, ol la Clare kiun mi amas en la nuntempo. Denove mi rimarkas kiel forte la malĝojo subjugis nin. Sed hodiaŭ ĉio tio estas magie for; hodiaŭ la eblo de ĝojo proksimas al ni. Mi genuiĝas, Clare venas proksimen kaj ekstaras antaŭ mi. Mi alpremas mian vizaĝon al ŝia ventro dum momento, kaj poste levas la okulojn; Clare turas super mi, kun siaj manoj en miaj haroj, kun la sennuba blua ĉielo ĉirkaŭ si.

Mi deskuas mian jakon kaj malnodas la kravaton. Clare genuiĝas, kaj ni lerte liberigas la manumbutonojn, kun koncentriĝo kvazaŭ ni malprajmus bombon. Mi demetas la pantalonon kaj la subvestojn. Neniel eblas fari ĉi tion gracie. Mi demandas min kiel viraj striptizistoj traktas tiun problemon. Aŭ ĉu ili simple saltadas sur la scenejo kun unu kruro ene kaj unu ekstere?

Clare ridas:

– Mi neniam vidis vin *sen*vestiĝi. Ne la plej bela vidaĵo.

– Vi vundis min. Venu ĉi tien, ke mi forviŝu tiun mokridon de via vizaĝo.

– Oho.

Mi fieras diri ke en la sekvaj dek kvin minutoj mi ja forigas ĉiujn spurojn de supereco el la vizaĝo de Clare. Bedaŭrinde, ŝi pli kaj pli streĉiĝas, iĝas pli kaj pli … sindefenda. Post dek kvar jaroj da – kaj nur la ĉielo scias kiom da horoj kaj tagoj da – feliĉa, maltrankvila, urĝa, langvora amorado kun Clare, ĉi tio estas tute nova sperto por mi. Mi volas, se tio entute iel eblas, ke ŝi sentu la saman miron kiun mi sentis renkontante ŝin kaj amorante ŝin por la – nu, mi pensis (stulta mi) ke por la – unua fojo. Mi leviĝas siden, anhelante. Clare faras same, kaj protekteme ĉirkaŭas siajn genuojn per la brakoj.

– Ĉu en ordo?

– Mi timas.

– Tio estas normala.

Mi pripensas.

– Mi ĵuras al vi ke la venontan fojon kiam ni renkontiĝos, vi preskaŭ seksperfortos min. Tio signifas ke vi havas vere esceptan talenton prie.

– Ĉu vere?

– Vi ardas blanke!

Mi fosas en la piknika korbo: glasoj, vino, kondomoj, mantukoj.

– Saĝa knabino.

Mi verŝas por ni po glason da vino.

– Al la virgeco! «Se tempon, spacon ni disponus ...» Eltrinku!

Ŝi glutas, obeeme, kiel infaneto trinkas medikamenton. Mi replenigas ŝian glason, kaj malplenigas mian propran.

– Sed vi devas ne trinki.

– La okazo estas escepta. Ĝisfunde!

Clare pezas ĉirkaŭ 55 kilogramojn, sed ĉi tiuj estas nur paperglasoj.

– Unu plian!

– Ĉu plian? Mi ekdormos.

– Vi malstreĉiĝos.

Ŝi englutas ĝin. Ni premplatigas la glasojn kaj ĵetas ilin en la korbon. Mi kuŝiĝas surdorse kaj etendas la brakojn kiel por sunbano, aŭ por krucumo. Clare sternas sin apud mi. Mi altiras ŝin, tiel ke ni apudas unu la alian, unu fronte al la alia. Ŝiaj haroj falas sur ŝiaj ŝultroj kaj mamoj tiel bele kaj kortuŝe ke mi sopiras, la milmilionan fojon, esti pentristo.

– Clare?

– Hmm?

– Imagu vin malfermita: malplena. Iu venis kaj forprenis ĉion kio estis en vi, kaj lasis al vi nur la nervofinaĵojn.

Mi tenas la pinton de mia montrofingro sur ŝia klitoro.

– Kompatinda, eta Clare. Kun nenio interne.

– Ha, sed tio estas bona afero, komprenu, ĉar tiel ekestas kroma granda spaco ene. Pensu pri ĉiuj aĵoj kiujn vi povus enmeti en vin se ne estus ĉiuj tiuj stultaj renoj kaj stomakoj kaj pankreatoj kaj mi ne scias kio.

– Enmeti kion?

Ŝi estas tre malseka. Mi forprenas la manon kaj singarde ŝiras malferma la kondompakon per la dentoj: ago kiun mi ne plenumis jam de jaroj.

– Kanguruojn. Rostilojn. Penisojn.

Clare transprenas de mi la kondomon kun fascino kaj abomeno. Kuŝante surdorse, ŝi malvolvas kaj flaras ĝin.

– Fi. Ĉu ni vere devas?

Kvankam mi ofte rifuzas rakonti al Clare aferojn, mi fakte malofte mensogas al ŝi. Mi sentas etan kulpon dirante:

– Mi timas ke jes.

Mi reprenas ĝin de ŝi, sed anstataŭ surmeti ĝin mi decidas ke la nepra bezonaĵo ĉi-okaze estas frandzado. Clare, en sia estonteco, estas dependa de buŝa sekso kaj pretas transsalti altajn konstruaĵojn per unu salto, aŭ eĉ lavi la telerojn, nur por ricevi ĝin ekservice. Se frandzado estus olimpia sportobranĉo, mi sendube gajnus medalon. Mi dissternas ŝin kaj aplikas mian langon al ŝia klitoro.

– Ho, Jesuo – flustras Clare. – Dio mia.

– Ne kriu! – mi avertas ŝin.

Se Clare vere senkateniĝus, tiam eĉ Etta kaj Nell venus ĝis la Herbejo por vidi kio misokazas. En la sekvaj dek kvin minutoj mi portas Clare je pluraj rungoj malsupren laŭ la eskalo de evolucio, ĝis ŝi reduktiĝas al preskaŭ nur cerbokerno kun iuj korteksaj periferiaĵoj. Mi surrulas la kondomon kaj malrapide, singarde englitas en Clare, imagante ke ĉio rompiĝos kaj sango kaskados ĉirkaŭ mi. Ŝiaj okuloj estas fermitaj, kaj komence mi pensas: ŝi eĉ ne konscias ke mi efektive enas ŝin, kvankam mi estas rekte super ŝi, sed poste ŝi malfermas la okulojn kaj ridetas, triumfe, beate.

Mi sukcesas ĝui sufiĉe rapide; Clare observas min koncentrite, kaj dum mi ĝuas, mi vidas ŝian mienon ŝanĝiĝi al surprizo. Kiel strangas aferoj! Kiajn bizarajojn ni bestoj faras! Mi falegas sur ŝin. Ni baniĝas en ŝvito. Mi sentas ŝian koron bati. Aŭ eble mian koron. Mi zorge eltiras min kaj seniĝas je la kondomo. Ni kuŝas unu apud la alia, kaj rigardas la tre bluan ĉielon. La sono de la vento en la herboj memorigas maron. Mi ĵetas rigardon al Clare. Ŝi aspektas iom mirigita.

– Hej, Clare!

– Hej – ŝi diras malforte.

– Ĉu doloris?

– Jes.

– Ĉu vi ŝatis?

– Ho jes! – ŝi diras, kaj ekploras. Ni leviĝas siden, kaj mi tenas ŝin dum momento. Ŝi tremas.

– Clare ... Clare, kio okazas?

Mi unue ne komprenas ŝian respondon, sed poste:

– Vi foriros. Nun mi ne vidos vin dum jaroj kaj jaroj.

– Nur dum du jaroj. Du jarojn kaj kelkajn monatojn.

Ŝi silentas.

– Ho, Clare ... Pardonu, mi ne povis malhelpi min. Kaj ankaŭ estas tiel strange kuŝi ĉi tie kaj pensi kia beno estis la hodiaŭa tago. Esti ĉi tie kaj amori kun vi, anstataŭ esti ĉasata de brutoj aŭ mortfrosti en iu stalo aŭ ajna alia damna idiotajo el kiu mi devas regule elturniĝi. Kaj kiam mi revenos, mi estos kun vi. Kaj hodiaŭ estis mirinde.

Ŝi ridetas, iomete. Mi kisas ŝin.

– Kial do ĉiam mi devas atendi?

– Ĉar vi havas perfektan DNA kaj vi ne saltadas tien-reen en la tempo kiel varmega terpomo. Aldone, pacienco estas virto.

Clare leĝere pugnobatetas mian bruston.

– Krome, vi konas min dum via tuta vivo, dum mi renkontas vin nur kiam mi aĝas dudek ok jarojn. Do mi pasigas ĉiujn tiujn jarojn antaŭ ol ni renkontiĝos ...

– ... fikante aliajn virinojn.

– Nu, jes. Sed, kvankam mi absolute nenion scias pri tio, ĉio ĉi estas nur ekzerciĝo por la tempo kiam mi renkontas vin. Kaj la duma sento estas tre soleca kaj bizara. Se vi ne kredas min, elprovu mem. Mi neniam scios prie. Ĉio okazas alie kiam oni ne zorgas.

– Mi volas neniun alian.

– Bone.

– Henry, donu al mi nur unu indikon. Kie vi loĝas? Kie ni renkontiĝas? Kiun tagon?

– Unu indikon: en Ĉikago.

– Donu pli.

– Havu fidon. Ĉio ankoraŭ atendas vin.

– Ĉu ni feliĉas?

– Ni ofte estas frenezaj pro feliĉo. Ni estas ankaŭ tre mal-feliĉaj, pro kialoj pri kiuj nek vi nek mi povas ion ajn ŝanĝi. Ekzemple kiam ni estas disigitaj.

– Do ĉiam kiam vi estas ĉi tie nun, vi tiam ne estas kun mi?

– Nu, ne ĝuste tiel. Foje mi maltrafas nur dek minutojn. Aŭ dek tagojn. Ne ekzistas ajna regulo. Tio igas ĉion tre malfacila por vi. Krome, foje mi trovas min en danĝeraj situacioj, kaj mi revenas al vi rompita kaj vundita, kaj vi sentas zorgon pri mi kiam mi estas for. Similas al edziniĝo kun policisto.

Mi estas elĉerpita. Mi pripensas kiom aĝa mi efektive estas en reala tempo. Laŭ la kalendaro mi aĝas kvardek unu, sed pro la daŭra irado kaj venado eble mi fakte aĝas kvardek kvin aŭ kvardek ses. Aŭ, eble, mi aĝas tridek naŭ. Kiu scias? Kaj estas io kion mi devas diri al ŝi, sed kio?

– Clare?

– Henry?

– Kiam vi revidos min, memoru ke mi vin ne konos; ne ĉagreniĝu ke tiam mi traktos vin kiel inon komplete fremdan, ĉar por mi vi estos tute nova. Kaj bonvolu ne inundi mian menson per ĉio samtempe. Kompatu min, Clare.

– Mi faros! Ho, Henry, restu!

– Ŝŝ. Mi estos kun vi.

Ni denove kuŝiĝas. La elĉerpiĝo trapenetras min, kaj mi estos for post minuto.

– Mi amas vin, Henry. Dankon pro … mia naskiĝtaga donaco.

– Mi amas vin, Clare. Estu brava.

Mi foriras.

SEKRETO
● ● ● ● ● ● ● ● ●

Ĵaŭdon, la 10-an de februaro 2005
(Clare aĝas 33, Henry aĝas 41)

CLARE: En ĵaŭda posttagmezo mi preparas en la ateliero pale flavan paperon el brusonetio. Henry estas for jam preskaŭ dudek kvar horojn nun, kaj, kiel kutime, mi estas disŝirita inter obseda pensado pri Henry, kiam kaj kie li povas esti, inter kolero ke li ne estas ĉi tie, kaj la zorgo pri tio kiam li revenos. Ĉio ĉi ne helpas mian koncentriĝon, kaj mi ruinigas multajn foliojn; mi lasas ilin refali de la ĉerpilo en la kuvon. Fine mi paŭzas kaj verŝas al mi tason da kafo. Malvarmas en la ateliero, kaj ankaŭ la akvo en la kuvo supozeble estas malvarma, kvankam mi varmigis ĝin iomete, por ke miaj manoj ne fendetiĝu. Mi volvas miajn manojn ĉirkaŭ la ceramikan tason. Vaporo leviĝas. Mi mergas mian vizaĝon en ĝin, enspiras la humidecon kaj la kaf-odoron. Kaj tiam, ho, dankon, Dio, mi aŭdas la fajfadon de Henry venanta laŭ la pado tra la ĝardeno en la atelieron. Li forbatas la neĝon de siaj botoj kaj deprenas la mantelon. Li aspektas grandioze, vere feliĉa. Mia koro bategas, kaj mi klopodas diveni blinde:

– Ĉu la 24-a de majo 1989?

– Jes, ho, jes!

Henry kaptas kaj levas min, kune kun miaj malseka antaŭ-

510

tuko, kaŭĉukaj botoj kaj ĉio, kaj svingas min ĉirkaŭen. Nun mi ridas, ni ambaŭ ridas. Henry elradias ĝojon.

– Kial vi do ne diris al mi? Mi senbezone demandadis min dum ĉiuj ĉi jaroj. Vulpino! Malfeino!

Li mordas mian kolon kaj tiklas min.

– Sed vi ne sciis, do mi ne povis diri al vi.

– Ho. Ĝuste. Dio mia, vi estas mirinda.

Ni sidas sur la malnova, kaduka sofo de la ateliero.

– Ĉu ne eblus pli forte hejti ĉi tie?

– Certe eblus.

Henry eksaltas kaj turnas la termostaton pli alten. La forno ekfunkcias.

– Kiom longe mi estis for?

– Preskaŭ tutan tagon.

Henry suspiras.

– Ĉu valoris? Tago da angoro interŝanĝe kontraŭ kelkaj vere belaj horoj?

– Jes. Tiu estis unu el la plej bonaj tagoj de mia vivo.

Mi silentas, rememoras. Mi ofte revokas en la memoron la vizaĝon de Henry super mi, kun la blua ĉielo ĉirkaŭe, kaj la senton esti trapenetrata de li. Mi pensas pri tio kiam li estas for kaj mi ne sukcesas endormiĝi.

– Diru al mi ...

– Mmmm?

Ni ĉirkaŭvolvas unu la alian, por varmiĝi, por trankviliĝi.

– Kio okazis post kiam mi foriris?

– Mi kolektis ĉion, igis min pli-malpli prezentebla kaj reiris al la domo. Mi supreniris sen renkonti iun ajn kaj banis min. Post kelka tempo Etta komencis marteli sur la pordo kaj volis scii kial mi kuŝas en la kuvo meze de la tago, kaj mi devis ŝajnigi ke mi estas malsana. Kaj iel mi ja estis ... Mi pasigis la someron nenifareme, multe dormis. Legadis. Mi kvazaŭ buliĝis en min mem. Mi iradis de tempo al tempo al la Herbejo, preskaŭ esperante ke vi aperos. Mi skribis al vi leterojn. Mi bruligis ilin. Portempe mi ĉesis manĝi, Panjo trenis min al sia terapiisto, kaj mi komencis manĝi denove. Fine de aŭgusto miaj gepatroj informis min ke se mi ne «revigliĝos», tiam mi ne iros al universitato en tiu aŭtuno, do mi tuj vigliĝis, ĉar mia tuta vivocelo estis liberiĝi el la hejmo kaj iri al Ĉikago. Kaj la universitato montriĝis io bona: novaĵo en la vivo, mi havis loĝejon, mi amis la urbon. Mi havis ion por pripensi krom mian nescion kie vi estas kaj kiel trovi vin. Kiam mi finfine ja trafis vin, mi jam fartis sufiĉe bone: mi ĝuis mian laboron, havis amikojn, oni sufiĉe ofte invitis min rendevui ...

– Ĉu?

– Certe.

– Kaj ĉu vi rendevuis?

– Nu, jes ja. Jam simple pro esploremo ... kaj ĉar fojfoje kolerigis min la ideo ke ie vi samtempe senkonscie rendevuadas aliajn virinojn. Sed ĉio estis iaspeca nigra komedio. Ekzemple mi eliris ien kun iu tute plaĉa juna knabo artema, kaj dum la tuta vespero nur pensadis pri la enueco kaj vaneco de ĉio ĉi kaj rigardadis mian horloĝon. Post kvin tiaj okazoj mi ĉesis, ĉar estis evidente ke mi vere nur kolerigas ĉi tiujn ulojn. Iu disklaĉadis en la lernejo ke mi emas al virinoj, kaj tiam aperis ondo da knabinoj kiuj volis rendevui min.

– Mi bone imagas vin kiel lesbon.

– Jes; kondutu bone aŭ mi konvertiĝos.

– Mi ĉiam volis esti lesba.

Henry aspektas sonĝema, liaj palpebroj ekpezas; tio ne justas kiam mi pretas salti sur lin pro ekscito. Li oscedas:

– Nu, do, ne en ĉi tiu vivo. Tro da kirurgio.

En mia kapo mi aŭdas la voĉon de Patro Compton malantaŭ la krado de la konfesejo, kiam li softe demandas ĉu mi havas ion alian por konfesi. Ne, mi diras al li firme. Nenion alian. Estis eraro. Mi estis ebria, tial ne kalkuliĝas. La bona pastro suspiras kaj ŝovfermas la kurtenon. Fino de la konfeso. Mia pentofarado estas mensogadi al Henry, mensogadi per prisilento, tiel longe kiel ni ambaŭ vivos. Mi rigardas lin, en lia postregala feliĉo, sategan je la ĉarmoj de mia pli juna mio, kaj en mia mensa teatro trafulmas la bildo de Gomez dormanta, la dormoĉambro de Gomez en matena lumo. Estis eraro, Henry, mi diras al li senvoĉe. Mi estis atendanta, kaj mi faris mispaŝon, nur unufoje. Rakontu al li, diras Patro Compton, diras iu, en mia kapo. Mi ne povas, mi replikas. Li malamos min.

– He – vokas Heny milde. – Kie vi estas?

– En miaj pensoj.

– Vi aspektas tiel trista.

– Ĉu zorgigas vin foje la ideo ke ĉiuj vere bonegaj aferoj jam okazis?

– Ne. Nu, jes, iom, sed ne tiel kiel vi celas. Mi ja daŭre moviĝas tra tiu tempo pri kiu vi nur rememoras, do por mi ĝi ne vere malaperis. Min zorgigas ke ni ne sufiĉe atentas en la jeno kaj nuno. Tio estas, tempvojaĝado estas ia ŝanĝita stato, en kiu mi estas pli … konscia kiam mi estas tie aliloke, ĉio ŝajnas iel pli grava, kaj foje mi pensas ke se mi povus esti same konscia ĉi tie kaj nun, tiam ĉio estus perfekta. Sed okazis ja kelkaj bonegaj aferoj lastatempe.

Li ridetas, kun tiu bela, petola, radia rideto, plena je senkulpeco, kaj mi lasas mian kulpon trankviliĝi, reŝoviĝi en la skatoleton kie mi tenas ĝin faldita kiel paraŝuto.

– Alba.

– Alba estas perfekta. Kaj vi estas perfekta. Mi volas diri, kiom ajn mi amas vin ankaŭ tie, pli frue, tamen estas la komuna vivo, la reciproka konado ...

– En bono kaj malbono ...

– La fakto ke ekzistas malbonaj tempoj igas ĉion pli reala. Kaj ĝuste la realon mi volas.

Diru al li, diru al li.

– Eĉ realo povas esti sufiĉe nereala ...

Se mi iam ajn eldiros ĝin, la tempo estas nun. Li atendas. Sed mi simple ... ne povas.

– Clare?

Mi rigardas al li mizere, kiel infano kaptita en komplika mensogeto, kaj tiam mi eldiras ĝin, preskaŭ neaŭdeble.

– Mi dormis kun iu.

Henry mienas froste, nekredeme.

– Kun kiu? – li demandas, sen rigardi min.

– Kun Gomez.

– Kial?

Henry silentas, atendas la baton.

– Mi estis ebria. Ni estis en festo, kaj Charisse foriris al Bostono ...

– Atendu minuton. Kiam ĉi tio okazis?

– En 1990.

Li ekridas.

– Ho, Dio. Clare, ne faru tion al mi, damne. En 1990! Jesuo, mi pensis ke vi rakontas al mi pri io okazinta pasintsemajne, aŭ io tia.

Mi ridetas, malforte. Li diras:

– Mi volas diri ke tio ne aparte ĝojigas min, sed ĉar mi ja mem instigis vin eliradi kaj eksperimenti, mi ne vere povus ... Mi ne scias.

Li iĝas malkvieta. Li ekstaras kaj komencas ĉirkaŭpaŝadi en la ateliero. Mi ne povas kredi. Dum dek kvin jaroj mi restis paralizita de timo, la timo ke Gomez diros ion, faros ion en sia dikhaŭta Gomez-a sensenteco, dum por Henry ne estas problemo. Aŭ ĉu tamen?

– Kia estis? – li demandas, kvazaŭ sen graveco, dorse al mi, dum li umas kun la kafmaŝino. Mi zorge elektas miajn vortojn.

– Malsama. Nu, mi ne vere intencas kritiki Gomez …

– Diru trankvile.

– Mi sentis kvazaŭ mi estus en porcelanvendejo kaj amindumus kun virbovo.

– Li estas pli granda ol mi.

Henry ŝajnas konstati fakton.

– Mi ne povas scii kiel estas nun, sed tiam mankis al li ajna delikateco. Fakte, li fumis cigaredon dum li fikis min.

Henry grimacas. Mi stariĝas kaj iras al li:

– Mi pardonpetas. Estis eraro.

Li altiras min al si, kaj mi diras mallaŭte, en lian kolumon:

– Mi atendis tre pacience … – sed mi ne povas daŭrigi. Henry karesas miajn harojn.

– Ne gravas, Clare – li diras. – Okazis nenio.

Mi demandas min ĉu li nun komparas tiun Clare kiun li ĵus vidis, en 1989, kun la trompema mio en siaj brakoj. Kvazaŭ li legus miajn pensojn:

– Ĉu pliajn surprizojn?

– Jen ĉio.

– Nekredeble kiel vi kapablas gardi sekreton.

Mi rigardas al Henry, kaj li longe rerigardas. Mi vidas ke mi iel ŝanĝiĝis en liaj okuloj.

– Tio igis min kompreni pli bone … kaj pli aprezi …

– Vi klopodas diri ke komparo ne estus malfavora por mi?

– Jes, tion.

Mi kisas lin, prove, kaj post momenta hezito Henry komencas rekisi min, kaj tre baldaŭ ni estas survoje al reordiĝo. Al kompleta reordiĝo. Mi rakontis al li, ne estas problemo, kaj li plu amas min. Mia tuta korpo sentiĝas pli malpeza, kaj mi suspiras, tiel bonas esti konfesinta, fine, kaj eĉ ne devi pentofaradi, ne devi preĝi eĉ unu Ave Maria aŭ Patronian. Mi sentas kvazaŭ mi forirus nevundita el detruita aŭto. Ie aliloke Henry kaj mi estas amorantaj sur verda kovrilo en herbejo, kaj Gomez rigardas min dormeme kaj etendas siajn enormajn manojn, kaj ĉio, ĉio estas okazanta nun, sed estas tro malfrue, kiel kutime, por ŝanĝi ion ajn el ĉio, kaj Henry kaj mi malpakas unu la alian sur la ateliera sofo kiel skatolojn de novega, neniam gustumita ĉokolado kaj ne estas tro malfrue, ankoraŭ ne, ĉiuokaze.

CLARE: Mi malfermas miajn okulojn kaj ne scias kie mi estas. Cigareda odoro. Persienaj ombroj sur flava muro kun fendoj. Mi turnas la kapon kaj apud mi, dormante, en sia lito, kuŝas Gomez. Subite mi rememoras, kaj panikas.

Henry. Henry mortigos min. Charisse malamos min. Mi eksidas. La dormoĉambro de Gomez estas vrako kun troplenaj cindrujoj, vestaĵoj, studlibroj pri juro, gazetoj, malpuraj teleroj. Miaj vestaĵoj kuŝas en eta, akuza amaso sur la planko apud mi.

Gomez dormas bele. Li aspektas serena, ne kiel ulo ĵus trompinta sian amatinon kun la amatino de sia plej bona amiko.

Liaj blondaj haroj sovaĝas, malsame al ilia kutima, perfekte regata stato. Li aspektas kiel trokreskinta knabo, elĉerpita post tro da knaba ludado.

Mia kapo pulsas. Mian internon mi sentas kvazaŭ disbatita. Mi leviĝas tremante, kaj iras tra la koridoro al la banĉambro, kiu estas malseka, ŝimoplena kaj plenŝtopita je ĉiaspecaj razaĵoj kaj humidaj bantukoj. Atinginte la banĉambron, mi ne plu certas kion mi intencis fari; mi pisas kaj lavas mian vizaĝon per dura sappeceto, kaj rigardas min en la spegulo por vidi ĉu mi aspektas malsama, por vidi ĉu Henry povos diveni ĉion nur per rigardo al mi … Mi aspektas iom vomema, sed alie estas simple mia kutima aspekto je la sepa matene.

La domo silentas. Horloĝo tiktakas ie proksime. Gomez dividas ĉi tiun domon kun du aliaj uloj, amikoj kiuj same studas ĉe la jura fakultato de la universitato Northwestern. Mi ne volus trafi iun ajn. Mi reiras al la ĉambro de Gomez kaj sidiĝas sur la lito.

– Bonan matenon!

Gomez ridetas al mi, etendas manon. Mi faras movon malantaŭen kaj eklarmas.

– Nu, Katido …! Trankvile, Clare …

Li rapide alrampas, kaj baldaŭ mi ploras en liaj brakoj. Mi pripensas kiom ofte mi ploris sur la ŝultroj de Henry. *Kie vi estas?* mi demandas malespere. *Mi bezonas vin, ĉi tie kaj nun.* Gomez ripetadas mian nomon, ree kaj ree. Kion mi faras ĉi tie, sen vestaĵoj, plorante en la brakoj de la same nuda Gomez? Li etendas manon kaj donas al mi skatolon da papertukoj, mi blovpurigas mian nazon kaj viŝas la okulojn, kaj poste rigardas al li kun mieno de absoluta senespero; li respondas per rigardo de konfuziĝo.

– Ĉu pli bone nun?

Ne. Kiel povus esti pli bone?

– Jes.

– Kio misas?

Mi levas la ŝultrojn. Gomez ekludas la rolon de advokato pri-demandanta atestanton de la alia partio.

– Clare, ĉu vi seksumis iam pli frue?

Mi kapjesas.

– Ĉu do pro Charisse? Vi sentas vin kulpa pro Charisse?

Mi kapjesas.

– Ĉu mi faris ion malĝustan?

Mi kapskuas.

– Clare, kiu estas Henry?

Mi gapas al li nekredeme.

– Kiel vi scias? ...

Fek'. Nun okazis. Bastardo. Gomez klinas sin, kaptas siajn cigaredojn de la noktotablo, kaj ekbruligas unu. Li skuas la alumeton por estingi ĝin, kaj profunde enspiras. Kun cigaredo en-mane, Gomez impresas pli ... vestita, iamaniere, eĉ se li ne estas. Li silente proponas cigaredon al mi, kaj mi akceptas, kvankam mi ne fumas. Simple, ŝajnas la afero farenda, kaj mi gajnas tempon por elpensi kion diri. Li ekbruligas ĝin por mi, ekstaras, fosas iom en sia vestoŝranko, trovas bluan banmantelon, kiu ne aspektas tute pura, kaj transdonas ĝin al mi. Mi surmetas ĝin; ĝi estas grandega. Mi sidas sur la lito kaj fumas, rigardante Gomez sur-tiri ĝinzon. Eĉ en mia mizero mi observas ke Gomez estas bela viro, alta, larĝaŝultra kaj ... granda, kun tute malsama beleco ol tiu de la svelta, pantera sovaĝeco de Henry. Mi tuj sentas min terure kulpa pro mia komparado. Gomez lokas cindrujon apud mi, sidiĝas sur la liton kaj alrigardas min.

– Dum via dormo vi parolis kun iu nomata Henry.

Damne. Damne.

– Kion mi diris?

– Plejparte nur «Henry», denove kaj denove, kvazaŭ vi volus venigi lin. Kaj «Mi pardonpetas». Kaj unufoje vi diris «Nu, vi ja ne estis ĉi tie», kvazaŭ vi vere kolerus. Kiu estas Henry?

– Henry estas mia amanto.

– Clare, vi ne havas amanton. Charisse kaj mi vidis vin preskaŭ ĉiutage dum la lastaj ses monatoj, kaj vi neniam rendevuas iun ajn, neniam iu vokas vin.

– Henry estas mia amanto. Li foriris por kelka tempo, sed li revenos en aŭtuno 1991.

– Kie li estas?

Ie proksime.

– Mi ne scias.

Gomez pensas ke mi inventas ĉion ĉi. Sen klara kialo, mi nepre volas ke li kredu min. Mi kaptas mian mansakon, malfermas mian monujon kaj montras al Gomez la foton de Henry. Li zorge ekzamenas ĝin.

– Mi jam vidis ĉi tiun ulon. Nu, fakte ne: mi vidis iun tre similan al li. Ĉi tiu tro maljunas por esti la sama homo. Sed la ulo ja nomiĝis Henry.

Mia koro batas kvazaŭ ĝi freneziĝis. Mi provas soni kvazaŭ mi demandus malgravaĵon:

– Kie vi vidis lin?

– En kluboj. Plejparte ĉe Exit, kaj ĉe Smart Bar. Sed ne imageblas ke temus pri via ulo; li estas maniulo. Komplete kaosa en ĉiu sia movo. Alkoholulo, kaj simple, li estas … Mi ne scias, li vere mistraktas virinojn. Aŭ tion oni diras.

– Ĉu perfortema?

Mi ne povas imagi ke Henry batus virinon.

– Ne. Mi ne scias.

– Kiu estas lia familia nomo?

– Mi ne scias. Aŭskultu, katido, ĉi tiu ulo dismaĉus kaj el-kraĉus vin … li tute ne estas tio kion vi bezonas.

Mi ridetas. Li estas ĝuste tio kion mi bezonas, sed mi scias ke estus vane postkuri lin en la mondo de noktokluboj, mi neniel trovus lin.

– Kion do mi bezonas?

– Min. Nur ke vi ŝajne ne pensas tiel.

– Vi havas Charisse. Por kio vi volus min?

– Mi simple volas vin. Mi ne scias kial.

– Ĉu vi estas mormono aŭ simile?

Gomez diras tre serioze:

– Clare, mi … vidu, Clare, mi …

– Ne diru ĝin.

– Vere, mi …

– Ne, mi ne volas scii.

Mi stariĝas, estingas mian cigaredon kaj komencas surmeti miajn vestaĵojn. Gomez sidas en kompleta silento kaj rigardas kiel mi vestas min. Mi sentas min malfreŝa, makula kaj ĉifona surmetante antaŭ Gomez la robon de la hieraŭa festo, sed mi klopodas ne elmontri tion. Mi ne povas mem fermi la longan zipon sur la dorso de la robo, kaj Gomez gravmiene helpas min.

– Clare, ne koleru.

– Mi koleras ne pro vi. Mi koleras pro mi mem.

– Ĉi tiu ulo devas vere havi ion apartan se li povas forlasi knabinon kiel vi kaj atendi rehavi vin du jarojn poste.

Mi ridetas al Gomez.

– Li estas eksterordinara.

Mi vidas ke mi vundis la sentojn de Gomez.

– Gomez, mi bedaŭras. Se mi estus libera, kaj se vi estus libera ...

Gomez skuas la kapon, kaj antaŭ ol mi konsciiĝas, li jam kisas min. Mi rekisas, kaj dum nur unu momento mi tamen demandas min ĉu ...

– Mi devas iri nun, Gomez.

Li kapjesas. Mi foriras.

Vendredon, la 27-an de aprilo 1990
(Henry aĝas 26)

HENRY: Ingrid kaj mi estas ĉe la Teatro Riviera, dancante sencerbe laŭ la facilfluaj tonoj de Iggy Pop. Ingrid kaj mi ĉiam plej feliĉas kune kiam ni dancas aŭ fikas aŭ faras ion ajn kio implicas fizikan aktivecon sed nepre ne paroladon. Nun ni estas en la sepa ĉielo. Ni dancas plej proksime al la scenejo, kaj s-ano Pop vipas nin ĉiujn en kompaktan pilkon de mania energio. Mi iam diris al Ing ke ŝi dancas kiel germano kaj ŝi ne ŝatis tion, tamen estas vero: ŝi dancas serioze, kvazaŭ vivo aŭ morto dependus de ŝi, kvazaŭ horloĝe preciza dancado povus savi la malsatajn infanojn en Barato. Estas grandioze. Iggy kapablas iggy nin frenezaj per sia «Fratin' Meznokto», kiam li miele kantas «Venu, Fratin' Meznokt', jen via idiot' ...», kaj mi perfekte komprenas liajn sentojn. En ĉi tiaj momentoj mi klare vidas la sencon de nia kuno kun Ingrid. Ni senspire trasovaĝas liajn *Volupt' al viv'*, *Ĉina pupo*, *Distrohoro*. Ingrid kaj mi prenis sufiĉe da amfetamino por lanĉiĝi en spacmisio al Plutono, kaj mi havas tiun strange akran senton kaj profundan konvinkon ke eblus fari same, eblus esti ĉi tie, por la cetero de mia vivo, kaj esti perfekte kontenta.

Ingrid ŝvitas. Ŝia blanka T-ĉemizo algluas sin al ŝia korpo en interesa kaj estetike plaĉa maniero, kaj mi pripensas senŝeligi ŝin, sed fine detenas min, ĉar ŝi ne portas mamzonon kaj poste neniam venus fino al ŝiaj jeremiadoj. Ni dancas, Iggy Pop kantas, kaj bedaŭrinde, neeviteble, post tri bisoj, la koncerto atingas sian finon. Mi sentas min grandioze. Dum ni elpuŝiĝas kun niaj gajaj kaj plenpumpitaj samkoncertanoj, mi demandas min kion ni faru poste: Ingrid devojiĝas por longe vici ĉe la virina necesejo, kaj mi atendas ŝin ekstere sur Broadway. Mi observas kiel jupio en sia BMW kverelas kun ulo de la parkadservo pro nepermesata parkloko, kiam subite alpaŝas min grandega blondulo.

– Henry? – li alparolas. Mi demandas min ĉu li transdonos alvokon al tribunalo aŭ io tia.

– Jes?

– Salutojn de Clare.

Kiu diable estas Clare?

– Pardonu, mi kredas ke vi trafis malĝustan homon.

Ingrid realvenas, ŝi aspektas denove kiel ŝi mem, kiel la kutima Bond-knabino. Ŝi okulmezuras ĉi tiun ulon, kiu estas sufiĉe impresa specimeno de vireco. Mi metas brakon ĉirkaŭ ŝin. La ulo ridetas.

– Pardonu, do. Certe temas pri via duoblulo.

Mia koro kuntiriĝas; okazas io ekster mia kompreno, iom el mia estonteco enfluas la nunon, sed ne estas la ĝusta momento por esplori tion. La blondulo ŝajnas ial kontenta, senkulpigas sin kaj foriras.

– Pri kio temis? – demandas Ingrid.

– Mi kredas ke li prenis min por iu alia.

Mi levas la ŝultrojn. Ingrid aspektas zorgema. Preskaŭ ĉio rilate min igas Ingrid zorgema, do mi ignoras la aferon.

– He, Ing, kaj kion ni faru nun?

Mi sentas min ema transsalti altajn konstruaĵojn per unu-sola salto.

– Ĉu ni iru ĉe min?

– Brila ideo.

Ni haltas ĉe Margie's Candies por glaciaĵo, kaj baldaŭ ni jam ĉante kantas en la aŭto «Glaciaĵo, glaciaĵo, ĝi ne estas malicaĵo!» kaj ridas kiel demencaj infanoj. Pli malfrue, enlite kun Ingrid, mi demandas min kiu estas Clare, sed poste mi pensas ke probable mankas respondo al tiu demando, do mi forgesas pri ĝi.

HENRY: Mi venigas Charisse al la opero. Por vidi *Tristan und Isolde*. Kial mi venas kun Charisse kaj ne kun Clare, tio rilatas al la ekstrema malŝato de Clare al Vagnero. Ankaŭ mi ne estas fervora vagneremulo, sed ni havas abonon, do kial ne tamen iri. Ni priparolis ĉi tion dum iu vespero ĉe Charisse kaj Gomez, kaj Charisse sopire komentis ke ŝi ankoraŭ neniam iris al operejo. Rezulte de ĉio ĉi Charisse kaj mi nun eliras el taksio antaŭ la Operdomo, dum Clare hejme zorgas pri Alba kaj ludas skrablon kun Alicia, kiu vizitas nin ĉi-semajne.

Mi ne havas grandan emon por ĉi tio. Kiam mi haltis ĉe ilia hejmo por kunpreni Charisse, Gomez palpebrumis al mi, dirante «Ne tro malfrue revenu kun ŝi, filo!» per sia plej bona voĉo de sensuspekta gepatro. Mi ne memoras kiam lastfoje Charisse kaj mi faris ion ajn komune solaj. Mi tre ŝatas Charisse, sed apenaŭ havas ion por diri al ŝi.

Mi paŝtistas Charisse tra la homamaso. Ŝi paŝas malrapide,

por bone observi la splendon de la vestiblo, la marmoraĵojn kaj la grandiozajn, altajn galeriojn, kie svarmas geriĉuloj elegante kaŝantaj sian riĉecon, studentoj kun falsa felo kaj trapikita nazo. Charisse ridetas al la libreto-vendistoj: du smokinguloj, kiuj staras ĉe la eniro de la vestiblo kaj duvoĉe kantas «Libreton! Libreton! Aĉetu libreton!» Neniun mi konas ĉi tie. Vagneranoj estas kiel elita trupo inter la oper-fanoj; ili estas faritaj el dura ligno, kaj ĉiuj konas unu la alian. Multaj kisoj ŝmaciĝas aeren dum Charisse kaj mi iras supren al la interetaĝo.

Clare kaj mi havas privatan loĝion; tio estas unu el la luksaĵoj kiujn ni permesas al ni. Mi fortiras la kurtenon, Charisse enpaŝas kaj diras: «Ho!» Mi prenas ŝian mantelon, drapiras ĝin sur seĝon, kaj same faras kun la mia. Ni komfortigas nin. Charisse krucas siajn maleolojn kaj kunfaldas siajn etajn manojn sur la sino. Ŝiaj nigraj haroj brilas en la malforta, milda lumo: kun sia malhela liprujo kaj dramecaj okuloj Charisse similas al delikata, petolema infano bele vestita, al kiu oni permesis resti ĝis malfrue kun la plenkreskuloj. Ŝi daŭre ensorbas la belecon de la Operdomo, la ornamplenan, ore verdan ŝirmekranon antaŭ la scenejo, la ondetojn de kaskada gipso borderanta ĉiun arkon kaj volbon, la ekscititan murmuradon de la homamaso. La lumoj estingiĝas, kaj Charisse sendas al mi rideton. La ekrano leviĝas, kaj jen ni sur boato, kaj Izoldo ekkantas. Mi apogas la dorson al la seĝo kaj perdas min en la fluo de ŝia voĉo.

Kvar horojn, unu ameliksiron kaj unu ovacion poste, mi turnas min al Charisse:

– Ĉu vi ŝatis?

Ŝi ridetas:

– Stultaĵo, ĉu ne? Sed la kantado igis ĝin malstulta.

Mi tenas por ŝi la mantelon, ŝi ĉirkaŭpalpas por trovi la braktruojn, kaj skuas ĝin sur la ŝultrojn.

– Stultaĵo? Jes, eble. Sed mi pretas ŝajnkredi ke Jane Egland estas juna belulino anstataŭ cent-kvindek-kilograma bovino, ĉar ŝi havas Eŭterpan voĉon.

– Eŭterpan?

– Eŭterpo estas la muzo de muziko.

Ni aliĝas al la fluo de la elirantaj, sataj aŭskultintoj. Ekstere atendas nin malvarmo. Mi gvidas nin iom supren laŭ Wacker Drive, kaj sukcesas lazi taksion ene de kelkaj minutoj. Mi jam dirus la adreson de Charisse al la taksiŝoforo kiam ŝi diras:

– Henry, iru ni trinki kafon. Mi ankoraŭ ne volas hejmeniri.

Mi diras al la taksiisto veturigi nin al la Kafoklubo de Don, sur avenuo Jarvis, ĉe la norda rando de la urbo. Charisse babilas pri la kantado, kiu estis sublima; pri la dekoro, al kiu, laŭ nia ambaŭa opinio, mankis inspiro; pri la morala malfacilo ĝui Vagneron, kiam oni scias ke li estis antisemita fekulo, kun Hitlero kiel plej granda admiranto. Alvenante al Don, ni trovas viglegan vivon tie: en ĉies atentocentro sidas Don, en oranĝa havaja ĉemizo; mi mansvingas al li. Ni trovas liberan tablon malantaŭe. Charisse mendas ĉeriztorton kun glaciaĵo kaj kafon, dum mi mendas mian kutiman sandviĉon kun ternuksbutero kaj ĵeleo kaj kafon. Perry Como miele voĉas stereofonie, dum nubetoj da cigareda fumo ŝvebas super la manĝanguloj kaj la brokantaj pentraĵoj. Charisse apogas la kapon per mano kaj suspiras.

– Tiel damne bone! Foje mi preskaŭ forgesas kiel estis vivi kiel plenkreskulo.

– Ĉu vi du ne ofte eliras ien?

Charisse kaĉigas la glaciaĵon per sia forko kaj ekridas:

– Jen kiel faras Joe. Li diras ke pli bone gustas kaĉigite. Dio mia, mi transprenas iliajn malbonajn kutimojn anstataŭ instrui al ili miajn bonajn.

Ŝi enmordetas la torton.

– Por respondi vian demandon, ni ja eliradas, sed preskaŭ ĉiam temas pri politikaĵoj. Gomez pensas kandidatiĝi kiel magistratano.

Mi misglutas mian kafon kaj ektusas. Kiam mi repovas paroli, mi diras:

– Tio estas ŝerco. Transiri al la malhela flanko? Gomez ja ne ĉesas skurĝi la urbestraron.

Charisse rigardas al mi ironie.

– Li decidis ŝanĝi la sistemon elinterne. Li estas morale elĉerpita pro ĉiuj teruraj kazoj de infanmistrakto. Laŭ mi li konvinkis sin ke li fakte atingus pliboniĝon se li nur iom povus influi la decidojn.

– Eble li pravas.

Charisse skuas la kapon.

– Mi preferis kiam ni estis junaj anarkiismaj revoluciuloj. Pli bone eksplodigi aferojn ol kisi postaĵojn.

Mi ridetas.

– Mi neniam rimarkis ke vi estas pli radikala ol Gomez.

– Mi ja estas. Nur ke mi havas malpli da pacienco ol Gomez. Mi volas agojn.

– Ĉu Gomez estas pacienca?

– Ho, certe. Pensu nur pri la afero kun Clare ...

Charisse abrupte haltas, rigardas min.

– Kiu afero?

Dum mia demando mem mi jam komprenas ke jen ĝuste kial ni estas ĉi tie, ke Charisse nur atendis la okazon paroli pri ĉi tio. Kion ŝi scias kion mi ne scias? Ĉu mi volas scii kion Charisse scias? Mi pensas ke mi ne volas scii ion ajn. Charisse rigardas foren, kaj poste denove al mi. Ŝi mallevas la okulojn al sia kafo, metas la manojn ĉirkaŭ la tason.

– Nu, mi kredis ke vi scias, sed nu do … Gomez estas en-
amiĝinta al Clare.

– Jes.

Mi ne bezonas eĉ helpi ŝin. Charisse spuras la desegnojn de
la lakita tablo per siaj fingroj.

– Do … Clare sendis lin al nerevenejo, sed li pensas ke se li
nur eltenos sufiĉe longe, io okazos, kaj li povos retrovi ŝin.

– Io okazos …?

– Al vi.

Charisse rigardas al mi en la okulojn. Mi sentas min malbone.

– Pardonu – mi diras al ŝi. Mi ekstaras kaj direktas min
al la malvasta necesejo tapetita de Marily-Monroe-afiŝoj. Mi
ŝprucigas malvarman akvon al mia vizaĝo. Mi apogas min al
la muro, kun la okuloj fermitaj. Kiam mi certiĝas ke mi nenien
foriros, mi revenas en la kafejon kaj sidiĝas.

– Pardonu, vi estis dironta ke …?

Charisse aspektas eta kaj timigita.

– Henry – ŝi diras trankvile, – diru al mi ke …

– Diru al vi kion, Charisse?

– Diru al mi ke vi nenien malaperos. Diru al mi ke Clare ne
volas Gomez. Diru al mi ke ĉio iros bone. Aŭ diru al mi ke ĉio iros
merden, mi ne scias … nur diru al mi kio fariĝas!

Ŝia voĉo tremas. Ŝi metas manon sur mian brakon, kaj mi
devigas min ne fortiri ĝin.

– Ĉio bonos por vi, Charisse. Ĉio estos en ordo.

Ŝi rigardas min, ne kredante sed volante kredi. Mi apogas
mian dorson al la seĝo.

– Li ne forlasos vin.

Ŝi suspiras.

– Kaj kion pri vi?

Mi silentas. Charisse rigardegas min, kaj fine klinas la kapon.

– Ni iru hejmen – ŝi diras fine, kaj ni ekiras.

CLARE: En suna dimanĉa posttagmezo mi eniras la kuirejon: Henry staras tie ĉe la fenestro, elrigardante en la korton. Li gestas ke mi proksimiĝu. Starante apud li, ankaŭ mi elrigardas. Alba ludas en la korto kun pli aĝa knabino, proksimume sepjara. Ŝi havas longan malhelan hararon kaj estas nudpieda. Ŝi portas malpuran T-ĉemizon kun la Cubs-emblemo. Ili ambaŭ sidas sur la tero, unu fronte al la alia, la knabino kun la dorso al ni. Alba ridetas al ŝi kaj mangestas flugadon. La knabino skuas la kapon kaj ridas.

Mi rigardas al Henry:

– Kiu estas tiu?

– Alba.

– Jes, sed kiu estas kun ŝi?

Henry ridetas, sed kuntiras la brovojn, kio igas la rideton zorgoplena.

– Clare, tio estas Alba kiam ŝi aĝas pli. Ŝi tempvojaĝas.

– Dio mia.

Mi fiksrigardas la knabinon. Ŝi rapide turnas sin kaj montras al la domo: fulme mi vidas ŝin profile, sed poste ŝi denove forturnas sin.

– Ĉu ni eliru?

– Ne, ŝi ne bezonas. Se ili volos enveni, ili faros.

– Mi ŝatus renkonti ŝin ...

– Prefere ne ...

Apenaŭ Henry ekparolis, kiam la du Alba salte leviĝas kaj man-en-mane kuregas rekte al la malantaŭa pordo. Ili ridante enpafas sin en la kuirejon.

– Panjo, Panjo! – diras mia Alba, la trijara Alba, kaj almontras: – Vidu! Granda knabino Alba!

La alia Alba ridetas:

– Saluton, Panjo!

Mi reridetas:

– Saluton, Alba!

Kiam ŝi turnas sin kaj ekvidas Henry, ŝi ekkrias:

– Paĉjo!

... kaj kuras al li, ĵetante la brakojn ĉirkaŭ lin, kaj ŝi eksploras. Henry ĵetas rigardon al mi, klinas sin super Alba, lulas ŝin, kaj flustras ion al ŝia orelo.

HENRY: La vizaĝo de Clare blankiĝas; ŝi staras rigardante nin, tenante la manon de Alba la malgranda, Alba kiu staras kaj rigardas kun malfermita buŝo kiel ŝia pli aĝa mio kroĉiĝas al mi plorante. Mi klinas min al Alba kaj flustras al ŝia orelo:

– Ne diru al Panjo ke mi mortis, ĉu bone?

Ŝi rigardas supren, ankoraŭ kun larmoj sur siaj longaj okulharoj, kaj ŝiaj lipoj tremas dum ŝi kapjesas. Clare tenas naztukon kaj diras al Alba blovpurigi sian nazon, brakumante ŝin. Alba lasas sin forkonduki por lavi la vizaĝon. La malgranda Alba, la nuna Alba, plektas sin ĉirkaŭ miajn krurojn.

– Kial, Paĉjo? Kial ŝi estas malĝoja?

Feliĉe mi ne devas respondi, ĉar Clare kaj Alba revenas; Alba portas T-ĉemizon de Clare kaj unu mian ŝorton ĝinzan. Clare proponas:

– Homoj, kial ne iri manĝi glaciaĵon?

Ambaŭ Alba ridetas; malgranda Alba ĉirkaŭdancas nin kriante:

– Glaciaĵo, glaciaĵo, ĝi ne estas malicaĵo!

Ni enŝtopas nin en la aŭton, Clare kondukas, trijara Alba sidas en la antaŭa seĝo, sepjara Alba malantaŭe kun mi. Ŝi apogas sin al mi, kaj mi ĉirkaŭmetas al ŝi brakon. Neniu diras eĉ vorton, krom malgranda Alba:

– Rigardu, Alba, hundeto! Rigardu, Alba, rigardu ...

... ĝis ŝia pli aĝa mio diras:

– Jes, Alba, mi vidas.

Clare veturigas nin al Zephyr; ni eksidas en strase brila, blua plasta budo kaj mendas du porciojn da Banana Split, ĉokoladan laktokirlaĵon kaj konuson da mola vanila glaciaĵo kun surŝutaĵo. La knabinoj konsumas siajn bananaĵojn kun la rapideco de polvo-suĉilo; Clare kaj mi ludas per niaj glaciaĵoj, ne rigardante unu la alian. Clare demandas:

– Alba, kio okazas en via nuntempo?

Alba ĵetas rigardon al mi.

– Nenio aparta – ŝi respondas. – Avĉjo instruas al mi la duan violonkonĉerton de Saint-Saëns.

– Vi ludas en la lerneja teatraĵo – mi instigas.

– Ĉu mi ludas? – ŝi dubas. – Ankoraŭ ne, verŝajne.

– Ho, pardonu, tio supozeble okazos nur venontjare.

Kaj tiel daŭre plu. Nia konversacio haltas kaj restartas, ni klopodas ĉirkaŭnavigadi tion kion ni scias, kaj tion de kies scio ni devas ŝirmi Clare kaj la malgrandan Alba. Post certa tempo la pli aĝa Alba metas siajn brakojn sur la tablon kaj ripozigas la kapon surbrake.

– Ĉu laca? – demandas Clare. Ŝi kapjesas.

– Ni prefere iru – mi diras al Clare. Ni pagas, kaj mi prenas Alba en la brakojn; ŝi estas sen tonio, preskaŭ dormanta en miaj brakoj. Clare kaptas la malgrandan Alba, kiu kondutas tute senbremse pro la troa sukerkonsumo. Jam en la aŭto, dum ni veturas laŭ avenuo Lincoln, Alba malaperas.

– Ŝi reiris – mi diras al Clare. Dum momento ŝi tenas mian rigardon en la retrospegulo.

– Reiris kien, Paĉjo? – demandas Alba. – Reiris kien?

Pli malfrue:

CLARE: Mi finfine sukcesis igi Alba dormeti. Henry sidas sur nia lito, trinkas viskion kaj rigardas tra la fenestro sciurojn, kiuj postkuras unu la alian ĉirkaŭ la pergolo. Mi iras sidiĝi apud li.

– Hej – mi diras. Henry rigardas min, ĉirkaŭbrakas min, tiras min al si.

– Hej – li respondas.

– Ĉu vi diros al mi kion tio signifis? – mi demandas lin. Henry demetas sian trinkaĵon kaj komencas malbutoni mian ĉemizon.

– Ĉu ne eblus ke mi ne diru al vi?

– Ne.

Mi malbukas lian zonon kaj malbutonas lian ĝinzon.

– Ĉu vi certas?

Li kisas mian kolon.

– Jes.

Mi glitigas lian zipon malsupren, enŝovas mian manon sub lian ĉemizon, sur lian ventron.

– Ĉar vi ne vere volas scii.

Henry spiras en mian orelon kaj langumas ĝiajn randojn. Mi ektremas. Li deprenas mian ĉemizon, malkroĉas mian mamzonon. Loze elfalas miaj mamoj, mi kuŝiĝas surdorse, rigardante Henry demeti sian ĝinzon, subvestojn kaj ĉemizon. Li surgrimpas la liton, dum mi atentigas:

– Ŝtrumpetojn!

– Ho jes.

Li deprenas la ŝtrumpetojn. Ni rigardas unu la alian.

– Vi nur provas distri min – mi diras. Henry karesas mian ventron.

– Min mi provas distri. Se krome mi sukcesas distri ankaŭ vin, tio estas jam bonuso.

– Vi devas diri al mi.

– Ne, mi ne devas.

Li ĉirkaŭprenas miajn mamojn, karesas per la dikfingroj miajn cicojn.

– Mi imagos la plej malbonan.

– Imagu nur.

Mi levas la koksojn, kaj Henry forprenas miajn ĝinzon kaj subvestojn. Li ekrajdas sur mi, kliniĝas super min, kisas min. *Ho, Dio*, mi pensas, *kio povas esti? Kio estas la plej malbona?* Mi fermas la okulojn. *Memoro aperas: la Herbejo, malvarma tago en mia infanaĝo, kurado sur mortaj herboj, subita bruo, li vokis mian nomon...*

– Clare? – Henry milde mordetas miajn lipojn. – Kie vi estas?

– En 1984.

Henry paŭzas. Fine:

– Kial?

– Mi pensas ke tie okazas.

– Kio tie okazas?

– Tio kion vi timas diri al mi.

Henry forruliĝas de sur mi, kaj ni ekkuŝas unu apud la alia.

– Rakontu al mi.

– Estis frumatene. Aŭtuna tago. Paĉjo kaj Mark eliris por ĉasi cervojn. Mi vekiĝis; mi kredis aŭdi ke vi vokis min, mi elkuris en la Herbejon, kaj vi estis tie, kaj vi kaj Paĉjo kaj Mark ĉiuj rigardis ion, sed Paĉjo devigis min reiri al la domo, do mi neniam vidis kion vi ĉiuj rigardis.

– Ho …

– Mi reiris tien pli malfrue en la tago. Inter la herboj mi vidis lokon tute sangotrempitan.

Henry diras nenion. Li kunpremas la lipojn. Mi volvas miajn brakojn ĉirkaŭ lin, tenas lin firme. Mi diras:

– La plej malbona …

– Ĉit, Clare.

– Sed …

– Ŝŝ.

Ekstere daŭras la ora posttagmezo. Interne ni malvarmas kaj gluas nin kunen por trovi varmon. Alba, en sia lito, dormas kaj sonĝas pri glaciaĵo, vidas la etajn kontentajn sonĝojn de trijaruloj, dum alia Alba, ie en la estonteco, sonĝas ĉirkaŭbraki sian patron, kaj vekiĝas trovonte … kion?

LA EPIZODO DE LA PARKEJO
EN STRATO MONROE

Lundon, la 7-an de januaro 2006
(Clare aĝas 34, Henry aĝas 42)

CLARE: Ni dormas profundan dormon de vintra frumateno kiam la telefono sonoras. Mi ŝaltiĝas tuj en vekitan staton, kun la koro en la gorĝo, kaj ekkomprenas ke Henry kuŝas apud mi. Li etendas brakon trans min kaj prenas la aŭskultilon. Mi rigardas la horloĝon: estas 4:32.

– Ha lo – diras Henry. Dum longa minuto li aŭskultas. Mi estas tute vekita nun. La vizaĝo de Henry restas sen esprimo.

– Bone. Restu tie. Ni ekveturos tuj.

Li remetas la aŭskultilon.

– Kiu estis?

– Mi. Vokis mi. Mi estas subtere en la parkejo de strato Monroe, sen ajnaj vestoj, en dek kvin gradoj sub nulo. Dio mia, mi esperas ke la aŭto startos.

Ni elsaltas el la lito kaj surmetas la vestaĵojn de hieraŭ. Henry jam surhavas siajn botojn kaj mantelon antaŭ ol mi sukcesas enĝinziĝi, kaj li elkuras por startigi la aŭton. Mi ŝtopas la ĉemizon de Henry kaj longajn subvestojn kaj ĝinzon kaj ŝtrumpetojn kaj

534

botojn kaj kroman mantelon kaj mufgantojn kaj litkovrilon en aĉetsakon, vekas Alba kaj enŝtopas ŝin en ŝiajn mantelon kaj botojn, enflugas mian mantelon kaj jen ni ekster la pordo. Mi elveturigas la aŭton el la garaĝo eĉ antaŭ ol ĝi varmiĝus, sekve ĝi malstartas. Mi restartigas, ni devas atendi minuton, kaj mi provas denove. Hieraŭ neĝis dek kvin centimetrojn, kaj la tutan kvartalon Ainslie kovras malebena glacio. Alba ploretas en sia aŭtoseĝo, kaj Henry provas silentigi ŝin. Atinginte avenuon Lawrence mi plirapidigas, kaj post dek minutoj ni veturas laŭ la Drive; neniu estas ekstere je ĉi tiu horo. La hejtilo de la Honda ronronas. Super la lago la ĉielo pliheliĝas. Ĉio estas blua kaj oranĝa, fragila en la ekstrema malvarmo. Dum ni veturas laŭ Lake Shore Drive, mi sentas fortan deĵavuon: la malvarmo, la lago en sonĝeca silento, la natriuma brilo de la stratlampoj: mi jam estis ĉi tie pli frue, jam pli frue mi estis ĉi tie. Profunde enplektas min ĉi tiu momento, kiu sin etendas, portante min for de sia propra strangeco al konscio pri la duobleco de la nuno; kvankam ni rapidas tra jena vintra urbopejzaĝo, la tempo staras senmova. Ni preterpasas Irving, Belmont, Fullerton, LaSalle: mi eliras ĉe Michigan. Ni flugas laŭ la dezerta spaliro de multekostaj butikoj, stratoj Oak, Chicago, Randolph, Monroe, kaj fine ni plonĝas profunden en la subteran betonmondon de la parkejo. Mi prenas la bileton kiun fantoma virina maŝinvoĉo proponas al mi.

– Veturu al la nordokcidenta fino – diras Henry. – Al la publika telefono ĉe la sekurdeĵorejo.

Mi sekvas liajn instrukciojn. La deĵavuo malaperis. Mi sentas kvazaŭ gardanĝelo estus min forlasinta. La parkejo preskaŭ malplenas. Mi trasagas hektarojn da flavaj linioj ĝis la publika telefono: la aŭskultilo pendas sur sia ŝnuro. Henry ne videblas.

– Eble vi revenis al la nuntempo?

– Sed eble ne ...

Henry estas konfuzita, kaj mi same. Ni eliras el la aŭto. Malvarmas ĉi tie en la profundo. Mia spiro kondensiĝas kaj malaperas. Mi ne sentas ke ni devus foriri, sed mi ne havas ideon kio povis okazi. Mi iras al la sekurdeĵorejo kaj rigardas tra la fenestro. Neniu gardisto. La observ-ekranoj montras malplenan betonon.

– Merdo. Kien mi irus? Ni ĉirkaŭveturu.

Ni reeniras en la aŭton kaj malrapide krozas tra la vastaj, kolonplenaj spacoj vakaj, preter signoj konsilantaj Malrapidu, Pliaj Parklokoj, Memoru la Lokon de Via Aŭto. Neniu Henry ie ajn. Ni rigardas unu la alian kiel post malvenko.

– De kiam vi venis?

– Mi ne diris.

Ni veturas hejmen silente. Alba dormas. Henry rigardas tra la fenestro. La ĉielo estas sennuba kaj oriente rozkolora, plimultiĝas nun aŭtoj, kun fruhoraj pendolantoj. Dum ni atendas ĉe haltolumo ĉe strato Ohio, mi aŭdas mevojn kvaki. La stratojn malheligas salo kaj akvo. La urbo molas, blankas, obskuras pro neĝo. Ĉio estas bela. Mi malligiĝas de la realo, mi estas en filmo. Ŝajne ni estas sendifektaj, sed pli aŭ malpli baldaŭ ni devos pipre pagi por ĉio.

NASKIĜTAGO

• • • • • • • • • • • • •

Ĵaŭdon, la 15-an de junio 2006
(Clare aĝas 35)

CLARE: Morgaŭ estos la naskiĝtago de Henry. Mi provas en la diskovendejo Vintage Vinyl trovi albumon kiun li amos, kiun li ne jam havas. Mi pensis ke mi povos kalkuli kun la helpo de Vaughan, la butikposedanto, kies plurjara kliento Henry estas. Sed malantaŭ la vendotablo staras iu gimnazianeca knabo. Li portas T-ĉemizon de la diskeldonejo Seven Dead Arson kaj verŝajne eĉ ne estis ankoraŭ naskita kiam la plejmulto el la vendeja oferto estis sonregistrata. Mi trafingras la prezentujojn. Sex Pistols, Patti Smith, Supertramp, Matthew Sweet. Phish, Pixies, Pogues, Pretenders. B-52's, Kate Bush, Buzzcocks. Echo and the Bunnymen. The Art of Noise. The Nails. The Clash, The Cramps, The Cure. Television. Mi paŭzas ĉe iu senfama revarmigaĵo de Velvet Underground, provante memori ĉu mi vidis ĝin kuŝi ie hejme, sed pli detala ekzamenado pruvas ĝin nur miksaĵo el eroj kiujn Henry havas en aliaj albumoj. Dazzling Killmen, Dead Kennedys. Vaughan nun enportas grandegan keston, levas ĝin sur la vendotablon kaj ree eliras. Li ripetas ĉi tion kelkajn fojojn, kaj poste kun la knabo komencas malpaki la skatolojn, stakigante LP-diskojn sur la vendotablo, salutante per ekkrioj

537

diversajn trovaĵojn, pri kiuj mi neniam aŭdis. Mi aliras al Vaughan kaj senvorte montras al li ventumile tri longdiskojn.

– Saluton, Clare – li larĝe ridetas. – Kiel vi fartas?

– Saluton, Vaughan. Morgaŭ estos la naskiĝtago de Henry. Helpu min!

Li trarigardas miajn elektojn.

– Tiujn du li jam havas – li kapsignas al Lilliput kaj al The Breeders, – kaj tiu estas vere terura – li montras al Plasmatics. – Tamen la kovrilo bonegas, ĉu ne?

– Jes. Ĉu en tiu skatolo vi havas ion kion li povus ŝati?

– Nu, ĉi tiuj estas ĉiuj el la kvindekaj. Iu maljunulino mortis. Eble vi ŝatos ĉi tiun, mi ĵus ricevis ĝin hieraŭ.

Li eltiras kompilaĵon de The Golden Palominos el la prezentujo «Novaĵoj». Ĝi surhavas kelkajn novajn pecojn, do mi prenas ĝin. Subite Vaughan alridetas min.

– Mi havas ion vere raregan por vi, kion mi gardis por Henry.

Li paŝas malantaŭ la vendotablon kaj palpadas en la profundoj dum minuto.

– Jen.

Vaughan transdonas al mi longdiskon en sendesegna blanka diskujo. Mi elglitigas la diskon kaj legas ĝian etikedon: «Annette Lyn Robinson, Pariza Opero, la 13-an de majo 1968, Lulu». Mi rigardas al Vaughan demande.

– Ne estas lia kutima prefero, ĉu? Ĝi estas kaŝregistraĵo de koncerto, oficiale ne ekzistas. Antaŭ iom da tempo li petis min priatenti ion ajn de ŝi, sed ankaŭ por mi ne temas pri kutimaĵo, do mi trovis ĝin, sed poste daŭre forgesis diri al li. Mi aŭskultis ĝin; ĝi estas vere bela. Bona sonkvalito.

– Dankon – mi alflustras.

– Ne dankinde. Sed pro kio ĝi estas tiel grava?

– Ŝi estas la patrino de Henry.

Vaughan levas la brovojn, kaj lia frunto komike faltiĝas.

– Senŝerce? Jes … li ja similas al ŝi. Kiel interese. Oni supozus
ke li emus mencii tion.

– Li ne multe parolas pri ŝi. Ŝi mortis kiam li estis malgranda.
En trafikakcidento.

– Ho. Jes ja, mi kredas memori tion. Nu, ĉu mi povus trovi
ion plian por vi?

– Ne, mi prenos nur ĉi tiun.

Mi pagas al Vaughan kaj foriras, alpremante al mi la voĉon
de la patrino de Henry, dum mi iras laŭ strato Davis en ekstaza
antaŭĝojo.

Vendredon, la 16-an de junio 2006
(Henry aĝas 43, Clare aĝas 35)

HENRY: Estas mia kvardek-tria naskiĝtago. Miaj okuloj mal-
fermiĝas je 6:46, kvankam mi havas liberan tagon en la laborejo,
kaj mi ne sukcesas redormi. Mi rigardas al Clare: ŝi estas plene
subjugata de dormo, kun brakoj disĵetitaj kaj la haroj ventum-
ile diskuŝantaj sur ŝia kapkuseno. Ŝi estas bela, eĉ kun la faldoj
kiujn la kuseno ĉifis sur ŝiaj vangoj. Mi singarde ellitiĝas, iras al
la kuirejo, kaj ekpreparas la kafon. En la banĉambro mi fluigas
la akvon dum kelka tempo, atendante varmiĝon. Ni devus ven-
igi ripariston, sed neniam sukcesas. Reveninte en la kuirejon, mi
verŝas tason da kafo, portas ĝin al la banĉambro, kaj starigas ĝin
en ekvilibro sur la lavpelvo. Mi ŝaŭmumas la vizaĝon kaj ekrazas
min. Kutime mi tre sperte razas sen rigardi, sed hodiaŭ, omaĝe al
mia naskiĝtago, mi realigas inventaron.

Mia hararo preskaŭ tute blankiĝis; restas iom da nigro ĉe la tempioj, kaj ankoraŭ komplete nigras miaj brovoj. Mi kreskigis ĝin iom: la haroj ne tiel longas kiel antaŭ ol renkonti Clare, tamen ankaŭ ne mallongas. Mian haŭton tanis vento, kaj aperis faltoj ĉe miaj okulrandoj kaj sur la frunto, dum linioj kuras de miaj naztruoj ĝis la buŝanguloj. Mia vizaĝo estas tro maldika. Ĉio de mi estas tro maldika. Ne Aŭŝvice maldika, sed ankaŭ ne normale maldika. Eble maldika kiel fru-stadia kancerulo. Aŭ kiel heroin-dependulo. Mi ne volas pensi pri ĉio ĉi, do mi razas min plu. Mi prilavas la vizaĝon, almetas postrazaĵon, retropaŝas kaj esploras la rezultojn.

En la biblioteko hieraŭ iu memoris ke estas mia naskiĝtago, tiel ke Roberto, Isabelle, Matt, Catherine kaj Amelia venis konduki min al Beau Thai por tagmanĝo. Mi scias ke en la laborejo oni priklaĉas mian sanon, mian subitan maldikiĝon, kaj ke mi lasta-tempe rapide maljuniĝas. Ĉiuj kondutis tre afable, same kiel homoj faras kun aidosuloj kaj kemiterapiaj pacientoj. Mi preskaŭ sopiras ke iu simple demandu min, tiel ke mi povu mensogi al tiu, kaj jen finita la afero. Sed ni nur ŝercadis kaj manĝis Pad Thai kaj Prik King, kokinon kun akaĵunuksoj kaj Pad Seeuw. Amelia donacis al mi duonkilogramon da luksaj kolombiaj kafgrajnoj. Catherine, Matt, Roberto kaj Isabelle malriĉigis sin por akiri por mi la Getty-faksimilon de tiu *Mira Calligraphiae Monumenta* kiun mi de ĉiam prisalivas en la magazeno de Newberry. Mi levis la okulojn al ili, kortuŝite, kaj mi konstatis: miaj kolegoj pensas ke mi estas mortonta. «Nu, vi ĉiuj ...» – mi ekdiris, sed ne sciis kiel daŭrigi, do mi ne daŭrigis. Ne ofte okazas ke vortoj ekmankas al mi.

Clare leviĝas, Alba vekiĝas. Ni ĉiuj vestas nin, kaj pakas la aŭton. Ni iros al la Bestoĝardeno Brookfield kun Gomez kaj Charisse kaj iliaj infanoj. Ni pasigas la tagon promenante, rigardas simiojn kaj flamengojn, blankajn ursojn kaj lutrojn. Alba plej ŝatas la grandajn felisojn. Rosa tenas la manon de Alba kaj rakontas al ŝi pri dinosaŭroj. Gomez perfekte imitas ĉimpanzon, dum Max kaj Joe amokas ĉirkaŭe, jen ŝajnigas esti elefantoj, jen ludas per porteblaj videoludiloj. Charisse, Clare kaj mi amblas sencele, parolante pri nenio, banante nin en la sunlumo. Je la kvara horo ĉiuj infanoj estas lacaj kaj iritiĝemaj, ni re-enaŭtigas ilin, promesas baldaŭ ripeti la viziton, kaj veturas hejmen.

La vartistino alvenas ĝustatempe je la sepa. Clare subaĉetas kaj minacas Alba pri bonkonduto, kaj ni eskapas. Ni vestas nin kun ekstrema eleganto, laŭ la insisto de Clare, kaj dum ni veturas suden laŭ Lake Shore Drive mi rimarkas ke mi ne scias kien ni iras.

– Vi vidos – diras Clare.

– Ne estos surprizfesto, ĉu? – mi demandas timoplene.

– Ne – ŝi certigas min. Clare forlasas la Drive ĉe avenuo Roosevelt kaj navigas tra Pilsen, latinamerika kvartalo tuj sude de la urbocentro. Infanaj grupoj ludas en la stratoj, ni ondumas ĉirkaŭ ili kaj fine ekparkas proksime al la kruciĝo de Strato 20 kaj avenuo Racine. Clare gvidas min al kaduka duapartamenta domo kaj sonorigas ĉe la enirpordo. Oni enlasas nin, kaj ni vojas antaŭen tra ruboplena korto kaj supren laŭ malsolida ŝtuparo. Clare frapas je unu el la pordoj, kiun malfermas Lourdes, amikino de Clare el la artlernejo. Lourdes ridetas kaj gestas envenige: kiam ni enpaŝas, mi vidas ke la loĝejo estis transformita al restoracio kun nur unu tablo. Ravaj odoroj karesas la nazon, kaj la tablo estas primetita kun blanka damasko, porcelanaĵoj, kandeloj. Gramofono staras sur peza ĉizita bufedo. En la salono kaĝoj plenas de birdoj: papagoj, kanarioj, etaj ambirdoj. Lourdes kisas min survange:

– Feliĉan naskiĝtagon, Henry!

Kaj konata voĉo ripetas:

– Jes, feliĉan naskiĝtagon!

Mi ŝovas la kapon en la kuirejon, kaj jen Nell. Ŝi estas kirlanta ion en kaserolo, kaj ne ĉesas pri tio eĉ kiam mi ĉirkaŭprenas kaj iomete eĉ levas ŝin de la planko.

– Huuu! – ŝi reagas. – Kaĉo en stomako, forto en la brako!

Ankaŭ Clare brakumas Nell, kaj ili ridetas unu al la alia.

– Li aspektas sufiĉe surprizita – konstatas Nell, kaj Clare eĉ pli larĝe ridetas.

– Iru sidiĝi – ordonas Nell. – La vespermanĝo pretas.

Ni sidas unu fronte al la alia ĉe la tablo. Lourdes alportas malgrandajn telerojn da delikate aranĝitaj antaŭpladoj: travideblaj ŝinkotranĉoj kun pale flava melono, milde fumgustaj mituloj, sveltaj strioj da karoto kaj beto, kiuj gustas je fenkolo kaj olivoleo. La kandellumo montras la haŭton de Clare varma kaj ombras ŝiajn okulojn. La perloj kiujn ŝi portas desegnas ŝiajn klaviklojn kaj la palan, glatan areon super ŝiaj mamoj, kiuj levas kaj mallevas sin kun ŝia spiro. Clare kaptas mian rigardon ĉe la freŝa faro, ridetas kaj rigardas aliloken. Mi deturnas la okulojn kaj rimarkas ke mi jam finis miajn mitulojn kaj sidas tenante malgrandan forketon en la aero kiel idioto. Mi demetas ĝin, Lourdes forprenas niajn telerojn kaj alportas la sekvan pladon.

Ni manĝas la bonegan sangantan tinuson de Nell, stufitan kun saŭco el tomatoj, pomoj kaj bazilio. Ni manĝas etajn salatojn plenajn de cikorio kaj oranĝkoloraj kapsikoj, kaj ankaŭ malgrandajn brunajn olivojn, kiuj memorigas min pri iu manĝo kun mia patrino en hotelo de Ateno kiam mi estis infaneto. Ni trinkas Sauvignon Blanc, kaj ripete tostas unu al la alia.

– Al olivoj!

– Al vartistinoj!

– Al Nell!

Nell elvenas el la kuirejo kun malgranda, plata blanka kuko, sur kiu flamas kandeloj. Clare, Nell kaj Lourdes kantas por mi «Feliĉan naskiĝtagon!» Mi formulas deziron kaj blovestingas la kandelojn per unu spiro.

– Tio signifas ke via deziro plenumiĝos – asertas Nell, sed la mia ne estas deziro plenumebla. La birdoj interparolas per strangaj voĉoj dum ni ĉiuj manĝas kukon, kaj poste Lourdes kaj Nell remalaperas en la kuirejon. Clare diras:

– Mi havas donacon por vi. Fermu la okulojn!

Mi fermas la okulojn. Mi aŭdas Clare repuŝi sian seĝon de la tablo. Ŝi transiras la ĉambron. Poste brueto de nadlo ektuŝanta vinilon ... siblo ... violonoj ... pura soprano trapikanta kiel akra pluvo la sonorojn de la orkestro ... la voĉo de mia patrino, kantanta *Lulu*. Mi malfermas la okulojn. Clare sidas trans la tablo kaj ridetas. Mi ekstaras kaj tiras ŝin supren el ŝia seĝo, ĉirkaŭbrakas ŝin.

– Mirinde – mi diras, kaj ĉar mi ne povas daŭrigi, mi do kisas ŝin.

Longe poste, post kiam ni adiaŭis Nell kaj Lourdes kun multaj larmaj dankesprimoj, post kiam ni iris hejmen kaj pagis la vartistinon, post kiam ni amoris en stuporo de elĉerpita plezuro, ni kuŝas en la lito rande de dormo, kaj Clare demandas:

– Ĉu estis bona naskiĝtago?

– Perfekta – mi respondas. – La plej bona.

– Ĉu vi foje deziras povi haltigi la tempon? Min ne ĝenus se mi povus resti ĉi tie por ĉiam.

– Mmm – mi diras, ruliĝante surventren. Dum mi glitas en dormon, mi aŭdas Clare diri:

– Mi sentas kvazaŭ ni estus ĉe la supro de onda fervojo – sed mi jam dormas, kaj matene forgesas demandi ŝin kion ŝi celas.

MALAGRABLA SCENO

Merkredon, la 28-an de junio 2006
(Henry aĝas 43, kaj 43)

HENRY: Mi rekonsciiĝas en mallumo, sur malvarma betonplanko. Mi provas sidiĝi, sed mia kapo turniĝas, kaj mi kuŝiĝas denove. Doloras min la kapo. Mi esploras permane: tuj malantaŭ mia maldekstra orelo estas iu granda ŝvelaĵo. Post adaptiĝo de la okuloj, mi ekvidas la malcertajn konturojn de ŝtuparo, signojn «Elirejo», kaj fore super mi solecan fluoreskan ampolon, kiu eligas malvarman lumon. Ĉie ĉirkaŭ mi videblas la interkruciĝaj ŝtaldesegnoj de la Kaĝo. Mi estas en Newberry, post la laborhoroj, ene de la Kaĝo.

«Ne paniku» mi diras al mi laŭte. «Ĉio en ordo. Ĉio en ordo. Ĉio en ordo.» Mi ĉesas kiam mi rimarkas ke mi ne aŭskultas min mem. Mi sukcesas surpiedigi min. Mi tremadas. Kiom longe mi devos atendi? Kaj kion diros miaj kolegoj kiam ili ekvidos min? Ĉar jen estas ja la fino. Mi estos malkaŝita kiel la fragila monstro de la naturo kiu mi ververe estas. Por diri sentroige, mi ne antaŭ-ĝojis ĉi tiun okazaĵon.

Mi provas paŝadi tien-reen por varmiĝi, sed tio igas mian kapon dolore pulsi. Mi rezignas, sidiĝas meze de la planko de la Kaĝo kaj igas min kiel eble plej kompakta. Pasas horoj. Mi reludas la tutan incidenton en mia kapo, kvazaŭ aktoro mi ripetas miajn liniojn, konsideras ĉiujn eblojn laŭ kiuj povintus rezulti pli bone, aŭ pli malbone. Fine tio lacigas min, kaj mi komencas sonigi diskojn en mia kapo. *Jen amuziĝo* fare de The Jam, *Piloloj kaj sapo* de Elvis Costello, *Perfekta tago* de Lou Reed. Mi ĝuste provas rememori ĉiujn vortojn de *Mi amas viron en uniformo* de The Gang of Four, kiam la lumoj ekblinkas. Kiu alia estus, kompreneble, ol Kevin la sekurec-maniulo, kiu nun malfermas la bibliotekon. Sur la tuta planedo troviĝas neniu kiun mi malpli volus renkonti ol Kevin kiam mi estas nuda kaptito de la Kaĝo: evidente, do, li ekvidas min tuj kiam li envenas. Mi kuŝas kurbiĝinta sur la planko, senmova, ŝajnigante min mortinta.

– Kiu tie?

Kevin pli laŭtas ol necese. Mi imagas Kevin stari tie, palvizaĝan kaj postebrian en la humida lumo de la ŝtuparejo. Lia voĉo ĉirkaŭsaltadas, eĥate de la betono. Kevin malsupreniras la ŝtuparon kaj haltas en la fundo, ĉirkaŭ tri metrojn for de mi.

– Kiel do vi trafis tien?

Li paŝas ĉirkaŭ la Kaĝo. Mi plu ŝajnigas esti senkonscia. Mi ne povas doni klarigon, do kial mi entute klopodu?

– Dio mia, estas DeTamble!

Mi sensas ke li staras tie gapante. Fine li rememoras ke li havas radion.

– Ha, alfa, bravo, ĉarli, ha lo, Roy!

Konfuza elektra zumo.

– Ha, jes, Roy, parolas Kevin, aĥ, ĉu vi povus veni malsupren al A46? Jes, ĝis la fundo.

Kvakoj.

– Simple venu ĉi tien.

Li malŝaltas la radion.

– Dio mia, DeTamble, mi ne scias kion vi pensis pruvi tiamaniere, sed nun vi certe sukcesis.

Mi aŭdas lin moviĝi. Liaj ŝuoj grincas, kaj li eligas mildan grunteton. Supozeble li sidas sur la ŝtupoj. Post kelkaj minutoj pordo supre malfermiĝas kaj descendas Roy. Roy estas mia plej ŝatata sekureculo. Li estas enorma afrik-usonano, ĉiam kun bela rideto sur la vizaĝo. Li estas la Reĝo de la Ĉefdeĵorejo, kaj ĉe alveno al la laboro ĉiam ĝojigas min sperti la varmon de lia senlima bona humoro.

– Ho! – ekkrias Roy. – Kion ni havas ĉi tie?

– DeTamble. Mi ne povas kompreni kiel li eniĝis tien.

– DeTamble? Mia dio! Tiu knabo certe ŝategas aerumi sian ilon. Ĉu mi jam rakontis al vi kiam mi trovis lin dum li promenis nuda kiel vermo en la kluzo al la magazeno?

– Vi jam rakontis.

– Nu, mi supozas ke ni devos eltiri lin de ĉi tie.

– Li ne moviĝas.

– Nu, li spiras. Ĉu laŭ vi li estas vundita? Eble ni devus voki ambulancon.

– Ni bezonos la fajrobrigadon, por eltranĉi lin per tiu hidraŭlika savilo kiun ili uzas sur vrakoj.

Kevin vere entuziasmas. Mi ne volas fajrobrigadon aŭ sukuristojn. Mi ĝemas kaj eksidas.

– Bonan *matenon*, sinjoro DeTamble – mielas Roy. – Hodiaŭ vi alvenis iom frue, ĉu ne?

– Nur iomete – mi konsentas, kaj suprentiras la genuojn al mia mentono. Mi tiom malvarmas ke miaj dentoj doloras pro la kunpremado. Mi kontemplas Kevin kaj Roy, kaj ili reciprokas mian rigardon.

– Supozeble mi ne povus subaĉeti vin, sinjoroj?

Ili interŝanĝas rigardojn.

– Dependas – respondas Kevin – de tio kion vi celas. Ni ne povas fermi la buŝon, ĉar ni ne povas eltiri vin de tie solaj.

– Ne, ne, mi ne atendus tion.

Ili senpeziĝas.

– Aŭskultu. Mi donos al vi ambaŭ po cent dolarojn se vi faros por mi du aferojn. La unua estas: mi ŝatus se unu el vi elirus kaj alportus por mi tason da kafo.

La vizaĝo de Roy elmontras sian patentitan rideton kiel Reĝo de la Ĉefdeĵorejo.

– Diable, sinjoro DeTamble, mi faros tion senpage. Mi tamen ne scias kiel vi trinkos ĝin.

– Alportu suĉpajlon. Kaj ne prenu la kafon el la maŝinoj en la halo. Eliru kaj venigu veran kafon. Kun kremo, sen sukero.

– Senprobleme – diras Roy.

– Kaj kiu estas la dua afero? – demandas Kevin.

– Necesas ke vi iru al la Specialaj Kolektoj por preni kelkajn vestaĵojn el mia skribotablo, el la dekstra malsupra tirkesto. Vi ricevos krompoentojn se vi sukcesos agi tute nerimarkate.

– Bagatelo – reagas Kevin, kaj mi jam ne komprenas kiel mi povis malŝati ĉi tiun viron.

– Prefere ŝlosu ĉi tiun ŝtuparejon – diras Roy al Kevin, kiu kapjesas kaj foriras faronte tion. Roy staras flanke de la Kaĝo kaj rigardas min kun kompato.

– Do, kiel vi enigis vin tien?

Mi levas la ŝultrojn.

– Al tio mi ne havas vere bonan respondon.

Roy ridetas, skuas la kapon.

– Nu, pripensu, kaj dume mi iros alporti por vi tiun tason da kafo.

Pasas proksimume dudek minutoj. Finfine, mi aŭdas pordon malŝlosiĝi, kaj venas Kevin laŭ la ŝtuparo, sekvate de Matt kaj Roberto. Kevin kaptas mian rigardon kaj levas la ŝultrojn kvazaŭ por diri: *mi provis*. Li traŝovas mian ĉemizon tra la maŝoj de la Kaĝo, kaj mi surmetas ĝin, dum Roberto staras kun la brakoj krucitaj, kun malvarma rigardo. Pro la volumeno, necesas iom da peno por enpuŝi la pantalonon en la Kaĝon. Matt sidas sur la ŝtupoj kun duba mieno. Mi aŭdas la pordon malfermiĝi denove. Jen Roy, kiu alportas kafon kaj dolĉan bulkon. Li enpuŝas pajlon en mian kafon kaj metas ĝin sur la plankon kune kun la bulko. Mi pene fortiras de ĝi miajn okulojn por rigardi al Roberto, kiu turnas sin al Roy kaj Kevin:

– Ĉu ni povus havi iom da privateco?

– Kompreneble, doktoro Calle.

La sekurgardistoj ŝtuparas supren kaj eliras tra la etaĝa pordo. Nun mi restas sola, kaptite kaj ne disponante klarigon, fronte al Roberto, kiun mi respektas kaj al kiu mi plurfoje mensogis. Nun ekzistas nur la vero, kiu estas pli skandala ol ajna mia mensogo.

– Bone, Henry – diras Roberto. – Mi aŭskultas.

HENRY: Estas perfekta septembra mateno. Mi iom malfruas al la laboro pro Alba (ŝi rifuzis vesti sin) kaj pro la metroo (ĝi rifuzis veni), sed ne terure malfruas, almenaŭ ne laŭ miaj normoj. Kiam mi ensalutas ĉe la Ĉefdeĵorejo, tie mankas Roy, deĵoras Marsha.

– Saluton, Marsha, kie estas Roy?

– Ho, li okupiĝas pri ia afero – ŝi informas.

Mi diras «Ho» kaj liftas al la kvara etaĝo. Kiam mi eniras la Specialajn Kolektojn, Isabelle diras:

– Vi malfruas.

– Sed ne tre.

Mi eniras mian oficejon: Matt staras ĉe mia fenestro kaj elrigardas al la parko.

– Saluton, Matt!

Matt saltas supren plurajn metrojn.

– Henry! – li diras paliĝante. – Kiel vi eliris el la Kaĝo?

Mi metas mian tornistron sur mian skribotablon kaj fiksrigardas lin.

– El la Kaĝo?

– Vi ... mi ĵus venis de malsupre ... vi estis kaptita en la Kaĝo, kaj Roberto estas tie ... vi diris al mi ke mi venu ĉi tien kaj atendu, sed vi ne diris kion atendi ...

– Dio mia ... – Mi sidiĝas sur la skribotablo. – Ho, mia dio!

Matt eksidas sur mia seĝo kaj rigardas supren al mi.

– Vidu, mi povas klarigi ... – mi komencas.

– Ĉu vi povas?

– Certe.

Mi pripensas.

– Mi ... nu, vidu ... ho, merdon ...

– Temas pri io vere bizara, ĉu ne, Henry?

– Jes. Jes, efektive.

Ni fiksrigardas unu la alian.

– Vidu, Matt ... ni iru malsupren por vidi kio okazas, kaj mi klarigos al vi kaj Roberto kune, ĉu bone?

– Bone.

Ni ekstaras kaj iras malsupren. Dum ni pasas laŭ la orienta koridoro, mi vidas Roy paŝumi proksime al la eniro de la ŝtuparejo. Li ekskuiĝas kiam li ekvidas min, kaj ĝuste kiam li jam starigus al mi la neeviteblan demandon, aŭdiĝas Catherine:

– Saluton, knaboj, kio okazas? – dum ŝi rezolute preteriras nin kaj provas malfermi la pordon al la ŝtuparejo.

– He, Roy, kial ne eblas malfermi?

– Hm, nu, s-ino Mead – Roy alrigardas min, – ni havis problemon kun, nu …

– En ordo, Roy – mi diras. – Venu, Catherine. Roy, ĉu vi bonvolus resti ĉi tie supre?

Li kapjesas kaj enlasas nin en la ŝtuparejon. Dum ni enpaŝas, mi aŭdas Roberto:

– Aŭskultu, ne plaĉas al mi aŭskulti viajn sciencfikciaĵojn. Se mi volus sciencfikcion, mi pruntus de Amelia.

Li sidas plej malsupre sur la ŝtupoj, kaj kiam ni aperas malantaŭ li, li turnas sin por vidi kiu venas.

– Saluton, Roberto! – mi mallaŭtas. Catherine diras:

– Ho, mia dio … Ho, mia dio!

Roberto ekstaras kaj perdas sian ekvilibron: Matt etendas brakon por apogi lin. Mi rigardas al la Kaĝo, kaj jen mi. Mi sidas surplanke, en miaj blanka ĉemizo kaj kakia pantalono, kaj alpremas miajn ĉirkaŭbrakitajn genuojn al la brusto, videble frostanta kaj malsata. Ekster la Kaĝo staras taso da kafo. Roberto, Matt kaj Catherine observas nin silente.

– El kiam vi venas? – mi demandas.

– El aŭgusto 2006.

Mi prenas la kafon, tenas ĝin ĉe mentona nivelo, enpuŝas la suĉpajlon tra la flanko de la Kaĝo. Li elsuĉas ĉiom.

– Ĉu vi volas ĉi tiun bulkon?

Li volas. Mi rompas ĝin en tri partojn kaj enpuŝas ĝin. Kvazaŭ mi estus en bestoĝardeno.

– Vi estas vundita – mi diras.

– Mi frapis mian kapon kontraŭ io.

– Kiom longe vi restos ĉi tie?

– Ankoraŭ duonhoron aŭ simile.

Li gestas direkte al Roberto:

– Ĉu vi vidas?

– Kio okazas ĉi tie? – demandas Catherine. Mi konsultas mian mion.

– Ĉu vi volas klarigi?

– Mi estas laca. Faru vi.

Do mi donas klarigon. Mi klarigas kiel oni estas tempvojaĝanto, la praktikajn kaj genetikajn aspektojn. Mi klarigas ke la tuta afero verdire estas iaspeca malsano, kiun mi ne povas regi. Mi klarigas pri Kendrick, pri tio kiel Clare kaj mi renkontis nin, kaj renkontis nin denove. Mi klarigas pri memkaŭzaj efikoj, pri kvantummekaniko kaj fotonoj kaj la rapideco de lumo. Mi klarigas kiel oni vivas ekster la tempaj limigoj al kiuj plej multaj homoj estas submetitaj. Mi klarigas pri la mensogado, la ŝtelado kaj la timo. Mi klarigas kiel mi provas vivi normalan vivon.

– Kaj parto de normala vivo estas normala laboro – mi konkludas.

– Mi vere ne nomus ĉi tion normala laboro – rimarkigas Catherine.

– Mi ne nomus ĉi tion normala vivo – deklaras mia mio, sidante ene de la Kaĝo. Mi rigardas al Roberto, kiu sidas sur la ŝtuparo, apogante la kapon al la muro. Li aspektas elĉerpita, kaj melankolia.

– Do – mi demandas lin, – ĉu vi maldungos min?

Roberto suspiras.

– Ne. Ne, Henry, mi ne maldungos vin.

Li singarde ekstaras, kaj mane brosas la dorson de sia mantelo.

– Sed mi ne komprenas kial vi ne rakontis al mi ĉion ĉi antaŭ longe.

– Ĉar vi tiam ne kredus min – diras mia mio. – Ankaŭ jus vi ne kredis min, ĝis vi mem vidis.

– Nu, jes … – komencas Roberto, sed liaj sekvaj vortoj perdiĝas en la stranga brua vakuo kiu foje akompanas miajn irojn kaj venojn. Turniĝante, mi ekvidas amaseton da vestaĵoj kuŝi sur la planko de la Kaĝo. Posttagmeze mi revenos kaj forkaptos ilin helpe de vestarko. Mi turnas min reen al Matt, Roberto kaj Catherine. Ili ŝajnas konsternitaj.

– Dio – diras Catherine. – Estas kiel labori kun Clark Kent.

– Mi sentas min kiel Jimmy Olsen – komentas Matt. – Ve!

– Tio faras el vi Lois Lane – Roberto incitetas Catherine.

– Ne, ne, Lois Lane estas Clare – ŝi respondas. Matt reagas:

– Sed Lois Lane ne sciis pri la rilato inter Clark Kent kaj Superman, dum Clare …

– Sen Clare mi rezignus antaŭ longe – mi deklaras.

– Mi neniam komprenis kial Clark Kent tiel nepre volis teni Lois Lane senscia.

– Tio igas la rakonton pli bona – opinias Matt.

– Ĉu? Mi ne scias – mi respondas.

Vendredon, la 7-an de julio 2006
(Henry aĝas 43)

HENRY: Mi sidas en la oficejo de Kendrick, kaj aŭskultas lin klarigi kial ne funkcios. Ekstere la varmego estas sufoke arda, ĝi mumiigas onin kiel humida, malseka lano. Ĉi tie ene la klimatizo sufiĉe fortas por ke mi kaŭru kun ansera haŭto sur mia seĝo. Ni sidas unu fronte al la alia sur la samaj seĝoj kie ni ĉiam sidas. Surtable kuŝas cindrujo plena je cigared-filtriloj. Kendrick ekbruligis ĉiun sinsekvan cigaredon per la pinto de la antaŭa. Ni

552

sidas ĉe lumoj malŝaltitaj, kaj la aero pezas je fumo kaj malvarmo. Mi volas trinki. Mi volas krii. Mi volas ke Kendrick ĉesu paroli, por ke mi povu starigi al li demandon. Mi volas ekstari kaj eliri. Sed mi ja sidas kaj aŭskultas. Kiam Kendrick ĉesas paroli, la fonaj bruoj en la konstruaĵo subite aŭdigas sin.

– Henry? Ĉu vi aŭdis min?

Mi rektigas min kaj rigardas al li kvazaŭ lernejano kaptita ĉe revado.

– Hm, ne.

– Mi demandis vin ĉu vi komprenis kial ne funkcios.

– Hm, jes – mi provas kolekti miajn pensojn. – Ne funkcios ĉar mia imunsistemo estas tute ruina. Kaj ĉar mi estas maljuna. Kaj ĉar tro da genoj ludas rolon.

– Ĝuste.

Kendrick suspiras kaj estingas sian cigaredon en la stako da stumpoj. Ĉiroj da fumo eksoras kaj mortas.

– Mi bedaŭras.

Li apogas la dorson al sia seĝo kaj kunkroĉas siajn molajn manojn rozkolorajn en la sino. Mi repensas pri la unua fojo kiam mi vidis lin, ĉi tie en la sama oficejo, antaŭ ok jaroj. Ni ambaŭ estis pli junaj kaj pli arogantaj, fidis la grandanimajn trezorojn de molekula genetiko, pretis uzi sciencon por konfuzi la naturon. Mi repensas kiel mi tenis en la manoj la tempvojaĝantan muson de Kendrick, kiel mi sentis kreskon de espero dum mi rigardis mian etan blankan anstataŭanton. Mi repensas pri la mieno de Clare kiam mi diris al ŝi ke la afero ne funkcios. Nu, ŝi neniam pensis ke funkcios. Mi tusetas.

– Kion pri Alba?

Kendrick krucas la maleolojn kaj nervoze moviĝetas.

– Kiusence kion pri Alba?

– Ĉu por ŝi funkcius?

– Tion ni neniam scios, ĉu? Krom se Clare ŝanĝas opinion kaj permesas al mi labori kun la DNA de Alba. Sed ni ambaŭ perfekte scias ke Clare estas terurita de genterapio. Ŝi rigardas min kvazaŭ mi estus Josef Mengele, ĉiufoje kiam mi provas diskuti kun ŝi pri la temo.

– Sed se vi havus la DNA de Alba, vi povus krei kelkajn musojn kaj ellabori ion por ŝi, kaj kiam ŝi atingos dek ok jarojn, se ŝi volos, ŝi povos mem provi.

– Jes.

– Do eĉ se mi krevus, almenaŭ Alba povus iam profiti.

– Jes.

– Do, bone tiam.

Mi stariĝas kaj kunfrotas la manojn, forpinĉas disde la korpo mian kotonan ĉemizon tie kie ĝin algluis la ŝvito, nun malvarma.

– Do, tion ni faros.

Vendredon, la 14-an de julio 2006
(Clare aĝas 35, Henry aĝas 43)

CLARE: Mi estas en la ateliero kaj preparas *gampi*-silkopaperon. Ĝi estas papero tiel maldika kaj fajna ke oni povas travidi ĝin; mi mergas la muldilon en la kuvon kaj relevas ĝin, kirlante la delikatan suspensiaĵon ĝis perfekta distribuiĝo. Poste mi starigas ĝin sur angulon de la kuvo por elgutigi, kiam mi aŭdas ridon de Alba: Alba kuras tra la ĝardeno, Alba krias:

– Panjo! Rigardu kion Paĉjo aĉetis por mi!

Ŝi enrompas tra la pordo kaj klakpaŝas al mi, Henry sekvas ŝin pli trankvile. Mi rigardas malsupren por vidi kial ŝi klakas, kaj mi ekvidas rubenkolorajn pantoflojn.

– Estas ĝuste kiel tiuj de Dorothy! – sciigas Alba, kaj ŝi prezentas etan klakdancon sur la ligna planko. Ŝi kunfrapas la kalkanojn tri fojojn, sed ŝi ne malaperas. Kompreneble: ŝi jam estas hejme. Mi ridas. Henry aspektas kontenta pri si.

– Ĉu vi atingis la poŝtejon? – mi demandas lin. Li faras acidan mienon:

– Merdon. Ne, mi forgesis. Pardonu. Estos mia unua afero morgaŭ.

Alba turniĝas kaj turniĝas, ĝis Henry etendas brakon por haltigi ŝin.

– Ne faru, Alba. Vi havos kapturnon.

– Mi ŝatas kapturnon.

– Ne estas bona ideo.

Alba portas T-ĉemizon kaj mallongan pantalonon. Ŝi havas plastron sur la haŭto en sia kubutkavo.

– Kio okazis al via brako?

Anstataŭ respondi ŝi rigardas al Henry, do mi faras same.

– Estas nenio – li diras. – Ŝi suĉis sian haŭton kaj tio lasis suĉmarkon.

– Kio estas suĉmarko? – Alba demandas. Henry komencas klarigi sed mi interrompas:

– Kial suĉmarko bezonus plastron?

– Mi ne scias – li diras. – Ŝi simple volis unu.

Mi havas antaŭsenton. Eble temas pri la fama sesa senso de patrinoj. Mi aliras Alba.

– Ni vidu.

Ŝi tiras sian brakon proksimen al si kaj firme kroĉas ĝin per la alia brako.

– Ne forprenu la plastron. Dolorus.

– Mi faros singarde.

Mi firme ektenas ŝian brakon. Ŝi ploremas, sed mi agas decidite. Malrapide mi elrektigas la brakon, milde deprenas la bandaĝon. Meze de purpura kontuzeto videblas malgranda ruĝa spuro de piko. Alba diras:

– Aj, ankoraŭ doloras – kaj mi liberigas ŝin. Ŝi regluas la plastron kaj rigardas al mi atende.

– Alba, ĉu vi irus voki Kimy: eble ŝi volus vespermanĝi kun ni?

Alba ridetas kaj elkuregas el la ateliero. Post minuto klakfermiĝas la malantaŭa dompordo. Henry sidas ĉe mia desegnotablo kaj balancas sin iomete tien-reen sur mia seĝo. Li observas min. Li atendas ke mi diru ion.

– Mi ne povas kredi – mi fine diras. – Kiel vi kapablis?

– Mi devis – diras Henry. Lia voĉo estas kvieta. – Ŝi ... mi ne povis forlasi ŝin almenaŭ sen ... mi volis ke ŝi havu avantaĝon dekomence. Tiel ke Kendrick povu labori pri la afero, labori por ŝi, por ĉia okazo.

Mi iras al li en miaj grincantaj galoŝoj kaj kaŭĉuka antaŭtuko, kaj apogas min al la tablo. Henry klinas la kapon flanken, la lumo rastas lian vizaĝon, kaj mi povas vidi la faltojn tra lia frunto, ĉirkaŭ liaj buŝrandoj, ĉe la okuloj. Li perdis pezon. Liaj okuloj grandas en lia vizaĝo.

– Clare, mi ne diris al ŝi por kio ni faris. Vi povos diri al ŝi kiam ... venos la tempo.

Mi skuas la kapon: ne!

– Voku Kendrick kaj diru al li ke li haltu.

– Ne.

– Tiam mi faros.

– Clare, ne ...

– Vi povas fari kion ajn vi volas al via propra korpo, Henry, sed ...

– Clare!

Henry elpremas mian nomon tra kunpremitaj dentoj.

– *Kio*?

– Komprenu: ni venis al la fino! Estas eks pri mi. Kendrick diras ke li nenion pli povas fari.

– Sed …

Mi paŭzas por digesti kion li ĵus diris.

– Sed tiam … kio okazos?

Henry skuas la kapon.

– Mi ne scias. Verŝajne tio pri kio ni pensis ke ĝi povus okazi … ja okazos. Sed se tiel okazos, tiam … tiam mi ne povos simple forlasi Alba sen provi ŝin helpi … ho, Clare, lasu ke mi faru ĉi tion por ŝi! Eble ne funkcios, eble ŝi neniam uzos ĝin: povas esti ke ŝi ŝategos tempvojaĝadon, eble ŝi neniam perdiĝos, nek malsatos, eble neniam ŝi estos arestita aŭ postĉasata aŭ seksperfortata aŭ batata, sed kio se ŝi *ne* ŝatos ĝin? Kio se ŝi volos esti simple ordinara knabino? Clare …? Ho, Clare, ne ploru …

Sed mi ne povas ĉesi, mi staras plorante en mia flava antaŭtuko, kaj fine Henry ekstaras kaj ĉirkaŭbrakas min.

– Verdire ne eblis atendi ke nin tio maltrafos, Clare – li diras mallaŭte. – Mi nur provas pretigi por ŝi sekurecan reton.

Mi sentas liajn ripojn tra lia T-ĉemizo.

– Ĉu vi permesos ke mi almenaŭ lasu por ŝi tion?

Mi kapjesas, kaj Henry kisas mian frunton.

– Dankon – li diras, kaj mi denove ekploras.

Sabaton, la 27-an de oktobro 1984
(Henry aĝas 43, Clare aĝas 13)

HENRY: Mi konas la finon nun. Ĝi okazas jene:

Mi sidos en la Herbejo, en frua mateno, aŭtune. Estos vetero nuba kaj malvarmeta, kaj mi surhavos nigran lanan mantelon, botojn kaj gantojn. Ĉi tiu dato ne estos sur la Listo. Clare dormos en sia varma ĝemela lito. Ŝi aĝos dek tri jarojn.

El la distanco, tra la seka, malvarma aero, aŭdiĝos krako de pafo. Sezono de cervo-ĉasado. Ie ekstere viroj en hele oranĝaj vest-aĵoj sidados, atendos, pafos. Poste ili trinkos bieron kaj manĝos la sandviĉojn kiujn iliaj edzinoj enpakis.

La vento leviĝos, kreos ondetojn tra la fruktoĝardeno, forskuos la senutilajn foliojn el la pomarboj. Malfermiĝos la malantaŭa pordo de Domo Meadowlark, kaj aperos du etaj figuroj fluoreske oranĝaj, portante alumetajn fusilojn. Ili ekpiedos direkte al mi, al la Herbejo, Philip kaj Mark. Ili ne vidos min, ĉar mi kuntiros min kompakte meze de altaj herboj: malhela, senmova makulo en kampo de flavgrizo kaj morta verdo. Ĉirkaŭ dudek metrojn for de mi Philip kaj Mark forturnos sin de la pado kaj marŝos al la arbaro.

Ili haltos kaj aŭskultos. Ili ekaŭdos ĝin pli frue ol mi: susuron, treniĝon, pezan moviĝon de io tra la herboj, de io granda kaj mallerta, kun ekfulmo blanka, ĉu eble vosto? kaj ĝi venos en mia direkto, al la maldensejo, kaj Mark levos sian pafilon, celos singarde, premos la ellasilon kaj:

Estos pafo, kaj poste kriego, homa kriego. Kaj poste paŭzo. Kaj: «*Clare! Clare!*» Kaj poste nenio.

Mi sidos dum momento, ne pensante, ne spirante. Philip ekkuros, poste mi ekkuros, kaj ankaŭ Mark, kaj ni ĉiuj direktiĝos al la loko:

Sed estos nenio. Sango sur tero, brila kaj densa. Klinitaj, mortaj herboj. Ni rigardos unu la alian sen rekono, super la malplena kotejo.

En sia lito Clare aŭdos la krion. Ŝi aŭdos iun voki ŝian nomon, kaj ŝi eksidos, kun koro forsaltonta el la brusto. Ŝi kuros malsupren, eksteren, en la Herbejon, en sia noktoĉemizo. Kiam ŝi vidos nian triopon, ŝi haltos konfuzite. Malantaŭ la dorsoj de ŝiaj patro kaj frato mi metos fingron al la lipoj. Dum Philip aliros al ŝi, mi deturnos min, staros ŝirmate de la fruktoĝardeno kaj vidos ŝin tremi en la brakoj de sia patro, dum Mark staros apude, senpacienca kaj perpleksa, kun ekstoplo de barbo sur lia dekkvinjar-aĝa mentono, kaj li rigardos al mi kvazaŭ li klopodus rememori.

Kaj Clare rigardos al mi, kaj mi mansvingos al ŝi, kaj ŝi reiros al sia domo kun sia patro, kaj ŝi responde mansvingos, svelta, ŝia noktoĉemizo flirtos ĉirkaŭ ŝi kiel de anĝelo, kaj ŝi fariĝos pli kaj pli malgranda, retiriĝos en la distancon kaj malaperos en la domon, kaj mi staros super sanga, distretita peceto de grundo, kaj mi scios: ie aliloke mi estas mortanta.

LA EPIZODO DE LA PARKEJO

EN STRATO MONROE

Lundon, la 7-an de januaro 2006
(Henry aĝas 43)

HENRY: Malvarmas. Tre, tre malvarmas, kaj mi kuŝas sur la tero meze de neĝo. Kie mi estas? Mi provas eksidi. Miaj piedoj estas sensentaj, mi ne sentas miajn piedojn. Mi estas subĉiele, en loko sen konstruaĵoj aŭ arboj. Kiom longe mi jam estas ĉi tie? Noktas. Mi aŭdas trafikon. Mi leviĝas sur manojn kaj piedojn. Mi levas la okulojn. Mi estas en parko Grant. La Arta Instituto staras malhela kaj fermita, trans almenaŭ cento da metroj da virga neĝo. La belaj konstruaĵoj de avenuo Michigan silentas. Aŭtoj fluas laŭ Lake Shore Drive, iliaj frontlumoj tratranĉas la nokton. Super la lago tiriĝas febla linio da lumo; ektagiĝas. Mi devas eliri de ĉi tie. Mi devas varmiĝi.

Mi ekstaras. Miaj piedoj blankas kaj rigidas. Mi nek sentas nek povas movi ilin, sed mi komencas marŝi, ŝanceliĝe antaŭen tra la neĝo, foje falas, restariĝas kaj marŝas, daŭre nur tiel same, kaj fine mi ekrampas. Mi transrampas straton. Mi dorsoturne rampas malsupren laŭ betonaj ŝtupoj, kroĉante min al la mantenilo. Salo penetras en la vundajn lokojn sur miaj manoj kaj genuoj. Mi rampas al publika telefono.

Sonoras sepfoje. Okfoje. Naŭ.

– Ha lo – diras mia mio.

– Helpu min! – mi diras. – Mi estas en la parkejo de strato Monroe. Nekredeble malvarmas ĉi tie. Proksime de la sekurdeĵorejo. Venu kaj prenu min.

– Bone. Restu tie. Ni ekveturos tuj.

Mi provas rependigi la telefonon sed maltrafas. Miaj dentoj klakas neregeble. Mi rampas al la sekurdeĵorejo kaj martelas la pordon. Neniu estas ene. Interne mi vidas video-ekranojn, radiatoron, jakon, skribotablon, seĝon. Mi provas la pordobutonon. Ĝi estas ŝlosita. Mi havas nenion por malfermi ĝin. Sur la fenestro estas plifortikigita drato. Mi forte tremas. Ne estas aŭtoj ĉi tie malsupre.

– Helpu min! – mi krias. Neniu venas. Mi kurbiĝas en pilkon antaŭ la pordo, levas miajn genuojn al la mentono, ĉirkaŭkovras miajn piedojn per la manoj. Neniu venas, kaj poste, finfine, finfine, mi estas for.

FRAGMENTOJ
•••••••••••••

Lundon, mardon, merkredon, la 25-an,
26-an kaj 27-an de septembro 2006
(Clare aĝas 35, Henry aĝas 43)

CLARE: Henry estis for la tutan tagon. Alba kaj mi iris al Makdonaldo por vespermanĝi. Ni kartludis fiŝkapton kaj maŭmaŭon; Alba desegnis bildon de knabino kun longa hararo, kiu flugigas hundon. Ni elektis kion ŝi surmetu por la lernejo morgaŭ. Nun ŝi estas en lito. Mi sidas sur la antaŭa verando provante legi Proust; legado en la franca dormemigas min, kaj mi preskaŭ dormas kiam aŭdiĝas frakasbruo en la salono, kaj Henry kuŝas sur la planko tremante, blanka kaj frostanta: «Helpu min» li diras kun klakantaj dentoj, kaj mi kuras telefoni.

Pli malfrue:

La Urĝa Helpo: sceno el fluoreska Limbo: olduloj morboplenaj, patrinoj kun infanetoj febrantaj, adoleskantoj ĉe kies amikoj necesas forigi kuglojn el diversaj membroj, kiuj poste fanfaronos pri tio al admiremaj knabinoj sed nun silentas kaj lacas.

En malgranda blanka ĉambro: flegistinoj levas Henry sur liton kaj forigas lian kovrilon. Liaj okuloj malfermiĝas, registras min kaj refermiĝas. Blonda internulo flug-ekzamenas lin. Flegistino mezuras liajn temperaturon, pulson. Henry tremas, tiel intense tremas ke la lito skuiĝas, igas la brakon de la flegistino vibri kiel la vibrantaj litoj en la moteloj de la 1970-aj jaroj. La internulo rigardas la pupilojn, orelojn, nazon, fingrojn, piedfingrojn, sekson de Henry. Ili komencas envolvi lin en kovrilojn kaj en ion metalan kaj similan al aluminia folio. Ili kovras liajn piedojn per glaci-pakoj. La malgranda ĉambro tre varmas. La okuloj de Henry denove malfermiĝas. Li provas diri ion. Sonas kiel mia nomo. Mi ŝovas manon sub la litkovrilon kaj tenas liajn glaciajn manojn en la miaj. Mi rigardas al la flegistino.

– Ni devas varmigi lin, altigi lian kernan temperaturon – ŝi diras. – Poste ni vidos.

– Kiel diable li ekhavis hipotermion en septembro? – demandas min la internulo.

– Mi ne scias – mi diras. – Demandu lin.

En la mateno. Charisse kaj mi estas en la hospitala kafejo. Ŝi manĝas ĉokoladan pudingon. Supre en sia ĉambro Henry dormas. Kimy gardas lin. Sur mia telero kuŝas du pecoj da rostpano: moliĝintaj pro butero kaj netuŝitaj. Iu sidiĝas apud Charisse: jen Kendrick.

– Bona novaĵo – li diras, – lia kerna temperaturo altiĝis al 36,5 gradoj. Ŝajne neniu lezo al la cerbo.

Mi povas nenion diri. Dankon, Dio, jen ĉio kion mi pensas.

– Bone, hm, mi revenos rigardi post kiam mi finos mian deĵoron ĉe Rush St. Luke – diras Kendrick kaj stariĝas.

– Dankon, David – mi diras dum li estas forironta; Kendrick ridetas kaj foriras.

Pli malfrue:

D-rino Murray venas kun hinda flegistino, laŭ ŝia nomŝildo Sue. Sue enportas grandan pelvon, termometron kaj sitelon. Kio ajn okazos, teknologie ĝi estos tre simpla.

– Bonan matenon, sinjoro DeTamble, sinjorino DeTamble. Ni nun revarmigos viajn piedojn.

Sue metas la pelvon sur la plankon kaj silente malaperas en la banĉambro. Fluas akvo. D-rino Murray estas tre granda virino, kun tia mirinda abeluja hararanĝo kiun nur certaj tre imponaj kaj belaj nigrulinoj povas porti sukcese. Ŝia granda volumeno pli-fajniĝas de sub la orlo de ŝia blanka kitelo, ĝis du perfektaj piedoj en aligator-haŭtaj ŝuoj. Ŝi eltiras injektilon kaj ampolon el sia poŝo, kaj transigas la enhavon de la ampolo en la injektilon.

– Kio estas tio? – mi demandas.

– Morfino. Doloros. Liaj piedoj estas en sufiĉe aĉa stato.

Ŝi milde prenas la brakon de Henry, kiu ĝin etendas al ŝi kvazaŭ ŝi gajnis ĝin de li en pokerludo. Ŝi traktas lin delikate. La nadlo englitas subhaŭten, kaj ŝi premas la enŝprucigilon; post momento Henry ekĝemas dankeme. D-rino Murray forigas la glacipakojn de la piedoj de Henry, kiam Sue aperas kun varma akvo. Ŝi metas ĝin sur la plankon apud la lito. D-rino Murray malaltigas la liton, kaj la du homoj movas lin en sidpozicion. Sue mezuras la akvotemperaturon. Ŝi verŝas la akvon en la pelvon kaj enmergas la piedojn de Henry. Al li ekmankas spiro.

– Ĉiu histo kiu saviĝos, fariĝos brile ruĝa. Devos aspekti kiel omaro, alie estos problemo.

Mi rigardas la piedojn de Henry flosi en la flava plasta pelvo. Ili estas blankaj kiel neĝo, blankaj kiel marmoro, blankaj kiel titanio, blankaj kiel papero, blankaj kiel pano, blankaj kiel littukoj, blankaj kiel nur eblas esti blanka. Sue ŝanĝas la akvon, ĉar la glaciaj piedoj de Henry malvarmigas ĝin. La termometro montras tridek ok gradojn. Ene de kvin minutoj sinkas al tridek du gradoj, kaj Sue ŝanĝas la akvon denove. La piedoj de Henry flosas kiel buoj, kiel mortintaj fiŝoj. Larmoj fluas sur liaj vangoj kaj malaperas sub lia mentono. Mi viŝas lian vizaĝon. Mi karesas lian kapon. Mi observas, mi volegas vidi kiel liaj piedoj fariĝos brile ruĝaj. Kvazaŭ mi atendus la riveliĝon de fotografaĵo, rigardus la malrapidan ŝanĝiĝon de bildo el grizo al nigro sur la pleto de kemiaĵoj. Ombreto da ruĝo aperas ĉe ambaŭ maleoloj. La ruĝo disvastiĝas en makuloj al la maldekstra kalkano, fine kelkaj el la piedfingroj heziteme iĝas ruĝaj. La dekstra piedo restas obstine blankega. Rozkoloro etendiĝas kontraŭvole ĝis la metatarso, kaj poste nenien plu. Post unu horo, d-rino Murray kaj Sue zorge sekigas la piedojn de Henry, kaj Sue lokas pecetojn da kotono inter liaj piedfingroj. Ili reenlitigas lin kaj muntas iun framon super liaj piedoj, por ke nenio tuŝu ilin.

Estas tre malfrue nokte, kaj mi sidas apud la lito de Henry en Hospitalo Mercy, rigardante lin dormi. Gomez sidas sur seĝo aliflanke de la lito, kaj ankaŭ li dormas. Gomez dormas kun la kapo klinita malantaŭen kaj malfermita buŝo, de tempo al tempo iom ekronkas kaj sekve turnas sian kapon.

Henry estas senmova kaj silenta. La perfuzilo pepas. Ĉe la piedo de la lito tendosimila aparato levas supren la kovrilojn, for de tie kie liaj piedoj devus esti, sed la piedoj de Henry mankas tie nun. Frostiĝo detruis ilin. Ambaŭ piedoj estis amputitaj super la maleoloj ĉi-matene. Mi ne povas imagi, mi provas ne imagi, kio estas sub la kovriloj. La bandaĝitaj manoj de Henry kuŝas sur la kovrilo; mi prenas lian manon, mi sentas iliajn malvarmon kaj sekecon, la batadon de la pulso en la pojno, mi sentas kiel konkreta estas la mano de Henry en mia mano. Post la operacio d-rino Murray demandis min kion mi volas ke ŝi faru kun la piedoj de Henry. «Religu ilin» ŝajnis al mi la ĝusta respondo, sed mi nur levis la ŝultrojn kaj rigardis flanken.

Flegistino envenas, ridetas al mi kaj donas al Henry lian injekton. Post kelkaj minutoj li suspiras, dum la drogo envolvas lian cerbon, kaj li turnas sian vizaĝon al mi. Liaj okuloj malfermiĝas al fendo, kaj poste li redormas.

Mi volas preĝi, sed mi ne memoras ajnan preĝon, nenio venas en mian kapon krom *Pinĉ', pinĉ', pigo, blinda korniko, donu al mi vian ĉaron, sekvas la foiro!* Ho, Dio, bonvolu ne fari, ne faru ĉi tion al mi. *Mizaris la maldikdudelfoj.* Ne. Nenio venas. *Envoyez chercher le médecin. Qu'avez-vous? Il faudra aller à l'hôpital. Je me suis coupé assez fort. Ôtez le bandage et laissez-moi voir. Oui, c'est une coupure profonde.*

Mi ne scias kioma horo estas. Ekstere lumas. Mi remetas la manon de Henry sur la kovrilon. Li retiras ĝin al sia brusto, mem-protekte.

Gomez oscedas kaj etendas la brakojn, krakigante la fingr-artikojn.

– Matenon, katido – li diras, stariĝas kaj trenas sin en la ban-
ĉambron. Mi aŭdas lin pisi, dum Henry malfermas la okulojn.

– Kie mi estas?

– En Mercy. La 27-an de septembro 2006.

Henry rigardas supren al la plafono. Poste, malrapide, li puŝ-
levas sin apoge al la kusenoj kaj fikse rigardas al la litpiedo. Li
klinas sin antaŭen, ŝovas la manojn sub la kovrilon. Mi fermas
la okulojn.

Henry komencas ŝriki.

Mardon, la 17-an de oktobro 2006
(Clare aĝas 35, Henry aĝas 43)

CLARE: Henry estas hejme post la elhospitaliĝo, jam semajnon.
Li pasigas la tagojn enlite, buliĝinte, fronte al la fenestro, flos-
ante al kaj el morfineca dormo. Mi provas nutri lin per supo,
rostpano, makaronioj kun fromaĝosaŭco, sed li ne tre manĝas.
Li ankaŭ ne tre parolas. Alba ŝvebas ĉirkaŭe, silenta kaj plaĉema,
alportas al Paĉjo oranĝon, gazeton, sian pluŝurson; sed Henry
nur ridetas malĉeeste, kaj la eta stako da oferaĵoj kuŝas neuzate
sur lia noktotablo. Vigla flegistino nomata Sonia Browne venas
unufoje tage por ŝanĝi la pansaĵojn kaj doni konsilojn, sed tuj
kiam ŝi malaperas en sia ruĝa Volkswagen, Henry refalas en sian
vakuon. Mi helpas lin uzi la pisujon. Mi igas lin ŝanĝi piĵamon. Mi
demandas lin kiel li sentas sin, kion li bezonas, kaj li respondas
malklare aŭ tute ne. Kvankam Henry estas rekte antaŭ mi, li estas
malaperinta.

Mi pasas en la koridoro preter la dormoĉambro kun korbo
da lavotaĵoj en la brakoj, kaj mi ekvidas Alba tra la malfermetita
pordo: ŝi staras apud Henry, buliĝinta en la lito. Mi haltas por

rigardi ŝin. Ŝi staras senmove, kun brakoj pendaj ĉeflanke, la nigraj harplektaĵoj ondantaj laŭ ŝia dorso, kun la blua rulkolumo iom misformita pro daŭra tiretado. Matena lumo inundas la ĉambron, kolorante ĉion flava.

– Paĉjo? – mallaŭtas Alba. Henry ne respondas. Ŝi provas denove, pli laŭte. Henry turnas sin al ŝi, transruliĝas. Alba eksidas sur la liton. Henry tenas la okulojn fermitaj.

– Paĉjo?

– Hmm?

– Ĉu vi mortas?

Henry malfermas siajn okulojn kaj fokusiĝas al Alba.

– Ne.

– Alba diris ke vi mortis.

– Tio estas en la estonteco, Alba. Ne ankoraŭ. Diru al Alba ke ŝi ne parolu al vi tiajn aferojn.

Henry pasigas sian manon sur la barbo kiun li kreskigas ekde kiam ni eliris el la hospitalo. Alba sidas kun la manoj kunplektitaj sursine, kun la genuoj kunigitaj.

– Ĉu nun vi jam restos en la lito la tutan tempon?

Henry tiras sin supren, tiel ke li apogas sin al la kaptabulo.

– Eble.

Li fosas en la tirkesto de la noktotablo, sed la kontraŭdoloraj piloloj estas en la banĉambro.

– Kial?

– Ĉar mi sentas min aĉege, ĉu komprenite?

Alba ektime formovas sin de Henry kaj stariĝas de sur la lito.

– Komprenite! – ŝi diras, malfermas la pordon kaj preskaŭ kolizias kun mi, konsterniĝas, kaj poste silente ĉirkaŭĵetas siajn brakojn al mia talio, kaj mi levas ŝin en la brakoj, tiel pezan nun. Mi portas ŝin al ŝia ĉambro, kaj ni sidadas en la lulseĝo, lulante nin kune, kun la varmega vizaĝo de Alba ĉe mia kolo. Kion mi povas diri al vi, Alba? Kion mi povas diri?

Merkredon kaj ĵaŭdon, la 18-an kaj 19-an de oktobro,
kaj ĵaŭdon, la 26-an de oktobro 2006
(Clare aĝas 35, Henry aĝas 43)

CLARE: Mi staras en mia ateliero kun rulaĵo da armatura drato kaj amaso da desegnaĵoj. Mi liberigis la grandan labortablon, kaj jam la desegnaĵoj estas bonorde fiksitaj sur la muro. Nun mi staras kaj klopodas elvoki enmense ideon pri la verko farota. Mi provas imagi ĝin en tri dimensioj. En reala grando. Mi depinĉas pecon da drato, kaj ĝi forsaltas el la granda rulaĵo: mi komencas elformi torson. Mi teksas el la drato ŝultrojn, brustokorbon, kaj poste pelvon. Mi paŭzas. Ĉu la brakoj kaj kruroj devus esti artikitaj? Ĉu mi kreu piedojn aŭ ne? Mi komencas elfari kapon, sed fine komprenas ke ne ĉi tion mi volas. Mi puŝas ĉion sub la tablon kaj rekomencas per pli da drato.

Kiel anĝelo. *Ĉia anĝelo estas terura. Kaj tamen, ve' min, prikantas mi vin, birdojn preskaŭ mortigajn de la animo ...* Nur la flugilojn mi volas doni al li. Mi desegnas enaere per la fajna metalfadeno, turne kaj lope; mi mezuras perbrake la flugil-etendon, kaj ripetas la procedon spegul-inverse por la dua flugilo, komparante simetriojn kvazaŭ dum hartondado de Alba, mezuras perokule, palpas la pezon, la formojn. Mi kunĉarniras la flugilojn, kaj poste grimpas sur eskalon kaj pendigas ilin de la plafono. Ili flosas, aero ĉirkaŭita de linioj, ĉe la nivelo de miaj mamoj, du metrojn laŭlarĝe, gracie, orname, senutile.

Komence mi imagis ion blankan, sed mi nun komprenas ke tia ĝi ne estu. Mi malfermas la ŝrankon de pigmentoj kaj tinkturoj.

Ultramara, flave okra, brulbruna, Veroneze verda, alizarine ruĝa. Ne. Jen ĝi estas: ruĝa feroksido. La koloro de sekiĝinta sango. Terura anĝelo ne estus blanka, aŭ estus pli blanka ol iu ajn blanko kiun mi povus krei. Mi starigas la poton sur la konzolo, kune kun la ostokarba nigro. Mi iras al la bonodoraj faskoj da fibro kiuj staras en fora angulo de la ateliero. Brusonetio kaj lino: travideblo kaj flekseblo, fibro klakbruanta kiel dentoj kombine kun alia, tiel mola kiel lipoj. Mi pripesas kilogramon de la dura kaj fortika ŝelo, kiun oni devas kuiri kaj bati, rompi kaj dispisti. Mi varmigas akvon en la grandega poto kovranta du brulplatojn sur la forno. Kiam ĝi bolas, mi enverŝas la fibrojn, kaj rigardas kiel ili malheliĝas kaj malrapide ensorbas akvon. Mi enmiksas natron kaj kovras la poton, ŝaltas la forventolilon. Mi dishakas duonkilogramon da blanka tolo en malgrandajn pecojn, plenigas la miksilon per akvo, kaj igas ĝin dismiksi kaj disŝiri la tolon en fajnan blankan pulpon. Poste mi preparas al mi kafon, sidas kaj rigardas tra la fenestro trans la korton al la domo.

HENRY: Mia patrino sidas piede de mia lito. Mi ne volas ke ŝi sciu pri miaj piedoj. Mi fermas la okulojn kaj ŝajnigas dormi.

– Henry? – ŝi diras. – Mi scias ke vi vekiĝis. Vekiĝu, amiĉjo, estas temp'!

Mi malfermas la okulojn. Jen Kimy.

– Mmm. Matenon.

– Estas la dua kaj duono posttagmeze. Vi devus ellitiĝi.

– Mi ne povas ellitiĝi, Kimy. Mi ne havas eĉ unu piedon.

– Vi havas rulseĝon – ŝi objetas. – Venu, vi bezonas baniĝi, vi bezonas vin razi, fi, vi odoras kiel maljunulo!

Kimy stariĝas tre morne. Ŝi detiras miajn kovrilojn, kaj mi kuŝas kiel senŝeligita salikoko, malvarma kaj plumpa en la posttagmeza sunlumo. Kimy pelas min por sidi en la rulseĝo, kaj ŝi rulas min al la pordo de la banĉambro, kiu estas tro mallarĝa por trapasigi la rulseĝon.

– Bone – diras Kimy, starante antaŭ mi kun la manoj sur la koksoj. – Kiel ni do faru ĉi tion?

– Mi ne scias, Kimy. Mi estas nur stumpulo, mi ne deĵoras ĉi tie.

– Kia vorto estas tio, stumpulo?

– Ĝi estas tre pejorativa slangaĵo uzata por priskribi kriplulojn.

Kimy rigardas min kvazaŭ mi estus okjara kaj uzus la vorton *fiki* en ŝia ĉeesto (mi ne sciis kion ĝi signifas, mi sciis nur ke ĝi estas malpermesita).

– Mi kredas ke la ĝusta vorto estas *handikapulo*, Henry.

Ŝi alklinas sin kaj malbutonumas mian piĵamsupron.

– Manojn mi havas – mi deklaras kaj mem finas la malbutonadon. Kimy forturnas sin, bruske kaj grumbleme, turnas la kranon, ĝustigas la temperaturon, enmetas la ŝtopilon en la defluejon. Ŝi fosas en la medikamenta ŝranketo, elprenas miajn razilon kaj razosapon, la kastorharan razobroson. Mi ne povas eltrovi kiel eligi min el la rulseĝo. Mi decidas provi degliti de sur la sidplato; mi puŝas antaŭen mian postaĵon, arkigas mian dorson kaj glitas direkte al la planko. Alteriĝante, mi tordas la maldekstran ŝultron kaj albatas mian pugon, sed povus esti pli malbone. En la hospitalo la fizikoterapiisto, instiga junulino kun la nomo Penny Featherwight, aplikis plurajn teknikojn por eniri la seĝon kaj eliri el ĝi, sed ĉiuj metodoj rilatis al situacioj de seĝo al lito aŭ de seĝo al seĝo. Nun tamen mi sidas surplanke, kaj la bankuvo minace altas super mi kiel la blankaj klifoj de Dovro. Mi levas la okulojn al Kimy, okdek du jarojn aĝa, kaj mi komprenas ke mi estas sola en la situacio. Ŝia rigardo al mi konsistas el nenio krom kompato. Mi pensas: *diablo fiku, mi devas iel plenumi ĉi tion, mi ne povas permesi ke Kimy rigardu al mi tiel*. Mi iel ellevas min el mia piĵampantalono, kaj komencas malvolvi la bandaĝojn, kiuj kovras la pansaĵojn sur miaj kruroj. Kimy rigardas siajn dentojn en la spegulo. Mi ŝovas mian brakon trans la kuvoflankon kaj provas la banakvon.

– Se vi enĵetos kelkajn spicojn, vi povos havi stufitan stumpulon por vespermanĝo.

– Ĉu tro varme?

– Jes.

Kimy ĝustigas la fluon el la kranoj kaj poste eliras el la banĉambro, forpuŝante la rulseĝon de la pordo. Mi delikate forigas la pansaĵon de mia dekstra kruro. Sub la volvaĵoj la haŭto estas pala kaj malvarma. Mi metas manon al la faldkovrita parto, al la karno kiu kusenas la oston. Mi ĵus prenis analgezikon antaŭ iom da tempo. Mi demandas min ĉu mi povus preni plian pilolon sen ke Clare rimarku. La botelo estas verŝajne tie supre en la ŝranketo. Kimy revenas kun unu el la kuirejaj seĝoj. Ŝi delasas ĝin apud mi. Mi forigas la pansaĵon de la alia kruro.

– Ŝi faris belan laboron – komentas Kimy.

– D-rino Murray? Jes, tre granda plibonigo, multe pli aerodinamike.

Kimy ridas. Mi sendas ŝin al la kuirejo por telefonlibroj. Post kiam ŝi metas ilin apud la seĝon, mi levas min por sidi sur ili. Poste mi grimpas sur la seĝon, kaj iel falas/ruliĝas en la bankuvon. Enorma ondo da akvo ŝprucas el la kuvo sur la kahelojn. Mi estas en la bankuvo. Haleluja. Kimy fermas la akvokranon, kaj sekigas siajn krurojn per mantuko. Mi subakviĝas.

CLARE: Post horoj da kuirado mi streĉas la brusonetiajn fibrojn, kaj ankaŭ ili eniras la kuvon. Ju pli longe ili restos tie, des pli fajnaj kaj ostecaj ili fariĝos. Post kvar horoj, mi aldonas konservilon, argilon, pigmenton. La flavgriza pulpo subite ekhavas profunde malhelan koloron terruĝan. Mi drenas ĝin en sitelojn kaj verŝas en la atendantan kuvon. Kiam mi reiras al la domo, Kimy preparas en la kuirejo fiŝkaserolaĵon, kiun ŝi priŝutas per terpomflokoj.

– Ĉu bone iris? – mi demandas ŝin.

– Vere bone. Li estas en la salono.

Videblas akvospuroj inter la banĉambro kaj la salono, en la formo de Kimy-grandaj piedsignoj. Henry dormas sur la sofo kun libro sternita sur la brusto. *Fikcioj* de Borges. Li estas razita; mi klinas min super lin kaj enspiras: li odoras freŝe, lia malseka griza hararo elstaras ĉiudirekten. Alba babilas al sia pluŝurso en sia ĉambro. Dum momento mi sentas kvazaŭ tempvojaĝus mi, kvazaŭ temus pri momento forvaginta de iam *antaŭe*, sed poste mi lasas miajn okulojn vagabondi laŭ la korpo de Henry ĝis la plataĵoj ĉe la fino de la litkovrilo, kaj mi scias ke mi troviĝas nur jen kaj nun.

La postan matenon pluvas. Mi malfermas la pordon de la ateliero, kie atendas min la drataj flugiloj, flosantaj en la griza lumo de la mateno. Mi ŝaltas la radion; eksonas Ŝopeno, etudoj ruliĝas kiel ondoj laŭ sablo. Mi surmetas kaŭĉukajn botojn, kaptukon por protekti miajn harojn de la pulpo, kaŭĉukan antaŭtukon. Mi ŝprucpurigas mian plej ŝatatan framan muldilon el tektono kaj latuno, malkovras la kuvon, etendas felton sur kiu sterniĝos la papero. Mi ŝovas la brakojn profunde en la kuvon kaj agitas la malhelruĝan suspensiaĵon por miksi la fibrojn kaj akvon. Ĉio gutas. Mi plonĝigas la framan muldilon en la kuvon, kaj zorge levas ĝin ĝis la necesa nivelo, dum fluegas akvo. Mi lokas ĝin sur angulo de la kuvo: la akvo elfluas el ĝi kaj lasas tavolon da fibro sur la surfaco; mi forigas la framon kaj premas la muldilon sur la felton, milde rulante ĝin: kiam mi forigas ĝin, la papero restas sur la felto, delikata kaj brila. Mi kovras ĝin per alia felto, humidigas ĝin, kaj denove: mi plonĝigas la muldilon kun la framo, suprenigas kaj drenas ĝin, etendas ĝin. Mi forgesas min en la ripetado, dum la pianomuziko flosas super la akvo, kiu ŝmacas kaj gutas kaj pluvas. Kiam pretas la kunaĵo el papero kaj felto, mi enpremas ĝin en la hidraŭlikan paperfarilon. Poste mi reiras al la domo kaj manĝas sandviĉon kun ŝinko. Henry legas. Alba estas en la lernejo.

Post la tagmanĝo, mi staras antaŭ la flugiloj kun mia ĵus farita papermaso. Mi kovros la armaturon per papera membrano. La papero estas malseka, malhela kaj emas disŝiriĝi, sed ĝi tamen drapiriĝas sur la drataj formoj kiel haŭto. Mi tordas la paperon en tendenojn, en ŝnurojn kiuj tordiĝas kaj kunligiĝas. La flugiloj estas nun flugiloj vespertaj, la spuro de drato evidentas sub la maldika papersurfaco. Mi sekigas la paperon kiun mi ankoraŭ ne uzis, varmigante ĝin sur ŝtalfolioj. Poste mi komencas disŝiri ĝin en striojn, en plumojn. Kiam la flugiloj sekiĝos, mi alkudros ilin, unu post la alia. Mi komencas surpentri la striojn nigraj, grizaj kaj ruĝaj. Plumaro por la terura anĝelo, por la mortiga birdo.

HENRY: Clare milde persvadis min vestiĝi kaj rekrutis Gomez elporti min tra la malantaŭa pordo, trans la korton, en ŝian atelieron. La atelieron prilumas kandeloj; verŝajne cento da ili, aŭ pli, sur tabloj kaj sur la planko, sur la fenestrobretoj. Gomez demetas min sur la sofon de la ateliero, kaj retiriĝas al la domo. Meze de la ateliero pendas de la plafono blanka tuko, kaj mi turnas min serĉe al projekciilo, sed ĝi mankas. Clare portas malhelan robon, kaj dum ŝiaj movoj tra la ĉambro ŝiaj vizaĝo kaj manoj flosas blankaj kaj senkorpaj.

– Ĉu iom da kafo? – ŝi demandas min. De antaŭ la hospitala tempo mi ne trinkis kafon.

– Volonte – mi respondas. Ŝi verŝas en du tasojn, aldonas kremon kaj alportas unu al mi. La varma taso sentiĝas hejmece kaj agrable en mia mano.

– Mi pretigis ion por vi – diras Clare.

– Ĉu piedojn? Mi povus uzi iom da piedoj.

– Flugilojn – ŝi respondas, faligante la blankan tukon surplanken. La flugiloj estas grandegaj kaj flosas en la aero, ŝanceliĝas en la kandellumo. Ili pli malhelas ol la malhelo, minacas, sed ankaŭ odoras je sopiro, je libereco, je kuro tra la spaco. La sento stari firme, *sur miaj propraj piedoj*, kuri, kuri kvazaŭ flugante. La sonĝoj pri ŝvebado, flugado, kvazaŭ gravito estus nuligita kaj tiel nun eblus por mi foriĝi disde la tero al sekura distanco, ĉi tiuj sonĝoj revenas al mi en la krepuska ateliero. Clare eksidas apud mi. Mi sentas ke ŝi rigardas min. La flugiloj silentas kun siaj ĉifonecaj randoj. Mi ne povas paroli. *Siehe, ich lebe. Woraus? Weder Kindheit noch Zukunft werden weniger … Überzähliges Dasein entspringt mir im Herzen. (Vidu, mi vivas. Per kio? Nek infaneco nek estonteco iĝas malpliaj … Superabunda esto ekŝprucas en mia koro.)*

– Kisu min – diras Clare, kaj mi turnas min al ŝi, al la blanka vizaĝo kaj malhelaj lipoj flosaj en la mallumo, kaj mi enmergas min, mi flugas, mi estas liberigita: estado ekŝprucas en mia koro.

Oktobron/novembron 2006
(Henry aĝas 43)

HENRY: Mi sonĝas ke mi estas en Newberry, donante prelegan prezenton al kelkaj diplomiĝaj studentoj el Columbia College. Mi montras al ili inkunablojn, librojn el la pionira epoko de presado. Mi montras la Gutenberg-fragmenton, *The Game and Playe of Chesse* de Caxton, *Eusebius* de Jensen. Ĉio iras glate, ili starigas trafajn demandojn. Mi palpas sur la ĉaro, serĉante tiun tute apartan libron kiun mi ĵus trovis en la magazeno, libron pri kiu mi tute ne sciis ke ni ĝin havas. Ĝi estas en peza ruĝa skatolo. Neniu titolo, nur la referenco, CASE WING f ZX 983.D 453, ore stampita sub la insigno de Newberry. Mi surtabligas la skatolon kaj dismetas la apogajn kusenetojn. Mi malfermas la skatolon, kaj jen, rozkoloraj kaj perfektaj, miaj piedoj. Ili estas surprize pezaj. Dum mi lokas ilin sur la kusenetoj, ĉiuj piedfingroj vigle movas sin, por diri «saluton», por montri al mi ke ili ankoraŭ kapablas tion. Mi komencas priparoli ilin, klarigante la gravecon de miaj piedoj por la presado en Venecio en la dekkvina jarcento. La studentoj diligente notadas. Unu el ili, bela blondulino en brila kurtĉemizo kun zekinoj, montras al miaj piedoj: «Rigardu, ili ĉiuj blankiĝis!» Kaj efektive, la haŭto fariĝis morte blanka, la piedoj estas senvivaj kaj putraj. Mi notas por mi kun bedaŭro ke mi devos sendi ilin al la Konservejo tuj morgaŭ matene.

En mia sonĝo mi kuras. Ĉio estas en ordo. Mi kuras laŭ la lago, el de la plaĝo de strato Oak, en norda direkto. Mi sentas mian koron pumpadi, miaj pulmoj libere pleniĝas kaj malpleniĝas. Mi progresas glate. Kia trankviliĝo, mi pensas. Mi timis ke mi neniam plu kuros, sed jen mi kuras. Bonege!

Sed ĉio komencas misiri. Partoj de mia korpo defalas. Unue deiĝas mia maldekstra brako. Mi haltas por levi ĝin el la sablo, mane brosas kaj remetas ĝin, sed ĝi ne restas tre sekure fiksita kaj post nur kilometro denove deiĝas. Do mi portas ĝin per mia alia brako, pensante ke post mia reveno hejmen mi eble povos alligi ĝin pli firme. Sed jen poste foriĝas la alia brako, kaj mi ne plu havas brakojn, eĉ ne por levi la brakojn kiujn mi perdis. Do mi daŭrigas kuri. Ne tro malbone; mi ne sentas doloron. Baldaŭ mi rimarkas ke mia kaco ellokiĝis kaj falis en la dekstran krurumon de mia trejnpantalono, kie ĝi ĝene ĉirkaŭbatiĝas, retenate de la elasta ringo ĉe la fundo. Sed mi nenion povas fari pri tio, do mi ignoras ĝin. Kaj tiam mi eksentas ke miaj piedoj estas tute rompitaj, kvazaŭ pavimeroj en miaj ŝuoj, kaj poste ambaŭ miaj piedoj derompiĝas ĉe la maleoloj, kaj mi falas survizaĝen sur la pado. Mi scias ke, se mi restos tie, aliaj kurantoj surtretos min, do mi komencas forruliĝi. Mi ruliĝas kaj ruliĝas, ĝis mi ruliĝas en la lagon, kaj la ondoj rulas min suben, kaj mi vekiĝas anhelante.

Mi sonĝas ke mi estas en baleto. Mi estas la stelulino, mi troviĝas en mia tualetejo, kie envolvas min per rozkolora tulo Barbara, kiu estis la vestistino de mia panjo. Barbara estas dura peco da virino, do kvankam miaj piedoj infere doloras, mi ne plendas dum ŝi tenere enŝovas la stumpojn en longajn piedpintajn ŝuojn el rozkolora sateno. Kiam ŝi finas, mi ŝanceliĝe ekstaras el mia seĝo kaj ekkrias.

— Ne ploraĉu kiel knabineto — diras Barbara, sed poste ŝi malseveriĝas kaj donas al mi dozon da morfino. Onklo Ish aperas en la pordo de la tualetejo, kaj ni ekrapidas laŭ senfinaj postkulisejoj. Mi scias ke miaj piedoj doloras, eĉ se mi ne povas ilin vidi aŭ senti. Ni sturmas plu, kaj subite mi trovas min en la apudscenejo: enrigardante, mi konstatas ke la baleto estas *La nuksrompilo*, kaj mi rolas la Suker-Feinon. Pro iu kialo tio vere ĝenas min. Ne tion mi atendis. Sed iu donas al mi etan ŝovon, kaj mi ŝancelpaŝas sur la scenejon. Kaj mi dancas. Blindigas min la lumoj, mi dancas senpense, ne konante la paŝojn, en ekstazo de doloro. Fine mi falas sur la genuojn, en plorsingulto, dum la publiko ekstaras kaj aplaŭdas.

Vendredon, la 3-an de novembro 2006
(Clare aĝas 35, Henry aĝas 43)

CLARE: Henry levas cepon kaj rigardas min serioze:

— *Ĉi tio* ... estas cepo.

Mi kapjesas.

— Jes. Mi jam legis pri cepoj.

Li levas unu brovon.

— Tre bone. Do, por senŝeligi cepon, oni prenas akran tranĉilon, metas la menciitan cepon flanken sur tranĉtabulon, kaj forigas ĝiajn ambaŭ finojn, jen ĉi tiel. Poste jam eblas senŝeligi la cepon, jene. Bone. Nun tranĉu ĝin en sekcojn. Se vi preparas cepringojn, sufiĉas apartigi ĉiun tranĉaĵon, sed se vi faras supon aŭ spagetsaŭcon aŭ ion similan, necesas tranĉi ĝin je kubetoj, ĉi tiel.

Henry decidis instrui min pri kuirado. Ĉiuj tabloj kaj ŝrankoj de la kuirejo estas tro alte por li en lia rulseĝo. Ni sidas ĉe la kuireja tablo, ĉirkaŭate de bovloj, trançiloj kaj ladskatoloj da tomatsaŭco. Henry ŝovas la trançtabulon kaj la trançilon al mi tra la tablo: mi ekstaras kaj komencas mallerte diskubetigi la cepon. Henry observas pacience.

– Bone, bonege. Nun al kapsikoj: ĉirkaŭtrançu ĉi tie, poste eltiru la tigon.

Ni preparas saŭcon *marinara*, *pesto*-saŭcon, lasanjojn. La postan tagon venas la vico de ĉokoladaj kuketoj, braŭnioj, *crème brûlée*. Alba estas en la ĉielo.

– Pli da deserto! – ŝi petegas. Ni poĉas ovojn kaj salmon, faras picon per rekta metodo. Mi devas agnoski ke estas iom amuza okupo. Sed la unuan fojon kiam mi mem kuiras vesper-manĝon, mi estas terurita. Ĉirkaŭas min en la kuirejo potoj kaj patoj; la asparagoj estas trokuiritaj, kaj ĉe la fiŝplado mi bruligas min kiam mi elprenas la lofion el la forno. Mi ĉion surtelerigas kaj alportas en la manĝoĉambron, kie Henry kaj Alba jam sidas en siaj lokoj. Henry ridetas, kuraĝige. Mi sidiĝas; Henry levas alten sian glason da lakto:

– Al la nova kuiristino!

Alba tintigas sian tason al lia glaso, kaj ni ekmanĝas. Dume mi ŝtelrigardas al Henry. Fakte, dum manĝado mi rimarkas ke ĉio enordas.

– Ĝi bongustas, Panjo! – deklaras Alba, kaj Henry kapjesas.

– Ĝi bonegas, Clare – diras Henry. Ni rigardas unu la alian, kaj mi pensas: *Ne forlasu min.*

KIA LA SEMO, TIA LA RIKOLTO

Lundon, la 18-an de decembro 2006
/ Dimanĉon, la 2-an de januaro 1994
(Henry aĝas 43)

HENRY: Mi vekiĝas en la mezo de la nokto pro la ronĝado de mil insektoj kiuj razile pikas miajn krurojn, kaj antaŭ ol mi eĉ povus elskui unu pilolon el la botelo de Vicodin, mi ekfalas. Mi kuntiras min, mi troviĝas surplanke sed ne sur nia propra planko, estas iu alia loko, alia nokto. Kie mi estas? Doloro havigas al ĉio ian brilon, sed estas mallume, kaj la odoro iel memorigas min … pri kio? Lesivo. Ŝvito. Parfumo, tiel konata … tamen ne povas esti ke …

Paŝoj supren laŭ ŝtuparo, voĉoj, ŝlosilo kiu malfermas plurajn serurojn (*kie mi povus kaŝi min?*), la pordo malfermiĝas, mi rampas sur la planko, kiam la lampo eklumas kaj eksplodas en mia kapo kiel magnezia fulmo, kaj virino flustras: «Ho, mia dio!» Mi pensas *Ne, tio simple ne povas okazi*, la pordo fermiĝas, kaj mi aŭdas Ingrid diri «Celia, vi devas foriri», Celia protestas, kaj dum ili kverelas ekster la pordo, mi rigardas senespere ĉirkaŭen, sed ajna elirejo mankas. Ĉi tio devas esti la loĝejo de Ingrid en strato Clark, kie mi neniam estis, sed jen ĉiuj ŝiaj posedaĵoj, kiuj potence efikas al mi: la seĝo Eames, la renoforma marmora kaftablo plena je modrevuoj, la malbela oranĝa sofo, sur kiu ni kutime … mi ĵetas frenezajn rigardojn ĉirkaŭen por trovi ion ajn per kio vestiĝi, sed la sola teksaĵo en ĉi tiu minimuma ĉambro estas lankovrilo purpura kaj flava, malharmonia kun la sofo, do mi kaptas ĝin kaj ĉirkaŭvolvas min per ĝi, hisas min sur la sofon, kaj Ingrid malfermas la pordon denove. Ŝi staras silente dum longeta daŭro kaj rigardas min; mi rigardas ŝin kaj ne povas pensi ion alian ol, ho, Ing, kial vi faris tion al vi mem?

Tiu Ingrid kiu vivas en mia memoro estas la inkandeska, mojosa blonda anĝelo kiun mi renkontis ĉe Jimbo en la festo de la kvara de julio 1988; Ingrid Carmichel estis frakasa ino netuŝebla, vestita per brila kiraso el riĉo, belo kaj enuo. Tiu Ingrid kiu nun rigardas al mi, estas magra, dura kaj laca; ŝi klinas sian kapon flanken kaj observas min kun miro kaj malestimo. Ŝajne nek ŝi nek mi scias kion diri. Fine ŝi demetas sian mantelon, ĵetas ĝin sur la seĝon, kaj eksidas ĉe ekstremo de la sofo. Ŝi portas ledan pantalonon. Ĝi iom grincas kiam ŝi sidiĝas.

– Henry.

– Ingrid.

– Kion vi faras ĉi tie?

– Mi ne scias. Mi pardonpetas. Mi nur … nu, vi scias.

Mi levas la ŝultrojn. Miaj kruroj doloras tiom ke mi preskaŭ ne zorgas kie mi estas.

– Vi aspektas tute merde.

– Mi havas grandajn dolorojn.

– Amuze. Ankaŭ mi.

– Mi celas fizikajn dolorojn.

– Kial?

Se mi dependus nur de la zorgemo de Ingrid, mi povus perei pro spontanea brulado antaŭ ŝiaj okuloj. Mi detiras la lankovrilon kaj malkaŝas miajn stumpojn.

Ŝi ne fortimiĝas kaj ne ekspiras forte. Ŝi ne forturnas la rigardon, kaj kiam ŝi tamen faras, ŝi rigardas al mi en la okulojn: mi vidas ke se iu komprenas min perfekte, tio estas ĝuste Ingrid. Laŭ tute malsamaj procezoj ni alvenis al la sama stato. Ŝi ekstaras kaj iras en alian ĉambron: ĉe la reveno ŝi kunportas sian malnovan kompleton de kudraĵoj. Trafulmas min espero, kaj prave: Ingrid sidiĝas, deprenas la kovrilon kaj jen, kiel en la bonaj malnovaj tempoj, la pinglokusenojn kaj fingringojn apudas plena apoteko.

– Kion vi volas? – ŝi demandas.

– Opiaĵojn.

Ŝi trafingras saketon plenan je piloloj kaj proponas al mi sortimenton: mi ekvidas Ultram kaj prenas du. Post kiam mi englutas ilin sekaj, ŝi alportas glason da akvo, kiun mi eltrinkas.

– Nu – Ingrid pasigas siajn longajn ungojn ruĝajn tra sia longa blonda hararo, – el kiam vi venas?

– El decembro 2006. Kiu dato ĉi tie?

Ingrid rigardas sian horloĝon.

– Est*is* la novjara tago, sed nun jam la 2-a de januaro 1994.

Ho ne. Ne povas esti.

– Ĉu io malĝustas? – demandas Ingrid.

– Nenio.

Hodiaŭ estas la tago en kiu Ingrid mortigos sin. Kion mi povas diri al ŝi? Ĉu mi povas haltigi ŝin? Kio se mi alvokus iun?

– Aŭskultu, Ing, mi volas diri nur …

Mi hezitas. Kion mi povas diri al ŝi sen timigi ŝin? Ĉu gravas nun? Nun kiam ŝi estas mortinta? Kvankam ŝi ja sidas ĉi tie?

– Kion?

Mi ŝvitas.

– Nur ke … estu afabla kun vi mem. Ne faru … mi volas diri: mi scias ke vi ne estas tre feliĉa …

– Nu, kaj kies kulpo estas tio?

Ŝia brile ruĵita buŝo iĝas rigida sulko. Mi ne respondas. Ĉu ja mia kulpo? Mi ne vere scias. Ingrid rigardas al mi kvazaŭ ŝi atendus respondon. Mi rigardas for de ŝi, al la afiŝo de Moholy-Nagy sur la kontraŭa muro.

– Henry? Kial vi kondutis tiel malice kun mi?

Mi trenas miajn okulojn reen al ŝi.

– Ĉu malice? Mi ne volis malici.

Ingrid skuas la kapon.

– Ne gravis al vi ĉu mi vivas aŭ mortas.

Ho, Ingrid.

– Vi ja gravas al mi. Mi ne volas ke vi mortu.

– Tiam ne gravis. Vi forlasis min, kaj vi neniam venis al la hospitalo.

Ingrid parolas kvazaŭ la vortoj sufokus ŝin.

– Via familio ne volis ke mi venu. Via panjo diris ke mi ne aperu tie.

– Vi devus veni.

Mi suspiras.

– Ingrid, eĉ via kuracisto diris al mi ke mi ne vizitu vin.

– Mi demandis, kaj ili diris ke vi neniam telefonis.

– Mi ja telefonis. Ili diris al mi ke vi ne volas paroli kun mi, kaj ke mi ne plu voku.

La analgeziko ekefikas. La pika doloro en miaj kruroj mild-iĝas. Mi glitigas la manojn sub la lankovrilon kaj metas la man-platojn sur la haŭton de mia maldekstra stumpo, kaj poste de la dekstra.

– Mi preskaŭ mortis kaj vi neniam plu parolis al mi.

– Mi pensis ke vi ne volas paroli kun mi. Kiel mi povus scii alie?

– Vi edziĝis kaj neniam telefonis min kaj invitis Celia al via nuptofesto por spiti min.

Mi ne povas ne ridi.

– Ingrid, Celia estis invitita de Clare. Ili estas amikinoj, mi neniam eltrovis kial. Eble ĉar kontraŭoj altiras unu la alian. Sed ĉiuokaze, la afero neniel rilatis al vi.

Ingrid diras nenion. Ŝi palas sub la ŝminko. Ŝi fosas en sia mantelpoŝo kaj elfiŝas paketon da English Ovals kaj fajrilon.

– Ekde kiam vi fumas? – mi demandas ŝin. Ingrid malamis fumadon. Ingrid ŝatis kokainon kaj metilamfetaminon, kaj trinkaĵojn kun poeziaj nomoj. Ŝi eltiras cigaredon el la pako inter du longaj ungoj kaj ekbruligas ĝin. Ŝiaj manoj tremas. Ŝi eksuĉas la cigaredon, kaj fumo ekas en bukloj disde ŝiaj lipoj.

– Do kiel oni vivas sen piedoj? – demandas min Ingrid. – Kaj fakte kiel tio okazis?

– Pro frostiĝo. Mi svenis en parko Grant en januaro.

– Kiel do vi cirkulas?

– Plejparte en rulseĝo.

– Ho, kiel aĉe.

– Jes, aĉe.

Ni sidas silente dum momento. Ingrid demandas:

– Ĉu vi ankoraŭ estas edzo?

– Jes.

– Ĉu infanoj?

– Unu. Knabino.

– Ho.

Ingrid klinas sin malantaŭen, eksuĉas sian cigaredon, elblovas maldikan fumfadenon tra la naztruoj.

– Estus bele se mi havus infanojn.

– Vi neniam volis infanojn, Ing.

Ŝi rigardas min, sed mi ne komprenas tiun rigardon.

– Mi ĉiam volis infanojn. Mi pensis ke vi ne volas infanojn, tial mi neniam diris ion ajn.

– Vi ankoraŭ povus havi infanojn.

Ingrid ridas.

– Ĉu mi povus? Ĉu mi havas infanojn, Henry? En 2006 ĉu mi havas edzon kaj domon en Winnetka kaj 2,5 gefilojn?

– Ne precize.

Mi ŝanĝas pozicion sur la sofo. La doloro retiriĝis, sed restas tamen la ŝelo de la doloro, la malplena spaco kie devus situi la doloro, sed kiu anstataŭe enhavas la atendon de doloro.

– Ne precize – imitas min Ingrid. – Kiel ne precize? Ĉu en la senco «Ne precize, Ingrid, vi estas senhejmulino»?

– Vi ne estas senhejmulino.

– Ne senhejmulino … Bone, bonege.

Ingrid estingas sian cigaredon kaj krucas la krurojn. Mi ĉiam amis la krurojn de Ingrid. Ŝi surhavas botojn kun altaj kalkan-umoj. Kun Celia ŝi certe ĵus estis en iu festo. Ingrid diras:

– Ni do eliminis la ekstremojn: mi ne estas antaŭurba matrono kaj ankaŭ ne senhejmulino. Ek, Henry, donu al mi pliajn indikojn.

Mi silentas. Mi ne volas ludi ĉi tiun ludon.

– Bone, ni provu per plurelekta demandaro. Ni vidu … A) Mi estas striptizistino en vere repuŝa noktoklubo en strato Rush. Hm. B) Mi estas en malliberejo, ĉar mi hakile murdis Celia kaj manĝigis ŝin al Malcolm. He. Jes, aĥ. C) Mi loĝas en Rio del Sol kun investobankisto. Kion pri ĉio ĉi, Henry? Ĉu iu el tiuj elektoj sonas al vi ĝuste?

– Kiu estas Malcolm?

– La dobermano de Celia.

– Logike.

Ingrid ludas per sia fajrilo, ŝaltas kaj malŝaltas ĝin.

– Kion pri D) mi estas mortinta?

Mi ektremas.

– Ĉu tio entute allogas vin?

– Ne. Tute ne.

– Ĉu vere? Mi plej ŝatas tiun.

Ingrid ridetas. Ne estas bela rideto. Plie grimaco.

– Mi ŝatas ĝin tiom ke mi ekhavas ideon.

Ŝi ekstaras, paŝas tra la ĉambro kaj laŭ la koridoro. Mi aŭdas ŝin malfermi kaj fermi tirkeston. Kiam ŝi reaperas, ŝi havas unu manon malantaŭ la dorso. Ingrid ekstaras antaŭ mi:

– Surprizo! – kaj ŝi direktas pafilon al mi. Pafilon ne tre grandan. Ĝi estas svelta, nigra kaj brila. Ingrid tenas ĝin proksime al sia talio, en senstreĉa pozo, kvazaŭ en koktela akcepto. Mi fiks-rigardas la pafilon. Ingrid diras:

– Mi povus pafi vin.

– Jes. Vi povus.

– Kaj poste mi povus pafi min.

– Ankaŭ tio povus okazi.

– Sed ĉu okazas?

– Mi ne scias, Ingrid. Vi devas decidi.

– Stultaĵo, Henry. Diru al mi! – ordonas Ingrid.

– Bone. Ne. Ĝi ne okazas tiel.

Mi provas soni memfide. Ingrid ridetas.

– Sed kio se mi volas ke tiel okazu?

– Ingrid, donu al mi la pafilon.

– Venu ĉi tien kaj prenu ĝin.

– Ĉu vi pafos min?

Ingrid skuas la kapon kun rideto. Mi degrimpas de la sofo,

sur la plankon, rampas al Ingrid, posttrenante la kovrilon, brems-
ate de la analgeziko. Ŝi paŝas malantaŭen, plu tenas la pafilon
celante min. Mi haltas.

– Venu ĉi tien, Henry. Bela hundeto. Fida hundeto.

Ingrid forfingras la sekurigilon kaj proksimiĝas al mi du
paŝojn. Mi streĉiĝas. Ŝi celas tuŝproksime mian kapon. Sed poste
ŝi ekridas, kaj almetas la pafiltubon al sia tempio.

– Kion pri ĉi tio, Henry? Ĉu okazas tiel?

– Ne, ne!

Ŝi sulkas la brovojn.

– Ĉu vi certas, Henry?

Ingrid levas la pafilon al sia brusto.

– Ĉu pli bone tiel? Ĉu kapo aŭ koro, Henry?

Ingrid paŝas antaŭen. Mi povus tuŝi ŝin. Mi povus kapti ŝin ...
Ingrid piedfrapas min brustomeze, kaj mi falas malantaŭen,
sterniĝas sur la planko, rigardante supren al ŝi. Ingrid klinas sin
super min kaj kraĉas al mi en la vizaĝon.

– Ĉu vi amis min? – demandas Ingrid, rigardante malsupren.

– Jes – mi respondas.

– Mensogulo – diras Ingrid, kaj premas la ellasilon.

Lundon, la 18-an de decembro 2006
(Clare aĝas 35, Henry aĝas 43)

CLARE: Mi vekiĝas meze de la nokto kaj Henry estas for. Mi
panikas. Mi eksidas en la lito. Aro da ebloj trudas sin al mia
menso. Li povus esti surveturita de aŭtoj, blokita en forlasitaj
konstruaĵoj, li povus troviĝi ekstere en malvarmo ... mi aŭdas
sonon, iu ploras. Mi pensas ke estas Alba, eble ja Henry iris por
vidi kio okazas al Alba, do mi leviĝas kaj iras en la ĉambron de

Alba, sed ŝi dormas, brakumante sian pluŝurson, kun la kovriloj forĵetitaj el la lito. Mi sekvas la sonon tra la koridoro, kaj sur la planko de la salono mi trovas Henry, kun la kapo en la manoj. Mi genuiĝas apud li.

– Kio malbonas?

Henry levas la vizaĝon, kaj mi ekvidas larmojn brili sur liaj vangoj en la trafenestra lumo de stratlampo.

– Ingrid mortis – diras Henry. Mi ĉirkaŭbrakas lin.

– Ingrid jam antaŭ longe mortis – mi diras mallaŭte. Henry kapskuas.

– Jaroj, minutoj … estas tute same – li diras. Ni sidas sur la planko en silento. Fine Henry diras:

– Ĉu vi pensas ke jam matenas?

– Certe.

– Ni leviĝu – li diras. Mi venigas la rulseĝon, helpas lin ensidi ĝin, kaj rulas lin en la kuirejon. Mi alportas lian banmantelon, kiun Henry barakte surmetas. Li sidas ĉe la kuireja tablo kaj rigardas tra la fenestro al la neĝkovrita korto. Ie malproksime neĝoplugilo skrapas la straton. Mi ŝaltas la lumon. Mezuras kafon en filtrilon, verŝas akvon en la kafmaŝinon, ŝaltas ĝin. Mi elprenas tasojn. Mi malfermas la fridujon, sed kiam mi demandas al Henry kion li volas manĝi, li nur skuas la kapon. Mi sidiĝas ĉe la tablo fronte al Henry, kaj li alrigardas min. Liaj okuloj ruĝas, kaj liaj haroj elstaras en disaj direktoj. Liaj manoj estas maldikaj, lia vizaĝo despera.

– Estis mia kulpo – diras Henry. – Se mi ne estus tie …

– Ĉu estus eble ke vi haltigu ŝin?

– Ne. Mi provis.

– Nu, do.

La kafmaŝino eligas etajn eksplodbruojn. Henry pasigas la

manojn sur la vizaĝo. Li diras:

– Mi ĉiam demandis min kial ŝi ne lasis noton.

Mi ĝuste demandus lin kion li celas, kiam mi rimarkas ke Alba staras en la kuireja pordo. Ŝi portas rozkoloran noktoĉemizon kaj verdajn pantoflojn musoformajn. Alba strabas kaj oscedas en la kruda lumo de la kuirejo.

– Saluton, filinjo – diras Henry. Alba venas al li kaj drapiras sin al la flanko de lia rulseĝo.

– Mmmmatenon – salutas Alba.

– Ankoraŭ ne vere estas mateno – mi diras al ŝi. – Verdire estas ankoraŭ nokto.

– Kial do vi du maldormas, se estas nokto? – ĉirkaŭflaras Alba. – Vi faras kafon, do estas mateno.

– Ho, tio estas la klasika paralogismo «se kafo, do mateno» – komentas Henry. – Via logiko enhavas truon, amiĉjo.

– Kiun truon? – demandas Alba. Ŝi malamas malpravi pri io ajn.

– Vi bazas vian konkludon sur misaj datumoj: nome, vi forgesas ke viaj gepatroj estas simple kafo-monstroj, kaj ke ni eble ellitiĝis meze de la nokto nur por trinki EĈ PLI DA KAFO.

Li muĝas kiel monstro, eble ĝuste kafo-monstro.

– Mi volas kafon – anoncas Alba. – Mi estas kafo-monstro.

Ŝi respond-muĝas al Henry. Sed li demetas ŝin de si kaj fal-starigas ŝin sur la piedojn. Alba kuras al mi ĉirkaŭ la tablo kaj ĵetas siajn brakojn ĉirkaŭ miajn ŝultrojn.

– Muĝ-muĝ'! – ŝi krias en mian orelon. Mi stariĝas kaj levas Alba. Ŝi estas tiel peza nun. – Muĝu mem!

Mi portas ŝin laŭ la koridoro kaj ĵetas ŝin sur ŝian liton. Ŝi krie ridegas. La horloĝo sur ŝia noktotablo montras 4:16.

– Vidu! – mi montras al ŝi. – Estas tro frue por leviĝi.

Post la neevitebla kvanto da tumulto, Alba rekomfortigas sin en la lito, kaj mi reiras al la kuirejo. Henry sukcesis verŝi al ni ambaŭ kafon. Mi residiĝas. Malvarmas ĉi tie.

– Clare.

– Mmm?

– Post mia morto ... – Henry haltas, forturnas la rigardon, enspiras, rekomencas. – Mi aranĝis ĉion, ĉiujn dokumentojn, vi scias, mian testamenton, kaj leterojn al homoj, kaj aĵojn por Alba, ĉio estas en mia skribotablo.

Mi ne kapablas diri ion ajn. Henry rigardas al mi.

– Kiam? – mi demandas. Henry skuas la kapon.

– Post monatoj? Semajnoj? Tagoj?

– Mi ne scias, Clare.

Li ja scias, mi scias ke li scias.

– Vi elserĉis la nekrologon, ĉu ne?

Henry hezitas, kaj poste kapjesas. Mi malfermas la buŝon por demandi denove, kaj mi ektimas.

HOROJN, AŬ TAGOJN NUR

Vendredon, la 24-an de decembro 2006
(Henry aĝas 43, Clare aĝas 35)

HENRY: Mi vekiĝas frue, tiel frue ke la dormoĉambro baniĝas en bluo pro la tagiĝ-proksima lumo. Mi kuŝas enlite, aŭskultas la profundan spiradon de Clare, aŭskultas la sporadan trafikbruon sur avenuo Lincoln, korvojn kiuj alvokas unu la alian, la hejtilon, kiu malŝaltas sin. Doloras min la kruroj. Mi apogas min per miaj kusenoj kaj prenas la botelon da Vicodin el mia noktotablo. Mi glutas du pilolojn, tralavas ilin per senbobela kolao. Mi reglitas inter la litkovrilojn kaj turnas min surflanken.

Clare dormas kun la vizaĝo malsupren, protektante la kapon per la brakoj. Ŝiaj haroj restas kaŝitaj sub la kovriloj. Clare ŝajnas pli malgranda sen sia harara fono. Ŝi memorigas min pri si mem kiel etulino, dormante kun la simpleco kiun ŝi havis infanaĝe. Mi provas memori ĉu mi iam vidis Clare kiel infanon dormi. Mi ekkomprenas ke, fakte, neniam. Reale mi pensas pri Alba. Ŝanĝiĝas la lumo. Clare moviĝas, turnas sin flanken, direkte al mi. Mi pristudas ŝian vizaĝon. Videblas kelkaj feblaj linioj ĉe la anguloj okulaj kaj buŝaj: jen plej fajna sugesto ke la vizaĝo de Clare baldaŭ eniros mezan aĝon. Tiun ŝian vizaĝon mi neniam vidos, je mia amara bedaŭro, la vizaĝon kun kiu Clare pluos sen mi, kiun neniam mi kisos, kiu apartenos al mondo en kiu mi ne ĉeestos, krom kiel memoraĵo de Clare, reduktote fine al fiksita pasinteco.

Hodiaŭ estas la tridek-sepa datreveno de la morto de mia patrino. Mi pensis pri ŝi, sopiris al ŝi, ĉiun tagon de tiuj tridek sep jaroj, kaj mi kredas ke mia patro pensis pri ŝi preskaŭ senĉese. Se fervora memorado povus revivigi mortintojn, ŝi estus nia Eŭridico, ŝi leviĝus kiel ia Lazarino el sia obstina morto por nin konsoli. Sed ĉiuj niaj lamentoj ne povis aldoni eĉ unu sekundon al ŝia vivo, ne unu kroman korbaton, ne unu spiron. Mia bezono je ŝi povis nur reportadi min al ŝi. Kion havos Clare kiam mi estos for? Kiel mi povas forlasi ŝin? Mi aŭdas Alba paroli en sia lito.

– He – diras Alba. – He, Teĉjo! Ĉit, dormu nun.

Silento.

– Paĉjo?

Mi rigardas al Clare: ĉu ŝi vekiĝos? Ŝi estas trankvila, dormas.

– Paĉjo!

Mi zorge turnas min, singarde elvolvas min el la kovriloj, manovras ĝis surplankiĝo. Mi elrampas el nia dormoĉambro, laŭas la koridoron ĝis la ĉambro de Alba. Ekvidante min, ŝi glugle ridas. Mi ekgraŭlas, kaj Alba batetas mian kapon kvazaŭ mi estus hundo. Ŝi eksidas en la lito, meze de ĉiuj siaj pluŝbestoj.

– Faru al mi spacon, Ruĝa Ĉapeto.

Alba fulme flankenŝovas sin, kaj mi levas min sur la liton. Ŝi aranĝas kun troa zorgemo kelkajn ludbestojn ĉirkaŭ mi. Mi metas brakon ĉirkaŭ ŝin kaj apogas la dorson, kiam ŝi etendas al mi manon kun la pluŝurso Blua Teĉjo.

– Li volas manĝi ŝaŭmbombonojn.

– Estas iom frue por ŝaŭmbombonoj, Blua Teĉjo. Sed kion pri poĉita ovo kaj rostpano?

Alba grimacas. Tiucele ŝi kunpremas siajn buŝon, brovojn kaj nazon.

– Teĉjo ne ŝatas ovojn – ŝi anoncas.

– Ŝŝ! Panjo dormas.

– Jesss! – Alba flustras laŭte. – Teĉjo volas bluan ĵeleon.

Mi aŭdas Clare ĝemi kaj ekleviĝi en la alia ĉambro.

– Tritikkaĉan frandaĵon? – mi kaĵolas. Alba pripensas:

– Ĉu kun bruna sukero?

– Volonte.

– Ĉu vi volas fari ĝin? – mi proponas, elglitante el la lito.

– Jes. Ĉu vi veturigos min?

Mi hezitas. Miaj kruroj vere doloras, kaj Alba fariĝis iom tro granda por sendolore dorsporti ŝin, sed nuntempe mi nenion povas nei al ŝi.

– Certe. Sursaltu.

Mi tenas min sur la manoj kaj genuoj. Alba surgrimpas mian dorson, kaj ni vojaĝas al la kuirejo. Clare staras dormeme apud la lavpelvo, observante la gutadon de kafo en la kruĉon. Mi alrampas ŝin kaj albatas ŝiajn genuojn per la kapo: ŝi kaptas la brakojn de Alba kaj levas ŝin, dum Alba senĉese freneze ridas. Mi grimpas sur mian seĝon. Clare ridetas:

– Kion ni havos por matenmanĝo, kuiristoj?

– Ĵeleon! – krias Alba.

– Mmm. Kian ĵeleon? Ĉu ĵeleon kun maizflokoj?

– Neeee!

– Ĉu ĵeleon kun lardo?

– Fi, nee!

Alba volvas sin ĉirkaŭ Clare, tiras ŝiajn harojn.

– Aj. Ne faru tion, karulino. Tiam do devas esti ĵeleo kun avenkaĉo.

– Tritika kaĉo!

– Ĵeleo kun tritika kaĉo, njam.

Clare elprenas la brunan sukeron, la lakton kaj la pakon de tritikkaĉo. Ŝi metas ilin sur la kuirejan stablon kaj rigardas min demande.

– Kaj kion por vi? Cu ĵeleon kun omleto?

– Se vi faros ĝin, jes.

Mi mire observas la efikecon de Clare, kiu moviĝas tra la kuirejo kvazaŭ ŝi estus Betty Crocker mem de sur la cerealaĵa pako, kvazaŭ ŝi kutimus tion jam de jaroj. Ŝi estos en ordo sen mi, mi pensas dum mi rigardas ŝin, sed mi scias ke ne estos tiel. Mi observas kiel Alba kunmiksas la akvon kaj la kaĉon, kaj mi pensas pri Alba en la aĝo de dek, dek kvin, dudek jaroj. Ankoraŭ tute ne sufiĉas. Mi ankoraŭ ne finis mian taskon. Mi volas esti ĉi tie. Mi volas vidi ilin, mi volas preni ilin en miajn brakojn, mi volas vivi.

– Paĉjo ploras – flustras Alba al Clare.

– Li ploras ĉar li devas manĝi kion mi kuiras – diras al ŝi Clare, kun palpebrumo al mi, kaj ridigas min.

NOVJARA VESPERO, DU

Dimanĉon, la 31-an de decembro 2006
(Clare aĝas 35, Henry aĝas 43) (7:25 ptm)

CLARE: Ni havos feston! Komence Henry iom malemis, sed li ŝajnas vere kontenta nun. Li sidas ĉe la kuireja tablo kaj montras al Alba kiel eltranĉi florojn el karotoj kaj rafanoj. Mi konfesas ke mi ne ludis tute honeste: mi menciis la temon antaŭ Alba, ŝi vere ekscitiĝis, kaj tiam li ne eltenis seniluziigi ŝin.

– Estos bonege, Henry. Ni invitos ĉiujn kiujn ni konas.

– Ĉu ĉiujn? – li demandis kun rideto.

– Ĉiujn kiujn ni *ŝatas* – mi amendis. Sekve, jam de pluraj tagoj mi purigadas, dum Henry kaj Alba bakas kuketojn (kvankam duono de la pasto eniras la buŝon de Alba se ni ne atentas ŝin). Hieraŭ Charisse kaj mi iris al manĝvendejo kaj aĉetis tremp-saŭcojn, terpomflokojn, panŝmiraĵojn, legomojn de ĉiuj eblaj specoj, kaj bieron, vinon, ĉampanon, etajn diverskolorajn pikilojn por mordaĵetoj, buŝtukojn kun orlitere presita *Feliĉan Novjaron*, samdesegnajn papertelerojn kaj Dio scias kion alian. Nun la tuta domo odoras je viandobuloj kaj je la rapide mortanta kristnask-arbo en la salono. Alicia estas ĉe ni kaj lavas niajn vinglasojn. Henry rigardas al mi:

– Hej, Clare, baldaŭ ekos la spektaklo! Iru duŝi vin.

595

Mi konsultas mian horloĝon kaj rimarkas ke jes, estas jam tempo. Ek sin duŝi, ek lavi la harojn, sekigi la harojn, surmeti subvestojn kaj mamzonon, ŝtrumpojn kaj la nigran, silkan robon festan, kalkanumojn, ŝprucigeti parfumon kaj dabi la lipojn per ruĵo, kaj laste enrigardi la spegulon (mi aspektas kvazaŭ konsternita), kaj reen en la kuirejon, kie Alba, sufiĉe strange, estas ankoraŭ senŝanĝe en sia blua velurrobo, dum Henry plu portas sian ruĝan flanelĉemizon kun truoj kaj ŝiritan ĝinzon.

– Ĉu vi ne ŝanĝos vestojn?

– Jes ja, certe. Vi helpos min, ĉu ne?

Mi rulas lin en nian dormoĉambron.

– Kion vi volas surmeti?

Mi trafosas liajn tirkestojn por subvestoj kaj ŝtrumpetoj.

– Kion ajn. Elektu vi.

Henry etendas brakon kaj fermas la pordon de la dormoĉambro.

– Venu ĉi tien.

Mi ĉesas umadi en la ŝranko kaj rigardas al Henry. Li bremse blokas la rulseĝon kaj manovras sian korpon sur la liton.

– Ne estas tempo – mi diras.

– Ĝuste pri tio temas. Do ni ne perdu tempon per vortoj.

Lia voĉo estas kvieta kaj persvada. Mi turnas la pordoseruron.

– Sciu ke mi ĵus vestiĝis.

– Ŝŝ!

Li etendas al mi la brakojn, kaj mi cedas, eksidas apud li, kaj la frazo *la lastan fojon* venas en mian menson seninvite.

HENRY: La pordsonorilo sonas ĝuste kiam mi nodas mian kravaton. Clare nervozas:

– Ĉu mi aspektas bone?

Certe jes, ŝi estas rozkolora kaj ĉarma, kaj mi konfirmas tion al ŝi. Ni eliĝas el la dormoĉambro kiam Alba kuras al la pordo kaj komencas krii:

– Avo! Avo! Kimy!

Mia patro forbatas la neĝon de siaj botoj kaj klinas sin por brakumi ŝin. Clare kisas lin sur ambaŭ vangoj. Paĉjo rekompencas ŝin per sia mantelo. Alba komandas Kimy, gvidante ŝin al la videnda kristnaskarbo eĉ antaŭ ol ŝi povus demeti la mantelon.

– Saluton, Henry – ridetas Paĉjo, klinante sin super min. Subite trafas min la penso: ĉi-nokte mia tuta vivo trafulmos antaŭ miaj okuloj. Ni invitis ĉiujn kiuj gravas por ni: venos Paĉjo, Kimy, Alicia, Gomez, Charisse, Philip, Mark kaj Sharon kun siaj infanoj, Gram, Ben, Helen, Ruth, Kendrick kaj Nancy kun siaj infanoj, Roberto, Catherine, Isabelle, Matt, Amelia, la artistaj geamikoj de Clare, miaj amikoj el la bibliotekista lernejo, gepatroj de la amikoj de Alba, la agento de Clare, kaj eĉ Celia Attley, laŭ insisto de Clare ... La solaj homoj kiuj mankas estas neeviteble malhelpataj: mia patrino, Lucille, Ingrid ... Ho, Dio. Helpu min.

CLARE: Gomez kaj Charisse envenas kiel kamikazaj ĉasaviadiloj.

– He, Librovermo, kia bradipo vi estas, ĉu vi neniam forŝovelas la neĝon de via trotuaro?

Henry frapas sian frunton.

– Mi sciis ke mi forgesis ion.

Gomez ĵetas butikuman sakon plenan de KD-oj en la sinon de Henry kaj eliras por senneĝigi la trotuaron. Charisse ridas kaj sekvas min en la kuirejon. Ŝi elprenas botelegon da rusa vodko kaj metas ĝin en la frostujon. Ni aŭdas Gomez kanti «Neĝu, neĝu nur», dum li ŝovelile malfermas por si vojon laŭ la domflanko.

– Kie estas la infanoj? – mi demandas al Charisse.

– Parkataj ĉe mia panjo. Estas novjaro: ni pensis ke ili pli amuziĝos kun avinjo. Krome ni decidis postebrii privatece, ĉu ne pli bone?

Fakte mi neniam aparte pripensis tion, sed mi ne ebriiĝis de antaŭ ol Alba koncipiĝis. Alba enkuras en la kuirejon, kaj Charisse entuziasme brakumas ŝin.

– Hej, knabineto! Ni alportis por vi Kristnaskan donacon!

Alba alrigardas min.

– Malfermu ĝin trankvile!

Ĝi estas eta manoflega kompleto, eĉ kun ungolako. La buŝo de Alba restas malfermita pro la impresego. Mi puŝetas ŝin, kaj ŝi rememoras.

– *Dankon*, onjo Charisse!

– Ne dankinde, Alba.

– Iru montri al Paĉjo – mi diras al ŝi, kaj ŝi forkuras salondirekte. Mi ŝovas kapon en la vestiblon, kaj mi vidas kiel Alba ekscitite gestas al Henry, kiu proponas al ŝi siajn fingrojn kvazaŭ li konsiderus ung-ektomion.

– Furora sukceso! – mi diras al Charisse. Ŝi ridetas.

– Pri tio mi mem frenezis infanaĝe. Mi volis iĝi beligistino kiam mi estos granda.

Mi ridas:

– Klopodis kosmetiki, sed vane! Do vi fariĝis artisto.

– Mi renkontis Gomez kaj komprenis ke neniu iam ajn renversis la burĝan kapitalisman mizoginan mondsistemon de grandkompanioj pere de konstanta harondumado.

– Nu, ni ankaŭ ne vere sukcesis faligi ĝin sur la genuojn vendante al ĝi arton.

– Parolu propranome, karulino. Vi simple iĝis tokse dependa de beleco, jen ĉio.

– Mia kulpo, mia kulpo, mia plej granda kulpo.

Ni amblas en la manĝoĉambron, kaj Charisse komencas plenmeti sian teleron.

– Do, pri kio vi laboras nuntempe? – mi demandas ŝin.

– Pri komputilaj virusoj kiel arto.

– Ho! Ĉu tio ne estas kontraŭleĝa?

– Nu, ĝustadire ne. Mi nur kreas ilin, poste mi pentras la html-on sur kanvaso, kaj poste ekspozicias. Mi ne vere cirkuligas ilin.

– Sed iu povus.

– Certe – Charisse ridetas malice. – Mi esperas ke iu faros. Gomez mokas min, sed kelkaj el ĉi tiuj etaj pentraĵoj povus serioze ĝeni la Mondan Bankon kaj Bill Gates kaj tiujn bastardojn kiuj fabrikas bankaŭtomatojn.

– Nu, bonŝancon. Kiam malfermiĝos la ekspozicio?

– En majo. Mi sendos al vi invitkarton.

– Jes, kiam mi ricevos ĝin, mi konvertos niajn havaĵojn en oron, kaj komencos stapli botelakvon.

Charisse ridas. Alvenas Catherine kaj Amelia: ni ĉesas paroli pri Monda Anarkio Per Arto kaj daŭrigas per admirado de la festo-roboj unuj de la aliaj.

HENRY: La domo plenplenas je niaj proksimuloj kaj gekaruloj: kelkajn el ili mi ne vidis de antaŭ la operacio. Leah Jacobs, la agento de Clare, kondutas kun takto kaj afablo, sed malfacilas elteni la kompaton en ŝia rigardo. Celia surprizas min venante rekte al mi: ŝi etendas manon. Mi prenas ĝin, dum ŝi diras:

– Estas triste vidi vin tia.

– Vi, male, aspektas brile – mi respondas laŭ la vero. Ŝi portas sian hararon vere tre alta kaj estas vestita tute en brila bluo.

– Mhmh – diras Celia per sia fabela karamela voĉo. – Mi preferis kiam vi estis malbonulo kaj mi simple povis malami vin kiel blankulan magrulaĉon.

Mi ridas:

– Ha, la belaj malnovaj tempoj!

Ŝi profundiĝas en sian mansakon.

– Mi trovis ĉi tion antaŭ longe inter la aĵoj de Ingrid. Mi pensis ke Clare eble volos ĝin.

Celia transdonas al mi fotografaĵon. Ĝi estas foto pri mi, verŝajne el ĉirkaŭ 1990. Miaj haroj estas longaj, kaj mi ridas, starante sur la plaĝo de strato Oak, sen ĉemizo. Bonega foto. Mi ne memoras ke Ingrid faris ĝin, sed ĉiuokaze tiom multe el la tempo kiun mi pasigis kun Ing estas kompleta malpleno nun.

– Jes, mi vetas ke ŝi ŝatos ĝin. *Memento mori.*

Mi redonas al ŝi la bildon. Celia rigardas min akre.

– Vi ne mortis, Henry DeTamble.

– Mi ne malproksimas de tio, Celia.

Celia ridas.

– Nu, se vi atingos la inferon antaŭ mi, tenu por mi lokon apud Ingrid!

Ŝi turnas sin abrupte kaj foriras por serĉi Clare.

CLARE: La infanoj tiom kuradis ĉie kaj manĝis tiom da festaj manĝaĵoj ke nun ili estas dormemaj sed iritiĝemaj. Mi preterpasas Colin Kendrick en la koridoro kaj demandas lin ĉu li volas dormeti: li deklaras tre solene ke li ŝatus resti kun la plen-kreskuloj. Kortuŝas min lia ĝentileco kaj la belo de liaj dek kvar jaroj, lia timideco kun mi eĉ se li konis min dum sia tuta vivo. Kontraste, Alba kaj Nadia Kendrick ne moderigas sian konduton.

– Paaanjo – blekas Alba, – vi diris ke ni rajtos ne dormi!

– Ĉu certe vi ne volas dormi iometete? Mi vekos vin ĝusta-tempe antaŭ noktomezo.

– *Neee*!

Kendrick aŭskultas ĉi tiun interŝanĝon: mi levas la ŝultrojn, kaj li ridas.

– La Nedresebla Duopo. Bone, knabinoj, kial vi ne iras ludi trankvile en la ĉambro de Alba dum momento ...

Ili grumblante forpiedas. Ni scias ke post nur kelkaj minutoj ili jam ludos feliĉe.

– Bone vidi vin, Clare – diras Kendrick, dum Alicia prok-simiĝas al ni.

– He, Clare, vidu Paĉjon: gapinde!

Mi sekvas la rigardon de Alicia kaj vidas ke nia patro flirtas kun Isabelle.

– Kiu estas tiu?

– Ho, Dio mia – mi ridas. – Tio estas Isabelle Berk.

Mi komencas priskribi por Alicia la drakonajn seksajn ten-dencojn de Isabelle. Ni tiom ridas ke ni apenaŭ povas spiri.

– Perfekte, perfekte. Ho, ĉesu! – diras Alicia. Richard venas al ni, altirite de niaj histeriaĵoj.

– Kio estas tiel amuza, *belle donne*?

Ni skuas la kapon, ankoraŭ ridante.

– Ili mokas pri la pariĝaj ritoj de sia aŭtoritata patrofiguro – diras Kendrick. Richard konfuzite kapjesas, kaj demandas Alicia pri ŝia printempa koncerta agendo. Ili forvagas al la kuirejo, parolante pri Bukareŝto kaj Bartók. Kendrick plu staras apud mi, li atendas por diri ion kion mi ne volas aŭdi. Mi komencas senkulpigi min, kaj li metas manon sur mian brakon.

– Atendu, Clare ...

Mi atendas.

– Pardonu – li diras.

– Ne gravas, David ...

Ni rigardas unu la alian dum momento. Kendrick kapskuas, serĉas siajn cigaredojn.

– Se vi iam emus veni al la laboratorio, mi povus montri al vi kion mi faris por Alba.

Mi promenigas miajn okulojn ĉirkaŭ la festo, serĉe al Henry. Gomez instruas rumbon al Sharon en la salono. Ŝajne ĉiuj bone amuziĝas, sed Henry videblas nenie. Almenaŭ de kvardek kvin minutoj mi ne vidis lin, kaj mi sentas fortan urĝon trovi lin, certigi ke li estas en ordo, certigi ke li estas ĉi tie.

– Pardonu – mi diras al Kendrick, kiu aspektas ema daŭrigi la interparolon. – Alian fojon. Kiam estos pli trankvile.

Li kapjesas. Aperas Nancy Kendrick, kun Colin, kaj tio ĉiuokaze malebligas priparoli la temon. Ili vigle ekdiskutas pri glacihokeo, kaj mi eskapas.

(9:48 ptm)

HENRY: Fariĝis tre varme en la domo, kaj mi bezonas freŝigi min, do mi sidas en la fermita antaŭa verando. Mi aŭdas la homojn

602

paroli en la salono. La neĝo falas dense kaj rapide nun, kovrante ĉiujn aŭtojn kaj arbustojn, stompante iliajn durajn konturojn kaj dampante la trafikbruojn. Estas bela nokto. Mi malfermas la pordon inter la verando kaj la salono.

– He, Gomez!

Li altrotas kaj elŝovas la kapon tra la pordo.

– Jes?

– Iru ni eksteren!

– Ekstere feke malvarmas.

– Aĥ, venu do, vi magistratana molaĉulo!

Io en mia tono fine efikas.

– Bone, bone. Atendu nur minuton.

Li malaperas kaj post kelkaj minutoj revenas en sia mantelo, alportante ankaŭ la mian. Dum mi barakte surmetas ĝin, li proponas al mi sian platboteleton.

– Ho ne, dankon.

– Vodko. Kreskigas la brustoharojn.

– Kontraŭefikas opiaĵojn.

– Ho, prave. Kiel rapide oni forgesas.

Gomez rulas min tra la salono. Ĉe la supro de la ŝtuparo li levas min el la seĝo, kaj mi ekrajdas sur lia dorso kiel infano, kiel simio, kaj jen ni jam eksterdome, antaŭ la ĉefpordo, kaj la malvarma aero estas kiel ektoskeleto. Mi flaras la alkoholon en la ŝvito de Gomez. Ie for, kiel fono al la natri-vaporaj lampoj de Ĉikago, brilas la steloj.

– Kamarado.

– Umm?

– Dankon pro ĉio. Vi estis la plej bona ...

Mi ne povas vidi lian vizaĝon, sed mi sentas ke Gomez rigidiĝas sub ĉiuj vestotavoloj.

– Kion vi diras?

– Venis fino al mia latino, Gomez. Jam temp' está. Fino de la partio.

– Kiam?

– Baldaŭ.

– Kiom baldaŭ?

– Mi ne scias – mi mensogas. Ja tre, tre baldaŭ. – Ĉiuokaze, mi nur volis diri al vi … Mi scias ke de tempo al tempo mi estis vera plago – (Gomez ridas), – sed estis bonege – (mi paŭzas, ĉar ekvenas larmoj), – vere bonege – (kaj ni staras tie, du fraz-mallertaj maskloj usonaj, dum nia spiro frostiĝas en nuboj antaŭ ni, kaj ĉiuj eblaj vortoj restas nediritaj) kaj fine mi diras:

– Ni eniru.

Kaj tiel ni faras. Kiam Gomez milde remetas min en la rul-seĝon, li ĉirkaŭbrakas min por momento, kaj poste peze forpaŝas, sen rerigardi.

(10:15 ptm)

CLARE: Henry ne estas en la salono, kiun plenigas modesta sed celkonscia grupo da homoj provantaj danci, en diversaj neverŝajnaj manieroj, al la svingmuziko de Squirrel Nut Zippers. Charisse kaj Matt realigas ion similan al ĉaĉao, kaj Roberto elmontras konsiderindan talenton dancante kun Kimy, kiu mov-iĝas delikate sed firme laŭ iaspeca fokstroto. Gomez forlasis Sharon por Catherine, kiu huhue krias kiam li turnadas ŝin, kaj ridas kiam li haltas por ekbruligi cigaredon.

Henry ne estas en la kuirejo, kiun okupacias Raoul, James, Lourdes kaj ĉiuj ceteraj artistaj amikoj de mi. Ili regalas unu la alian per rakontoj pri terurojn faritaj de artkomercistoj al artistoj kaj inverse. Lourdes rakontas tiun pri Ed Kienholtz, kies kineta skulptaĵo boris grandan truon en la multekostan skribotablon de lia agento. Ili ĉiuj ridas sadisme. Mi skuas mian fingron al ili.

– Lea nepre ne aŭdu vin – mi mokas.

– Kie estas Lea? – krias James. – Mi vetas ke la plej bonajn rakontojn havas ĝuste ŝi.

Li foriras serĉi mian agenton, kiu trinkas konjakon kun Mark sur la ŝtuparo. Ben preparas por si teon. Li havas zipeblan saketon kun ĉiaspecaj repuŝaj kuracherboj en ĝi, kiujn li singarde mezuras en te-kribrilon kaj trempas en tason da vaporanta akvo.

– Ĉu vi vidis Henry? – mi demandas lin.

– Jes, mi ĵus parolis kun li. Li estas en la verando.

Ben alrigardas min:

– Mi iom maltrankvilas pri li. Li ŝajnas tre malĝoja. Li ŝajnis ... – Ben haltas, faras mangeston kun la signifo «mi eble eraras pri tio». – Li memorigis al mi kelkajn pacientojn miajn, kiam ili ne atendas resti multe pli longe ...

Mia stomako kuntiriĝas.

– Li estas tre deprimita de kiam li ne plu povas ...

– Mi scias. Sed li parolis kvazaŭ li devus eniri trajnon kiu forveturos *en ajna momento*, imagu, li diris al mi – Ben mallaŭtigas sian ĉiam kvietan voĉon, tiel ke mi apenaŭ aŭdas lin: – li diris al mi ke li amas min kaj dankis al mi ... Mi celas: homoj, *viroj* ne diras tiajn aferojn se ili atendas ankoraŭ resti, ĉu ne?

La okuloj de Ben flosas malantaŭ liaj okulvitroj. Mi ĉirkaŭmetas miajn brakojn, kaj ni staras tiel dum minuto, kun miaj brakoj kadrantaj la elĉerpitan torson de Ben. Ĉirkaŭ ni homoj babilas, ignoras nin.

– Mi ne volas postvivi iun ajn – diras Ben. – Jesuo kaj Maria! Trinkinte ĉi tiun ter,uraĵon kaj, ĝenerale, estinte vera martiro dum dek kvin jaroj, mi pensas ke mi perlaboris la rajton ke ĉiuj miaj konatoj preterpasu mian ĉerkon dirante: «Li mortis dejore sur posteno». Aŭ ion tian. Mi kalkulas ankaŭ kun Henry, ke li venos kaj citos el John Donne: «Morto senkora, ho, kial estas al vi permesite bugri nin ĉiujn». Estos bele.

Mi ridas.

– Nu, se Henry ne povos, tiam mi venos.

Mi imitas Henry, ne tro altnivele. Mi levas unu brovon, suprenigas la mentonon, malaltigas mian voĉon:

– «For li estas! Ho, kiu plenigos la lokon lasitan? Kiu plenigos dumnokte krucvortenigmojn ĉe kaf'?»

Ben rideksplodas. Mi kisas lian palan, glatan vangon kaj pluiras. Henry sidas sola en la verando, en la mallumo, rigardante la neĝadon. Mi apenaŭ rigardis tra la fenestro la tutan tagon, kaj nur nun mi rimarkas ke jam de horoj neĝas konstante. Neĝoplugiloj brue pasas laŭ avenuo Lincoln, kaj niaj najbaroj ŝovele purigas siajn trotuarojn. Kvankam la verando estas fermita, tamen malvarmas ĉi tie.

– Venu internen! – mi diras. Mi staras apud li, rigardante hundon saltadi en la neĝo trans la strato. Henry metas sian brakon ĉirkaŭ mian talion kaj apogas sian kapon al mia kokso.

– Se mi nur povus haltigi la tempon nun! – li diras. Mi pasigas miajn fingrojn tra liaj haroj. Ili estas pli rigidaj kaj dikaj ol pli frue, antaŭ ol ili iĝis grizaj.

– Clare.

– Henry.

– Estas tempo …

Li haltas.

– Kio?

– Estas ke … mi nun …

– Dio mia.

Mi sidiĝas sur la divano, vizaĝe al Henry.

– Ne ... ne foriru. Simple ... restu.

Mi forte premas liajn manojn inter la miaj.

– Jam okazis. Nu, mi sidiĝu apud vi.

Li svingas sin el sia seĝo sur la divanon. Ni klinas nin kuŝen sur la malvarma ŝtofo. Mi frostotremas en mia maldika robo. En la domo oni ridas kaj dancas. Henry ĉirkaŭmetas sian brakon, varmigas min.

– Kial vi ne diris al mi? Kial vi lasis ke mi invitu ĉiujn ĉi homojn?

Mi ne volas koleriĝi, tamen mi sentas koleron.

– Mi ne volas ke vi estu sola ... poste. Kaj mi volis adiaŭi ĉiujn. Estis bele, estis bona lasta hurao ...

Ni kuŝas silente dum iom da tempo. La neĝo falas, silente.

– Kioma horo estas?

Mi konsultas mian horloĝon.

– Iom post la dekunua.

– Ho, Dio.

Henry kaptas kovrilon de sur la alia seĝo, kaj ni volvas ĝin unu ĉirkaŭ la alian. Mi ne povas kredi. Mi sciis ke ĝi okazos, baldaŭ, ĝi devis veni pli aŭ malpli frue, sed jen ĝi, kaj ni nur kuŝas ĉi tie, atendante ...

– Ho, kial ni ne povas ion *fari*! – mi flustras en la kolon de Henry.

– Clare ... – La brakoj de Henry ĉirkaŭas min. Mi fermas la okulojn.

– Haltigu ĝin. Rifuzu ke ĝi okazu. Ŝanĝu ĝin!

– Ho, Clare!

La voĉo de Henry sonas milde. Mi rigardas al li, kaj liaj okuloj brilas pro larmoj en la neĝreflektita lumo. Mi restigas mian vangon sur ŝultro de Henry. Li karesas miajn harojn. Ni restas tiel dum longa tempo. Henry ŝvitas. Mi metas mian manon sur lian vizaĝon: li brulas pro febro.

– Kioma horo estas?

– Preskaŭ noktomezo.

– Mi timas.

Mi plektas miajn brakojn tra la liaj, volvas miajn krurojn ĉirkaŭ la liajn. Neniel eblas kredi ke Henry, tiel solida, mia amanto, ĉi tiu reala korpo, kiun mi tenas premita al la mia per mia tuta forto, povus iam malaperi.

– Kisu min!

Mi kisas Henry, kaj poste mi estas sola, sub la kovrilo, sur la divano, en la malvarma verando. Neĝas daŭre. En la domo la disko haltas, kaj mi aŭdas Gomez:

– Dek! naŭ! ok! – kaj ĉiuj kune: – sep! ses! kvin! kvar! tri! du! unu! Feliĉan Novjaron!

Saltas ĉampankorko, ĉiuj ekparolas samtempe, kaj iu demandas:

– Kie estas Henry kaj Clare?

Ekstere, surstrate iu eksplodigas petardojn. Mi premas mian kapon inter la manojn kaj ekatendas.

3. TRAKTATO PRI SOPIRO

Lia jaro kvardek-tria. La fino de lia eta tempo. De li
kiu vidis Senfinon tra la sennombraj fendoj
En la vaka haŭto de l' aferoj, kaj mortis pro ĝi.

A. S. Byatt, *Posedo*

Ŝi sekvis malrapide, kun hezito,
kiel se ŝin ankoraŭ io jugus;
kaj tamen tiel, kvazaŭ, post transito,
ŝi ne daŭrigus marŝi, sed ekflugus.

El *La blindiĝantino*, Rainer Maria Rilke

Sabaton, la 27-an de oktobro 1984
/ Lundon, la 1-an de januaro 2007
(Henry aĝas 43, Clare aĝas 35)

HENRY: La ĉielo malplenas kaj mi falas inter la altajn sekajn herbojn, *okazu ĝi rapide* kaj eĉ dum mi provas teni min senmova, sonas fusila pafo, malproksime, certe senrilate al mi, sed ja ne: mi estas trafpuŝita al la tero, mi rigardas al mia ventro, kiu malfermiĝis kiel granata frukto, supon el internaĵoj kaj sango lulas la pelvo de mia korpo; tute ne doloras, *tio ja ne eblas*, sed mi povas nur admiri ĉi tiun kubisman version de mia eno, *iu estas kuranta* mi nur volas vidi Clare antaŭe *antaŭ ol* mi krias ŝian nomon *Clare, Clare* kaj Clare klinas sin super min, plorante, kaj Alba flustras:

   – Paĉjo …

   – Mi amas vin …

   – Henry …

   – Ĉiam …

   – Ho, Dio, ho, Dio …

   – Se tempon …

   – Ne!

– Spacon ni disponus ...
– *Henry!*

CLARE: La salono estas tre silenta. Ĉiuj staras senmove, frostiĝinte,
rigardas al ni. Sonas kanto de Billie Holiday, poste iu malŝaltas la
diskoludilon kaj ekestas silento. Mi sidas sur la planko kaj tenas
Henry. Alba kaŭras super li, flustras en lian orelon, skuas lin. La
haŭto de Henry varmas, liaj okuloj, malfermitaj, rigardas preter
mi, li estas peza en miaj brakoj, tiom peza, lia pala haŭto estas
disŝirita, ĉie ruĝa, ŝirita karno kadras sekretan mondon de sango.
Mi lulas Henry. Sangas angulo de lia buŝo. Mi forviŝas la sangon.
Petardoj eksplodas ie proksime. Gomez diras:
    – Mi pensas ke ni devas voki la policon.

DISSOLVIĜO

· · · · · · · · · · · ·

CLARE: Mi dormas la tutan tagon. Bruoj fulmas tra la domo: rubkamiono en la strateto, pluvo, frapo de arbobranĉo kontraŭ la dormoĉambra fenestro. Mi dormas. Mi enloĝas la dormon firme, vole, firmtene, forpuŝante sonĝojn, rifuzante, rifuzante. La dormo estas mia amanto nun, mia forgeso, mia opiaĵo, mia senmemoro. La telefono sonoras, sonoradas. Mi malŝaltis la maŝinon, kiu respondas voĉe de Henry. Pasas posttagmezo, pasas nokto, pasas mateno. Ĉio reduktiĝas al ĉi tiu lito, ĉi tiu senfina somnolo, kiu faras el la tagoj unu tagon, haltigas la tempon, streĉas kaj kompaktigas la tempon ĝis signifoperdo.

Foje la dormo forlasas min sed mi ŝajnigas plu dormi, kvazaŭ Etta venis veki min por iri lernejen. Mi spiras malrapide kaj profunde. Mi igas miajn okulojn senmovaj sub la palpebroj, mi senmovigas mian menson, kaj baldaŭ Dormo, vidante perfektan reproduktaĵon de si mem, venas kuniĝi kun sia faksimilo.

Foje mi vekiĝas kaj etendas brakon al Henry. La dormo forigas ĉiujn diferencojn: inter iam kaj nun; inter mortintoj kaj vivantoj. Mi estas trans malsato, trans vantaĵoj, trans la emo zorgi. Ĉi-matene mi ekvidis mian vizaĝon en la banĉambra spegulo. Mi estas magra, flava, kun papera haŭto, kavaj okuloj, haroj senbrilaj. Mi aspektas morta. Mi volas nenion.

Kimy sidas ĉe la litopiedo:

– Clare? Alba revenis el la lernejo … Ĉu vi lasos ŝin enveni, por saluti?

Mi ŝajnigas dormi. La maneto de Alba karesas mian vizaĝon. Larmoj fluas el miaj okuloj. Alba metas ion, sian tornistron? sian violonujon? surplanken, kaj Kimy diras:

– Demetu viajn ŝuojn, Alba.

Tiam Alba rampas en la liton kun mi. Ŝi volvas mian brakon ĉirkaŭ sin, ŝovas sian kapon sub mian mentonon. Mi suspiras kaj malfermas la okulojn. Alba ŝajnigas dormi. Mi longe rigardas ŝiajn densajn nigrajn okulharojn, larĝan buŝon, palan haŭton; ŝi zorge spiras, kroĉas mian kokson per sia forta mano, ŝi odoras je krajonsplitoj post pintigo, je rezino kaj ŝampuo. Mi kisas ŝian verton. Kiam ŝi malfermas la okulojn, ŝia simileco al Henry fariĝas preskaŭ neeltenebla. Kimy ekstaras kaj eliras el la ĉambro.

Poste mi ellitiĝas, duŝas min, vespermanĝas ĉetable kun Kimy kaj Alba. Post kiam Alba enlitiĝis, mi eksidas ĉe la skribotablo de Henry, malfermas la tirkestojn, eltiras la faskojn da leteroj kaj paperoj, kaj komencas legi.

Letero malfermota en la okazo de mia morto

la 10-an de decembro 2006

Mia amata Clare,

Dum mi skribas ĉi tion, mi sidas ĉe mia skribotablo en la dormoĉambro, rigardante vian atelieron trans la korto plena de blua vespera neĝo: ĉio estas glitiga kaj krusteca pro glacio, kaj tre kvieta. Estas unu el tiuj vintraj vesperoj kiam la ĉiea mal-varmo ŝajnas malrapidigi la tempon, simile al la mallarĝa mezo de sablohorloĝo, tra kiu la tempo mem trafluas, sed malrapide, malrapide. Mi havas la senton, tre konatan al mi kiam mi troviĝas ekstertempe sed alie preskaŭ neniam, ke mi estas kiel buo sur la tempo, flosanta sur ĝia surfaco senpene, kiel dika naĝantino. Mi sentis subitan instigon ĉi-vespere, dum mi solas en la domo (vi estas ĉe la prezento de Alicia ĉe Sankta Lucia), skribi al vi leteron. Mi subite volis postlasi ion, por *poste*. Mi kredas ke nun malmulta tempo restas. Mi sentas kvazaŭ ĉiuj miaj rezervoj, de energio, de plezuro, de daŭro, estus jam malsolidaj, malgrandaj. Mi ne sentas min kapabla daŭrigi tre longe. Mi scias ke vi scias tion.

Se vi legas ĉi tion, mi verŝajne estas mortinta. (Mi diras «verŝajne» ĉar oni neniam scias kiaj cirkonstancoj povas aperi; ŝajnas malsaĝe kaj singravige simple deklari la propran morton kiel faritan fakton.) Pri ĉi tiu mia morto: mi esperas ke ĝi estis simpla, pura kaj senambigua. Mi esperas ke ĝi ne kaŭzis tro da tumulto. Mi bedaŭras. (Tio sonas kiel pri sinmortigo. Strange.) Sed vi scias! Vi scias ke se mi estus povinta resti, se mi povus daŭrigi, mi alkroĉus min al ĉiu sekundo: kia ajn ĝi estis, ĉi tiu morto, vi scias ke ĝi venis kaj forprenis min tiel kiel infanon for-portas koboldoj.

Clare, mi volas diri al vi, denove: mi amas vin. Nia amo estis la fadeno tra la labirinto, la sekurreto sub la ŝnurdancisto, en ĉi tiu stranga vivo mia ĝi estis la sola vera afero kiun mi iam ajn povis fidi. Ĉi-nokte mi sentas ke mia amo al vi havas pli da denso en ĉi tiu mondo ol mi mem havas: kvazaŭ ĝi povus post mi plu-ekzisti kaj ĉirkaŭi vin, vin gardi, vin teni.

Mi malamas pensi vin atendanta. Mi scias ke vi atendis min dum via tuta vivo, ĉiam necerta pri la daŭro de la laŭvica atendado. Ĉu dek minutoj aŭ dek tagoj. Ĉu monato. Kia malkonstanta edzo mi estis, Clare, kiel maristo, Odiseo sola, sku-frapata de altaj ondoj, foje ruza sed foje nur ludaĵo de la dioj. Bonvolu, Clare. Kiam mi estas morta. Ĉesu atendi kaj estu libera. Libera je mi: metu min profunde en vin kaj poste eliru en la mondon kaj vivu. Amu la mondon kaj vin mem en ĝi, moviĝu tra ĝi kvazaŭ ĝi ne havus reziston, tra la mondo kiel via natura elemento. Mi donis al vi vivon de perioda vivado. Mi ne volas diri ke vi faris nenion. Vi kreis belecon, kaj signifon, en via arto, kaj vi kreis Alba, kiu estas tiel miranda – kaj por mi: por mi vi estis ĉio.

Post kiam mia panjo mortis, ŝi forvoris mian patron tute. Ŝi malamus tion. Ĉiun minuton de lia vivo ekde tiam markas ŝia foresto, al ĉiu lia ago mankas dimensio, ĉar ŝi ne ĉeestas kiel mezurilo. Kiam mi estis juna, mi ne komprenis tion, sed nun mi scias kiel foresto povas ĉeesti, kiel difektita nervo, kiel malhela birdo. Se mi devus vivi sen vi, mi scias ke mi ne kapablus. Sed mi havas esperon, kaj ankaŭ vizion pri vi marŝanta sen baroj, kun via hararo brilanta en la suno. Ĉi tion mi vidis ne per miaj okuloj, nur per mia imago, kiu faras bildojn, kiu ĉiam volis pentri vin brilanta; sed mi esperas ke ĉi tiu vizio malgraŭ ĉio estos vera.

Clare, estas unu lasta afero, kaj mi hezitis paroli al vi pri ĝi, ĉar mi superstiĉe timas ke priparoli povus kaŭzi ĝian neokazadon (stultaĵo, mi scias), kaj ankaŭ ĉar mi ĵus longe skribis pri ne-atendado, dum ĉi tio povus igi vin atendi pli longan daŭron ol vi atendis iam ajn antaŭe. Sed mi ja diros al vi, okaze ke vi bezonos ion, *poste*.

Iam dum la lasta somero mi sidis en la atendejo de Kendrick, kiam mi subite trovis min en malhela koridoro en domo kiun mi ne konas. Mi iel implikiĝis en aro da galoŝoj, kaj mi sentis odoron kiel de pluvo. Ĉe la fino de la koridoro mi vidis randon de lumo ĉirkaŭ pordo, do mi iris tre malrapide kaj tre silente al tiu pordo kaj enrigardis. La ĉambro estis blanka, intense lumigita de la matena suno. Ĉe la fenestro, dorse al mi, sidis virino, en koral-kolora svetero, kun longaj blankaj haroj laŭlonge de la tuta dorso. Staris taso da teo apud ŝi, sur tablo. Mi verŝajne faris brueton, aŭ ŝi nur eksentis min malantaŭ si ... ŝi turniĝis kaj ekvidis min, kaj mi ekvidis ŝin, kaj estis vi, Clare, ĉi tio estis vi kiel maljunulino, estontece. Tiel dolĉe, Clare, tiel neeldireble dolĉe, veni kvazaŭ el la morto por teni vin, kaj vidi ĉiujn jarojn en via vizaĝo. Mi nenion plu diros al vi, por ke vi povu ĝin imagi, por ke ĝi ne estu provludita kiam venos la tempo, ĉar ĝi venos, ĉar ĝi estas venanta. Ni revidos unu la alian, Clare. Ĝis tiam, vivu plene, vivu ĉeeste en la mondo, kiu estas tiel bela.

Mallumas nun, kaj mi tre lacas. Mi amas vin, ĉiam. La tempo estas nenio.

Henry

Sabaton, la 12-an de julio 2008
(Clare aĝas 37)

CLARE: Charisse iris kun Alba, Rosa, Max kaj Joe por rulsketadi ĉe Rainbo. Mi veturas al ŝia domo por revenigi Alba hejmen, sed mi alvenas tro frue, dum Charisse malfruas. Gomez venas al la pordo vestita nur per bantuko.

– Envenu do! – Li larĝe malfermas la pordon. – Ĉu vi volas kafon?

– Volonte.

Mi sekvas lin tra ilia kaosa salono al la kuirejo. Mi sidiĝas ĉe la tablo ankoraŭ kovrata de la matenmanĝaj teleroj, kaj liberigas spacon sufiĉan por ripozigi miajn kubutojn. Gomez umas en la kuirejo, pretigas kafon.

– Delonge vi ne montris vian muzelon.

– Mi estis sufiĉe okupata. Alba havas tiom da diversaj lecionoj, kaj mi daŭre veturigas ŝin.

– Ĉu vi iom artumas?

Gomez metas tason kaj subtason antaŭ min kaj verŝas kafon en la tason. Lakto kaj sukero jam surtablas, do tiujn mi prenas mem.

– Ne.

– Aha.

Gomez apogas sin al la kuireja stablo, kun la manoj ĉirkaŭ sia kaftaso. Lia hararo malhelas pro la duŝakvo kaj estas plate kombita malantaŭen. Mi ĝis nun neniam rimarkis ke li komencas perdi la harojn.

– Do, krom ŝofori por ŝia moŝto, kion vi kutime faras?

Kion mi kutime faras? Mi atendas. Mi pensas. Mi sidas sur nia litrando tenante malnovan ĉemizon kvadratitan, kiu ankoraŭ odoras je Henry, kaj profunde enspiras lian odoron. Mi promenas je la dua matene, kiam Alba dormas sekura en sia lito, longe promenas por lacigi min sufiĉe por dormi. Mi konversacias kun Henry kvazaŭ li estus kun mi, kvazaŭ li povus vidi per miaj okuloj, pensi per mia cerbo.

– Malmulton.

– Hmm.

– Kaj kion pri vi?

– Vi povas imagi. Mi skabenas. Ludas severan familipatron. Nu, la kutimajn aferojn.

– Aha.

Mi trinketas mian kafon. Super la lavpelvo pendas horloĝo. Ĝi formas nigran katon: la voston ĝi pendole svingetas tien-reen, kaj ĝiaj grandaj okuloj, kun laŭta tiktako, moviĝas laŭritme kun ĉiu svingo. Estas 11:45.

– Ĉu vi volas ion manĝi?

Mi kapskuas.

– Ne, dankon.

Se juĝi laŭ la teleroj sur la tablo, Gomez kaj Charisse matenmanĝis melonon, kirlovaĵon kaj rostpanon. La infanoj manĝis du specojn de cerealringetoj, kaj ion kun ternuksbutero. La tablo estas kiel arkeologia rekonstruaĵo de familia matenmanĝo el la dudekunua jarcento.

– Ĉu vi frekventas iun?

Mi levas la okulojn: Gomez plu apogas sin al la stablo, plu tenas sian kaftason ĉe la mentono.

– Ne.

– Kial ne?

Ne estas via afero, Gomez.

– Neniam venis en la kapon.

– Vi devus pripensi.

Li metas sian tason en la lavpelvon.

– Kial?

– Vi bezonas ion novan. Iun novan. Vi ne povas sidi dum via tuta vivo atendante ke Henry aperos.

– Mi certe povas. Vi vidos.

Gomez faras du paŝojn kaj jam staras apud mi. Li kliniĝas kaj proksimigas sian buŝon al mia orelo.

– Ĉu neniam mankas al vi ... ĉi tio?

Li lekas la internon de mia orelo. *Jes, mankas al mi tio.*

– For de mi, Gomez! – mi siblas al li, sed mi ne movas min for. Iu ideo alnajlas min al mia seĝo. Gomez levetas miajn harojn kaj kisas mian nukon. *Venu al mi, ho! venu al mi!* Mi fermas la okulojn. Manoj eltiras min el mia seĝo, malbutonas mian ĉemizon. Lango sur mia kolo, miaj ŝultroj, miaj cicoj. Mi blinde palpas kaj trafas ion felpan, bantukon, kiu defalas. *Henry.* Manoj malbutonas mian ĝinzon, tiras ĝin malsupren, klinas min malantaŭen sur la kuireja tablo. Io falas sur la plankon, io metala. Manĝaĵoj kaj manĝiloj, duoncirklo de telero, melonŝelo kontraŭ mia dorso. Miaj kruroj disiĝas. Lango sur mia piĉo.

– Ho ...

Ni estas en la Herbejo. Estas somero. Verda kovrilo. Ni ĵus manĝis, la gusto de la melono ankoraŭ restas en mia buŝo. Lango trafas malplenon, humidan kaj apertan. Mi malfermas la okulojn: mi rigardas duonplenan glason da oranĝsuko. Mi fermas la okulojn. La firma, konstanta puŝo de la kaco de Henry en min. *Jes. Mi atendis tre pacience, Henry. Mi sciis ke vi revenos pli aŭ malpli frue.* Jes. Haŭto sur haŭto, manoj sur mamoj, ritma iro kaj veno ĉiam pli profunden, jes, ho ...

– Henry ...

Ĉio haltas. Laŭte tiktakas horloĝo. Mi malfermas la okulojn. Gomez rigardas al mi malsupren: ĉu li estas ofendita? kolera? post momento jam senesprima. Aŭtopordo klakfermiĝas. Mi eksidas, desaltas de la tablo, kuras banĉambren. Gomez postĵetas miajn vestaĵojn. Dum mi vestiĝas, mi aŭdas Charisse kaj la infanojn enveni tra la dompordo, ridante. Alba vokas:

– Panjo?

Kaj mi krias:

– Mi venos post minuto!

Mi staras en la malforta lumo de la roz-nigre kahelita banĉambro kaj rigardas min en la spegulo. Mi havas cerealringetojn en la haroj. Mia spegulbildo aspektas perdita kaj pala. Mi lavas la manojn, klopodas fingre kombi miajn harojn. *Kion mi faras ĉi tie? Kio mi lasis min fariĝi?*

Venas respondo, iaspeca: *La vojaĝanto nun estas vi.*

CLARE: Alba paciencis dum Charisse kaj mi rigardadis artgaleriojn, kaj nun ŝia rekompenco estas iri al Ed Debevic, retroetosa manĝejo kun vigla klientaro de turistoj. Tuj kiam ni transiras la pordon, atakas niajn sensojn riĉa impulsaro el ĉirkaŭ 1964.

Laŭtege sonas The Kinks, kaj ĉie videblas reklamŝildoj:

La klienton rekomendas se li ĉiam ree mendas!!!

Respondante al kelnero, parolu ĉiam forte, kuraĝe kaj elegante!

Nian kafon ni mem testas: por vi eble eĉ ne restas!

Hodiaŭ estas videble la tago de balonetaj bestoj: sinjoro en brila purpura kostumo elsorĉas melhundon por Alba, tuj poste kreas el ĝi ĉapelon kaj surkapigas al ŝi. Ŝi tordiĝas pro ĝojo. Kvankam ni devas vicostari duonan horon, Alba tute ne plendas: ŝi observas kiel la kelneroj flirtas kun la kelnerinoj, kaj silente taksas la balonbestojn de la aliaj infanoj. Finfine kondukas nin al separeo kelnero kun dikaj korn-framaj okulvitroj kaj la nomŝildo SPAZ. Charisse kaj mi malfermas niajn menuojn kaj provas trovi ĉu krom fritoj kun ĉedar-fromaĝo kaj viandopano troviĝas ankaŭ io kion ni ja volus manĝi. Alba nur ĉantas la vorton *laktokirlaĵo* ree kaj ree. Kiam Spaz reaperas, Alba havas subitan atakon de timideco kaj bezonas multe da instigado por diri al li ke ŝi ŝatus ternuksbuteran laktokirlaĵon (kaj porcieton da fritoj, ĉar, kiel mi diras al ŝi, estas tro dekadence tagmanĝi nenion krom laktokirlaĵon). Charisse mendas makaroniojn kun fromaĝosaŭco, kaj mi petas sandviĉon kun laktuko, lardo kaj tomatoj. Post la foriro de Spaz, Charisse kantas:

– Alba kaj Spaz sidas sur arbo, S-I-N K-I-S-A-S ...

Alba fermas la okulojn kaj ŝtopas permane la orelojn, skuas la kapon kaj ridetas. Kelnero kun la nomŝildo BUZZ paradas tien-reen laŭ la servotablo kantante karaokee *Rokenrolo de iam, jen mia ĉiama am'* de Bob Seger.

– Mi abomenas Bob Seger – deklaras Charisse. – Ĉu laŭ vi li bezonis pli ol tridek sekundojn por verki tiun kanton?

La laktokirlaĵo alvenas en alta glaso kun fleksebla suĉpajlo kaj metala ujeto kun tiu kvanto da lakto kiu ne plu eniris en la glason. Alba leviĝas por trinki ĝin, ekstaras sur la piedpintoj por atingi la plej bonan eblan angulon por elsuĉi la ternuksbuteran laktokirlaĵon. Ŝia balona hundĉapelo daŭre glitas laŭ la frunto, malhelpante ŝian koncentriĝon. Ŝi levas al mi la rigardon tra siaj dikaj nigraj okulharoj kaj repuŝas la balonĉapelon supren, tiel ke nun ĝi teniĝas al ŝia kapo per statika elektro.

– Kiam Paĉjo venos hejmen? – ŝi demandas. Charisse faras la sonon kutiman kiam oni hazarde ennazigis Pepsi-trinkaĵon: ŝi komencas tusadi, mi batadas ŝin sur la dorso, ĝis ŝi mansignas ke mi haltu, do mi haltas.

– La 29-an de aŭgusto – mi respondas al Alba, kiu rekomencas suĉi la feĉon de sia kirlaĵo el la glasfundo, dum Charisse alrigardas min riproĉe. Baldaŭ ni estas en la aŭto, sur Lake Shore Drive: mi kondukas, dum Charisse ludas per la radio kaj Alba dormas malantaŭe. Mi eliras ĉe Irving Park. Charisse demandas:

– Ĉu Alba ne scias ke Henry mortis?

– Kompreneble ŝi scias. Ŝi vidis lin – mi memorigas al Charisse.

– Kial do vi diris al ŝi ke li venos hejmen en aŭgusto?

– Ĉar li ja venos. Li mem donis al mi la daton.

– Ho!

Kvankam mi tenas la okulojn sur la vojo, mi sentas ke Charisse rigardas min.

– Ĉu tio ne estas ... iom stranga?

– Alba ŝategas.

– Sed kion pri vi?

– Mi neniam vidas lin.

Mi klopodas gardi senstreĉan tonon, kvazaŭ ne turmentus min ĉi tiu maljusteco, kvazaŭ mi ne rankorus al mi mem pro mia envio kiam Alba rakontas al mi pri siaj intervidiĝoj kun Henry, eĉ dum mi avidas ĉiun ŝian vorton pri la detaloj.

Kial ne al mi, Henry? Mi demandas lin silente, dum mi turniĝas al la alveturejo de Charisse kaj Gomez, priŝutita de ludiloj. *Kial nur al Alba?* Sed, kiel kutime, ne ekzistas respondo al tio. Kiel kutime, simple tiel okazas. Charisse kisas min kaj elaŭtiĝas, paŝas trankvile direkte al sia dompordo, kiu magie svingiĝas malfermen, elmontrante Gomez kaj Rosa. Rosa saltas suprenmalsupren kaj etendas brakon por doni ion al Charisse, kiu ĝin transprenas de ŝi kaj diras ion, donante al ŝi grandan brakumon. Gomez rigardas min, kaj fine svingetas manon. Mi mansvingas reen. Li forturnas sin. Charisse kaj Rosa jam eniris. La pordo fermiĝas.

Mi sidas tie, en la alveturejo, dum Alba dormas malantaŭe. Korvoj marŝadas sur la gazono invadita de leontodoj. *Henry, kie vi estas?* Mi apogas mian kapon al la stirilo.

Helpu min. Neniu respondas. Post minuto mi kluĉas rapidumon, retroas el la enveturejo, kaj direktiĝas al nia silenta, atendanta hejmo.

Sabaton, la 3-an de septembro 1990
(Henry aĝas 27)

HENRY: Ingrid kaj mi perdis la aŭton kaj ni estas ebriaj. Ebriaj, kaj estas mallume, kaj ni jam piediris tien kaj reen kaj ĉie ĉirkaŭe, sed la aŭto nenie troveblas. Feka Lincoln Park. Fekaj Lincolnaŭtoforportistoj. Fek'.

Ingrid estas kolera. Ŝi iras antaŭ mi, kaj ŝia tuta dorso, eĉ la maniero movi siajn koksojn, estas kolera. Ial, iel ĉio ĉi estas mia kulpo. Feka Park-West-noktoklubo! Kial damne loki noktoklubon en la mizera jupi-kvartalo Lincoln Park, kie, se oni lasas

624

sian aŭton dum pli ol dek sekundoj, jam la forigistoj de Lincoln venas por transporti ĝin al sia kaverno por jubilaĉi pri la trezoro?

– Henry.

– Kio?

– Jam denove tiu knabineto.

– Kiu knabineto?

– Tiu kiun ni vidis pli frue.

Ingrid haltas. Mi rigardas kien ŝi montras. La knabino staras en la pordo de florbutiko. Ŝi surhavas ion malhelan, tiel ke mi povas vidi nur ŝiajn blankan vizaĝon kaj nudajn piedojn. Ŝi aĝas sep aŭ ok jarojn: tro juna por esti sola eksterdome en la mezo de la nokto. Ingrid aliras la knabinon, kiu rigardas al ŝi senpasie.

– Ĉu ĉio en ordo? – Ingrid demandas ŝin. – Ĉu vi perdiĝis?

La knabino rigardas min:

– Unue mi ja perdiĝis, sed mi jam eltrovis kie mi estas. Dankon – ŝi aldonas ĝentile.

– Ĉu ni veturigu vin al via hejmo? Ni ja povus, almenaŭ se ni iam sukcesus retrovi la aŭton.

Ingrid klinas sin al la knabino. Iliaj vizaĝoj estas eble tridek centimetrojn for unu de la alia. Kiam mi iras pli proksimen al ili, mi vidas ke la knabino portas viran anorakon. Ĝi atingas ŝiajn maleolojn.

– Ne, dankon. Ĉiuokaze, mi loĝas tro malproksime.

La knabino havas longajn harojn nigrajn kaj surprize malhelajn okulojn; en la flava lumo de la florbutiko ŝi aspektas kiel eta alumetvendistino el la epoko Viktorina, aŭ Ann de Thomas DeQuincey.

– Kie estas via panjo? – demandas ŝin Ingrid.

– Ŝi estas hejme.

La knabino ridetas al mi:

– Ŝi ne scias ke mi estas ĉi tie.

– Ĉu vi forfuĝis? – mi demandas ŝin.

– Ne – ŝi ridas. – Mi volis trovi mian paĉjon, sed verŝajne mi venis tro fruen. Mi revenos poste.

Ŝi preteras Ingrid kaj softe paŝas al mi, kaptas mian jakon kaj tiras min al si.

– La aŭto estas trans la strato – ŝi flustras. Mi rigardas trans la straton kaj jen ĝi estas, la ruĝa Porsche de Ingrid.

– Dankon – mi ekdiras; la knabino pafas al mi kiseton, kiu alteriĝas proksime de mia orelo. Ŝi ekkuras laŭ la trotuaro, pland-frapetante la betonon, dum mi staras kaj postrigardas ŝin. Ingrid silentas dum ni eniras la aŭton. Fine mi diras:

– Tio estis stranga.

Ŝi suspiras:

– Henry, ĉu eblas ke inteligenta homo kiel vi estas tiel obtuza foje?

Kaj ŝi lasas min antaŭ mia loĝejo sen diri ion ajn pli.

Dimanĉon, la 29-an de julio 1979
(Henry aĝas 42)

HENRY: Okazas iam en la pasinteco. Mi sidas sur la Plaĝo de la Lumturo kun Alba. Ŝi aĝas dek jarojn. Mi, kvardek du. Ni ambaŭ tempvojaĝas. Estas varma vespero, eble julia aŭ aŭgusta. Mi portas ĝinzon kaj blankan T-ĉemizon, kiun mi ŝtelis el ŝika domego de North Evanston; Alba surhavas rozkoloran noktoĉemizon, kiun ŝi prenis de sekig-ŝnuro de maljunulino. Ĝi tro longas por ŝi, do ni ĉirkaŭligis ĝin ĉe ŝiaj genuoj. Homoj strange rigardadas nin dum la tuta posttagmezo. Mi bone komprenas ke ni aspektas ne precize kiel averaĝaj patro kaj filino plaĝumantaj. Sed ni faras

626

nian eblon: ni naĝis, kaj ni konstruis sablokastelon. Ni manĝis kolbasbulkon kaj fritojn, kiujn ni aĉetis de vendisto en la parkejo. Ni havas nek kovrilon nek bantukojn, tial ni estas iom sablaj kaj malsekaj, krom agrable lacaj, dum ni sidas rigardante infanetojn kuri tien-reen en la ondoj kaj grandajn hundojn stultajn paŝegi post ili. La suno malleviĝas malantaŭ ni, dum ni rigardas la akvon.

– Rakontu ion al mi – diras Alba. Ŝi apogas sin al mi, kiel aro da kuiritaj makaronioj malvarmaj. Mi metas brakon ĉirkaŭ ŝin.

– Kion mi rakontu?

– Iun bonan rakonton. Rakontu pri vi kaj Panjo, kiam Panjo estis knabineto.

– Hmm. Bone. Estis iam, antaŭ longa tempo …

– Kiam estis tio?

– Je ĉiuj tempoj samtempe. Antaŭ longe, kaj ĝuste nun.

– Ambaŭtempe?

– Jes, ĉiam ambaŭtempe.

– Kiel povas esti ambaŭ?

– Ĉu vi volas ke mi rakontu aŭ ne?

– Mi volas …

– Bone do. Estis iam, antaŭ longa tempo, ke via panjo loĝis en granda domo apud herbejo, kaj en la herbejo troviĝis loko nomata la maldensejo, kien ŝi kutimis iri por ludi. Kaj iun belan tagon via panjo, kiu estis nur etulineto, eĉ ŝia hararo estis pli granda ol ŝi mem, eliris al la maldensejo, kaj jen tie estis viro …

– Sen vestaĵoj!

– Sen eĉ peco da ŝtofo sur li – mi konsentas. – Kaj post kiam via panjo donis al li bantukon, kiun ŝi hazarde kunhavis, por ke li povu surmeti ion, li klarigis al ŝi ke li estas tempvojaĝanto, kaj ial ŝi kredis lin …

– Ĉar estis vere!

– Nu, jes, sed kiel ŝi povus tion scii? Ĉiel ajn, ŝi ja kredis lin, kaj poste ŝi estis eĉ sufiĉe stulta por edziniĝi al li, kaj jen ni …

Alba pugnobatas min en la stomakon.

– Rakontu ĝuste! – ŝi postulas.

– Aj! Kiel mi povus diri ion ajn se vi batas min tiel? Jesuo!

Alba silentas, kaj fine diras:

– Kial do vi neniam vizitas Panjon en la estonteco?

– Mi ne scias, Alba. Se mi povus, mi venus.

La bluo profundiĝas super la horizonto, kaj la tajdo retiriĝas. Mi ekstaras kaj proponas al Alba mian manon, tiras ŝin supren. Dum ŝi staras forbrosante la sablon de sia noktoĉemizo, subite ŝi alstumblas min:

– Ho!

Ŝi malaperas, kaj mi staras sur la plaĝo tenante malsekan kotonan noktoĉemizon, rigardante la sveltajn piedspurojn de Alba en la velkanta lumo.

RENASKIĜO

• • • • • • • • • • • •

Ĵaŭdon, la 4-an de decembro 2008
(Clare aĝas 37)

CLARE: Malvarma, hela mateno. Mi malŝlosas la pordon de la ateliero kaj forstamfas la neĝon de miaj botoj. Mi malfermas la ŝutrojn, plifortigas la hejtadon. Ekpreparas kruĉon da kafo. Mi staras en la malplena spaco meze de la ateliero kaj rigardas ĉirkaŭ mi.

Du jaroj da polvo kaj silento tegas ĉion. Mia desegnotablo estas nuda. La pulpigilo staras pura kaj malplena. La frama muldilo estas bonorde stakigita, bobenoj de armatura drato kuŝas netuŝitaj ĉe la tablo. Farboj kaj pigmentoj, kruĉoj da penikoj, instrumentoj, libroj: ĉio estas kiel mi lasis ilin. La skizoj kiujn mi iam prempinglis al la muro iĝis flavaj kaj ondumaj. Mi deŝiras kaj ĵetas ilin en la rubujon.

Mi sidas ĉe mia desegnotablo kaj fermas la okulojn.

La vento vipas per arbobranĉoj kontraŭ la domflanko. Aŭto vadas tra kotkaĉo en strateto. La kafmaŝino sible kaj glugle kraĉas la lastan ŝprucon da kafo en la kruĉon. Mi malfermas la okulojn, ektremas kaj kuntiras mian pezan sveteron.

Kiam mi vekiĝis ĉi-matene, mi sentis fortan emon veni ĉi tien. Kiel fulmo de volupto: rendevuo kun mia iama amanto, arto. Sed nun mi sidas ĉi tie atendante … ion … ke io venos al mi, sed nenio venas. Mi malfermas platan tirkestaron kaj elprenas folion da indigofarbita papero. Ĝi estas peza kaj iom malglata, malhelblua kaj metale malvarma al la tuŝo. Mi kuŝigas ĝin sur la tablon. Mi stariĝas kaj rigardas ĝin dum kelka tempo. Mi elprenas kelkajn molajn blankajn paŝtelkrajonojn kaj pesas ilin en mia manplato. Poste mi demetas ilin kaj verŝas al mi kafon. Mi rigardas tra la fenestro la malantaŭan flankon de la domo. Se Henry estus ĉi tie, li eble sidus ĉe sia skribotablo, eble rerigardus al mi tra la fenestro super sia tablo. Aŭ eble ludus skrablon kun Alba, aŭ legus bildstriojn, aŭ farus supon por la tagmanĝo. Mi trinketas mian kafon kaj provas senti ke la tempo returniĝas, provas forviŝi la diferencon inter nun kaj iam. Nur mia memoro tenas min ĉi tie. Tempo, lasu min malaperi. *Tiam kion ni disigas per nia ĉeesto mem povos kuniĝi.*

Mi staras antaŭ la paperfolio, kun blanka paŝtelo en la mano. La papero estas larĝega, kaj mi komencas en la centro, kliniĝante super la papero, kvankam mi konscias ke mi starus pli komforte ĉe la stablo. Mi faras la mezuradon por la figuro, duone vivdimensia: jen la verto, la ingveno, la kalkano. Mi skizas kapon. Mi desegnas tre leĝere, elmemore: malplenaj okuloj, ĉi tie ĉe la meza punkto de la kapo, longa nazo, arka buŝo iom malfermita. La brovoj arkiĝas pro surprizo: ho, estas *vi*! Pinta mentono kaj ronda makzelo, la frunto alta kaj la oreloj nur indikitaj. Jen la kolo, kaj la ŝultroj, kiuj deklivas en brakojn, protekte kruciĝajn super la mamoj, jen la fundo de la brustkorbo, la mola ventro, plenaj koksoj, kruroj iomete fleksitaj, piedoj montrantaj malsupren, kvazaŭ la figuro flosus enaere. La mezurpunktoj estas kiel steloj en la indiga nokta ĉielo de la papero; la figuro estas konstelacio. Mi markas ĉefpunktojn, kaj la figuro fariĝas tridimensia, kiel vitra vazo. Mi zorge desegnas la trajtojn, kreas la strukturon de la vizaĝo, plenigas la okulojn, kiuj rigardas min kun miro pro sia subita ekekzisto. La hararo ondumas tra la papero, flosas senpeze kaj senmove, kun linieca kontrasto kiu igas la statikan korpon dinamika. Kio krome devus esti en ĉi tiu universo, en tiu ĉi desegno? Pliaj steloj, malproksimaj. Mi traserĉas mian ilaron kaj trovas kudrilon. Mi glubendas la desegnaĵon sur fenestron kaj komencas plenpikadi la paperon per etaj truoj, kaj ĉiu pinglopiko fariĝas suno en iu alia mondaro. Kaj kiam mi ekhavas galaksion plenan de steloj, mi elpikas la figuron, kiu nun serioze fariĝas konstelacio, reto el etaj lumoj: mi rigardas mian similulon, kaj ŝi reciprokas mian rigardon. Mi metas mian fingron sur ŝian frunton kaj diras: «Foriru», sed ŝi estas tiu kiu restos: mi estas tiu kiu malaperas.

ĈIAM DENOVE

• • • • • • • • • • • • •

Ĵaŭdon, la 24-an de julio 2053
(Henry aĝas 43, Clare aĝas 82)

HENRY: Mi trovas min en malhela koridoro. Ĉe la fino de la koridoro staras pordo duone malfermita, kun blanka lumo ĉirkaŭ la randoj. La koridoro plenas je galoŝoj kaj pluvmanteloj. Mi iras malrapide kaj silente al la pordo kaj singarde enrigardas la apudan ĉambron. Matena lumo plenigas la ĉambron kaj komence dolorigas, sed post alĝustiĝo de la okuloj mi vidas ke en la ĉambro staras simpla ligna tablo apud fenestro. Virino sidas ĉe la tablo, vizaĝe al la fenestro. Staras taso da teo apud ŝia kubuto. Ekstere kuŝas la lago, kies ondoj alrapidas la bordon kaj retiriĝas en trankviliga ripetiĝo, kiu post kelkaj minutoj eksimilas al kvieto. La virino ege kvietas. Io en ŝi impresas konata. Ŝi estas maljunulino; ŝia hararo, perfekte blanka, kuŝas laŭlonge de la dorso en maldika fluo, super eta vidvina ĝibo. Ŝi surhavas koral-koloran sveteron. La kurbo de ŝiaj ŝultroj, la rigideco en ŝia teniĝo diras ke *jen estas iu kiu tre lacas*, kaj tre lacas ankaŭ mi mem. Kiam mi transigas mian pezon de unu piedo al la alia, la planko ekknaras: la virino turnas sin kaj ekvidas min, kaj ŝia vizaĝo pleniĝas je ĝojo; mi subite sentas miregon: ĉi tiu estas Clare, Clare maljuna! kaj ŝi venas al mi, tiom malrapide, kaj mi prenas ŝin en miajn brakojn.

Lundon, la 14-an de julio 2053
(Clare aĝas 82)

CLARE: Ĉi-matene ĉio estas pura: la ŝtormo disŝutis branĉojn ĉie en la korto, kiujn mi baldaŭ eliros kolekti; la tuta sablo de la plaĝo estas redistribuita kaj freŝe dismetita kiel ebena kovrilo kun pikoj da pluvospuroj, kaj la taglilioj kliniĝe brilas en la blanka lumo de la sepa matene. Mi sidas ĉe la manĝoĉambra tablo kun taso da teo, rigardas la akvon, aŭskultas. Atendas. Hodiaŭ ne multe diferencas de ĉiuj aliaj tagoj. Mi ellitiĝas frumatene, sur-metas pantalonon kaj sveteron, brosas la harojn, faras rostpanon kaj teon, kaj sidas rigardante la lagon, scivola ĉu li venos hodiaŭ. Ne multe diferencas de la multaj aliaj fojoj kiam li estis for kaj mi atendis, krom ke ĉi-foje mi havas instrukciojn: ĉi-foje mi scias ke en la fino Henry ja venos. Mi foje demandas min ĉu tiu ĉi preteco, tiu ĉi atendado malhelpas ke la miraklo okazu. Sed mi ne havas elekton. Li venas, kaj mi estas ĉi tie.

Ŝi diris, des pli vekis en li la deziregon ĝemplendi:
li ploris brakumante l' edzinon karan, saĝe fidelan.
Samkiel tero bonvenindas al la naĝantaj ŝipanoj,
kies fortikan ŝipon vastmare Pozidono frakasis,
skuatan de ŝtormvento kaj de la ondoj impetaj
– malmultaj sin forsavas sur griza maro naĝante
al firma grundo, dum salŝaŭmo ĉirkaŭ la korpo krustiĝas –,
kaj ili ĝoje paŝas teren, de l' mortfatalo fuĝinte,
same bonvena estis al ŝi l' edzo kaj lin ŝi kontemplis
sen voli plu de lia kolo la blankajn brakojn malkroĉi.

El *Odiseado*, Homero, traduke de Abel Montagut

Verki estas privata ago. Estas enue rigardi ĝin, kaj kutime ĝi donas plej multe da plezuro al tiu kiu efektive verkas. Do kun granda dankemo kaj multe da respekto mi ŝatus danki ĉiujn kiuj helpis min verki kaj eldoni *La edzino de l' tempvojaĝanto*:

Dankon al Joseph Regal, kiu jesis al mi kaj instruis min pri la kompleksoj kaj perpleksoj de eldonado. Estis nekredeble. Dankon al la bonegaj homoj ĉe MacAdam/Cage, precipe Anika Streitfeld, mia redaktoro, pro la pacienco, zorgo kaj detala ĝisfundeco. Estas granda plezuro labori kun Dorothy Carico Smith, Pat Walsh, David Poindexter, Kate Nitze, Tom White kaj John Gray. Kaj dankon ankaŭ al Melanie Mitchell, Amy Stoll kaj Tasha Reynolds. Koran dankon ankaŭ al Howard Sanders kaj al Caspian Dennis.

La Fondaĵo Ragdale subtenis ĉi tiun libron per multaj subvencioj. Dankon al ĝia miranda personaro, precipe Sylvia Brown, Anne Hughes, Susan Tillett kaj Melissa Mosher. Kaj dankon al la Ilinojsa Artkonsilio, kaj la impostpagantoj de Ilinojso, kiuj aljuĝis al mi Stipendion pri Prozo en 2000.

Dankon al la bibliotekistoj kaj aliaj kolegoj, pasintaj kaj nunaj, de Biblioteko Newberry: d-ro Paul Gehl, Bart Smith kaj Margaret Kulis. Sen ilia malavara helpo, Henry trovus sin laboranta kiel kafejisto ĉe Starbucks. Mi ŝatus danki krome la bibliotekistojn de la informservo ĉe la Publika Biblioteko Evanston, pro ilia pacienca helpo pri ĉiaspecaj bizaraj demandoj. Dankon al la paperfaristoj kiuj pacience disponigis siajn sciojn: Marilyn Sward kaj Andrea Peterson.

Dankon al Roger Carlson ĉe Bookman's Alley, pro multaj jaroj da feliĉa libroĉasado, kaj al Steve Kay ĉe Vintage Vinyl, kiu stokas ĉion kion mi volas aŭskulti. Kaj dankon al Carol Prieto, sublima dom-makleristo.

Koran dankon al la amikoj, familianoj kaj kolegoj kiuj legis, kritikis kaj kontribuis per sia scio: Lyn Rosen, Danea Rush, Jonelle Niffenegger, Riva Lehrer, Lisa Gurr, Robert Vladova, Melissa Jay Craig, Stacey Stern, Ron Falzone, Marcy Henry, Josie Kearns, Caroline Preston, Bill Frederick, Bert Menco, Patricia Niffenegger, Beth Niffenegger, Jonis Agee kaj la anoj de ŝia supera kurso pri romanarto, Iowa City, 2001. Dankon al Paula Campbell pro ŝia helpo pri la franca lingvo.

Specialan dankon al Alan Larson, kies senĉesa optimismo servis al mi kiel bona ekzemplo.

Laste kaj pleje, dankon al Christopher Schneberger: mi atendis vin, kaj nun vi estas ĉi tie.

TRADUKINTE LA ROMANON

LA EDZINO DE L'TEMPVOJAĜANTO

Malelegantaĵo mi trovas se tradukinto longe babilas pri siaj elektoj kaj preferoj; estas tamen mia sperto ke multaj legantoj en Esperantujo ja ĝuste aprezas krombabilojn pri lingvo, stilo, formo.

Tial do, jen miaj dumtradukaj notoj kaj rimarkigoj pelmelaj – probable, plejparte malnecesaj.

Foje mi aludas al la tradukoj kiujn mi konsultis: estona, germana, hispana. Kiam mi mencias ion rilate la hungaran lingvon, mi faras tion pro la scio ke niaj gepatraj lingvoj povas influi niajn elektojn en Esperanto, subkonscie aŭ konscie.

Mia lingva normo estas Plena Ilustrita Vortaro (PIV) kiel ĝi konsulteblas en la reto, tamen kun konsidero al ties nova versio pretiĝanta, ĉe alfa.vortaro.net.

Kulturaj apartaĵoj

Mezurunojn mi foradaptis disde la usona sistemo. Mi konstatis kun amuzo ke en iu loko tri tradukistoj kalkulis tri malsamajn valorojn por la sama grado Farenhejta ... kaj mi, kvaran ☺.

Nomoj geografiaj. Malfacilas decidi kiam traduki kaj kiam lasi en la angla: la nomo de la gastejo **Dew Drop Inn** restis Dew Drop Inn (kaj tiel la informero «gastejo» ripetiĝas dulingve), sed

Lighthouse Beach iĝis *Plaĝo de la Lumturo*.

Stratnomoj ks: mi forŝparis la artikolon en esprimoj kiel «Mi estas en la parkejo de strato Monroe». Sed restis la artikolo en «mi do povas vidi <u>la</u> straton Maple», kie la ago koncernas vere <u>la</u> straton kiel fizikaĵon.

Ĉu temas pri strato aŭ avenuo, estis decidite ne laŭ la PIV-a difino de tiuj vortoj, sed paŭse laŭ la originalo: en Ĉikago, stratoj laŭ la okcidenta-orienta akso estas nomataj **streets**, dum tiuj laŭ nordo-sudo estas **avenues**.

Nomojn de **varmarkoj** mi foje gardis, plej ofte aldonante klarigan vorton, foje mi anstataŭigis la varmarkon per priskribo (**Doritos**: *maizaj ĉipsoj*; en alia loko tamen restis *Doritos*, ĉar en tiu kunteksto malpli gravas pri kio precize temas).

Interpunkcio

Komoj antaŭ «ke», «se» kaj simile: mi sekvis ne la klasikan uzon kiel montritan en *Plena Analiza Gramatiko*, sed normon «anglecan», kiel mi priskribis rilate la redakcian lingvouzon antaŭ epokoj en la revuo *Esperanto* («Ĉu meti aŭ ne meti?», februaro 1995, p. 28.). Tamen mi ne uzas komon antaŭ la lasta elemento en elnombrado.

Krisignoj: la aŭtoro apenaŭ, eble eĉ ne, uzis ilin post imperativoj. Kontraste, laŭ la hungara uzo krisigno estas simple konvencia ortografiaĵo post imperativo, kaj devii de tio, kutime per punkto, estas konscia elekto. Mi ne tre scias pri la anglalingvaj kutimoj – mi traktis ĉi tion impulse, mezvoje inter la du manieroj.

Kursivado: foje anglalingve oni kursivigas por sentigi emfazon kiun en Esperanto la vortordo jam redonas. Mi tamen foje kursivigis, sed mi ne povus diri kiom konsekvence.

Longajn strekojn finantajn dialogerojn, kiuj haltigas la okulon, mi trovis nekutimaj en Esperanto kaj anstataŭigis per tripunkto, kvankam diskuteblus ĉu la efiko samas. («Flugas mi nun, venas tiu ora sento, kvazaŭ mi povus kuri rekte en la aeron, kaj mi estas nevenkebla, nenio min haltigas, nenio min haltigas, nenio, nenio, nenio, nenio–»)

Punktokomoj plej ofte iĝis dupunktoj ĉe mi; oni povas havi malsamajn ideojn pri ĉi ties uzado.

Reprezentado de **parolo**: kiam iu ekparolas, ĉu kiel unua ĉu rol-alterne en dialogo, mi ĉiam komencas novan alineon, dum la originalo (ĉu laŭ ĝenerala tradicio anglalingva?) ne faras tion. (Ŝajnaj dialogeroj nur pensaj tamen restas ĉe mi ene de sama alineo.) Mian manieron mi trovas pli travidebla. (Foje mi helpis identigi la parolonton per dupunkto finanta la frazon antaŭ la dialogero, jene:

«– Hej, gratulon!

Mi klinas min profunde:

– Vi estas la ŝakreĝino de la tago!»

Iuj eble opinius ke antaŭ tiafunkcia dupunkto povas stari nur diro-verbo. Nu, en la hungara eblas skribi, ekzemple: «– Ĉu vi donus al mi cigaredon? – turnis sin Petro al Stefano.», aŭ eĉ: «– Ĉu vi donus al mi cigaredon? – turnis Petro paĝon en la libro.», kvazaŭ forŝparante laŭsence evidentan diro-verbon kaj tuj pluirante al la sekva ago raportata.)

Aliflanke, el ĉi tia parolvidigo rezultas paĝostrukturo foje tro stakata, kaj ĝenerale al la libro aldoniĝas pluraj paĝoj pro la rezulta kromblanko.

Diversaj lingvaj elektoj

Mi ofte eliminis senco-malplenajn diro-verbojn, pleje **says-says-says**; mi ĉiam trovis stranga eco de la angla stilo uzadi tiel malplenan kaj senbezonan ripetadon. Kompense mi okaze donis mian interpreton pri la tiufoja maniero diri – kelkfoje eble tro fore de la aŭtora intenco.

Nomoj personaj, eĉ se finiĝantaj per -o aŭ -a (Alba, Alicia, Roberto ...), ne ricevis de mi n-finaĵon.

Mia uzado de **verbotempoj**, en iuj kazoj, povas hezitigi je unua vido – sed tiaj uzoj sekvas el la temposalta specifeco de Henry, kiu foje povas kontempli unusaman eventon same ise kiel ose. Ekz. *ĉio ĉi estas nur ekzerciĝo por la tempo kiam mi renkontas vin.*

Teme apartaj teksteroj

La *bilardajn* scenojn mi iom improvizis, neniam ludinte bilardon. Mi ja trovis en Vikipedio konsterne detalan terminaron anglan, tiel ke mi povis kompreni la koncernajn okazaĵojn de la libro, kaj poste mi elkreis lingvaĵon laŭ mia plej bona kapablo.

Ĉio rilata al *paperfarado* estas sufiĉe malcerta, kvankam mi laŭpove prilegis la temon. Mi ne trovis Esperanto-parolanton kiu konus la fakon.

Bibliotekaĵoj estis, ne surprize, malpli problemaj. Tamen, **call number** iĝis, por klareco, *referenco*, dum fake ĝi eble devus esti *signaturo* (sed ĉi lasta eventuale egalas al **accession number**). Ne klaras por mi ĉu **link** (vd. sube) estas vere termino, aŭ ĉu nur specife loka uzo en Biblioteko Newberry.

Ĉapitrotitoloj – kaj aliaj teksteroj – en la originalo ofte aludas al esprimoj eventuale konataj al usona leganto el la «klasikaj»

reklamoj, kiel ekz. **BETTER LIVING THROUGH CHEMISTRY.**
Kiom eble (kaj se mi entute rimarkis ilin!), mi klopodis trovi
ion esperantecan: FINE MI KOMPRENAS LA KEMION!, alude
al la libro *Fine! Nun mi komprenas la radion!* de Eŭgeno Aisberg.
(Aliloke mi devis inventi kaj klarigi: **«Don't stick your elbow
out so far»**: *Se kubuton vi elpuŝos, fremdan aŭton vi ektuŝos. Tiel
tekstis reklamŝildoj por Burma Shave.*) Iuj aliaj <u>ĉapitrotitoloj</u> (ekz.
«HOME IS ANYWHERE YOU HANG YOUR HEAD» estas titoloj
de kantoj, sen rekta ekvivalento en Esperanto.)

Eraroj en la originalo

La abundetajn **literumajn erarojn en la franca** (konsterne, ili
plu restadas en nov-eldonoj, malgraŭ ke la aŭtoro dankas iun pro
helpo pri la franca) mi korektis.

    bella donnas: probable intencita kiel angle regula pluralo
de la itale singulara **bella donna**. Tamen, ni komplezu la muzike
kleregan Richard per iometa scipovo de la itala. Do: **belle donne**.

    Clare, attendez: mi suspektas ke estas aŭtora eraro anstataŭ
Clare, faites attention (kvazaŭ intermikso de *atenti* kaj *atendi*), ĉar
la situacio multe pli pravigas la duan esprimon. Mi korektis la
aŭtoron, dum tri aliaj tradukoj ne faris.

    The Game and Playe of Chesse: La originalo erare aŭ
modernige ortografias ĝin (*Game and Play of Chess*); mi ne ŝatas
tian malfilologiecon.

    Hunt's *The Awakened Conscience*: devus esti *The Awakening
Conscience*.

    she was loathe to get rid of it, devus esti **she was loath
to get rid of it.**

Apartaj vortoj kaj esprimoj

«La vespero *deruliĝas* sen plia menciindaĵo.» («The evening **winds down** without further ado.») Laŭ Reta Vortaro (ReVo), «Iafoje videblas tiaj uzoj: la interparolo glate deruliĝis ... kun la senco ‹okazi›, ‹pasi›, ‹funkcii›. Tio aspektas paŭsaĵo de la franca lingvo kaj estas evitinda.» – Probable prave, sed okaza metafora uzo, kiel ĉi tie, pravigeblas.

Solidarność (unufoja) iĝis *Solidareco*.

I now have an erection that is probably tall enough to ride some of the scarier rides at Great America without a parent.

Mia erekto dume iĝis tiom granda ke ĝi probable rajtus rajdi reltoboganon en amuzparko sen gepatra akompano.

Unue mi skribis:

Mia erekto dume iĝis tiom granda ke ĝi probable trapasus altec-kontrolon por rajdi reltoboganon en amuzparko sen gepatra akompano.

Eĉ la fina versio impresas tro komplika ŝerco, pro la malmulta konateco de «reltobogano», kaj de la regulo dependigi gepatran akompanon de alteco, sed mi emus ne anstataŭigi ĝin per io kio havus malpli da «loka koloro».

sofa, **couch**, **divan**: **divan** (nur 3 fojojn): *divano*; **sofa**, **couch**: sinonimoj laŭ dictionary.cambridge.org, do mi uzis foje *kanapo*, foje *sofo*.

hall, **hallway** – ŝajne sinonimoj por *koridoro*, sed ankaŭ **corridor** estas *koridoro*. Laŭ mia sento **hall(way)** ne ĉiam estas longa por vere esti *koridoro*. Mi plurloke uzis *antaŭĉambro*. Eble foje ankaŭ *enirspaco*? Tuj en la komenco, kiam Clare vizitas ĉe Henry, **hallway** ŝajne unue celas koridoron ekster lia apartamento, sed poste jam spacon en la apartamento. Do, jen unue *koridoro*, poste *antaŭĉambro*.

The Beatles, (unuopa) **Beatle**. Mi emis gardi «The» en nomoj de muzikgrupoj («Laŭtege sonas The Kinks»; «Henry, kiun el The Beatles vi ŝatas plej?»), kvankam ĉe pli ofta menciado tio riskus iĝi peza.

ALWAYS CRASHING IN THE SAME CAR: mi emis gardi tiun titolon en la angla por ebligi identigon de la David Bowie-kanto.

HOME IS ANYWHERE YOU HANG YOUR HEAD: titolo de kanto de Elvis Costello, ĝi ricevis la tradukon HEJMO ESTAS KIE VI LASAS FALI LA KAPON.

voki la nomon de iu: mi ĉiam hezitas, ĉar la objekto de la vokado devus esti la persono, dum la nomo estas la ilo per kiu oni vokas. Sed temas pri ŝajne tradicia uzo, kiun foje malfacilus eviti.

GET ME TO THE CHURCH ON TIME: laŭ «lokiga» traduk-strategio, mi enmetis similfunkcian Esperantaĵon, el la Proverb-aro, *Frue leviĝu kaj frue edziĝu*, sed eble ĉi-loke pli taŭgus forlasi la lokigan principon, ĉar baldaŭ Henry uzas la samajn vortojn, eĉ kun vario de «on time / in time».

AŭskultuClarevekiĝuvisangas, **ComeonClarewakeupyou're bleeding**: eble recenzanto aŭ eĉ leganto trovus tion preseraro … Nu, mi obeis la originalon.

Kimy, kiu moviĝas delikate sed firme laŭ iaspeca fokstroto: mi rezistis la tenton Schwartz-e malfideli per *Kimy, kiu moviĝas sen koksfroto laŭ iaspeca fokstroto*.

grimpi, rampi: la PIV-aj difinoj (kiel ofte) estas ne tute klaraj; mi uzis la du verbojn iom laŭinstinkte por movoj plej diversverbe esprimitaj angle.

rendevui: la PIV-a difino estas tute fuŝa: «interkonsenti pri rendevuo», dum *rendevuo* mem difiniĝas kiel «interkonsento …» Do: interkonsenti pri interkonsento? Reale, *rendevui* uziĝas (ankaŭ, aŭ ĉefe?) en la senco: «renkonti unu la alian laŭ inter-konsento». Krom eraro, mi ĝin tiel uzas. (ReVo agnoskas ambaŭ sencojn, kio ebligus la frazon: «Kvankam ni rendevuis, ni ne rendevuas» ...)

seismografo: unue mi skribis *sismografo*, kiel William Auld en *La Infana Raso*, sed poste korektis laŭ PIV. (Auld verkis antaŭ PIV. *LIR* ekzemple uzas *stigmo* en la senco de la PIV-a *stigmato*.)

unua etaĝo estas la etaĝo super la «teretaĝo».

(mal)varmi: mankas difinoj en PIV. Laŭ la reala uzo, mi uzas *(mal)varmi* ne nur en la senco «esti (mal)varma/ (mal)varme» sed ankaŭ «senti (mal)varmon».

<u>Mi ne estas nepre certa pri miaj solvoj por:</u>

braces: *dentokrampoj*; unue mi skribis *dentoreguliloj*.

brownies: *braŭnioj*. Estus tro peze ripete multvorti. Aperas nur sepfoje, en du lokoj. Mi glosis ĝin.

cool: Since Charisse and Ruth are both short and Alicia and Helen are both tall they look like some oddly assorted Girl Scouts but we've all agreed <u>to be cool about it</u> when Mama's around. *Ĉar Charisse kaj Ruth estas ambaŭ malaltaj, dum Alicia kaj Helen ambaŭ altaj, ili aspektas kiel hazarde kunmetita grupo de skoltinoj, sed ni estis konsentintaj <u>lasi tion en paco</u> dum Panjo proksimas.* Mi eĉ ne komprenis kiun sencon havas «to be cool about» iu neŝanĝebla fakto kiel onia alteco, sed mia edzino klarigis ke virina psiko povas rilati malsame al neŝanĝeblaj faktoj. Tamen, mi ne certas kiel redoni tion.

My classmates arduously fumble their way through a <u>discussion</u> of *Billy Budd***.** *La samklasanoj pene tradiskutas la lecionon pri Billy Budd.* Ĉu certas ke ili vere diskutas inter si? Ĉu la senco de **discussion** ne estus ĉi tie *analizo* (malpli aktiva, plie laŭ la etoso de la klasanaro), simile al la senco de la latina *discussio* ekz. en matematiko («detala trakto de problemo»)?

Doritos: *maizaj ĉipsoj*. Laŭ PIV, *ĉipsoj* estas (nur) terpomaj; sed PIV tiom ofte trodifinas!

driveway: *alveturejo*.

dye: **They are comparing the dye jobs on their shoes.** Mi ne certas ĉu ankaŭ ŝuojn oni *tinkturas* en Esp, do: «*kolorigo*».

(French) fries: *fritoj*, laŭ ReVo kaj laŭ alfa.vortaro.net, anst. la pli pezaj *terpomfingroj*.

to giggle: jen *glugle ridi*, jen *hihii*.

link: *kluzo, magazen-kluzo* (en la biblioteko Newberry, kies retejo newberry.org/blog/conservation-and-the-quarterly-pest-report mencias «the link spaces that connect the stacks to the Cobb building»). Nur dufoje en la libro.

Monopoly: por la sceno kie oni ludas iun modifitan version de tiu societa ludo, mi uzis la respondajn nomojn el la ilustraĵo de la Vikipedia kapvorto Esperanta (eble iu eĉ realigis tian ludtabulon en Esperanto?), eĉ se *Krokodilejo* kaj *Placo de Bjalistoko* povas impresi troige verdismaj. Nu, ankaŭ la germana traduko uzas *Münchnerstrasse*.

our rock-and-roll lifestyle: mi gardis *rokenrola*, sed jen ekz. germane: *chaotisch*. Espereble leganto ne pensos ke tia vivstilo estas nur-muzika.

pot: *kruĉo* kiam pri maŝina kaffarado temas.

rolls her eyes: *rulas la okulojn*: ĉu internacie komprenebe? Eble jes: similas almenaŭ estone, france, germane, hungare ... En PIV oni ja trovas «*ruladi la okulojn* (ĉiudirekte)», sed ĝuste «ĉiudirekte» ŝajnas implici ke temas pri io pure fizika. Diskuto ĉe adventures-in-esperanto.com/my-favourite-fantasy senplue ak-ceptas la esprimon. La hispana traduko de la verko uzas *poner los* *ojos en blanco*, kies DeDiega traduko *alŝovi la okulblankojn* ne vere helpas. Mi decidis favore al «turnas la okulojn ĉielen», kvankam tio eble esprimas alian emocion. Konsultite, Jorge Camacho proponetis «okulblankumi» – sed ĝin mi trovus tro hapaksa.

screen door: *ŝirmpordo*.

sotto voce («Helen klinas sin al mi kaj diras subvoĉe», kaj unu plian fojon): ja en Vikipedio kiel *Subvoĉado*, sed mi ne scias ĉu aŭ kiom reale uzate.

(book) spine: *spino*, kvankam laŭ PIV *dorso*. Sed ja *spino* en la *Bildvortaro* de FEL kaj en la Borges-antologio *La sekreta miraklo*. *Dorso* laŭ mi estas kutime dirata pri **back cover**.

to stand: tradukante, oni ĉiam lernas! Mi supozis ke angle *stari*, ja stato-verbo, estas **to stand**, kaj *ekstari* estas **to stand up**. Do, ofte la teksto impresis min kvazaŭ la aŭtoro transsaltus la momenton de ekstaro: homoj jam staras sen transiro. Mi supozis tion aŭtora elekto, kaj spegulis ĝin, sed fine mi trovis ke **up** estas opcia en **to stand up**. (En internaciaj sport-eventoj oni aŭdas: *Please stand for the anthem of…*)

toffee voice: mi skribis *karamela voĉo* (ja aliloke pri la sama persono: *Her laugh is caramel*), kvankam PIV konas *tofeo*.

Toll Road: *pagvojo* (nur unu fojon).

A (Newberry) Trustee: *kontrolkonsiliano* de Newberry. *Kuratoro* estus tenta, kiel ja germane kaj estone, sed, dum laŭ PIV «kontrolkonsilioj» rilatas al komercaj kompanioj, newberry.org/about/board-of-trustees pensigas ke ankaŭ en biblioteko la rolo de **trustees** povas simili al tiu de kompaniaj kontrolkonsilianoj.

trust fund: *fidofonduso*.

vinyl: foje *vinilo*, kiel ĉe *vinildisko*, pli ofte la pli ĝenerala *plasto*. En unu loko *vinilo* necesis pro la interproksimeco de **plastic** kaj **vinyl**.

vestible, foyer: *vestiblo* ambaŭ. Eble foje eĉ **hall** iĝis ĉe mi *vestiblo*.

yuppie: *jupio*. Laŭ Vikipedio: *juppio*, sed kial do *pp*?

Citaĵoj

Ĉia anĝelo estas terura. Kaj tamen, ve' min, prikantas mi vin, birdojn preskaŭ mortigaj de la animo: Rilke: La dua Duina elegio, trad. Vilhelo Lutermano.[1]

For li estas! Ho, kiu plenigos la lokon lasitan? Kiu plenigos dumnokte krucvortenigmojn ĉe kaf'? Parodio de versoj el «Al la memoro de Józef Waśniewski» de Valdemar Langlet.

Iam estis tri fratinetoj ...: laŭ *Alico en Mirlando*.

Ke tempon, spacon ni disponu: «Se tempon, spacon ni disponus» estas la komenca verso de la poemo *Al sia pudora amatino* de Andrew Marvell (1621–78), aperinta en *Angla Antologio* traduke de John Francis.

La am' al vi, laŭsorta vivelekto, / estas de Dio mem la pia prismo. La anglalingvaj versoj venas de Francis Quarles (1592–1644)[2]: *Nor Time, nor Place, nor Chance, nor Death can bow / my least desires unto the least remove.* Bonŝance, kredeble ne ekzistas Esperanta traduko el Quarles, ĉar mi bezonis falsi ĉion por la tujsekva vortludo pri «come again».

La koro petas unue plezuron; Kaj poste pardonon pro doloro ...: Emily Dickinson, poemo n-ro 536.

Mizaris la maldikdudelfoj: traduko de Marjorie Boulton. «But the Snark was a boojum», el la absurda poemo «Jabberwocky» en *Trans la spegulo* de Lewis Carroll.

---

1 vlutermano.free.fr/rilko_eleg2.html
2 bartleby.com/lit-hub/the-oxford-book-of-english-mystical-verse/16-my-beloved-is-mine-and-i-am-his-he-feedeth-among-the-lilies

Perdon de unu infano, sinjoro DeTamble, oni eble taksus misfortuno; sed perdo de tri aspektas kiel malzorgemo: laŭ *La graveco de la fideliĝo*, traduke de William Auld.

Pinĉ', pinĉ', pigo, blinda korniko, donu al mi vian ĉaron, sekvas la foiro! El *Hundbazaro* (Hungara E-Asocio, Budapest, 1979, el poemo de Béla Hules, p. 9.).

Glosaro

Notitaj sube estas vortoj sen difino aŭ kun alia difino en PIV:

amniocentezo: preventocela elpreno kaj ekzamenado de ĉeloj el la amnia fluido.

bagelo: «pano tradicie ellaborita el tritikfaruno... kutime havas truon ... en la centro». (Vikipedio)

baŝibozuko: sendisciplina kaj sovaĝa rajdosoldato. (laŭ ReVo)

bibimbapo: korea «manĝaĵo el kuirita rizo, freŝaj kaj sekigitaj plantoj, etaj fiŝeroj aŭ viandaĵoj kaj acidaj garnaĵoj». (Gábor Márkus)

bonuso: kromaĵo donacata kun liverata afero. (ReVo)

braŭnio: speco de ĉokolada kuketo.

ĉaĉao: latinamerika dancostilo. (Vikipedio)

ĉedaro: brita fromaĝo. (Vikipedio)

ĉirkaŭbraki: ĉirkaŭigi per ambaŭ brakoj, plejofte kun samtempa amema premo al la ĉirkaŭigata objekto aŭ persono. (ReVo)

dejavuo: jamsento, la sento ke iun sperton oni travivis precize same jam pli frue.

dobermano: mezgranda hundoraso de germana origino.

flipero: amuzaparato kun puŝeblaj globetoj. (Vikipedio)

karaokeo: kantado de kantoj laŭ registrita fonmuziko kun kantotekstoj videblaj sur ekrano. (Vikipedio) *koano*: enigma demando aŭ respondo instiganta al pripenso, aparte kulturata en zeno. (ReVo)

lavpelvo: pelvo uzata por akva lavado, ekzemple en kuirejo por diversaj preparoj. (ReVo)

lesbo: samseksemulino. (ReVo)

Makdonaldo: rapidmanĝejo McDonald's.

Makintoŝo: marko de komputiloj kun propra operaciumo, de la firmao Apple. (ReVo)

maŭmaŭo (angle **Crazy Eight**, hispane **ocho loco**): kartludo en kiu oni klopodas liberiĝi de siaj komencaj ok kartoj.

mojosa: bonega, alloga, ĉefe laŭ la sociaj normoj de la junularo. (alfa.vortaro.net)

mufganto: varmiga ganto kun unusola aparta fingringo por la dikfingro; laŭ ReVo ankaŭ *mufo* povas havi tiun sencon.

njam: interjekcio pri io bongusta.

paniki: mi uzas male al PIV («trafi per paniko»), laŭe al ReVo («esti en paniko»).

rameno: japana nudelsupo.

rastabukloj: feltharoj; «hararanĝo en kiuj la haroj estas kuniĝintaj en dikajn feltecajn tufojn». (Vikipedio)

risorti: balanciĝi kiel risorto. (laŭ ReVo)

ritmosekcio: anoj de muzikgrupo zorgantaj pri la ritmo. (laŭ Vikipedio).

sitkomo: situacia komedio (televida).

Ŝerloko: Ŝerloko Holmso, Sherlock Holmes, fikcia angla detektivo.

teksturo: tuŝaspekto de objekto. (ReVo)

Fremdlingvaĵoj

Ah, Mademoiselle Abshire, asseyez-vous, s'il vous plaît (france): Ho, fraŭlino Abshire, bonvolu sidiĝi

ALWAYS CRASHING IN THE SAME CAR (angle): kolizii ĉiam en la sama aŭto

Au revoir (france): ĝis revido

belle donne (itale): belaj sinjorinoj

Bien joué, une fille (france): gratulon, (la novnaskito estas) knabino!

Birds of America (angle): birdoj de Ameriko/Usono

Ça va? (france): saluton! / kiel vi fartas?

c'est la vie (france): tielas la vivo

chili con carne (hispane): kapsiketa viandaĵo

Clare, faites attention (france): Clare, estu atentema!

Dasein (germane): (konscia kaj memkonscia) ekzistado (termino filozofia, precipe de Heidegger)

Das Lied von der Erde (germane): La kanto pri la tero (kantociklo de Gustav Mahler)

Das Manifest der Nacktkultur (germane): La manifesto de nudec-kulturo

Envoyez chercher le médecin. Qu'avez-vous? Il faudra aller à l'hôpital. Je me suis coupé assez fort. Ôtez le bandage et laissez-moi voir. Oui, c'est une coupure profunde. (france): Venigu la kuraciston! Kio okazis al vi? Nepros iri al hospitalo. Mi tranĉis min sufiĉe draste. Forigu la pansaĵon kaj lasu min vidi. Jes, temas pri profunda tranĉo.

Game and Play of Chess (angle): La ludo ŝako

Il a les défauts de ses qualités (france): El liaj bonaj ecoj sekvas ankaŭ mankoj

Immer wieder (germane): ĉiam denove

Memento mori (latine): memoru ke vi mortos, memoru la morton

Réveillés, à l'aurore, par le cri du guetteur, deux amants qui viennent de passer la nuit ensemble se séparent en maudissant le jour qui vient trop tôt; tel est le thème, non moins invariable que celui de la pastourelle, d'un genre dont le nom est emprunté au mot alba, qui figure parfois au début de la pièce. Et régulièrement à la fin de chaque couplet, où il forme refrain. (france): Kiam ilin frumatene vekas krio de la gardostaranto, du geamantoj ĵus kune pasigintaj la nokton disiĝas malbenante tro fruan alvenon de la taglumo; jen la temo, same konstanta kiel tiu de la pastourelle, de ĝenro kies nomo venas el la vorto alba, mem foje aperanta komence de la peco; regule ankaŭ fine de ĉiu strofo, kie ĝi sidas refrene.

Sacré Dieu! (france): Dio mia!

sotto voce (itale): «subvoĉe»: ne aŭdeble por la publiko, aŭ por aliaj krom la kunparolanto

Touché (france): trafite! trafe! (origine skerma termino)

Tristan und Isolde (germane): Tristano kaj Izoldo

und so weiter (germane): kaj tiel plu

Sen klarigo mi lasas *Musique du garrot et de la ferraille*, kiu estas titolo de muzika disko.

ISTVÁN ERTL

La tradukinto dankas al Liina Ertl, Abel Montagut, Angela Oehler, Ionel Oneţ, Tim Owen kaj Nicola Ruggiero pro ilia diversmaniera helpo. Aparta danko iregu al Edmund Grimley Evans, kiu tre detale tralegis kaj kritikis mian esperantigon. Mi multe lernis de li pri lingvo, stilo kaj formo. Kiel oni kutimas diri, la kulpo pro ĉiuj restantaj fuŝoj pezos sur miaj ŝultroj.